Never Far Away

Never Far Away

죽어 마땅한 자

마이클 코리타
장편소설

MICHAEL KORYTA
NEVER FAR AWAY

허형은 옮김

벤과 젠 스트론에게,

전형성에서는 벗어나있지만

서로를 무척 아끼는 가족에 관한 이 이야기를 바친다.

CONTETNTS

일러두기

본문보다 작은 서체로 표기한 괄호나 대괄호 안 내용은 옮긴이 주다.

1부

끝

I

그들은 각각 총을 겨눈 채 죽음의 위성접시 한 쌍처럼 자동차 주위를 빙빙 돌았다.

니나는 핸들에 두 손을 얹고서 똑바로 앞만 바라봤다. 뺨에 흘러내린 눈물은 마른 지 오래였다. 몸의 떨림은 가라앉았지만 하도 이를 악물고 있어서 턱이 지끈거렸다. 두 남자의 움직임을 주시하고 둘이 주고받는 대화에 집중하면서 니나 자신은 한마디도 하지 않았다. 그럴 필요가 없었다. 그 점은 너무 잘 알았다. 이제 저들이 결정을 내릴 순서만 남았고, 그러면 니나는 죽는 것이다.

그렇다는 것을 세 사람 모두 잘 알았다.

"라이플로 한 방에 가지." 키가 더 큰 쪽이 말했다. 몸매가 훌쭉하고, 금발의 머리칼을 어깨까지 닿도록 길게 기른 남자였다. 그는 오른손에 AR-15 라이플을 가볍게 쥐고 있었다. 그의 뒤로 보이는 외딴 교각과 그 너머의 강물을 차의 헤드라이트 불빛이 훤히 비추었다. 바람도 멎어서 두 남자의 목소리와 니나의 가쁜 숨소리 말고는 아무 소리도 들리지 않았다.

"한 방에?" 다른 남자가 대꾸했다. 파트너보다 키가 10센티미터쯤 작고 근육질 몸에 머리를 사관생도처럼 바짝 깎은 그는 형제라 해도 될 만큼 파트너와 비슷했다. 아니, 아예 처음 보는 사람이 딱 구분할 수 있을 정도로만 외모를 달리 빚어놓은 듯, 소름끼치도록 닮은 면이 있었다. 그들은 한 몸으로 움직이고 한 몸인 듯 말하고 한 몸처럼 호흡했다. "그냥 갈겨서 유리 파편하고 탄피만 남겨놓으면 안 돼?"

"난장판 되잖아." 머리 긴 남자가 한숨을 섞어 대답했다. "넌 꼭 깔끔하게 해치울 수 있는데도 아수라장을 원하더라."

두 사람은 또 한 차례 교차해 반대 방향으로 갔다. 둘 다 걸음을 멈추고 상대방을 보는 법이 없었다. 대신 니나에게서 한순간도 눈을 떼지 않았다. 중간에서 엇갈릴 때는 순간 더 빨리 움직이는 것 같았다. 여간해선 둘을 시야에 한꺼번에 담을 수 없었다. 눈으로 좇으려면 왼쪽이나 오른쪽으로 고개를 돌려야 했고, 이는 곧 둘 중 하나에게 등을 보여야 한다는 의미였다. 그들은 안무를 짠 춤사위처럼 움직이고 있었다.

니나는 전방의 도로만 뚫어져라 응시했다.

"아수라장은 아니지." 머리를 바짝 깎은 남자가 받아쳤다. "일종의 성명서지. 성명을 남기자는 거야."

헤드라이트 빛에 둘의 그림자가 갈라진 아스팔트 도로 위에 길게 펼쳐졌고, 그 때문에 언뜻 그들이 교각과 수면 위에서 뛰노는 초인적 존재로 보였다.

니나는 혀로 입술을 축였다. 핸들에 놓인 손에 힘을 꽉 줬다 풀었다

했다. 저들이 결정을 내리기를 기다렸다.

"우리한테 성명을 발표하라고 한 게 아니잖아. 여자를 죽이라고 했지." 머리 긴 쪽이 대꾸했다. 노래 같은 운율이 담긴 목소리였고, 이 상황을 재미있어하는 듯한 가벼운 투였다. 그는 차 주위를 뱅뱅 돌면서도 줄곧 니나를 주시했다. 니나는 그의 시선이 고스란히 느껴져서 눈을 돌리고 싶었지만 고집스럽게 가만히 있었다. '그냥 정면만 봐. 저자가 지나가면 똑바로 눈을 맞추고, 하던 대로 하게 내버려둬.'

하던 걸 그만할 때까지. 모든 게 끝날 때까지.

"그럼 머리에 한 방?"

둘의 그림자가 다시 겹쳤다. 니나는 강물 냄새를 맡을 수 있었다. 정체된 플로리다의 밤공기에서 그 냄새만이 유일하게 시원하게 느껴졌다. 이렇게 외딴 길은 본 적이 없었다. 1.5킬로미터 뒤쪽에 이 도로는 폐쇄됐으며 교각 또한 끊겼음을 알리는 표지판이 있었다. 그 표지판은 기둥 부근에서 톱질로 썰려 전면이 바닥을 향한 채 엎어져 있었다.

"나는 그 편이 더 좋은데." 머리 긴 남자가 말했다. 그는 걸음을 멈추더니 헤드라이트를 정면으로 받으면서 니나를 빤히 바라봤다. 그의 오른손이 올라왔고 총구도 따라 올라와 니나를 겨눈 채 정지했다. 장갑 낀 그의 손가락이 방아쇠를 쓰다듬었다. 그는 한동안 니나를 살펴보더니 고개를 끄덕였다. "깔끔하게." 그러더니 이렇게 말했다. "깔끔하고 빠르겠어."

"피가 많아야 할 거야." 다른 남자가 말했다. 니나는 마음을 단단히 먹었는데도 불구하고 눈을 질끈 감았다.

"그렇지. 적당히 많은 정도로는 안 될 거야."

"아무래도."

니나는 억지로 눈을 떴다. 이마에 땀이 송골송골 맺혔다. 고열이 잦아들 때처럼 차가운 땀이었다.

두 남자는 이제껏 본 모습 중에 가장 가까이 서 있었다. 어깨가 스칠 정도는 아니지만 일시적으로나마 한눈에 들어오게, 한 걸음 정도 간격을 두고 나란히 서 있었다. 그들이 드리운 그림자 속에서 강물이 줄기차게 흘렀다. 두 사람 다 미동도 없고 한마디도 하지 않았다. 강물 흐르는 소리가 아득히 들려왔다. 매미가 요란하게 울었고 멀리 어디에선가 희미하게 첨벙 소리가 났다. 악어일지도 몰랐다.

"칼 줘봐." 머리 긴 남자가 말했다.

그의 파트너가 주머니에서 칼을 꺼내 손목을 놀려 날을 찰칵 빼낸 뒤 건넸다. 머리 긴 남자는 AR-15 총구를 다시 아래로 향하게 하고 여유만만한 걸음으로 차로 다가왔다. 세상에 서두를 것 하나 없는 태도였다. 운전석 문 옆에서 멈춰선 그가 손잡이를 잡고 문을 열어젖혔다. 그러더니 무릎을 꿇고 앉았다. 니나와 눈을 맞췄다.

"해야 해." 그가 말했다.

니나는 고개를 끄덕였다. 말이 안 나왔다.

그는 한숨을 내쉬고 라이플을 차 뒷문에 기대 세웠다. 이제 손에 칼만 쥔 채 다른 손으로 얼굴에서 머리칼을 쓸어 넘기면서, 한순간 자상하다고 느껴질 법한 표정으로 니나를 올려다봤다.

"내가 할 수도 있고, 아니면……."

"내가 해요." 숨을 토해내듯 말이 튀어나왔다. 니나는 심호흡을 하고 눈을 한 번 깜빡인 다음 이번에는 좀 더 힘주어 말했다. "내가 할래요."

머리 긴 남자가 고개를 끄덕였다. 다른 한 명은 어느 틈에 헤드라이트 불빛에서 벗어나 그림자 속에서 이쪽을 지켜보고 있었다.

"뜻대로 해주지." 머리 긴 남자가 대꾸하더니 칼을 돌려 날 쪽을 쥔 채 내밀었다. 니나는 거머쥐고 있던 핸들을 드디어 놓고, 무늬의 결이 고스란히 느껴지는 검은색 고무 칼자루를 오른손으로 받아들었다.

머리 긴 남자가 몸을 숙이면서 니나의 손을 콱 붙잡았다. 니나는 본능적으로 손을 확 뺐다. 남자는 참을성 있게 기다렸다. 니나는 의지만으로 손의 떨림을 가라앉히려고 애쓰면서 왼손을 도로 내밀었다.

떨림은 멈추지 않았다.

남자는 장갑 낀 손으로 니나의 맨손을 덥석 잡아 손바닥이 위로 향하게 한 다음, 손목에서 중지 뿌리 부분까지 이어진 푸르스름하고 가는 정맥을 손가락으로 쓸어내렸다.

"깊게 긋고, 혈관을 따라서 긋지 말고 가로질러서 그어." 그가 말했다. "날이 예리하니까 별로 힘 안 들 거야. 헤드레스트에 바로 갖다 대는 것만 잊지 마. 괜히 의심 갈 상황 안 만들게."

니나의 심장이 세 배는 빨리 뛰었고, 밭은 호흡에 가슴팍이 쉴 새 없이 오르내렸다. 현기증이 덮쳐와 순간 칼을 떨어뜨릴 뻔했다. 니나는 남자에게서 눈을 돌려 저만치 강을 보면서 소리 내 말했다.

"헤일리." 입술을 한 번 적시고 또 말했다. "닉."

모두가 침묵을 지키는 가운데 니나가 칼자루에서 몇십 도 각도로 꺾인 번들거리는 칼날을 왼쪽 손목 안쪽에 대고 피부를 찢으면서 정맥 깊숙이 푹 찔렀다.

참으려고 했는데도 비명이 터져 나왔고, 피가 솟구치면서 통증도 솟구쳤다. 머리 긴 남자가 말했다. "빨리, 지금이야." 그 말에 니나가 몸을 돌려 헤드레스트로 왼손을 뻗었고 절박하게 기도를 올리듯 손바닥을 펴 위로 향한 채 갖다 댔다.

헤드레스트의 무두질한 가죽 표면에 흥건히 묻은 피가 등받이의 홈들을 타고 아래로 흐르면서 저수지와 지류 들을 만들어냈다. 또 다시 현기증이 덮쳐왔고, 니나가 몸을 떼려 하자 남자가 니나의 팔꿈치를 콱 잡았다.

"더." 그가 조용히 말했다. "피가 충분히 남아야 해. 알잖아."

니나도 잘 알았다. 헤일리. 닉. 더그. 눈을 감고 잠자코 피를 쏟았다. 헤일리와 닉, 닉과 헤일리. 더그도 있다. 더그도 남아있다. 더그는 늘 거기 있어줄 것이다. 손을 말아 주먹을 쥐자 절개된 피부가 더 벌어지면서 피가 더 세차게 뿜어져 나왔다.

"좋아." 남자가 내뱉었다. 다음 순간 니나의 손이 다시 그의 손 안에 있었고, 어느새 붕대가 상처를 감쌌다. 그는 신속하면서 조심스럽게, 노련한 간호사처럼 움직였다. 니나는 상처를 지압하는 그의 엄지 밑에서 뛰는 자신의 맥박을 고스란히 느낄 수 있었다.

"이제 일어서." 그는 이렇게 말하며 니나를 차 밖으로 끌어냈다. 니나가 눈을 뜬 순간 머리를 짧게 깎은 남자가 조그만 손전등을 들어 올리고 엄지로 스위치를 밀어 켰고, 새하얀 빛줄기가 암흑을 뚫고 무두질한 가죽을 비추었다.

여러 갈래로 흘러내린 핏줄기가 불빛 속에 보석처럼 번쩍거렸다. 흐르기 시작한 지점인 헤드레스트의 혈흔이 가장 진했고 거기서부터 가느다란 줄기들이 꾸물꾸물 내려와 사방으로 퍼져 있었다. 정맥 하나 땄을 때 나올 거라고 니나가 상상했던 것보다 훨씬 많은 양의 피였다.

손전등 불빛이 꺼졌다.

어둠 속에서 머리 긴 남자의 목소리가 들려왔다. "이 정도론 안 될 것 같은데." 유감 어린 투였다.

"안 돼?" 불이 다시 켜졌고, 한 번 더 피 튀긴 현장을 비추었다.

"안 되겠어. 피가 있긴 있지. 그럴듯하게 잘 나왔어. 그런데 그자를 생각하면…… 죽음을 수도 없이 많이 본 사람이란 말이야. 처형 스타일의 죽음을. 너도 알잖아."

"맞아."

"그자가 보고 넘기기에 충분한 양인 것 같아?"

"아닐지도."

니나는 코로만 숨을 쉬었다. 상처 부위에서 맥박이 느껴졌고, 또 다시 심장 박동이 빨라지는 걸 느끼며 두 남자를 번갈아 쳐다보았다.

"머리카락." 군인 스타일의 남자가 불쑥 말했다.

"더 정교한 연출이 필요해." 머리 긴 남자가 대꾸했다.

니나는 다리가 후들거렸지만 꼿꼿이 서서 버텼다. 겁에 질린 티를 내지 않으려고 애쓰면서 이렇게 물었다. "어떤 연출이요?"

머리 긴 남자가 한숨을 내쉬었다. "제일 그럴듯하게 만들려면……."

"그리고 사실적으로." 그의 파트너가 한마디 얹었다.

"머리카락 한 줌이, 그것도 뭔가에……."

"달려 있는 채로." 파트너가 말을 이어서 맺었다.

니나는 눈을 깜빡거렸다. "뭐에?"

"살점." 머리 긴 남자가 대꾸했다. 새파란 눈이 뒤에서 쏘는 불빛 때문에 까맣게 보였다.

니나는 무릎에 힘을 주고 버티려 했지만 순간적으로 현기증이 덮쳤다. 자세를 조금 고쳐 서면서 입을 약간 벌리고 습한 밤공기를 스읍 들이마셨다.

"총알을 떠올려봐." 그가 니나에게 말했다.

"맞았을 때 어떻게 되는지." 파트너가 거들었다.

"시체가 사라진다 해도, 피 말고 다른 것도 남아있을 거 아냐."

"뼈라면 좋을 텐데."

"뼈라면 제일 좋겠지만, 지금 상황상……."

"남기기 어렵지."

"그렇지." 머리 긴 남자가 맞장구쳤다. "그러니 할 수 있는 만큼 해보자는 거야."

두 남자는 도로에 자기들만 있는 양, 니나가 그 끔찍한 대화를 옆에서 다 듣고 있지 않은 양 주거니 받거니 했다. 니나는 두 사람을 번갈아 빤히 쳐다봤다.

"좀 만져도 될까?" 머리 긴 남자가 이렇게 말하면서 한 손을 들어 올렸다. 니나가 아무 반응을 안 보이자 그는 니나의 뒤통수로 손을 뻗어 손가락 끝만 살짝 댄 채 작은 원을 그리며 문질렀다. "이렇게 할 거야. 당신이 스스로 하고 싶어 하는 건 알고 뜻대로 해주고도 싶지만, 지금 상황에서 더 쉽게 가려면……."

니나는 그에게 칼을 건네며 말했다. "헤일리, 닉, 더그."

"그래, 좋아. 그런 생각으로 용기가 난다면 얼마든지 그렇게 해."

"헤일리와 닉과 더그." 니나가 다시금 읊조렸다. 손을 감싼 붕대는 벌써 손등 부분까지 피로 끈적거렸다. 후들거리는 다리를 움직여 바닥에 무릎을 꿇자 오톨도톨한 아스팔트가 진바지를 뚫고 무릎을 찔러댔다. 니나는 애써 필요한 이미지를 떠올렸다. 딸의 얼굴, 아들의 얼굴, 남편의 얼굴을.

"준비 됐어요." 니나는 이렇게 속삭이고 고개를 푹 숙였다.

너무 순식간에 잘라내서 거의 아무 느낌도 안 났다. 한순간, 벌써 끝난 건가 싶었다. 생각보다 나쁘지 않은 것 같았다.

다음 순간 그가 머리카락을 힘껏 잡아당겼다.

단 한 번, 아주 세게. 살점이 뜯겨나간 순간에야 니나는 그가 아직 칼날을 머리통에 대고 있음을, 잡아당기면서 동시에 도려내 들어냈음을 깨달았다.

니나가 앞으로 고꾸라져 손으로 땅을 짚으면서 고통에 찬 괴성을 지르는 순간 장갑 낀 손이 입을 꽉 틀어막았고 긴 머리 남자의 음성이 귓전에 들려왔다.

"쉬잇." 그가 어르듯 말했다. "너무 큰 소리는 안 돼. 혹시 모르니까."

눈앞에 붉은색, 검은색 반점이 떠다니면서 세상이 팽글팽글 돌았고, 니나는 자신을 감싸 안은 그의 팔 안에 축 늘어졌다. 그가 머리카락 한 줌과 살점을 파트너에게 넘기고 새 붕대를 건네받았다. 그것을 니나의 뒤통수에 댄 채 그녀가 고통의 물결을 한차례 넘길 때까지 잠자코 기다렸다.

파트너가 다가와 두 사람 위로 몸을 숙이자 그의 손에 들린 자신의 머리칼 한 줌과 거기 달려 대롱거리는 5센트 동전만 한 살점이 니나의 시야에 들어왔다. 그는 미니어처 사이즈의 두피 모형 같은 그것을 아까 묻힌 흥건한 혈흔 한가운데에 그럴싸하게 걸쳐놓았다.

"서둘러." 머리 긴 남자가 말했다.

그의 파트너는 허리띠에 찔러뒀던 권총을 뽑아 조준하고 발사했다. 총성에 고막이 찢어질 듯해야 마땅했지만, 지독한 통증에 모든 소리가 묻혀버린 것 같았다. 뒤통수에 붕대를 댄 채 아스팔트 바닥에 앉아 있는데 매캐한 코르다이트 화약 냄새가 훅 끼쳐왔다. 눈을 깜빡여 다시 초점을 찾자 좌석 헤드레스트에 구멍이 뻥 뚫린 게 보였다.

머리 짧은 남자가 권총을 허리춤에 도로 찔러 넣고 한 걸음 물러나 고개를 까딱 기울였다. 그러더니 다시 몸을 숙이고 검지로 니나의 두피 조각을 툭툭 건드려 자기가 원하는 위치로 옮겼다. "썩 좋진 않은데."

"상황이 썩 좋지 않으니까." 머리 긴 남자가 말했다. "시간이 촉박하잖아."

"그렇지. 그래도 그자는 수완이 좋으니까. 지역 법의학 연구실은 대충 넘어가더라도 그자는 안 그럴지 몰라. 원한다면 몇 중으로 확인할 수도 있고."

"그래서 우리가 있는 거지. 몇 중으로 확인할 마음이 안 들게 하려고."

그러자 파트너가 씩 웃었다. 그를 보면서 니나는 자기도 모르게 몸을 부르르 떨었다.

텅 빈 사람들이었다.

하지만 딱 그런 사람들이 필요했다. 맞아, 저런 사람들이 필요해.

머리 긴 남자가 니나를 놔주고 물러서며 한마디 했다. "한동안 야구모자 쓰고 다니는 게 좋을 거야."

니나는 손바닥으로 아스팔트 바닥을 짚고 몸을 일으켰다. 처음엔 쭈그려 앉았다가 천천히 일어섰다. 그랬는데도 눈앞이 팽팽 돌았다. 잠시 기다렸다. 세상이 돌기를 멈췄다. "열쇠는 차에 있죠?"

남자는 씩 웃었다. 바람이 불어와 그의 옅은 금발을 도로 어깨 앞쪽으로 넘겼다. "맞아." 그가 턱으로 강 쪽을 가리켰다. "저 오래된 다리 건너자마자 있어. 차로 건널 순 없지만 도보로는 가능해. 하지만 조심하는 게 좋아. 그 사람이야 당신이 강물에 처박힌 줄로 알겠지만, 진짜로 그렇게 되면 곤란하잖아."

니나는 고개를 끄덕였다. 칼과 총을 든 두 남자를 봤다가 다시 피 묻은 자기 손을 내려다봤다. "고마워요."

"별말씀을."

"기꺼이 도왔을 뿐."

니나는 마지막으로 한 번 더 자신의 머리카락이 달려 있는, 피로 물든 헤드레스트를 흘끔 본 다음 돌아서서 캄캄한 어둠으로 걸어 나갔다.

두 사람은 멀어지는 니나를 지켜봤다. 니나가 다리를 건너가고 어둠 속에서 자동차 시동 거는 소리가 들려온 뒤에야 입을 열었다.

"그자에게 사실대로 얘기하면 돈을 더 받겠지." 머리 긴 남자가 침묵을 깨고 말했다.

"음."

"저 여자는 산 채로는 우리한테 별 쓸모가 없어."

"전혀 없지."

둘은 한 몸처럼 뒤로 돌아 차를 바라봤다. 키 작은 남자가 손전등을 도로 켰다. 피가 번들거렸다. 탄환이 남긴 구멍 옆에 니나 모건의 동전만 한 두피가 달린 머리카락 한 줌이 달랑거렸다.

"그래도 궁금하긴 해." 그가 말했다.

"믿게 만들 수 있을까. 그게 궁금하다는 거지."

"바로 그거야."

"좀 서두르긴 했지만……."

"나쁘진 않아."

"음. 엉터리는 아니지."

"난 원래부터 그자가 마음에 안 들었어."

"마사틀란에서의 일도 있고."

"맞아, 애초에 성공할 수 없는 임무를 떠안겼지."

"우연히 희생되는 거랑 처음부터 희생양으로 내몰리는 건 엄연히 다르지."

"천지 차이지."

"그럼."

침묵이 이어졌다. 둘은 차를 이리저리 살폈다.

"보고해야지." 머리 긴 남자가 입을 열었다.

"예측 하나 해볼까." 파트너가 말했다. "보수 안 줄 거야."

"여자가 강에 빠졌고 지시 사항은 그게 아니었으니까?"

"맞아. 자기한테 데려오길 원했잖아. 그러니 그 새끼, 돈 안 줄 거야."

머리 긴 남자는 생각에 잠긴 채 고개를 한 번 끄덕였다. "그럼 돈 나올 곳은 니나뿐이네."

"우리가 여자를 갖다 바치지 않는다면."

"그렇지."

"하지만 그런다 해도……."

"그자가 만족 못할 수 있어."

"그렇지."

긴 머리 남자가 장갑을 벗었다. 그리고 차를 물끄러미 바라봤다. "이건 실험이 되겠군." 그가 말했다. "믿게 만들 수 있을까?"

"해봐야 알겠지?"

"그렇겠지?" 긴 머리 남자가 맞장구치더니 휴대폰을 꺼내 어디론가 전화를 걸었다.

2부

보호자들

2

말벌은 밤사이 아무도 모르게 패밀리 밴의 뒷좌석으로 날아들었다.

더그 챗필드가 낮에 조수석에 열세 살 난 딸 헤일리를, 그리고 야구 배트와 글러브와 야구화에 악취까지 뒤엉킨 뒷좌석에는 있는 대로 축 늘어진 열한 살짜리 아들 닉을 태우고 집에 돌아오는 길에 차창을 내려놓은 탓이었다.

더그가 자기 집 구역의 구불구불한 진입로로 차를 몰아 들어섰을 때 아이들은 입씨름을 벌이고 있었다. 헤일리가 닉이 또 "말도 안 되는 개소리"를 한다며 문제를 제기했다. 닉은 땀에 전 양말 한 짝을 벗어들고 앞좌석으로 몸을 기울여 제 누나 코 밑에 들이대는 것으로 응수했다. 그러자 헤일리가 머시 게임[두 사람이 서로의 손목을 뒤집어 꺾는데 먼저 "봐줘(mercy)!"라고 외치는 사람이 지는 놀이]하듯 남동생 손을 바깥쪽으로 확 꺾었다. 고통에 찬 비명이 뒤따랐다.

그쯤에서 더그 챗필드가 “작작 좀 해, 녀석들아.”라고 한마디 하고는, 막 비가 내리기 시작했는데도 뒷좌석 창을 조금 열었다. 한바탕 쏟아질 것을 예고하는 구름 너머의 은백색 하늘에서 굵은 빗방울이 후드득 떨어지기 시작한 참이었다.

“그의 악취가 남쪽으로 흘러가게 동생을 놔주거라.” 더그는 왕실의 선포처럼 근엄한 어조로 말했다. 헤일리가 피식 웃었다. 닉의 한 손이 풀려났고, 그 바람에 양말 한 짝이 콘솔에 툭 떨어지자 헤일리가 역겨워하며 양말을 홱 쓸어버렸다. 살짝 열린 뒷좌석 창이 들여보낸 습한 여름 공기가 냄새 풀풀 나는 짐칸을 한 바퀴 돌았다. 공기가 시원스럽게 많이 들어온 건 아니었다. 더그가 비 때문에 창을 2센티미터 정도만 열었기 때문이다. 워낙 조금 열어서, 차고로 들어갔을 때쯤 창이 열려 있는 것을 까맣게 잊고 말았다.

말벌은 그 전에 차고에 들어와 있었다. 그날 아침 더그가 회계사 사무실로 출근하려고 집을 나섰을 때 들어왔는데, 출차한 후 차고 문을 내리자 말벌은 차고 처마 밑 벌집으로 돌아갈 길이 막혀버렸다. 그날 오후 챗필드 가족 셋이 밴에서 내렸을 때, 말벌은 크리스마스 장식용 전구가 든 먼지 덮인 파란색 플라스틱 용기 안으로 기어 들어갔다. 한참 후 말벌이 도로 나왔을 땐 차고 문이 또 닫혀있어서 탈출이 불가능했다.

그러다가 자정 즈음해서 말벌은 살짝 열린 차창을 발견한 것이다.

토요일 오전 챗필드가의 집에는 할 일도, 연습 스케줄도, 맞춰놓은 알람도 없었다. 헤일리가 테니스 강습을 가는 오후 두 시, 그리고 닉이 또 한 차례 야구 경기에 등판하는 오후 네 시까지는 온 가족이 할 일이 없었다. 게다가 둘 다 날씨에 따라 취소될 수 있는 활동이었다. 간밤에 루이빌 지역을 강타한 폭우는 땅만 실컷 적시더니 습기는 그대로 남겨두고 가버렸고, 오후에 비가 더 올 가능성도 있었다. 더그가 잠에서 깼을 때는 하늘이 잿빛이었고, 커피 한잔 하려고 뒷문 포치로 나가는데 공기가 어찌나 묵직한지 마치 커튼을 젖히고 지나가는 것 같았다.

'온종일 모두 집 안에 있겠구만.' 그는 속으로 단정했다. '하루 종일 창문이란 창문은 다 닫아놓고 에어컨 틀고, TV 보고 비디오 게임이나 하면서 지내겠군. 둘이 최소한 전투 한 판, 잘하면 두 판은 벌이겠지.'

그렇다면 첫 단추를 잘 끼워야 했다. 한 턱 쏘든가, 깜짝 선물을 하든가 해야 한다는 뜻이었다. 더그는 평소 건강한 아침 식사의 중요성을 목청껏 지지하는 쪽이었다. 아침 식사는 눈 깜빡할 새 난장판이 되거나 정신없는 스케줄에 휘둘릴 수 있는 날에 유일하게 통제 가능한 한 끼였다. 사실 그는 한때 의사 보조원으로 일했기 때문에, 건강을 위한 것이라면 뭐든 대찬성이었다. 지금도 간혹 의학 지식이 무심코 입에서 튀어나올 때마다 자신이 건강염려증 환자라서 그런 척했다. "제가 또 인터넷 의학박사거든요." 이런 농담으로 얼버무리면 상대방은 웃으며 그냥 넘어갔다. 왜냐면 다들 더그 챗필드가 회계사에 홀아비라는 걸 알고 있으니까. 그런 그가 남은 가족의 건강을 조금 지나치게 신경 쓴들 누가 손가락질하겠나? 이제는 두 아이를 혼자서 돌봐야 하는데.

평소에는 균형 잡힌 아침 식사가 필수지만, 지금은 여름 방학이고 주말인데다 아이들은 우천으로 인한 경기 취소로 실망할 일만 앞두고 있었다. 그런데 차 몰고 3분만 가면 던킨 도넛 매장이 있었다. 헤일리는 젤리 도넛에 환장하고 닉은 초콜릿만 묻어 있으면 다 좋아했다. 10분이면 던킨에 다녀와, 느지막이 잠에서 깨 부엌에 내려온 아이들이 아일랜드식탁에서 도넛 상자를 발견하게 해줄 수 있었다.

에라 모르겠다. 방학인데 이 정도 반칙은 눈감아줘야지.

더그는, 그럴 확률은 낮지만, 혹시나 자기가 나가 있을 때 아이들이 깨서 내려올까 봐 아일랜드 식탁에 쪽지를 써놓았다. 단어 하나와 느낌표면 되었다. 도넛!

집에 아이들만 놔두는 경우는 드물지만, 별일 없을 것 같았고 좋은 연습 기회이기도 했다. 최근 몇 주간 헤일리와도 여러 차례 의논했는데, 올여름에는 딸아이가 끈질기게 요구해온 더 많은 책임을 맡길 참이었다. 자기는 이미 어른인데—'지금 열세 살이면 곧 서른'은 테니스 경기 때마다 관람석에 나란히 앉은 헤일리에게 지겹도록 들은 농담이었다—아빠는 자기를 숨 막히게 하며, 지나치게 보호하려고만 들고, 하여간 눈치가 없다는 것이었다.

어쩌면 아이 말이 어느 정도 맞는지 모른다. 부모라면 응당 세상에 어떤 사악한 위험들이 도사리고 있는지 잘 안다. 하지만 더그는 보통의 부모보다 더 창의적인 위험을 상상해낼 수 있었다. 그 상상이 불러일으킨 두려움, 그 기억들을 의식적으로 억눌러야 했다. 아무리 두려워도 아이들을 충전재로 감싸 세상으로부터 보호할 수는 없는 노릇이었다.

대신 도넛 정도는 대접할 수 있었다.

비 올 테면 오래지, 늦잠 잘 테면 자고. 깨면 도넛이나 먹이자고.

더그는 열쇠를 집어 들고 차고로 갔다. 밴에 시동을 걸고 차고 문을 올려 젖혔다. 후진해서 차를 뺀 뒤 문을 도로 내리고 진입로에서 빠져나왔다. 이제야 더그는 고음을 내며 뒷좌석 열린 창틈으로 새들어오는 공기 소리를 들었고, 전날 애들이 벌인 악취 화생방 전투가 기억났다.

그는 뒤를 돌아보지도 않고 창을 닫았다.

챗필드 가족의 집은, 시각적 차별화를 노렸으나 장렬히 실패한 벽돌 주택들로 이루어진 구역의 구불구불한 도로와 막다른 길 들을 따라 1.5킬로미터쯤 들어간 곳에 있었다. 구역 내에는 시속 25킬로미터 속도 제한이 있고, 더그는 그 규정을 철저히 지켰다. 동네에 워낙 뛰노는 애들이 많아서, 지킬 수밖에 없었다. 애들은 원래 별별 미친 짓을 저지르는 존재다. 프리스비 잡겠다고 도로로 튀어나오고, 개 쫓아서 도로로 뛰어나오고. 심지어 자동차마저 쫓아가니까. 애들은 위험 요소를 분간하지 못한다. 아직은. 그러니 차를 천천히 몰면서 주위를 살피는 수밖에 없었다.

더그가 '플랜더스 우즈'라는 동네 이름이 새겨진 낮은 돌담 옆에서 교통신호를 받아 정지했을 때, 말벌이 뒷좌석 도어패널 밑에서 기어 나와 운전석 도어패널로 옮겨 갔다.

더그는 말벌을 미처 보지 못했다. 시선이 전방의 도로에 고정되어 있었기 때문이다. 이 구간에는 횡단 신호가 없어서 사람들이 차를 너무 빨리 몰았다. 동쪽의 언덕은 오전에 특히 문제가 됐다. 떠오르는 해가 언덕마루를 강렬히 비춰 가시도를 확 떨어뜨렸기 때문이다. 더그는 몇 초 정지해 전방에 위험이 없는 것을 확인한 다음 좌회전했다.

이제 그는 오크 리지 도로로 들어서고 있었다. 여기서는 시속 50킬로미터로 제한되는 S자 커브 구간을 제외하고, 속도 제한이 시속 70킬로미터로 풀렸다. 이 길을 1.5킬로미터 더 달리고 교통신호 한 번만 더 받으면 4번가에 접어들고, 그럼 던킨 도넛이 보일 것이다.

더그는 액셀을 더 밟았다.

아메리칸 말벌은 샛노란 색과 검정색 줄무늬를 입고 있다. 이 두 가지 색은 스포츠 팀들이 팀 대표 색으로 종종 채택하며 심지어 군함에

칠하는 경우도 많은데, 그럴 만한 이유가 있다. 매우 공격적인 시각적 조합이라 그렇다.

어쨌든 자연의 의도는 그렇다.

이 두 색의 조합은 경고를 보내고 본능적 반응을 유도한다. '나 건드리지 마. 가까이 다가올 생각 마.'

그러나 상대가 경고를 미처 이해하지 못한, 혹은 보고도 심각하게 받아들이지 않은 경우를 대비해 암컷 말벌은 보조 장치를 장착하고 있다. 독침이다. 가시가 돋친 꿀벌의 침과 달리, 말벌의 침은 매끈하며 여러 방을 쏠 수 있다. 암컷 말벌만 벌집을 보호하는 의무를 졌기에 독침을 장착하고 있으며, 보통은 벌집 가까이에 머문다. 방해받지 않는 한은 그렇다.

더그 챗필드의 도지 램 차량의 운전석 팔걸이를 타고 기어오른 말벌은 암컷이었고, 이 암컷은 더 이상 벌집 근처에 있지 않았다. 이 암컷은 갇혔고, 위협적인 색이 보내는 신호는 간과되고 무시당했다. 더그가 왼팔을 움직인 순간 폴로셔츠 소매가 위로 들려 올리면서 그의 팔이 암컷 말벌에 스쳤다.

말벌은 더그의 왼팔 삼두근 두툼한 부위를 쿡 찔렀다.

더그가 외마디 비명을 질렀다. 고작 0.6센티미터의 독침이 체중 90킬로그램에 육박하는 근육질 몸에 가한 통증은 전기꼬챙이에 찔리는 것과 비견할 충격이었다. 더그는 정확히 독침이 의도한 대로, 아프고 겁먹은 채 왼쪽을 흘끔 봤고 마침내 말벌을 발견했다. 말벌은 아직 날아오르지 않고 여전히 도어패널을 기어 다니고 있었다.

더그는 핸들에서 왼손을 떼 말벌에게 휘둘렀다. 맞히지는 못했다. 말벌은 그의 손가락 사이로 날아들어 그의 약손가락 뿌리 부위의 피막에 한 번 더 침을 쏘았고, 이번에는 그의 손에 붙어 있었다.

더그는 흠칫 놀라 고음의 괴성을 지르면서 두 가지를 시도했다. 운전석 창을 내리는 것, 그리고 말벌이 한 번 더 쏘기 전에 녀석을 떼어버리는 것이었다. 말벌은 그를 얼마든지 해칠 수 있었지만, 아직은 사소한 위협에 불과했다. 녀석을 그의 세계에서 다른 세계로 쫓아 보내기만 하면 다 괜찮아질 터였다.

더그가 핸들에서 두 손을 다 떼고 있는데 마주오던 셰비 타호 차량이 귀를 찢는 경적을 울렸다. 그 순간 말벌이 그를 한 번 더 쏘았고, 더그는 자신이 중앙선을 한참 넘어간 걸 알아채고 고개를 들면서 다시 핸들을 잡았다. 타호가 반대쪽으로 홱 피해감과 동시에 더그도 아슬아슬하게 핸들을 오른쪽으로 꺾었고, 0.5초간 모든 것이 정상으로 돌아왔다. 말벌이 손에서 떨어졌고, 충돌도 피했다.

다음 순간, 더그의 밴이 전복됐다.

차량은 아스팔트 위에서 두 번 뒤집히더니 100살은 됐음직한 참나무에 충돌했다. 참나무가 그나마 막아줘서 그 밑의 가파른 경사로로 찌그러진 차체가 굴러 떨어지지 않았다. 에어백이 터지면서 공기 중에 코르다이트 냄새를 머금은 먼지가 퍼졌고, 부서진 유리와 플라스틱 파편이 더그의 머리카락에 쏟아져 핏줄기를 타고 그의 목에도 흘러내렸다.

도로 저쪽에서 행인들이 비명을 지르기 전, 그리고 사이렌이 울리기 한참 전에 말벌은 완전히 부서진 창을 발견하고 날아가 버렸다. 말벌은 완파된 차체 위에 잠시 붕 떠서 왜앵거리면서 이제는 돌아갈 수 없게 된 벌집을 찾아 두리번거렸다.

3

"서풍, 인입 기류, 왼쪽에서 오른쪽으로. 전방에 약 550미터 오픈워터(육지나 부빙, 기타 장애물 없이 펼쳐진 수면) 구역. 기체 떨림 약간. 활주 체크 완료."

"오케이, 오케이. 다음은?"

"카스. C는 '카뷰레터 히트(기화열)', 꺼진 것 확인. A는 '전방 클리어', 확인. R은 '수중타 올려', 올라간 것 확인. S는 '스틱은 뒤로'. 뒤로 젖힌 것 확인."

"해볼래?"

"못 할 건 뭐야." 세스나 수상비행기 조종석에 앉은 리아 트렌턴이 이렇게 받아쳤고, 이윽고 기체는 노스 우즈의 수면을 미끄러지기 시작했다. 프로펠러가 점점 세게 회전했다. 전방의 짙은 색 수면에 물결이 일었다. 속력이 붙으면서 양쪽 창문 밖에 줄지어 선 소나무들이 초록색에서 검은색으로 변했다. 리아의 손바닥에 닿은 스틱이 가볍게 느껴졌다. "고도 올립니다." 리아가 말했다.

"오케이."

기체 하부에 달린 플로트들이 아직 수면에서 떨어지진 않았지만 이제는 수면을 훑는 정도로 닿은 채, 좀 더 빠르게 활주했다.

"2차 고도 상승."

"오케이. 베어링 소리 주의하도록."

"알았다, 오버."

20미터, 30미터, 35미터…… 비행기는 마침내 수면에서 떨어져 올라갔다. 플로트들도 공중에 떴다. 리아의 목에 숨이 턱 걸린 건 두려움 때문이 아니었다. 순수한 기쁨 때문이었다. 더 이상 땅은 리아 트렌턴을 붙잡고 있지 못했다.

리아는 바람을 탄 채 혼자 날고 있었다.

아니, 거의 혼자. 옆에서 수상비행기의 주인인 에드 레븐셀러가 입이 찢어져라 미소 짓고 있었다.

"멋지다! 완벽했어. 아주 타고났는데."

리아도 미소 지었고, 비행기는 호수와 소나무들 위로 솟구쳐 올라 늦은 오후의 태양을 향해 날아갔다. 키네오산을 저 밑에 두고 점점 멀어져갔다. 에드의 칭찬은 고맙지만, 미소는 우스워서 나온 것이기도 했다. 에드가 타고난 감각이라고 칭찬한 것은 사실 타고난 것과 거리가 멀었다. 리아의 비행시간이 에드보다 최소 1만 5천 시간은 더 됐으니까.

엄밀히 말하면 리아의 뇌와 육체가 쌓은 비행시간이었다. 공식적으로 그 비행시간은 다른 이름의 여성, 사망한 지 10년이 조금 안 된 여성의 것이었다.

리아는 비행 고도를 지상으로부터 약 300미터로 올린 뒤, 물에 둘러싸여 성질난다는 듯 적어도 250미터 가량 무스헤드호 위로 우뚝 솟은 험난한 바위산인 키네오 주위를 선회했다. 기체를 비스듬히 기울여 날면서 리아는 적당히 머뭇거리는 척했다. 어쨌거나 리아 트렌턴이 조종간을 잡고 이륙하는 건 이번이 고작 네 번째였으니까.

오른쪽을 흘끔 봤다가 가뜩이나 새카맣게 탔는데 헤드셋 각도 때문에 그늘까지 진, 좌우로 약간 넓은 얼굴로 씩 웃으며 바라보는 에드와 눈이 마주쳤다. 그가 리아의 팔을 슬쩍 건드리며 말했다. "이런 기분 또 없지?"

"어디서도 맛볼 수 없는 기분이네." 리아가 맞장구쳤다. 사실이었다. 맙소사, 땅에서 솟구쳐 하늘을 향해 올라가는 그 기분이란. 게다가 수상 이륙에는 더 특별한 구석이 있었다. 수면에서 떠 올라가는 순간 자연의 모든 요소와 완벽히 하나가 되는 느낌이었다. 물과 땅과 바람에 뇌와 신체와 영혼이 전부 일치되는 것 같았다.

이런 얘기는 에드와 얼마든지 터놓고 나눌 수 있었다. 친구 사이로 출발해 동료가 되고 곧 연인이 된 이 따스하고 성실한 남자 앞에서 초보 조종사인 척하는 것에 리아는 늘 죄책감을 느껴왔다. 에드가 인간관계에서 무엇보다 중시하는 게 숨김없는 태도이건만, 그런 그가 리아를 사랑하는 건 허상을 사랑하는 꼴이었다.

보통 때는 과거를 화제로 삼는 것을 피하고 현재의 이야기에 집중할 수 있었다. 현재를 사는 것, 지금 여기에 있는 것이 마치 인생의 주문인 양 이야기했고 실제로도 그랬지만, 그것은 에드를 정직하게 대하기 위한 장치이기도 했다. '오늘의 일에 대해서만 물어봐, 그럼 나도 거짓말

하지 않을게.'

이곳에서 리아는 행복했다. 삶에 만족했다. 무스헤드호가 150년 전 헨리 데이비드 소로의 마음을 사로잡았던 장엄함을 뽐내며 두 사람의 발아래 펼쳐졌다. 거대한 만과 내해와 개울들, 수십 개의 섬, 무심한 빙하처럼 아무렇게나 불쑥 솟은 화강암 절벽들. 소로의 시대 이후 길들여졌다고 할 수 있을까? 맞다. 정복됐다고 할 수 있을까? 그건 어림없었다.

무스헤드가 관광지임은 이론의 여지가 없지만, 몹시 험준한 지역이기도 했다. 오늘 리아와 에드의 목적지가 포함되어 있는, 북쪽으로 넓게 펼쳐진 앨라개시 야생국립공원만큼 외떨어져 있진 않지만, 교외라고는 부를 수 없는 지역이었다. 이 무렵에는 산장과 코티지 들이 다 차 있고 호수에는 밝은 색 보트들이 점점이 떠 있으며 모텔이며 레스토랑들도 예약이 꽉 차 있었다. 그러다 늦가을쯤 다시 고요한 곳으로 돌아오고, 북풍이 매섭게 불어닥치고 나사송곳이 수면을 찾아 꽁꽁 언 발밑의 빙판을 뚫고 들어가느라 굉음을 내는 겨울이면 전혀 새로운 세상이 펼쳐졌다.

이제 리아의 세상이었다. 리아는 자신이 한때 플로리다 여자였던 것이 믿기지 않았다.

"여름 되면 바쁘겠네." 에드가 한마디 던졌다. 한줄기 강풍이 통제권을 쥔 게 누구인지 상기시키려는 듯 기체를 한바탕 흔들어댔다. 에드는 리아를 가만히 주시했다.

"바쁜 게 아니라 미치도록 정신없는 여름이겠지."

마흔 살 리아와 스물아홉 살 에드의 가장 큰 차이는 '얼마나 기꺼이 삶의 물결에 휩쓸릴 각오가 되어있는가'에서 났다. 리아는 에드의 나이였을 때 기꺼이 휩쓸렸던 것을, 지금은 위험 평가라는 렌즈를 통해 깐깐히 가늠했다. 돈이 얼마나 들 것인가, 시간은 얼마나 들 것인가, 일이 잘못되면 어떻게 될 것인가. 리아는 에드 레븐셀러의 많은 점이 마음에 들었지만 그중에서도 그의 될 대로 되라는 식의 태도가 가장 좋았다. 무모한 건 아니지만, 어떤 일을 하지 말기로 하는 것보다 하는 쪽으로 자신을 설득하는 데 훨씬 능했다. 올여름, 둘이 메인주의 외딴 노스 우즈 깊은 곳에 구입한 산장 여섯 채를 리노베이션할 것인가 말 것인가를 놓고도 그랬다. 리아는 둘이서 두 채 정도는 감당할 수 있을 거라고 봤다. 반면에 에드는 여섯 채 다 하자고 밀어붙였고, 네 채만 하는 걸로 타협할 의향도 있었다.

두 사람이 세운 장기 목표는 수상비행기와 카약 또는 카누로만 접근 가능한 산장 숙소 체인을 운영하는 것이었다. 가이드를 원하는 손님이 있으면 가이드를 제공하고, 혼자 탐험하려는 이들을 위해서는 야생의 자연에 좀 더 수월히 접근하도록 돕는 서비스를 제공할 생각이었다. 에드는 시골 체험 서비스가 르네상스기를 맞고 있다고 줄곧 주장했다. 초연결사회에서는 탈출 욕구가 있게 마련이라고. 살갗을 아리는 추위와 와이파이 없는 일주일이 대중에게 어필한다고. 에드와 리아는 그 탈출을, 그러니까 극소수의 사람들만 밟아본 제한된 세계에서 맛볼 수 있는 유일무이한 경험을 제공할 여력이 있었다.

“서두를 필요 없어.” 리아가 말했다. 산장 얘기를 하는 것이었지만 훨씬 큰 함의를 담은 말로 느껴졌다. 리아가 에드에게 요구하는 것이 하나 있다면 그건 인내심이었다. 에드가 앞뒤 안 재고 돌진하는 타입이라면 리아는 이 새로운 삶에서 자신에게 얼마만큼을 허용할까 매번 고민하며 선회하는 타입이었다.

더불어, 에드에게 얼마만큼 요구하는 걸 자신에게 허용할까도 고민했다. 그에게 거짓말은 안 하고 싶지만, 그런 마음과 상관없이 지금 리아는 그가 조종사 자격증을 따기도 전에 자신이 눈 감고도 조종할 수 있었던 비행기를 몰면서 그의 지시를 따르는 척하고 있지 않은가.

"일단 1호 산장의 부엌만 생각하자고." 리아가 말했다. "그 걱정만으로도 머리가 터질 것 같으니까."

"'트라우트 비스타(송어 전경)' 객실의 부엌 말이야?" 에드가 받아쳤고, 둘은 웃음을 터뜨렸다. 한창 산장 부지를 물색하고 어떻게 운영할까 의논했을 때쯤 노스 우즈에 동물과 관련된 요상한 이름의 모텔과 산장이 많다는 걸 알아챘고, 한동안 그런 농담을 줄기차게 주고받았었다. 둘이 사귄 지 얼마 안 됐을 무렵, 어느 날 밤 '스트레스 프리 무스'라는 술집에서 맥주를 마시다가 리아가 그 얘기를 꺼내며 깔깔 웃었다. "도대체 누가 이런 이름들을 생각해내는 거야?" 그때 이후로 에드는 두 사람의 산장들에 말도 안 되는 이름을 붙이고 있었다.

"그냥 비드보드(빛 반사와 흡음 효과가 있는 폴리에틸렌 수지 반사판) 덧대고, 바닥 깔고, 카운터에 상판재 좀 덧대는 정도야." 에드가 말했다. "이번 달 말이면 끝나 있을 걸. 장담컨대……."

"1호 산장."

"'카리부의 용기' 객실의 벽난로는 독립기념일 첫 폭죽이 터질 때쯤 끝나 있을 거야. 그럼 나는 위풍당당하게 마이터 톱을 들고……."

"2호 산장."

"'이그렛의 이스테이트' 객실, 응. 그거를 정복할 거야. 거기는 손볼 데가 더 적거든."

"지붕이 없잖아."

"지붕이 내려앉은 거지."

"물이 콸콸 새는데."

"내려앉은 지붕의 매력이 바로 그거야. 빗물을 거실 바닥 한가운데로 모아 주거든." 에드가 손으로 깔때기 모양을 만들어 보였다. "그 주저앉은 부분이 없었으면 아예 객실 전체가 망가졌을 걸."

리아는 웃음 지으며 고개를 절레절레 저었다.

"가을까지 산장 네 채가 준비될 거야." 에드가 자신 있게 말했다. "일감이 많긴 해도……."

"내가 너희 여름 손님들 전부 가이드해주면 네 일감이 줄어들 거 아냐."

"왜 이러셔. 고작 여름 낚시꾼들 안내하는 거면서. 블루길(검정우럭과의 민물고기)만 잡아도 만족하는 할아버지와 손자 팀들이잖아." 그러더니 에드는 고도계를 가리켰다. "저렇게 슬금슬금 올라가게 내버려두면 안 돼."

사실 리아는 "내버려둔" 게 아니라 의도적으로 고도를 조금씩 올린 것이었다. 에드의 지도를 무시하고, 에드는 까맣게 모르는 자신의 체화된 경험을 어느새 따랐을 뿐이었다. 젊은 남자와 연상의 여자 사이에 자주 일어나는 일 아닐까? 자존심 다치기 쉬운, 착해빠진 남자를 상대로 삼켜야 할 말들이 얼마나 많은지.

"방향지시전파를 다시 지상에 쏘겠습니다." 이렇게 말하면서 리아는 기수를 아래로 향했다. 저 아래 흰 돛단배 두 척이 짙은 색 담요를 펼쳐놓은 듯한 수면 위에서 반짝이고 있었다. 호수에서 레이스를 벌이는 호비 캣(두 척의 작은 배를 널빤지로 연결하고 돛을 단 쌍동선을 제조하는 회사 '호비 캣 컴퍼니'의 소형 배)들이었다.

“잘했어. 농담 아니고 당신 비행면허 따면 좋겠어.” 에드가 말했다. 응원하는 마음에서, 감탄을 담아 한 말이었지만 리아의 얼굴에서 웃음기가 가셨다.

“왜?” 에드가 말을 이었다. “이거 몰 때마다 행복해 보여서 그래. 우리가 인건비는 동결하고 조종사만 두 배로 늘린다면…….”

“알아.” 리아가 대꾸했다. “그냥 내 일이 아닌 것 같아서 그래.”

에드가 미간을 접은 채 어리둥절한 표정으로 리아를 응시했다. 에드레븐셀러는 아직 젊지만 직관이 뛰어나고, 누가 순수하게 즐거워하면 그걸 알아볼 줄도 아는 사람이었다. 리아는 비행에 가벼운 흥미만 느끼는 척할 수 있었지만, 눈빛과 몸짓은 전혀 다른 메시지를 보내고 있었다. 하늘을 날 때 그녀는 단순히 즐거운 정도가 아니라 고향에라도 간 것 같았다.

“즐기려고 하는 거랑 돈 벌려고 하는 건 다르잖아.” 리아가 해명하는 투로 말했다.

“그렇긴 하지.” 에드가 대꾸했다. “그렇지만 좋아하는 일을 직업으로 삼는 게 제일 이상적이지 않아? 내가 좋아하는 일을 돈 받으면서 할 수 있다면, 대부분의 사람들보다 운이 몇 배 좋은 거 아닌가.”

“맞아.” 리아가 대꾸했다. “운 좋은 거야. 근데 난 가이드 일은 좋은데 사냥은 싫어. 무슨 차이인지 알지?”

에드는 더 이상 밀어붙이지 않았다. 뒤이은 침묵은 의견 대립의 산물이 아니라 긴 대화 끝의 숨 돌림이라 그런지 편안했다. 두 사람은 각자의 생각에 빠져 있는 동시에, 자칫 내재된 위험을 잊을 정도로 아름답기만 한 야생의 자연 위를 나는 알루미늄 기체의 가벼운 진동 속에서 순간을 함께했다.

아름다운 것들은 언제나 그랬다. 두 사람의 발 밑, 릴리 베이의 북쪽에 1963년 매사추세츠 공군기지에서 출발해 엘리펀트산에 추락한 B-52 스트래토포트리스('하늘을 나는 요새'라는 뜻. B-52 폭격기의 애칭)의 잔해가 숨어 있었다. 탑승자 중 몇 명은 기껏 추락에서 살아남아 놓고 폭설을 만나 목숨을 잃었다. 이 모든 일이 평시에, 그것도 본국에서 복무하던 중 저 아래에 펼쳐진 목가적인 뉴잉글랜드 마을의 깜빡이는 불빛을 보면서 비행하다가 일어난 일이었다. 추락하고 몇 시간 만에 그들은, 여전히 본국에 있으나 고향과도 평화와도 멀어진 기분으로, 영하 몇십 도의 악조건 속에 동사해갔다.

자신에게 어떤 위기가 닥칠지는 아무도 모른다. 그렇다 해도, 워싱턴산(미국 북동부 뉴햄프셔주 화이트 산맥에 있는 산. 미국 북동부에서 최고봉) 뒤로 빨갛게 타오르기 시작한 태양을 배경으로 이 야생보호구역 위를 날면서 희열에 휩쓸리지 않기란 죽기보다 힘들었다.

리아는 자신의 손에 에드가 포개 얹은 손의 따스한 기운을 느끼며 북쪽으로 기수를 돌렸고, 둘은 혼자서, 또 함께 비행해갔다.

4

사람은 한 장소에 있으면서도 여러 곳에 영향을 미칠 수 있다. 그럴 수 있는 건 현재가 과거와 미래로써 빚어지기 때문이다. 가드레일에 둘러싸인 양, 혹은 깔때기의 측면들에 감싸인 양 그 둘에 보호받으면서.

여기 리아 트렌턴이라는 여자가 있다. 늦은 오후 비스듬히 들어오는 햇빛 속에, 목에 닿는 연인의 숨결을 느끼며 잠들어 있다. 니나 모건이라는 여자가 있었다. 플로리다의 어느 병실에서 둘째 아이를 안은 채, 믿기지 않을 만치 따스한 아기의 숨결을 살갗에 받으며 앉아있었다. 불가사의할 정도로 따스한 갓 태어난 생명체의 온기가 불 위로 불어오는 바람처럼 고스란히 전달됐다.

메인주 모처에서 잠들어있는 리아를, 한 죽은 여자의 과거가 불러냈다. 땅을 박차고 오른 과거는 어둠을 좇아 보이지 않는 실을 따라 대기를 가로지르다가 인공위성을 발견했고, 거기서 각도를 틀어 다시 내려와 귀를 찢는 굉음과 함께 현재를 뚫고 들어왔다.

리아가 흠칫 깨면서 가슴께까지 덮여있던 이불이 흘러내렸고, 옆에서 에드의 몸이 경직되는 게 느껴졌다.

"뭐야?" 반쯤 잠든 상태에서 에드가 중얼거렸다.

"몰라." 이렇게 대꾸했지만 리아는 뭔지 알았다. 현관문 옆 고리에 걸린 오스프리 배낭 안에서 주황색 위성통신기가 싸구려 알람시계와 구급차 사이렌 중간쯤 되는 끔찍한 소리를 귀가 찢어져라 울려댔다.

리아는 다리를 침대 옆으로 내리고 바닥에 아무렇게나 팽개쳐놓은, 여전히 땀과 톱밥에 절어있는 옷가지를 찾아 더듬거렸다. 1호 산장에서 온종일 땀 흘린 두 사람은 얼음물 샤워로 딴짓 코스를 밟기 시작해 이제 새 매트리스와 플란넬 침대보도 갖춘, 낡은 벙커침대로 무대를 옮겨갔다. 6월에 플란넬이라니. 전형적인 메인주의 여름이었다. 땀 흘려 일하고, 시원하게 웃어젖히고, 뚜렷한 미래를 꿈꾸는 하루.

통신기가 한 번 더 울었고, 리아는 탱크톱을 주워 입고 청바지 단추를 잠그면서도 한 가지 생각밖에 할 수 없었다. '용납할 수 없는 실수야. 이런 되돌릴 수 없는 실수를 하다니.'

에드도 부스스 일어나고 있었지만 리아가 그를 밀어서 도로 눕히며 말했다. "내 거야. 내가 처리할게."

"뭘 처리하는데?"

"배터리 닳은 알람." 말은 이렇게 했지만 사실 10년 가까이 통신기를 모니터링하면서 배터리를 갈아 끼우고 있었기에 다 닳은 배터리 때문이 아님을 알고 있었다. 통신기는 구식이지만 기능은 멀쩡했다. 번호를 아는 누구든 메시지를 보내면 확실히 수신되었다. 그런데 번호를 아는 사람은 이 세상에 단 한 명뿐이었다.

실수했어, 자신을 고집스럽게 꾸짖으며 리아는 배낭을 내려놓고 지퍼를 허둥지둥 열었다. 통신기가 리아를 향해 녹색 빛을 깜빡이고 있었다. 통신기를 꺼내 화면을 들여다봤다. 화면에는 구식 픽셀 디스플레이로 웬 전화번호가 떠 있었다. 1990년대에 사용했던 삐삐처럼, 번호가 메시지의 전부였다.

그걸 들여다보는 동안은 잠잠하더니 이내 또 요란하게 울어대기 시작했다.

"배터리 문제 맞네." 침대에서 상체를 일으키고 잠이 덜 깬 얼굴로 당황해서 쳐다보는 에드에게 리아는 이렇게 말했다. "미안. 다시 자."

그러고는 부엌 식탁에 있던 휴대폰을 집어 들고 다른 손에는 위성통신기를 쥔 채 문을 열고 밖으로 나갔다. 풀밭의 한줄기 햇살이 비치던 자리에서 자고 있던 리아의 반려견 테사가 끙끙거리면서 깨어 몸을 일으켰다. 녀석의 옅은 황갈색 털에 뜯어진 풀잎 조각들이 덕지덕지 붙어 있었다. 테사는 5년 전 리아가 버려진 헛간에서 발견한 개였다. 떡 벌어진 가슴과 선 자세는 복서를 닮았고 주둥이와 귀는 웰시 코기의 생김새에 다리는 꼭 엘크에게서 떼어온 것 같은, 종을 알 수 없는 개였다. 테사는 리아처럼 전자기기의 방해를 최소한만 받는 생활을 얼씨구나 하고 받아들였다. 그래서 그런지 이제껏 어떤 자연의 소리를 들어도 아랑곳하지 않더니 무선호출기의 알림음에는 영 안절부절못했다.

"괜찮아, 테사." 리아가 개를 달랬지만, 너무 굳은 목소리에 테사가 안심하는 대신 헐레벌떡 다가와 리아의 허벅지에 긴장한 제 몸을 딱 붙이고는 꼬리도 꼿꼿이 편 채 입을 꽉 다물고 끙얼거렸다.

"확인해볼까?" 리아가 아무렇지 않은 척하며 말했다. "자. 같이 확인해보자."

리아는 서둘지 않았다. 오히려 더 의식적으로 움직였다. 잔물결 이는 수면에 구부러진 긴 그림자를 드리우는, 아찔하게 솟은 소나무 두 그루 사이의 지점을 염두에 두고서, 흙과 자갈이 깔린 진입로를 따라 내려가 호수로 향했다. 땅에 떨어져 갈색으로 바랜 솔잎들이 바위들 틈에 폭신한 방석을 마련해준 그곳은 산장 부지에서 유일하게 휴대폰이 안정적으로 터지는 곳이었다. 리아는 물가에 다다라서야 휴대폰을 내려다봤다.

신호 막대기 하나.

이 정도도 감지덕지였다. 2호부터 6호 산장까지는 막대가 한 개도 안 떴다. 하지만 여기서는 전화를 걸 수 있었다. 필요한 건 번호를 누를 용기뿐이었다.

'그럴 리가 없어. 이건 잔인한 농담이야. 행여 그들을 떠올리지도 마. 그들과 관련된 일이라고 단 일초도 생각하지 마.'

테사가 한 번 더 조르듯 고음으로 끙끙거렸다.

"별일 없어." 리아가 말했다. "괜찮아."

하지만 배 속 깊은 데서는 벌새가 정신없이 날갯짓하듯 불안감이 푸드덕거리고 있었다.

'번호. 이러다 연락 놓치겠어, 리아. 이러고 있다간 기회를 놓치고 무슨 일인지 영영 알아내지 못하게 될 거야.'

아직도 액정 화면에 번호가 떠 있었다. 지역번호 502. 502가 어디더라? 지난 몇 년 동안 너무 많은 지역번호를 거쳐 온 데다 그중 대부분은 메인주 전체를 커버하는 현재의 지역번호 207만큼이나 지역을 특정하는 데 별 도움이 되지 않았다.

손이 너무 심하게 떨려서, 두 번 시도한 끝에야 간신히 번호를 제대로 누를 수 있었다.

'머리를 차갑게 식혀, 리아. 머리를 차갑게 하라고.'

숨을 크게 들이쉬고 '연결' 버튼을 누른 다음 휴대폰을 귀에 대고 기다렸다.

신호음이 한 번. 두 번. 세 번. 네 번 갔다. 차라리 잘됐다 싶었다. 이러면 음성 메시지로 넘어갈 테고, 그러면 직접 대화하지 않고도 실수를 해명할 수…….

"여보세요?"

어린 여자의 숨죽인 목소리였다. 아무한테도 들키고 싶지 않은 것처럼 속삭이다시피 하고 있었다.

리아는 "헤일리니?" 하고 물었고, 다음 순간 어떻게 된 건지 다리가 풀리고 손도 벌벌 떨면서 솔잎 방석에 철퍼덕 주저앉아 있었다.

"리아 이모?"

리아는 규칙을 잘 알았고 아이들에게 자신의 정체를 뭐라고 알려줬는지도 알고 있었지만, 그래도 '리아 이모' 소리를 실제로 듣는 순간 날카로운 것에 푹 찔린 느낌이었다. '아니야.' 이렇게 말하고 싶었다. '나는 리아 이모가 아니라 너희 엄마야. 내가 너희를 낳았어. 매일매일 너희를 사무치게 그리워했어. 너희가 한 번만, 딱 한 번만 나를 엄마라고 불러주면 내 삶은 달라질 거야. 다시는 다른 어떤 것도 원하지 않을 거야.'

대신 리아는 이렇게 말했다. "그래, 나는…… 맞아, 리아 이모야." 그 한마디 뱉기가 피를 뽑는 것 같았다. "무슨 일이니?"

"아빠가 이모한테 전화해야 한댔어요. 난 이모를 알지도 못하는데 아빠가 하도 정색을 하고 여러 번 얘기해서요. 그래도 대체 왜 이모한테 전화해야 되는지 모르겠어요!"

헤일리는 리아에게 전화해서는 안 되는 거였다. 영원히. 예외가 있다면 오직……. "헤일리, 진정해봐, 괜찮아. 도대체……."

"아뇨, 아니에요." 속삭임이 잦아들고 점점 언성이 올라갔다. "괜찮지 않아요! 아빠가 죽었고 나는 당신을 전혀 모르는데 뭐가 괜찮다는 거예요!"

죽었다고. 그 한마디가 뒤통수를 쿵 때리며 몸을 마비시켰다. 충격보다 마취 효과가 더 컸다. "누구한테 살해당했는데?" 리아가 대뜸 물었다. "헤일리, 누가 그랬는지……."

"뭐라고요? 아무한테도 살해당하지 않았어요! 차 사고가 났어요. 도넛을 사러 차를 몰고 가고 있었는데 갑자기…… 갑자기……." 헤일리가 울음을 터뜨렸고, 리아는 수화기 저편에서, 먼 곳에서 말하는 것 같은 누군가의 목소리가 헤일리의 이름을 부르는 것을 들었다. "우리만 남겨졌어요." 헤일리가 숨을 몰아쉬면서 간신히 내뱉었다. "아빠가 죽어서 우리만 남겨졌다고요."

"너희만 남은 게 아니야. 내가 있잖니." 리아가 말했다. "내가 무슨 짓을 해서라도 너희를 안전하게 지켜줄게."

또 한 번 누군가가 헤일리의 이름을 불렀다. 이어서 부스럭대는 소리가 나더니, 수화기를 꽉 막은 듯 먹먹하게 "잠깐만요, 윌슨 부인!" 하는 소리가 들려왔고, 곧 발소리인 듯한 작게 자박거리는 소리가 났다. 리아는 머릿속에 그 광경을 그려보았다. 딸아이가 어디로 걸어가고 있을지, 주변에 뭐가 있고 누가 있을지 상상해 보았다. 아이가 어떤 모습일지도. 한때 헤일리는 리아의 짙은 색 피부와 갈색 눈동자, 각진 턱선을 쏙 빼닮았고 크면 십중팔구 제 아빠만큼 키가 훌쩍 자랄 게 빤해 보였다. 이제 그건 아주 오래 전 얘기가 되어버렸다.

"헤일리?" 리아가 속삭였다. "아직 거기 있니?"

"왜 나더러 이리로 전화하라고 한 거예요? 이모를 알지도 못하는데. 아빠가 나한테 약속하라면서 연습까지 시켰는데, 기분이 별로였어요. 왜냐면 아빠가 자꾸만 '만약 나한테 무슨 일이 생기면'이라고 해서, 그런 일은 전혀 상상하고 싶지 않았는데, 그런데……." 헤일리는 말을 멈추고 흐느껴 울었다.

'더그가 정말로 약속을 지켰구나.' 멍한 와중에도 이런 생각이 떠올랐다. 약속을 안 지키는 편이 그에게 훨씬 편했을 텐데. "네 아빠는 너희들 안전을 위해서 그랬던 거야." 리아는 이렇게 달랬다. "그래서 만일의 경우 어떻게 할지 일러뒀던 거야. 네가 너 자신이랑 동생을 보살필 수 있도록 말이야. 만일……."

'만일 네 아빠에게 무슨 일이 일어나면,'이라는 미처 하지 못한 말이 두 사람 사이에 무겁게 가라앉았다.

죽다니. 더그가 죽다니.

리아는 눈을 질끈 감았다. 그 순간을, 아직 어린애인 열세 살 소녀가 아빠가 죽었다는 소식을 듣고도 아빠가 주입한 지시 사항을 챙겼을 상황을 상상하니 딸아이의 아픔이 실제 몸에 가해진 고통처럼 생생히 느껴졌다.

"닉은 안전하니?" 이렇게 묻는 순간 갓난아기의 체온이, 거의 실제로 안고 있는 것처럼 느껴졌다.

잠시 리아는 헤일리가 전화를 끊은 줄 알았다. 하지만 곧 아까보다 언성이 낮아지고 이성을 찾은 듯한 딸의 목소리가 돌아왔다.

"안전해요. 울 아빠 혼자 타고 있었어요." 그러더니, 어린애 같은 표현을 쓴 것이 부끄러웠는지 고쳐 말했다. "아빠 혼자 타고 있었어요. 이제는 우리도 혼자고요. 엄마는 너무 오래 전에 죽어서 기억도 안 나는데, 이제는 아빠까지 죽었어요."

너무 오래 전에 죽어서 기억도 안 나는데.

리아는 무슨 말이든 하려고 했지만 도저히 말이 안 나왔다. 입술을 축인 다음, 정신을 다잡았다. 옆에서 초조함을 감지한 테사가 리아의 귀를 핥으며 위로했다.

"정말 안 됐구나, 아가." 리아는 이렇게 말했다. "정말 마음이 아프다. 그치만 약속할게, 내가 너희들 옆에 있어 주겠다고. 너희 둘 다 안전하게 지낼 수 있을 거야. 내가 당장 갈게."

"이모를 알지도 못하는데요!"

"그 마음은 이해해, 그리고 이렇게 돼서 나도 미안하고. 진즉에 찾아갔어야 했는데." 내뱉기 힘든 말이었다. 얼마나 간절히 찾아가고 싶었고, 그게 안 되면 멀리에서나마 지켜보고 싶었던가. "그랬어야 한다는 걸 알아. 하지만 지금이라도 찾아갈게."

"우리한테 올 필요 없어요!"

"아니, 그래야 해." 리아는 심장의 요동이 한층 심해지는데도 애써 침착한 목소리를 유지했다. "헤일리, 너희한텐 내가 있어야 돼. 그렇다는 걸 너도 알지. 네 아빠가 분명히 이해시켰으니까. 그렇지? 이게 얼마나 중요한 문제인지 아빠가 설명해줬을 거 아냐. 그러지 않았다면 나한테 전화를 안 걸었겠지."

대답 없이 숨죽인 흐느낌만 들려왔다. 그래도 최소한 전화를 끊지는 않았고, 아직은 누가 전화기를 뺏어가지도 않았다. 하지만 웰슨 부인은, 누구인지 몰라도, 아이들이 통화를 길게 하도록 내버려두는 타입이 아닌 것 같았다.

“네가 여기로 거는 데 사용한 전화 말인데.” 리아가 말을 이었다. “휴대폰이니, 유선전화니? 네 전화니, 아니면 남의 휴대폰으로 건 거니?”

“제 거예요.”

“알았어. 잘됐다. 아주 잘됐어. 이제 나한테 네 번호가 있으니까, 내가 너한테 다시 걸 수 있어. 내가 도와주러 갈게. 내가 필요하면 먼젓번 번호로 다시 연락해. 언제든 당장 내가 회신할 테니까. 언제든.”

“아빠가 죽었어요.” 헤일리가 다시 흐느끼며 말했다. “아빠가 죽어버렸고, 우리한텐 아무도 없어요.”

“내가 있잖니. 지금은 별 위안이 안 되겠지만, 일단 머리를 차갑게 식히고 곧 내가 갈 걸 생각하면…….”

“방금 뭐라고 하셨어요?”

“내가 갈 걸 생각하라고…….”

“아뇨. 머리를 차갑게 식히라고 했잖아요.”

“내 말 뜻은…….”

“무슨 뜻인지 알아요. 아빠가 늘 하던 말이에요. 아빠는 그게 엄마가 늘 쓰던 표현이라고 했어요.”

두 사람 사이가 더 멀게 느껴졌다.

“맞다, 네 엄마가 쓰던 표현이야.” 리아가 말했다. “나도 입에 배버렸구나. 곤란한 상황에 처하면 일단 머리를 차갑게 식혀야 하거든. 나를 위해 그렇게 해주겠니?”

리아는 여기서 간신히 입을 다물어서 나머지 말들이 튀어나가는 걸, 이렇게 말하려던 걸 막았다. ‘그리고 낯선 사람들을 경계해야 해. 그건 네 평생 가장 중요한 임무가 될 거야. 특히 세 사람을 조심해. 한 명은 키가 크고 피부색이 짙고 머리칼은 새하얘. 아마 근사하게 차려 입었을 거야. 정장에 광 낸 구두를 신고 있을 걸. 그는 안경을 써. 아니, 전에는 쓰고 다녔어. 언뜻 보면 친절한 할아버지 같은 인상이야. 두 번째 경계 대상은 양쪽 눈 색깔이 다르고 피부가 창백한 남자야. 왼쪽 눈은 초록색, 오른쪽은 갈색. 아까 말한 할아버지보단 젊고 키도 작지만 힘은 훨씬 세. 그리고 우리가 블리크라고 부르는 자가 있어. 진짜 이름은 마빈 샌더스지만. 그 사람은 말 그대로 내면이 황폐해. 그 사람을 달리 어떻게 묘사할지 모르겠다. 그 별명이 딱이라는 말밖에는. 그자를 보면 바로 도망치는 거다. 동생 손잡고 냅다 달려.'

하지만 그런 말은 할 수 없었다. 그자들은 헤일리와 닉을 쫓아오지 않을 것이다. 그들은 사망한 더그 챗필드의 아이들에게는 관심이 없었다. 그들은 역시 사망했으나 죽은 지 거의 10년은 된 니나 모건이라는 여자에게만 관심 있었다.

리아가 다시 입을 열었다. "네가 이렇게 한 것만도 아주 잘한 거야. 하라는 대로 정확히 했으니까. 이제 내가 찾아갈게."

"별 도움 안 될 거예요. 연락하지 말았어야 하는데."

"아니, 연락 잘했어. 하라는 대로 정확히……."

여기서 아이가 전화를 끊은 것이 리아는 전혀 놀랍지 않았다. 오히려 당연한 반응 같았다.

엄마는 너무 오래 전에 죽어서 기억도 안 나는데.

잠시 동안 리아는 한 손에 휴대폰을 쥔 채 솔잎 더미에 그대로 앉아 있었다. 호수를 갓 쓸고 온 바람이 머리 위의 큰 나뭇가지들을 흔들어 댔다. 테사가 끙끙거리자 리아는 녀석을 달래려고 한 손으로 무심히 귀 뒤를 긁어주었다. 하지만 테사는 뭔가 잘못됐음을 감지했다. 개는 속일 수 없는 법이다.

"누구였어?"

고개를 돌리자 에드가 셔츠도 안 입고 현관에 나와 서 있었다. 그날 아침 쪼개진 나무쐐기가 셔츠를 찢으면서 긁은 자국이 군살 하나 없는 상체에 남아있었다. 리아 트렌턴으로 살면서 마음껏 웃음을 터뜨렸던 그날 아침. 이제는 과거의 생이 되어버린 것 같았다.

또 하나의 과거의 생.

"내……." 여기서 리아는 멈칫했다. "내 조카였어." 그 말이 혀에 쓴 맛을 남겼다. "사고가 났는데, 남동생, 아니, 여동생의 남편이, 죽었대. 제부가 죽었대."

이 표현들을 서슴없이 내뱉으려면 연습이 필요했다.

리아는 일어서서 에드의 시선을 피해 다시 위성통신기를 내려다봤다. 그것을 사용했다는 게 아직까지 믿기지 않았다. 더그가 헤일리한테 그 계획을 가르쳐줬다니. 그것을 외우도록 훈련시키고, 최악의 순간이 닥쳐도 아이가 정신 차리고 배운 대로 실행하도록 그 대책의 중요성을 똑똑히 새기게 했다니.

10년 동안 리아는 만일의 경우를 위해 위성통신기 배터리를 꾸준히 충전해두었다. 그 행위는 현실이라기보다 의식에 가까웠다. 배터리를 충전하고 소프트웨어를 업데이트하는 행위 하나 하나가 영체 배령이자 입술에 닿는 제병, 혀에 닿는 포도주였다.

'죄를 지었습니다, 신부님.'

에드가 현관에서 내려와, 맨발에 잔디가 엉겨 붙는데도 아랑곳하지 않고 마당을 가로질러 리아에게 다가왔다. "세상에, 리아. 정말 안됐어. 지금 누가 애들을 봐주고 있는데?"

"뭐라고?" 리아가 눈을 깜빡거리며 멍하니 되물었다.

"지금 누가 걔네들하고 같이 있느냐고."

"같이……."

"조카들 말이야."

사진들을 감춰둔 지 오래인데도 아이들의 얼굴이 선하게 떠올랐다. 리아의 아이들. 리아의 아기들. 1단 기어에 놓인 뇌를 가동시켜 걸리적대는 잡생각들을 헤치고 에드가 던진 질문을 간신히 처리한 뒤, 그를 보며 대답했다. "모르겠어. 어쨌든 당장 애들한테 가봐야겠어."

"어딘데?" 에드가 리아를 향해 손을 뻗으며 물었다.

"지역번호 502." 리아가 대꾸했다.

에드는 고개를 옆으로 기울인 채 혼란스럽고 마음 불편한 표정으로 리아를 바라봤다. "좀 앉을래?"

"아니."

"좀 앉자." 에드가 리아의 팔을 붙잡고, 마치 정신병원을 탈출해 지금 당장 돌려보내야 하는 사람 대하듯 말했다. "당신 지금 좀…… 넋이 나간 것 같아서 그래. 그러니까 좀 앉아봐."

"그게 어딘지 알아?" 리아가 앉지는 않고 대뜸 물었다. 바람이 불고 있었다. 차가운 바람이었고, 그래서 다행이었다. 펄펄 끓는 이마에 얹는 얼음주머니처럼 차가운 바람이 필요했다.

"지역번호 502가 어딘지 아느냐고? 아니." 에드는 여전히 리아의 팔을 잡은 채, 여전히 조심스러운 표정으로 리아를 살피며 고개를 저었다. 리아는 눈을 감고 바람을 들이마셨다.

머리를 차갑게 식혀.

엄마가 늘 쓰던 표현이었대요.

"그걸 알아내야 해." 눈을 감은 채 말했다. "시내로 나가봐야겠어. 되도록 빨리."

"애들이 어디 있는지 알잖아." 에드가 말했다. "리아? 잠깐 가만히 있어봐. 머릿속을 좀 정리하고……."

"어디 있는지 몰라."

"아니, 알아. 편지 써서 보내잖아." 에드가 예의 달래는 목소리로 말했다. "걔들한테 엽서 보냈잖아. 캠든 기억나?"

캠든. 맞다, 그랬지. 작년 12월에 에드랑 같이 갔던 캠든. 완벽한 도서관이 있고 완벽한 항구도 있고, 크리스마스에는 축제가 열리는데 산타가 완벽한 롭스터잡이 배를 타고 나타나고, 에드가 '나한테 자식이 있었다면 이 마을에서 키우고 싶었을 거야.'라고 말했던 해안 마을, 캠든.

그날 리아는 에드가 안 보는 곳에서 눈물을 흘렸었다.

"애들한테 엽서를 보냈던 곳이……."

"맞아." 리아가 대꾸했다. "생각났어." 하지만 엽서는 애틀랜타의 어느 우체국 사서함으로 배달됐고 거기서 다시 다른 곳으로 전달됐기에 그걸 알아도 별 소용없다는 말은 차마 하지 못했다. 그 엽서들이 어디로 배송됐는지 알지 못하며 중간에 어디에 머물렀는지만 안다고.

눈을 반짝 뜬 리아는 조금 전 했던 말을 반복했다. "시내로 나가야겠어. 당장 애들한테 가봐야겠어. 빨리."

그 순간 에드의 얼굴에 떠오른 표정이 리아에 대한 걱정인지 아니면 리아에게 느끼는 두려움인지는 분별하기 어려웠다. 어쨌거나 에드는 고개를 끄덕였다.

5

지역번호 502에는 켄터키주 루이빌의 몇몇 지역이 포함됐고, 리아는 어둠속에 혼자 차를 몰고 버몬트주를 가로질러 남서쪽으로 달렸다. 에드가 같이 가겠다고 했지만 리아 이모는 혼자 가야 했다. 그 점만은 확실했다. 심지어 테사도 에드에게 맡겨놓고 왔다. 테사와는 언제 어디를 가든 함께했는데 말이다. 이쪽 지역은 지난 몇 년간 한 번도 오지 않아서, 지프에 달린 내비게이션의 안내를 전적으로 믿는 수밖에 없었다. 화강암 석산들이 도로 가장자리의 경계를 두르고 있었지만 지금은 전혀 안 보였고, 고속도로 양쪽의 새카만 어둠이 차의 헤드라이트 빛을 흡수해버려 바로 앞의 도로 말고는 아무것도 또렷이 보여주지 않았다. 그 도로 끝 어딘가에 리아의 아이들이 있었다.

'아니, 아니지. 조카들이라고 해야지.'

오래 전 리아와 더그가 이 문제를 두고 합의에 이르러 들로름(개인 추적 통신 및 내비게이션 설비 회사) 위급 통신번호를 취득한 뒤 번호가 아니라 기도문인 양 한 사람이 말하고 다른 사람이 따라해 가며 외웠을 때, 그 모든 게 오직 리아를 위해 설계된 무대극이라는 무언의 이해가 있었다. 그 번호는 언젠가 리아가 갈망하는 유일한 삶으로 돌아갈 수 있을 거라는 극히 작은 한 가닥 희망을 상징했다. "당신의 존재를 지구상에서 싹 지워버리는 대신 당신은 휴대폰과 연결되지 않은 이 전화번호를 얻는 거야. 어때?"

그런데 헤일리가 그 번호로 전화를 했다.

'정말 고마워, 더그. 당신이 아이를 훈련시켜 놓아서 얼마나 고마운지 몰라.'

죽은 사람에게 보내는 생각. 생소해야 할 그것이 익숙했다. 모든 면에서 리아에게 더그는 오래전 죽은 사람이었다. 2년 동안 교제하다가 결혼한 두 사람은 니나 모건이 플로리다에서 죽고 리아 트렌턴이 메인에 출현하기 전까지 5년 동안 행복한 삶을 누렸다.

"라워리에게서는 도망칠 수 없어." 니나의 생이 지워지기 시작한 그날 밤 랭킨 박사는 이렇게 말했다. "넷 다 도망치는 건 어림없고, 상대가 그자라면 더더욱 불가능해."

그래서 세 명은 남기로 했다. 부모 중 하나가 죽고 가족 셋이 살아남는 것으로. 둘 중 누가 살아남을지는 이미 정해져 있었다. 그들이 죽이려는 건 니나였으니까. 그들이 추적하는 건 니나였으니까. 그렇게 해서, 살해당해 플로리다 어느 후미진 곳의 강물에 던져진 건 니나가 되었다.

리아는 배 속에서 차가운 신물이 올라오는 걸 느꼈고, 자기도 모르게 액셀을 더 힘껏 밟았다. 순간 지프가 시속 145킬로미터로 무섭게 돌진했고, 이내 리아가 속도를 도로 떨어뜨렸다. 아예 차가 운전자의 최악의 충동에 맞설 수 있도록 자동 주행속도조절장치를 켰다.

'라워리가 여태 나를 찾아다닐 리 없어. 여태 가족들을 감시하면서 기다리고 있을 리 없어.'

하지만 장담할 수 없었다. 라워리는 아직 살아 있었다. 그건 줄곧 모니터링해서 잘 알았다. 라워리에 관한 뉴스는 샅샅이 읽었다. 애초에 그에 관한 뉴스는 그리 많지 않았다. 그렇게 흔치 않으면서 엄청난 수준의 영향력과 권한을 가진 사람 치고 라워리에 관해서는 별로 알려진 바가 없었다. 구글 뉴스 검색엔진이 요새 J. 코슨 라워리의 검색 결과로 뱉어내는 건 주로 그가 자선단체에 기부했다는 기사들이었다. 기부를 참 많이도 했다. 학교에 하고, 경찰 부서와 소방서에 하고, 도서관과 식물원에도 했다. 아주 자비가 넘쳤다.

한 상원 의원이 '스테로이드 맞은 블랙워터[블랙워터는 1996년 네이비실(Navy SEAL) 퇴역장교 두 명이 설립한 민간 군수 기업이다. 이라크에서 저지른 민간인 학살 범죄로 악명이 높으며, 현재는 '아카데미(Academi)'로 사명이 변경되었다]'라 칭했을 정도로 악독한 사업체를 창립한 장본인인 라워리는 늘 대중의 눈에 안 띄게, 있는 듯 없는 듯 지내는 데 능했다. 부패 스캔들이 익을 대로 익어 연방수사관들이 정식 기소하려고 니나 모건의 증언만 기다리고 있을 때조차 라워리는 언론을 요리조리 잘도 피해 다녔다. 그에게 고용되어 일하는 용병 조직에는 대변인까지 있었고, 물론 그 용병들은 전문 경비 인력으로 위장하고서 활동했다. 단순히 증언대에 서서 잔챙이 몇 명 감옥에 보내는 문제였다면, 리아는 자신이 가족을 떠나는 건 고사하고 이름을 바꿀 필요도 없었을 거라 믿어 의심치 않았다. 하지만 리아는 우두머리를 끌어내리게 도와달라는 요청을 받았다.

"왕을 노리는 거라면, 한 번에 제대로 맞혀야죠." 〈더 와이어〉지의 오마 리틀은 옛 금언을 조금 변형해 이렇게 말했지만, 니나 모건은 왕을 빗맞히는 것보다 더 나쁜 경우도 있음을 뼈저리게 학습했다. 왕을 노렸는데 왕자를 맞히는 것이었다.

"그자는 자네를 절대로 살려두지 않을 거야." 램킨 박사는 푸근한 플로리다의 미풍이 불어오던 그 끔찍한 날 밤, 리아에게 이렇게 말했다. 기분을 달래주는 멕시코만의 바닷소리가 멀리서 속삭여오고 파티오에 켜진 잔잔한 조명과 한데 섞여 몹시 평화로운 분위기를 자아내, 어쩐지 조롱당하는 것처럼 느껴지던 밤이었다. '여기 하나의 세계가 있어.' 그 봄날의 밤은 장담했다. '너는 이 세계를 다시는 못 보게 될 거야. 그러니 최대한 즐겨둬. 네게는 이 세계에서 보내는 마지막 밤이 될 테니까.'

니나는 저항했다. 죽음을 위장하고 가족을 떠나라고? 그런 짓은 절대 못 해. 대신 니나는 도망쳤다. 남편과 애들을 데리고 달아나 현금만 받는 산장에 숨어서, 그들 가족을 영원히, 말끔하게 사라지게 해줄 새 신분증을 손에 넣을 순간만 기다렸다. 모건 가족은 더 이상 존재하지 않겠지만 대신 함께 있을 터였다. 영원히 함께.

그런데 암살범들이 들이닥쳤다.

천만다행으로 모건 가족은 외출 중이었지만, 감시 카메라가 암살범들을 포착했다. 기술자처럼 차려입은 남자 둘이었다. 허리에 연장 벨트를 차고, 만면에 웃음을 띠고 있었다. 그들은 현관벨을 누르더니 집 주변에서 알짱대다가 떠났다. 리아는—그때는 니나였지만—그 영상을 램킨 박사에게 보냈다.

"이 자들이 정말 암살범들인지는 모르겠지만," 니나는 램킨 박사에게 말했다. "아마 제가 망상증에 걸려서 그렇게 보이는 거겠죠."

니나가 망상을 한 게 아니었다. 회신을 준 박사의 목소리는 니나가 기억하는 한 처음으로 떨리고 있었다.

"이 문제에 대해 의논해야겠는데." 박사가 말했다.

"이 자들 누군지 아세요?"

"아는 놈들이야."

그길로 더그와 아이들은 호텔로 피신해 훔친 신용카드로 체크인했고, 니나는 다시 랭킨 박사의 집으로 갔다. 박사는 싱글 몰트 스카치를 세 핑거쯤 따라 건넨 뒤 니나의 집에 들이닥친 두 남자에 대해 얘기해 주었다.

얘기가 끝났을 때 니나는 손이 너무 심하게 떨려서 위스키잔을 떨어뜨리고 말았다. 잔이 파티오 바닥에 부딪혀 산산조각 나면서 파편 몇 조각이 코발트색 수영장에 떨어졌고, 곧 비가 내리기 시작했다. 그런데도 둘은 바깥에 그대로 머물렀다. 니나는 머리칼이 목에 찰싹 들러붙고 얼굴은 빗물과 눈물에 흠뻑 젖은 채 박사가 가족을 보호할 유일한 방법을 설명해주는 걸 잠자코 들었다.

"자네가 죽어야 해." 박사는 이렇게 말했다. 언뜻 박사의 눈에 눈물이 고인 것도 같았다. 눈물이 아니라 비였을지도 모른다. "그들 손에 죽든 스스로 위장하든 죽어야 해. 그걸 모르겠어? 대신 혼자만 죽으면 가족은 무사할 수 있어. 그자는 나머지 가족을 해치는 데서 쾌감을 얻지는 않을 테니까. 자네가 지켜보면서 괴로워한다면 모를까."

다 같이 도망치면 된다고 니나는 우겼다. 남미 어느 나라로 가거나 저 멀리 태평양 무슨 섬으로 가버리겠다고 했다. 박사는 비가 주룩주룩 퍼붓는데도 아무 대꾸 없이 위스키를 홀짝이며 니나가 쏟아내는 말을 잠자코 들었다. 자신이 떠올린 아이디어들이 얼마나 부질없는지 니나가 깨달을 때까지.

"제가 죽어야 하는군요." 마침내 니나도 수긍했다. "말씀하신 대로, 그들 손에 죽든 스스로 위장하든."

랭킨 박사는 고개를 끄덕였다.

"라워리는 절대 안 믿을 거예요." 니나는 이렇게 말했다.

박사는 잠자코 있었다. 잠깐 동안 자기 입술을 잘근잘근 씹었다. 그러더니 불쑥 말했다. "그를 믿게 만들 방법이 딱 하나 있어."

"뭔데요, 박사님? 제 시체라도 보여주지 않는 한 어떻게 확실히 믿게 만든다는 거예요?"

"그자는 자네의 살인을 의뢰한 킬러들을 신뢰해. 그들이 얼마나 능수능란한지 알거든. 자네 같은 사람은 절대로 그들 손아귀를 빠져나가지 못한다는 걸 알아."

니나는 어이가 없어서 랭킨 박사를 멍하니 바라봤다. 그렇죠, 내가 그자들 손아귀를 빠져나가지 못한다는 게 포인트였죠. 어쩌다 그걸 놓치셨을까?

"그런데 그 킬러들이 그치를 별로 좋아하지 않는 것 같아." 박사가 말을 골라가며 느릿느릿 말했다. "그리고 그 킬러들이 어려운 일감을 좋아한다는 걸 나는 알고 있지."

그렇게 해서 니나 모건은 한밤중에 무더운 남부의 어느 길바닥에서 암살범의 칼에 두피를 뜯기는 상황에 처한 것이었다.

그런데 그 방법이 먹혔다. 지금 보니 먹힌 것 같았다.

"엄마는 너무 오래 전에 죽어서 기억도 안 나요." 오늘 통화하면서 헤일리가 이렇게 말했다. 맞는 말이었다. 헤일리의 엄마는 죽었고, 그건 헤일리가 그동안 안전하게 지냈다는 뜻이었다. 그런데 갑자기 루이빌 교외의 어느 도로에서 더그의 피가 아스팔트에 흩뿌려졌고, 그러면서 더그의 생을 끝냄과 동시에 다른 한 사람의 생은 되살리고 말았다. 니나 모건이 울음을 터뜨리듯 위성통신기를 삐이익 울리며 이 세상에 다시 태어나고 만 것이다.

'이 일로 아이들 인생이 망가지게 놔둘 순 없어.' 리아는 헤일리의 목소리를, 히스테리 아래 감지되던 아이의 성숙함을 떠올리며 다짐했다. 더그가 딸에게 어디까지 설명해줬을까? 얼마나 설명해줬든 충분하지는 않았을 것이다. 하지만 헤일리가 연락을 하는 쪽으로 마음을 굳히게 만들 정도는 됐다. 그렇게 하기에는 충분했다.

리아는 아이들을 데려갈 것이고 아이들을 지켜줄 것이다. 쉽지는 않겠지만, 쉬울 수가 없고 쉬울 리도 없겠지만, 그렇게 할 수는 있었다. 시간이 흐른다고 모든 상처가 낫는 건 아니지만, 상처에 딱지가 지면서 아픔은 가라앉았다. 그 사실만큼은 리아가 누구보다 잘 알았다. 리아가 필요로 했던 건 아이들과 시간뿐이었다.

그동안 줄곧 필요로 했던 건 그 두 가지뿐이었다.

뉴욕주 경계를 막 지난 순간 두려움에 압도되어, 리아는 절체절명의 상황이 아니면 절대로 걸지 않겠다고 맹세한 번호로 전화를 걸었다.

친하지 않은 사람들이 '데이브'라 부르는 램킨 박사는 워싱턴 해안에서 조금 떨어진 섬에 살고 있었다. 그도 한때는 라워리 그룹의 일원이었다. 하지만 리아와 달리 그들을 상대로 증언할 만큼 어리석지는 않았다. 리아와 달리 그는 숨어들지 않았다. 대신 리아에게 미안하다는 말과 한마디 약속만 남기고 은퇴해버렸다. "그자가 추적해오면 나한테 연락해. 도와줄게."

램킨 박사에게는 구식 무선호출기도, 비밀 통신 시스템도 없었다.

그동안 바뀌지 않았고, 부디 바라건대, 감시받지도 않는 휴대폰 번호만 있었다.

"여보세요?" 램킨 박사라는 별명의 유래를 떠올리게 하는 자상한 의사 같은 투로 그가 전화를 받았다. 사실 그런 별명이 붙은 데는 자상한 매너 외에도 독극물에서부터 사체 부패율까지 온갖 것에 비범한 지식도 한몫했다.

"리, 리아예요." 말이 더듬더듬 나왔다. 지금 사용하는 이름이고 말하는 데 꽤나 익숙해져서, 램킨 박사가 기억하지 못할 수도 있다는 걸 깜빡하고 말았다. 박사는 당시 리아 트렌턴이라는 사람이 공식적으로 존재하도록 서류를 마련해준 것뿐이니 기억 못할 수도 있었다. "그러니까, 옛날에 알던 니나……."

"알아." 램킨 박사가 조용히 대꾸했다. "어떻게 지내는가? 목소리 들으니까 참 좋구만. 혹시 자네가……."

그는 문장을 미처 끝맺지 못했지만, 죽지는 않았는지 궁금했다고 말하려 한 것을 리아도 알았다.

"더그가 죽었어요." 리아가 말했다. "더그가 죽어서 애들을 데리러 가고 있는데 너무 무서워요. 박사님, 애들 때문에 걱정돼서 무서워 죽겠어요."

"어떻게 알게 됐는데?"

"딸아이요. 걔가 연락했어요. 전에 우리가, 더그하고 제가 대책을 세워뒀거든요."

잠시 침묵이 이어졌다. "그래서 그리로 가고 있다는 거지. 애들을 데려가려고."

"맞아요. 전에 언제든 도움이 필요하면 전화하라고 하셨잖아요. 그

때는 그렇게 말해야 할 것 같아서 그러셨겠지만, 저는…….”

“아니라는 것 알잖나.” 자상한 의사 같은 태도는 온데간데없이, 박사가 버럭 꾸짖었다. 리아는 그의 역정에서 오히려 위안을 얻었다. 마음을 쓴다는 증거였으니까. 그는 늘 그런 사람이었다.

“그 사람은 못 알아낼 거예요.” 리아가 말을 이었다. “아니면 알아내더라도 관심 없을 거예요. 너무 오래 전 일이잖아요.”

또 침묵이 뒤따랐다. 램킨 박사는 리아가 실컷 환상을 쏟아놓고 현실로 돌아오기를 기다리고 있었다.

“알아요.” 리아가 말했다. “알아내면 관심을 쏟겠죠.”

“한번 맹세한 건 절대 잊지 않는 사람이야. 하물며 자네한테 한 끔찍한 맹세는…… 그건 절대 안 잊을 걸.”

“그렇겠죠.”

램킨 박사의 들숨 날숨이 수화기로 고스란히 전해졌다. 그의 얼굴이, 딜레마를 어떻게 해결할지 고민할 때 입가가 굳어지고 눈매가 가늘어지던 모습이 선히 떠올랐다. 오직 자신의 귀에만 들리는 여러 선택지와 의견들을 경청하는 양 천천히 고개를 끄덕이고 있을 것이다.

“박사님까지 끌어들여선 안 되는 거였는데.” 리아가 말했다. “도와줄 사람이 없었어요. 더구나 상대가 그 사람이라. 또다시 FBI한테 도움을 청해야 하나? 안 되겠죠. 너무 깊은 곳까지 연줄을 심어놓은 인간이잖아요, 박사님. 잘 아시죠.”

“나라면 정부 기관에는 도움을 청하지 않겠네.” 램킨 박사도 수긍했다.

“그럼 남은 선택지가 없잖아요. 그 사람과 맞설 정도로 정신 나간 사람은 없으니까요. 그렇게 광범위한 네트워크를 거느린 사람을 누가 감히 상대해요.” 스테로이드 맞은 블랙워터. 세계 각지에 퍼져있는 청부업자, 킬러, 스파이, 정보원 들의 네트워크. 어쩌면 영향력이 조금은 퇴색했을 수도 있지만, 사람들은 KGB를 두고도 그렇게 말하지 않았던가? 상대가 약해졌다고 넘겨짚는 건 제 발등 찍기였다.

“사람이 있을지도 몰라.”

“누구요, 박사님?”

또 다시 침묵. “선량한 사람은 아닐 수도 있어, 리아.”

“그게 무슨 뜻이에요?”

“자네에게 선택지가 하나 남아있을 수도 있어.” 박사가 조용히 말했다. “어디까지나 ‘있을 수’도 있다는 거야. 다만 자네가 바라는 그런 사람은 아닐 거야.”

“제 아이들을 지켜줄 수 있는 사람이에요? 제가 바라는 건 그거 하나예요.”

다시 침묵. 수화기로 전해지는 숨소리. 이윽고 박사가 대꾸했다. “내가 연락해보지.”

6

연락이 왔을 때 댁스 블랙웰은 이탈리아에 있었다. 동이 튼 지 얼마 안 됐는데도 베르날다의 길거리는 주말장을 맞아 인도에 나온 행상들로 발 디딜 틈 없었다. 그는 토요일마다 나오는 행상에게서 볶은 땅콩을 사러 나온 참이었다. 등 굽은 노인네가 댁스가 뻗은 왼손에서 땅콩 봉투를 보란 듯이 낚아채 오른손에 쥐어주는 바람에, 울컥 솟은 분노를 애써 진정시키고 있었다.

노인네 딴에는 친절을 베푼답시고 한 행동이었다. 지난 몇 주간 댁스는 왼팔에 깁스를 하고 있었다. 이제 깁스는 풀어버렸다. 어느 재수 없던 날 오전, 한 여자가 댁스를 차로 깔아뭉개려 하는 통에 일곱 군데나 부러졌던 왼팔은 매일 조금씩 나아가고 있었다. 그러나 노인네는 그걸 취약점으로 봤고, 그래서 뜨거운 땅콩이 든 봉투를 굳이 댁스의 오른손에 옮겨 쥐어준 것이었다.

'너 같은 건 내 왼손으로도 죽일 수 있어.' 댁스는 속으로 중얼거렸다. '오른손으로 죽일 방법은 한 스무 가지 되고 왼손을 쓴다면 열두어 가지밖에 안 되겠지만, 어쨌든 너 따위는 얼마든지 해치울 수 있다고.'

그런데 그 순간 노인네가 미소를 지었고, 휴대폰이 울렸고, 그래서 댁스는 그런 하찮은 일은 잊기로 했다. 땅콩 장수 죽인다고 돈 한 푼 나오지 않고, 댁스 블랙웰은 무료봉사를 해주는 타입이 아니었다. 그가 운영하는 건 자선사업이 아닌 가족 사업이었고, 가족이라는 단어 때문에 감성적 인상을 풍기지만 엄연히 실익을 추구하는 사업체였다.

노인네를 죽이거나 어떻게 하면 잘 죽일지 고민하는 대신, 댁스는 씩 웃으며 "그라치"라고 인사한 다음 오른손으로 땅콩 봉투를 받아들었다. 어쨌거나 땅콩 장수는 친구였으니까. 그가 파는 땅콩은 맛있는 건 물론이고 단백질과 몸에 좋은 지방이 풍부했다. 원기 회복. 애초에 댁스 블랙웰이 베르날다에 온 건 원기를 회복하기 위해서였다.

그는 반짝이는 지중해와 맞닿은 해변을 향해 햇살 받은 길을 걸어가면서, 봉투를 오른손에서 왼손으로 옮기고 주머니에 손을 찔러 넣어 신호음이 끊기기 직전에 휴대폰을 꺼냈다. 신호음이 스무 번 울린 뒤에는 발신자에게는 '뚜' 소리밖에 안 들릴 것이다.

댁스 블랙웰은 음성사서함을 이용하지 않았다.

"여보세요?"

"댁스?"

목소리만으로는 누군지 즉시 떠오르지 않았지만, 발신자는 최소한 댁스의 이름을 정확히 알고 있고 이름을 부르는 목소리에 적당한 공포심이 어려 있었다. "누구시죠?"

"램킨 박사네."

랩킨 박사. 이름은 희미한 정도로만 기억났고, 그가 어떤 사람인지는 거의 기억나지 않았다. 랩킨 박사의 아버지가 댁스의 아버지와 삼촌에게 모종의 일을 의뢰한 적이 있었다. 댁스는 살인청부업을 배우고 있었기에 열 살 때부터 아버지가 어떤 일을 하는지 알고 있었다. 그리고 열네 살 때부터는 그 일에 적극 뛰어들었다. 랩킨에 대해 기억나는 게 있다면, 아버지가 랩킨을 발을 잘못 들인 사람, 말도 못 하게 부도덕한 업계에 몸담은 심히 도덕적인 사람으로 평가한 것이었다.

"우리, 호주 퍼스에서 만난 적 있지." 랩킨이 말했다. "자네는 기억 못 하겠지만. 자네 부친이……."

"기억납니다." 댁스는 땅콩을 껍질째 입에 넣고 이로 껍질을 콰직 깬 다음 깔끔하게 뱉어냈다. 한 팔만 가지고 뭐든 하는 데에 익숙해져 가고 있었다. 두 팔 다 쓰게 되고 체력도 회복하면 몇 배 위협적인 존재가 될 것이다. 모름지기 인간은, 뼈와 마찬가지로, 부서졌던 부위가 붙으면서 더 강해지는 법이니까.

"내가 그 당시에, 말하자면…… 중재자였네. 둘을 이어주는. 고객은 아닌데……."

"라워리 그룹의 대사였죠." 댁스가 대신 말했다. 수화기 건너편에서 숨을 짧게 들이마시는 소리에 그는 씩 웃었다. 랩킨은 고객 이름을 소리 내 말하는 게 달갑지 않은 모양이었다. 그래도 상관없었다. 댁스는 일감을 맡을 생각이 없었으니까.

그것도 그렇고, 댁스의 아버지와 삼촌은 라워리 그룹을 싫어했다. 라워리 그룹이 자기네 공작원들을 보호하느라 댁스의 가족들을 자살 임무 비슷한 것에 내몬 적이 있었기 때문이다. 블랙웰가 사람이 자살 임무 따위에 벌벌 떨진 않지만, 고용주가 임무를 맡기면서 그와 관련한 최선의 정보를 제공하지 않는 건 몹쓸 처사로 여겼다. "알라모 요새에 고립된 수비대도 정찰 보고는 받았어." 아버지는 이렇게 말했었다. 댁스의 기억이 정확하다면, J. 코슨 라워리는 보수 지불을 거부한 적도 있었다. 그 건의 자세한 사항은 기억나지 않지만, 가족들이 며칠이고 상황을 분석하고 상환 청구할 방법을 의논했던 건 기억났다. 결국 가족들은 라워리를 처치하는 것은 일단 유보했다. 당시 댁스는 적잖이 실망했지만, 왜 그런 결정을 내렸는지는 이해했다. 돈 또는 보호를 제공할 수 있는 사람은 가치가 있는데 라워리는 훗날 그 두 가지를 다 제공할 가능성이 있었던 것이다. 그렇다 해도 블랙웰 가족은 쓴입을 다셨고, 댁스가 아는 한 그 건은 유일하게 장부에 미상환으로 남은 건이 되었다.

"할 말 하시죠." 댁스가 램킨에게 말했다. "내가 방금 한 말을 부인할 생각이 아니라면. 부인할 거면 더 이상 내 시간 낭비하지 말고."

"나는 한때 경비용역회사에서 일했네." 램킨은 회사 이름을 대지 않고서 말했다. "자네 기억력이 뛰어나구만."

"별로 어려운 일 아닙니다. 관찰하고 생각만 하면 되니까. 세심하게 따지고. 기억력은 다른 사람들에 대한 내 태도의 문제죠. 상대방에게 얼마나 관심이 있느냐. 관심 없으면 기억 못하는 거고."

잠시 침묵이 흐르더니 별로 즐겁지 않은 기색의 나지막한 웃음소리가 뒤따랐다. "그 애비에 그 아들이군." 램킨이 말했다. "그래, 그 사람 아들인 걸 알겠어. 자네의 숙부는 그보다는…… 덜 철학적이었거든."

"삼촌은 상대가 누구인가에 따라 달랐어요. 삼촌이 빛난 순간들이 있었죠. 한동안 우리 가족 중 누구도 댁의 그 '경비용역회사'에서 일하지 않았다는 건 기억하실까 모르겠네. 상호간에 신뢰할 만한 분위기가 아니었거든. 상황이 변했을 거라고 넘겨짚다니, 다소 의외인 걸."

"변하지 않았을 거라고 짐작해서 연락한 거네."

"더 자세히 말씀해보시지."

"나는 더 이상 그 회사에 고용되어있지 않네."

흥미롭군. 댁스가 보기에 램킨은 프리랜서로 일할 만한 사람은 아니었다. 그보다는 자취를 감추는 타입이었다. 레이더에서 감쪽같이 사라진다든가, 은퇴해서 산에 들어가 자연 경치를 찍는 사진가나 풍경 화가로 소일하면서 손에 묻은 피를 잊으려고 하는 타입.

"그리고 자네를 고용할 생각도 없네." 램킨이 말을 이었다. "중재자 역할을 다시 하는 것뿐이야. 원한다면 대사 역할이라고 하지."

"근데 라워리의 대사는 아니라는 거지."

"그렇지."

"그럼 누구의 대사죠?"

"라워리에게 위협받는 처지일지 모르는 한 여자. 자네 부친과 숙부가 전에 구해준 여자."

댁스는 걸음을 멈췄다. 땅콩 한 개를 또 입에 털어 넣고, 껍질을 와작 깨고, 뱉어냈다. 그러고는 기다렸다.

"내 말 들었나?" 램킨이 물었다.

"들었습니다."

"그 이야기에 흥미 없나?"

"단어 선택에 동의할 수 없어서요." 댁스가 말했다. "구해줬다? 그 여자가 우리 가족의 일원이 아니라면, 내 생각에 아닌 게 거의 확실하지만, 그럼 도움에 대가를 지불했겠죠."

"지불했네." 램킨이 시인했다. "그렇지만 라워리가 그 여자를 죽이는 대가로 지불했을 만큼은 아니었네."

지불 기한을 넘긴 보수, 유일하게 미결제된 송장이 바로 이 건이었다. 흥미가 동한 댁스는 일부러 충동을 억눌렀다. 원한을 품는 건 어리석은 사람이나 하는 짓이었다. 그건 댁스가 이 일을 시작할 때 일찍이 배운 교훈이었다. "이제는 그놈보다 많이 지불할 수 있대요?" 댁스가 물었다.

"그건…… 그건 내가 알아볼 생각이 없네." 램킨이 더듬거리며 대꾸했다. "고용은 어디까지나 그 여자가 하는 거야. 더 말할 것도 없어."

댁스는 땅콩 한 개를 더 입에 넣었다. 대꾸는 하지 않았다.

"보아하니 자네에겐 그게 거래 불발 사유인가보군." 램킨이 말했다. "상대가 그 정도 조직이니. 이해하네. 보상 대비 위험이 너무 크니까."

"그렇게 생각하세요?"

"적어도 내가 계산한 바는 그러네. 그들에게 고용돼 일하는 것과 그들을 상대로 일하는 건 천지 차이야."

"그런데도 전화를 했다 이거죠."

"공연히 기운만 뺐군." 램킨이 후회하는 투로 말했다.

"그런데도 전화했다 이거죠." 댁스가 되풀이했다.

"좋은 여자인데 곤란한 처지에 놓였어. 혼자이고. 그 여자랑 아이 둘뿐이야."

"그 여자랑 자는 사이에요?"

"아니."

"분별력 있는 판단이네요. 그 여자 가족을 처치하려고 놈들이 들이닥쳤을 때 한 침대에 있으면 곤란하니까."

"좋은 사람인데 곤란한 처지에 놓였어." 램킨이 다시금 말했다. "내가 약속한 건 애를 써보겠다는 정도였네. 자네는 똑똑한 청년이야. 그러니 나한테 선택지가 몇 없다는 걸 알 테지. 그래도 연락해선 안 되는 거였는데. 일의 난이도가 너무 높아. 프리랜서 업자가 그렇게 발 넓고 무한 자원을 갖춘 조직에 맞서는 건 자살 임무에 뛰어드는 거나 매한가지니까."

"그럼 나한테 자살 임무를 맡길 생각이었단 거예요?"

"최소한 성공 가망이 조금이라도 있다고 보는 사람한테 맡기기를 바랐네. 자네 가족처럼…… 어려운 임무를 반기는 업계 인물은 그리 많지 않더군. 물론 어떤 대가를 치렀는지는 나도 알고 있네. 그러니 안 맡으려는 거겠지."

댁스는 미소를 지었다. 비위 상해서 나오는 비틀린 미소였다. 아버지와 삼촌이 죽은 지 한참 됐는데도 그들의 죽음을 입에 올리는 걸 아무렇지 않게 듣고 넘기기란 쉽지 않았다. 그렇다는 게 별로 마음 쓰이지는 않았다. 죽음으로 대가를 치른 사실을 아무렇지 않게 여기는 법을 도대체 왜 배워야 한단 말인가? 그것도 가족이 죽음으로 값을 치른 건에 대해서 말이다. 바로 그것이 거슬리는 점이었다. 댁스 자신을 포함해 세상 모든 사람들은 죽음으로 대가를 치르든 말든 상관없다. 하지만 가족이 그렇게 됐다? 그럼 얘기가 달랐다.

댁스는 그렇게 배우며 자랐다.

"영업 방식이 마음에 들어요." 그가 랭킨에게 말했다. "듣기 좋은 말만 골라 하시네요. 상대에 대해 자극적인 말을 미끼로 흘리고. 그것도 내가 이미 적개심을 품고 있을 법한 상대에 대해. 그런 다음 인정에 호소하고—그 부분은 좀 의외였지만요—여자와 아이들 어쩌구 해가며. 우리 가족이 개입된 옛날 사건도 소환해가면서. 그래놓고 마지막 한 방으로 약을 올리는 거죠. 내 아버지와 삼촌은 이런 일을 맡을 만큼 배짱

있었을지 몰라도 나는 아니다."

"내 말 뜻은 그게……."

"누굴 바보로 알고."

잠시 침묵이 이어졌다. "좋아, 자네의 평가는 좀 불편할 정도로 진실에 가깝네. 하지만 100퍼센트 정확한 건 아니야."

"뭘 빠뜨렸죠?"

"진심." 램킨이 대답했다. "살다 보면 진심을 담은 의뢰가 들어오기 마련이야, 블랙웰 씨. 중개인 입장에선 일이 어느 쪽으로 기울든 알 바 아니야. 그저 진솔하게 터놓고서 지구상에 몇 안 되는 사람만 제공할 수 있는 특별한 도움을 청할 뿐. 그 일을 받아들이면 최소한 그 한 건에 한해, 피 묻은 손은 어찌하지 못하더라도 양심은 깨끗한 채 일하는 즐거움을 맛보게 되는 걸세."

"이거, 기분 상하네."

"말한 그대로네. 나는 자네가 짐작하는 것보다 훨씬 오래 어두운 세계에 몸담았던 사람이야. 이 세계에 발 담고 살다 보면 단 하루의 양심 깨끗한 날도 하늘이 주신 선물로 느껴지는 시기가 와."

"라워리 같은 자가 겨누는 조준경에 들어와 본 사람은 그다지 양심 깨끗할 것 같지 않은데요."

"자네가 생각하는 것보다는 깨끗하네."

"기대치가 높은 게 죄는 아니지요. 근데 안타깝지만요, 램킨 씨, 내가 당장은 일감을 받고 있지 않아서요."

"사실 일감이 있는지조차 모르겠네. 없을지도 몰라. 그렇게 따지면, 여자는 벌써 죽었을지도 모르고."

"늘 있는 일이죠."

"그렇지. 그 여자도 그 점을 누구보다 잘 알고 있네. 나는 연락해보겠다고 했을 뿐이고. 이제 연락을 했고, 자네는 도와주기를 거절했어. 이 결과에 놀랄 사람은 아무도 없는 것 같군. 그 여자는 아마 희망을 나보다 덜 걸었을 거야."

"참으로 비극적인 이야기네요."

랭킨이 한숨을 푹 내쉬었다. "할 말은 다 한 것 같군. 자네는 거절한다고 했고, 그 점은 나도 이해하네."

"정확히는 아니죠. 아직 일감이 있는지조차 모르겠다고 했잖아요. 나는 당장은 일감을 안 받는다고 했고. 지금까지는 우리 둘 다 상대방이 내건 조건에 딱 들어맞는 것 같은데요."

'이 사람을 상대로 밀고 당기기 하지 마. 파고들 여지를 주지 말라고. 이런 부류의 사람은 다시 찾아오기 마련이야, 잘 알잖아.'

댁스의 마음을 읽었는지, 랭킨이 말했다. "그럼 내가 다시 전화하면 사정을 들어보겠다는 거로군."

댁스는 땅콩 봉투를 부스럭부스럭 흔들었다. 옅은 색 돌이 햇빛을 반사하고 있는 환한 길을 물끄러미 바라봤다.

"예." 댁스가 대꾸했다. "들어보지요."

그러고는 전화를 끊고 휴대폰을 주머니에 넣었다. 손을 폈다 쥐었다 하면서 다시 붙어가는 뼈 주변 근육의 움직임을 느껴보았다. 아직도 팔꿈치 근처의 신경이 쑤셨지만 희미한 통증에 불과했고 이제는 반갑기까지 했다. 좋은 유의 통증이었다. 앞날을 망치지는 않으면서, 그것을 초래한 원인은 잊지 않게 하는 통증.

댁스는 땅콩 봉투를 한 손에서 다른 손으로 옮겨 쥔 후 바다를 향해 흙먼지 낀 길을 성큼성큼 걸어갔다.

7

리아가 처음으로 아이들하고만 남겨진 건 애도상담사의 사무실에서였다. 그 사무실은 전혀 대비하지 못한 비극을 맞은 가족에게 양육권 판결을 내리는 법정과 복도 하나를 사이에 두고 마주보고 있었다. 리아는 대비하지 못한 비극을 맞은 가족이 아니었다. 최소한 서류상으로는 그랬다. 하지만 아이들에게도 그게 해당될까?

이런 문제에는 대비라는 게 없었다. 아이들은 리아를 모르고, 신뢰는 더더욱 하지 않는다.

"왜 한 번도 우리를 보러 오지 않았어요?" 닉이 물었다. 통통한 손으로 엄마 귀고리를 움켜쥐기 좋아했던 사랑스러운 아기, 닉. 이제 닉은 벌어진 턱과 밝은 톤의 피부, 두 뺨에 흩뿌려진 연한 주근깨가 더그와 똑 닮은 소년이 되어 있었다.

"보러 왔어야 했는데." 리아가 대꾸했다. "나도 알아. 내 잘못이야, 미안해. 네 아빠랑 쭉 연락하고 지냈어야 하는데 그러질 못했어. 그래도 너희를 보러 왔어야 했는데."

"맞아요." 아들이 맞장구쳤다. "그랬어야죠."

닉의 옆에서 헤일리가 계속 리아에게 의심쩍은 시선을 보내고 있었다. 헤일리에게서는 더그의 이목구비가 안 보였다. 전부 리아를 닮은 것 같았다. 화나면 칼날처럼 뾰족해지는 갸름한 얼굴. 새까만 머리칼 아래 타다 남은 석탄처럼 진하게 빛나는 눈. 리아가 어렸을 적 어느 해 여름에 세 달 만에 키가 거의 12센티미터나 훌쩍 자라는 바람에 가누기 힘들어했던 다리를 쏙 빼닮은, 사슴처럼 여린 다리. 175센티미터의 리아보다 겨우 손가락 한 마디만큼 작은 헤일리는 조금 있으면 리아를 따라잡을 것 같았다.

"우리는 윌슨 부인이나 코플랜드 가족하고 같이 지내는 게 좋겠어요." 헤일리가 말했다. "우리를 아는 사람들이거든요. 우리도 그들을 알고요. 윌슨 부인은 같은 블록에 사세요. 우리를 데려가겠다고 이미 말했다고요!"

리아는 참을성 있게 들어줬다. 대화가 돌고 돌았다. 상담사하고 있을 때도 그랬는데, 이제는 처음 몇 분간 했던 이야기만 자꾸 반복되고 있었다.

"네 아빠를 믿어." 리아가 말했다. "나까지 믿을 필요 없어. 나는 그럴 자격을 아직 못 얻었으니까. 앞으로 얻어낼게, 그건 약속해. 하지만 지금은 네 아빠를 믿어야 돼. 아빠가 너희를 사랑해서 이렇게 준비해놓은 거니까. 너희가 언제든 안전하게, 언제든 사랑받고 지내도록 확실히 해두고 싶어서 그런 거야." 이 말을 하면서 목소리가 떨리지 않게 애써야 했다. "너희 아빠는 너희를 보호하기 위해서 후견인을 지정해두신

거야."

"아빠는 이모를 거의 알지도 못했잖아요! 엄마가 죽은 지 10년이나 됐는데, 엄마의 언니라는 이유만으로 우리를 막…… 데려갈 권리는 없는 거예요."

"네 아빠가 후견인으로 지정해두셨어." 리아가 차분히 되풀이했다.

"그냥 우리 집에 들어와서 살면 되겠네요." 닉이 제안했다. "그럼 우리가 다른 데로 갈 필요 없잖아요."

리아는 어딘가를 날고 있는 기분이었지만, 기쁨은 조금도 안 느껴지는 비행이었다. 본부와 연락도 끊기고 지시 사항도 수신하지 못한 채 부유하는 비행기 같았다.

"그 집에서 계속 살 수는 없을 것 같구나." 리아가 말을 이어갔다. "그 점은 정말 미안하게 생각해. 하지만 다른 수가 없어. 우리는 다 같이 살 거고 가족이 될 테지만, 그 집에……."

"우린 가족 아니에요!" 헤일리가 버럭 소리쳤다.

리아는 딸이 화를 내도 눈부시게 예뻐 보였다. 고집스러운 얼굴, 이글이글 타오르는 눈동자. 이제 아이보다 여인에 가까워진 나이지만 표정은 어린아이였을 때와 똑같고……. '그때와 똑같이 의심을 담은 눈. 저 애는 늘 나를 의심의 눈초리로 바라봤었어.'

어쩌면 늘 그런 건 아니겠지만, 그건 리아가 가장 잘 기억하는 표정이었다.

"나한테 가족은 너희가 전부야." 리아가 말했다. "그게 나한테 어떤 의미인지 너희는 상상도 못하겠지. 얼마나 무서운 일인지."

헤일리는 가슴팍에 팔짱을 끼고서 아무 대꾸도 하지 않았다.

"이모는 우리 엄마 닮았어요." 닉이 생각에 잠겨, 새로운 각도로 리아를 보려는 듯 고개를 기울인 채 말했다. "아빠한테 사진이 몇 장 있었거든요. 엄마랑 엄청 닮았어요."

리아는 순간 패닉에 빠졌다. 그런데 뭐라고 대답하기 전에 헤일리가 냉큼 뱉었다.

"엄마 머리카락이 더 풍성했어."

맞는 말이었다. 리아의 머리카락은 어떤 남자가 두개골에서 한 줌의 머리칼과 살점을 뜯어낸 부분 주위로 숱이 티 나게 적었다. 이제 리아는 거의 매일 머리를 틀어 올렸다. 머리카락이 다시는 자라지 않을 부위를 가리려고, 뒤로 빗어서 틀어 올리고 다녔다.

"걔가 머리는 더 예뻤지." 리아가 맞장구쳤다.

"광대뼈도요." 헤일리가 한마디 하더니, 곧바로 얼굴을 붉혔다. "죄송해요, 버릇없이 굴려는 건 아니……."

"괜찮아." 리아는 웃음이 번지는 걸 참으며 말했다.

"근데 닮긴 무지 닮았어요." 닉이 또 한 번 말했고, 리아는 대화의 방향을 돌리기로 했다. 아이들이 들이대는 현미경 렌즈 아래 오래 머물수록 결심이 무너져 사실대로 털어놓고 싶은 충동도 커질 것이다. 언젠가 사실을 밝힐 순간이 오겠지만, 지금은 아니다. 아이들이 준비가 됐을 때가 그 때일 것이다. 아이들이 안전하다는 걸 확신할 수 있을 때.

"우리는 자매였으니까." 리아는 이렇게 말했다. "닮은 부분이 있을 수밖에. 너희 아빠가 나에 대해 뭐라고 하셨니?"

닉이 냉큼 대답했다. "나쁜 일이 일어나면 다른 사람 말고 이모한테만 연락하라고 했어요. 그리고 되도록 빨리 연락하라고요."

헤일리가 나무라는 눈길을 보냈지만 닉은 알아채지 못했다. 닉은 손등으로 코를 훔치고는 싸구려 소파의 좌석에서 몸을 앞으로 기울였다.

"아빠는 우리가 더 나이 들면 다 같이 지낼 텐데, 그러려면……."

"닉, 조용히 해." 헤일리가 말했다. "갑자기 나타난 사람 질문에 일일이 대답해줄 필요 없어."

"그치만 대답해줘야겠는걸." 리아가 온화하지만 단호한 목소리로 말했다. "좋든 싫든 내 질문에 대답해줘야 해, 얘들아. 왜냐면 좋든 싫든 나는 너희의 가족이거든. 지금 당장은 그 소리가 거슬리는 거 알아. 하지만 사실이야. 네 아빠는 너희한테 누군가가 필요한 순간에 누구한테 연락해야 할지 확실히 일러뒀어. 내가 그러라고 한 게 아니야. 너희 아빠가 그런 거야."

헤일리는 리아로부터 멀리 떨어지려고 했지만 방이 너무 좁아서 멀리 갈 수가 없었다. 방 한구석에 야자수를 조악하게 본뜬 인조나무 한 그루가 서 있었고, 헤일리는 숨어들 곳을 찾듯 그 옆의 벽에 기대섰다.

"아빠는 주로 누나한테 얘기했어요." 닉이 말했다. "그래서 저는 연락하는 걸 연습 못 했어요."

리아는 그 순간 은근히 심통을 부린 아들이, 자기만 빼놓는 게 마음에 안 드는 어린 남동생의 인간적인 속내를 숨기지 못한 아들이 못 견디게 사랑스러웠다. 두 남매의 관계가 어떤지 벌써부터 훤히 보였고, 그 관계가 속속들이 이해됨과 동시에 너무나 사랑스럽게 느껴졌다. 헤일리는 보호자 역할이고 닉은 누나에게 허락된 특권을 하나도 빼놓지 않고 똑같은 정도로 원하는, 둘 사이의 나이차가 아무것도 아니기를 바라는 어린 동생의 역할이었다.

"네가 어릴 때 너를 본 적이 있어." 여전히 가슴팍에 팔짱을 낀 채 서 있는 헤일리에게 리아가 속삭이듯 말했다. 헤일리의 여린 몸이 두려움과 분노로 부들부들 떨리다시피 했다. "너는 기억 안 나겠지만 우리는 그때 같이 있었고, 나는 떠나야 한다고 했어. 언젠가 꼭 다시 보게 될 거라고 맹세했어. 너의 이마에 입을 맞췄고. 내가 너한테 뭐라고 말했냐면……."

여기서 리아의 목소리가 갈라졌고, 왼눈에서 한 줄기 눈물이 흘러내렸다. 리아는 눈물을 훔치고 떨리는 숨을 들이마시며 마음을 가라앉혔다.

햇볕에 살갗이 그을린 조막만한 손이 리아의 손을 건드렸다. 닉이 뻗은 손이었다. 열한 살짜리 꼬마가 위로하려고 들다니. 리아는 다정하고 강인한 태도만 보여줄 작정이었는데, 눈물을 보이는 바람에 심지어 헤일리마저 마음의 벽을 누그러뜨렸다. 헤일리는 벽에서 몸을 떼 한 발 다가왔지만, 둘 사이의 나머지 간극은 좁히지 않았다.

"일부러 못되게 구는 거 아니에요." 대신 이렇게 말했고, 리아는 울컥하는 감정을 억누르기 위해 혀를 깨물었다.

"못되긴, 용감하기만 한데." 리아는 목구멍이 꽉 막힌 소리로 말하고는, 큼큼 헛기침을 했다. "너희 둘 다 아주 용감하고, 지금 상황이 워낙 경황이 없어서…… 내가 해줄 수 있는 건 곁에 머물면서 너희를 지켜주겠다고 약속하는 것뿐이구나. 우리 셋이서 잘해나갈 거야. 알겠지? 같이 하는 거야."

닉이 고개를 끄덕였다. 헤일리는 미동조차 없었다.

"지금은 너희 아빠를 믿을 때야." 리아가 말했다. "아빠가 너희 사랑한 거 알지. 너희 둘 다 다른 건 몰라도 그것만은 잘 알잖니, 안 그래?"

침묵만이 되돌아왔다. 닉이 고개를 끄덕였고, 헤일리는 빤히 응시하기만 했다.

"너희는 아빠를 믿었잖아." 리아가 말을 이었다. "너희 아빠는 나를 믿어줬어. 그걸 명심해."

"우리 어디로 가는데요?" 닉이 물었다.

리아는 혹시 녹음기가 설치돼 있지 않을까 의심했다. 애도상담사의 사무실인데, 굳이 왜 녹음하려고 들겠나? 하지만 안심할 수 없었다. "우리 집으로 갈 거야." 한참 만에 리아가 이렇게 대답했다. "이제는 너희 집이 될 거야. 좀 지내다 보면 좋아하게 될 걸. 시간이 지나면 다 괜찮아질 거야."

헤일리가 마침내 침묵을 깨고 말했다. "가기 싫어요. 떠나기 싫어요."

리아가 딸을 향해 슬픔으로 일그러진 미소를 지었다. "어떤 기분인지 정확히 알아. 근데 때로는 선택권이 없는 법이야."

그리고 아이들을 안아주려고 했다. 닉은 처음엔 조금 어정쩡하게 포옹을 받아들이다가 이내 리아를 꼭 끌어안았다. 이런 날이라면 닉이 누구든 덥석 끌어안으리란 걸 알지만 그래도 숨이 멎을 것만 같았다. 내 아들. 내 아가.

헤일리에게 팔을 뻗자 딸아이는 한 팔로 대충 안더니 물러났고, 그대로 문을 열고 나가버렸다.

리아는 아이가 멀어지는 걸 보며 생각했다. '이 정도도 괜찮아. 네가 나한테 연락했으니까. 제일 어려운 일은 이미 해냈잖니. 나머지는 내가 할게.'

"우리 앞으로 괜찮을까요?" 닉이 물었다. 딱히 희망이 어려 있는 것도 아니고 그저 진심에서 우러나온 질문이었다.

"너희 다 괜찮아질 거야." 리아가 대답했다. "내가 약속해."

8

리아는 랭킨 박사에게 전화해 잘 있다고 보고하고, 아이들도 데리고 있으며 이상한 낌새는 보이지 않는다고 전했다. 그리고 덧붙였다. 그건 그렇지만 혹시 전에 말한 그 연락을 해 보셨는지?

박사는 연락을 해봤다고 했다.

"어떻게 됐는데요? 제가 도움이 필요하면, 그러니까, 혹여 제가…… 그런 종류의 도움이 필요하게 되면……."

"잘 모르겠네."

리아는 겁에 질린 티를 내지 않으려고 애쓰며 말했다. "도움이 필요 없을 것 같아요. 예의 그 문제는 이제 다 묻힌 것 같고, 다시 고개를 들 것 같지도 않아요."

"내 생각도 그러네."

"근데도 그냥, 그 인간을 너무 잘 아니까 혹시나 해서……."

"이해해."

"마음을 놓고 싶어서요. 위급 시 쓸 무기 같은 게 있었으면 했던 거죠."

"내가 연락한 자가 어쩌면 그런 무기가 돼 줄 수도 있어. 나라면 선택지에서 완전히 제외하진 않겠네."

"누군데요?"

박사는 잠시 입을 다물더니 대답했다. "아주 젊지만, 경험은 많아. 뭐랄까…… 혈통이 아주 독특한 사람이지."

"라워리를 안대요?"

"개인적으로는 아니고. 명성으로만. 별로 호감은 없는 것 같았네. 가족이 그치하고 엮인 적이 있대."

그 말을 듣자 왠지 불안해졌다. 어떤 식으로든 라워리와 엮인 과거가 있다는 게, 가족이 그자와 일한 적이 있다는 게 마음에 걸렸다. 리아는 램킨 박사 말고는 아무도 믿지 않았다.

"어떤 식으로 엮였는데요?"

"그게……가족이 자네를 도와준 적이 있다는군." 박사가 머뭇거리며 말했다.

잠깐 동안 리아는 어리둥절했다. 그러다가 기억이 번쩍 되살아났다. 플로리다의 후미진 도로에서 대치했던 두 남자, 그들의 무감정한 대화, 리아의 머리카락과 피를 그럴싸하게 운전석 헤드레스트에 전시해놓으면서 리아에게는 일절 관심이 없던 태도.

"그 소시오패스(반사회적 인격 장애) 형제요?" 리아는 덜컥 두려운 동시에, 무슨 비뚤어진 심리인지 배짱이 생겨서 이렇게 내뱉었다.

왜냐면, 그 둘이 어쨌든 리아를 '돕긴 도왔으니까'. 안 그런가?

그렇다 해도, 리아는 아직까지도 자신의 피 냄새가 나는 듯했고 두 사람의 무감정하고 냉혹한 눈빛이 선했다.

"소시오패스까진 아닌데. 사실 그 둘은 죽었어. 근데 유족이 있지. 굉장히 젊은……."

"그런 사람 필요 없어요." 리아가 말했다. "그 두 사람을…… 조금이라도 닮은 사람의 도움 따위 필요 없어요. 저는 안전해요. 애들도 안전하고요."

"자네 말이 맞겠지. 그렇지만 어떤 이유로든, 뭐라도 상관없으니 마음이 바뀐다면 전화해. 그 무기를 쓸 수 있는지 보자고."

그날 오후 리아는 아이들이 사는 집을 보러 갔다. 아이들을 데리고 가지는 않았다. 두 아이는 친구들 그리고 친구들의 가족과 함께 있었다. 아이들을 잘 아는 사람들의 전폭적인 지지와 사랑 속에 머물고 있었다. 예를 들면 윌슨 부인 같은 사람. 윌슨 부인은 나이대가 더 있는 자녀가 둘 있고 둘 다 대학에 보낸 상태인데, 진심으로 닉과 헤일리를 데려가고 싶어 했다. 몸집이 작고 볼이 통통한 윌슨 부인은 남부 억양이 섞인 다정한 말투로 이야기했고, 별 재료 없이 파이 한 판을 뚝딱 구워낼 수 있을 사람 같았다.

그런 윌슨 부인이 리아는 너무 미웠다.

그래도 꾹 참고 그 사람들을 만나봤다. 애들을 데려가는 게 납치처럼 보이지 않을 만큼만 오래 머물렀다. 그런 뒤 리아는 예비 후견인 신청을 대리 접수해준 변호사를 만나러 갔다. 여윈 체격에 나이가 50대로 보이는 그는 가느다란 금속테 안경을 썼고 옅은 황갈색 머리는 점점 벗겨지고 있었다. 구식 정장을 걸치고 켄터키 대학 졸업기념 커프스단추를 찬 그는 오래전 아버지가 썼던 사무실을 물려받아 혼자 사용하고 있었다. 부동산법과 유언검인 법 전문이라 형사 사건은 다룬 경험이 없었다. 리아는 더그가 완벽한 사람을 골랐다고 생각했다. 에버릿 스푸나워는 자격 있고 능력도 있는 변호사이지만 라워리 그룹과 엮일 가능성이 세상에서 가장 희박한 사람이기도 했으니까.

스푸나워는 후견인 제도를 실효화하는 과정을 단계별로 리아에게 설명한 뒤, 일이 신속히 진행되도록 최선을 다하겠다고 약속했다. 또, 더그의 자산이 유언대로 아이들 신탁 계좌로 이체되도록 확실히 처리하겠다고도 했다. 그러면서 그는 리아의 집 주소를 물었다.

리아가 머뭇거리자 스푸나워가 고개를 들고 한쪽 눈썹을 치켜 올렸다. 의심스러워서가 아니라 당황해서였다. 말문이 막힐 만한 질문이 아니었으니까.

"사서함 주소예요." 리아가 말했다. "있는 주소가 그것밖에 없어서. 그러니 그냥 메인주 그린빌 사서함 373이라고 적어 주세요."

"편지 보내는 데에는 아무 문제없어요." 스푸나워가 대꾸했다. "근데 필수 사항인 가정 방문을 위해서는 실제 집 주소가 있어야 해요."

"그렇겠죠." 리아는 대답하면서 바짝 경계하는 티를 안 내려고 애썼다. J. 코슨 라워리가 더그의 죽음을 알 리 없으며 그 죽음을 더 캐고 들다가 이 서류를 손에 넣을 리는 더더욱 만무하다고 자신을 설득시키려 애썼다.

하지만 도저히 그렇게 생각할 수 없었다. 대신 스푸나워에게, 메인주에 집을 여러 채 소유하고 있는데—무너져가는 산장 여섯 채를 집이라고 할 수 있다면 틀린 말은 아니었다—그중 어느 게 아이들에게 최선의 선택일지 아직 결정을 못 했다고 해명했다. "제가 결정하고 연락

드리면 어떨까요? 워낙 경황이 없어서 정리되려면 하루 이틀은 걸릴 것 같아서요. 애들이 다닐 학교도 알아봐야 하고 또…… 뭐 그런 거요."

스푸나워 씨는 다 이해한다는 표정으로 고개를 끄덕이고는 파일에 메모를 했다.

"애들이 살던 집을 좀 봐도 될까요?" 리아가 물었다.

"무슨 말씀이시죠?" 스푸나워가 또 다시 한쪽 눈썹을 치켜 올리며 리아를 쳐다봤다.

"아이들을 맡기 전에 제가 집을 둘러보거나 아니면 그냥 슬쩍 들여다보기만 해도 도움 될 것 같아서요. 저한텐 모든 게 새로워서 그래요. 애들이 어떻게 살아왔나 충분히 이해하면 앞으로 어떻게 할지 올바른 결정을 내릴 수 있을 것 같아요. 이해가 되시나요?"

"그럼요, 트렌턴 부인."

그렇게 해서 두 사람은 리아가 한때 사랑했던 남자가 그들의 자녀를 키운 집을 보러 갔다. 지나치게 큰 차고와 너른 마당, 깨끗한 보도가 딸린 벽돌주택들이 모여 있는 구역에 있었다. 주민 감시 프로그램과 반려견 공원이 갖춰져 있고 어디를 보나 무성하게 자란 나무가 그늘을 드리워주고 있는 그런 동네였다. 공기에는 꽃향기와 막 깎은 잔디 냄새가 배어 있었다. 리아는 집 전면 포치에 서서 이 모든 것을 받아들였다. 안전하고 보안 좋고 안정된 곳. 어느 엄마라도 자기 자녀를 키우고 싶어 할 동네.

'아이들에게 할 수 있는 건 다 해줬구나, 더그.' 이렇게 생각하니 문득 자신의 집이 떠올랐다. 아스팔트도로에서 비포장도로로 접어들어 3킬로미터는 들어가야 나오며, 당장 눈에 띄는 이웃도 없는 곳에 있는 집이었다. 집 북쪽에 골짜기를 따라 개울이 흐르지만 주변의 소나무가 하도 빽빽하고 색이 짙어서 집에서 물을 볼 수는 없었다. 뒷마당은 뛰놀거나 그네를 세워두기 좋게 드넓고 탁 트인 잔디밭이 아니라, 겨울이면 저 아래 펼쳐진 계곡의 웅장한 풍광이 내려다보이는, 화강암으로 이루어진 가파른 비탈이었다.

겨울에는 매서운 바람이 불어 기슭에 눈발을 날려 보내는데, 피스카타키스 카운티의 주 도로들 빼고 다른 길은 전부 교통이 통제되곤 했다. 탁 트이고 쭉 뻗은 도로만 골라 다닌다 해도 스노타이어나 체인 없이는 꼼짝 못했다. 거기서 더 벗어나면 스노모빌이 아예 필수였다. 리아는 가장 가까운 자녀 딸린 이웃이 어디에 사는지조차 몰랐다. 물도 장작난로에 보조 프로판가스 장치를 동원해 데웠다. 닉과 헤일리는 장작난로를 본 적이나 있을까?

"트렌튼 씨?"

리아는 어지러운 생각에서 빠져나와 에버릿 스푸나워에게 다시 시선을 돌렸다. 그는 문간에 서서 열린 문을 잡고 있었다.

"고맙습니다." 리아는 이렇게 말하고, 처음으로 자기 가족의 집에 발을 들였다.

들어가니 벽이나 파티션을 없앤 오픈 플로어 구조의 공간이 펼쳐졌다. 반들반들한 스테인리스스틸 주방가전들과 환한 흰색 찬장을 갖춘 부엌에서는 천장이 아치형에 리아의 집을 다 터도 안 들어갈 정도로 큰 좌석구분식 소파가 놓여있는 거실이 내다보였다. 사실 리아네 집에는 아예 소파가 없었다. 리클라이너와 흔들안락의자 그리고 개 침대가 각각 하나씩 있을 뿐.

에버릿 스푸나워는 부동산 중개인인 양 집이 너무 예쁘다는 둥, 부엌 아일랜드식탁과 가스레인지 후드가 멋지다는 둥 칭찬을 쏟아내고 있었다. 그러다가 어느 순간 자기가 들떠서 떠드는 게 하등 도움이 안 됨을 깨달았는지 잠잠해졌고, 안내를 하는 대신 방방이 도는 리아를 따라다녔다.

줄곧 꿈꿔왔지만 실제로 본 적은 없는 곳에 들어선 기분이었다. 익숙한 듯 이질적이고, 기묘하면서 소름 돋는 경험이었다. 냉장고 문짝에 붙어있는 아이들의 학교 활동 사진들. 선반 위 아이들이 직접 만든 공예품들. 뒷마당에 설치해놓은 트램폴린, 물론 발을 헛디뎌 떨어지는 일이 없도록 그물망까지 갖춘 것으로.

안전. *애들을 안전하게 지켜줘, 더그, 제발, 안전하게 지켜주기만 해.*

더그는 그렇게 했다. 그것도 아주 오랫동안 해냈다.

헤일리의 방과 닉의 방은 둘 다 충분히 널따랗고, 거울과 하단서랍장을 두 개씩 갖춘 2인용 세면대와 샤워 부스, 욕조가 있는 공용 욕실을 사이에 두고 분리되어 있었다. 리아는 자신은 까맣게 몰랐던 이 타임캡슐에 담긴 삶의 한 조각을 물끄러미 바라보다가 헛기침을 하고 물었다. "제 남편 방 좀 봐도 될까요?"

"뭐라고요?"

진심으로 어리둥절해하는 스푸나워의 목소리에 리아는 전기 충격을 받은 듯 현실로 돌아왔고, 방금 자기가 뭐라고 했는지 알아챘다. "아니, 동생." 이렇게 고쳐 말하고 어색한 웃음을 터뜨렸지만, 너무 고음에 억지스러운 웃음소리가 물범이 짖는 소리처럼 욕실 안에 울려 퍼졌다. "……의 남편이요. 제부, 제부였죠!"

에버릿 스푸나워는 눈을 깜빡거리며 미간을 찌푸렸다. "괜찮으세요?"

"그럼요, 괜찮아요. 정말로요." 그러면서 리아는 손사래를 쳤다. "그냥 이런저런 생각이 한꺼번에 떠올라서 그래요. '제부'의 방을 좀 봐도 될까요?" 한 번 더 억지웃음을 뱉었지만, 이번엔 그나마 인간의 웃음소리로 들렸다.

스푸나워가 리아를 복도 끝 부부침실로 안내했다. 리아는 그 유명한 영화 '그린 마일'에 나오는 사형수가 된 기분으로, 한 걸음 한 걸음 세면서 스푸나워의 뒤를 따라갔다. 더그의 침실을 들여다보는 게 감당하기 어려울 수도 있다는 건 잘 알았다. 리아가 없는 삶이 남긴 증거들, 어쩌면 다른 여자 혹은 다른 연인 들 사진이 있을 수도 있다. 하지만 반드시 확인해야 하는 한 가지를 위해 그런 것쯤 감내할 수 있었다.

침대는 방 제일 안쪽, 아침마다 동녘하늘 빛을 받도록 설계된 퇴창을 마주보고 놓여있었다. 그리고 침대 옆에 협탁이 있었다. 하나뿐이었다. 리아는 그 사실에 자신이 만족한 것이 부끄러웠다. 더그는 다른 사람을 사랑할 자격이 있었고, 부디 그럴 상대를 발견했기를 바랐다. 그 모습을 상상하고 싶지 않을 뿐이었다.

침대 가까이로 갔다. 그러자 더그의 체취가 났다. 감각 기억만큼 강렬한 것도 없다. 눈을 감고 숨을 깊이 들이마시면 그를 맛볼 수 있을 것만 같았다. 하지만 에버릿 스푸나워가 뒤에서 어슬렁대고 있었고, 그래서 리아는 이곳에 온 목적인 한 가지 일에 착수했다.

침대를 빙 돌아 덩그러니 하나 있는 협탁으로 가 몸을 숙이고 램프를 살펴봤다. 한 가닥 낚싯줄이 램프 스위치에 감겨 있고 그 끝에 크기는 작지만 반짝거리는 다이아몬드가 박힌 플래티넘 반지가 달려 있었다.

니나, 나랑 결혼해줄래?

그 순간 리아는 자기도 모르게 눈을 감았고, 손을 뻗어 손가락 끝으로 반지를 쓰다듬었다. 그걸 왼손 약지에 끼웠다. 반지는 그대로 스르륵 끼워졌고, 익숙한 무게가 느껴졌다.

응, 할게.

"반지에 무슨 사연이 얽혀 있기에 그러세요?" 에버릿 스푸나워가 불쑥 물었다.

리아는 눈을 뜨고 반지를 빼내 도로 낚싯줄 끝에서 대롱거리게 했다. "이 사람 아내 거예요." 그리고 이렇게 대꾸했다. "제 동생이요. 동생은 죽었는데 제부가 반지를 협탁 램프 안에 간직하고 있었어요."

리아는 반지가 반짝반짝 포물선을 그리며 달랑거리는 걸 바라봤고, 스푸나워가 착 가라앉고 음울한 투로 세상이 말도 안 되고 불공평하네 어쩌네 떠드는 걸 못 들은 척했다.

반지는 두 사람 사이의 마지막 약속이었고, 거의 헤일리의 연락만큼 결정적인 의미가 있었다. 반지는 더그가 두려움 속에 살지 않았음을, 가족이 위험에 처했다고 볼 이유가 없다고 판단했음을 말해주는 증거였다. 간간이 위험을 느끼는 날도 있을 거라고 더그는 말했다. 분명 그럴 거라고. 그러니, 혹여 무슨 일이 생기면 반지를 찾으라고 했다. 반지가 사라졌으면 걱정할 이유가 있다고 더그가 판단했다는 뜻이며, 그건 곧 리아도 걱정해야 한다는 뜻이라고 했다. 라워리가 찾아왔다는 뜻이라고.

그런데 반지가 거기 있었다.

"다른 데도 둘러보시겠어요?" 스푸나워가 물었다.

"그러죠." 대답은 이렇게 했지만 리아는 별로 둘러보고 싶지 않았다. 하지만 더그의 침대 곁을 떠날 때였다. 반지는 이제 햇살 밖으로 나와 그늘로 들어가면서 반짝임을 숨겼고 흔들림도 서서히 잦아들었다.

리아는 홱 돌아 더그의 침실을 나왔고, 다시는 돌아보지 않았다.

두 사람은 집의 나머지도 천천히 둘러보았다. 리아는 반지도 봤고 하니 이제는 목적 없이 돌아다녔지만, 마냥 시간을 죽이고 있는 건 아니었다. 전부 다 눈에 담고 싶었고, 아이들이 집이라고 부른 곳을 속속들이 알고 싶었다. 아름다운 집이었다. 지하실의 남는 방에는 장난감과 놀이기구가 잔뜩 널려있고 빈백 의자와 비디오게임 콘솔, 심지어 탁구대까지 있었다. 교외 주택가에 사는 아이들의 이상향 같았다.

문간에 덧댄 나무에는 닉의 성장 과정을 보여주는 연필 자국이 있었다. 표시마다 옆에 날짜와 키가 적혀 있었다. 마지막 표시는 더그가 죽기 일주일 전에 잰 것이었다. 닉은 이제 키가 152센티미터에 육박했다. 리아는 검지로 그 자국들을 쓸면서 메인주에 있는 자신의 집을 아이들의 눈으로 떠올려봤다. 별이 한층 잘 보여서 리아가 소중히 여기는 칠흑 같은 어둠. 계곡을 제 집 삼아 지내는 올빼미들의 구슬픈 울음. 한밤중에 지나가는 코요테들이 장난스럽게 짖는 소리. 여기저기 구멍이 뚫린, 두텁게 쌓인 눈밭에 태양빛이 반사되는 겨울의 아침. 리아가 새 삶을 빚어내기 위해 오롯이 홀로 두 팔 벌려 끌어안은 온갖 어려움과 아름다움.

닉과 헤일리에게 그것들은 공포로 다가올 것이다. 리아는 비디오게임을 물끄러미 보며 속으로 중얼거렸다. '내 집에서는 와이파이도 안 터지는데.'

그러다 문득 에드가 언급한 엽서를 떠올렸다. 캠든에서 리아가 보낸 엽서. 항만과 폭포 위로 보초 서듯 우뚝 솟은 도서관이 있고, 부둣가까지 구불구불 이어진 길을 따라 동네 아이들이 자전거 타고 달리는 곳. 널찍한 인도가 딸린 매력적인 뉴잉글랜드 스타일의 주택들이 길 양쪽에 늘어선 곳.

"적당한 곳을 찾고야말겠어." 리아가 소리 내 말했다. 에버릿 스푸나워가 옆에 있다는 걸, 그가 입을 열고서야 퍼뜩 깨달았다.

"그러시리라 믿습니다. 도움이 필요하시면 언제든 들르십쇼. 제 사무실이 그러라고 있는 거니까요. 얼마나 도움이 될지는 모르겠지만요."

"고마워요. 큰 위로가 되네요."

스푸나워가 리아를 애처로운 눈초리로 보며 말했다. "가족 일은 참 안됐습니다."

"네?"

"대가족도 아니잖아요." 그가 어색한 웃음을 지어 보이며 말을 보탰다. "저는 식구가 엄청 많은 대가족에서 자랐거든요. 명절 때 다 모이면 무슨 대형 운동경기 여는 것 같았어요. 그런데 이 가족은 애초에 세 분이었고, 게다가 트렌턴 씨도……." 그러더니 그는 한 손을 들어보였다. "죄송해요, 주절대려던 건 아닌데. 지금 얼마나 쓸쓸하실까 해서요."

"쓸쓸하게 사는 법은 진즉에 터득했어요." 리아가 대꾸했다. "지금부터는 그 반대로 사는 법을 배워야죠."

그러고는 입술을 잘근잘근 씹으며 어린 시절 행복이 곳곳에 스민 방을 슥 둘러보았다.

"적당한 곳을 꼭 찾겠어요." 그리고 아까 한 말을 되풀이했다.

9

랩킨 박사의 인생에는 한결같은 것이 거의 없었지만, 바다만은 늘 거기에 있었다. 간간이 내륙 지방에 살았을 때도 그곳들은 더 나은 배를 찾기 전 잠시 머무는 기착지에 불과했다. 하던 일이 계속할 가치가 있을까 의심이 들 때면 티크재를 맞춤제작하고 대패질하는 조선소로 갔고, 자신이 왜 그리 열심히 돈을 버는지 상기하곤 했다.

배는 결코 저렴하지 않으니까.

워싱턴주 프라이데이 하버에 있는 그의 집에서는 거의 모든 창문으로 산후안데푸카 해협의 잿빛 바닷물과 수심 깊은 항만에 떠 있는 그의 12미터짜리 요트 카탈리나호가 내다보였고, 그걸 보고 있으면 자신이 인생에서 내린 결정들이 모두 옳았던 건 아니지만 적어도 바람과 바다의 순수함만은 잃지 않았음을 확인할 수 있었다.

오늘은 그 좁은 해협에 요트를 띄우고 돛을 올렸다. 바람이 5노트로 불어와 그를 태양이 떠있는 쪽으로 데려다 주었다. 요트가 살짝 기울면서 그의 얼굴에 분말을 흩뿌렸고, 그는 눈을 지그시 감으며 바다 내음을 한껏 들이마셨다.

"평화롭지요?" 누군가의 음성이 들려왔다.

램킨 박사가 눈을 번쩍 뜨자 주갑판 밑에 서서 그를 올려다보는, 검은 야구 모자를 쓴 남자가 보였다. 그는 두 손을 후드 달린 회색 스웨트셔츠 주머니에 찔러 넣고 있었는데, 한쪽 주머니에 무기가 있는 것이 확실했지만 서 있는 자세는 느긋하고 무심해 보였다. 스무 살은 넘었을까 싶을 정도로 젊은 청년이었고, 게다가 실제 나이보다 어려 보이는 타입이었다. 램킨 박사의 어머니가 봤더라면 TV쇼 '비버에게 맡겨줘(1957년부터 1963년까지 CBS와 ABC사가 방영한 시트콤)'에 나오는 주인공 에디 해스켈을 닮았다고 했을 이목구비였다. 박사의 모친은 돌아가신 지 오래였다. 어쩐지 박사 자신도 곧 어머니를 뵐 것 같은 예감이 들었다.

"블랙웰가의 도련님이군." 램킨 박사가 말했다. "대단한 실력이군 그래. 발소리 하나 나지 않았어." 박사가 요트에 탄 지는 부두에서 꾸물거린 시간까지 합치면 한 시간은 족히 됐고, 주갑판 밑에도 두 번이나 내려갔었다. 거기는 공간도 협소한데다, 박사는 평소와 다른 점이 있으면 곧장 알아채는 사람이었다. 그런데 댁스 블랙웰이 있는 건 못 알아챘다.

"너무 속상해하지 마십쇼." 댁스가 말했다. "조용히 지낸 지 오래됐잖아요. 날이 무뎌진 거지. 뭐, 그럴 수 있어요."

댁스를 쳐다보던 박사는 손바닥 아래 닿은 키 손잡이를 느끼고는 그 키를 힘껏 좌현으로 당겨 젊은 킬러의 흠 잡을 데 없는 균형을 무너뜨리는 상상을 잠깐 해봤다. 하지만 그렇게 해서 뭘 얻겠나? 박사가 뱃전에서 뛰어내릴 몇 분의 시간? 그럼 총 맞고 즉사하는 대신 천천히 익사할 텐데? 잽싸게 탈출하는 건 박사가 젊었던 시절에나 가능했던 일이다. 박사는 키 손잡이를 놓고 한숨을 내쉬었다.

"나와 전화 끊고 라워리한테 연락했겠군, 내 말이 맞지?" 박사가 물었다. "이제 니나를 죽이고 나도 죽여서 돈을 몇 배 챙기겠군. 대단해."

"잘못 짚었어요." 댁스가 대꾸했다. "게다가 왜 이렇게 사람이 냉소적이에요?"

그는 얼굴이 훤하게 잘생겼고 눈동자는 누구보다 정직할 것 같은 인상을 주는 새파란 색이었다. 블랙웰 가족이 어떤 사람들인지 알면, 실소할 얘기였다. 댁스는 목소리와 성격은 아버지를 닮았지만 외모는 숙부를 더 닮아 보였다.

"이리로 올라오지." 박사가 말했다. "햇빛 비치는 데서 얘기하세. 혹시 밝은 데서 얘기하는 건 자네 스타일이 아닌가?"

"박사님은 햇빛을 너무 받으신 것 같은데." 댁스 블랙웰이 받아쳤다. "내 낡은 부츠가 박사님 피부보다 덜 상했겠어. 피부암은 어린애 장난이 아닙니다."

댁스의 오른손이 스웨트셔츠 주머니에서 쑥 나왔다. 손에 아무것도 없었다. 그는 그 손으로 레일을 잡고서 가파른 계단을 딛고 주 갑판으로 올라왔다. 왼손은 주머니에 그대로 넣고 있었다. 갑판에 올라온 그는 10퍼센트만 스위치를 켠 듯 양 입꼬리를 슬쩍 올린 미소를 지으며 박사를 마주보고 섰다.

"내가 겁나는 모양이군." 댁스가 말했다.

"내 요트에 숨어든 킬러니까. 맞아, 자네가 겁나네."

"듣고 보니 그럴 만도 하네요." 댁스는 갑판을 가로질러와 뱃전의 벤치에 박사와 마주보고 앉았다. 걸을 때 자기 발을 내려다보지도 않았다. 범선에 몇 번 안 타본 사람치고 범상치 않은 움직임이었다.

"자네 나이가 몇인가?" 박사가 물었다. 속으로 셈을 해보려고 했다. 마지막으로 댁스를 봤을 때가 호주에서였다. 당시 댁스는 어린애로 보였지만 아마도 이미 열댓 명은 죽여 본 후였을 것이다. 나이를 가늠하기가 쉽지 않았다. 아버지가 댁스를 사업에 끌어들였다가 도로 빼내곤 했는데, 그 사이사이에 댁스는 유령 같았다. 그 아이가 어디에 있는지, 누가 어떻게 돌보고 있는지 아무도 아는 사람이 없었다.

"'파티에 갈 나이는 됐죠[2007년작 영화 '슈퍼배드(Superbad)'에 나오는 대사].'" 댁스가 대꾸했다. "무슨 영화 대사일까요?"

박사는 눈을 깜빡거렸다. "뭐라고?"

"구글 해보세요." 그러더니 댁스는 다리를 꼬아 발목을 포개고 뱃전에 등을 기댔다. 왼손은 주머니에서 나오지 않았다. "전화를 다시 안 하셨더라고. 친구가 죽었다는 뜻인가?"

"안 그랬길 바라네."

댁스가 물에 반사된 햇빛에 눈을 가늘게 뜨고 박사를 쳐다봤다. "정말로 모르는 거예요?"

박사는 고개를 저었다. 주돛을 펼쳐야 해서 무의식적으로 손을 뻗다가 멈칫했다. "내가 좀 움직여도 되겠나?"

"안 될 거 뭐 있겠습니까? 당신 배인데."

박사는 몸을 숙여 캠(회전 운동을 왕복 운동으로 바꾸는 기계장치)을 건드려 돛을 펼친 다음, 돛을 다시 밧줄걸이에 걸어 고정했다. "그 여자가 도움이 필요한지는 모르겠네만, 어쨌든 나한테 다시 연락을 안 했고 그래서 나도 자네한테 전화를 안 한 거네. 그런데 이렇게 날 찾아왔군. 내 요트에까지."

댁스는 어깨를 으쓱했다. "시간이 남아서요."

침묵이 내려앉았다. 바람의 방향이 바뀌었다. 램킨 박사는 키 손잡이를 조정했다. 선체가 살짝 기우뚱했고, 댁스는 마치 변화를 예측하고 있었던 듯 몸을 슬쩍 움직였다. 왼손은 여전히 주머니 안에 있었다.

"값을 부르지 않으셨잖아요." 댁스가 말했다. "지불할 돈이 있기는 있어요?"

"그 여자가 가진 정도. 자네가 감탄할 액수는 아니네."

댁스가 고개를 끄덕였다. 야구 모자 챙이 얼굴에 그늘을 드리웠다. 이제 그는 박사를 보지 않고 대신 멀어져가는 섬 해안을 보고 있었다. "여자 말고 다른 사람한테는 연락 안 했어요?"

램킨 박사는 고개를 저었다.

댁스의 10퍼센트짜리 미소가 20퍼센트로 커졌다. "나를 고른 이유가 있을 거 아네요. 멍석 깔아드릴 테니 말해보시죠."

"실수였어. 미안하게 됐네."

"사과나 듣자고 여기까지 온 거 아닙니다. 거짓말 들으려고 온 건 더더욱 아니고요."

어느새 미소가 싹 가셔 있었다.

박사는 혀로 입술을 축였다. 댁스의 왼손을 보면서 그 손이 어떤 무기를 쥐고 있을지 상상했다. 총일까, 칼일까? 어느 쪽이건 결과는 같았다. 둘 다 귀신 같이 다룰 테니까.

"라워리는 뭐랄까…… 평범하지 않은 타깃이야." 박사가 운을 뗐다. "그자를 거스를 사람은 그리 많지 않아. 내가 그럴 인물을 탐색했다는 걸 일러바칠 사람은 많고. 자네라면 그 두 부류 중 어디에도 속하지 않을 거라 생각했지."

"그래서요? 택한 이유를 말씀하셔야죠. 빼놓은 게 하나 있는 것 같은데. 내가 모를 거라 생각해서 그런 거겠지."

"자네 부친은 이번 건을 부채 청산의 기회로 봤을 거라 생각해서 그랬네." 박사가 조심스럽게 말을 꺼냈다. "내가 틀렸을지도 모르지."

"'어떤' 부채요?"

"우선, 미지급 보수가 한 건 있네. 지시 사항을 따르지 않았다고 해서 라워리가 보수를 지불하지 않았어."

"우선은 그게 있다. 그럼 다른 거는요?"

박사는 댁스의 눈을 똑바로 쳐다봤다. "라워리가 두 사람을 함정에 빠트린 적이 있네. 둘이 죽을 걸 알고 보냈어."

이제 댁스는 아까보다 나이 들고 더 냉혹해 보였다. 그의 시선은 한 순간도 흔들리지 않았다. "그럼 왜 안 죽은 거죠?"

"총질로 빠져나왔거든. 그만큼 실력이 뛰어났어. 빠르기도 했고."

"그런데 지금은 세상을 떴잖습니까. 그렇게 빠르고 실력이 뛰어난데도요."

박사가 수긍의 뜻으로 고개를 끄덕였다.

"그러니까, 보수가 많거나 난이도가 쉬워서 반길 만한 일은 아니란 거죠." 댁스가 말했다. "숨어있는 동기를 건드리는 일감이라는 거죠. 과거에 배신당한 사정이라든가. 아니면, 박사님 표현대로, 받아내지 못한 부채."

박사는 입을 다물고 있었다. 키 손잡이를 너무 꽉 쥐고 있느라 손이 욱신거렸다. 손에 힘을 빼고 의식적으로 숨을 편히 쉬면서 잠자코 기다렸다. 일어날 일은 일어나고야 말 테고, 그걸 막을 생각은 없었다.

"제 아버지랑 삼촌이 배신당해서 그렇게 속 쓰려했다면 두 분이 왜 갚아주지 않았을까요? 몇 년을 그냥 보냈잖아요. 왜 그자를 한 번도 노리지 않은 거죠?"

"언젠가 그럴지 모른다고 나도 기대했었네."

댁스가 돛대 꼭대기를 올려다봤다. 얼굴이 햇빛에 노출돼서 오른쪽 턱을 따라 난 가느다란 한 줄 흉터가 또렷이 보였다. 칼날이 남긴 흉터라기엔 너무 가늘었다. 어쩌면 유리일지도.

"두 분은 돈 때문이 아니면 자신들을 지키기 위해 살인했어요." 댁스가 말했다. "분노나 원한이나 받아내지 못한 부채 따위에 정신이 흐려지지 않는 분들이었죠."

"그렇군." 박사가 대꾸했다.

"그 여자 누구예요?" 댁스가 여전히 돛대 꼭대기에 시선을 꽂은 채 물었다.

박사는 그 질문에 어떻게 대답할지 머릿속에서 이리저리 굴려보았다. 자신이 살아서 이 배에서 내리리라고 기대할 이유가 없으니 댁스에게 이름을 밝힐 이유도 없었다. 하지만 댁스가 그저 박사나 죽이려고 여기까지 걸음할 이유도 없었다. 만약 그가 진실을 알기 위해 왔다면, 박사가 애초에 건 도박이 실수가 아니었다는 얘기였다.

"니나 모건이라는 여자야." 박사가 입을 열었다. "그자의 아들 전담 조종사였어."

"라워리의 아들. 브래드."

"그래."

"죽었잖아요. 자살로."

"맞네."

댁스가 드디어 돛대에서 눈길을 돌렸다. "그거랑 니나 모건이랑 무슨 상관이죠?"

무슨 상관이냐고? 박사는 그 질문을 곱씹으면서, 몇 달에 걸쳐 펼쳐진 광기의 쇼를 어떻게 깔끔하게 한 문장으로 압축할까 고민했다.

"코슨 라워리는 자기 아들이 권력 면에서만 빼고 자기처럼 되지 않기를 바랐어." 박사가 설명했다. "코슨은 권력의 기반을 만들어놓고 그걸 자기 아들에게 득이 되는 방향으로 이용할 작정이었지. 대충 그런 계산이었던 것 같네. 그런데 알고 보니 아들도 아버지와 그리 다르지 않았던 게지."

박사는 이제부터 단어를 신중히 골라야 한다는 걸 알았다. 댁스 블랙웰을 앞에 두고 부전자전을 논하는 건 한겨울 살얼음판을 걷는 것과 다름없었다.

"코슨 라워리는 아들만 보고 살았네." 박사는 설명을 이어갔다. "동전 한 닢, 협상 한 건, 수중에 넣고 휘두르는 정치인 한 명. 전부 아들의 권력, 아들의 파워, 아들의 미래를 위한 거였어. 아버지가 품은 야심만큼 아들이 따먹을 열매도 커졌지. 존 케네디 저리가랄 정도였네. 도널드 트럼프의 애비도 코슨 라워리가 하는 걸 봤으면 넌더리를 냈을 걸. 어느 유명 정치가를 갖다 대도 마찬가지야."

"나는 100퍼센트 자립적인데요." 댁스가 한마디 했다.

"내 말은, 코슨은 썩을 대로 썩은 집에서 오염되지 않은 자식을 키워낼 수 있을 거라고 믿었다는 거네."

저 '눈빛.' 잊으려야 잊을 수 없는 블랙웰가 사람들의 눈빛. 랭킨 박사는 그 눈을 누구보다 잘 기억했다. 댁스의 아버지와 숙부는 서로를 쳐다보는 법이 없었다. 서로 대화는 했지만—아, 대화를 얼마나 많이

했던지—둘 사이의 유대는 늑대의 그것과 같아서, 즉 서로에 대한 이해가 워낙 깊고 내밀해서 둘 중 어느 한쪽도 형제를 볼 필요가 없었다. 서로가 어떻게 반응할지 다 알고서, 한 몸처럼 움직였을 뿐. 두 사람은 마치 살인이 능한 춤꾼처럼 물리적 공간과 대화를 자유자재로 주물렀다. 댁스도 눈빛이 그들과 똑같았지만 대신 혼자였고, 그래서 박사는 다른 한 명을 볼 핑계로 시선을 피할 수가 없었다. 다른 한 명이 있었으면 했지만, 애써 시선을 똑바로 마주했다.

"유전자냐 양육이냐." 댁스가 말했다. "코슨은 자신이 좌지우지할 수 없는 요소를 계산에 넣지 않았던 거로군. 자기 피에 흐르는 것 말이야."

박사는 잠자코 기다렸다.

"그래서 아들은 죽었는데 제국은 아직 건재하다는 거군." 댁스가 말을 이었다. "연방조사국이 개입했더군. 그러다 사건을 덮었고. 왜지?"

"타깃이 브래드였는데 브래드가 그림에서 빠졌으니까." 박사는 어깨를 으쓱했다. "부패 조직이 무너지는 걸 지켜보려면 관심을 끝까지 유지해야 하네. 그 조직에 얼굴 마담이 있는데 그 얼굴 마담이 제거되면, 뭐……."

"대중은 더 큰 정의가 이루어진 줄 착각한다 이거지. 그렇군. 하지만 조직이 얼굴 마담보다 오래 살아남는 게 가능할까? 이건 문화의 문제겠지." 댁스의 10퍼센트짜리 미소가 돌아왔다. 램킨 박사는 그게 좋은 신호인지 나쁜 신호인지 갈피를 잡을 수 없었다.

"예리한 질문이군." 그는 심기 불편한 채로 대꾸했다.

"니나는? 뭘 목격했기에 그러죠?"

"살인이네." 박사는 오래 전 묻어뒀던 비통함이 되살아나는 걸 느꼈다. "목격자하고 그 자녀들. 그들이 탄 차가 공항을 빠져나가는 길에 공격받았어. 카르텔이 한 짓으로 위장하려고 했지."

댁스는 앉아서 곰곰 생각하더니 불쑥 말했다. "여기서 아들이 저지른 죄는 아비한테 아무 의미 없어요. 아비에게 중요한 건 이 여자의 증언 때문에 아들이 제 입에 총구를 박고 방아쇠를 당겼다는 사실뿐."

"나도 그렇게 보네." 박사가 대꾸했다. 그러고는 주돛을 가리켰다. "좀 만져도 되겠나?"

"아까 말했잖아요. 댁의 배라고."

"그렇군." 박사는 또 한 번 돛을 조정해 방향을 바꿨고, 바람을 탄 요트는 해안에서 점점 더 멀어졌다.

"그 여자가 어떻게 해서 여태껏 살아남은 거죠?" 댁스가 물었다.

박사는 일부러 천천히 주돛을 조종하는 아딧줄(바람의 방향을 맞추기 위해 돛을 매어 쓰는 줄)을 고정했다. "내가 숨겨줬네."

"당신 덕이었군."

"맞아."

"왜 그랬지?"

"도와달라고 찾아왔으니까." 박사는 헛기침을 했다. "내가 그 여자를 브래드의 수사를 담당한 연방요원들한테 소개해줬으니까. 내가 그 여자한테 협조하라고 종용했으니까."

"뭔가 중요한 걸 빼놓고 있다는 불편한 직감이 드는데, 박사? 나는 애매모호한 이야기 싫어해. 그런 거 있잖아. 같이 영화 보고 나왔는데 나는 결말이 이거라고 생각하고 상대방은 저거라고 생각하는 것."

박사는 웃음을 지었다. "그 아비에 그 아들이로군. 정말 그래."

댁스는 웃지 않았다. 그 비교가 마음에 들지 않는 기색이 눈에 역력했다. "말하지 않은 게 뭐지?" 댁스가 물었다.

"내가 증언을 안 했네. 니나한테 나도 나중에 수사에 협조할 거라고 설득해놓고. 말하자면 니나가 선두타자로 나서고 내가 마지막 타자로 게임을 마무리하려는 계획이었네. 그런데 그만……."

"그렇지." 댁스가 끼어들었다. "이런 반전이 있어야지." 그는 고쳐 앉으며 다시 뱃전에 등을 기댔지만, 여전히 왼손은 주머니에 넣고 있었다. "그러니까 당신의 잘 통제된 상황이 통제 밖으로 튕겨나갔고, 이 니나라는 여자는 빨랫줄에 널린 채로 남겨진 거군. 당신은 그래서 여자를 숨겨준 거고. 그러지 않으면 뭐, 죄책감에 짓눌릴 상황이었으니까."

"그랬겠지." 박사가 대꾸했다.

"근데 그건 오래 전 일이잖아."

"정확히는 10년 다 돼 가네."

"그럼 어쩌다가 여자가 다시 레이더망에 잡힌 거지? 게다가 무슨 수로 여태 살아있는 거야?"

박사는 니나의 남편과 두 아이, 그리고 아이들이 한 번도 만난 적 없으나 위급 상황에 연락하도록 교육받은 이모 이야기를 해주었다. 그리고 이 모든 사달이 어떻게 켄터키주에서 발생한 자동차 사고로 촉발됐는지도 들려주었다. 댁스는 이야기가 마무리될 때까지 한마디도 안 하고 듣기만 했다.

그러더니 비로소 입을 열었다. "니나의 문제는 저절로 해결될 것 같은데."

"어떻게 말인가?"

"라워리가 죽으면 니나의 문제는 사라지는 거지." 댁스는 표정의 변화 없이 말했다.

"그럴 수 있지. 하지만 다른 위험 요소가 있네. 라워리 못지않게……

동기가 충분한 사람이 최소 둘 있어. 목격자와 자녀들이 탄 차를 덮친 놈들이, 돌아갈 때 니나가 조종하는 비행기를 타고 갔어. 니나가 수사관들한테 그들 정체를 알려줬고."

"괜찮은 놈들인가?"

박사는 무슨 의미인지 바로 이해했다. "뛰어난 자들이네." 그는 이렇게 답했다. "블리크, 아, 아니지, 마빈 샌더스는 내가 본 어떤 킬러보다 출중해."

"다른 한 놈은 누군데?" 댁스가 물었다.

"랜달 폴라드라는 자야. 그런데 둘 다 교도소에 있어. 내가 아는 한 최소 몇 년은 더 있을 거야."

"니나 때문에?"

"결정적으로는 그렇지. 그 둘은 브래드가 자살하는 바람에 연방수사관들이 먹고 떨어질 수밖에 없었던 조직 말단이었어. 니나 덕분에 수사관들이 결정적인 장소의 감시 영상을 손에 넣은 걸로 아네."

"그 둘이 라워리를 배신하지 않은 건가? 왜 그자 때문에 감옥살이까지 하지?"

"언젠가 자기네한테 호의적인 가석방 심사위원을 만나서 출소하면 한몫 두둑이 챙길 수 있을 거라고 계산했겠지."

"라워리가 줄곧 그 둘의 후원자로 남아있었다는 얘기군. 알았어. 그럼 가장 좋은 시나리오는 둘이 감옥에 있건 출소하건 댁이 둘을 죽이는 거겠네. 셋 다 그림에서 제거하면 니나의 문젯거리는 해결되겠군. 품이 많이 들겠어. 그것도 댁이 문제를 회피하는 바람에 그 문제에 휘말린 여자를 살리느라고 말이야. 세 명은 고사하고 한 명 처치할 의뢰비도 없는 여자를."

박사는 입을 다물고 있었다.

"그런데 여자는 당신을 아직도 신뢰한단 말이야." 댁스가 말을 이어갔다. "당신이 이 진창에 끌어들인 장본인인데 당신이 빼내줄 거라고 아직도 믿고 있으니."

바람이 또 한 번 방향을 바꿨고, 램킨 박사는 더 이상 닻을 조정해도 되겠느냐고 허락을 구할 필요를 못 느꼈다. 더 큰 질문을 던질 차례였으니까. "섬으로 돌아가도 되겠나?" 그가 댁스에게 물었다.

댁스가 씩 웃었다. "안 그럼 집에 어떻게 가시려고?"

박사는 또 한 번 감지했다. 둘 사이에 흐르는 무언의 암시를. 램킨 박사가 바다 한가운데서 죽어야 할 이유는 없지만 댁스 블랙웰은 다른 의견을 품고 있을지도 모른다. 긴장감 속에 시간이 흐르면서 그들은 섬에서 점점 멀어져 탁 트인 바다로 계속 나아갔다.

"이제 그만 집에 가죠." 한참 만에 댁스가 말했고, 램킨 박사는 단전에서부터 나온 것 같은 숨을 토해냈다.

"고맙네." 박사가 말했다.

"뭐가요?"

"그냥…… 니나의, 리아의, 상황을 고려해준 게."

"뭐, 활동비도 필요하고 하니. 지금은 그 정도로 만족하려고요."

"활동비라니?"

"일감을 맡으려면 필요하잖아요."

"일감 따위 없다니까."

댁스 블랙웰이 하품을 쩌억 했다.

"여자는 멀쩡히 잘 있을지도 몰라." 박사가 말했다. "여자가 도움이 필요할 경우 도와주는 게 일감이었어. 근데 아직 연락이 없으니, 아무 문제없이 잘…….”

“뱃머리를 돌려라.”

“뭐?”

“범선의 방향을 돌릴 때 그렇게 말하지 않아요?” 댁스 블랙웰이 말했다. “섬에 돌아가려면 배를 돌려야죠. 근데 배를 돌릴 때 돛의 아래 활대가 빙글 돌잖아요. 의사소통을 확실히 안 하면 자칫 대형 사고가 날 수 있어요. 그러니 선장은 바다 한가운데서 비극을 맞지 않으려면 명령을 똑바로 내려야죠.”

박사는 멍하니 그를 쳐다봤다.

“그럼 내가 하죠.” 댁스가 말했다. 그는 오른손을 둥그렇게 말아 입에 대더니, 호주 억양으로 외쳤다. “뱃머리를 돌려라.” 그러더니 박사를 향해 씩 웃어보였다. 시원스럽고 전염성 있는 웃음이었다. 그는 신난 듯 고개를 주억거렸다. “어서 해봐요.”

램킨 박사는 요트의 방향을 돌려 자기 집이 있는 섬으로 향했다.

“뱃노래 아는 거 있어요?” 댁스가 물었다.

“없네.”

“배가 있으면 뱃노래 몇 곡쯤 알아야죠.” 댁스가 말했다. “모르면 바다에 나오지 말아야지.”

“미안하게 됐네.”

“방법이 없는 건 아니지.” 댁스는 오른팔을 갑판 지주에 얹더니 갑자기 한곡 뽑기 시작했다. “‘오, 나는 군함도 사략선도 아니라네’ 그가 말했지. 돛대를 높이 펼치고, 돛대를 낮게 펼치고, 그렇게 우리는 나아갔네. ‘나는 한탕 찾아 누비는 짠 바다의 해적선인걸.’”

듣기 좋은 테너 음성이었다. 감미롭기까지 했다.

"계속 불러도 될까?" 댁스가 물었다. "곁들이면 뱃놀이가 더 즐겁잖아."

"마음대로 하게." 박사가 대꾸했다.

댁스는 미소 지으며 반듯하게 돌돌 말린 채 놓여있던 아딧줄을 집어 들더니 질 좋은 밧줄을 알아볼 줄 아는 사람처럼 흡족하게 손가락으로 그 가느다란 줄을 쓸어보았다. 아딧줄을 손에 쥔 채 나지막하게 옛 노래를 흥얼거리는 그는 지극히 만족스러워 보였다. 박사는 그에게서 눈을 돌려 다시 탁 트인 바다를 내다봤고, 댁스 블랙웰이 노래하는 내내 햇빛 반짝이는 해수면을 미끄러지는 요트 뒤로 퍼져 나가는 물보라를 물끄러미 응시했다. 진정 감미로운 목소리였다. 아버지가 노래하는 법을 가르쳐준 건지 궁금했다. 물어보는 게 바보 같은 짓이거나 위험한 짓일까 궁금했다. 박사는 계속 궁금해하고 댁스는 계속 노래를 하던 와중에 갑자기 박사의 머리에 올가미가 씌워지더니 목을 세게 조였다.

랭킨 박사는 키 손잡이를 놓고 양손으로 줄을 움켜쥐었지만 이미 댁스가 줄을 당기고 있었다. 가느다랗고 튼튼한 줄이 어찌나 세게 당겨졌는지, 박사의 목을 휘감은 이물질이 아닌 박사의 살처럼 보였다. 댁스는 여전히 노래하고 있었다. 심지어 박자도 놓치지 않았다.

"'오, 나는 군함도 사략선도 아니라네…….'"

댁스가 줄을 감아 들이자 박사의 두 다리가 더 이상 자신의 몸을 지탱하지 못해 꺾였고, 이제 박사는 목이 졸린 채 자기 요트의 바닥에 널브러졌다.

댁스 블랙웰이 노래를 멈추고 씩 웃으며 그를 내려다보았다.

"좋은 소식이 있어." 그리고 이렇게 말했다. "일감을 맡기로 했어. 당신 말이 맞아. 그 여자는 도움을 받아 마땅해. 댁이 한 말 중에 맞는 게 하나 더 있을지 몰라. 피 안 묻은 깨끗한 손으로 일하면 좋을 수도 있다는 말. 근데 당신 입에서 나올 소린 아닌 것 같아. 여자를 배신해놓고 자기가 이 차가운 세상에 유일한 위로자인 척해?" 그러면서 댁스는 애석한 듯 고개를 저었다. "그런 짓을 명예롭다고 할 수 있나, 친구."

박사는 컥컥대며 자기 목을 긁어댔다. 절박하게 아무데나 긁어대는 손톱이 그의 피부에 피맺힌 구렁을 만들어놓았다. 올가미는 느슨해지지 않았다. 그토록 절실한 숨은 들어오지 않았다.

"당신 조언을 받아들인다 치고," 댁스 블랙웰이 말을 이었다. "깨끗한 내 손에 깨끗한 내 심장이 깨끗한 피를 흘려보내는 채로 일한다면 말이야. 그럼 그건 당신, 랭킨 박사를 위해 하는 일이 될 수는 없어. 무슨 소린지 알겠지."

박사가 그를 올려다봤다. 말을 할 수 없어서 눈으로 빌었다. 이미 뱉은 말에 대해 눈으로 사과했다. 피 안 묻은 깨끗한 손 운운한 건 기분 상하게 하려는 의도가 아니었다고. 블랙웰가의 일원을 감히 기분 상하게 할 의도는 없었다고. 그러면 안 되는 걸 아니까 이렇게 오래 산 것 아니겠느냐고. 더 오래 살면 다시는 그런 실수는 저지르지 않겠다고. 그는 댁스를 빤히 바라보며 세상이 가장자리부터 점점 잿빛으로 물드는 동안, 영겁의 시간이 그 미소 어리고 열띤 젊은 얼굴 한 점으로 좁혀드는 동안 그 모든 말을 전달하려고 했다.

"그러니 깨끗하게 시작하자고." 댁스가 말했다. "그리고 일이 어떻게 흘러갈지 봅시다."

그러더니 부츠 신은 발을 박사의 어깨에 얹어 몸을 꽉 누른 채 끈을 감아올려, 박사의 시야가 온통 까맣게 될 때까지 조이고 또 조였다.

IO

해가 쨍하니 내리쬐고 가벼운 여름바람이 솔가지들을 간질일 때쯤 리아와 아이들은, 한여름의 풍광이 한창 펼쳐진 메인주 서부의 산장에 도착했다. 최고의 휴양지(메인주의 옛 홍보 문구), 인생이 늘 휴양이면 좋으련만.

리아는 포장도로에서 차를 돌려 나무 빼곡한 등성이로 이어지는 단단한 흙길로 접어들었다. 건조한 날이라 반짝반짝하던 새 지프는 나뭇잎 사이로 들어오는 햇빛에 비친 풀풀 흩날리는 흙먼지에 금세 뒤덮여 버렸다.

"이게 이모네 진입로예요?" 닉이 경악을 감추지 못한 채 물었다.

"아니. 도로야." 리아가 대꾸했다.

"예?"

"여긴 사람들이 여름에 오는 데야. 휴가 때 가는 곳. 이렇게 날씨가 완벽한 날에." 리아는 자신의 연중 보금자리인 곳을 이렇게 이야기했다. 솔가지가 지프의 조수석 창을 타닥 치고 지나갔고, 헤일리는 그게 창을 뚫고 자신을 채어가기라도 할 것처럼 몸을 뒤로 뺐다.

"여름에 이런 데 오려고 몇 년 동안 돈 모으는 사람이 얼마나 많은데." 리아가 분위기를 한 번 더 띄워보려고 애쓰며 말했고, 바로 그때 지프가 달 표면의 분화구만 한 팬 자국을 지나는 바람에 셋 모두 몸이 뒤로 출렁했다. "곧 도로면을 손볼 거야." 리아는 한마디 덧붙였다. "평평하게 다듬을 거야."

"우리 지금 어느 마을에 있는 거예요?" 헤일리가 물었다.

"어…… 그냥 그린빌이라고만 알아둬."

"그린빌이라고 알아두라고요?" 헤일리가 리아의 말을 따라했다. "거기라는 거예요, 아니라는 거예요?"

"엄밀히 말하면, 이 지역은 숫자와 알파벳으로만 구분돼 있어. 군구(郡區)하고 구역번호로. 근데 이 지역을 잘 아는 사람한테는 카야 캠프로(路)에 산다고 하면 알아들어. 모르는 사람한테는 그린빌이라고 하면 돼."

리아는 우회전해 또 다른 팬 자국을 덜컹거리며 지난 후 빽빽한 소나무들 사이로 타이어 자국이 깊이 팬 경사로를 힘겹게 올라갔다. 드디어 편한 내 집에 돌아왔군.

"캠든에 이사 가면 각자 방 하나씩 쓰게 될 거야." 리아가 말을 이었다. "여기서는 일단 좁아도 참고 지내. 며칠만이야. 너희들한테 이 곳을 구경시켜줄 동안만."

아이들에겐 각오하라고 했지만 짙은 녹색 양철지붕을 이고 전면에는 긴 포치가 펼쳐진, 나지막한 통나무산장을 본 순간 땀구멍이 열리면서 스트레스가 일제히 빠져나간 듯 '집이다' 하는 안도감이 밀어닥쳤다. 차 시동을 끄고 익숙하고 정감 가는 테사의 짖는 소리가 들려오자 잠깐 동안 모든 것이 제자리를 찾은 듯 느껴졌다.

헤일리가 입을 열었다. "신호가 안 잡혀요. 막대가 한 개도 안 뜨잖아요."

백미러로 딸이 경악한 표정으로 핸드폰을 들고 있는 모습이 보였다.

"알아." 리아가 대꾸했다. "좀 높은 데 올라가면 돼. 맑은 날에는……." 분위기가 더 나빠지기 전에 여기서 입을 다물었다.

"루크가 전화한댔단 말이에요." 헤일리가 말했다. 루크는 헤일리의 남자 친구였다. 학교 축구팀과 야구팀 선수로 뛰면서 어떻게 해선지 거의 시간마다 짬을 내 페이스타임까지 하는, 모두의 남자 친구감인 열네 살 소년이었다.

"하룻밤만 머물 거야." 리아가 말했다. "어쩌면 이틀."

"괜찮아요." 헤일리는 리아가 각오했던 것보다 더 호응하는 척하며 대꾸했다. "와이파이 쓰죠, 뭐."

"그것 말인데……."

"장난해요? 설마 와이파이가 있긴 있겠죠. 세상에 와이파이 없는 데가……."

"캠든에 이사 가면," 리아가 얼른 말을 끊었다. "와이파이 얼마든지 쓸 수 있어. 여기서는 잠시만 머무르는 거야, 알지? 며칠만이야. 쉬어가는 셈치고."

닉이 끼어들었다. "재는 이모네 개예요?" 리아는 누가 끼어든 게 이렇게 반가웠던 적이 없었다.

"응." 대답하고 지프 문을 열자마자 진흙 묻은 앞발 두 개가 리아의 무릎에 떡하니 얹혔다. 테사가 꼬리를 어찌나 세차게 흔드는지 궁둥이 전체가 따라서 흔들렸다. "테사라고 해. 인사해."

아이들이 테사에게 정신 팔려 있는 동안 리아는 포치 계단을 올라가 잠긴 문을 열고 산장 안으로 들어갔다. 지난 7년간 집이었던 곳인데도 처음 보는 것 같았다. 맨 처음 이 집에 들어서던 순간이 떠올랐다. 당시 이 집을 매물로 내놓은 노인네가 리아를 아래위로 훑더니 대뜸 이렇게 말했었다. "겨슬 캠프로 딱일 터인디, 아무래도 녀름에 더 마음이 있겄지."

넘겨짚은 말이긴 했지만 틀린 말은 아니었다. 그때는 이 산장이 도저히 지낼 수 없을 곳으로 느껴졌으니까. 당시에는 리아보다 니나의 존재가 더 컸다. 겨슬보다 녀름에 휴양 오고 싶어 하는 여자.

그래도 버텨냈다. 산장을 대대적으로 손보고, 자신도 대대적으로 손봤다. 그러다 보니 어느새 이곳은 낯선 곳의 껍질을 벗고 비로소 보금자리처럼 느껴지기 시작했다.

테사가 발톱으로 딱딱한 나무 바닥을 긁으며 포치 계단을 겅중겅중 뛰어올라와 집 안으로 들어오더니 리아의 허벅지에 제 몸을 지그시 댔다.

"안녕, 귀염둥이야. 나도 보고 싶었어." 리아는 비단 같은 녀석의 귀 뒤를 긁어주었다. 테사가 리아의 손을 핥았다. 둘이 한 몸처럼 뒤로 돌아, 계단을 올라오는 두 아이를 바라봤다. "우리 가족이야." 리아가 테사에게 속삭였다. "내 아이들인 걸 알아보겠니? 알아챘어?"

아주 허황된 기대는 아닌 것 같았다. 개들은 사람보다 직관이 더 뛰어나니까.

닉과 헤일리가 문간에 서서 마치 함정이라도 살피듯 안을 둘러보면서 리아의 초대를 기다렸다.

"어서 들어와." 리아가 말하자 테사가 리아에게서 떨어져 다시 아이들에게 갔다. 닉이 머뭇거리며 손을 뻗자 테사가 닉의 손을 냅다 핥았다. 그래, 테사는 아는 거야. 근거는 없지만 아무튼 리아는 그렇다고 확신했다.

"집 구경 시켜줄게." 이렇게 말한 순간 바보가 된 기분이 들었다. 방이 네 개뿐인 데다 방문이 다 활짝 열려있어서 거실에서 어느 방이든 다 들여다보였기 때문이다. "집이 아담하지? 캠든에 이사 가면 더 넓은 집에서 살 거야."

"이 사진들 다 누가 찍은 거예요?" 닉이 벽에 다닥다닥 걸려있는 액자의 사진들을 들여다보며 물었다. 리아는 자신의 작품을 풍수지리적으로 진열하려는 욕심을 애저녁에 포기한 터였다. 사진을 어떻게 진열하느냐보다 사진 자체가 더 좋았으니까.

"내가."

"진짜루요?" 닉은 주둥이에 눈이 묻은 여우를 클로즈업한 사진에 바짝 다가가더니, 개울 한복판에서 앞발 하나를 들어 반짝거리는 물방울 줄기를 프레임에 흩뿌리고 있는 흑곰 사진으로 곧바로 옮겨갔다. "곰한테 저렇게 가까이 접근했다고요?"

"렌즈를 좋은 걸 써서 그래." 대답은 이렇게 했지만, 실제로 그만큼 가까이 접근했었다.

"이게 이모 직업이에요?"

"직업의 일부야." 리아가 시인했다. 아이들에게 야생 숲 가이드와 캠프 운영 일에 대해 설명하면서 야생 풍경 사진을 찍는 일에 대해서도 얘기해둔 터였다. 그러나 세 가지 중 어떤 수입원을 포기하더라도 큰 불편 없이 살아갈 수 있다는 얘기는 하지 않았다. 라워리 그룹과 엮여서 큰 부자가 된 건 아니지만 적어도 금전적으로 독립적인 사람은 되었다. 주식시장이 상승장일 시기에 10년간 메인주 시골에 처박혀 지낸 덕도 보았다. 더그의 신탁이 없더라도 아이들은 부족함 없이 살 수 있을 것이다. 하지만 이걸 어떻게 설명한다? 과거의 어느 조각이든 대체 어떻게 설명한단 말인가? 무엇을 드러낼지, 언제 드러내는 게 좋을지 당최 알 수가 없었다. 가장 큰 조각, 유일하게 중요한 부분은 털어놓기 가장 어려운 부분이었다. *내가 너희 엄마야. 내가 너희를 낳았어. 너희들이 뱃속에서 처음 발길질하는 것도 느꼈고, 첫 울음도 들었고, 또 너희가 처음으로……*.

"에드가 누구예요?" 두 사람의 뒤에서 헤일리가 물었다.

리아는 돌아서서 딸을 향해 눈을 깜빡거렸다. "뭐라고?"

헤일리는 카운터에서 갓 꺾은 야생화를 꽂은 화병 옆에 놓인 종이를 집어 들어보였다. "쪽지를 남겼는데요."

"아. 고마워."

헤일리가 종이를 건네며 다시 물었다. "에드가 누군데요?"

어딘지 가시 돋친 투였고 닉도 지켜보고 있어서 리아는 갑자기 두 아이가 겨눈 총의 조준경 안에 들어온 기분이었다. *다른 사람이 아빠 역할을 대신하는 게 싫어서 저러는 거야. 나랑 같이 있기도 싫어하는데. 하지만 최소한 나는…… 가족이니까.*

"친구야." 리아가 둘러댔다. "테사를 며칠 맡아줬어."

쪽지에는 별 내용 없었다. 친밀감을 드러내는 표현은 전혀 없고, 그냥 잘 돌아왔다는 인사였다. 장작을 채워놓고 침구를 갈아놨다고 했다. 일이 잘 풀렸기를 바란다고도 했다. 그리고 다들 짐 풀었을 때쯤 와보겠다고 했다.

리아는 쪽지를 다 읽고 카운터의 과꽃을 꽂아둔 화병 옆에 도로 올려놨다. 그새 헤일리는 방 저편으로 가 벽에 걸어둔 표구한 메인주 지도를 들여다보고 있었다.

"우리가 있는 데가 무스헤드호예요?"

"응. 그 근처."

헤일리는 그 거대한 호수를 지도에서 찾아내 손으로 짚었다. 그러더니 메인주 전체를 눈으로 훑었다. 그나마 사람 사는 것 같은 동네는 아래 오른쪽, 메인주 남부에 몰려 있었다. 헤일리가 손가락으로 짚은 곳 근처와 그 위는 고속도로나 소도시 하나 없이 텅 비어 있었다. 그저 새파란 물과 초록색 숲만 펼쳐져 있었다. 리아가 지켜보는 가운데 헤일리가 검지 끝으로 지도를 쓸기 시작했다. 구불구불한 앨라개시강의 파란 선을 따라가고 있었다. 리아는 어리둥절해졌다. 헤일리가 선을 거꾸로, 북쪽에서 남쪽으로 따라가고 있었기 때문이다. 다음 순간 리아는 아이들이 그나마 중서부 지역의 지형만 안다는 사실을 퍼뜩 깨달았다. 남쪽을 향해 콸콸 흘러가 미시시피강과 멕시코만으로 빠져나가는 강들만 아는 것이다. 헤일리는 지도상 북쪽으로 흐르는 강은 태어나서 본 적이 없을 것이다.

"여기 너무 추워요." 닉이 말했다.

리아는 별로 안 추웠지만 그래도 얼른 대꾸했다. "내가 바로 불 땔게. 금방 덥혀질 거야."

"여름인데." 닉은 창가로 어슬렁어슬렁 가 밖에 쌓아둔 소나무 장작더미를 내다봤다. "8월인데 이렇게 추우면 겨울에는 어떻다는 거예요?"

'숨을 앗아갈 정도란다.' 리아는 속으로 대꾸했다. '무자비하고 아름답지. 겨울에 여기 올라와있으면 자신이 얼마나 작고 하찮은 존재인지 깨닫게 돼. 그러면서 마음에 평화가 찾아와. 때로 마음의 평화는 주어지는 대로 감지덕지하며 받아들여야 하거든.'

"우린 겨울에 여기 없을 거야." 리아가 말했다. "캠든에 있을 테니까. 헤일리, 캠든은 지도에서 오른쪽 구석으로 내려가면……."

하지만 딸아이는 이미 지도에서 몸을 돌린 뒤였다.

리아는 그냥 불이나 지피기로 했다.

II

원래는 죄수 다섯 명의 이송 스케줄이 잡혀 있었다. 그런데 오전 6시 예정인 픽업 직전에 변경 공문이 내려왔고 다섯 명은 두 명이 되었다. 둘은 각기 다른 독방동에서 왔고 나이 차이도 꽤 났으며 한 명은 백인, 한 명은 흑인이었다. 두 죄수의 끝도 없이 긴 범죄기록 파일을 꼼꼼히 읽지 않으면 둘이 예전에 만난 적이 있다는 사실을 놓치기 십상이었다.

플로리다 중부에 있는 미연방 주교도소 콜먼2의 교도관들은 파일을 꼼꼼히 읽기는커녕 대충 훑어보기조차 하지 않았다. 그들이 신경 쓴 건 오로지 죄수들을 MGL 밴 이송차량에 단단히 결박한 채 태워 보내는 것이었다. 두 죄수가 어디서 왔는지, 또 어디로 가는지 아무도 관심 갖지 않았다. 죄수들이 콜먼 교도소로 들어오거나 다른 곳으로 가는 건 일상적인 일이었다. 대부분은 다른 감방으로 보내지거나 아니면 재판을 받으러 갔다.

아직 모닝커피 한 잔도 마시지 못한 교도관들은 마빈 샌더스와 랜달 폴라드의 목적지가 어디이건 관심 없었다.

MGL 방탄 밴은 포드 이코노라인 모델에 강철 쇠창살을 덧대어 운전석과 화물칸을 분리한 개조 차량이었다. 쇠창살 뒤로 벤치석 세 개가 있고 각 벤치석마다 어깨높이에 한 줄, 그리고 바닥에 한 줄씩 알루미늄 가로대가 장착돼 있었다.

샌더스와 폴라드는 수갑을 찬 그대로 아래위 가로대에 고정되었다. 사슬이 충분히 길어서 똑바로 앉거나 사방으로 15센티미터 움직이는 정도는 가능했다.

밴의 화물칸에는 죄수 여덟 명까지 탑승 가능했지만, 변경 공문에 따라 두 죄수는 각각 벤치 한 줄씩을 차지하고 앉았다. 두 사람은 말을 하지 않았고, 서로 시선을 주고받거나 고갯짓 한 번조차 하지 않았다. MGL 밴에 동승한 이들에게 이는 좋은 신호였다. 순조롭고 조용한 이송길이 될 것 같았다. 죄수 이송을 담당한 회사에서 경비 직원 두 명을 파견 보내 운전과 경비를 맡겼다. 둘 다 프로 야구팀 트라이아웃에서 올해에도 탈락하고 필드에서 갓 쫓겨난 사람처럼 보이는 백인이었다.

그래도 절차를 신속히 진행시키는 건 칭찬할 만했다. 잡담에 시간을 낭비하지 않고 서류도 미비한 부분 없이 완벽하게 준비해왔으니까. 이전에도 수백 번 해본 일이었다. 미국인들은 대개 죄수 이송을 미국의 교도소 시스템이 책임진다고 생각한다. 그러나 실제로는, 그러기엔 이송되는 재소자 수가 너무 많다. 사설 이송회사를 이용하는 게 보통이었고, 최근 들어서는 사설 교도소 운영도 보통이 되었다.

MGL 밴은 콜먼 교도소를 뻔질나게 드나들었다. 운전사와 경비는 곧 교도소에 또 얼굴을 비추겠지만, 아무도 그들을 눈여겨보지 않을 터였다.

그건 마빈 샌더스와 랜달 폴라드도 마찬가지였다. 두 사람 대신 들어올 죄수들이 이송 루트에서 대기하고 있었다. 감방이 비는 일은 거의 없었다.

변경 공문이 처리되고 이송 서류의 결재 처리도 이루어진 후, 교도소 정문이 빽빽한 경첩에서 요란한 소리를 내며 철커덩 열렸고 전면에 도로가 펼쳐졌다. 태양은 동쪽 하늘에서 새빨간 띠 모양으로 이글거렸고, 습도가 이미 오를 대로 올라 아스팔트에 반사된 장밋빛 복사열에서 김이 이글이글 피어오르는 것처럼 보였다.

MGL 밴은 자유로운 세상을 향해 출발했고, 그 뒤로 대문이 철컹 닫히면서 콜먼 교도소는 평상시로 되돌아갔다.

밴은 조지아주 북부에서 처음 정차했다. 차량은 고속도로에서 빠져나와 2차선 카운티 도로를 탔고, 그대로 화물차 휴게소까지 3킬로미터를 더 달렸다. 휴게소에서 차를 세운 운전사는 시동을 끄고 차에서 내렸다. 경비도 따라 내렸다. 둘은 목소리를 낮춰 뭐라고 얘기하더니 담배를 피우며 대기했다.

10분 후 휴게소 식당 문이 열렸고, 새하얀 머리를 한 올 흐트러짐 없이 빗어 넘기고 피부는 골프코스에서 태운 살갗 특유의 구릿빛을 띤 키 큰 남자가 나와 기운 넘치는 걸음걸이로 성큼성큼 주차장을 가로질러 왔다. 그는 그 나이대 보통의 남자들보다 훨씬 민첩하게 움직였다. 진 바지와, 가벼운 재질의 수트재킷 안에 빳빳한 흰 티셔츠를 받쳐 입은 차림이었다. 눈은 은테의 레이밴 선글라스에 가려서 안 보였다. 그는 MGL 운전사와 경비에게 고개만 끄떡해 보일 뿐 말을 걸거나 걸음을 늦추지 않았고, 차량 반대편으로 빙 돌아가 잠겨있지 않은 화물칸 문을 스르륵 열었다. 그러고는 별일 아닌 듯 차체 프레임에 기대 죄수 둘을 번갈아 쳐다봤다.

"랜달." 그가 입을 열었다.

둘 중 백인 남자는 머리를 빡빡 밀고 더벅수염만 남기고 면도한 얼굴에 목 근육이 단단히 잡힌 마흔네 살의 남자였다. 눈 색깔은 양쪽이 달라서 한쪽은 갈색, 다른 쪽은 초록색이었다.

그가 고개를 끄덕이며 대꾸했다. "다시 뵈니 반갑습니다, 회장님."

"마찬가지네. 자네도, 블리크."

마빈 샌더스는 서른아홉 살의 흑인으로, 머리는 역시 빡빡 밀었고 문신이라든가 기억할 만한 특징은 전혀 안 보였다. 눈빛을 제외하고는 기억에 남을 만한 부분이 하나도 없었는데, 눈이 랜달 폴라드의 경우와 전혀 다른 이유로 인상적이었다. 샌더스의 눈은 양쪽이 똑같이 갈색이었지만, 너무 무표정하고 무감정해서 보는 이가 즉시 경계를 세우곤 했다. 그리고 보통은, 즉시 불안해졌다. 흰머리 노인이 블리크라고 부른 이 샌더스라는 자는 고개를 끄덕이지도 않고 대꾸도 하지 않았다. 그저 묵묵히 기다렸다.

흰머리 노인은 그런 반응을 보며 미소를 지었고, 자못 흡족해보였다.

"실종될 준비 됐나?" 노인이 물었다.

랜달 폴라드가 쿡쿡 웃으며 고개를 끄덕였다. 마빈 "블리크" 샌더스는 미동도 없고 말도 없었다.

"돈이 들겠어." 흰머리 노인이 말했다. "자네들도 알지. 젠장, 돈은 때때로 잃게 마련이고 사고도 일어나게 마련인데, 그래서 보험이 있는 거겠지. 하지만 자네 둘? 그래, 자네 둘한테는 돈이 좀 더 들 거야." 그러더니 한숨을 내쉬었다. "사업하다 보면 으레 감수해야 하는 비용이지. 원하는 일이 있으면 각자가 책임을 지는 시대니까. 어떻게든 최선의 방법으로 자신을 보호하는 거야."

죄수들은 잠자코 기다렸다. 흰머리 노인에게 아직 할 말이 남은 걸 알았기 때문이다.

"뒷일은 내가 처리하겠네." 노인이 말을 이었다. "비용에도 불구하고 말이야. 돈을 좀 잃을 테고 직원도 몇 명 잃을지 모르지만. 책임을 끌어안는 건 중요하니까. 그 정도는 감당할 수 있어. 자, 내가 왜 이 정도의 위험 부담을 떠안으면서까지 자네들을 풀어주려는지, 둘 중 누구든 짐작이 가나?"

두 죄수는 이번에도 잠자코 기다렸다. 마침내 흰머리 노인이 차갑고 냉혹한 미소를 지으며 다시 입을 열었다.

"자네들이 그 여자를 잡을 거니까." 그가 말했다. "운 좋은 놈들. 자네들 둘이 '그 여자'를 움직이게 했어."

침묵이 뒤따랐다. 랜달이 몸을 뒤척거렸다. 그가 어깨 너머로 블리크를 흘끔 봤다. 블리크는 랜달과 시선을 맞추지 않았다. 랜달은 도로 흰머리 노인에게 눈을 돌렸다. 그는 아까보다 한층 낮게 깐 목소리로 말했다. "우리가 그 여자를 잡는다는 건, 그러니까……."

"니나." 흰머리 노인이 내뱉더니 고개를 끄덕였다. "그래, 랜달. 자네들이 니나를 잡아들이게."

"살아있어요?" 블리크가 온화한 중저음의 목소리로 물었다.

흰머리 노인이 고개를 끄덕였고, 입과 눈 주위의 피부가 팽팽히 당겨졌다. "그런 걸로 보이네."

"어떻게 된 거죠?" 블리크가 물었다.

흰머리 노인은 숨을 깊이 들이쉬었다. "나는 지난 몇 년간 니나의 남편과 아이들을 감시해왔네. 여자의 시체를 확인하지 못해서, 어느 순간 감시가 필요하다고 느꼈지. 그런데 몇 년이 흘러도 여자가 가족을 찾아오지 않기에 그만 넘겨짚고 말았어……." 입과 눈 주위가 또 다시 팽팽해졌다. "마무리됐다고 보고받은 일이 정말로 마무리됐다고 믿은 게야. 거기서 위안을 얻었네. 그 여자가 죽었다는 사실에서. 그런데 지난주에 그 남편의 개명한 이름이 사망자 명단에 뜬 걸 알았어. 이런 일은 사회보장 시스템에 반영되려면 몇 주씩 걸리지." 그렇다는 사실에, 아니, 모든 종류의 지체에 그가 얼마나 넌더리를 내는지 역력히 드러나는 투였다.

폴라드가 물었다. "누가 남자를 처치한 건데요?"

"아무도 안 했네. 자동차 사고였어. 그런데 호기심이 동했지. 그래서 자식들이 어디로 갔는지 알아보도록 했네. 그자의 누나가 양육권을 가져갔다더군."

폴라드가 몸을 뒤척이며 물었다. "그래서요?"

"그자한테는 누나가 없어." 블리크가 대신 대답했고, 노인이 고개를 끄덕였다.

"맞아." 노인네가 나지막한 소리로 말했다. "누나는 없어." 그러더니 검은색 아이폰 두 대를 폴라드가 앉은 벤치에 툭 던졌다.

"그 여자 일을 대신 처리해준 변호사의 신상 정보가 그 핸드폰에 다 들어있네. 읽고 지워."

"여자가 근처에 있습니까?" 폴라드가 물었다.

"그건 모르겠네. 마지막으로 목격된 곳은 루이빌이야."

"찾는 데 얼마나 걸릴 것으로 보십니까?"

노인은 어깨를 으쓱했다. "알 수 없네. 그래서 자네들 둘을 고른 거야."

"꽤 어려운 작업이 될 것 같아서 묻는 겁니다, 일을 수행하면서 동시에 자취를 감추는 거요."

"그래서 자네들 둘을 고른 걸세." 노인이 다시 한번 말했다. "감당 못 하겠으면 이송 차량으로 교도소까지 도로 데려다줄 수 있어. 오히려 그 편이 더 수월하지."

"그러실 필요 없습니다."

"그럴 줄 알았네." 노인이 고갯짓으로 고속도로를 가리켰다. "저 사람들이 어느 지점까지는 데려다줄 거야. 자네들은 발각되기까지 세 시간의 여유가 있고, 추적이 불가능한 차량이 지급될 걸세. 운전면허증과 여권 두 벌은 차 안에 준비돼 있네. 차량등록증은 애틀랜타주의 어느 건설회사로 추적될 거야. 누가 묻거든 목수라고 해."

"어렵지 않죠." 랜달 폴라드가 대꾸했다. "망치는 여러 번 써봤으니까. 드릴도요. 여기 블리크가 마이터톱으로 아주 매끈하게 썰어버리는 것도 봤는걸요."

그는 자기 말에 웃음을 터뜨렸다. 블리크는 웃지 않았다.

흰머리 노인이 덧붙였다. "일 망치지 마."

"그런 일은 없을 겁니다."

"그러길 바라네. 여자를 찾는 대로 연락하게. 마지막 순간에 현장에 있고 싶으니까. 먼젓번에도 있어야 했는데. 이제는 어떤 상황에서도, 일이 마무리됐다고 말하는 자를 절대 믿지 않겠어. 내가 직접 처리할 거야. 알겠나?"

그가 폴라드와 블리크를 번갈아 보며 둘이 알아들은 것을 확인하는 동안 침묵이 이어졌다.

"얘기 끝났네. 바깥 공기 마음껏 즐기게나, 제군들."

폴라드가 대꾸했다. "감사합니다, 라워리 씨." 그러더니 덧붙였다. "여자를 꼭 잡겠습니다. 문제없어요."

블리크는 한마디도 하지 않았다. 흰머리 노인이 잠시 그를 빤히 보면서, 깜빡거리지도 않는 짙은 눈동자의 바닥 모를 속을 가늠해보더니 씩 웃었다. "다시 봐서 반갑네, 블리크. 진심이야. 어딜 가도 자네만 한 사람은 없었어."

폴라드는 이 평가에 이의를 제기하지 않았다. 블리크는 아무 반응이 없었다.

흰머리 노인이 밴의 문을 탕 닫고 라워리 그룹의 자회사인 MGL 경호이송회사의 두 직원을 향해 고개를 한 번 끄덕이더니, 다시 주차장을 가로질러갔다.

검은색 레인지로버 차량이 시동을 건 채 대기하고 있었다.

12

아이들이 산장에 오고 이틀째 맞는 오후에 에드가 찾아왔다. 리아는 털털거리며 진입로를 올라와 마당에 들어오는 그의 낡은 도지 램이 그렇게 반가울 수가 없었다.

"이쪽은 내 친구 에드야." 리아가 소개했고, 테사는 좋아서 에드 주위에 원을 그리며 방방 뛰면서 그를 산장의 포치로 몰아갔다.

"'친구'라, 그러시겠죠." 헤일리가 중얼거렸다. 말없이 주시하기. 그게 헤일리의 기본 태도였다.

에드는 애정을 티내지 않고 리아와 악수만 했다. 단번에 상황을 파악한 것 같았다. 아이들에게 모든 게 낯선 상황이며 그중 가장 낯선 것이 에드 자신이니 여기서 극단적 감정을 불러일으킬 요소를 더 얹지는 않는 게 좋겠다고.

"다시 보니 좋네, 트렌턴." 에드가 말했다.

트렌턴이라고? 너무 나갔는데. 하지만 에드한테 뭐라고 할 수도 없었다.

"당신도." 리아가 받아쳤다. "테사 봐줘서 고마워."

"테사가 나를 봐준 거지."

그 말에 동의하듯 테사가 그의 손을 장난스럽게 살짝 깨물었다.

리아는 씩 웃고는 돌아가며 소개했다. "얘는 내 조카 헤일리고, 얘는 조카 닉이야."

헤일리는 에드에게 고개를 까딱해 보이고는 손가락 두 개로 평화 사인을 보냈다. 헤일리가 그러는 걸 리아는 처음 봤는데, 인사보다 물러가라고 저주를 보내는 것 같았다. 에드는 가까이 다가가지 않고서 똑같이 고개만 까딱했다. 닉은 불쑥 다가와 에드를 찬찬히 뜯어보았다.

"사냥 가이드세요?"

"맞아."

"총 있어요?"

"사냥 시즌이 아니라서."

"그럼…… 없어요?"

"응, 없어." 에드의 서글서글한 미소에 닉이 경계를 풀었다.

닉이 엄지로 리아를 가리키며 말했다. "이모가 그러는데 아저씨는 물소랑 곰도 잡아보셨다면서요."

"그러엄."

"이모는 물소하고 곰은 안 죽인대요. 아니, 물소'나' 곰요."

에드가 먼지 덮인 카벨라(아웃도어 용품 제조사 이름) 야구 모자 아래로 리아에게 재미있다는 눈빛을 보냈다. "근데 추적은 해. 너희 이모 추적 실력이 나보다 낫다. 너희 이모가 작정하고 카메라 대신 사냥총을 집어

들면 나는 당장 일자리를 잃을 거야."

닉이 갑자기 솟아난 존경심 어린 눈으로 리아를 바라봤다. "정말요?"

"사실이야." 에드가 대꾸했다. 그러고는 마음이 한결 편해진 듯 포치 난간에 기댔다.

리아가 문 쪽으로 고갯짓했다. "들어와."

"실내에 있기엔 날씨가 너무 좋은데." 에드가 말했다. "난 낚시 가려고. 같이 갈 사람 있을까 해서 들렀지."

헤일리가 "아뇨, 됐어요."라고 말하는 것과 동시에 닉이 "좋아요."라고 냅다 대답했다.

에드는 먼저 헤일리를 보며 고개를 끄덕이고는 닉을 돌아봤다. "그럼 호수 가서 두어 시간 낚시하면서 통통한 송어 한 마리 낚아봅시다, 닉 선생님. 어떻습니까?"

"좋습니다."

헤일리가 꾸짖는 투로 말했다. "닉 혼자 보내면 안 될 것 같은데요. 모르는 사이잖아요."

에드는 난간에 느긋하게 기댄 채로 리아의 반응을 기다렸다.

"낚시하고 싶니?" 리아가 닉에게 물었다. 닉이 열심히 고개를 주억거렸다. "좋아." 리아는 이번에는 헤일리를 보며 말했다. "닉은 괜찮을 거야. 에드는 전문 가이드고, 날씨도 좋으니까. 나는 너랑 여기에 있을게."

그러자 딸아이의 눈빛이 구르는 회전초에 휘말린 듯 흔들렸다.

이내 헤일리가 말했다. "그럼 다 같이 가요. 나는 낚시 안 해도 되니까. 그냥 옆에서 뒹굴죠, 뭐."

"좋아." 에드가 대꾸했다. "마침 닻 감아줄 사람도 필요했거든. 요즘 어깨가 아파서." 그는 시치미 떼고 기다렸다가 헤일리가 당황한 표정을 짓자 씩 웃으며 덧붙였다. "농담이야. 동생이 물고기 잡는 동안 선탠하면서 쉬어. 계획이 마음에 드니?"

"얼마나 큰 호수인데요?" 닉이 물었다. "낚시는 강에서만 해봤거든요."

"미시시피강 동쪽에서 최대이긴 한데……."

"틀렸어요." 헤일리가 끼어들었다. "슈피리어호가 미시시피 동쪽에서 제일 큰 호수예요."

에드가 이번에도 슬며시 미소 지었다. 헤일리가 마음에 드나보군, 리아는 생각했다. 헤일리의 호전적 기질을 에드가 마음에 들어 하는 눈치였다. 딸아이는 뭐든 호락호락 넘어가지 않는 성미였고, 에드가 그런 태도를 높이 평가하는 것이었다.

"미시시피 동쪽에서 '하나의 주에 온전히 속한' 최대의 호수라고 말하려고 했어." 에드가 말했다. "꽤 흥미로운 숨은 상식이지?"

헤일리는 마지못해 고개를 끄덕였지만, 나중에 사실 확인을 해보리라는 것을 리아는 알 수 있었다.

"닉한테 구명조끼 입혀주셔야 해요." 헤일리가 말했다. "호수가 그렇게 크다면 수심도 깊을 거 아녜요."

"나 수영 잘해!" 닉이 분한 듯 외쳤다.

"구명조끼 반드시 입혀주세요." 헤일리가 한 번 더 말했다.

"알겠습니다, 대장님." 에드가 대꾸했다. "전원이 입을 만큼 여러 개 구비하고 있어. 메인주 법이야."

"선글라스 갖고 올게요." 헤일리는 이렇게 말하고 산장 안으로 들어갔다. 에드는 리아를 보면서 양쪽 눈썹을 슥 치켜 올렸다. 리아는 그저 어깨만 으쓱했다. 내 딸은 아무나 쉽게 신뢰하지 않아. 신뢰받을 자격을 얻어내야지.

'근데 너는 그 신뢰를 오히려 허물고 있잖아.' 문득 리아는 자신에게 말했다. '매일 일분일초마다 허물고 있어. 너의 삶 전체가 거짓이니까.'

"나도 선글라스 가져올게." 이렇게 불쑥 말했다. 그 순간 누구든 자신의 눈을 들여다보는 것을 참을 수 없어서였다.

무스헤드호는 숨이 멎도록 아름다웠다. 그리고 그 말이 옳았다. 무스헤드호는 하나의 주 안에 속한 호수 중 미시시피 동쪽에서 가장 큰 호수였다. 호수에는 수십 개의 섬이 점점이 흩어져있었고, 서쪽 산머리에 해가 걸릴 무렵이면 물은 리아가 가본 어느 곳보다 아름다웠다. 그 고립된 산속에서 리아는 처음에 혼자되려고 기를 썼을 때 의도했던 것보다 더 많은 친구를 만들고 말았다. 이 지역 인구 밀도가 워낙 낮아서 익명으로 남고 싶어도 도저히 그럴 수가 없어서였는지도 모른다. 아니면 리아가 이름 없는 인간으로 살고자 버둥대다가 지쳐버려서 그랬는지도 모른다. 어쨌든 세월이 흘러 리아는 살아남았고, 리아의 아이들은 제 아빠와 안전히 잘 지낼 수 있었다. 하나의 삶이 뒤안길로 사라졌지만 여전히 저 앞에는 어슴푸레 여명이 비추었다. 시간이 상처를 아물게 해주진 않았지만, 원하건 원하지 않건 앞으로 나아가게 등 떠밀어주었다. 시간의 흐름은 닻을 내리길 거부했다. 인간이 슬퍼하건 분노하건 두려워하건 관심 주지 않고 그저 그 인간을 덮쳐 데리고 갈 뿐이었다. 그 시간의 흐름이 리아를 여기에 데려다놓았다. 아직도 리아는 매일같이 예전의 삶을 떠올렸고, 밤마다 아이들을 위해 기도했고, 아침마다 J.

코슨 라우리가 죽기를 바랐지만…… 그렇지만 시간은 가차 없는 힘을 그녀에게도 아낌없이 행사했다. 과거는 매일 동이 틀 때마다 조금씩 물러갔고, 결코 잊힌 건 아니지만 어제보다 조금씩 더 멀어져갔다. 리아는 슬슬 그녀만의 진정한 정체성을 찾기 시작했다. 처음 배우는 새 기술들. 처음 맺는 진짜 우정. 첫 연애 관계. 니나 모건은 서서히 희미해지고 리아 트렌턴은 점차 또렷해졌다.

날이 기가 막히게 좋은 오후였다. 리아는 호수와 에드의 유머와 따사로움이 좋았고, 에드가 닉에게 민물송어와 호수 송어의 차이점을 친절하게 설명해주는 것이, 그리고 닉이 되튕긴 낚싯줄 릴을 받아들고는 전혀 짜증내지 않고서 서두름 없는 말투로 나지막이 이야기하면서 엉킨 부분을 푸는 것이 참 좋았다. 에드는 헤일리를 따돌리지는 않되 눈치껏 너무 집요하게 밀어붙이지도 않았다. 헤일리가 유일하게 관심을 보인 건 키네오산이었다. 담수호에 자리한 섬에서 가파르게 솟아오른 그 화강암 산에 호기심이 동한 기색이었고, 내키지 않아 하면서도 이런저런 질문을 던졌다. 에드가 해주는 화강암 석기를 만들러 이곳에 왔던 초기 아메리칸 선주민 이야기와 한때 미국 최대의 호안(湖岸) 호텔이었던 오래된 호텔과 골프 코스 이야기에도 귀를 기울였다.

“여기에 골프장이 있다고요?” 헤일리가 물었다.

“여기는 메인주지, 화성이 아니야.” 에드가 사람 좋게 대꾸했다. “골프장은 어딜 가나 있잖니. 화성도 개발이 가능해지면 일이 년 만에 골프장이 생길 걸. 너도 골프 치니?”

“별로요. 아빠가 가르쳐줘서 가끔 연습장에 가거나 톱 골프 정도는 갔어요.” 하지만 곧 헤일리는 다시 마음을 닫기 시작했다. 리아가 캠든 근방에도 골프장이 있다며 대화 방향을 돌려보려 했지만 흥미를 보인 건 에드뿐이었다. 리아가 에드 앞에서 캠든 얘기를 꺼낸 건 이번이 처음이었다.

그래도 때때로 헤일리는 리아가 본 것 중 가장 마음 편해보였다. 어느 순간에는 호수 물결에 따라 흔들리는 레인저 농어낚시배의 뱃머리에 긴 다리가 위로 가도록 몸을 쭉 펴고 누워 머리를 젖힌 채 햇볕을 한껏 즐기기도 했다.

'지내다 보면 여기를 좋아하게 될지도 몰라.' 리아는 이렇게 생각하다가 문득 이곳의 겨울을, 그 고립감과 어울릴 사람 없는 삭막한 환경을 떠올렸다. 허황된 바람을 품기엔 현실을 너무 잘 알았다. 아이들이 살던 루이빌의 집을 보고 왔지 않나. 닉과 헤일리가 어떻게 자라왔는지 알고 있지 않나. 피스카타키스 카운티에 처음 왔을 때 리아는 고독한 삶에 더해 속죄할 기회도 찾고 있던 다 큰 어른이었다. 반면에 닉과 헤일리는 둘 중 어느 것도 바란 적이 없고 그런 것을 감내해야 할 짓도 저지르지 않았다.

한낮이 무르익으면서 해도 계속 뜨겁게 내리쬐었고, 메인주는 믿을 수 없을 만치 새파란 하늘을 선사해주었다. 리아는 여름을 사랑하는 사람들이 저 하늘만 보고 일년살이할 생각으로 아예 북쪽으로 이주한 경우가 얼마나 많을지 궁금했다. 그중 몇 명이 남았을지는 궁금해 할 필요가 없었다. 메인주 인구는 증가하는 대신 감소하고 있었으니까. 메인은 미국에서 평균 연령이 가장 높은 주였다. 이곳이 끌어들이는 건 정착할 주민이 아니라 관광객이었다. 와중에 공장들이 문을 닫고 철도는 잠들고 조선업은 서서히 남쪽으로 본거지를 옮기면서 '최고의 휴양지'는 메인주가 원했던 바와 달리 실제 매력이 아닌 지역 정체성으로만 굳어버렸다.

그렇다 해도, 메인은 이제 리아의 보금자리였다. 이곳을 떠나고 싶지 않았다. 서쪽의 산들은 떠나라면 떠날 수 있었다. 해안으로 이동해야 한다면 그것도 괜찮았다. 하지만 메인주를 완전히 떠날 마음은 들지 않았다. 리아는 다시 한번 캠든의 크리스마스를, "나한테 자식이 있었다면 이 마을에서 키우고 싶었을 거"라던 에드의 말을 떠올렸다.

뱃고물에서 닉이 미끼로 쓴 범부전나비를 덥석 문, 미끼보다 조금 클까 말까한 작은입우럭을 감아 들이며 웃음을 터뜨렸다.

"조그만 놈이 눈은 엄청 크네." 에드가 말했다. 닉은 그 말에 또 웃음보가 터졌다. 리아는 진실을 알기에 웃음이 안 나왔다. 우럭은 제 새끼를 잡아먹는다. 우럭은 식탐이 강한 포식동물이다. 그러니 눈이 클 만도 했다.

서쪽 산머리 뒤로 해가 넘어갈 때쯤 닉의 수확물은 개복치 댓 마리와 강꼬치고기 한 마리, 송어 두 마리에 이르렀다. 에드가 막 윈치를 켜 닻을 올리기 시작한 순간 머리 위로 수상비행기 한 대가 지나갔다. 에드가 닉과 헤일리에게 비행기를 가리키며 말했다.

"너희 이모도 저거 조종할 줄 알아."

"네? 진짜요!" 닉은 홀딱 빠진 표정이었고, 헤일리마저 선글라스를 코끝까지 내리고 그 위로 리아를 넘겨다봤다.

"우리 엄마도 조종사였어요." 헤일리가 말했다.

리아는 비이성적이지만 본능적으로 치밀어 오르는 강한 두려움을 느꼈다. "아니야." 무심코 이런 말이 튀어나왔다. "아니, 맞아, 네 엄마는 조종사였어. 내 동생. 근데 나는 조종사 아니야. 그냥 몇 번 조종사 흉내 내본 정도지. 에드가 착해서 나한테 조종간을 내줬거든."

에드는 어리둥절한 표정으로 리아를 쳐다봤다. 리아의 죽은 동생이 조종사였다는 얘기를 처음 들은 것이다.

"엄마는 전문 조종사였어요." 닉이 말했다. "누나는 맨날 비행군……."

"비행운." 헤일리가 고쳐 말했다.

"누나는 맨날 하늘에 생긴 비행운을 보면서 저기 엄마가 지나간다고 했어요. 엄마가 지금 어디로 가는 거고 뭘 하는지 지어내서 얘기했어요. 정말로 그럴듯한 이야기였어요. 엄마가 진짜 하늘에 떠 있는 것 같았거든요. 죽지 않은 것처럼. 그냥 다른 데 가 있는 것 같았어요. 그럼 우리는 엄마가 우리를 볼 수 있는 것처럼 하늘에 대고 손 흔들고 그랬어요."

리아는 숨을 들이마실 수가 없었다.

다행히 에드가 나서주었다. "이 호수에서 매년 노동절에 자가용 비행기 행사가 열려." 그가 침묵을 깨고 말했다. "시합도 하고, 별의별 경주도 벌이고, 구조 작전 시뮬레이션도 해. 전국에서 비행기와 조종사가 몰려드는 거지."

"아저씨도 참가해요?" 닉이 물었다.

"그러려고 노력은 해." 에드가 대답했다.

"뭘 제일 잘하는데요?"

"너희 이모가 도와준다면, 카누 경주에 승산이 있지."

"카누 경주요?" 닉이 혼란스러운 표정으로 되물었다.

에드는 고개를 끄덕였다. "너희 이모가 노를 저어서 호수 한가운데로 카누를 몰아오면, 내가 비행기를 몰고 와서 거기에 착륙해. 그런 다음 카누를 수상비행기 플로트에 묶고 다시 출발해서 정해진 코스를 날아. 시간도 재고 할 거 다 해. 그런데 카누 모는 사람이 조종사만큼 실력이 좋아야 승산이 있어."

"그건 동의하기 힘든데." 리아가 말했다.

"우리 누나도 할 수 있겠네요." 닉이 말했다. "아마 이길 걸요."

"그래?" 에드가 닻에서 수초를 떼어내 물에 도로 던지느라 정신이 팔린 채 대꾸했다.

"누나도 카누 진짜 잘 타요." 닉이 말했다. "나가면 백퍼 이길 거예요."

"그게 무슨 소리야?" 리아가 등을 바짝 세우고 앉으며 물었다.

헤일리는 동생이 비밀을 폭로하기라도 한 것처럼 짜증난 표정이었다.

"누나 카누 진짜 잘 타요." 닉이 아랑곳하지 않고 말했다. "2년 전에 캠프에서 타기 시작했는데, 돌아와서도 카누 수업 들었고 급류타기도 했어요."

닉이 워낙 자랑스러운 투로 얘기해서 헤일리의 태도가 누그러졌다. "3급 급류였어요." 헤일리는 차분히 말했다. "그렇게 대단한 것도 아니에요."

"그 정도도 대단하지." 딸과 공통점이 있다는 것을 알게 된 리아가 흥분해서 말했다. 노를 쥔 손의 감촉과 물살의 힘이 생생히 떠올랐다. 리아는 메인에서, 헤일리는 켄터키에서, 머나먼 거리를 뛰어넘어 두 사람이 하나가 된 것 같았다. 이런 '기질 대 양육' 이론의 실재가 감동적이면서도 기이하게 느껴졌다. 니나 모건으로 살았을 당시에는 한 번도 카누를 탄 적이 없었다. 그러다가 메인에 와서 새 삶을 일구기 시작했고, 어느새 카누 타기는 직업적으로도 정서적으로도 그녀의 삶에서 아주 중요한 부분이 되었다. 물에 나가면 자신의 일부가 정체성을 회복해가는 것을 느꼈다. 그런데 수천 킬로미터 떨어진 곳, 리아가 한 번도 살아 본 적 없는 주에서 딸이 똑같이 카누를 타기 시작했다는 생각이 참 마법 같고, 운명적으로 느껴졌다. 미상의 항공기가 남긴 비행운 아래에서 모녀가, 각자 스스로에게 들려주는 이야기로 연결된 채, 카누의 노를 젓고 있는 생각.

"언제 한번 강에 같이 나가자." 리아가 말했다. "케네벡강이랑 세인트존강에 가면 되겠다. 데드 리버(케네벡강의 지류로, 잔잔한 수면 때문에 '죽은 강'이라는 별명이 생겼다)도. 거기에도 4급 구간이 있어. 급류타기를 좋아한다면 꼭 가야될 곳은……."

"당분간은 그럴 마음 안 들 것 같아요." 헤일리가 끼어들었다. "그건 우리 집에 살았을 때 하던 거라서요."

모두가 한동안 말이 없었다. 그러다가 에드가 불쑥 말했다. "우럭 한 마리만 더 잡고 돌아가도록 하자. 어때, 닉?"

"좋아요. 다른 미끼 쓸까요?"

"응, 이번엔 딴 걸 써보자. 새로운 먹이를 던져줘 봐. 새로운 지점에."

에드는 닉에게 말하고 있었지만 시선은 줄곧 리아에게 고정돼 있었다. 리아는 억지웃음을 지어보인 후, 딸이 한 대로 똑같이 했다. 선글라스를 끼고, 다리를 쭉 펴고, 얼굴은 하늘을 향해 젖혔다. 그들이 탄 배는 요란한 엔진 굉음을 내며 호수 위를 질러갔고, 리아는 눈을 감고 자신이 잘 알고 사랑하는 세계를 한껏 들이마셨다. 산 공기, 소나무, 담수. 조금 있으면 다시 바다 냄새가 날 것이다. 플로리다와는 다른 냄새지만—북대서양은 플로리다 해변에서 내다보이는 대양과 공통점이 거의 없으니까—그래도 메인주의 서쪽 산들과는 전혀 다른 세상이었다. 눈을 감은 채 리아는 자신이 며칠 전 렌트한 집을 떠올렸고, 머릿속에서 집 구석구석을 둘러봤다. 딱 적당한 집.

문득, 에드가 비행기 조종 얘기를 꺼내기 전까지는 J. 코슨 라워리를 단 한 번도 떠올리지 않고 지극히 만족스러운 몇 시간을 보냈다는 것을 깨달았다.

눈 커다란 조그만 우럭을 떠올린 순간만 빼고. 그럼 단 한 번도 안 떠오른 건 아니군.

13

J. 코슨 라워리는 뉴욕 센트럴 파크 웨스트에 아파트 한 채를, 그리고 플로리다주 시에스타 키 해변과 매사추세츠주 마서즈 빈야드섬, 몬태나주 레드 로지에 주택 한 채씩을 소유하고 있었다.

레드 로지는 댁스 블랙웰의 아버지와 삼촌이 사망한 지점에서 동쪽으로 겨우 40킬로미터 떨어져 있었다. 댁스는 30분간 인터넷을 뒤진 결과 라워리가 현재 플로리다에 있다는 걸 확인했지만, 우선 몬태나에 제일 먼저 가보기로 했다.

반드시 밟아야 할 사전 작업 단계가 있었다.

그동안 그는 아버지와 삼촌이 사망한 장소에 이만큼이라도 근접하는 걸 한 번도 자신에게 허락하지 않았었다. 두 사람이 스러져간 땅을 비난해봤자 아무 소용없다는 건 알았다. 장소는 혼이나 영혼을 붙들고 있지 못하니까. 장소는 죽은 별들의 찌꺼기로 이루어져 있다. 그냥 그게 전부다. 우주의 먼지와 우연. 갑자기 불타올랐다가 차갑게 식었고 그 다음엔 인간들에게 숭배 받는 대상으로 존재하기를 허락받은, 죽어가는 별들. 천진한 인간들이 어느 숭고한 존재가 아무것도 받을 자격이 없는 종인 그들을 위해 사랑으로 창조해낸 성스럽고 영적인 형상화의 결과물이라 여기는 것뿐.

댁스는 어디든 죽은 별들의 찌꺼기를 헤치고 지나가기가 전혀 두렵지 않았다.

우선 비행기로 빌링스로 가 트럭을 렌트해 레드 로지를 향해, 그리고 와이오밍과 몬태나를 가로지르는, 깎아지른 절벽을 끼고 도는 구불구불한 베어투스 고속도로를 향해 고원을 관통해 남서쪽으로 달렸다. 그는 베어투스에서 고도가 가장 높은 곳은 와이오밍주의 해발 3,350미터 지점이며 거기서 다시 몬태나주 경계를 지나 쿡 시티와 실버 게이트가 기다리는 지점에 이르면 고도가 2,440미터까지 떨어진다는 것을 알고 있었다. 옛 탄광촌들이었다. 한때 불에서 피어오른 연기 냄새가 나던 마을이었고, 앞으로도 언젠가는 또 그럴 것이다. 두 마을이 북아메리카 최대의 활화산 칼데라(화산체 중앙부의 분화구보다 크게 움푹 팬 지형) 가장자리에 자리하고 있기 때문이다. 옐로스톤 국립공원 밑에서 콸콸 흐르면서 어디로 분출할까 기회를 엿보는, 대략 가로 54킬로미터 세로 72킬로미터의 부글부글 끓는 마그마 위에 있는 것이다. 이 화산이 언제 폭발할지는 고사하고 과연 다시 폭발하기는 할지, 세계에서 가장 똑똑하다는 지질학자들도 가늠하지 못했다. 폭발할 가능성이 있다는 것만 알았다. 만약 폭발하면 로키 산맥 서쪽은 1미터 두께의 새카맣게 탄 흙에 파묻히는 것이고, 대륙 양쪽 해안에서는 눈처럼 풀풀 내리는 화산재를 보게 될 것이다. 풍속과 기상 조건에 따라 뉴욕에 몇 센티미터, 샌프

란시스코에도 몇 센티미터 쌓일 것이다. 분명한 건 그걸 못 보고 지나칠 사람은 없다는 것이었다.

압도적인 힘이 도사리고 있었다. 그런데도 사람들은 일생 열심히 모은 돈으로 그 국립공원에 놀러가, 마음만 먹으면 그 땅이 자신들에게 무슨 짓을 할 수 있는지도 까맣게 모른 채 그 땅 위를 걸었다.

댁스는 그것이 선택의 문제라는 점이 마음에 들었다. 저 깊숙한 곳의 마그마 체임버가 뱀처럼 똬리를 튼 채 번뜩이는 눈으로 세상을 지켜보다가 끝이 갈라진 불꽃혀를 장난치듯 때때로 날름거려 캘리포니아의 어느 소도시 조금, 또 캐나다의 어느 숲 조금을 태워버리는 상상이 꽤나 마음에 들었다. 약 올리듯 날름거려 이곳저곳을 맛보는 불꽃혀.

호시탐탐 때를 엿보면서.

댁스는 운전하면서 이런저런 생각을 곱씹었고, 어쩐지 아버지 목소리처럼 들리는 머릿속 음성과 간간이 입씨름을 벌였다.

어째서 라워리냐? 그것도 그렇게 적은 보수를 받으면서. 보수를 받을 수나 있는지 모르겠지만.

라워리라서 안 될 게 뭐가 있어요? 언젠가는 다시 게임에 뛰어들어야 하잖아요. 그자가 엮인 건수라고 안 될 거 있어요?

돈은 몇 푼 안 되고 위험은 너무 크니까 그렇지. 헛수고로 끝날 거다.

우리 가족 중에 제가 처음도 아니잖아요.

한두 번 위험 요소가 큰 건수를 맡은 적은 있어도 남의 원한 싸움에 뛰어든 적은 없었다.

이번 일은 달라요. 원한 때문도 아니고요. 아니, 원한 때문만은 아니라고 해야겠군요. 이번 일이 무얼 만들어줄 수 있는지 계산해보고 내린 결정이죠. 신화요. 건드릴 수 없는 대상을 건드리면 사람들이 주목하겠죠. 우리 가문의 이름에 기름칠할 때가 됐잖아요. 블랙웰가의 청부 사업이 멀쩡히 살아있음을 알려줄 뭔가가 필요하다고요.

댁스는 이제 고속도로를 벗어나, 중간 중간에 캐틀 가드(차는 지나가도 가축은 지나가지 못하게 도로에 구덩이를 파고 그 위에 쳐놓은 쇠막대기판)가 있어서 지날 때마다 덜커덩거리는 비포장도로로 접어들었다. 흙먼지가 운전석으로 들어오지 않게 창문을 끝까지 올렸다. 해가 저물어가고, 저 앞에 옐로스톤강의 반짝반짝한 물결이 보였다. 라워리는 이곳에 몇 백 에이커의 땅과 옐로스톤강의 강변부지 400미터 가량을 소유하고 있지만 1년에 며칠이나 와서 지낼지 의문이었다.

팔자 좋네.

목장 정문은 어디서 본 듯한 것들만 본떠 지은 것 같았다. 연철로 만든 펜스와 높다란 아치형 문이 서 있고, 'L-C'라고 새긴 명패까지 걸어놓았다. 깜찍하군. 미 서부의 이 근방에서 가장 유명한 농장 중 하나가 L-T("엘 '바' 티"로 발음했는데, 왜 그렇게 읽느냐고 묻는 사람은 십중팔구 관광객이었다)였다. 헤밍웨이가 낚시하면서 한동안 머물렀던 곳이 바로 엘 바 티다. '무기여 잘 있거라'의 원고 일부도 거기서 썼다고 했다. 댁스가 '파파' 헤밍웨이의 작품 중 가장 재미있게 읽은 책이었다. 블랙웰가 사람들은 독서를 중시했다. '머리는 탐구심으로 채우고 마음은 비워야 해.' 아버지는 종종 이렇게 말했다. '인간이라는 종을 보면, 의문을 가장 많이 품고 두려움은 가장 적게 갖는 사람이 번영하게 돼 있어.'

탐구하는 청년들을 위한 블랙웰 학교. 사격 수업은 필수. 칼 쓰기는 권장되지만 필수는 아님.

댁스는 아치문을 지나 흙길로 된 곡선 진입로로 트럭을 몰았다. 저 멀리 집이 보였다. 아니, 수많은 집 건물들 중 하나가 보였다. 양옆으로 두 개의 동이 날개처럼 펼쳐져 있고 널찍한 창들은 거대한 통나무 프레임에 얹혀 있는, 길고 낮은 건물이었다. 돈과 마초 정신의 우스꽝스러운 조합이 군데군데에서 엿보이는, 부자의 눈으로 본 서부의 전형. 정제된 테스토스테론. '내가 말이야 옛날에 한번 술집 싸움에 말려든 적이 있을 수도 있는데, 만약 누군가를 쳤다면 고급 카베르네 와인병으로 쳤을 거야.'라고 빼기는 것 같은 장식.

그 생각에 비죽 웃음이 나왔지만, 라워리라면 술집 싸움보다 몇 배 끔찍한 일에 자기 대신 뛰어들 수많은 남녀 고용인을 휘하에 두고 있다는 걸 댁스도 알았다.

진입로를 400미터쯤 들어갔을까 싶을 때 바로 그 고용인들 중 한 명이 나타났다. 그는 롤 바와 스포트라이트를 장착한 ATV를 몰고 왔다. 댁스는 기어를 중립에 놓고 창을 내린 뒤 ATV가 굉음을 내며 달려와 나란히 설 때까지 기다렸다. 운전자는 검은색 전투복 차림에 휴대용 권총을 차고 있었고, 그것 말고도 차체 뒤편에 달린 거치대에 엽총 두 자루 그리고 운전자 손잡이 가까이에 부착한 주문 제작 슬롯에 라이플 한 자루가 더 있었다. 헛간에서 바로 앞으로 나들이 나온 사람 치고 제대로 중무장한 상태였다.

"사유지라는 팻말 못 봤습니까?" 운전자가 말했다.

댁스는 고개를 저으며 겸연쩍은 표정을 지었다. "봤는데 부지에 들어오지 않고서는 라워리 씨를 못 만날 것 같아서 들어왔수다."

그는 자신의 서부 억양이 그럴싸했다고 생각했지만, 숙모는 함부로 억양 흉내 내지 말라고 늘 주의를 줬었다. 자기 귀에는 진짜 같이 들리기 쉽지만 토박이를 속여 넘기기는 훨씬 어려우니까.

"라워리 씨한테 무슨 볼일이 있어서?" 과하게 무장한 경비 요원이 물었다. 그는 이 지역 토박이가 아니었고 억지 억양을 쓰지도 않았다.

"보수 받으려고 그러제."

"그래도 이러면 안 되지. 일감 없어, 청년. 미안하게 됐네."

댁스는 고개를 끄덕이고는 계속 불쌍한 표정을 지으며 경비에게서 눈을 돌려 말 세 마리가 패덕에서 풀을 뜯고 있는 헛간 너머를 바라보았다. 댁스는 말을 좋아한 적이 없었다. 눈이 측면에 달린 동물은 신뢰하지 않았다. 대신 고양이를 좋아했다. 빠르게 움직이고 민첩하고 조용한데다 한 번 쏘아보는 것으로 상대를 겁먹게 할 수 있는 동물. 아니면 약 올리거나.

"내 말 못 들었어, 건달아?" 경비가 말했다. "일거리 없다고. 이제 차 돌려서 왔던 길로 돌아가."

"문제는 말이죠, 일을 이미 해치웠단 거예요." 댁스가 패덕에 시선을 고정한 채 대꾸했다.

"뭔 소리야?"

"지불 기한이 한참 지난 부채가 있다고."

"그럼 망할 청구서나 보내, 새꺄. 멍청하게 여기까지 와서 문제 일으키지 말고."

댁스는 고개를 돌려 경비를 똑바로 쳐다봤다.

그리고 입을 열었다. "그 사람 여기 있으면 얘기 좀 해야겠는데. 잠깐이라도."

경비는 이 기회를 얼마나 즐길까 고심하는 듯했다. 여기서 기회란 이 녀석을 흠씬 두들겨 팰 기회이고, 얼마나 오래 패느냐에 따라 즐거움의 강도가 달라질 터였다.

"여기 안 계셔." 경비가 입을 열었다. "너를 고용하지도 않을 거고.

길들일 말도 없고 잡을 돼지도 없고, 하여간 네가 할 만한 일은 하나도 없다고."

댁스는 애석한 척 고개를 끄덕였다. "좋습니다." 그러더니 이렇게 말했다. "뭐, 어차피 그런 일 하기엔 너무 그림 같은 곳이라고 생각했어요. 내가 다녀갔다고만 전해주십쇼. 내 말 믿어요, 사장님이 나를 안다니까?"

경비는 몸을 기울이고 ATV 옆 흙길에 침을 탁 뱉었다. "어련할까, 네가 다녀갔다는 말 들으면 아주 감격하시겠어. 이름이 뭔데?"

"블랙웰." 댁스가 말했다.

반응이 없었다.

아무 반응도 없었다. 멍한 표정이었다. 어떻게 이럴 수가? 물론 몇 년 활동이 잠잠하긴 했지만, 그래도 그렇지…….

가문의 이름을 새로이 빛낼 때가 됐어.

"블랙웰이라고." 경비가 되뇌었다. "좋아. 확실히 전해드리지."

댁스는 경비를 빤히 보면서 그가 옐로스톤 칼데라에 대해 생각해본 적 있을지 궁금해했다. 자기 군홧발 밑에서 점점 세지는 열기와 압력, 머나먼 바다에 내려앉을 화산재 구름에 대해 생각해본 적이 과연 있을까.

"고맙수다." 이렇게 내뱉은 댁스는 기어로 손을 뻗다 말고 말을 이었다. "아참, 예전 청구서를 맡겨놓고 갈게요."

"내가 왜 네놈 따위의 청구서를……."

댁스가 기어시프트 옆 콘솔에서 소음기를 장착한 권총을 빼 들었고, 경비의 이마에 한 발 발사했다. 권총에서 난 미미한 소음은 즉시 시골의 광활한 대지에 흡수되었다. 경비는 흙길에 풀썩 쓰러지면서 그보다 약간 큰 소리를 냈지만, 멀리까지 퍼질 정도는 아니었다.

댁스는 권총을 대시보드에 얹어놓고 트럭에서 내리더니 뒷주머니에서 접힌 종이 한 장을 꺼냈다. 그는 발로 죽은 경비를 뒤집은 다음 오른손으로 날 13센티미터짜리 얇은 단검을 꺼내면서 왼손으로는 종이를 펴 경비의 가슴팍 한가운데 놓았다.

그런 다음 칼날을 경비의 목 하부 바로 밑에 푹 찔러 넣었다. 그는 발꿈치에 무게 중심을 싣고 쭈그려 앉아 피가 스며 나오는 것을 가만히 보다가, 피가 가슴팍으로 흘러내려 종이에 적힌 내용을 못 알아보게 적시지 않도록 몸을 숙여 죽은 자의 머리통을 조금 돌려놓았다.

종이에는 이렇게 쓰여 있었다.

만기일이 경과된 부채: $250,000

내용: 니나 모건 살해

연체 이자: $250,000

총 미상환 액수: $500,000

최대한 빠른 시일 내에 송금 바랍니다.

마음을 담아,

블랙웰 회사

청부업 전문, 가족 소유 및 운영, 무허가, 무보험

결과물에 만족한 댁스는 트럭에 다시 올라타고 L-C 명패와 아치문 밑을 지나 농장 부지를 떠났고, 흙길을 벗어나 다시 아스팔트길로 접어들었다. 베어투스산맥이 점점 짙어져가는 서쪽의 황혼을 배경으로 웅장하게 굽어보았다. 댁스는 동쪽으로 차를 돌려 산맥을 뒤로하고 멀어져 갔다.

분명 바람에서 연기 냄새가 나는 것 같았다.

언제고 사이렌이 울리고 경찰차 경광등이 번쩍일 순간에 대비하며, 그러나 그럴 일은 없을 거라 짐작하면서, 그대로 다시 레드 로지에 닿을 때까지 속도를 유지했다. 라워리에게 고용되어 총으로 골치 아픈 일을 처리하는 사람이라면 지역 경찰에게 가장 먼저 신고하는 건 바보짓임을 알 테니까.

마일 표지들이 휙휙 지나갔고, 앞뒤 어느 쪽에서도 사이렌이나 경광등은 나타나지 않았다. 빌링스까지 조용히 이동했다. 댁스는 공항 근처의 '노던'이라는 호텔에 투숙했다. 방이 깨끗하고 바에 술을 제대로 갖추고 있으며 분위기 살린답시고 이 지역에서 잡은 소의 가죽을 벽마다 못으로 박아놓은 곳이었다. 댁스는 1박만 잡고 방에 짐 가방들을 갖다 놓은 뒤 다시 내려와 한창 때 수많은 농장 일꾼과 석유 산업 종사자들을 맞이했을, 아마 지금도 맞이할, 장식이 꽤나 화려한 오래된 로비를 가로질러 레스토랑 안쪽의 짙은 색 긴 바로 갔다. 오늘의 스페셜 메뉴는 스테이크였다. 언제 찾든 스페셜 메뉴는 스테이크일 것 같았다.

그는 올드 패션(칵테일 종류)과 메이커스 마크 버번을 시켰다. 바텐더가 신분증을 보자고 했다.

"미안해요." 바텐더가 말했다. "그게, 당신처럼 어려 보이는 사람이 오면 검사하는 시늉이라도 해야 돼서요. 언젠가는 이런 날이 그리워질 걸요."

"그렇겠죠." 댁스는 이렇게 대꾸하고, 미소 지으며 뉴욕주 운전면허증을 내밀었다. 면허증에는 그가 26세 토머스 레비라고 되어있었다.

"세상에, 최강 동안이네." 바텐더가 중얼거리더니 면허증을 도로 건네고 메이커스 마크 병으로 손을 뻗었다.

댁스는 올드 패션을 홀짝이며 노트북 컴퓨터를 열고 인터넷에 접속했다. 호텔 와이파이는 사용하지 않았다. 호텔 와이파이란 딱 타임스광장 빌보드 전광판에 자신의 PC를 미러링해서 띄우는 것만큼만 안전하니까. 대신 인공위성 기반의 커버리지를 활용하는 휴대폰 핫스폿을 켰다. 다음에 이동할 주에서는 핫스폿을 바꿀 작정이었다. 아무래도 다음에 갈 주는 메인이 될 것 같았다.

그에 대해서는 양가감정이 들었다. 욱신거리는 팔, 새빨간 미등 불빛과 반짝이는 유리 파편의 기억. 그래도 최소한 기억은 있지 않은가. 살아남은 순간의 경험을 속속들이 알고 있지 않은가. 그 편이 레드 로지 근처 라워리 농장에 가서 그의 가족이 스러져간 산을 바라보며 어쩌다 일이 이렇게 됐는지 혼란스러워하는 것보다 나았다.

일단 핫스폿에 연결되자 그는 니나 모건, 또는 리아 트렌턴이라는 이름을 쓰는 여자를 찾는 작업에 착수했다. 먼저 전화번호부터 조회했는데, 니콜라스와 헤일리 챗필드 둘 다 휴대폰을 사용하는 것으로 나왔다. 요즘 애들이란. 어쩌겠어?

조금 더 파고들자 두 아이의 휴대폰이 ATT 통신사 서비스를 사용하고 있으며 현재 기기를 사용 중이라고 나왔다. 리아 트렌턴이 미끼삼아 그 휴대폰들을 다른 장소로 보내놓은 게 아니라면, 그 기기들은 아이들과 함께 이동 중이라는 뜻이었다. 댁스는 리아가 최소한 그런 조치를 해둘 정도의 선견지명은 있기를 바랐지만, 램킨 박사가 했던 말이 떠올랐다. 그 여자는 공작원이 아니라고. 민간인인데 재수 없는 타이밍에 재수 없는 일을 떠안았을 뿐이라고.

그 말을 한동안 곱씹다가, 남자아이 닉을 첫 번째 타깃으로 정했다. 휴대폰으로 무장하고 집 떠나 여행 중인 열한 살짜리라. 지루해서 죽을 맛일 것이다. 기분 좋게 웃게 해줄 뭔가가 필요할 것이다. 댁스는 아이에게 공짜 게임 앱과 현재 상영작 여러 편을 보유하고 있음을 약속하는 공짜 스트리밍 앱에 접속되는 다운로드 코드가 첨부된 안내문자를 발송했다. 해적판 영화인 건 맞지만 요즘에는 해적판도 화질이 꽤 좋았고 휴대폰 화면으로도 충분히 즐길 만했다. 요즘 애들이 영화에 얼마나 관심 있는지 확신할 수 없어서, 게임 앱 쪽에 승부수를 걸기로 했다. 그렇지만 누가 알겠는가. 니콜라스 챗필드가 미래의 마틴 스코시즈를 꿈꾸는 영화광일지도 모르지 않나.

자신이 만들어낸 앱의 미끼 광고를 문자로 전송하고 이메일까지 보낸 다음, 이번에는 램킨 박사가 언급한 두 남자 랜달 폴라드와 마빈 샌더스의 정보가 있나 뒤지기 시작했다.

시간을 들여 검색할 필요도 없었다. 전국 언론과 지역 언론이 뉴스 특보로 떠들썩했다. 폴라드 씨와 샌더스 씨가 플로리다주 콜먼 교도소에서 인디애나주 테레 호트의 교도소로 이송되던 중 차량 사고가 났다고 했다. 운전자는 부상을 입었으나 죽지는 않았다. 폴라드와 샌더스는 탈주했다. 둘 다 눈에 확 띄는 주황색 죄수복 차림에 수갑도 차고 있을 것이며, 누구든 마주치면 그들을 위험한 인물로 간주해야 한다고 뉴스 보도는 경고했다.

댁스는 지금쯤 그 세 가지 중 한 가지만 맞을 거라고 짐작했다.

교도소 차량 운전자가 이상하리만치 운이 좋은 것 같았다. 죄수 둘을 태운 채 그런 차 사고를 당했는데 조금 다친 정도로 살아남았다? 이렇게 운 좋을 수가 있나. 운전자는 수많은 교도소와 계약을 맺고 있는

MGL이라는 이송회사의 직원이었다. 회사 대변인은 불운한 사고에 대해 사과하면서도 자기네 회사의 놀라운 안전 통계 수치를 홍보했다. 해당 회사에 대해서는 회사명과 사과문, 그리고 이 애석한 사고가 나기 전 놀라운 수준의 안전 이송 전적 말고 별다른 정보가 없었다. 그렇게 운 나쁜 사고를 겪은 이 훌륭한 업체가 궁금해진 댁스는 MGL을 기업 프로파일 검색에 넣고 돌려 봤다. 그 결과 MGL은 과거에 '라워리 그룹'으로 활동했던 회사의 자회사였다.

"흥미로운데." 댁스가 중얼거렸다.

"뭐라고 하셨죠?" 바텐더가 물었다. 그녀는 댁스에게 등을 돌린 채 바 톱에 기대 휴대폰으로 인스타그램을 들여다보고 있던 차였다. 댁스는 이 레스토랑을 이용 중인 단 두 명의 손님 중 하나였다.

"기사 읽고 있어요." 댁스가 대꾸했다. "꽤 흥미로운 내용이에요."

"그래요? 나한테도 좀 얘기해줘 봐요." 바텐더가 휴대폰에서 눈도 안 들고 말했다.

"그거 아셨어요?" 댁스가 말했다. "옐로스톤 칼데라가 이 주 전체를 지옥으로 날려버릴 수 있다는 거요. 이 기사에 따르면 이 밑에 활화산이 있대요. 여태껏 휴면기였지만 언제라도…… 쾅."

그러자 바텐더가 고개를 들어 그를 봤다. 잠시 그의 얼굴을 살폈다. 그러더니 이렇게 말했다. "아마 헛소리일 거예요. 늘 우리가 유성인지 소행성인지를 간발의 차로 피했다고 떠드는데 알고 보면 수백만 킬로미터 떨어져 있었던 것처럼요."

댁스가 미소 지으며 대꾸했다. "맞아요. 아마 그런 걸 거예요."

14

낚시 갔다 온 다음날 오후, 리아는 에드에게 아이들을 데리고 캠든으로 갈 작정이라고 알렸다.

반나절 낚시를 즐긴 에드가 산장에 다시 들른 건 오후 네 시 조금 넘어서였다. 닉은 반가워서 마당까지 나가 낚시에 대해 이것저것 물었고, 헤일리는 일부러 무심한 척하는 것 같았다. 손만 흔들고 포치에서 내려오지 않았다. 포치에서 온종일 휴대폰 신호를 잡으려고 애쓰다가 결실도 못 얻고, 대신 첫날 밤 시도했던 애니 딜러드 책보다 훨씬 마음에 든 다른 책에 푹 빠져 있던 참이었다. 코맥 맥카시의 〈모두 다 예쁜 말들〉이었다. 고아가 된 존 그레이디가 멕시코로 국경을 넘어가 집도 절도 없이 낯선 땅에서, 유일하게 믿는 친구와 함께 겪는 모험을 그린 책이었다.

우리 상황에 딱이군. 나도 팅커 계곡[애니 딜러드의 수필집 〈자연의 지혜(Pilgrim at Tinker Creek)〉에 나오는 버지니아의 계곡]으로 돌아가고 싶다고.

세 사람은 점심 때 외식하러 그린빌에 잠깐 다녀온 것 빼고 온종일 산장에 있었다. 나머지 시간에는 짐만 쌌다. 리아는 캠든에 가는 것에, 본 적도 없지만 거기에 이미 렌트해둔 집으로 이사 가는 것에 별로 관심 없는 척하느라 애썼다. 그러다 문득 자신이 헤일리처럼 굴고 있다는 걸 깨달았다. '난 겁나지 않아. 겁먹은 티를 내지 않겠어. 나는 무너지지 않을 거야.'

자신이 닉을 닮았더라면 좋았겠다는 생각이 들었다. 숨김없고 솔직하며, 속을 다 보여주는 것을 겁내지 않는 성격. 하지만 그건 어린아이의 특권이지, 엄마가 누릴 수 있는 게 아니었다. 엄마의 두려움보다 더 전염성 강한 두려움은 없었다.

하지만 넌 그냥 리아 이모잖아. 두려움을 받아들여. 정신 이상한 리아 이모는 원한다면 얼마든지 깊은 숲속의 작은 집을 떠나는 걸 무서워해도 돼!

리아는 온종일 이것저것 챙기고 짐을 쌌고, 두 아이 다 이쪽을 안 보고 있는 것을 확인한 뒤에야 권총을 차로 가져갔다. 그런 다음 글러브 박스에 넣고 잠갔다.

라이플과 엽총 들은 두고 가는 수밖에 없었다. 물론 캠든에서는 그것들을 쓸 일도 없을 것이다. 장총은 물론이고 권총도. 그런데도 권총은 차에 그대로 두었다.

에드가 왔을 때 리아는 그가 닉과 이야기하고 테사에게 프리스비를 던지며 놀아주는 동안 차고에 머물렀다. 한참 후에야 에드는 닉과 개를 놔두고 마당을 가로질러 차고로 왔다. 그는 벌써 가방과 상자로 터질 듯한 지프 짐칸을 들여다봤다.

"애들 집에서 가져온 거야?"

"일부는. 대부분은 아직 보관소에 있어." 에버릿 스푸나워가 위탁 보관소를 찾아내고 짐꾼들을 확보해준 덕분이었다. 조만간 그에게 메일을 보내고 전화를 해야 했다. 스푸나워는 꾸준히 연락하면서 리아에게 법원의 요구 사항을 상기시켜주고 있었다. 그중 최우선 순위는 아이들을 데리고 살 집의 현장 방문이었다. 리아는 그 집 열쇠부터 받은 뒤에 그에게 주소를 알려주는 게 낫겠다고 판단했다.

"당분간 짐을 풀지는 않을 걸로 보이네." 에드가 한마디 했다.

"맞아." 리아는 뒷문을 내려 탁 닫은 후 지프 후면에 기대서는 한 발을 범퍼에 얹은 채 그를 바라봤다. 에드는 한 손을 머리 위 차고 문 가장자리에 얹고 있었다. 해가 뒤에서 비추어서 그의 실루엣이, 그가 신중하게 둘 사이에 남겨둔 공간을 상쇄하려는 듯, 리아의 실루엣 바로 옆에 드리웠다.

"애들한테 새로운 곳이 필요할 거야." 리아가 말했다. 둘이 이 얘기를 나누는 게 처음은 아니었지만, 이렇게 얼굴을 마주보고 얘기하는 건 처음이었다. 그전까지는 항상 전화 통화로 했었고 늘 짧게 끝냈다.

"어제는 이곳 생활을 잘만 즐기는 것 같던데."

"실컷 즐겼지. 완벽한 여름 날씨에 호수에 나가서 논 거였잖아."

에드가 고개를 끄덕여 수긍했다. "2월에는 사뭇 다르겠지."

"맞아. 달라도 많이 다르겠지. 재들은 야구 원정경기 가고 개인 미술과외 받는 데에나 익숙한 애들이야. 헤일리 남자 친구 루크하고 페이스타임도 해야 하고, 닉 절친 제롬하고 비디오게임도 해야 해. 그러려면 와이파이 팡팡 잘 터지고 휴대폰 신호도 어디서든 잘 잡혀야지."

"우리 서비스를 찾는 사람들이 도망치고 싶어 하는 것들이네." 에드가 이렇게 말하고는 웃음 지었다.

"맞아."

"'도망치고 싶어 한다'는 데 방점이 있지." 에드가 덧붙였다. "쟤들한테는 발언권도 없었잖아, 게다가 이런 걸 요구하지도 않았고."

에드는 리아가 무슨 말을 하려는지, 리아가 굳이 입을 열지 않게 하고도 바로 이해했다. 왠지 그래서 더 기분이 참담했다. "나도 그게 마음 쓰여." 리아가 시인했다. "쟤들은 지금 세상이 뒤집힌 기분일 거야. 익숙했던 모든 게 사라졌으니까. 그건 내가 어떻게 해줄 수 없지만, 적어도 쟤들이 살던 집과 비슷한 곳이 되어줄 수는 있어. 적어도 쟤들이 알던 삶의 주춧돌은 그대로 있는 곳 말이야."

에드는 리아에게서 고개를 돌린 채 대꾸했다. "그게 어딘데?"

"잘 모르겠어. 캠든부터 시도해보려고."

에드는 몸을 반쯤 뒤로 돌린 채 천천히 고개를 끄덕였다. "처음 시도해볼 장소로 괜찮은 곳이네. 안전하게 느껴지는 곳이니까. 쟤들한테 익숙하지는 않겠지만, 안전한 기분은 들 거야."

"응."

에드가 몸을 돌려 리아를 바라봤다. "우리가 했던 얘기들 있잖아…… 그건 지금 당신 삶에 그리 실용적이지 않겠지?"

"올여름에는 좀. 올가을에도 힘들 것 같아. 먼저 쟤들부터 자리 잡게 해줘야 해서."

"알아. 근데 내 말은, 우리가 얘기한 것들이 당신한테 실용적인 게 될 날이 과연 올지 모르겠다는 거야."

"미안해."

"그러지 마. 장난해? 제부가 죽었고 갑자기 엄마가 된 상황인데. 그런 판에 나한테 사과해야 한다고 생각하는 거야?"

그러자 리아가 말했다. "나 재네들 엄마야." 가슴 아픈 동시에 달콤한 말이었다. 리아에게 정체성을 부여하는, 리아를 완성시키는 세 마디였다.

에드가 대꾸했다. "내 말이 그거야. 이제부턴 딱 그렇게 생각해. 결정을 내려야 할 땐 더 이상 재들 이모가 아닌 거야. 재들 엄마라고 생각하고 판단해."

에드가 설마 못 알아들을 줄은 몰랐지만, 못 알아들은 것도 무리는 아니었다. 그래도 잠시 동안 리아는 제대로 말을 못 잇고 더듬거렸다. 그러다 간신히 이렇게 뱉었다. "그렇지. 내가 재들 엄마라고 '생각'해야지."

"그래서, 엄마는 캠든으로 간다 이거지." 에드의 가슴팍이 크게 오르락내리락했다. 잠시 후 그가 말했다. "나머지는 너무 골치 아프게 걱정하지 마, 알았지? 어쨌든 지금 당장은 말이야. 언젠가는 걱정해야겠지만, 지금은 하지 마. 산장들은 어디 안 가니까. 나도 어디 안 가고."

"기다려달라고는 안 할게." 리아가 말했다. "그래주면 고맙지만…… 당연한 거라고 생각하진 않아. 당신한테 그럴 수는 없어."

에드는 까끌까끌하게 수염 난 얼굴에 그늘이 지도록 야구 모자를 깊게 눌러쓴 채 차고 문 레일에 기댔다. 그는 리아에게서 눈을 돌려 개울을 내다봤다. 어둠이 깔리고 있어서 개울을 볼 수는 없지만 물소리는 들렸다. 마당에서 닉이 웃음을 터뜨리고 테사가 왕왕 짖었고 헤일리는 잠잠했다.

"꽤 드라마틱한 변화가 되겠어." 에드가 말했다. "갑자기…… 짠, 하고 두 아이가 품안에 떨어졌으니." 그는 운석 충돌을 흉내 내듯 두 손을 부딪쳤다. 그게 얼마나 정확한 묘사인지는 눈치 채지 못했다. 더그의 밴이 나무와 충돌해 과거를 현재에 쾅 던져놓고 가면서, 미래가 뒤를 향하도록 리아의 세계를 빙글 돌려놨다는 걸 그가 알 리 없었다.

"정말로 도와줄 다른 가족이 없어?" 에드로서는 이 정도가 선을 넘지 않는 수준의 캐묻는 질문, 찔러보는 질문이었다. 그는 본인도 매우 사생활을 중시하면서 똑같이 사생활을 중시하는 여자를 존중할 줄도 아는 사람이었고, 두 사람이 친해진 것도 그런 성향 때문이었다.

"없어." 리아가 대답했다.

"캠든 어디에 머물지는 정했어?"

"응. 렌트 매물로 나온 적당해 보이는 집을 찾았어. 시내에서 외곽으로 1.5킬로미터만 나가면 있는데, 그래서 어디든 걸어서 갈 수 있고 근처에 아이들도 많아."

에드는 슬쩍 미소를 흘렸다. "'커지스(Cuzzy's. cuzzy는 비어로 성교 또는 여성의 성기를 뜻한다)'까지도 걸어갈 수 있어?"

두 사람은 언젠가 '커지스'라는 술집에서 코가 비뚤어지도록 술을 마신 적이 있었다. 날씨가 고약했던 그날 좀처럼 비가 그칠 생각을 안 했고 바텐더도 술을 그만 부을 생각을 안 했고, 두 사람은 대학생으로 돌아간 양 대낮에 길 건너 호텔로 가 사랑을 나누었다.

에드의 삶은 모르는 사람의 죽음으로 인해 뒤집힌 셈이었다. 너무 불공평한 일 같았지만 리아는 에드가 그런 생각으로 억울해하지 않을 것을 알았다. 에드는 세상 일이 공평하게 이루어진다고 믿지 않는 사람이었다. 옳고 그름, 공정함과 불공정함에는 관심 있었지만 공평하고 불공평한 데는 관심 없었다. 문득 에드가 몹시 보고 싶어질 거라는 생각이, 처음은 아니지만 가장 강렬하게 들었다.

"기회 되면 놀러와." 리아가 말했다.

"오지 말라 해도 갈 걸. 롭스터랑 라운지체어로 유명한 데를 내가 놓칠까봐? 내 방 치워둬."

"애디론댁 체어라고 몇 번을 말해."

"그거나 이거나. 롭스터랑 두운이 안 맞잖아." 그러면서 에드는 리아를 향해 씩 웃어 보였고, 그 순간 그의 얼굴 측면에 딱 적당히 태양빛이 비추는 바람에 리아는 그의 표정에 어린 슬픔을 적나라하게 읽을 수 있었다. "다른 주로 가는 것도 아니잖아." 에드가 말을 이었다. "차 몰고 좀만 가면 되는데 뭘. 멀리 가는 것처럼 그러지 마."

"멀게 느껴지네." 리아가 대꾸했다. "안 그래?"

"에, 별로."

"차 타고 한참이잖아."

"그럼 비행기 가진 사람 찾으면 되겠네."

리아가 웃음을 터뜨렸다. "당신이 비행기 몰고 왔다 갔다 하면 되겠다."

"내 말이. 메군티쿡 호수인지 뭔지 거기에 띄운 다음 활주해서 바로 거기로 날아가면 되겠다."

"진짜 쉽네." 리아가 맞장구쳤다. 목소리에 아직 웃음기가 남아있었다. 하지만 어쩐지 그 말을 하자마자 가벼운 만담이 끝나버렸고, 두 사람은 입을 다물었다.

"잘 지내." 이윽고 에드가 말했다. "나 필요하면 부르고, 알았지? 금방 갈 테니까."

"고마워." 리아가 말했다. "그리고 미안해……."

"사과하지 말라니까. 부탁이야."

차고를 가로질러 리아에게 다가간 에드가 몸을 숙이고 한 손을 리아의 허리에 얹고는 천천히 그녀에게 입을 맞췄다. 리아는 손을 뻗어 그의 뒤통수 머리카락을 감아쥐었고, 그러자 에드가 다른 쪽 손을 리아가 범퍼에 얹은 다리에 올렸다. 두 사람은 곧 떨어져 섰고, 에드가 리아의 이마에 자기 이마를 댄 채 둘이 편안한 침묵 속에 잠시 그렇게 서 있었다. 이윽고 그가 리아의 정수리에 살며시 입 맞추고 물러섰다.

"캠든의 집이 애들한테 딱 필요한 것이었으면 좋겠어." 에드가 말했다.

"나도."

3부

산과 바다가 만나는 곳

15

그들은 캠든의 집에, 손님이 아니라 인질처럼 들어가 짐을 풀었다.

그런데 따지고 보면 손님도 아니지 않느냐고, 리아는 고쳐 생각했다. 일시적으로 머물다 갈 집이 아니었다. 그들의 보금자리였다.

그렇지만 보금자리처럼 느껴지지는 않았다.

차를 몰고 오는 길에 리아는 이 마을이 얼마나 멋진지 입에 침이 마르게 떠들어댔다. 아이들에게 이 지역 학교며 바다, 커티스섬 등대 옆을 미끄러져 가는 옛날식 스쿠너선(돛대가 두 개 이상인 범선)을 자세히 묘사했고 캠든 스노볼(스키 리조트)에서 스키 타고, 도서관까지 어슬렁어슬렁 걸어가고, 항구의 벤치에 앉아 아이스크림 먹으면 얼마나 좋은지 아느냐고 읊어댔다. 그러다 보니 어느 순간 자신이 행사 및 방문객 담당부서 직원이 된 것 같았다.

벨패스트(메인주 왈도 카운티의 도시)에서 남쪽으로 뻗은 1번 도로를 탄 그들은 해안선을 따라 달려, 아일스버로로 가는 페리선이 대기 중이며 롭스터잡이 배들이 계류장에서 둥실거리고 있는 링컨빌을 지나 나무 빽빽한 캠든 힐스로 올라갔다가 다시 내려와 곧장 마을로 들어갔다.

캠든. 그들의 집.

리아가 그들을 기다리고 있을 온갖 멋진 것들에 대해 하도 떠들어댄 통에, 도착이 너무 갑작스럽고 마을은 너무 작게 느껴졌다. 항구를 굽어보는 아름다운 도서관도 분명 거기 있고 메군티쿡강이 옆에 그림 같은 공원 하나를 낀 바다로 물을 토해내는, 시원스런 폭포도 분명 있었지만, 일단 그것들을 지나자 1번 도로 양옆으로 줄지어 있던 관광객 대상 상점들이 싹 사라지고 GPS가 이제 우회전해 워싱턴가로 들어서라고 지시했다. 메인에는 '눈 깜빡하면 놓칠' 마을이 많고 많았지만 캠든은 계획을 세울 때만 해도 지나치게 큰 마을로 느껴졌었는데, 시내가 너무 갑작스레 나타났다 사라진 것은 예상치 못한 충격이었다. 리아가 우회전을 하자 항구의 아름다운 풍광이 금세 뒤로 멀어졌고, 이제 그들은 리노베이션을 거쳐 레스토랑과 아파트 들로 재탄생한 옛 방직공장 옆을 지나고 있었다. 리아의 기억 속에 이곳은 몇 년 전 스키 타러 왔을 때의 이미지로 희미하게 남아있었다.

"저기는 포티 페이퍼야." 리아가 여전히 관광 가이드의 말투로 말했다. "해피 아워로 인기 있는 이탈리안 레스토랑이야."

'해피 아워로 인기 있는' 곳? 얘들아, 모여 봐. 우리 칵테일 제일 잘 마는 이 동네 술집을 알아보자꾸나. 이걸 지금 양육이랍시고 하는 거야? 뭐, 정체성을 더 굳혀주기는 하겠네. 밤 문화에 빠삭한 리아 이모.

"저쪽엔 강이 있고," 해피 아워 운운한 건 지워버리고 루이빌에서 보낸 잠 못 드는 밤마다 열심히 들여다봤던 지도를 떠올리며 서둘러 덧붙였다. "그리고 저쪽엔 호수가 있어. 저 호수는 평범한 호수가 아니란다. 왜냐면……."

"호수는 지겹도록 봤어요." 닉의 목소리에 묻어난 피곤함에 리아는 입을 다물었다. 닉 말이 맞았다. 호수는 지겹도록 봤다.

"집이 어떨지 너무 기대되네." 리아가 말을 돌렸다.

아무도 대꾸하지 않았다.

도착한 집은 식민지 시대 스타일의 2층짜리 노란색 주택으로, 출구가 바깥으로 바로 연결된 지하실이 딸려 있고 널따란 데크는 배티산을 마주보고 있었다. 리아는 차를 대고 시동을 껐다.

"어떤 것 같니, 헤일리?" 리아가 물었다.

"노란색 싫어해요." 헤일리가 대답했다.

원 스트라이크. 리아는 그래도 고개를 끄덕였다. "그렇다면 좋은 소식이 있어. 실내에는 노란색으로 칠한 데가 없단다."

다들 차에서 내렸고 테사가 즉시 부지 경계선을 넘어 옆집 마당으로 가 쭈그리더니 똥을 쌌다.

'환장하겠네. 손에 똥 봉투 들고 이웃과 첫 인사하게 생겼어. 하지만 그 전에 똥 봉투가 든 짐부터 풀어야겠군.'

닉이 휘파람으로 부르자 테사가 돌아왔고, 그들은 마치 사람 셋이 개가 앞장서길 이제까지 기다린 양 현관문 앞에 모여 섰다.

"열쇠 있어요?" 헤일리가 물었다. "아니면 누가 올 때까지 기다려야 해요?"

"비밀번호로 여는 거야. 열려야 할 텐데."

리아는 전자식 도어 록에 패스워드를 입력하고 문을 열었다. "집에 온 걸 환영합니다." 리아의 목소리가 집 안에 울려 퍼졌다. 바닥은 강화

마루로 깔았고, 천장이 아주 높았는데—부동산 중개업자가 이 두 가지가 이 집의 장점이라고 얼마나 강조했는지 모른다—오히려 그 때문에 따스하게 맞아주는 느낌보다 차갑고 딱딱한 느낌이 났다. 셋집임을 그보다 더 명백하게 말해줄 수는 없었다. 깨끗하고 예쁘고, 세련됐지만 저렴한 가구만 갖춰놓은 집. *이케아가 소개합니다. 상자 하나에 다 들어가는 메인주의 코티지 상품!*

아이들은 거의 아무 소리도 내지 않고 집 안을 둘러보았다. 닉은 사방을 기웃거리면서 호기심 가득한 손으로 장식품들을 건드려보았고 헤일리는 어깨를 잔뜩 웅크리고 손을 주머니에 찌른 채 동생을 따라다녔다. 눈으로는 새로운 공간을 인지했지만 어떤 식으로든 적극적으로 알아보려고 하지는 않았다. 벽을 그대로 통과해 유령처럼 영원히 사라지고 싶어 하는 것 같았다.

'제 엄마가 그랬던 것처럼.' 리아는 속으로 생각했다. '다른 점은 헤일리는 진심으로 사라지고 싶어 한다는 거겠지.'

"너희들 방 보러 가자." 리아가 불쑥 말했다. "각자 방 하나씩 쓰게 될 거야."

"당연히 하나씩 써야죠." 닉이 끼어들었다. "여자애랑 같이 쓸 수는 없어요."

"지금 아주 아주 조용히 있으면 방금 네 말 듣고 안도한 여자애들 박수 소리를 들을 수 있을 걸." 헤일리가 이죽거렸다.

그 말에 리아가 웃음 지었다. 실수였다. 헤일리가 그걸 보더니 무표정으로 돌아간 것이다. 말없이 못마땅해하는 태도를 끝까지 고수할 작정인 것 같았다.

앞장서서 우당탕탕 뛰어가는 테사를 따라 다 같이 2층으로 올라갔다. 테사는 계단 한 칸의 폭이 이렇게 넓은 집에 살아본 적이 없어서 보폭을 조절하느라 허우적댔고 덕분에 다들, 심지어 헤일리까지, 한바탕 크게 웃었다. 그들은 테사의 높이 솟은 궁둥이가 처음 하이힐을 신은 소녀의 엉덩이처럼 휘적휘적 흔들리는 모습을 구경했다. 웃음소리를 듣자 리아는 한결 숨통이 트이는 것 같았다.

계단을 다 올라가자 양쪽에 방이 있는 좁은 복도가 나왔다. 침실과 욕실이 있고, 다른 공간은 없었다. 부엌과 거실, 식당은 전부 아래층에 있고 침실은 전부 2층에 있었다. 꽤 큰 집이었지만, 침실마다 틈만 조금 벌어진 정도로 열려있는 문들을 보며 리아는 어쩐지 질식할 것 같은 기분이 들었다. 옛날에 플로리다의 집에서 아기 방을 정하던 기억이 떠올랐다. 리아의 침대 옆 협탁에 항상 놓여있던 아기 모니터가 두 아이의 일거수일투족을 알려주던 것도 생각났다. 어떻게 저 아이들은 리아를 전혀 기억 못 할 수가 있지?

"누가 어느 방 써요?" 닉이 물었다.

"헤일리가 먼저 고르렴."

"왜요?" 닉이 따지고 들었다.

"첫째니까." 리아가 무심히 대답했다. 그 순간 첫 아기를 두 팔에 안았을 때의 기억에 빠져 있었기 때문이다. 내 딸. 다정하고 어여쁜 헤일리. 헤일리를 낳고서 리아는 긴 육아 휴직에 들어갔다. 라워리 그룹은 그 결정에 모범적인 태도를 보였고, 직원의 사정을 최대한 배려해주었다. 최고의 직장, 그 어떤 민간 항공사보다 몇 배 나은 직장이었다. 육아 휴직에서 돌아온 후부터 리아는 브래드 라워리의 전담 조종사로 일하기 시작했다. 셀 수 없이 자주 출장을 다녀왔고, 무수히 많은 VIP를 사설 활주로에서 태웠다. 브래드 라워리는 간택 받은 자였다. 하원 의원으로 일하고, 다음은 상원 의원을 하고, 그 다음은 최고 자리에 오르는 수순이 이미 정해져 있었다. 그 당시에는 누구도 그렇게 될 것을 의심하지 않았다. 그가 어떻게 해선지 니나 모건이라는 여자의 선서 진술서 유출본을 읽고서 자신의 스미스 앤드 웨슨을 장전하기 전까지는.

닉이 말했다. "알았어, 누나가 먼저 골라. 어느 방 할 거야?"

"어느 방이든 상관없어." 헤일리는 리아에게 이제는 너무나 익숙해진 말투로 대답했다. 차라리 반항기였으면 나았을 텐데, 딱히 반항기는 아니고 선 긋기였다. 진짜 헤일리를 보여줄 법한 목소리는 아이의 마음 깊숙한 곳에 꽁꽁 묻혀 있었고, 그 목소리를 끄집어내려면 보통 노력으론 부족할 것이다.

"여기 있기 싫은 거 알아." 리아가 말했다. "왜 그런지 이해해. 그래도 조금이라도 기분 좋게 해줄 방을 골라 보렴."

"기분 좋아질 방은 옛날에 살던 집의 내 방……." 헤일리는 말하다 말고 입을 다물더니 고개를 저었다. 또 하나 반복해서 보이는 버릇이었다. 자신이 알던 모든 것을 잃은 데 대한 응당한 분노가 분출되려고 할 때마다 헤일리는 그걸 꾹 삼켰다. 동생과 달리 헤일리는 절대로 분노를 터뜨리지 않았고 가끔씩만 잃은 것들을 애석해했다. 속으로 삼키고, 삼키고, 또 삼키는 아이였다.

"내 방은 이제 없어요." 헤일리가 조용히 말했다. 격하게 내뱉은 게 아니라 있는 그대로를 무감정하게 진술한 것이었다. "그러니 바깥 경치가 제일 좋은 방으로 할래요. 산이 내다보이는 방이요."

최소한 노력은 한 건 인정해줘야 했다. 선택을 전면 거부하지는 않았으니까. 그걸로도 리아는 감지덕지했다. "메군티쿡산이야." 리아가 말했다. "믿기 힘들겠지만, 동해안에서 섬이 아닌 곳에 있는 산 중에 가장 높은 산이래. 언뜻 봐서는 별로 안 높아 보이지만……."

헤일리는 아무 말도 안 하고 리아를 지나쳐 창으로 가더니 막대를 돌려 블라인드를 닫아 산 경치를 차단해버렸다.

리아는 고개를 끄덕거렸다. 그럴 만도 해.

"그럼 이게 내 방이에요?" 닉이 복도 맞은편 방으로 들어가며 말했다. 헤일리가 고른 북향 방보다 더 컸고, 새 가구를 들여놔서 제대로 침실 분위기가 났지만 대신 온기가 전혀 안 느껴졌다. 있을 가구는 다 있지만 삶의 따뜻한 흔적은 하나도 없는 곳. 부디 닉이 빠른 시일 안에 방을 삶의 흔적으로 채워줬으면 했다.

"마음에 드니?" 리아가 물었다.

닉은 이리저리 방 안을 돌아다니고 창밖도 기웃거리면서 조사했다. 한 사이즈 큰 인디애나폴리스 콜츠 팀 셔츠를 입고 있었고, 역시 너무 큰 야구 모자를 귀에 얹다시피 하는 바람에 귀가 양옆으로 비죽 튀어나와 있었다. 얼굴의 주근깨는 무스헤드에서 받은 햇빛 때문에 더 짙어졌다. 리아는 그 얼굴에서 더그가 보였다.

"네." 닉이 말했다. "네, 좋아요. 나무가 많네요."

헤일리는 조그맣게, 기가 찬 듯한 소리를 냈다. 나무가 많다는 동생의 말을 한심해하는 것으로 들릴 수 있었지만 사실은 동생이 감히 '좋다'고 말한 게 못마땅해서 나온 소리임을 리아는 알았다.

"여기서 지내는 게 마음에 들었으면 좋겠구나." 리아가 말했다. "좋은 동네고 이웃도 다들 친절해. 공인중개사가 그러는데 너희 또래 애들이 많대. 말 나온 김에, 옆집에 헤일리 또래의 남자애가 살던데……."

그렇게 말하며 딸을 향해 돌아섰지만, 헤일리는 이미 새 방으로 들어가 문을 굳게 닫은 후였다.

16

노란 집에 새 가족이 이사 왔다.

그건 맷 부샤드에게 김빠지는 소식이었다. 노란 집은 거의 옆집이라고 할 수 있었지만 두 집 사이에 3에이커의 녹지가 끼어 있었다. 이 녹지는 맷 혼자만 사용하는 공간이었다. 다른 이웃들은 그곳을 그냥 나무와 돌만 잔뜩 있는 공터로 여겼지만, 비나 눈이 오면 물이 전부 그곳에 모였다가 유수지로 빠져나가고 거기서 다시 메군티쿡강으로 흘러갔다. 봄에 폭우가 내리면 때로 그 구간이 꼭 폭포처럼 보였다. 끝내주는 곳이었지만—야생지 탐험 기술 연마하기에도 딱이어서, 매트는 자주 그렇게 했다—길 저편에 사는 윌크스 부인은 유수지가 너무 위험하네, '법적 책임'이 따르네 하며 만날 문제 삼았다.

"걱정돼서 그러는 거야." 그러면 맷의 엄마는 이렇게 말하곤 했다.

"공포심을 조장하는 거지." 맷의 아빠는 이렇게 받아쳤다.

맷이야 윌크스 부인을 피해 다니면 그만이지만—솔직히 동네 주민들 대부분이 그러는 것 같았다—윌크스 부인네 집에서는 그 녹지가 보이지도 않는데 그리 불평이었다. 반면에 노란 집에서는 창으로 그 녹지가 바로 내다보였는데, 이는 곧 그 집 사람들이 맷이 저지르는, 법적 책임이 따를 수도 있는 일탈을 훤히 볼 수 있다는 뜻이었다.

맷은 망원경으로 그들이 이사 오는 걸 지켜봤다. 누가 들어올지 이미 알고 있었다. 여자의 이름은 리아 트렌턴, 아이들은 자녀가 아니고 조카들이었다. 윌크스 부인이 맷의 부모에게 이미 죄다 말해주었다. 윌크스 부인은 남 얘기 하는 걸 좋아하니까. "그 여자는 남 얘기랑 허튼소리 하면서 기운을 얻는 타입이야." 아빠는 이렇게 말했었다.

윌크스 부인 말에 따르면, 부인 역시 다른 사람한테 들었고 그 사람은 또 그 집의 관리를 맡았던 부동산 중개사한테 들었다는데, 리아 트렌턴은 무스헤드호와 앨라개시 야생국립공원에서 활동한, 자격증 있는 메인주 가이드였다.

얼마나 '근사한' 직업인가.

얼핏 근사해 보여도 조금 파고들면 전혀 근사하지 않은 직업도 많았다. 예를 들어 맷의 엄마는 사설탐정이었다. 실제 사설탐정이라니! 엄청 멋있어 보이고 총싸움이며 몸싸움도 척척 할 것 같지만, 맷은 엄마가 자주 쓰는 표현을 빌리자면 '남의 돈 먹는 게 얼마나 지지부진한 일인지' 옆에서 많이 봐서 실상을 알았다. 맷의 엄마는 잠복근무도 안 하고 위치 추적 장치나 휴대폰 도청 장치도 가지고 있지 않으며 다른 근사한 장비도 없었다. 물론 권총도 없었다.

그런데 리아 트렌턴은 실제로 야생을 탐험하고 물소 사냥이나 곰 사냥도 나갔고, 수상비행기를 몰고 외딴 호수에 나가 보트로 더욱 외떨어진 미지의 땅으로 가서는 제물낚싯대로 커다란 물고기를 전리품으로 잡아 오는 사람이었다.

이보다 더 근사한 직업은 없었다.

겉모습은 별로 야생공원 가이드 같지 않았다. 청바지에 탱크톱을 받쳐 입었고 신체 튼튼해 보이긴 했지만, 튼튼한 몸이야 자전거만 타도 얻을 수 있으니까.

남자애는 여덟 살이나 아홉 살쯤 돼 보였다. 어쩌면 그보다 나이가 많은데 그냥 키가 작은 것일 수도 있었다. 후드 달린 스웨트셔츠를 입고 인디애나폴리스 콜츠 팀 야구 모자를 쓰고 있었다.

'그 모자 쓰고서는 친구 많이 사귀기 힘들 걸.' 이렇게 생각하는 순간 차에서 여자애가 내렸고, 맷은 야구 모자 따위 까맣게 잊었다.

둘 중 여자애가 맷의 또래라고 엄마가 그랬다. 맷처럼 올해 7학년으로 들어오거나, 아니면 8학년일 거라고 했다. 엄마도 확실히는 모른다고 했다. 키가 훌쩍 큰 그 여자애는 청바지와 플리스 점퍼 차림이었고—'왜 여름이 끝난 것 같은 복장이지?'—짙은 색 긴 머리는 어깨 바로 밑까지 내려왔다. 이모를 똑 닮았다는 말로는 부족했다. 두 사람을 같은 틀에서 찍어낸 것 같았다. 잠깐 서서 주위를 둘러보는 폼까지 이모와 똑같았다. 그러다가 고개를 들고 집 너머 산을 올려다본 순간, 풍광에 압도됐는지 몸이 잠시 굳는 것 같았다.

"중서부 어디에서 왔다더라." 맷의 엄마는 이렇게 말했었다.

중서부는 평지다. 어쩌면 산을 처음 보는 게 아닐까? 그렇다 쳐도, 이상한 반응이었다. 저 여자애가 이곳에 대해 보이는 반응이 전부 다 이상했다. 마치 나무 사이에 저격수라도 숨어있다고 생각하는 것처럼 뻣뻣하게 서 있었다. 그런 생각이 든 순간 맷은 망원경을 내릴 뻔했다.

내릴 뻔한 거지, 내린 것은 아니었다.

강을 타고 불어온 부드럽고 선선한 바람이 경사진 녹지를 가로질렀다. 바람은 나뭇잎들을 뒤흔들고 풀밭 위로 흩어지더니 트렌튼 가족을 빙 두르고 소용돌이쳤다. 여자애의 짙은 색 머리칼이 얼굴을 덮었고, 그러자 여자애가 주머니에서 한 손을 빼 머리칼을 귀 뒤로 넘겼다. 맷은 목구멍이 바짝 타들어갔다.

재가 학교에서 제일 예쁜 애가 될 거야. 리비 닐슨은 노동절 지나서 등교하면 찬물 세례를 받은 기분이겠네.

'7학년.' 맷이 하늘에 대고 조용히 빌었다. '제발, 제발 재가 7학년으로 오게 해주세요.'

리아 트렌턴이, 개구리들이 합창하는 유수지를 지나 나무들 사이에 있는 맷에게까지는 안 닿을 정도로 너무 작은 소리로 뭐라고 말했고, 그러자 일행은 진입로를 지나 계단을 올라가 집 안으로 들어갔다. 이윽고 현관문이 닫히고 새 이웃은 시야에서 사라졌다. 맷의 시야에 아주 잠깐 머무르는 동안 그들 중 누구도 서로에게 손을 대거나 말을 걸지 않았고, 그게 아니어도 새 집에 처음 온 아이들이 보일 법한 어떤 기쁨이나 열광도 드러내지 않았다.

'메인주에서 살기 싫은가 보지.' 매트는 속으로 생각했다.

그래도 어딘지 이상한 구석이 있었다. 아이들이 더는 부모님과 함께 살지 않는다는 게 뭘 뜻하는지 궁금했다. 누가 죽거나 병에 걸리거나 감옥에 갔나? 일어날 수 있는 나쁜 일은 무궁무진했다.

맷은 엄마에게 물어봐야겠다고 생각했다. '엄마가 저 집에 전화해야 하지 않을까. 따뜻한 이웃 노릇 해야지, 가서 친절하게 대해주고.'

'그리고 그 김에 여자애 이름도 좀 알아내고.'

17

낯선 자들이 에버릿 스푸나워의 사무실에 들이닥친 건 다섯 시가 막 지나서였다. 그들은 접수원인 린다가 퇴근하고 몇 분 지나지 않아 들어왔다. 보통 린다는 사무실에서 제일 늦게 퇴근하지만 성경 공부를 이끄는 수요일에만은 부랴부랴 나갔는데, 덕분에 에버릿은 수요일마다 퇴근 전 책상에서 혼자 버번을 즐길 수 있었다. 죽은 사람 뒤처리를 한 날은 일 끝나고 버번 한 잔쯤 자신에게 대접해도 된다고 생각했다.

그가 블랜턴을 텀블러 잔에 정확히 1.5온스 따라 디캔팅하고 있는데 대기실 문이 열렸다 닫히는 소리가 났다.

"뭐 놓고 간 것 있어요?" 에버릿은 자기 몸으로 병과 잔을 린다의 시야에서 가리느라 돌아서지도 않고 말했다. 술을 마시는 걸 린다가 보는 게 딱히 신경 쓰이지는 않았지만, 어쨌든 자신이 고용주니까 대놓고 마실 생각은 없었다.

"스푸나워 씨?"

남자 음성이었고, 마지막 r의 발음에 희미하게 보스턴 억양이 묻어났다.

화들짝 놀라 돌아선 에버릿은 먼저 백인 남자를, 이어서 그의 뒤에서 찰칵 소리마저 거의 안 들릴 정도로 살살 문을 닫는 흑인 남자를 발견했다. 백인 남자는 칼하트 상표의 회색 작업복 바지에 흰 티셔츠와 단추를 안 채운 긴소매 셔츠를 겹쳐 입고 있었다. 마흔 살쯤 돼 보이는 그는 188센티미터인 에버릿보다 키가 조금 작지만 몸은 단단한 근육질이었고, 일주일쯤 면도 안 한 길이로 수염이 자라 있었다. 흑인 남자는 그보다 키가 약간 더 크고 더 호리호리했고, 나이가 비슷해 보이면서도 왠지 가늠하기가 더 어려웠다. 풍기는 분위기가 하도 정적이어서 특징이 덜 도드라져 보였다. 외양적 특징은 고사하고 윤곽이라도 제대로 파악하려면 눈을 가늘게 뜨고 봐야 할 것 같았다. 그는 푸른색 캐롤라이나 티셔츠와 블랙진 차림에, 너무 깨끗해서 광이 나는 것 같은 카키색 부츠를 신고 있었다.

에버릿 스푸나워는 인종차별주의자와 거리가 멀었다. 아무나 붙잡고 물어봐도 동의했을 것이다. 먼 옛날 조부가 쿠클럭스클랜의 회원이긴 했지만, 에버릿 자신은 결코 인종차별주의자가 아니었다. 그렇지만…… 이 흑인 남자가 동행한 백인보다 더 무서웠다.

"뭐 도와드릴까요?" 에버릿은 열린 사무실 문으로 걸어가며 말했다.

"도와주실 수 있다면 정말 좋겠습니다." 백인 남자가 대꾸했다. 그는 아무도 없는 접수데스크 앞에 서 있었고, 흑인 남자는 한 걸음 나와 그의 옆에서 정중하게 고개를 끄덕였다. 에버릿은 잠깐이지만 두려움을 느낀 자신이 바보 같았다. "늦은 시각에 찾아와서 죄송하지만, 저희가 아침 여섯 시부터 차를 몰고 온 데다 내일 아침 일찍 공항에 가야 해서요. 그래서, 텍사스로 돌아가기 전에 선생님을 봬야 했습니다."

"텍사스요?"

백인 남자가 고개를 끄덕이며 손을 내밀었다. "스콧 메이슨이라고 합니다, 선생님. 이쪽은 제 동료 레지 테일러고요."

에버릿은 악수를 나누었다. 둘 다 손아귀의 힘이 셌지만, 스콧이라는 자는 말하면서 사무실을 둘러본 반면 레지라는 자는 에버릿에게서 잠시도 눈을 떼지 않았다. 노려보는 건 아니었다. 오히려 아주 차분한 눈길이어서, 에버릿은 점점 긴장이 풀어졌다. 인간 본성을 제법 성실히 탐구하는 학생임을 자부하는데, 레지 테일러에게서 한 줌의 적개심도 감지할 수 없었다.

"텍사스에서 여기까지 무슨 일로 오셨어요?" 텍사스주와 관할이 겹치는 사건은 지난 몇 년 간 한 건도 맡은 적이 없다는 사실을 떠올리며 에버릿이 물었다.

"실종 아동들 사건입니다." 스콧 메이슨이 말했다.

"뭐라고요?"

"실종 아동들요." 메이슨이 되풀이했다. "아직 앰버 경고를 띄울 필요는 없지만, 그렇게 될 수도 있겠어요. 들어보시면 동의하실 겁니다."

"무슨 말씀인지 모르겠습니다만."

메이슨이 재킷 안주머니에 손을 넣어 두 가지 물건을 꺼냈다. 하나는 여권인 듯했고 다른 하나는 가로 10센티미터 세로 15센티미터짜리 사진이었다. 그는 먼저 여권을 펼쳐 에버릿에게 건넸다.

받아 보니 그건 사설탐정 자격증이었다. 에버릿은 그걸 한참 동안 샅샅이 뜯어봤고, 불빛이 다른 각도로 비치도록 이리저리 기울여보기까지 했다. 물론 쇼에 불과했다. 에버릿은 텍사스주 사설탐정 자격증이 어떻게 생겼는지 쥐뿔만큼도 몰랐다.

"좋습니다." 그는 신분증을 돌려주었다. "하지만 켄터키주에서는 수사권이 없으십니다. 말씀드리기 송구하지만, 사설탐정은 어느 주에서도 수사 관할권이 없어요."

메이슨이 입을 꾹 다문 채 미소를 지어 보였다. 레지 테일러는 미소 짓지 않았다.

"맞습니다." 메이슨이 대꾸했다. "저희는 탐문 외에는 아무것도 할 수가 없고, 저희가 여기서 하려는 것도 그것뿐입니다. 물론 선생님께서 대답하실 의무가 없다는 건 충분히 이해하고 있고요."

"양측 다 잘 이해하고 있어서 다행이군요."

"그렇지만 선생님이 아이들 안전만큼은 걱정해주셨으면 합니다." 레지 테일러가 말했다.

그가 말을 한 건 처음이었다. 폭풍 전의 바람처럼, 부드러우면서 묵직한 음성이었다.

"안전을 걱정한다 해도 비밀유지 의무가 뒤따라서요." 에버릿은 변호사 특유의 말 돌리기 언변을 그럴듯하게 재현하려고 애썼다.

메이슨이 사진을 들어 보였다. 사진 속에는 두 아이가 있었다. 열셋이나 열네 살쯤 돼 보이는, 둘 중 나이가 더 있는 여자아이와 그보다 몇 살 어려 보이는 남자아이였다.

"여자아이 이름은 헤일리 챗필드지요. 남자아이는 니콜라스 챗필드고요. 맞습니까?"

10년 전에 에버릿이 이 두 아이의 예비 후견인을 지정한 바 있었는데, 당시 의뢰인 더그 챗필드가 젊고 신체건강하며 다소 불안해했던 걸로 기억했다. 에버릿의 사무실을 찾는 이들에게서 불안한 모습은 그리 드물지 않았다. 아무리 활기 넘치는 사람도 자신의 사망과 관련된 서류에 서명하고 공증하는 순간에는 안색이 조금 창백해지게 마련이었다. 더그가 무엇보다 중요시한 건 그 어떤 경우에도 문제시되지 않을 예비 후견인을 지정하는 것이었다.

에버릿은 맡은 바를 확실히 해주었다.

그리고 다시는 더그를 보지 못했다. 아이들은 아예 한 번도 보지 못했다. 그 후 몇 년이 지났고 그사이 수많은 고객을 만났다가 헤어졌으며 기억 속 더그 챗필드는 희미해졌다. 그러던 어느 날 더그 챗필드의 밴이 전복되었고, 에버릿의 전화가 울렸고, 어느 새 그의 사무실에는 리아 트렌턴이라는 여자가 앉아 있었다. 키가 훤칠하니 크고 근육질이면서 늘씬하며 짙은 색 눈이 강렬해 보이는 리아 트렌턴은 오래 전 에버릿이 작성한 바로 그 문서의 사본을 내밀었다. 리아가 법적 예비 후견인으로 기입된 문서였다.

"이 사건으로 제 보호자 자격이 활성화한 것 같은데요."라고 그 여자는 말했고, 에버릿은 엄숙한 태도로 수긍했다.

"사실입니까?" 메이슨이 이렇게 묻고 있었다. "이 아이들의 양육권 지정에 관여하신 것 맞습니까?"

에버릿은 처음 보는 사람들에게 그 사실을 확인해줄 생각이 없었지만, 부인할 생각도 없었다. 진실을 부인하는 사람에는 두 종류가 있었다. 거짓말쟁이와 멍청이.

"제가 이 사안을 두 분과 논의할 수 없다는 건 잘 아시겠지요." 에버릿이 말했다.

"고객 기밀 유지 조항에 묶여 있다는 것, 압니다. 그런데 문제는요,

스푸나워 씨, 선생님의 고객이 사망했다는 겁니다. 고객의 자녀들은 안 죽었고요."

"애들이 위험에 처한 건 아니잖습니까."

"그 점엔 동의 못 하겠는데요."

"만약 아이들이 위험에 처했다면," 에버릿이 받아쳤다. "법 집행관이 개입되어야 마땅합니다. 제가 경찰한테는 자세히 얘기할 수 있지만 사설탐정한테는 그럴 수 없어요. 그렇게 하라는 법원 명령 없이는 자세히 얘기 못합니다. 제가 원한다 해도요."

"잘 이해하고 결정도 존중합니다." 메이슨이 대꾸했다. "마찬가지로, 선생님께서도 이 점을 이해하고 존중해주시기 바랍니다. 그 아이들이 위험에 처해 있다는 사실이요. 추측컨대, 이미 짐작하셨을 테지요."

에버릿은 자기도 모르게 고개를 살짝 끄덕이고 말았다. 메이슨은 그 정도로 만족한 것 같았다. 마침내 사진을 내리고 주머니에 도로 넣은 것을 보면 말이다.

"저희는 아직 사건 해결의 단서를 찾지 못했습니다." 메이슨이 말을 이었다. "민망함도 불사하고 솔직히 말씀드리는 겁니다. 다른 길이 있었다면 여기 찾아오지도 않았을 겁니다, 스푸나워 씨. 자세한 배경이라든가 다른 디테일은 전혀 말씀 안 해주셔도 됩니다. 그런데 이 아이들…… 이 아이들은 도움이 필요합니다. 여기서 저희가 어떻게 하면 좋을지 실낱같은 실마리만 얻는다 해도, 뭐라고 할까, 아이들이 건강하고 행복한 미래를 맞느냐 아니면 어떤 끔찍한 일을 당하느냐가 갈릴 수 있습니다."

몇 초가 흘렀다. 아무도 입을 열지 않았다.

"아이들이 어디로 갔는지 저도 모릅니다." 한참 만에 에버릿이 입을 떴다. "저도 그것 때문에 어려움이 좀 있었습니다. 그런데 선생님들 때문에 문제가 더 생겼네요. 해결되는 게 아니라. 선생님들 문제는 제가 어떻게 해드릴 수 없습니다."

"어디로 갔는지 모른다. 좋습니다. 그럼 연락망은요?"

에버릿은 고개를 저었다.

"주소도 없어요?" 메이슨이 캐물었다. "전화번호도 없고요? 아무것도 없다고요? 가장이 사망해서 뒷일을 처리해주셨는데 자녀들하고 연락할 방법이 없다? 아이들이 보험금은 어떻게 수령하게 하시려고요?"

에버릿은 침묵을 지켰다.

"그 여자 연락처는 알고 있군." 레지 테일러가 입을 열었다. 건조하고 무감정한 한마디였다. 메이슨이 여태 시도한 심문이나 압박하기 따위는 전혀 쓰지 않았다. 그저 자기 생각을 단정 지어 말했을 뿐.

에버릿은 이메일 주소와 전화번호 하나를 알고 있었지만, 그걸 말해줄 수는 없었다. 그는 그 아이들을 떠올리고 이어서 자신의 직업적 규범과 윤리적 규범을 떠올린 다음 그 둘의 간극을 가늠해보았다.

"미안하게 됐습니다." 그리고는 이렇게 말했다. "도와드릴 수 없습니다. 그럴 수 있다면 좋겠지만요."

메이슨이 고개를 끄덕였다. 테일러는 그러지 않았다. 그저 빤히 바라보기만 했다. 에버릿의 뒤쪽 어딘가에서 버번에 넣은 얼음이 녹으면서 찰캉 소리가 났다.

"권한이 있는 사람을 저한테 보내셔야 합니다." 에버릿이 말했다. "아동복지 부서에서 관할권이 있는 사람이요. 찾기가 어렵지는 않을 겁니다. 두 분 말씀만큼 상황이 심각하다면 그쪽도 적극적으로 수사하려고 할 테니까요."

"그쪽에 연락해보겠습니다." 메이슨이 대꾸했다. "헌데 저는 정부를 그 정도로 신뢰하지 않아서요, 선생님."

"생각보다 일 잘해서 놀라실 겁니다."

"그러길 바랍니다."

메이슨이 레지 테일러를 흘끔 봤다. 둘 사이에 무언의 대화가 오갔고, 곧 메이슨이 고개를 끄덕였다.

"이쯤에서 보내드리겠습니다, 스푸나워 씨. 시간 내주셔서 감사합니다. 쉽게 될 거라 기대한 건 아니었지만……," 그는 여기서 사진이 든 재킷 주머니를 톡톡 두드렸다. "그래도 한번 시도해봐야 했습니다."

"이해합니다." 에버릿이 말했다.

그러더니 두 사람은 사무실에서 나갔다. 문이 닫힌 순간 에버릿은 자신의 심장이 미친 듯이 뛰고 있는 걸 깨달았다. 그는 쉽게 불안에 떠는 타입이 아니었는데도 저 두 남자에게는 방울뱀의 쉭쉭 소리처럼 그의 신경 흥분 체계를 건드리는 구석이 있었다.

에버릿은 사무실 문을 닫고 책상에 앉아 버번을 들이켰다. 평소보다 술이 빠르게 넘어갔다. 방금 전의 기이한 대화를 머릿속에서 재생하면서 자신이 뭐라고 말했는지, 뭐라고 말했더라면 좋았을지 곱씹었다. 저 둘의 무언가가, 레지 테일러의 냉혹한 눈빛과 무감정한 어조 외에 다른 뭔가가 마음을 불편하게 했다. 에버릿은 저 둘이, 텍사스에서는 물론이고 다른 어디에서도, 정식으로 활동하는 사설탐정이 아님을 거의 확신했다.

"추측에 불과하잖아, 에버릿." 그는 소리 내어 말했다. "기록에서 지워주십시오, 판사님."

그는 블랜턴 병에 다시 손을 뻗을 뻔했다. 하지만 더 마시면 안 된다는 걸 잘 알았다. 강한 의지는 만족을 낳는 법. 그는 병을 도로 책장의 술병 칸에 넣어놓고 텀블러 잔을 헹군 다음 사무실에서 나갔다.

그런데 두 남자가 대기실 의자에 앉아 기다리고 있었다.

에버릿이 흠칫 놀라 멈춰 서서 작게 소리를 지르는데도 둘 다 반응하지 않았다. 그냥 거기 앉아 발을 바닥에 붙이고 손은 허벅지에 얹은 채 빤히 바라볼 뿐이었다. 에버릿은 두 사람이 다시 들어오는 소리를 못 들은 게 어이없었다. 문득 아까 레지 테일러가 사무실에 들어왔을 때 문을 어떻게 닫았는지 생각났다. 거의 소리 없이 닫았고, 마치 나중을 위해서 봐두는 듯 잠금장치를 살펴봤었다.

간신히 "여기서 대체 뭐하는 겁니까?"라고 내뱉자마자 첫 공격이 들어왔다.

테일러는 단거리 주자의 출발 자세에서도 웬만해선 나오기 힘든 스피드로 총알처럼 튀어나와 에버릿의 목을 한 번 가격하고 이어서 무릎 측면을 발로 찼고, 다음 순간 에버릿은 숨을 못 쉬어 컥컥대면서 쓰러지고 있었다. 무슨 일이 벌어졌는지 알아챌 새도 없이, 손 한 번 올려보지 못하고 넉다운 됐다. 쓰러져 바닥에 닿기라도 했으면 속수무책 당한 것에 수치심을 느낄 틈이라도 있었겠지만, 그러지도 못했다. 메이슨이 그를 붙잡아 돌려세우고 전완으로 목을 꽉 눌렀기 때문이다.

"사무실." 그가 말했다. "가."

에버릿은 걷는 건 고사하고 똑바로 서 있기조차 힘들었지만, 메이슨이 그의 몸무게 대부분을 지탱했다. 그들은 대기실에서 어기적어기적 걸어가 사무실로 들어갔고 테일러가 등 뒤로 문을 닫았다. 물론 이번에도 소리 없이.

"책상." 메이슨이 말했다. 한순간 에버릿은 자기에게 내리는 지시인

줄 알고 앞으로 나가려고 했다. 하지만 메이슨이 그를 붙든 팔에 힘을 줬고, 테일러가 책상 뒤로 가 서랍들을 열어 젖혔다. 그는 아마도 무기를 찾아, 신속하게 움직였다. 이 작업을 위해 얇은 검은색 글로브를 끼고 있었다.

"없어."

에버릿의 기도를 누르던 압력이 조금 덜어졌다. 여전히 숨은 잘 쉬어지지 않았고 폐가 고통스럽게 비명을 질러댔지만, 물리적 자유를 조금 확보하자 한결 안도됐다.

'저들이 시키는 대로 하겠어.' 그는 속으로 되뇌었다. '그리고 기필코 살아남을 거야.' 그렇게 한심하고 그렇게 단순한 일이었다. 때로 싸움이 가능한 경우가 있다. 하지만 이들 둘을 상대로는 일말의 희망도 없었다. 하라는 대로 하는 수밖에.

"여자를 어디 가면 찾을 수 있지?" 자신을 메이슨이라고 소개한 남자가 물었다. 이제는 에버릿도 그 이름들이 다 가짜라는 걸 알았다.

"정말 몰라요. 메인주 그린빌의 사서함 주소가 있어요. 아는 건 그게 다예요."

"더 생각해봐." 레지 테일러가 말했다. 물론 그 이름도 거짓이었다. 사람을 죽게 하는, 겹겹이 쌓인 거짓말들. 에버릿은 진실을 말했다. 이 상황에서 진실이 어떤 해를 끼치겠나?

"사서함 주소랑 이메일 주소가 내가 아는 전부예요. 나머지는 파일에 있어요. 그 남자 파일요. 더그 챗필드의."

"그 파일은 어디에 있는데?" 메이슨이 물었다.

"캐비닛에 출력본이 있고 나머지는 컴퓨터에요." 에버릿이 대답하는데, 목구멍이 잔뜩 부어서 쉰 목소리가 나왔다. "그게 다예요."

"잘했어." 메이슨이 강아지 훈련시키는 투로 말했다. "어느 캐비닛, 몇 번째 서랍?"

"중간 캐비닛이요. 둘째, 아니 셋째 서랍. 알파벳순이에요." 에버릿이 자기 목을 문질렀다. 아까보다 호흡이 한결 수월해졌지만, 발에 맞은 무릎의 통증이 더 신경 쓰였다. 오른쪽 무릎이 힘줄이 분리된 것처럼 자꾸만 꺾이고 흐물거려서 몸 왼쪽에 체중을 싣고 서 있었다.

레지 테일러가 캐비닛으로 가 셋째 서랍을 열고 챗필드를 찾아 파일들을 훑었다. 그러더니 아코디언 폴더를 찾아내 꺼냈다. 그는 내용물을 확인하지도 않고 그 폴더만 뽑아낸 뒤 서랍을 닫았다.

"여기에 없는 것 중 뭐가 컴퓨터에 있지?" 그가 물었다.

"이메일이요."

"로그인해야 돼?"

"네."

"그럼 해. 천천히 움직여. 두 손 다 책상 위에 두고."

다 쓸데없는 지시였다. 에버릿은 천천히 움직일 수밖에 없었고, 부상당한 다리를 살살 디디며 절뚝절뚝 책상 뒤로 갔다. 커다란 가죽 회전의자에 무겁게 털썩 앉는데 무릎에서 뚝 소리가 났다. 테일러가 그의 뒤에 와 서고 메이슨은 책상 맞은편에 선 채 에버릿이 컴퓨터에 로그인해 이메일을 열고 리아 트렌턴과 주고받은 메일들을 찾아냈다. 몇 통 안 됐고, 주로 에버릿이 일방적으로 이것저것 묻는 내용이었다.

레지 테일러가 휴대폰으로 컴퓨터 화면을 찍었다. 에버릿은 지시를 받지도 않았는데 '인쇄'를 눌렀다. 프린터에 불이 들어오고 기계음이 나더니, 윙윙 소리를 내며 인쇄하기 시작했다. 메이슨이 그걸 보고 웃음을 터뜨리더니 한 번 더 "잘했어."라고 했다.

출력이 끝날 때까지 아무도 말을 하지 않았다. 이윽고 메이슨이 프린터로 가 트레이에 모인 문서들을 추려 반으로 접고 자기 주머니에 넣었다. "이게 다야?" 그리고 이렇게 물었다.

"다예요. 진짜로요."

"'진짜로'라는 말은 왜 하는 거지? 우리가 안 믿을까봐 그래, 에버릿? 그런 식으로 사람을 의심하면 못쓰지."

에버릿은 말대꾸하거나 싸우거나 빌거나 애원해봤자 좋을 게 없다는 걸 알았다. 어떤 행동이든 안 하는 게 낫다는 걸 알면서도, 이런 질문이 튀어나왔다. "더그 챗필드가 누구였기에 이래요?"

입에서 그 말이 나감과 동시에 두 가지 사실이 자명해졌다. 이 남자들은 대답을 안 하리라는 것과 자신이 살아남지 못하리라는 것이었다. 바로 그래서 질문한 것이었다. 이유도 모르고 죽는 건 너무 억울했다.

"별로 중요하지 않은 사람이야." 메이슨이 대꾸했다. 그러고 말 줄 알았는데 한마디 덧붙였다. "여자를 잘못 골라 결혼했을 뿐."

"아내는 없었는데요." 에버릿은 이렇게 말하면서, 이 정보에 그들이 낙담해서 얌전히 떠날지도 모른다는 생각에 갑자기 희망이 되살아났다. "제가 더그 챗필드를 만났을 때 이미 아내는 죽은 뒤였어요."

메이슨은 주머니에 손을 넣어 사진을 한 장 꺼냈다. 에버릿은 아까의 두 아이 사진일 줄 알았는데, 대신 사진 속에 한 여자가 있었다. 비행기 조종사 복장이었지만 군 계급장은 안 달려 있었다. 비행기, 정확히는 소형 제트기의 날개 옆에 서서 태양을 향해 활짝 웃고 있었다. 키가 크고 늘씬하고, 각진 얼굴형의 그 여자는 짙은 색 눈동자를 빛내며 햇빛에 그은 얼굴 가득히 웃음 짓고 있었다.

리아 트렌턴이었다. 옛날 사진이지만 선명했다.

"그건 더그 챗필드의 아내가 아니에요." 에버릿이 말했다. "처형이에요."

메이슨도 테일러도 대꾸하지 않았다. 그 침묵 속에 에버릿은 자신의 실수를 깨달았다.

메이슨이 레지 테일러를 보더니 씩 웃었다. "여자를 어디서 찾을 수 있는지 말해, 에버릿."

"아는 건 다 말했어요."

"확실해?"

"확실해요."

"그럼 너한테서 뽑아낼 건 더 이상 없는 것 같군." 메이슨이 담소 나누듯 말하더니, 사무실 문을 향해 걸음을 뗐다. 에버릿은 그가 가는 걸 보면서 안도하며 생각했다. '끝났어, 이제 저들은 갈 거야.'

추측은 둘 다 맞았고, 틀린 건 섣부른 안도였다.

메이슨이 뒤도 안 돌아보고 말했다. "네 차례야, 블리크." 희한한 말이었다. 에버릿이 그게 무슨 소린지 모르겠다고 말하려던 찰나, 레지 테일러가 손에 단검을 쥐고 성큼 다가오더니 에버릿의 목을 그었다. 검의 날이 순식간에 들어왔다 나갔고, 에버릿의 손이 올라갔지만 이미 늦었다. 그 손으로 칼을 막는 대신 분출하는 뜨거운 핏줄기를 손가락으로 움켜잡으려 할 뿐이었다.

마지막 순간에 에버릿은 좀 전에 희한하다 여겼던 문장의 뜻을 비로소 이해했다.

블리크는 바로 단검을 든 그 남자를 칭한 것이었다.

18

노동절 주의 주말이 지나간 후, 매일같이 날씨가 너무나 화창해서 마치 리아를 안심시키려고 작정한 것 같았다. 포근한 미풍이 '여기는 안전해, 애들은 안전해, 다 괜찮을 거야.'라고 속삭이는 듯했다.

이사 온 집도 도움이 되었다. 리아의 예상대로였다. 닉은 벌써 제 방을 실컷 어지럽혀서 이제는 전처럼 모델하우스 같지 않고 누군가 살고 있는 공간의 느낌이 물씬 났다. 반면 헤일리는 자기 흔적을 절대 안 남기려는 듯 침대 시트에 주름 하나 허용하지 않으려 들었다.

아이들은 텔레비전을 시청하고 와이파이가 터지는 것에 기뻐하는 등 그럭저럭 적응해가고 있었다. 닉은 엉뚱한 유튜브 영상을 끝없이 시청하면서 시도 때도 없이 깔깔 웃었다. 닉의 웃음소리는 집안 전체에 울려 퍼졌고, 리아는 그게 그렇게 고마울 수가 없었다. 닉이 앱을 줄줄이 추가해서, 이제 리아는 있는 줄도 몰랐던 스트리밍 서비스를 한 100

개쯤 이용하고 있었다.

"전부 다 일정 기간 동안은 무료예요." 닉은 이렇게 말했다.

일정 기간 동안은. 거참 마음 놓이네. 리아는 이것이 엄마 역할을 제대로 할 기로임을, 뒤로 물러나 아이들에게 통제권을 내주지 않고 엄격히 규칙을 강제할 순간임을 알았지만, 닉이 양말을 짝짝이로 신고 소파에 앉아 얼굴 가득 웃음 짓고 있는 걸 보는 게 너무 행복해서 티비 시청 규제는 개나 줘버리라는 심정이 되었다. 두 아이는 이미 상상도 못할 비극을 경험했으니 텔레비전이 아이들에게 더 큰 해를 끼칠 걱정은 없지 않은가.

세 사람은 로클랜드로 쇼핑하러 가서, 필수재라고 판단되는 물건을 차 한가득 싣고 돌아왔다. 닉의 기준에는, 설명할 수 없는 이유로, 야외 파티오 조명 몇 줄이 필수재에 포함됐고, 그것을 닉은 자기 침실 천장에 걸었다. 그 조그만 에디슨 타입의 전구들에 매료된 아이가 해가 지고 드디어 은은히 불 밝힌 제 방을 보면서 뛸 듯이 좋아하는 모습에, 리아도 덩달아 행복했다.

그 방은 이제 닉의 방이었다.

헤일리는 홈 디포(건축·인테리어·원예 자재 등을 파는 대형 체인점)에 들르자고 하더니, 성큼성큼 페인트 진열대로 가 칠판 마감재 효과가 난다고 쓰여 있는 작은 까만색 페인트 캔을 집어 왔다.

"지하실 벽 어떻게 하실 생각이었어요?" 헤일리가 물었다.

리아는 지하실은 아예 생각조차 못 하고 있던 터였다. 마감이 안 된 공간이었지만, 바깥으로 연결된 문과 깔끔하게 틀을 댄 창문을 보면 건축자가 한때 지하실을 두고 더 원대한 구상을 했던 것 같았다. 바닥은 노출 콘크리트이고 천장도 들보가 고스란히 드러난 구조였다. 벽들도 애벌 칠은 되어있었지만 마감 칠은 안 되어있었다.

"벽을 딱히 어떻게 할 생각은 없어." 리아는 이렇게 대답했고, 그들은 페인트를 사 왔다. 캠든에 미술용품점이 하나 있었는데(보아하니 메인주 중앙해안의 모든 마을에 미술용품점이 하나씩은 있는 것 같았다. 미술용품과 향초, 롭스터를 모티프로 한 장신구만으로 살아갈 수 있다면 그곳을 영영 떠나지 않아도 될 것 같았다), 일행은 그곳에도 헤일리의 요청으로 잠시 들러 분필을 샀다.

"어떻게 하려고 그러니?" 리아가 물었다.

"페인트칠한 벽이 칠판이 되는 거예요." 헤일리가 세상에서 제일 멍청한 사람을 상대하는 투로 대답했다. "지금 그러려고 이러는 거잖아요."

"그건 나도 알아. 근데 그 벽에 뭘 써넣으려고 그러는데?"

헤일리는 그저 어깨만 으쓱했다. 그날 밤 리아가 닉이 파티오 조명을 자기 방에 매다는 것을 도와주고 전구와 실링팬 날개의 충돌점에 대해 중대한 조언을 해주는 동안, 헤일리는 페인트와 롤러 그리고 테이프 한줌을 가지고 지하실로 내려갔다. 한참 후 작업을 마친 벽은 블랙홀처럼 보였다. 차원이 있는 무언가, 마치 사람이 그대로 통과해버릴 수 있을 듯한 무언가가 되어 있었다. 리아는 그 효과를 보고 있자니 묘하게 심란해졌지만, 헤일리는 무척 마음에 들어 했다.

세 겹째 바른 페인트까지 바싹 마르자 헤일리는 분필로 뭔가 그려넣기 시작했고, 리아는 딸에 대해 새로운 사실을 알게 되었다. 딸아이는 예술가였다. 그냥 예술적 기질이 다분한 아이가 아니라, 진짜 재능 있는 예술가였다. 칠판벽에 탄생한 스케치들은 정교하고, 생생하고, 정밀했다. 그뿐 아니라 소름끼치는 주제가 엿보였다. 무섭게 노려보는 괴물들, 날개 달린 뱀들, 이를 드러내며 히죽대는 악마 같은 캐리커처 형상들. 작품을 처음 봤을 때 리아는 이렇게 물었다. "이런 것들을 어떻게 생각해냈어?"

"제가 생각해낸 게 아니에요." 헤일리가 대답했다. "작가들이 했죠." 그러더니 괴물 하나를 짚으며 말했다. "닐 게이먼." 이어서 짐승의 송곳니 같은 것을 드러낸 키 큰 노인을 가리키며 말했다. "조 힐." 또 그 옆의 형상들을 차례로 가리키며 읊었다. "척 웬딕. 폴 트렘블레이. 딘 쿤츠. 스티븐 킹."

예술가인 딸은 보아하니 엄청난 다독가이기도 한 모양이었다.

"책을 그렇게 좋아하는 줄 몰랐네." 리아가 변변찮은 대꾸로 받아쳤다. 하지만 어떻게 그걸 놓칠 수 있을까? 산장에 있을 때 헤일리가 유일하게 진짜 열정을 보인 순간은 리아의 책장에 있는 책들을 하나씩 꺼내 볼 때뿐이었는데 말이다.

"무슨 수로 아셨겠어요?" 헤일리가 대꾸했다. 딱히 가시 돋친 투는 아니었지만 그럼에도 마음을 후벼 팠다. 리아는 지금 학습 곡선의 가파른 구간을 올라가는 중이었고, 그러니 그동안 놓친 것들을 줄곧 아프게 상기하는 건 피할 수 없었다.

'너는 패딩턴 곰을 유독 좋아했어.' 이렇게 말해주고 싶었다. '옛날 책, 내가 어렸을 때 읽던 것과 같은 책 말이야. 너는 그 책을 정말 정말 좋아했어. 네 아빠가 사준 조그맣고 조잡한 드럼도. 너는 내 무릎에 앉아 그 드럼을 두드려대면서 깔깔 웃었단다. 그럼 나는 네 아빠를 보며 이렇게 말했어. "무슨 짓을 저지른 거야? 왜 애를 더 시끄럽게 만들어?" 그럼 우리는 다 같이 깔깔 웃었어.'

헤일리와 함께 그 기억을 나눌 수는 없으니, 리아는 대신 이제부터는 아무것도 놓치지 않으려고 기를 썼다. 이튿날 세 사람은 항구 앞에 있는 그 근사한 도서관에 가 회원증을 만들었다. 닉은 책을 한 권 빌렸는데, 리아는 자신을 기쁘게 하려고 닉이 그런 거라는 느낌을 강하게 받았다. 반면에 헤일리는 셋이 나눠 들어야만 겨우 차로 나를 수 있을 정도로 잔뜩 대여했다. 돌아오는 길에 리아는 왜 진즉에 도서관 가자고 말하지 않았느냐고 헤일리에게 물어볼까 했지만, 답을 이미 알고 있었다. 그렇게 제안하는 건 헤일리가 볼 때 이중으로 약점 잡히는 짓이었다. 리아가 해줬으면 하는 게 있음을 인정하는 것이었고, 더불어 리아가 자신을 조금 더 이해할 수 있게, 기껏 쌓아올린 벽 너머를 슬쩍 들여다볼 수 있게 허락하는 꼴이었다.

요즘에는 모든 것이 일보 전진처럼 느껴졌다. 중대한 한 가지를 제외하고. 에드였다.

리아는 몇 년 만에 처음으로 무스헤드에서 열리는 자가비행기 경기에 참가하지 못했다. 경기가 끝난 후 에드와 짧게 통화했다. 에드는 그날 열린 경기 중 시간 기록 경기인 모의 구조 대회에서 2등을 했다고 했다. 1등은 매년 에드보다 한발 앞서 들어오는 퀘벡 출신의 조종사에게 내주었다. 리아는 카누 경주에서 파트너가 누구였느냐고 물었다. 에드는 두 사람 다 아는 여자 이름을 대면서, 그 여자는 비행기를 무서워해서 이상적인 대타는 아니었다고 덧붙였다. 그 얘기를 하면서 깔깔 웃었지만, 리아는 둘 사이의 거리가 점점 벌어지는 걸 느꼈다.

"내일이 애들 첫 등교지?" 에드가 물었다.

"응."

"긴장하고 있어?"

"무서워 죽겠어. 근데 다들 거기가 최고의 학교라고 하고, 내가 만난

상담교사도 꽤 괜찮은 사람이었으니까 겁낼 필요 없겠지."

"애들이 긴장하고 있느냐는 거였어." 에드가 나지막하게 쿡쿡 웃으며 말했다. "아. 그렇구나. 애들. 긴장되겠지. 근데 별로 티는 안 내. 솔직히, 짐작을 해보자면, 헤일리는 학교 가는 걸 고대하는 것 같아. 정해진 일상이 생기고, 목적의식도 생길 테고, 또……." '나한테서 벗어날 기회이기도 하고.' "말하자면 정상적인 생활로 돌아가는 거잖아." 대신 이렇게 말했다. "아마 닉이 더 불안해하고 있을 거야."

"그 녀석은 잘해낼 거야."

"그랬으면 좋겠네."

"숲이 그립지 않아?"

"여기도 숲 있어. 지금도 캠든 힐스 내다보고 있는 걸."

"캠든 힐스는 그냥 도로와 연결돼 있고 공중화장실 딸린 공원이지."

리아는 웃음을 터뜨렸다. "숲으로 안 쳐준다 이거지. 숲이 그리워질 거야. 아직은 그럴 겨를이 없었거든. 근데 그렇게 멀지도 않잖아, 그치? 금방 갈 수 있는데 뭘. 곧 그렇게 할 거고."

자신들이 숲 말고 다른 얘기를 하고 있음을 둘 다 알았지만, 에드는 리아가 억지로 오게 할 생각은 없었다. 은근히 압박하는 건 그의 스타일이 아니었다.

나중에, 전화를 끊고 데크에 나와 그릴에 버거를 구우면서 리아는 그의 질문을 곱씹어보았다. 숲이 그립지 않아? 니나 모건은 처음 메인주에 왔을 때 숲에서 생활하는 걸 불편해했지만, 리아 트렌턴에겐 그런 과거가 없었다. 리아 트렌턴에게는 미래밖에 없었다. 그리고 그 생각에 점점 집착하게 되었다. 그녀는 메인의 어떤 점이 가장 겁나는지 스스로에게 물었고, 그러자 한때 니나 모건이었던 남부 도시 출신의 여자는 즉시 대답했다. 이곳의 겨울과 야생의 자연.

그래서 리아는 앨라개시에서, 산에서 생존하는 기술을 가르쳐주는 2주짜리 강습에 등록했다. 때로—설상화를 신고서 매서운 강풍을 헤치고 나아갈 때라든가, 쌓인 눈을 치우고 텐트 칠 자리를 고를 때, 기온이 너무 떨어져서 낚시용 얼음 구멍이 자꾸만 다시 얼어붙는 통에 계속 송곳으로 뚫어줘야 할 때 등—모든 게 지긋지긋해지는 순간도 있었다.

하지만 좋은 순간도 있었다. 기온이 영하로 떨어진 새벽에 캠프장 위로 태양이 떠올라 눈 덮인 계곡을 비춘 순간이라든가. 설상화를 신고 걷는데 산토끼 한 마리가 나타나 마치 자연스러운 동행인 양 리아와 보조 맞춰 달렸던 날. 돌풍이 불어 닥치는데 캄캄한 어둠 속에서 회중전등을 켜지 않고도 모닥불을 피우는 데 성공한 날. 50센티미터 두께의 얼음 아래서 건져 올린 무지개송어의 반짝반짝한 몸통이 겨울 햇살 아래 루비처럼 빛나던 순간.

아름다움이 빛난 순간, 승리의 순간들이었다. 그렇게 매일 작은 승리를 쌓아갔다.

그해 봄 리아는 전문 가이드 과정에 등록했다. 메인주는 초행자를 야생으로 데리고 들어가는 사람은 전부 필히 자격을 갖추도록, 가이드들을 규제하고 있었다. 리아는 메인주 최초로 정식 등록된 가이드가 1917년에 자격증을 딴 코넬리아 '제물낚싯대' 크로스비라는 여자였다는 사실을 알고 내심 기뻤다. 남자가 수적으로 압도적 우세인 업계에서 최초로 정식 자격을 얻은 가이드가 여자라는 사실에 흥분한 리아는 크로스비라는 인물에 대해 공부하다가 어떤 인용문을 발견하고는 무한한 기쁨을 느꼈다. "나는 신발을 벗어도 키가 182센티미터나 되는, 어정쩡한 나이의 평범한 여자이지만…… 하늘나라에 가느니 백이면 백

낚시를 택하겠소."

신발 벗고 키가 175센티미터인 리아 트렌턴은 그 겨울날 꽁꽁 언 호수에서 송어를 건져 올리기 전에는 단 한 번도 낚시해본 적이 없었다. 그런데 이듬해 봄에는 제물낚시로 무게 1.4킬로그램짜리 작은입우럭을 낚아 올렸다. 잔뜩 휜 낚싯대가 손 안에서 후들거리고 흩뿌려진 하얀 포말 속에 은색 줄기 같은 송어가 떠오른 순간, 하늘이 잠깐 땅으로 내려와 땅과 하나가 된 그 순간, 리아는 그 하늘과 땅 사이에 생생히 살아있었다.

리아는 가이드 과정을 1년 만에 수료하고 이듬해 봄 레인즐리(메인주 프랭클린 카운티의 소도시)에서 일을 시작했다. 이제 사람들이 어쩌다 메인에 오게 됐느냐고 물으면 준비된 대답이 있었다. 야생을 사랑해서.

그 야생의 고독함과 아름다움, 무자비함, 억누를 길 없는 창조력을 이렇게까지 사랑하게 될 줄은 몰랐다. 숲속에 혼자 서 있거나 차가운 강물에 카약 노를 찔러 넣을 때 내면에서부터 차오르는 치유의 효과를 맛보는 경험은 전혀 예상치 못한 것이었다.

앨라개시가 주는 교훈은 다시 발견한 희망과 새로이 발견한 은혜로 그치지 않았다. 아주 사소한 것이라도 누리려면 싸워서 얻어내야 했고 쉬운 건 아무것도 없었지만, 모든 게 벅차도록 아름다웠다. 강과 숲에는 우리가 양분을 얻고 비바람으로부터 보호받기 위해 필요한 모든 것이 있었고, 동시에 부상입고 죽게 만들 법한 것들도 다 있었다. 그 위험과 아름다움, 위협과 승리는 한데 뒤섞여 공존했다. 야생에서 니나 모건은 리아 트렌턴이 되었다.

숲이 그립지 않아?

리아는 돌아서서 데크 난간에 등을 기대고 창으로 거실을 들여다봤다. 닉은 소파에 몸을 쭉 펴고 누웠고 헤일리는 안락의자에 몸을 말고 앉아 있었다. 둘이서 영화를 보고 있었는데, 리아가 보기에 분명 아직 극장에서 상영 중인 새 마블 영화 같았다. 내 아들이 설마 불법 다운로드 영화를 보고 있는 건가? 설마 아니겠지. 닉에게 물어볼까 했지만, 불법 다운로드이건 아니건 무슨 상관인가. 두 아이가 저렇게 좋아하는데. 저렇게 웃고 있는데. 리아는 눈을 감고 그 달콤한 소리에 집중했다.

숲이 전혀 그립지 않았다.

19

새 학기는 노동절 다음 화요일에 시작됐다. 헤일리 챗필드는 스쿨버스에 탔다.

맷 부샤드는 원래 자전거를 타고 등교할 예정이었지만, 헤일리가 백팩을 메고 머리는 뒤로 모아 느슨한 포니테일로 묶고서 선글라스로 눈을 가린 채 경사진 진입로 제일 위쪽에 서 있는 모습을 포착한 후 7학년 첫날의 등교 방법을 바꾸고픈 충동에 사로잡혔다. 그래서 자전거를 차고로 끌고 가 세워둔 뒤, 엄마한테 버스 타고 가기로 했다고 알리러 집 안으로 뛰어 들어갔다.

맷의 엄마는 아들을 정신 나간 사람 보듯 바라봤다. 자전거로 등교하기는 지난 1년 내내 모자간에 줄다리기했던 쟁점이었고, 맷은 선량함과 품위의 힘으로, 그리고 캠든의 범죄율, 아니 정확히는 낮은 범죄율에 대해 엄마에게 문자 폭탄 보내기 전략으로 이 용맹한 전투에서 승리를 거두었더랬다. 자전거 타고 등교해도 된다는 허락은 어디에서든 자유와 독립의 쟁취로 받아들여졌다. 그런데 이제 와서 그걸 스쿨버스와 바꾸겠다고?

"옆집에 이사 온 애가 밖에 있는데, 걔네 이모가 걔한테 잘 해주라고 그랬어요. 그리고 엄마도 그랬잖아요." 맷은 그런 부탁이 성가신 척, 자신이 착해서 마지못해 들어주는 척했다. 하지만 엄마의 놀란 표정은 미소로 변했고, 맷은 뺨이 달아오르는 걸 느꼈다. "왜요?" 맷이 따지고 들었다. "걔한테 잘해주라고 하지 않았어요?"

맷의 엄마는 웃음기를 머금은 채 고개를 끄덕였다. "그랬지. 그래서 방금 걔가 밖에 서 있는 걸 보고 너무 딱해서 즉석에서 그렇게 하기로 결정했다고? 대단한 배려심인데, 매튜."

"내 말이요." 맷이 맞장구쳤다. "아마 두 번은 안 하겠지만, 전학생은 개학 첫날 긴장하게 마련이잖아요. 그래서 이번 한 번만 도와주려고요."

"이번 한 번만이라고." 맷의 엄마가 따라서 말하더니, 나가는 아들의 등에 대고 소리쳤다. "짓궂은 장난 치면 안 된다. 오늘 얼마나 긴장되겠니." 그리고 한 박자 후 덧붙였다. "예쁘던데."

"엄마아아." 맷은 차고 문을, 불만은 확실히 전달하지만 나중에 혼나지는 않을 정도로 세게 닫았다.

언덕 위에서 헤일리 챗필드가 고개를 푹 숙인 채 휴대폰을 들고 서 있었다. 선글라스는 어느새 이마 위로 밀어 올렸다. 별 것 아닌데 그거 하나로 말도 안 되게 성숙하고 말도 안 되게 쿨해 보였다.

헤일리는 휴대폰에 신경을 쏟고 있어서 맷이 다가오는 소리도 듣지 못했다. 내 잘못이지 뭐, 하고 맷은 생각했다. 숲에서 소리 안 내고 걷기를 몇 년이나 연마한 게 이럴 때 불리하게 작용할 줄이야. *이젠 일부러 발 헛디디려고 해도 못 그러잖아.* "안녕." 맷이 소리 내어 말했다. 저음으로 말하려 했지만 친근한 인사 대신 신음에 가까운 목 쉰 소리가 나오고 말았다. 고개를 번쩍 든 헤일리가 놀라서 한 발짝 뒷걸음했다. 그런데 움직이면서 머리에 걸쳐둔 선글라스가 미끄러져 땅에 떨어졌다.

"젠장!" 헤일리가 내뱉었다.

맷이 얼른 달려가, 렌즈가 깨지지 않았기를 빌면서, 주우려고 몸을 숙였다. 그런데 서두르는 통에 헤일리도 몸을 숙이는 걸 미처 보지 못했다. 둘의 머리통이 뼈가 부서질 듯 빡 소리를 내며 부딪쳤다.

"아야!" 헤일리가 얼굴을 일그러뜨리고 머리를 문지르며 물러났다.

'일부러라도 발 헛디디지 못한다며.' 맷이 속으로 중얼거렸다. 웃고 싶은 동시에 울고 싶었고 집으로 당장 달려가고도 싶었다. 그리고 그냥 자전거 타고 학교 가고 싶었다. 아니면 아예 무단결석을 하든가.

"미안." 맷이 말했다. "진짜 미안해." 맷은 선글라스를 주워 거기 묻은 흙을 털어낸 다음 헤일리에게 건넸다. "그래도 깨지진 않았네."

헤일리는 맷이 박치기에 이어 자기 목에 날아 차기라도 할까봐 걱정하듯 잠시 머뭇거리다가 선글라스를 받아 들었다.

시작이 나쁜데. 너무 너무 안 좋은 시작이야.

헤일리는 선글라스를 찬찬히 살폈다. 렌즈는 안 깨졌지만, 다시 써보니 왼쪽으로 기울어졌다.

"휘었어." 헤일리가 말했다. "젠장, 휘었잖아!"

맷에게 거의 소리 지르다시피 하고 있었다. 헤일리가 금테 선글라스를 확 벗은 순간 눈에 눈물이 맺혀있는 걸 보고 맷은 흠칫 놀랐다. 별하찮은 선글라스 때문에 이 정도로 속상해할 건 뭐람? 이제 맷은 조금 전보다 덜 민망하고 짜증은 더 났다. 전학생이고 예쁘면 뭘 해? 예쁜 만큼 머리는 빈 것 같은데.

"미안하다고 했잖아. 일부러 그런 거 아니야. 내 말은, 그걸 '내가' 떨어트린 것도 아니잖아."

헤일리가 손등으로 눈을 박박 훔쳤고, 그 순간 맷은 분노의 화살이 자신을 향하지 않은 걸 알아챘다. 최소한 100퍼센트 맷을 향한 건 아닌 듯했다. 그렇게 감정을 고스란히 드러낸 자신에게 화가 난 것 같았다.

'오늘 얼마나 긴장되겠니.' 엄마가 한 말이 떠올랐다. 어쩌면 전학생이 느끼는 불안을 맷이 너무 과소평가했는지도 모른다. 헤일리가 너무 쿨하고 너무 침착하고 너무 성숙해 보여서, 그런 애가 뭔가에 긴장한다는 게 말도 안 되는 일 같았다. 그렇지만 다시 생각해보면, 저 애에겐 모든 것이 새로울 것이다. 키 크고 예쁘고 똑똑하다고 해서 전학 온 첫날 물에 뜬 기름 신세를 피할 수 있는 건 아니었다.

"괜찮아." 헤일리가 말했다. "그냥…… 아빠가 준 거라서 그래. 신경 쓰지 마. 네 잘못 아니야." 하지만 그러면서도 다시 눈물을 보였다.

"내가 고쳐줄게." 맷이 말했다.

"신경 쓰지 않아도 돼." 꽉 잠긴 목소리였고 눈도 안 맞추려 들었지만, 뺨을 타고 눈물이 한 줄기 흘러내렸다. 헤일리는 모기를 후려치듯 손으로 거칠게 눈물을 닦아냈다.

"줘 봐, 내가 할 수 있나 볼게."

"별 거 아니……."

맷은 선글라스를 이미 가져가고 있었고, 헤일리는 내버려뒀다. 맷이 두 손으로 선글라스를 살며시 쥐고 들어 올려 양쪽 균형이 맞는지 살펴봤다. 짙은 색 렌즈에 가느다란 금테 프레임의 레이벤 선글라스였다.

왼쪽 안경다리가 프레임과 만나는 부분이 휘어서 두 부속품을 고정하는 미세한 나사가 위로 들려올라가 있었다.

"이거 고치기 쉬워." 맷이 말했다. "내 말 믿어. 아빠한테 이런 거 고치는 데 쓰는 스크루드라이버가 있어. 2분이면 될 거야." 그러면서 벌써 움직여, 집으로 들어가고 있었다.

"그럴 필요 없어!" 헤일리가 맷의 등에다 대고 소리쳤다.

"금방 된다니까!"

"스쿨버스 놓칠 텐데!"

뒤돌아보니 정말로 스쿨버스가 오고 있었다. 버스가 언덕길에서 꺾어 이쪽 길로 들어오는 게 보였다. 선글라스를 당장 고치려면 헤일리와 같이 버스로 등교하는 건 포기해야 했다. 맷은 머뭇거리다가 말했다. "난 원래 자전거 타고 가거든. 그 편이 더 빨라." 둘 다 거짓말이었다.

"그럴 필요 없……."

"내가 학교에서 너를 찾아가서 돌려줄게. 너네 홈룸(담임제 학교에서 담임교사와 학생들이 모이는 교실) 교실 어딘지 알아?"

"하우스먼 선생님 반이야."

"아. 알았어." 맷은 자신이 낙담한 걸 헤일리가 눈치 채지 못했기를 빌었다. 하우스먼 선생님은 8학년 담임이었다. 헤일리가 매트보다 한 학년 위라는 얘기였다. 바꿔 말하면, 축구장만큼 멀리 있다는 뜻이었다.

네가 박치기해서 선글라스 부숴 먹은 순간 이미 축구장만큼 멀어졌다고.

"내가 찾아갈게." 맷은 이렇게 말하고, 덧붙였다. "나는 맷이라고 해."

"나는 헤일리야."

"내가 찾아갈게, 헤일리." 맷은 홱 돌아서 골목길을 힘차게 달려가 자기네 집 진입로로 들어섰다. 달리면서 발을 내려다봤다. 맷 부샤드가 달리다가 제 발에 걸려 넘어진 적은 한동안 없었지만, 헤일리 챗필드가 보고 있는 오늘은 어떤 일이든 일어날 수 있으니 특히 주의해야 했다.

차고의 아빠 작업대에서 안경수리용 스크루드라이버를 찾는 데 5분이 걸렸고, 안경다리를 떼어낸 뒤 조심조심 프레임을 구부리고 다시 조그만 나사로 고정하는 데 또 15분이 걸렸다. 처음에 한 게 마음에 안 들어서 처음부터 다시 했고, 다 한 다음엔 선글라스를 작업대에 올려놓고 혹시 휜 데가 없는지 찬찬히 살펴봤다. 양쪽 높이가 고른 것 같았다. 맷은 수준기를 찾아내 프레임 상단에 가로로 살며시 올려놓았다. 안의 기포가 가운데로 또르르 굴러왔다.

성공이다.

이번엔 선글라스를 들어 자기 눈에 바짝 대고, 혹시 문질러 없앨 만한 미세한 스크래치는 없나 렌즈를 살펴봤다. 깨끗해 보였다. 이렇게 가까이 대고 있으니 향수인지 샴푸인지 은은한 향이 나는 것도 같았다. 그래서 더 바짝 대고 숨을 들이마시는데…….

"맷! 여기서 뭐하니?"

엄마가 버럭 지른 소리에 너무 놀라 하마터면 선글라스를 또 떨어트릴 뻔했다. 그래도 꽉 쥐고 안 놓쳤고, 뒤를 돌아보니 엄마가 현관 문간에서 한 손에 열쇠를 쥐고 어깨에 가방을 메고서 맷을 빤히 보고 있었다.

"잠깐 볼일이 있어서 돌아온 거예요." 맷이 둘러댔다. "헤일리가 선글라스를 떨어트렸는데 아빠가 준 거라며 너무 속상해해서요. 내가 고쳐줄 수 있을 것 같아서……."

"5분 전에 1교시 시작했어!"

손목시계를 내려다봤다. 시각은 물론이고 고도와 기압, 나침방위까지 알려주는, 맷이 애지중지하는 가민 브랜드의 시계였다.

엄마 말이 맞았다. 새 학기 첫 수업이, 맷이 결석한 채로 시작해버렸다. 그렇지만 헤일리의 선글라스는 고쳤으니까. 승과 패를 다 받아들일 줄 알아야지.

"차에 타." 엄마가 말대꾸를 용납하지 않는 낮은 경고조로 말했다. "당장."

그렇게 해서 맷은 7학년 첫날 자전거도 스쿨버스도 아닌 엄마의 스바루로 15분이나 늦게 등교했고, 새끼고양이를 나르듯 조심조심 선글라스를 들고 차에서 내렸다.

"네가 시간 지키는 걸 하찮게 여기는 문제에 대해서는 오늘 저녁에 얘기하도록 하자."

"한 번밖에 안 늦었잖아요."

"한 번으로 그치기를 빈다."

학교 건물로 들어가면서 맷은 설마 개학 첫날 지각했다고 방과 후 남기 처벌을 내리겠냐고 생각했지만…… 그것도 그렇고, 이미 지각했는데 '더 지각'이라는 게 있을까? 늦은 건 늦은 거다. 차라리 앞으로 어떻게 하느냐에 집중해서 2교시 영어 수업에는 늦지 않는 걸로 새 출발해야지.

게다가 이제 서두를 필요 없으니 하우스먼 선생님 반 앞에서 기다릴 수도 있다.

맷이 도착하고 10분 후 종이 울렸고, 쏟아져 나온 학생들로 복도가 바글거렸다. 거의 다 아는 얼굴들이었다. 캠든 록포트 중학교는 이 지역에서 제일 작은 학교는 아니었지만—아일스버로 중학교는 올해 7학년이 열네 명밖에 없었다—처음 보는 얼굴이 많을 정도로 크지도 않았다. 7학년쯤 되면 거의 다 아는 사이였다. 맷은 동급생 몇 명에게 고갯짓과 인사를 주고받았지만, 모두에게 낯선 얼굴일 단 한 사람을 찾는 데에만 정신이 팔려있었다. 헤일리는 고개를 푹 숙이고 시간표를 들여다보면서 교실에서 거의 마지막으로 나왔다.

"헤일리?"

헤일리는 누가 자기 이름을 아는 것에 놀라 고개를 들었고, 맷을 알아봤다. "아, 안녕."

"안녕." 맷이 선글라스를 내밀었다. "내가 고쳤어. 확인해봐. 근데 멀쩡할 거야."

헤일리가 맷의 손에서 선글라스를 집어가 써 보더니…… 활짝 웃었다. "와. 정말로 고쳤네."

그 미소에 맷은 다리 힘이 풀리는 것 같았지만, 침착한 자신감으로 보였으면 하는 표정을 지으며 고개를 끄덕였다.

"당연하지. 말했잖아, 쉽다고. 적절한 도구만 있으면 돼."

헤일리는 조심조심 선글라스를 도로 벗더니 백팩에서 케이스를 꺼내 거기에 넣었다. 맷이 옆에서 잠자코 기다리는데 친구 대니 놀턴이 지나가다가 헤일리를 보더니 한쪽 눈썹을 치켜 올리며 맷을 흘끔 쳐다봤다. 맷은 어깨만 으쓱했다. 조금 있으면 친구가 캐묻기 시작하리란 걸 알았다. 아마 오늘 하루가 끝날 무렵에는 질문을 수백 개도 더 받을 것이다.

"흠, 기왕 도움 받는 김에 하나만 더 부탁해도 될까?" 헤일리가 물었다.

"되고말고." 맷은 헤일리가 부탁하면 자동차라도 뚝딱 만들어줄 기세였지만, 헤일리는 그냥 자기 시간표를 건넸다.

"내가 듣는 과학 수업, 교실이 어디야?"

"데려다줄게."

"네 수업에 안 늦겠어?"

"에, 별로." 맷이 웃으며 대꾸했다. "어차피 1교시에 지각해서 별로 신경 안 써."

헤일리는 걸음을 재촉해 맷과 나란히 걷기 시작했고, 둘은 밀려드는 학생들의 물살을 거스르며 나아갔다. 맷은 헤일리와 나란히 걷는 게 몹시 기분 좋았지만, 자신이 키가 조금만 더 컸더라면 싶었다. 게다가 헤일리는 한 학년 위였다. 그래도 지금은 맷과 나란히 걷고 있었고, 맷이 선글라스도 고쳐줬고, 헤일리네 엄마가 맷한테 헤일리를 잘 부탁한다고 했잖은가. 그 계산대로라면 맷은 이미 헤일리의 최고 절친이었다. 잘하면 그 상태가 1~2주는 지속될지도 몰랐다.

"지각했어?" 헤일리가 물었다. "자전거 타고 온 거야?"

"아니. 엄마가 태워줬어. 근데도 늦었어."

"너희 엄마 화 나셨어?"

"많이는 아니고. 엄마가 퇴근하면 알게 되겠지 뭐. 운 좋으면 사건 조사하느라 완전 바빠서 종일 그 생각할 겨를도 없을 거야."

"사건?"

맷은 고개를 끄덕였다. "우리 엄마 사설탐정이야."

헤일리가 갑자기 걸음을 멈췄다. "진짜로?"

"응. 근데 실제로는 그렇게 근사하지 않아. 영화에 나오는 그런 흥미진진한 일은 안 하더라고. 하루 종일 책상 앞에 앉아서 컴퓨터로 검색이나 하고. 너네 이모하고 다르게. 너네 이모는……."

"메인주 캠든에 사설탐정이 있다고?" 놀라다 못해 미심쩍다는 투로 헤일리가 물었다.

"정확히는 로클랜드에서 활동하셔." 이렇게 설명했지만, 헤일리는 캠든과 로클랜드를 구분하지 못하는 게 분명했다.

"탐정 일을 하신단 말이지." 헤일리가 점점 더 신기하다는 투로 되풀이했다.

"응, 근데 재미없는 부류의 탐정이야. 내 말 믿으라니까, 근사한 수사 같은 거 안 해."

"그래도 사람 뒷조사하고 정체 알아내고, 그런 일은 하시지?"

맷은 엄마의 직업이 재미없고 텔레비전에 나오는 것과 영 딴판이라고 깎아내리는 데 익숙했지만, 헤일리가 너무 강렬하게 관심을 보이는 걸 보니 그래서는 안 될 것 같았다. 뭐든 헤일리의 관심을 잡아끈 게 있으면 더 부추겨야 할 판이었다.

"맞아." 맷이 냉큼 대답했다. "그런 일 하셔. 사람 뒷조사라든가 뭐 그런 거. 추적도 하고."

"뒷조사를 하신다고." 헤일리가 중얼거렸다. 누가 오다가 툭 부딪혔는데도 아무런 반응을 보이지 않았다. 한 손 엄지를 진바지 주머니에 걸고 짙은 색 앞머리로 이마를 덮은 채 우두커니 서서 마치 처음 보는 것처럼 맷을 빤히 바라볼 뿐이었다. 맷은 헤일리의 시선을 받는 것이 기분 좋았다. 아주 많이.

"응."

"그럼 내가 너희 엄마한테, 예를 들어서 누군가의 이름이랑 생년월일 같은 걸 알려드리면 그 사람에 대해 알아내주실 수 있어? 구글에 나오지 않는 것까지 알아내실 수 있는 거야?"

맷 부샤드는 이제 13살이었고, 그 나이 되도록 몇 가지 본능을 갈고닦지 않은 소년은 별로 없었다. 한 선생님이 부모님에게 전한 말에 따르면 맷은 '감성지능'이 높았다. 지금 헤일리를 가만히 마주보면서 그 감성지능에 적잖은 사춘기 호르몬이 더해졌고 그 결과 번뜩이는 아이디어가 도출되었다.

"그 정도는 나도 할 수 있어." 맷이 불쑥 말했다. "엄마 하는 일은 거의 다 어떻게 하는지 옆에서 배웠어."

"진짜?" 의구심이 들면서도 희망에 찬 표정으로 헤일리가 물었다.

"그럼." 맷이 대꾸했다. "엄마가 가끔 직업 체험을 시켜주시거든."

그건 사실이었다. 맷은 정확히 하루 동안 엄마의 직업을 체험 학습했다. 그 하루의 대부분을 휴대폰 게임을 하면서 보냈지만, 그 얘기는 해봐야 좋을 게 없다는 것쯤은 잘 알았다. "찾아내고 싶은 것 있으면 얘기해."

"알았어." 헤일리가 말했다. "잘됐네. 그럼…… 고민 좀 해볼게."

"그래. 어차피 바로 옆집이니까 그냥 우리 집으로 와. 아니면 여기 복도에서 만나든가."

정신을 차려보니 그 복도는 빠르게 비어가고 있었다. 둘은 동시에 그 사실을 깨달은 듯했다. 헤일리가 말했다. "과학 수업 교실 어디야?"

"데려다줄게. 근데 있잖아, 나한테 전화번호 알려준 다음에, 그러니까, 문자로 이름이든 뭐든 알려주면, 내가 알아내서 다시 연락 주는 게 어떨까?" 무심한 투로 말하는 게 관건이었다. 헤일리의 번호를 알아내는 게 좋아서 펄쩍 뛸 일이 아니라는 듯이.

"그래." 헤일리가 대답했고, 그렇게 쉽게 맷은 헤일리의 전화번호를 받아냈다. 그렇게 쉽게 맷의 하루도 그럭저럭 괜찮은 날에서 죽도록 신나는 날이 되었다. 우선 번호를 휴대폰에 저장한 다음 곧바로 '나야, 맷, 이거 내 번호야'라고 문자를 보낸 후 휴대폰을 주머니에 찔러 넣을 때쯤 둘은 헤일리의 교실 문 앞에 다다랐다. 수업종이 막 울릴 때 헤일리는 교실로 들어갔고, 복도에 혼자 덩그러니 남은 맷은 그날 두 번째로 지각해버렸다. 하지만 영어 수업을 들으러 터벅터벅 걸어가는 내내 지각한 게 하나도 후회되지 않았다.

한 시간이 채 안 지나 헤일리가 문자를 보냈다.

더글러스 루이스 챗필드, 생년월일 1979/08/12.

맷은 그 문자에 엄지를 척 올린 이모티콘으로만 답했다. 프로 탐정은 불필요한 질문은 안 하는 법이니까. 고객에 대해 캐묻는 질문은 더더욱. 모든 걸 다 이해하는 표정으로 고개를 끄덕인 뒤 작업에 들어가면 그만이다. 요즘 세상에서는 엄지 척 이모티콘이 모든 걸 이해한다는 고개 끄덕임과 동급이었다.

오늘 사설탐정 맷 부샤드에게는 고객이 생겼고 그 고객은 끝내주게 예쁜 여자애다.

7학년, 출발이 아주 좋아.

20

그날 저녁 지극히 만족스러운 몇 시간 동안은 오로지 좋은 소식밖에 없었고 리아도 마음 놓고 앞날만 신경 쓸 수 있었다. 닉과 헤일리 모두 개학 첫날을 무사히 보낸 것 같았다. 닉은 신나는 소식이 잔뜩이었다. 곧 3돛대 스쿠너선을 타고 현장 학습을 나갈 건데, 켄터키에 살 때 다녀온 현장학습보다 열 배는 쿨하다고 했다. 그리고 자기 반에 이름이 닉인 애가 또 있는데, 둘이 생김새가 너무 닮아서 애들이 클론이라고 농담한다고 했다. 체육 시간에는 무슨 경주에서 일등을 했고, 급식이 켄터키의 학교에서 나오던 것보다 낫고, 재밌는 담임선생님을 만났다고도 했다. 열한 살짜리 남자아이의 세계에서는 큰 일로 느껴질 소소한 일들이었고, 긍정적 경험이 차곡차곡 쌓이는 걸 보니 리아도 희망으로 가슴이 부풀었다.

헤일리는 그보다 말수가 적고 가라앉은 태도였지만, 전하는 내용은 그리 비관적이지 않았다. 이 학교에서 들어간 수학반보다 자기 진도가 앞선 것 같은데, 이번 학기에 그 문제로 스트레스 받고 싶지 않으니 그냥 놔두고 싶다고 했다. 새로 만난 아이들은 다들 괜찮은 애들이다. 선생님들도 괜찮다. 모든 것이 괜찮고, 좋고, 그냥 그렇다. 이런 식으로 그 무엇도 최악으로 낙인찍지도, 최고라고 추어세우지도 않았다. 어서 방문을 닫고 예전 친구들과 페이스타임을 하고 싶어 할 뿐.

그래도 불평은 안 했으니 그게 어딘가 싶었다.

그런데 저녁 식사 후, 에버릿 J. 스푸나워의 법률사무소로부터 이메일이 한 통 왔다.

에버릿 씨의 급작스럽고 비극적인 사망 소식을 전하며, 고객님께서 상황의 엄중함을 이해하시고 인내해주시기를 부탁드립니다. 요청하실 경우 새 담당자를 추천해드릴 것이며, 필요한 경우 신속히 처리되도록 최선을 다하겠습니다. 사무소 직원 및 유가족 들이 이 비극에 대처하는 동안, 부디 급한 용무가 있을 시에만 연락주시기를 당부 드립니다. 고객님의 인내와 지지에 심심한 감사를 표합니다.

리아는 눈을 깜빡거리고는 다시 한번 읽었고, 무심결에 이렇게 내뱉었다. "이게 대체 무슨 일이야?" 거실 한구석에 있는 작은 서재의 책상 앞에 앉아 있었고 서재 문도 꼭 닫은 채였지만, 문이 하필 유리로 돼 있어서 아이들이 안을 들여다볼 수 있었다. 오른쪽을 슬쩍 보니 닉의 두 발이 리클라이너 끄트머리에서 삐죽 튀어나와 있는 게 보였다. 닉은 텔레비전 쪽을 보고 있었다. 하지만 헤일리는 2인용 소파에 앉아 유리문 너머의 리아를 똑바로 바라보고 있었다.

"무슨 일 있어요?" 헤일리가 큰 소리로 물었고, 그 바람에 닉이 몸을 돌려 리아가 얼굴을 볼 수 있을 정도로 리클라이너 팔걸이 너머로 몸을 쭉 내밀었다.

정신 차려. 아무 일 없는 척해. 이 집에 너 혼자 사는 게 아니라는 걸 명심해, 리아!

"아무것도 아니야." 리아는 일부러 손사래까지 치며 대꾸했다. "별거 아니고…… 산장 비울 때마다 관리해주는 남자한테서 연락이 와서."

"산장에 무슨 일이 있는데요?" 헤일리는 이제 등을 꼿꼿이 편 채 리아를 뚫어질 듯 쳐다보고 있었다.

"아, 별일 아니래도. 발전기가 고장 났을지 모른다나. 거의 새 건데 고장 나다니, 믿을 수가 없네……."

내 자식들한테 계속 거짓말을 하다니, 믿을 수가 없네.

하지만 옳은 결정이었다. 아이들을 보호하기 위해 그러는 거였으니까. 아이들이 진실을 알면 리아가 지어낼 수 있는 어떤 허구보다 더 두려워질 테니까. 그러니 당장은 입을 다무는 편이 나았다.

그냥 입 다무는 정도가 아니잖아, 리아. 이 정도면 수동적인 수준을 넘어서 적극적인 거짓말인데. 너는 재들에게 거짓말을 하고 있다고.

"폭발했대요?" 닉이 거의 기대에 찬 표정으로 물었다.

"아니. 폭발 안 했어. 아마 배터리가 닳은 걸 거야." 리아는 또 한 번 손사래를 쳤다. "어쨌든 별 일 아니야, 애들아. 미안하다."

폭발이 일어나지 않아 실망했을지언정 리아의 설명에 만족한 닉은 도로 텔레비전을 향해 고개를 돌렸다. 헤일리는 계속 리아를 빤히 쳐다봤다. 어쩐지 늘 리아를 보고 있는 것 같았다. 그것 자체는 문제될 게 없는데, 다만…….

재한테 거짓말하고 있는데, 걸리기 싫어서 그렇지.

그렇다. 다만 그게 문제였다. 거짓말하는 건 나쁘지만 옳은 일이기도 했다. 둘 중 더 나은 선택이라고 할까. 때가 오면 애들에게 진실을 말해주리라. 하지만 지금은 그 때가 아니었다. 지금은 그저 딸의 집요한 눈길에서 도망치고 싶었다.

리아는 노트북 컴퓨터를 닫고 위층 침실로 갔다. 거기에 아이패드가 있었다. 거기서 아이들의 시선에서 벗어난 리아는 다시 이메일을 열고 고객 안내문을 한 번 더 훑은 후 구글을 열고 뉴스 검색 페이지에 스푸나워의 이름을 쳐 넣었다.

심장 마비, 교통사고, 사냥터 사고, 뭐라도 좋으니 제발 다른 일과 관련 없는 단독 사건이기를…….

검색 결과가 떴고, 순간 혈관을 흐르는 피가 차가워지다 못해 굳는 것 같았다.

루이빌에서 활동한 변호사 에버릿 J. 스푸나워(52세)가 수요일 밤 자신의 사무실에서 사망한 채로 발견됐고, 루이빌 경찰은 살인 사건으로 보고 수사를 진행 중이다.

스푸나워의 시신은 자정이 조금 안 된 시각, 스푸나워의 아내로부터 남편이 귀가하지 않아 걱정된다는 연락을 받고 사무실에 찾아간 동료에게 발견되었다. 동료는 숨이 멎은 채 책상 위에 엎어져 있는 스푸나워를 발견하고 즉시 경찰에 연락했다.

루이빌 경찰청 소속 리처드 잭슨 형사는 스푸나워가 목의 자상으로 인해 사망한 것으로 보이며 범행 무기는 현장에서 발견되지 않았다고 밝혔다.

“처참하기가 이루 말할 수 없습니다.” 잭슨 형사는 이렇게 말했다.

건물 로비를 비추는 CCTV 카메라는 고장이 났거나 누군가 의도적으로 훼손한 것으로 보인다. 경찰은 용의자가 추려졌느냐는 질문에 답하기를 거부했지만, 잭슨 형사는 수사관들이 “고객 또는 잠재적 고객 들”에게 연락을 취할 “가능성이 높음”을 시인했다.

루이빌에서 태어나 부친의 법률사무소를 물려받은 스푸나워는 생전에 형사 사건을 취급한 적이 없다. 그의 사무소 웹사이트에는 그의 전문 분야가 부동산과 유언검인이라고 기재되어 있다.

리아의 심장이 고르게, 그러나 그녀의 귀에 들릴 정도로 크게 뛰었다. 베이스드럼 같은 심박은 점점 강도가 세져 어느 순간 최고조에 이르렀다.

“나랑은 관계없어.” 리아는 속삭였다. 당연히 나랑 상관없지. 그 사람한텐 안 됐지만, 안 된 일은 매일 어디에서든 일어나니까.

네가 변호사를 몇 명이나 고용했다고 그래, 리아. 단 한 명 고용한 변호사는 부동산이며 유언검인 같은 케케묵은 일만 처리하는 양반인데, 자기 사무실에서 목이 베인 채로 발견됐어. 스푸나워의 고객 중에 남의 목 따고 다니는 부류와 얽힐 만한 사람이 몇 명이나 있을 것 같아?

리아는 목구멍으로 쓴물이 올라와서 힘겹게 삼켰다. 과속하는 차량 옆으로 쌩 지나가는 도로표지판처럼 머릿속에 온갖 질문이 순식간에 떠올랐다 사라졌다. 스푸나워의 고객이 몇 명이나 될까? 경찰이 그 고객들에 대해 합법적으로 알아낼 수 있는 정보는 어디까지일까? 경찰은 어떤 경로로 그 고객들과 접촉하려는 걸까? 경찰이 그 고객들과 전화 한 통 나누는 걸로 만족할까?

스푸나워가 유일하게 가지고 있던 리아의 연락처는 곧바로 위성통신기로 연결되었다. 그에게 어떤 번호라도 알려줘야 했기에 준 것이었다. 위성통신기는 물론 연결음이 울리지는 않지만, 어쨌든 리아는 그에게 웬만하면 문자 메시지로 보내달라고 말해둔 터였다. 만약 스푸나워가 메시지를 보냈다면 리아는 받지 못했다. 헤일리와 닉과 합류한 뒤로 위성통신기를 까맣게 잊고 있었기 때문이다. 애초에 위성통신기는 그 애들과 연락하기 위해서만 존재했던 거였고, 애들이 그걸 다시 사용할 일은 없었으니 말이다. 그 마법의 부적은 제 할 일을 다 했고, 그 후로 리아는 그걸 쳐다볼 생각도 안 했다.

리아는 아이패드를 내려놓고는 한쪽 어깨를 디디며 몸을 굴려 협탁 첫째 서랍에서 들로름 통신기를 꺼냈다. 액정에 알림이 몇 개 떠 있었다. 배터리 부족 경고와, 메시지 네 통의 알림이었다. 리아가 답신하지 않은 네 건의 전화번호. 알림 메시지를 스크롤하는데 위의 세 번호가 누구 번호인지 알아챘다. 스푸나워, 스푸나워, 또 스푸나워. 죽은 사람, 죽은 사람, 죽은 사람. 그런데 네 번째, 가장 최근에 온 것은 켄터키 이외의 지역번호가 붙은 모르는 전화번호였다. 지역번호를 검색해볼 요량으로 아이패드에 손을 뻗었다. 그 순간 헤일리가 말을 걸었다.

"우리랑 그걸로 연락이 닿은 거예요?"

리아는 욕설을 뱉으며 위성통신기와 아이패드를 붙잡고 허둥대다가 통신기는 침대에, 아이패드는 바닥에 떨어뜨리고 말았다. 몸을 돌리자 살짝 열린 문 바깥에 서있는 헤일리가 보였다.

"세상에, 간 떨어질 뻔했잖니." 머릿속에 오만가지 의문이 떠오르는데도 겉으로는 태연한 척했다. 저 아이가 몇 분이나 저기 서 있었던 걸까? 저 각도에서 살인사건 기사가 보였을까? "이제부턴 노크하도록 해.

불쑥 들어오는 건 예의가…….”

“아빠 죽었을 때 그걸로 우리랑 연락된 거냐구요.” 헤일리가 재차 물었다.

리아는 입을 다물었다. 헤일리를 쳐다봤다가 이불 위에 놓인 위성통신기를 내려다봤다. 그걸 줍고 몸을 숙여 바닥에서 아이패드도 주웠다. 아이패드에는 **‘루이빌의 변호사, 사무실에서 살해된 채 발견’**이라는 볼드체 헤드라인의 뉴스 페이지가 그대로 떠 있었다.

리아는 아이패드 커버를 탁 닫았다.

“맞아. 이걸로 연락된 거야. 네가 그렇게 연락해줘서 얼마나 고마운지 몰라.”

“그게 뭔데요?”

“비상통신기. 휴대폰 신호 걱정할 필요 없게 인공위성으로 연결돼. 메인주에 살면 휴대폰 신호에 연연하지 않는 게 굉장히 중요하거든.” 리아는 억지웃음을 섞어가며 설명했다.

헤일리는 따라 웃지 않았다. 평소의 그 뜯어보는 눈빛으로 리아를 빤히 볼 뿐이었다. “하지만 이모한텐 아이폰이 있잖아요.” 그러더니 이렇게 물었다. “그리고 아이패드랑 노트북 컴퓨터랑 아마존 파이어스틱(디지털 오디오·비디오 콘텐츠를 감상할 수 있게 해주는 플러그인 스틱형 무선 스트리밍 장치)도 있고요. 게다가 구모델들을 쓰는 것도 아니고. 근데 왜 제가 저딴 물건으로 연락해야 했던 거죠?”

“말했잖니, 내가 살던 데서는 휴대폰 신호를 잡기가…….”

“저한테 이모의 다른 번호도 안 가르쳐주셨잖아요. 주소도 안 알려줬고요. 그 번호 하나 말고는 이모에 대해 아무것도 몰랐어요. 그것도 그렇고, 왜 아빠가 나한테 그 번호로 연락하는 걸 연습까지 시킨 거예요? 영문도 모르고 번호를 외워야 했고, 연결음이 울리지 않는다는 것도 알고 있었어요. 아빠가 귀에 못이 박히도록 얘기했으니까. 내 번호를 남기고 우물정자를 누른 다음 이모가 답신하기만 기다리라고, 아빠가 아주 확실히 교육시켰다고요."

리아는 위성통신기를 꽉 쥔 채 딸을 마주보며, 그간 거짓말과 비밀들이 두 사람 사이에 만들어놓은 간극이 이제는 둘 사이를 더 멀어지게 하고 있음을 뼈저리게 느꼈다. 진실을 밝히는 것 외에 그 간극을 허무는 길은 없었다. 그렇지만…….

루이빌의 변호사, 살해된 채 발견.

진실도 때를 봐가며 밝혀야 했다.

"네 아빠와 나는 별로 안 친했어." 한참 만에 리아가 입을 열었다. "그래도 어쨌든 가족이었고, 워낙 몇 안 되는 가족이라 최악의 경우에 대비해 계획을 세워놔야 했어. 왜냐면…… 글쎄다, 왜냐면 애초에 우리 가족이 몇 안 됐으니까. 네 아빠는 내가 너희 둘을 돌봐줄 걸 믿었으니까 네가 나한테 연락하길 바랐던 거야. 잘하신 일이지." 리아는 헤일리와 애써 눈을 맞추려고 했다. "어떻게 된 건지 이해하겠니?"

헤일리가 불쑥 말했다. "아빠가 대체 무슨 짓을 한 거예요?"

리아는 놀라서 고개를 뒤로 뺐다. "뭐라고?"

헤일리가 반 발짝 방으로 들어왔다. "아빠가 무슨 일을 벌인 것 맞죠? 당연히 나쁜 일이겠죠. 아무도 나한테 말 안 해주는 걸 보니."

리아는 충격에 휩싸였다. 의심의 화살이 더그에게 향할 줄은 꿈에도 생각 못 했다. "네 아빠는 그런…… 아니야, 얘야. 네 아빠는 누구보다 선량한 사람이었어. 너를 진심으로 사랑했고, 너희를……."

"저를 사랑한 건 알아요!" 헤일리가 버럭 소리쳤다. "그걸 이모가 확인해줄 필요는 없어요. 아빠가 나를 사랑했느냐고 물은 게 아니잖아요. 무슨 짓을 저지른 거냐고 물었지."

"네 아빠는 아무 일도 저지르지 않았어. 내 말 믿어."

"뭔가 크게 잘못됐어요. 그건 이모도 알잖아요."

리아의 입술이 살짝 벌어지면서 진실이 입에서 튀어나올락 말락 하는 순간, 강화마루에 발톱이 찰칵찰칵 부딪히는 소리가 나더니 곧 테사가 꼬리를 붕붕 휘두르고 치켜든 턱에서 혀를 늘어뜨린 채 뛰어 들어왔다. 녀석은 '재밌는 놀이 하는 거 나한텐 왜 안 알려줬어?' 하는 장난기 어린 표정으로 두 사람을 번갈아 쳐다봤다. 테사가 방에 들어오자마자 닉도 외쳤다. "다들 어디 있어요?"

"2층에 있어!" 리아가 아무렇지 않은 척하며 외쳤다. 그러고는 일어나서 위성통신기를 열려 있던 협탁 서랍에 도로 넣은 다음, 헤일리가 채가서 커버를 열고 살인 사건 기사를 읽을까봐 조마조마한 양 다른 손으로는 얼른 아이패드를 집어 들었다.

"언젠가 다 터놓고 얘기할 날이 올 거야." 리아는 나지막한 소리로 말했다. "내 말 믿어, 헤일리. 때가 되면 다 얘기해줄게. 그 전까진 협조 좀 해줘. 네가 기억해야 할 건 네 아빠가 좋은 사람이었고 너를 무척 사랑했다는 것뿐이야."

"이모는요?"

"나도 너 사랑하지. 사랑하고말고."

"내 말뜻은 그게 아니었어요. 이모는 좋은 사람이에요?"

"노력은 해."

"좋은 사람들만 있는 것 치고 가족 사이에 비밀이 너무 많네요." 헤일리가 툭 뱉었다.

삐걱대는 계단을 밟고 황급히 올라오는 소리, 운동화가 철퍼덕거리는 소리가 들리더니 곧 닉이 테사의 뒤에서 비집고 들어와 코에 주름을 잡으며 두 사람을 어리둥절하게 바라봤다. "무슨 일이에요?"

리아는 잠자코 있었다. 헤일리도 말이 없었다. 테사가 긴장을 감지한 듯 끙끙댔다. 결국 헤일리가 입을 열었다.

"아무것도 아니야. 몰랐니, 닉? 이 집안엔 늘 아무 일도 안 일어난다는 걸. 우린 다 좋은 사람들이고. 우리 같은 사람이 더 없는 게 안타깝지. 이렇게 선량한 사람들인데."

그러더니 유혈 낭자한 뉴스 페이지를 띄운 아이패드를 가슴팍 앞에 움켜쥐고 협탁 앞에 서 있는 리아를 남겨두고 휙 나가버렸다.

21

트렌턴 가족이 사는 집에 조명이 하나 둘 꺼졌지만 댁스 블랙웰은 비 내리는 어둠 속에서 감시를 이어갔다.

누군가는 해야 했다. 리아 트렌턴이 리스크를 무시하고 자기 아이들을 세상에 내놓을 작정인 것 같으니. 사실 댁스는 그런 태도를 높이 샀다. 자신이 누군가의 총구를 마주할 확률이 높아 보일 때 살아갈 방법은 딱 두 가지였다. 대담하게 살거나, 겁에 질려 살거나. 재미를 보는 쪽은 둘 중 하나뿐이었다.

댁스가 볼 때 리아 트렌턴의 유일한 문제는 그런 리스크의 이점을 제대로 파악하지 못하고 있다는 것이었다. 리아가 취하는 보호책들—예를 들면 집을 실명 대신 상호 명으로 렌트한다든가 아이들에게 새 휴대폰을 마련해준다든가 하는—은 잘 봐줘야 최소한의 조처에 불과했고, 아이들을 본격적으로 게임에 끌어들일 생각은 없는 듯했다. 애석하게 됐군, 댁스는 생각했다. 구성원 모두가 자신의 역할을 충분히 인지하고 있을 때 그 가족은 더 단단히 뭉치고 유대감도 강해지는 법이다. 위험이 존재할 때 그것을 똑바로 마주해야 하며, 그래야만 비로소 가르침이 시작될 수 있다. 상존하는 위협이란 다른 어디에서도 얻을 수 없는 축복, 모든 경험치를 증폭해주며 신속한 학습의 동기마저 부여해주는 축복이었다.

어쩌면 댁스도 차터 스쿨(교육 위원회의 통제를 안 받는 독립적인 교육 시설)을 세우면 잘나갈지 모른다. 일부 지역에서 차터 스쿨이 요즘 인기여서, 일류 차터 스쿨들은 등록금이 천정부지였다. 댁스 블랙웰이 세운 학교라면 단연코 일류 중에 초일류일 것이다. *너희들은 언제 어느 때고 누군가가 너희 가족을 몰살할 방법을 궁리하고 있다는 걸 알아야 해. 자, 그럼 저지능 인간 대 고지능 인간의 생존 확률을 알아보자. 문제 해결 능력에 초점을 맞춰서. 시작할까?*

그렇지만 학생들을 적당히 곱게 다뤄야 할 것이다. '사제 폭발물의 위협에 대처하는 법'이 필독 도서인 학교는 사립이든 공립이든 요새 잘 없으니까. 어리석기는. 댁스는 바로 그 책 덕분에 기초 화학과 기초 물리를 어느 정도 깨우쳤는데 말이다. 댁스의 숙모들과 삼촌은 STEM(과학·기술·공학·수학)을 엄격히 고수하는 타입이었다. 반면에 아버지는 인문학에 관심이 많았고 특히 철학에 애정이 있었다.

또 다른 필독서인 〈죽이거나 죽거나〉[Kill or Get Killed. 렉스 애플게이트(Rex Applegate) 대령이 실전을 바탕으로 쓴 책. 부제는 '맨손 격투 매뉴얼']는 맨손 격투에 관한 수많은 초급 독본 가운데 댁스가 처음 접한 책이었는데, 다만 댁스는 〈폭력의 모든 것〉[The Little Black Book of Violence. 로런스 A. 케인(Lawrence A. Kane)이 쓴, '싸움에 대해 알아야 할 모든 것'이라는 부제가 붙은 실용서]

이 더 마음에 들었다. 그 책이야말로 교육 과정에서 필독도서여야 마땅했다. 격투의 실제, 맨주먹만으로 입힐 수 있는 심각한 부상, 물리적 충돌로 생을 끝내거나 영원히 바꿔놓을 수 있는 방법들 따위가 적나라하게 실려 있는 책이었다. 아이들에게 그걸 읽히면 중학교에서 주먹다짐이 현저히 줄어들 터였다. 댁스는 만약 자신이 소셜 미디어를 이용한다면 사람들이 열광하는 인플루언서가 됐을 거라고 생각했다. 제대로 바깥에서부터 시스템을 변화시켰을 것이다. 하지만 안타깝게도 소셜 미디어는 이 업계에서 이상적인 홍보 플랫폼이 아니었다.

댁스는 머리 위 뾰족한 전나무 잎들 사이로 후드득 떨어지는 물소리를 들으며 빗속에 꼼짝 않고 서서 집 안 조명이 하나둘 꺼지는 것을 지켜봤다. 리아 트렌턴은 한참 후에야 방의 푸르스름한 조명을 껐다. 아마 컴퓨터 아니면 태블릿이었을 것이다. 뭘 읽고 있었을까? 궁금해졌다. 뭘 계획하고 있는 걸까?

만약 살아남기 위한 계획을 세우고 있는 거라면 아주 한심한 수준이었다. 하나만 빼고. 어떤 사람에게 전화 연락을 해 댁스가 여기 오도록 유도한 것.

그보다 더 나은 선택지가 뭐가 있겠나?

리아는 도망 중인 여자 치고 의아스러운 행보를 보이고 있긴 하지만, 마빈 샌더스와 랜달 폴라드의 행보보다는 덜 의아스러웠다. 최소한 리아 트렌턴의 경우, 자신이 무사할 거라 믿는 이유가 이해가 갔다. 10년 전에 자취를 감췄고, 그동안 무탈했으니 말이다. 아이들도 지금은 리아의 보살핌을 받고 있고, 나쁜 일도 일어나지 않았다. 그 상태가 지속되리라 믿는 건, 어리석긴 하지만 쉬운 일이었다. 그 여자는 공작원이 아니라고, 램킨 박사가 말했지. 그저 위험한 자들과 옷깃이 스쳤을 뿐인 평범한 시민이지.

반면에 마빈 샌더스와 랜달 폴라드는 죽고 죽이는 게임에 누구보다 빠삭한 공작원이었고, 그런데도 여태 사냥 대상을 못 찾아냈다. 의외였다. 그렇게 어려운 일도 아닌데. 니콜라스 챗필드는 댁스가 보낸 스트리밍 앱과 게임 앱을 둘 다 다운받았다. 보상으로 두 앱을 통해 비싼 해적판 콘텐츠에 접근할 수 있었고, 최신 개봉작 영화와 FIFA 축구 게임을 즐기는 니콜라스를 보며 댁스는 꽤나 흡족해했다. 그 대가로 댁스에게는 온 가족을 감시할 방편이 생겼다. 니콜라스의 휴대폰으로 라우터에 접근할 수 있었고, 그 라우터를 해킹해 네트워크에 연결된 모든 기기의 카메라 및 스마트 스피커에 접근할 수 있게 되었다.

간단한 조치였다. 글자 그대로 애들 장난 수준이었다. 그런데도 우리 샌더스 씨와 폴라드 씨는 같은 해결책에 생각이 미치지 못한 것 같았다. 루이빌에서 변호사 목이나 따고 있질 않나. 굳이 그럴 필요 없는데. 거기까지 해내고도 두 사람은 아직 캠든에 도착하지 못했다. 대체 뭐 하느라 이리 늦는 거지?

번개가 내리꽂히면서, 빗물이 가파른 협곡의 암벽을 따라 콸콸 흘러내려 기슭의 유수지에 모여드는 광경을 번쩍 비추었다. 흐르는 물이 만들어내는 소리는 아름다운 음악이었다. 마치 그동안 내내 침묵했던 돌들이 기다렸다는 듯 일제히 목소리를 내, 마지막으로 대화했을 때부터 줄곧 쌓여온 이야기들을 전부 쏟아내는 것 같았다. 댁스는 천천히 고개를 돌리며 조용하고 평온한 동네를 둘러보았다.

어쩌면 샌더스와 폴라드를 너무 높게 쳐줬는지도 모른다. 그들이 킬링 게임에서는 프로일지 모르나 사냥에 요구되는 수준의 기술을 갖췄다는 보장은 없었다. 자동 화기를 능숙히 다룬다고 해서 전자 추적 기기를 다루는 데도 능한 건 아닐 것이다. 이 역시 교육의 실패였다. 블랙웰 학교를 다녔다면, 다양하고도 총체적인 기술을 마스터하기 전에는 졸업하지 못했을 텐데.

'이렇게 만든 주범은 표준화 시험 제도인지도 모르지.' 댁스는 줄기차게 내리는 비를 맞으며 속으로 중얼거렸다. '교사들이 주체적으로 교육하는 것조차 허락받지 못하면, 수준 하락은 정해진 수순이잖아.'

그들이 변호사에게서 얻은 정보를 추적하고 있다면, 곧 메인에 나타날 것이다. 그들이 리아 트렌턴과 연관 있다고 판단할 만한 첫 주소는 그들을 그린빌로 이끌 테고, 그 다음엔 트렌턴이 에드 레븐셀러와 공동 소유한 부동산을 알아낼 테고, 야생을 헤치고 다니며 그 주소지들을 하나씩 확인할 것이다. 그건 안타까운 시간 낭비가 될 테지만, 전적으로 어리석은 판단은 아닐 것이다. 댁스는 기다릴 수 있었다. 인내심이 많으니까.

그는 주머니에서 휴대폰을 꺼내 장갑 낀 손으로 액정을 가린 채 트렌턴과 챗필드의 기기들이 보내는 비디오 피드를 확인했다. 닉은 협탁 위에 휴대폰 충전기를 연결해 그것을 자기를 향해 돌려놓고 잠들어 있었다. 헤일리의 휴대폰은 방바닥에 있었지만, 고른 숨소리가 들려왔다. 리아 트렌턴은 잠 못 든 채 누워, 몸과 마음의 편안함을 찾아 헤매듯 뒤척이고 있었다.

"긴장 풀어, 아가씨." 댁스가 속삭였다. "내가 여기 있으니까."

트렌턴이 반대쪽으로 돌아누웠다.

아, 대체 라워리가 보낸 놈들은 어디에 있단 말인가?

오고 있는 중이라는 건 댁스도 알았다. 그는 휴대폰을 도로 넣었다. 좀 늦었지만 두 사람이 이리로 오고 있는 것만은 틀림없었다.

22

베키 콘웨이가 지난 2년간 우체국 지점장으로 일하면서 메인주 그린빌에 학을 뗀 점은 한두 가지가 아니었지만, 그중 가장 징글징글한 건 주민들이 업장 이름을 지을 때 곧 죽어도 '무스'를 넣으려고 한다는 것이었다.

우체국의 자기 자리에서 베키는 무스 마운틴 여인숙, 무스헤드 비스타 모텔, 코지 무스 산장, 스트레스 프리 무스 펍 앤드 카페, 크레이지 무스 패브릭으로 가는 우편물 꾸러미들을 분류했다. 베키의 집에서 한 블록 안에 무스헤드 역사학회, 무스헤드 해양 박물관, 무스헤드 모터스포츠도 있었다. 금요일에 퇴근하면 베키는 지끈지끈한 머리를 안고 술집에 가 무스-카우 뮬 칵테일을 광고하는 스페셜 메뉴 보드를 멍하니 훑곤 했다.

'그 정도면 알아들었어, 이 사람들아.' 베키는 속으로 투덜거렸다.

'망할 무스 좀 작작 갖다 붙여.'

메인에는 무스가 본토 48주의 무스를 다 합친 것보다도 많았고, 이는 빌어먹을 외지인들이 무스를 보러 산에 들어가고 싶어 한다는 뜻이었으며, 그 때문에 이 지역에서 한철 장사를 하는 주민들은 가능하면 상호명에 무스를 넣으려고 기를 썼다.

그러니 그 우편물들을 분류하는 사람은 어떤 기분이겠나. 금요일 밤 무스-카우 퓰 칵테일을 마시러 바 스툴에 자리 잡을 때쯤이면 눈앞에 무스가 들어간 이름들이 둥둥 떠다니는 것 같았다. 에라 모르겠다, 칵테일 생략하고 얼음 안 넣은 보드카나 주문하련다. 곧장 본론으로 들어가야 쓰겠다.

버몬트가 고향인 베키는 아무짝에도 쓸모없는 남자 친구를 따라 메인에 왔다가 또 다른 쓸모없는 남자 친구 때문에 메인에 남았다. 그래도 그곳은 두 시간이나 차 몰고 나가지 않아도 그럭저럭 괜찮은 외식을 하고 썩 괜찮은 밴드의 라이브를 들을 수 있는 포틀랜드(메인주의 도시)와 가까워서 그나마 살 만했다. 미국 우편국의 훌륭하신 나리들이 발령지가 그린빌인데 승진을 수락하겠느냐고 물었을 때, 넙죽 받아들이지 말고 그린빌을 좀 더 철저히 조사했어야 했다. 하지만 베키는 변화가 절실했고—포틀랜드에서 두어 번 나쁜 연애를 하고 나니 그곳이 넌더리가 났다—그린빌로 면접 보러 왔을 때 하필 7월이어서 그곳이 너무 아름다웠던지라, 까짓 거 여기로 오겠다고 했다. 겨울까지는 미처 생각을 못한 것이다. 그리고 자신이 사실상 무스국 무스촌의 무스 지점으로 이사 오는 셈이라는 것도 미처 알아채지 못했다.

'여기 다른 동물들도 산다고.' 베키가 발송용 우편함에 편지 한 뭉치를 툭 던져 넣으면서 속으로 투덜거리는데, 문이 짤랑 열리더니 두 남자가 들어왔다.

낯선 사람들이었다. 여름에 외지인이 오는 건 드문 일이 아니었지만, 노동절 지나서 이 지역에 오는 사람들은 대부분 아는 사람들이었다. 그도 그렇지만, 둘 중 한 명이 흑인이었다. 베키는 그린빌에 사는 흑인이라면 확실히 다 알았다. 그게 뭐 대단한 걸 의미하지는 않았다. 그린빌의 흑인 주민 수는 한 손에 꼽을 정도였으니까.

"무슨 일로 오셨습니까?" 베키가 쾌활하게 말했다. 베키의 말투는 늘 쾌활했다. 베키가 직장에서 잘리지 않는 것도, 늘 사람 상대하는 업무를 맡는 것도 바로 그래서였다. 아무리 기분이 거지같아도, 기분 좋은 걸 누구도 의심하지 않을 만큼 발랄하게 말할 수 있었다. 베키 콘웨이의 꾸며낸 말투는 그의 가장 큰 자산이었다. '그리고 내 엉덩이도.' 베키는 속으로 덧붙였다. '암, 아무도 반박 못하지.'

"저희가 길을 잃어서요." 둘 중 백인 남자가 말했다. 그럭저럭 잘생긴 남자였다. 근육질 몸에 약간 거칠어 보였는데, 딱 베키의 취향이었지만 눈이 어딘지 이상했다. 베키는 눈을 가늘게 뜨고 보다가 뭐가 이상한지 알아챘다. 두 눈이 각각 다른 색이었다. 묘하네. 베키는 흑인 남자를 흘끔 봤다. 그의 눈은 아무 색도 없는 것처럼 보였다. 광택이 전혀 나지 않는 페인트를 뭐라고 하더라? 매트? 이 남자의 눈이 그랬다.

"남쪽으로 가세요." 베키가 대꾸했다. "내 말 믿어요, 길 잃었을 땐 무조건 남쪽이에요."

그러자 백인 남자가 슬며시 미소 지었다. "말 되네요. 근데 제가 '길 잃었다'고 한 건 어느 방향으로 갈지 모르겠다는 뜻이 아니었습니다. 그러니까, 여기까지 오긴 왔는데 여기서부터 어떻게 찾아갈지는 모르겠다고요."

베키는 우편함을 책상 위에서 쭉 밀어놓고는 그를 향해 돌아앉아 한 쪽 눈썹을 치켜 올렸다. "내가 좀 느려서 그런가, 못 알아듣겠네."

"어떤 사람을 찾고 있는데 그 사람이 우리한테 거리 주소를 안 알려줬어요." 남자가 말을 이었다. "그냥 사서함 주소만 줬죠. 그게 여기고요." 그러면서 그는 잠긴 서랍들이 주르륵 늘어선 한쪽 벽을 흘끔 봤다. "도와줄 수 있어요?"

"그럼 불법을 저지르는 게 돼요." 베키가 대꾸했다. "그래도 심심하니까 이름이나 대보세요."

저들이 누구를 찾고 있건 내가 무슨 상관이람? 베키가 원하는 건 오직 근무처 이동 발령이었다. 어쩌면 여기서 잘리는 게 눈발 날리기 전에 탈출할 수 있는 가장 빠른 길인지도 몰랐다.

베키의 응대가 재미있는지 백인 남자가 동행을 향해 씩 웃었지만, 동행의 얼굴에는 웃음기가 전혀 없었다. 포커페이스라는 말로는 부족한 얼굴이었다. 꼭 경찰 같았고, 반면에 백인 남자는 무슨 짓을 해서라도 경찰을 피하려고 들 타입 같았다.

"리아 트렌턴이요." 백인 남자가 대답했다. "사서함 373번."

"그런 이름 모르는데요." 거짓말이었다. 사서함 373번도 익히 알고 있었다. 매주 사서함 373호의 우편물을 다른 곳으로 송부하고 있었으니까. 특별 우선 발송 서비스인데, 베키에게는 늘 귀찮은 일거리인 데다 이용 요금도 꽤 비쌌다.

흑인 남자가 휴대폰을 꺼내 카운터에 턱 올려놓았다. 화면에 사진이 떠 있었다. 베키는 고개를 저으며 그 여자 모른다고 하려다가, 멈칫하면서 고개를 까딱 기울였고 다시 한번 사진을 들여다봤다. 옛날 사진이었지만 누군지 알아볼 수 있었다. 에드 레븐셀러의 여자 친구…… 같은

데. 어떤 관계이든, 둘은 늘 붙어 다녔다. 베키는 둘이 정확히 어떤 관계인지 분명하게 알아낸 적도 없고 딱히 관심도 없었다. 에드는 베키 옆에 있을 때 절대로 친근하게 굴지 않는 타입, 버번을 마셨으면 하는데 기필코 맥주만 마시는 부류의 남자였다. 리아 트렌턴이 그린빌에서 산 기간은 에드보다 더 짧았지만, 그래도 꽤 오래 머무른 셈이었다. 사시사철 머무르면서 여기저기 얼굴을 비추고 때때로 우편물도 확인했다. 하지만 한동안 우편물 확인을 안 하고 있었다. 트렌턴에게 온 우편물이 어딘가로 송부되고 있는 걸 보면 말이다.

"그 여자를 왜 찾죠?" 베키가 물었다.

"여자를 안다는 겁니까?" 흑인 남자가 물었다. 고음역대를 제거한 듯 저음부만 있는 목소리였다.

"그 여자를 왜 찾는데요?" 베키가 재차 물었다.

백인 남자가 미소 띠며 말했다. "호락호락하지 않네. 마음에 들어요."

"그런가요." 베키가 심드렁히 대꾸했다. "칭찬 들으니 좋아서 팔짝 뛰겠네요." 이 남자는 자기가 매력적인 줄 아는 모양이다. 모르긴 몰라도 촌뜨기 우체국 직원 하나 구워삶을 만큼은 능글능글하다고 믿는 것 같았다. 하지만 베키는 그보다 나은 남자를 한 트럭은 만나봤다.

그리고 훨씬 못난 남자도.

백인 남자가 카운터 위로 몸을 기울이여 말했다. "그렇게 나오시겠다 이거죠. 똑똑한 여자 분이니 우리한테 물어볼 필요도 없을 것 같은데요. 외지인 두 명이 사서함 주소랑 이름만 덜렁 들고 나타났으니. 당신이 보기엔 우리가 여자를 왜 찾는 것 같아요?"

베키는 그와 눈을 맞추면서 똑같이 카운터 위로 몸을 숙였다. 아주 바짝 다가갔다. 그렇게 그의 시선을 잠시 붙잡고 있다가 이렇게 속삭였다. "죽여버리려고." 그러고는 몸을 펴고 깔깔 웃음을 터뜨렸다. 자기가 생각해도 괜찮은 대사 같았다. 백인 남자는 같이 웃었다. 흑인 파트너는 웃지 않았다. 휴대폰을 도로 주머니에 넣기만 했다.

"빚쟁이들이에요?" 베키가 말했다.

백인 남자가 더 활짝 웃었다. 가까이서 보니 짝짝이 눈도 그리 이상하지 않았다. 오히려 묘하게 매력적이었다. 초록색 눈이 예쁜데. 둘 다 초록색이 아닌 게 아쉽군.

"딱 맞혔네." 그가 대꾸했다. "373호 쓰는 댁의 친구가 상환이 좀 늦었는데 꽉꽉 숨어버려서 말이야."

"그 여자 내 친구 아닌데."

"모르는 여자라며." 흑인 남자가 불쑥 말했다.

"맞아요."

"근데 우편물을 여기로 받는 건 알잖아요." 백인 남자가 말했다. "그리고 그 우편물 중에 '최종 통지'나 '긴급' 같은 소인이 찍혀 오는 게 많은 것도 알 테고."

사실 베키는 373호로 오는 우편물 중에 그런 게 찍힌 걸 본 기억이 없었지만, 채무 대행 업자는 본 적 있었고 이 둘이 뭔가 받아내기 위해 여기 왔다는 건 의심의 여지가 없었다. 직감은 베키의 장점 중 하나였다. 쾌활한 목소리와 마찬가지로. 그리고 엉덩이도.

"그 질문에 대답할 수 없다는 거 알잖아요." 베키가 말했다.

"여자가 직접 와서 우편물을 가져가나요? 그것만이라도 말해줘요." 백인 남자가, 여전히 싱글싱글 웃고는 있지만 강아지가 잘한 것도 없이 간식 달라고 떼쓸 때처럼 조르는 투로 말했다.

"어디선가 거둬가긴 하겠죠." 베키가 대답하면서 시계를 흘끗 봤다. 금요일 오후 퇴근 시각 2분 전이었다. 바 스툴하고 뮬 칵테일 대령해. "근데 여기는 아니에요. 내가 말해줄 수 있는 건 거기까지."

"그럼 우편물이 쌓이는데 아무도 안 가져간다는 거예요?"

베키는 어깨를 으쓱하고는 툭 뱉었다. "그것도 한 방법이네."

두 사람은 골똘히 생각에 잠겨 퍼즐을 맞추었다. 먼저 답을 알아낸 건 흑인 남자였다.

"다른 주소로 송부하는군." 그가 말했다. "여기는 중간에 거쳐 가는 곳 중 하나일 뿐이고. 사서함을 여러 개 마련해둔 거야."

베키는 대답하지 않았다.

"여기서 어디로 가죠?" 백인 남자가 물었다. "부탁이에요. 연결시켜 줘요. 차 몰고 뱅뱅 돌기도 지친다고요. 댁의 말마따나, 우리도 어서 남쪽으로 가야죠."

"그 우편물들이 여기서 어디론가 간다면," 베키가 운을 뗐다. "그게 어딘지 나는 몰라요. 내 말은, 그 여자가 저 문으로 들어오길 기다려 봤자 시간 낭비밖에 안 된다는 거예요." 베키는 말하면서 극적 효과를 위해 문을 가리켜 보이기까지 했다. "그리고 나도 지금 저 문으로 뛰쳐나가기 직전이에요, 아저씨들. 퇴근 시간이거든. 게다가 금요일이고. 벌써 결론 났네. 난 이제 무스-카우 칵테일이랑 데이트하러 갈 거야."

베키는 자기 말이 제법 우스워서 웃음을 터뜨렸지만 두 남자는 따라 웃지 않았다. 그들은 이제 어떻게 할까 궁리하는 듯 시선을 교환했다.

"무스 카우라." 흑인 남자가 말했다. 베키는 그가 웃나 보려고 기다렸다. 그는 웃지 않았다.

"대답해줄 필요 없는데 특별히 잘해준 거예요." 베키가 상냥하게 말했다. "근데 거기까지예요, 알겠죠?"

"나도 한잔 해야겠어." 백인 남자가 말했다.

"저 여자가 지금까지 술 얘기 한 거였어?" 흑인 남자가 물었다.

"난 그런 줄 알았지." 백인 남자가 대꾸했다. 그는 다시 고개를 돌려 갈색 눈과 초록색 눈을 베키에게 고정하고는 물었다. "애써주셨으니 우리가 한잔 대접해도 되겠죠?"

베키는 백인 남자에게서 흑인 남자에게로 시선을 옮겼다. 그는 누가 바닥에 못으로 박아놓은 양 미동도 없이 서 있었다. 그가 무스-카우 뮬 칵테일을 주문하는 모습을 상상해보았다. 베키는 그를 가리키며 대답했다. "이 분이 내가 시키는 대로 주문한다면 오케이하죠. 어때요?"

"그러지." 그는 중저음뿐인 음성으로 대답했다. 테이저 총을 맞아도 꿈쩍 안 할 것 같았다.

"무스빌의 무스들은 다 무스를 엄청 좋아했지만 무스빌 북쪽에 사는 베키는 무스를 싫어했지." 베키는 무감정한 어조로 그에게 중얼중얼 읊었다.

그래도 그는 눈 하나 깜빡하지 않았다. 베키를 빤히 바라볼 뿐이었다. 베키는 콧방귀를 뀌었다.

"대단한 분 납셨네. 그치만 내가 웃게 만들겠어. 두고 보라고."

"기대하지." 그가 말했다. 꼭 대장 내시경 검사를 예약하는 투였다.

"기대되겠지." 베키가 받아치며 카운터를 빙 돌아 나와 문 쪽으로 갔다. "어서 여기서들 나가요. 문 닫아야 되니까. 걸리적거리지 말고. 비도 진눈깨비도 눈도 나의 퇴근을 막을 수 없어."

백인 남자가 씩 웃으며 말했다. "술도 한잔 사고 이 친구 웃기는 것도 보려면 어디로 가야 하는지 말 안 해줄 거예요?"

"힌트 줄게요." 베키 콘웨이가 건물의 정문을 열고 두 사람을 내보내며 말했다. "이름에 무스가 들어가요."

물론 두 사람은 애먼 곳부터 갔다. 스트레스 프리 무스 펍에 먼저 갔다가, 무스헤드 브루 하우스라는 좀 더 신뢰가 가는 상호명의 술집에서 베키를 찾아냈다. 거기서 베키에게 네 잔을 먹인 후에야 사서함 373호의 우편물이 지금은 캠든으로 송부된다는 정보를 캐냈다. 베키는 다섯째 잔인가 여섯째 잔 이후로는 무슨 일이 있었는지 기억이 잘 나지 않았다. 두 사람은 계속 술을 샀고 베키는 계속 그 술을 입에 털어 넣었다. 뭐 어때, 어쨌든 색다른 일인데. 메인주 그린빌에서, 그것도 노동절 이후에 색다른 일이 생긴다? 그럼 실컷 즐겨야 마땅했다.

베키는 백인 남자를 플로어로 끌어내 자기와 춤추게 했다. 흑인 남자는 춤추게 하는 데 실패했다. 그는 마치 옛날식 살인 청부업자처럼 구석의 바 스툴에 벽을 등지고 앉아 줄곧 문에 시선을 고정하고 있었다. 베키는 그와 춤추는 건 포기하고 대신 몇 시간째 시골 여자가 어쩌네 트럭에 태워서 어쩌네 하고 남자 가수들이 떠들어대는 귀에 거슬리는 컨트리 음악을 줄곧 틀어대는, 주크박스를 흉내 낸 디지털 기기에서 한 곡 선곡해 보라고 졸라댔다.

"당신 성격하고 딱 어울리는 곡으로." 베키는 이렇게 주문했지만, 이제는 반응을 기대하지도 않았다. 그래서 그가 일어나 주크박스로 갔을 때 적잖이 놀랐다. 그리고 투팍의 '캘리포니아 러브'가 고막을 찢으며 울려 퍼진 순간에는 입에 있는 술을 뱉을 뻔했다. 그 노래에 담긴 거친 에너지는 눈 한 번 깜빡이지 않으며 안정 시 심박수 30에 운동 심박수는 31일 것 같은 그와 그보다 더 안 어울릴 수가 없었다.

"너무 웃기네." 베키는 도로 바 스툴에 앉아 벽에 등을 기대는 그에게 말했다.

"맞아." 그가 대꾸했다.

다들 와일드, 와일드 웨스트로 온 걸 환영해……

"이름이 뭐예요?" 베키가 물었다. 아니, 꼬인 혀로 간신히 물었다. 상대들은 다 말짱한데 자기만 너무 앞서 나가는 것도 같았다. 그럼 속도를 늦춰야지. 그런데 백인 남자가 새로 무스-카우 칵테일을 채운 황동 머그잔을 베키의 손에 쥐어주었다.

"다들 블리크라고 부르더군." 흑인 남자가 대답했고, 베키는 또 한 번 웃었다. 이번엔 더 호탕하게 웃어젖혔다. 이 사람, 웃기는 사람이네. '다들 블리크라고 부르더군.'이라니. 그래도 그 대사는, 방금 고른 노래랑 다르게, 자기랑 딱 어울리네.

방금 구치소에서 나와, 캘리포니아 드리밍……

베키는 백인 남자와 한 번 더 춤췄다. 바에는 사람이 바글거렸고 베키는 술을 자꾸만 흘렸다. 몇 잔째인지도 몰랐다. 어쩌다가, 왜, 리아 트렌턴 얘기를 하게 됐는지도 기억나지 않았다. 사냥 가이드인데 남과 잘 안 어울리고 혼자 다니는 걸 보면 지가 남들보다 잘났다고 생각하는 것 같다고 했고, 올 여름 내내 코빼기도 안 보이다가 갑자기 우편물을 캠든으로 원격 송부시키기 시작했다고 했다. 에드 레븐셀러에 대해 어쩌다 얘기하게 됐는지도 알 수 없었다. 칵테일 냅킨에다 자신의 전화번호 아래 에드의 주소를 왜 적어줬는지도 더더욱 생각 안 나고. 베키는 전화번호보다 주소를 더 잘 기억했다. 직업병이라고 할까.

베키는 자신이 취한 걸 알았지만, 평소 취했을 때와 느낌이 달랐다. 더 붕 뜨고 더 빨리 취했고, 머리가 900미터 상공에 떠 있는데 심장은 땅으로 곤두박질치는 느낌이었다. 몇 잔이나 마셨더라? 그보다 이걸 물어야지. 그중에 저들이 따르는 걸 본 건 몇 잔이더라? 조심해야지, 모르는 사람이 주는 술 마시지 말고. 조심해야 돼, 안 그러면…….

이렇게 되니까. 자기 집 거실에서 무릎과 손으로 바닥을 짚은 채, 방금 전까지 여기 있었는데 혹시 내가 상상한 건가 의심될 정도로 홀연히 사라져버린 사람들이나 찾고 있게 되잖아. 베키의 머리는 점점 더 높이 떠오르고 심장은 점점 더 아래로 곤두박질쳤고, 도움을 청하고 싶지만 도무지 그럴 수가 없었다. 친구들은 다 가버렸으니까.

그들은 네 친구가 아니었어.

응, 아닌가 보지. 그런데 베키는 친구가 필요했다. 지금 당장.

휴대폰 어디 있더라? 휴대폰을 찾아.

주머니를 뒤져 봤지만 휴대폰은 거기 없었다. 주머니가 너무 작고 진바지는 너무 타이트했다. 지갑은 어디 있지? 소파 위에 있나? 토 냄새가 났지만, 토한 기억이 없었다. 머리가 점점 높이, 더 높이 둥실둥실 떠올랐다. 심장은 점점 더 아래로, 아래로 곤두박질쳤다. 베키는 소파를 향해 기어갔지만 3미터쯤 가다가 옆으로 픽 쓰러졌다. 방이 빙글빙글 돌더니 어느 순간 복도에서 눈도 안 깜빡이고 자기를 쳐다보고 있는 두 남자를 본 것 같았다. 다음 순간 그들은 사라졌고, 방은 계속 빙빙 돌았고, 시야의 가장자리가 까매지기 시작했다. 베키는 어떻게 할지, 어디로 갈지, 누구에게 연락하면 좋을지 생각해내려 애썼다. 하지만 그중 무엇도 생각나지 않았다. 생각나는 거라곤 그 흑인 남자를 웃기는 데 결국 실패했다는 것뿐이었다.

가만 생각해보니 미소조차 짓게 하지 못했다는 것을, 어둠이 덮쳐 영원한 파도처럼 자신을 집어 삼키는 순간 깨달았다.

23

그날 아침 같이 스쿨버스를 기다리면서 맷 부샤드는 헤일리에게, 조사가 시작부터 잘 풀리고 있으며 곧 만나서 의논하자고 했다.

"이메일로 보내면 안 돼?" 헤일리가 물었다.

그 질문에 대답을 준비해둔 게 다행이었다. 얼굴도 못 보고 이메일로 정보를 홀랑 넘기려고 밤새 인터넷을 뒤지고, 잔디 깎아 모은 용돈을 지니올로지 닷 컴(혈연관계 중심으로 사람을 추적하는 웹사이트) 구독료로 바친 게 아니었다.

"안 돼." 맷은 실망한 척하는 연기가 통하길 빌었다. "나도 그랬으면 좋겠어. 근데 이건 극비인데다 얻기 힘든 정보라 위험이 따라. 지메일 계정이 있긴 하지만……." 여기서 말을 멈추고 잠시 고민하는 척하다가 이내 고개를 저었다. "그 계정은 보안이 신뢰가 안 가. 해커 한 명이 구글 전체를 들쑤실 수 있는 수준이잖아. 그래서 우리는, 그러니까 우리 엄마랑 이쪽 전문가들 말이야, 이 업계 사람들은 하드 카피를 고수해. 더 안전하거든. 싹 없애버릴 수도 있고."

헤일리는 그 논리를 전적으로 믿지는 않는 듯 한쪽 눈썹을 치켜 올리더니 어깨를 으쓱했다. "그러든가. 그럼 어디서 만날까?"

"네가 정해."

"아무도 엿들을 수 없는 곳에서 봐." 헤일리가 대답했다. "학교 말고, 우리 집이나 그 비슷한 데도 말고. 둘만 있을 수 있는 곳."

좋았어. 둘만 있을 만한 곳 좋아. 헤일리 챗필드와 둘만 있다니. "자전거 있어?" 맷이 물었다.

"응, 이모가 사줬어. 근데 안 타. 열 살짜리 애도 아니고."

맷은 창피하지 않은 척하려고 애쓰면서 고개를 끄덕였다. "나도 비즈니스 때문에 필요할 때만 타. 시간 절약 되니까."

헤일리의 입술이 움찔거렸다. "그렇구나. 좋아, 내가 비즈니스 때문에 자전거를 타고 간다 치면, 어디서 만나는 게 좋겠어?"

맷은 이 질문에 대답할 준비가 돼 있었다. 지난 2년간 여름마다 여자친구가 생기면 어디에 데려갈까 궁리했기 때문이다.

"록포트 항구." 준비된 대답을 내뱉었다. "항구 바로 옆에 공원이 있는데, 산책로를 따라 가면 폭포가 나오고 거기에는 거의 아무도 안 와. 경치도 완전 좋고, 또, 우리만 있을 수 있어."

헤일리의 입술이 또 한 번 씰룩거렸다. "폭포 옆에서 비즈니스 많이 하나봐?"

헤일리는 겨우 한 살 많으면서 스무 살은 더 먹은 것처럼 은근히 놀리는 질문을 던지는 재주가 있었다.

"별로." 맷은 놀림에 넘어가거나 자신이 고른 접선 장소를 물리기를 거부하고서 대답했다. "근데 꽤 좋은 장소야. 너의 요구를 충족시켜주기에는."

"나의 요구라." 헤일리가 따라 말했다. "잘됐네."

그때 스쿨버스가 도착했고 헤일리는 타자마자 곧장 제일 뒷자리로 갔다. 맷은 쫓아가기 싫어서 중간쯤에 앉았다. 다른 아이들이 헤일리에게 고갯짓으로 인사했지만 그게 다였다. 헤일리는 전학생이고 다들 예쁘다고 생각해서 다른 애들에게 관심의 대상이었다. 왜냐면…… 어쨌든 헤일리가 예쁜 건 객관적 사실이니까. 하지만 헤일리는 자신과 다른 아이들 사이에 벽을 세우고 싶은 듯 에어팟을 귀에 꽂았다.

맷은 대니 놀턴과 나란히 앉아 대니가 쏟아내는 뉴잉글랜드 패트리어츠(보스턴이 연고지인 프로 미식축구 팀)에 관한 가설을 관심 있는 척 들으면서, 자꾸만 버스 뒷좌석을 흘끔거리지 않으려고 애썼다. 바로 전날 대니가 혹시 너네 집에서 헤일리의 침실이 보이느냐고 물었을 때 맷이 발끈하면서 그런 건 모른다고 대꾸하자 다들 크게 웃음을 터뜨렸었다. 하나같이 10대 청소년에게 특화된 거짓말 탐지기를 내장하고 있는 아이들이었다. 다들 맷이 헤일리에게 홀딱 반한 걸 알고 있었고, 맷이 헤일리의 마음을 얻을 승산이 있다고 믿는 아이는 그중에 한 명도 없었다.

하지만 그 애들 중에 폭포 옆에서 만날 약속을 잡은 아이 역시 한 명도 없었다. *부샤드 1점 대 루저들 0점이다, 이것들아.*

24

아이들이 학교에 간 뒤 리아는 컴퓨터 앞에 앉았다. 에버릿 스푸나워의 사망에 대해 조사해서, 자신이 느끼는 망상적 공포를 주도적으로 직시하거나 아니면 경감할 작정이었다. 그런데 이사 온 집 컴퓨터가 왠지 찜찜했다. IP 주소 추적이라든가 아니면, 소름끼치지만, 휴대폰 추적 같은 게 갑자기 걱정되기 시작했다. 아이들이 휴대폰을 사용하지 않았으면 했지만, 이제 와서 빼앗을 수는 없는 노릇이었다. *너희가 두고 온 세상과의 유일한 소통 수단을 내가 좀 빼앗아야겠어. 앞으로는 그런 것들 쓸 일 없을 거야.*

아니, 그럴 수는 없었다. 그건 그렇지만, 헤일리가 헛되이 휴대폰 신호를 잡으려고 이리저리 서성거리고 닉은 와이파이 없다고 큰 소리로 불평해대던 무스헤드에서의 나날이 그리웠다.

'거기는 안전했어. 애들을 공연히 캠든으로 데려오다니, 실수한 거

야.'

하지만 달리 어찌할까. 남은 평생 도망 다니란 말인가? 정말로 쫓기고 있는지 확실히 알지도 못한 채?

현관 벨이 울린 순간 리아는 화들짝 놀라 비명을 지를 뻔했다. 대신 꽉 다문 이 사이로 숨을 길게 뱉어낸 뒤 스스로를 나무랐다.

'패닉에 빠지지 마. 젠장, 패닉에 빠지는 건 절대 안 돼. 머리를 차갑게 식혀, 리아.'

현관 벨이 또 울렸다. 그 경쾌한 소리가 애써 찾은 평온을 침범하는 것처럼 느껴졌다.

리아는 책상 앞에서 일어나 현관으로 갔다. 문의 감시용 구멍으로 내다보려는데, 바깥의 남자가 계단의 제일 아랫단에 서서 현관문 양옆의 창으로 자기를 들여다보고 있는 걸 발견했다. 현관 벨을 누르고 뒤로 물러난 것이었다.

블리크도, 랜달도, 라워리도 아니었다. 대학생처럼 보이는 남자였다.

'재가 잔디 깎기 알바 시켜달라고 하면 소리 질러버릴 거야.' 이렇게 생각하면서 데드볼트를 반대로 돌리고 문을 조금만 열었다. "누구세요?"

"안녕하세요?" 남자가 밝게 인사했다. "방해가 안 됐으면 좋겠네요."

"어, 사실은 제가 지금 뭘 좀 하느라……."

"윈드워드 리지 입주자 협회에서 새 입주자를 제일 먼저 환영해주는 회원이 되고 싶어서요." 이렇게 말하더니 그는 활짝 웃었다. 짙은 회색 하이킹용 바지 차림에, 검정색 야구 모자와 색깔을 맞춰 검정색 부츠를 신고—그것도 로바 레니게이드라는, 상당히 고품질의 산악용 부츠 브랜드 제품이었다—조각한 듯 근육이 도드라진, 늘씬한 상체를 부각시키는 긴소매 티셔츠를 받쳐 입고 있었다. 달리기를 하는 사람 같았고, 저런 부츠를 신은 걸 보면 하이킹도 하는 게 분명했다. 모르긴 몰라도 암벽 등반도 할 것 같았다. 등반가를 많이 만나 봤는데, 전부 두 가지 공통점이 있는 듯했다. 최저 수준의 체질량 지수와, 자신에게 전염되기 전까지는 몹시 거슬리는 열정이었다. 그리고 대개는 아주 젊거나, 멍청하거나, 아니면 둘 다였다.

이 남자는 둘 다에 해당하는 것 같았다.

"지금은 타이밍이 좀 그래서……."

"충분히 이해합니다." 그는 두 손바닥이 보이게 들어 보이며 대꾸했다. "귀찮게 하지 않을게요. 아이들이 집에 없을 때 들르고 싶었어요. 괜히 겁주고 싶지 않아서요. 그거 있잖아요……." 여기서 그는 '당신과 나만 아는 얘긴데'라고 말하듯 손으로 자기들 둘을 가리키며 음성을 낮췄다. "아이들 안전 문제로요."

리아는 그를 빤히 쳐다봤다. "방금 뭐라고 하셨죠?"

"안전 문제요." 남자가 차분히 되풀이했고, 리아는 당장 튀어나가 그에게 달려들 것처럼 문을 조금 더 열었다. 그러다가 다음 순간 자신의 권총이 떠올라, 겁이 나서 멈칫했다. 라워리가 보낸 사람이라면 리아가 집 안에 들어가 총을 가져올 틈을 허락하지 않을 게 분명하니…….

"괜찮으세요?" 남자가 당혹감 어린 웃음을 지으며 리아를 올려다봤다. 다시 보니 처음 생각했던 것보다 나이가 더 들어보였다. 어떤 여자들은 귀여워서 어쩔 줄 모르고 어떤 여자들은 꼴 보기 싫어하는, 눈빛 반짝반짝한 소년 같은 얼굴을 남들보다 더 오래 유지하는 타입인 것 같았다. 어쨌거나, 라워리가 고용한 사람으로 보기엔 너무 어렸다. 라워리 그룹은 경험 많고 노련한 사람만 고용하니까.

그렇지만 나도 눈빛 반짝반짝하고 어렸잖아. 최소한 일을 시작했을 때는 그랬지. 근데 끝에 가서는…….

"유수지요." 그가 불쑥 말했다.

리아는 눈을 깜빡였다. "유수지요?"

그는 왼팔을 들어 동쪽을 가리키려다가 통증을 느낀 듯 미간을 살짝 찌푸렸고, 대신 고갯짓으로 그쪽을 가리켰다.

"목초지 말이에요." 그가 말했다. "인접지에 이사 오셨네요."

리아의 심장은 초당 심박수 150이 나올 만큼 심하게 쿵쾅거렸고 손은 어서 권총을 쥐고 차가운 방아쇠를 당기고 싶어서 찌릿찌릿했다. 그런데 이 애송이 놈이 뭐…… 인접한 유수지 얘기를 하고 있어?

"지금 이러고 있을 시간이……."

그가 다시 한번 손바닥을 들어 보였다. "여기 나타나서 문제를 일으키는 건 제가 아닐 겁니다. 아시죠."

그렇게 말하는 어조에서 감지된 어떤 낌새에 리아는 멈칫했다. 자기도 모르게 문고리를 더 꽉 쥐었다.

"뭐라고요?"

"아시잖아요." 한 번 더 힘주어 말하는 그의 반짝이는 눈에 어린, 즐거워하는 기색을 보며 리아는 따귀를 한 대 때려주고 싶은 충동이 들었다.

"그럼 누가 문제를 일으킬 건데요?" 상쾌한 아침 공기에 내뱉는 단어 하나하나가 둔탁하고 딱딱하게 들렸다. 리아는 그가 말하기도 전에 누구의 이름이 나올지 알았다.

라워리야. J. 코슨 라워리가 애들을…….

“윌크스 부인이요.” 그가 속삭였다. 그러더니 고갯짓으로 한 번 더 동쪽을 가리켰다. “누군지 아시죠.”

“무슨 얘기인지 전혀 모르겠는데요.”

“아!” 그는 몸을 뒤로 젖히면서 겸연쩍은 웃음을 터뜨렸다. “제가 실수했네요. 어이쿠야. 비밀을 흘리다니. 어쨌든, 이웃에 사는 어떤 부인이 조금…….” 그는 한숨을 내쉬더니 목소리를 낮췄다. “웃는 얼굴로 찾아와도 믿어선 안 된다, 이 얘기였습니다. 왜냐면 곧 찾아올 거거든요. 제 말 새겨들으세요. 반드시 올 테니까. 그렇지만, 뭐 좋은 소식도 있네요. 제가 먼저 왔잖아요. 이건 아이들한테 좋은 소식이죠.” 그가 씩 웃었고, 그러자 얼굴에 보조개가 팼다. “안전이 제일이니까요.”

“지금 타이밍이 좀 안 좋아서요.” 리아가 말했다. “정말로요. 나중에 다시 오시면…….”

“아이구, 알겠습니다. 죄송해요. 가 드릴게요. 그래도 그들이 나타나면요, 이것만 기억하세요. 제가 먼저 왔고 도와드렸다는 거요.”

그러더니 그는 웃음을 터뜨리며 돌아섰다. 진입로를 흘끔 본 리아는 언덕배기에 차가 한 대도 서 있지 않은 걸 확인했다. 남자는 걸어서 온 것이었다.

“이름이 뭐예요?” 리아가 물었다.

“마빈 코슨입니다.”

시간이 멈췄다. 피가 굳었다. 다음 순간 그가 돌아서서 리아에게 또 한 번 활짝 웃어보였다.

“아무나 붙잡고 저 언덕 위에 카슨네 집이 어딘지 알려달라고 하세요.” 그가 한 손으로 길 건너 자작나무들 쪽을 가리키며 말했다. “이 동네 사람들은 다 알아요.”

카슨. 코슨이 아니고 카슨이라잖아, 리아. 정신 차려. "카슨이라고요." 멍하니 되뇌는데 목소리가 갈라져 나왔다. 혀로 입술을 축였다. 숨을 제대로 쉬려고 애썼다.

"맞아요." 그가 대꾸했다. "아버지는 스콧 카슨이고요. 이 동네에 저보다 저희 아버지를 아는 사람이 더 많을 걸요."

"고마워요." 리아가 말했다. 그가 하도 빤히 쳐다보고 있어서 무슨 말이라도 해야 할 것 같았다.

"고마워하실 필요 없습니다." 그가 말했다. "가업인걸요. 제가 물려받아서 해야지요."

이 말을 하면서는 미소 짓지 않았다. 소리 내 웃지도 않았다.

리아는 그의 뒷모습을 눈으로 좇다가 그가 완전히 사라진 뒤에야 문을 닫아걸고, 노트북 컴퓨터를 집어 가방에 거칠게 집어넣었다. 이 미칠 것 같은 집에서 나가야 좀 살 것 같았다.

25

리아는 창밖으로 항구가 내다보이며 관광객으로 꽉 차서 혼자만 튀지는 않을 것 같은, 캠든 델리라는 음식점을 발견했다. 거기서 먹을 생각도 없는 커피와 오믈렛을 시켜놓고는 노트북을 펼치고 작업에 들어갔다.

구글 뉴스 페이지로 돌아가 오늘은 더 상세한, 새로운 뉴스가 떴을지 모른다고 기대하며 에버릿 스푸나워를 한 번 더 쳐 넣었지만, 검색결과로 나온 건 최초의 뉴스를 재탕한 기사들뿐이었다. 경찰이 중요한 정보를 가지고 있다면, 밖으로 새 나가지 않게 만전을 기하고 있는 게 분명했다. 그나마 좋은 소식은 에버릿의 고객 중 한 명이 범인일 가능성에 대한 추가 언급을 발견하지 못했다는 것이었다. 추가된 사항이라고는 에버릿이 "살인자를 끌어들일 유의 법률 상담은 하지 않았다. 이건 아마도 에버릿을 모르는, 정신이 뒤틀린 자의 소행"이라는 제삼자의 코멘트뿐이었다.

리아는 그 사람의 말이 맞기를 바랐다. 모르는 소시오패스의 손에 죽었기를 바라는 게 끔찍한 소리 같긴 하지만. 나름의 목적 또는 질문을 안고 찾아오는 사람 손에 당하는 것보다는 나았다.

억지로 오믈렛을 한 숟갈 떠먹었다. 커피가 빈속을 긁어댔다. 다시 검색창으로 돌아가 잠시 머뭇거리다가 새로운 이름을 쳐 넣었다. *라워리 그룹.*

물론 어떤 결과가 뜰지 알고 있었다. J. 코슨 씨는 워낙에 자비로운 이웃이니, 어디어디에 기부했다는 기사가 잔뜩 뜰 것이다. 기부에 따라 붙은 조건들은 아마도 기사 안에 두루뭉술하게 얼버무렸겠지만. 라워리의 행동에 숨은 동기가 제삼자의 레이더망에 잡히는 경우는 매우 드물었다. 리아는 망상적 공포에 질린 상태였고, 그걸 가장 잘 보여주는 증거가 바로 오늘 아침 이웃과의 기묘한 조우였다. 그 이웃은 카슨이라고 했는데 리아는 코슨이라고 들었고, 그 이유는 리아가 지금 지독히도 망상적 상태라서 듣고 싶은 것만…….

페이지가 새로고침 되면서 새 검색 결과가 떴고, 리아의 목구멍이 바늘구멍으로 오그라들었다.

이송차량 사고 후 탈주 죄수들 아직 안 잡혀

그 헤드라인 밑에 붙은 기사 요약 란은 단 몇 줄에 불과했지만, 그 몇 줄로 충분했다. 더 읽어볼 것도 없었다.

마빈 샌더스(42세)와 랜달 폴라드(39세), 연방교도소 죄수로 이송되던

중 조지아주 외곽에서 사고 후 탈주. 닷새째 안 잡혀.

요약 란에 라워리라는 이름은 언급되지 않았지만, 그럴 필요도 없었다. 리아는 그냥 알았다. 일이 어떻게 벌어진 건지 눈앞에 선했다.

'그가 직접 고른 거야.' 리아는 생각했다. '내가 알 만한 두 사람으로. 나를 알 만한 두 사람으로. 얼마든지 다른 사람을 보낼 수 있었고, 굳이 죄수를 탈주시키는 위험을 감수할 필요도 없었는데, 그자들이 나를 알고 있고 내가 겁에 질릴 걸 아니까 그런 수고를 한 거야.'

목에 맥박이 뛰는 게 느껴졌고 배 속이 울렁거렸다. 다음 순간 리아는 계산대 앞에 줄 선 사람들을 헤치며 비좁은 화장실로 뛰어 들어가고 있었다. 등 뒤로 문을 탕 닫고, 토가 나올 것을 대비해 싱크대 위로 몸을 숙였다.

위장 속 내용물은 버텨줬지만 땀구멍이란 땀구멍이 죄다 열렸다. 차갑고 축축한 땀이 탱크톱을 흠뻑 적시고 이마에서도 뚝뚝 떨어졌다. 아파서 나오는 땀, 열이 나서 나오는 땀, 아니면 겁에 질려 나오는 땀이었다. 리아는 숨을 몰아쉬고 온몸을 부들부들 떨면서 간신히 버티고 서 있었고, 이윽고 메슥거림이 가라앉자 찬물을 틀고 세수했다. 물기를 닦아내고 숨을 한 번 크게 들이쉰 다음 문을 열고 식당으로 도로 나갔다. 몇 사람이 고개를 돌리고 불안한 표정으로 지나가는 리아를 쳐다봤다. 이 집 오믈렛에 이상 없으니 걱정들 말라고 말해줘야 할 것 같았다.

항구로 곧장 쏟아지는 폭포가 내다보이는 널찍한 유리창을 마주한 자리에 다시 착석한 리아는 노트북 화면을, 이번에는 차갑게 식힌 머리로 다시 들여다봤다.

그들이 오고 있어. 이렇게나 세월이 흘렀는데 그는 잊지 않고 있었어.

만일의 경우를 위해 감시하고 있었던 거야.

헌데 정말로 그랬을까? J. 코슨 라워리는 위험한 인물이고 오래도록 원한을 품는 타입인 것도 분명하지만, 더그와 아이들이 사는 곳을 알아냈다면 과연 계속 감시했을까? 어딘가 들어맞지 않는 것 같았다. 불가능한 시나리오는 아니지만, 왠지 그럴 법하지 않았다.

우연이라고, 리아? 너와 더그가 준비해둔 단 한 건의 일을 맡아 처리해준 변호사가 살해당했고 랜달 폴라드와 블리크가 풀려났는데, 넌 이게 우연 같니?

블리크. 이름을 떠올리자 그 남자가 떠올랐고, 리아의 속이 또 한 번 뒤집어지면서 시야의 가장자리가 잿빛으로 어두워졌다. 그 이름을 처음 들었던 때가 생각났다. 브래드 라워리에게 불리한 증언을 할 첫 주자였던 레이 존슨이 다 얘기해주었다. 세인트피터스버그(플로리다 피넬러스 카운티의 도시) 시내에, 둘이 만나 햄버거와 맥주를 먹었던 더 채터웨이 레스토랑 근처의 작지만 아주 깨끗한 자기 집에 서 있는 레이의 모습이 눈에 선했다. 몸집 자그마한 흑인 여성 레이는 미소가 편안하고 눈이 참 예쁜 사람이었다. 그 날 채터웨이에서 레이는 니나 모건이라는 여자의 얼굴을 보며 이렇게 말했었다…….

"블리크. 그게 다예요. 그냥 블리크. 별명이 그냥 한 단어. 몸집이 크지 않아서 그리 위압적이진 않아요. 적어도 신체적으로는요. 그들이 고용하는 치들 중 일부는, 그러니까 제일 피 튀기는 일을 해치우는 놈들은요, 하다 보면 그 일을 즐기게 돼요, 무슨 뜻인지 알죠? 아니면 뭐랄까, 그런 일에서 희열을 느끼나 봐요. 아드레날린이든 테스토스테론이든 뭐든 간에. 그런데 마빈 샌더스는 말이죠. 그 인간은 그냥…… 무관심해 보였어요. 무감정하다고 할까. 모두들 그 인간 얘기를 많이도 떠

들어댔어요. 얼마나 잽싸게 움직이고 총은 또 얼마나 잘 다루는지, 딱 필요한 말만 하면서 얼마나 과묵한지. 그를 피하기도 했고요. 그걸 나는 초반에 알아챘어요. 사람들이 그자와 거리를 두더라고요."

그는 클리블랜드 출신이었다. 클리블랜드 동부의 세인트클레어 애비뉴라는 곳. 고등학교 때 미식축구 팀에서 와이드 리시버로 뛰었고, 기량이 뛰어나서 대학 장학생 입학 제의를 몇 군데에서 받았지만 그중 어느 대학에도 캠퍼스 방문조차 하지 않았다. 고등학교를 졸업하자마자 육군에 입대했고, 2005년 레이가 소속 공군부대를 따라 카불에 배치되어 처음 만났을 때 그는 레인저 스쿨(미 육군 특수부대 교육 과정)을 수료한 뒤 이미 집중 포화 속에도 냉정을 유지하며 평시에는 접근이 어려운 사람이라는 평판을 얻고 있었다.

레이는 리아처럼 대학 졸업장을 따기 위해 공군에 입대했지만, 비행기 조종에는 딱히 관심이 없었다. 공군의 홍보와 그들이 내세우는 혜택이 마음에 들었을 뿐이었다. 9/11 테러 당시 레이는 예비역이었지만 3년 후 현역으로 차출되었다. 처음에는 정보부 소속이었다가 나중에는 그런 이력 때문에 라워리 그룹의 일부 공작원들과 긴밀히 공조하게 되었다. 라워리 그룹이 굵직굵직한 정부 계약을 따내기 시작할 무렵이었다. 레이는 군인에게, 그중에서도 특전사에게 매력을 느낀다고 리아에게 털어놓았다. 용맹하고, 정예 병사인데다, 무엇보다 제대로 된 인간들이라서 그렇다고 했다.

그런 레이가 마빈 샌더스는 안 좋아했다.

"텅 비었어요." 니나 모건에게 레이는 이렇게 말했다. "작업과 감정적으로 거리를 둘 줄 안다는 뜻이 아니에요. 그건 다들 할 줄 아니까요. 필수였죠. 그보다는, 말 그대로예요. 영혼 없는 몸뚱이마냥 텅 비었다고요.”

블리크라는 별명은 마빈 샌더스 본인이 한 말에서 유래한 것이었다. 레이는 이제 와서 돌아보니 본인 입에서 나온 말이라서 시간이 흐르고도 유지된 것 같다고, 아니면 최소한 남들이 그의 면전에 대고 부를 수 있었던 것 같다고 했다. 순식간에 일이 단단히 틀어진, 한밤중의 급습 작전 중에 일어난 일이었다. 특공대원 네 명이 죽고, 다섯 명이 부상을 입었다. 사망한 대원 넷 중 한 명은 통신 담당이었다. 그는 얼굴에 총알 네 방을 맞고 눈과 입이 있어야 할 자리에 뼈가 드러난 채 피를 콸콸 뿜으며 뒤로 고꾸라졌다. 와중에 그가 멘 무전송수신기는 지직거리며 공중 지원이 필요한지 묻는 바그람(1950년에 아프가니스탄에 미군 주도로 건설한 공군기지. 2021년 7월 미군은 공식 철수했다)의 교신메시지를 송신하고 있었다. 응답이 없자 초조해진 바그람의 지휘관은 상황을 보고하라고 악을 썼다. 격전지에서 수 킬로미터 떨어진 곳에서 어서 상황이 어떤지 보고하라고—거기 상황이 어떤가?—다그치는 이가 느꼈을 두려움과 분노가 무전기로 고스란히 전달됐다.

그때 마빈 샌더스가 무전기를 집어 들고 조용히 한마디 했다. “블리크(‘황량하다’는 뜻).”

그러더니 무전기를 내려놓고 포복 전진해 총을 난사했다. 동료들이 다 죽고 부대 전체와 자신의 목숨이 위태로운 상황에서 그가 내뱉은 말은 “황량합니다” 한마디뿐이었다. 그건 곧바로 그의 별명이 되었고, 마빈 샌더스도 분명 알고 있었겠지만 한마디도 하지 않았다. 사실 그는 어떤 문제에 대해서도 별 말이 없었다.

이 얘기를 레이가 니나에게 해준 건 몇 년이 지나서였다. 그때 그들 넷, 레이와 니나와 블리크 그리고 눈 색깔이 서로 다른 랜달 폴라드는 한 팀에 소속된 동료였다. 라워리 그룹은 그들 모두에게, 미국 정부가 시키던 것과 똑같은 일을 시키면서 연봉은 두 배를 지급했다. 레이는 전에 하던 것과 똑같이 비행 스케줄을 조정하고 보안 데이터를 분석했다. 니나는 전과 똑같이 외딴 곳에 있는 활주로로 비행기를 몰고 갔다가 다시 몰고 왔다. 마빈 "블리크" 샌더스와 랜달 폴라드는 똑같이 완전 군장을 하고 한밤중에 어디론가 사라졌는데, 유일하게 달라진 점은 이제 휘장과 인식표를 안 달고 다닌다는 것이었다. 만약 그들이 용병으로 임무를 수행하다 사망한다면, 명명백백히 민간인으로 식별되는 것이 매우 중요했다. 물론 여기에는 여러 가지 이유가 있었다. 하나는 적에게 한 방 먹일 수 있다는 것이었다. 레인저나 해병대 특공대원을 죽였다고 하는 것보다 민간 용병을 죽였다고 자랑하면 훨씬 하찮아 보이니까. 적국에서 관심을 덜 보일 테니 하찮아지는 것이었고, 그 점이 라워리 그룹에게는 더 중요했다.

라워리 그룹은 인정이 아닌 익명성을 원했으니까. 라워리 그룹의 사조는 단 한 단어로 압축되었다. '침묵.'

그 점을 이해하지 못하는 사람은 라워리에 적합한 인재가 아니었다. 니나 모건은 그 사실을 일찍이 간파했다. 개인 페이스북에 사진을 포스팅하는 조종사가 있었다. 산이며 사막 한가운데의 이착륙장 따위를 찍은, 무해한 사진이었다. 그러나 무언의 사규를 위반한 죄로 그는 해고당했다.

그렇지만 분위기에 이끌려 침묵의 필요성을 덩달아 믿게 되는 건 어렵지 않았다. 오히려, 자신이 임무에 동참하는 상황에서는 그 규율이 어느 정도 납득이 되었다. 라워리 그룹과 미국 군의 경계가 점점 모호해지고 또 니나가 검은색 위장복 차림의 라워리 그룹 용병과 나란히 미군 공식 휘장을 단 사람들을 실어 나르기 시작하면서, 아닌 게 아니라 그들 팀이 맡는 임무도 중대하게 느껴지기 시작했다. 니나가 임무를 속속들이 이해하지 못하는 건 상관없었다. 전쟁에 뛰어들어 싸우는 이들 중 그걸 이해하는 사람이 몇이나 되겠는가? 전쟁에서 이기고 싶으면 자기가 맡은 임무만 수행하면 되는 거였다. 조금씩 쌓인 성과가 누적되어 성공이 되었다. 안전하게 비행하고, 안전하게 착륙하고. 다시 반복하고.

지금은 이상한 소리로 들리겠지만, 당시에는 그들이 가족처럼 느껴졌다. 모두들 '라워리 씨'라고 불렀던, J. 코슨 라워리도 실제로 자주 얼굴을 내비쳤다. 빈번히 오가며 직원들 한 명 한 명과 친해지려고 노력했다. 그는 놀랍도록 이름을 잘 기억했다. 보통 그의 옆에는 머리카락 색만 짙을 뿐 나머지는 찍어낸 듯 닮은 아들이 대동했고, 부자가 모두 키 크고 늘씬한데다 옷까지 흠잡을 데 없이 차려입고 다녔다. '멀쑥하다', 둘의 겉모습을 표현할 딱 맞는 말이었다.

라워리 부자는 친절하기까지 했다. 저런 사람들 밑에서 일하는 걸 기쁘게 여기게 될 정도로 태도에서 따스함이 느껴졌다. 수십억 달러 규모의 사업체를 굴리는 경영자가 일일이 눈을 맞추고 웃으며 이름을 불러주면, 상대방은 그에게 호감을 느끼는 동시에 감탄하고 고마워하지 않을 수가 없었다.

둘 중 보스는 아버지 쪽이었지만—그 점은 누구도, 한 치도 의심하지 않았다—간판은 아들이었다. 브래드 라워리는 미래를 상징했다. 그가 법적 후계자라서 그런 것만은 아니었다. 그의 이력은 화려했고, 외모는 수려했다. 프린스턴 대학 학사 졸업, 하버드 MBA 수료. 육군 예비역. 현장에 배치된 짧은 기간 동안 정보원으로 활동. 수십억 달러의 자산을 굴리는 동시에 수십 명의 상원 의원과 친분이 있는 사람. 그런데 겨우 서른다섯 살이었다. 장차 정계에 진출할 인물이었다. 그러리라고 모두가 확신했다.

초반에 그는 리아에게 조금 다른 종류의 화물에 불과했다. 모셔가고, 내려주고, 다시 모셔오면 끝이었다. 그는 언제나 성 대신 이름으로 불렀고, 매번 더그의 안부를 물었다. 리아는 헤일리를 임신하자 국내 비행만 나가게 해달라고 요청했고, 회사는 요청을 수락했다. 그 무렵 국내 비행 수요가 꽤 있었다. 멕시코 국경을 넘는 비행도 다수 있었지만 그조차 단거리 비행이었고, 리아는 매일 자기 집에서 출근했다가 그날 자기 집으로 퇴근할 수 있었다.

그것이 정상적인 삶이라고 믿을 수도 있었다. 처음 만나는 이들에게 직업을 설명할 때 사용하는 애매한 표현들은 어느새 짐짓 모른 척하게 되었다. 텔레비전 뉴스에 아는 얼굴들이 나올 때도 있었다. 나중에 아이오와나 뉴햄프셔, 사우스캐롤라이나에서 그 사람들을 다시 마주쳤다. 그들은 종종 자기네 외교 정책 전문가를, 혹은 자신이 몸담은 위원회 일원들을 대동하고 다녔다. 라워리 그룹에 계약을 척척 성사시켜주던 위원회와 겹쳤다. 브래드 라워리도 곧 정계에 진출할 것은 다들 짐작하고 있었다. 차기는 아닐지 몰라도 차차기 선거에는 분명 나올 거라고 점쳤다.

그런 건 관심 없었다. 리아 자신의 인생—일, 남편, 딸, 아들—을 신경 쓰는 것만으로 벅찼으니까.

그때는 그것들을 다 가지고 있었다.

리아는 구글에 새 검색어를 쳐 넣었지만, 이번에는 뜨기도 전에 검색 결과를 알았다. 수천 번은 들여다본 사진이었다. 레이 존슨의 부고에 유가족이 첨부한 사진이었다. 사진 속에서 레이는 두 아들 단테, 더럴과 함께 낙엽 더미 위에 앉아 있었다. 사진 찍을 당시 각각 아홉 살, 여섯 살이었던 두 아이는 환히 흩날리는 낙엽 속에 엄마와 나란히 앉아 입이 찢어져라 웃고 있었다. 형제 중 동생은 배트맨이 그려진 티셔츠를 입었고 형은 르브론 제임스 선수의 이름과 등번호가 찍힌 저지 차림이었다. 진바지에 심플한 흰색 탱크톱을 입은 레이는 젊고 매력적이고 세상에 두려울 게 없어 보였다. 세 사람 사이에 떨어지던, 칼에 베인 정맥처럼 새빨간 단풍잎 하나가 사진에 포착되었다.

그 사진을 찍었을 당시 세 가족은 필라델피아 근방에 사는 레이의 친정을 방문해 머물던 중이었다. 리아는 끝내 유족을 만나보지 못했다. 레이가 매장됐을 때는 이미 정체를 바꾸고 숨어버린 뒤였으니까.

수사관들이 니나 모건의 집에 찾아오도록, 그리고 결국 브래드 라워리가 권총 자살을 하도록 이끈 것은 레이의 죽음이었다.

애초에 살해 대상에 아이들은 포함되지 않았었다고, 랭킨 박사가 말해주었다. 죽이려던 건 레이뿐이었다.

그 정보는 리아가 레이를 비행기에 태워 죽을 장소로 날라준 후에야 리아에게 전달되었다.

물론 당시에는 그게 다 무슨 소린지 감조차 잡지 못했다. 수사가 진행되고 있는 줄도 몰랐고, 레이가 증언을 고려하고 있었다는 건 더더욱 몰랐다. 연방 수사국에서도 극비에 부쳐져, 가장 은밀한 내부 조직 외에는 누구도 알지 못했었다. 바로 그래서, 멕시코 칸쿤에서 조금 떨어진 무헤레스섬에 있는 라워리가의 별장을 마음껏 사용해도 좋다고 초대받았을 때 레이는 그 초대를 액면 그대로 받아들였다. 아니, 그보다는 자신의 양심이 깨끗하다는 것을, 자신의 충성심이 흔들리지 않는다는 것을 보여줄 기회로 받아들였다.

레이의 두 자녀는 탑승자 명부에 올라있지 않았다.

두 아이는 레이와 함께 탬파(플로리다주 서부의 항구 도시)의 사설 공항에, 잠수용 오리발이며 스노클이며 선크림 따위가 든 가방을 들고 나타났다. 보기만 해도 기분 좋아지는 환한 미소를 머금고 도착한 두 아이는 모험을 떠날 꿈에 잔뜩 부풀어 있었다. 레이도 미소 짓고 있었다. 조종사가 자신이 제일 좋아하는 동료이자 친한 친구인 리아였기 때문이다. 게다가 회사가 경비를 전액 대주는 긴 주말 여행이라니.

레이가 안 갈 수 없었다는 것을, 리아는 한참 후에야 깨달았다. 레이는 아무것도 두렵지 않다는 태도를 보여줘야만 했다. 그날 비행에서 레이는 정말로 아무것도 두렵지 않은 것처럼 보였다. 연방 수사관들이 보호해줄 것을 철석같이 믿었기 때문이다.

브래드는 아이들이 동행한 것을 몰랐다. 레이만 오게 돼 있었으니까. 뒤틀린 그의 마음속에, 그 점이 결정적 타격이었던 듯했다. 레이를 죽인다? 그건 별일 아니었다. 일가족을 몰살하고, 폭로될 위험에 처한다? 그렇게까지 할 각오는 안 되어 있었던 모양이다.

묘하게도 리아는 브래드 라워리가 자살했다는 소식을 듣고 조금은 마음이 풀렸다. 브래드에게 일말의 인간적 가책이 남아있었다는 게 다행스러웠다. 그 점에 대해 지난 몇 년간 반추해보았다. 리아의 가설들—아니면 희망인가? 여전히 그것들을 애처롭고 자기 합리화적인 희망이라 칭할 수 있을까?—은 맞은 걸로도 틀린 걸로도 판명되지 않았다. 리아가 아는 거라곤 자신이 레이와 그의 어여쁜 두 자녀를 한 아름다운 섬에 데려다주고 그들이 렌트한 레인지로버에 올라타 꿈의 주말 휴가를 향해 출발할 때 손을 흔들어줬으며, 그런 다음 그 활주로에서 그대로 한 시간을 기다렸다가 귀환하는 다른 승객들을 태우고 돌아왔다는 것뿐이었다. 그 승객들은 바로 마빈 샌더스와 랜달 폴라드였다.

레이와 단테, 더럴의 소식을 들었을 때 리아는 이미 귀가해 있었다. 셋 모두 사망했다고 했다. 십자 포화에 휘말려 죽임을 당했다고. 다만 총알 세례를 받아 폭발한 레인지로버를 본 수사관들이 혹시 총탄에 맞건 맞지 않건 차량이 폭발하도록 조작돼 있었던 게 아닐까 하고 의심을 품게 되었다.

경찰은 카르텔이 저지른 폭력 사건이라고 발표했고, 미국 언론은 그 서술을 넙죽 주워섬겼다. 멕시코 해안을 조심하세요. 국경 남쪽에 어떤 사악한 무리가 출몰할지 누가 압니까.

리아를 처음 찾아온 수사관은 단테와 더럴의 사진을 갖고 왔다. 리아는 두 아이의 얼굴을 보면서 더듬더듬 질문에 대답했던 그때를 똑똑히 기억했다.

네, 그날 비행이 어땠는지 얘기해드릴게요. 원래의 계획이 변경됐어요. 라워리 씨의—그러니까, 브래드의—제안으로 바뀐 거였는데, 저는 아이들도 탑승할 줄은 몰랐어요. 레이랑 레이의 언니만, 둘이 각기 다른 비행기 편으로 가게 돼 있었어요. 근데 아이들이 온 거예요.

네, 다른 승객들을 태우고 돌아왔어요. 이름도 말씀드릴 수 있어요. 마빈 샌더스하고 랜달 폴라드예요.

그로부터 48시간이 채 안 지나 브래드 라워리가 아버지와 2분간 통화했고, 전화를 끊고 얼마 후 스스로 목숨을 끊었으며, 니나는 또 다시 수사관들과 통화하고 있었고, 문젯거리가 닥쳐오고 있었다.

그런데 그 사건으로부터 수천 킬로미터 그리고 한 사람의 생애만큼 멀리 떨어진 메인주 캠든에 있는 지금, 또 다시 문젯거리가 닥쳐오고 있었다.

리아는 노트북을 탁 닫아 그 사진을 봉인해버렸다.

"실수했어." 혼자 속삭이면서 널따란 유리창 너머 항구와 거기에 정박해있는 오래된 목조 스쿠너선들, 그리고 엽서에 인쇄되는 사진들처럼 완벽해 보이는 공원과 조선소와 섬을 내다봤다. 캠든에 온 것은 실수였다. 리아는 지금 겁이 났고, 겁먹을 이유는 충분했다. 그러나 그중 하나는 리아가 자초한 것이었다. 제 발로 둥지를 떠난 것이 잘못이었다. 어리석긴. 리아에게 자연적 이점이 하나도 없는 곳으로 제 발로 옮겨오다니. 무스헤드 북쪽의 산속, 외딴 통나무 운반용 도로들과 끝없이 펼쳐진 인적 없는 숲에서 리아는 자신을 누가 들이닥치든 능히 맞서고 방어할 수 있는 사람으로 키워냈다. 그런데 대체 왜 연약한 사람인 척하고 왜 낯선 땅으로 옮겨오는 리스크를 무릅쓴 것인가?

블리크. 그게 다예요. 그냥 블리크. 별명이 그냥 한 단어. 몸집이 크지 않아서 그리 위압적이진 않아요. 적어도 신체적으로는.

그가 오고 있었다. 이리로 향한 지 이미 며칠 됐고, 리아가 못 알아채고 있었을 뿐이다. 아무것도 모른 채 평온하게 지내고 싶어서, 경계할 권리를 스스로 부정했기에 이리 된 것이었다. 두려움을 품을 권리를 부정했기에.

이제 리아는 두려웠지만, 그래도 괜찮았다. 본연의 모습으로 돌아오고 있었으니까. 어쩌면 그리 늦지 않았는지도 모른다. 어쩌면은.

리아는 식당에서 나와 시리도록 맑은 9월의 공기로 걸어 나갔고, 아까 세워둔 지프차로 갔다. 차 안의 글러브박스를 열어 뚜껑을 젖히고, 이사 올 때 챙겨온 반자동 글록을 꺼내 탄창을 확인했다. 탄창은 가득 차 있고 약실은 비어 있었다. 총을 무릎에 내려놓고 시동을 건 후, 잠시 전방의 길 저 너머의 오래된 감리교회와 도서관, 또 그 너머 목숨 바친 병사들을 기리는 석탑이 우뚝 서 있는 배티산을 물끄러미 바라봤다. 그러다가 랭킨 박사에게 전화 걸었다.

랭킨은 전화를 받지 않았다. 항상 받는 사람인데, 오늘은 받지 않았다. 음성사서함도 가득 차 있다고, 기계적인 음성 안내가 알려주었다.

박사에게 도움받긴 글렀군. 어쨌든 오늘은.

리아는 전화를 끊었다. 숨을 한 번 크게 쉬고, 몸을 뻗어 총을 다시 글러브박스에 넣었지만 이번에는 글러브박스를 잠그지 않았다. 손 뻗으면 닿을 곳에 총을 두지 않고도 살 수 있다고 자신을 속이는 건 그만둘 때가 됐다. 그리고 이 마을을 떠날 때도 됐다. 여기 있으면 그들이 곧 리아를 찾아낼 테고 리아의 아이들도 찾아낼 텐데, 여기서는 그들에 맞설 대비가 안 되어있었다. 아이들을 데리고 리아가 잘 아는, 그러나 그들에겐 익숙하지 않은 곳으로 갈 것이다. 그곳에서 필요한 대비를 할 것이다.

폴라드와 블리크가 메인주 북부까지 쫓아온다면?

그러면 오히려 폴라드와 블리크가 마음 단단히 먹어야 할 것이다.

자신들이 니나 모건을 쫓고 있다고 믿고 있으니, 리아 트렌턴을 마주할 준비는 안 되어있을 테니까.

리아 트렌턴은 니나 모건과 전혀 다른 사람이니까.

26

리아 트렌턴이 움직이기 시작했을 때 댁스는 '마리너스' 카페에서 커피 한잔을 즐기고 있었다. 서둘러 나가게 돼서 적잖이 실망스러웠다. 커피가 상당히 맛있고, 테이블 매트가 특히 마음에 들었기 때문이다. 사업체들이 테이블 매트 따위에 자기네 사업을 홍보하곤 했던 시절로 돌아간 기분이었다. 보아하니 메인에서는 제설 작업이나 벌채 서비스 등을 광고하는 시즌에 이런 접근 방식이 아직 유효한 것 같았다. 누가 알겠나? 댁스도 테이블 매트 하나로 집 마당 파내고, 나무를 베고, 진입로 제설하고, 컴퓨터를 수리하고, 겨울에 대비해 보트를 창고에 넣는 작업을 죄다 외주로 처리하고 심지어 수상비행기 투어도 다녀올 수 있을지? 인터넷이 메인주의 인쇄물 홍보 시장을 아직 망치지 않은 걸 보니 기분 좋았다. 실제로 사람들이 이 업장들에 전화해서 당신네 업체 광고를 테이블 매트에서 봤는데 견적 좀 내달라고 하나? 그럼 어쩌면 댁스도 사업을 홍보할 수 있을지 모른다. '살해 및 목격자 빼돌리기 해드립니다, 추천 많음, 가족이 운영!'

그렇게 홍보하면 어떨까 생각하며 웃고 있는데 리아 트렌턴이 인도에 바짝 대놓은 차를 빼더니 벨패스트로 이어지는 1번 도로를 타고 북쪽을 향해 달리기 시작했다. 댁스는 리아의 지프에 이미 GPS 추적기를 달아놨기에 느긋하게 쫓아갔다. 서두를 것 없었다.

카페를 뜰 때 테이블 매트를 챙겼다.

캠든에서 북쪽으로 몇 킬로미터 떨어진 링컨빌에서 리아 트렌턴을 찾아냈다. 리아는 별로 길지 않은 모래사장을 왔다 갔다 하며 휴대폰으로 누군가와 통화하고 있었다. 댁스는 렌트한 도요타 타코마를 웨일스투스 펍이라는 술집 주차장에 대놓고, 바다 구경에 푹 빠진 척 해변을 어슬렁댔다. 별로 어렵지 않았다. 날씨도 끝내주고 해수면 위로 불어오는 바람에서 깨끗한 짠 내가 났기 때문이다. 만에는 섬들이 점점이 흩어져 있고 그 너머로는 아카디아 국립공원 옆에 있는 마운트데저트섬도 보였다. 이렇게 보니 메인은 참 아름다운 곳이었다. 그래도 댁스는 메인에 좋은 감정이 들지 않았다. 여기서 죽을 뻔한 적이 있는데다, 북대서양의 맑고 차가운 냄새를 맡으니 왠지 팔이 욱신욱신 쑤시는 것 같았다.

그는 밝은 색으로 칠한 롭스터 부표(어부가 자신이 롭스터잡이 트랩을 설치한 곳을 알아보기 쉽도록 띄워놓은 부표)들을 휴대폰 카메라로 찍는 척하며 리아 트렌턴을 주시했다. 리아는 전화를 끊더니 잰걸음으로 선창 끝으로 가 여객 터미널로 들어갔다. 그 안에서 7분간 머무르더니 티켓으로 보이는 종이쪼가리 몇 장을 손에 쥐고 나왔다.

댁스는 미간을 접었다. 섬으로 가는 게 리아에게는 말이 되는 결정인지 모르겠지만 댁스가 보기엔 말도 안 되게 터무니없는 행보라서, 그는 리아가 어떤 논리로 그런 결정에 이르렀는지 짐작해보려 했다. 댁스는 남의 형편없는 아이디어로 자기 머리를 오염시키는 걸 좋아하지 않았다. 어쩌면 섬에 친구라든가 믿을 만한 사람이 있어서 그러는지도 모른다. 어쩌면 1950년대로 거슬러 가 기차를 타듯, 개인 정보를 전혀 요구하지 않고 돈만 지불하면 되는 곳에서 지물로 된 연락선 티켓을 현금으로 산 자신을 못내 자랑스러워하고 있을지 모른다.

그렇다 쳐도…… '섬'에 가겠다고? 아, 리아. 그것보단 나아야지. 아니, 멜라니아 트럼프 말처럼 최고가 되어야지. 그 생각에 댁스는 씩 웃었다. '최고가 되어라.' 다들 그 말을 듣고 웃음을 터뜨리거나 감동해서 울거나, 둘 중 하나였겠지?

그는 리아에게 관심 없는 척하며 바하마 제도 깃발을 휘날리며 지나가는, 말도 안 되게 비싸 보이는 범선 두 척을 구경했다. 여름에는 북대서양에서 고급 여객선 타고, 겨울에는 남쪽 휴양지에 가고. 좋은 삶이다. 저 범선에 탄 사람 중 몇 명이나 그 좋은 삶에 진력이 났을까 궁금했다. 그중 몇 명이 그 좋은 삶을 지속하려고 가족 중 누군가에게 연락해 도움을 청한 적이 있을지 궁금했다. 고급 요트를 즐기며 살기까지, 적을 한 명도 안 만들 수는 없을 테니까.

J. 코슨 라워리도 고급 요트를 소유하고 있을 것이다. 1년에 몇 번 가지도 않는 거대한 농장을 소유한 자라면 1년에 몇 번 타지도 않는데 선원단까지 갖춘 요트도 소유할 법했다.

"자네 부친은 이번 건을 부채 청산의 기회로 봤을 거라 생각해서 그랬네." 램킨 박사가 이렇게 말했지.

댁스는 선박들을 보며 코로 숨을 깊이 들이마시고 입으로 다시 내쉰 다음, 아무 감정도 들지 않는다고 스스로에게 되뇌었다. 이번 일에 개인적 감정은 전혀 개입되지 않았다고. 블랙웰가 사람들에게 사적인 감정으로 개입하는 일 따위 없다고.

두 눈 똑바로 뜨고 마음을 비우면 질 수가 없지.

그가 다시 주차장 쪽으로 몸을 돌렸을 때는 리아 트렌턴의 지프가 사라진 뒤였다.

지프는 해안에서 멀어져 산등성이에 난 길로 들어섰고, 1번 도로를 버리고 뒷길을 택한 걸로 보였다. 댁스는 GPS 장치를 믿고, 거리를 두고 쫓아갔다. 일단 위협에 대한 경계 스위치가 켜졌으니 백미러에 알짱거리는 차를 보면 가만있지 않을 것 같아서였다. 리아의 지프를 가리키는 초록색 점이 드디어 퍼날즈 넥이라는 비포장도로의 끄트머리에 멈춰 섰다. 솔숲으로 들어가 메군티쿡 호수 근처에서 끊기는 길이었다. 처음으로 댁스는 리아에게 들켰을 가능성을 의심했다. 정면에서 마주치지 않고는 끊긴 길을 따라 추적할 방법이 전혀 없는데, 어쩌면 리아가 정확히 그런 행보를 유도하려고 이러는지도 몰랐다.

댁스는 링컨빌 잡화점 앞에 이르러 도로변에 차를 세운 다음 초록색 점이 움직이기를 기다렸다. 생각보다 오래 기다려야 했다. 20분이 지나고, 30분이 지났다. 댁스는 리아 트렌턴이 숲으로 들어선 동기가 점점 더 궁금해졌다. 걸어서 쫓아갈까 생각하는 순간 드디어 초록색 점이 다시 활성화됐다. 동남쪽으로 움직이다가 방향을 틀어 105번 도로로 들어서고 있었다.

리아 트렌턴은 집으로 가고 있었다.

그렇다면 잠시 멈춘 건 뭘 하느라 그런 거지?

댁스는 리아가 그랬던 것처럼 퍼날즈 넥 끝까지 차를 몰고 갔다. 거기에서 흙길이 끝나고 이 지역 토지 신탁 보존 구역에 할당된 주차장이 펼쳐져있었다. 표지판들을 보니 더 가면 하이킹 코스들이 있는 모양이었다. 댁스도 위기가 닥쳤을 때 숲을 느긋하게 산책하며 머리를 비우는 건 대찬성이었지만, 리아 트렌턴이 여유롭게 산책하러 숲에 들어갔을 것 같지는 않았다. 오늘 리아는 액션 모드였고, 퍼즐 조각 몇 개는 말이 됐지만 나머지 조각들은 영 말이 되지 않았다. 연락선 터미널은 왜 들렀으며, 호수에서는 대체 뭘 하고 있었던 걸까?

"흥미롭군, 리아." 댁스가 소리 내 말했다. "당신을 무시해서 하는 말은 아닌데, 움직일 때도 됐어."

리아 트렌턴이 무슨 꿍꿍이로 이러는지는 모르겠지만, 곧 움직일 작정인 건 거의 확실했다.

27

하루가 끝도 없이 늘어졌고, 맷은 온종일 헤일리를 한 번도 보지 못했다. 교실을 옮겨 다니면서도 머릿속에서는 헤일리의 아빠에 대해 알아낸 얼마 안 되는 정보만 이리저리 굴렸고, 어떻게 하면 대단한 정보로 포장해서 전달할까 고민했다. 어쨌거나 알아낼 시간이 하룻밤밖에 없었고, 아무리 뛰어난 사설탐정도 시간이 충분히 필요한 법이었다. 특히 귀가 시간과 취침 시간을 엄수해야 하는 사설탐정은 더더욱.

둘은 집에 가는 스쿨버스에서도 따로 앉았고, 버스가 멀어지고 대니 놀턴의 주근깨 박힌, 지분거리는 표정의 얼굴이 버스 창에서 물러난 뒤에야—대니는 맷이 헤일리에게 말을 거나 보려고 지켜보고 있었다—맷은 입을 열었다.

"오늘 오후에 시간 돼?"

"응. 아직도 네가 비즈니스 미팅 주로 하는 폭포에 가고 싶어?"

"거기가 만날 장소로는 최고야."

헤일리는 슬쩍 미소 짓더니 곧 입을 다물었고, 맷은 갑자기 그 자리가 어색해졌다.

"그럼 거기서 만나는 걸로 할까?" 맷이 물었다.

"그냥 같이 가면 안 돼?" 당연한 것 아니냐는 투로 헤일리가 물었다. 그런 말 하면 맷의 심장이 더 쿵쾅거린다는 걸 까맣게 모르는 것처럼.

"그래." 맷이 대꾸했다. "그러자는 얘기였어."

헤일리가 입술 끝을 움찔거리며 고개를 끄덕였다. "좋아. 그럼 들어가서 애들이나 타는 자전거 끌고 나올게."

"나도." 맷은 애지중지하는 18단 기어 자전거를 떠올리며 맞장구쳤다.

그러고는 얼른 부엌에 백팩을 던져놓고, 2층으로 우당탕 올라가 표지에 '극비 특별허가 정보'라고 써놓은 폴더를 집어 들고 다시 우당탕 내려와 자전거를 경사진 진입로 제일 꼭대기에 끌어다놓고 기다렸다. 잠시 후 헤일리가 새것으로 보이는 자전거를 끌고 나타났다. 헤일리가 가진 건 대부분 새것인 것 같았다. 맷은 헤일리의 선글라스와, 그게 부러진 줄 알았을 때 헤일리가 보인 반응을 떠올렸다. '아빠가 준 거란 말이야.' 아빠가 남긴 게 그것뿐인 걸까? 집에 있던 물건들이 다 어떻게 됐기에?

"왜?" 자기를 평가하듯 보는 눈초리를 알아채고 헤일리가 물었다.

"아무것도 아냐. 그럼, 어, 거기까지 거의 내리막길이야." 맷은 무슨 말이라도 해야 할 것 같아서 나오는 대로 내뱉었다.

"잘됐네." 헤일리가 대꾸했다. "올해 크로스컨트리 경기를 빼먹었으니, 이제 오르막길 가다가 쓰러져 죽게 생겼군."

맷이 자전거를 타고 내달리기 시작했고, 곧 헤일리도 나란히 달렸다. 잠시 동안 모든 것이 완벽했다. 공기가 후끈하지는 않을 정도로 푸근했고, 하늘은 밝고 구름 한 점 없어서 마치 CG로 색을 더 깊고 선명하게 조작한 것 같았다. 아직 나뭇잎이 물들진 않았지만, 여름인 양 속이려는 푸근한 공기에도 가을의 기운이 단단히 서려 있었다. 9월의 메인다웠다.

둘은 동네를 벗어나 워싱턴가로 접어들었고 그대로 시내로 향했다. 워싱턴가는 줄곧 해안선을 끼고 이어졌고, 그래서 항구를 향해 미끄러져 가기만 하면 되었다. 중간쯤 가서 만이 한눈에 들어오는 지점이 있었는데, 반짝거리는 수면에 선박들이 한데 모여 정박해 있고 그 너머로 커티스섬까지 보였다. 야트막한 오르막은 차를 타고 갔다면 거의 못 느꼈겠지만 자전거로 가니 배가 약간 당길 정도로 경사가 느껴졌고, 오르막을 다 올라 항구를 향해 가파르게 기울어진 구간을 타고 내려갈 때는 속도감에 짜릿함이 느껴졌다. 맷은 이 마을에 차를 타고 다니면 놓칠 매력이 정말 많다고 생각했다.

두 사람은 오래 전부터 있었던 녹스 밀(1800년대에 모직 공장이었다가 상업 공간으로 용도 변경을 거쳐 이제는 주거 공간이 된 캠든의 대규모 복합 단지)을 지나쳐 메군티쿡강을 옆에 끼고 주차장을 가로질렀고, 도서관과 항구 옆 공원 맞은편에 이르렀다. 캠든 항구에는 록포트보다 관광객이 더 많이 몰렸는데, 맷이 록포트로 향한 것도 바로 그래서였다.

둘은 프렌치 앤드 브론 마트를 지나 오르막길을 달렸고, 잠시 내려서 자전거를 끌고 길을 건넜다. 옆을 흘끗 돌아본 맷은 헤일리가 만면에 웃음을 띠고 있는 걸 발견했다. 헤일리가 이렇게 미소 짓는 건 처음이었다. 비꼬거나 놀리는 웃음이 아니라 얼굴에 활짝 핀, 즐거워 죽겠다는 웃음이었다.

맷이 보는 걸 알아챈 헤일리는 웃은 걸 후회하듯 미소를 거둬들이려고 했다. 그러다가 어깨를 으쓱하며 말했다. "자전거 타는 게 몇 년 만이거든. 내리막길 타는 거 진짜 재밌네. 잊고 있었어."

"그치, 재밌지?"

차들이 두 아이를 보고는 멈춰주었고, 둘은 손 흔들어 인사한 후 길을 건넜다. 거기서부터 자전거를 타고 유니언가를 따라 달려 캠든에서 벗어나 록포트로 들어섰고, 지역 명을 알리는 커다란 아치문 밑을 지나 항구 옆 해양 공원으로 구불구불 이어진 길을 따라 달렸다. 마을 아래쪽에 펼쳐진 록포트 항구는 캠든 항구보다 작았지만, 범선들 사이에 정박해 있는 롭스터잡이 배 몇 척과 풀밭에 섬처럼 덩그러니 남겨진 기찻길에 정지해 있는 '불칸'이라는 아주 오래된 기관차 열차가 한눈에 들어오는 조용하고 아름다운 마을이었다. 메인에서 파는 엽서마다 실리는 풍경 같았다. 메인 출신의 여자애들은 두 번 눈길 안 줄지 모르지만, 켄터키에서 온 여자애라면 감탄할 거라고 맷은 짐작했다.

항구 옆 해양 공원 윗길에서 멈추고 그 너머의 탁 트인 만을 내다보는데 바다 냄새가 포근한 바람에 실려 왔고, 헤일리가 고개를 젖히고 그 냄새를 한껏 들이마셨다. 맷은 남은 오후 내내 이러고 있어도 마냥 행복할 것 같았다. 하지만 쳐다보는 걸 들키기 싫어서 얼른 고개를 돌렸다.

"여기가 거기야?" 헤일리가 물었다. "폭포는 안 보이는데."

"저 뒤쪽에 있어, 옛날 채석장 있는 데. 나 따라와."

두 아이는 빽빽이 늘어선 소나무 사이에 난 좁은 오솔길을 자전거를 타고 내려갔다. 밀도 높은 소나무가 도로의 소음을 죽이고 온도마저 떨어트린 덕에 뒤에 남기고 온 세상보다 더 시원하고 고요해서, 비밀스러운 영역에 들어선 느낌마저 들었다. 이 구역은 옛날에 석회암 채석장이었던 곳으로, 짙은 색 소나무들 저편에서는 새하얀 바위가 빛을 받아 번쩍거렸다.

마침내 폭포 옆 피크닉 테이블에 다다랐을 때 맷은 약간 숨이 가빴지만 티를 안 내려고 기를 썼다. 헤일리는 땀 한 방울 안 흘린 것 같았다.

헤일리가 피크닉 테이블에 앉았다. 벤치들 중 하나가 아니라 테이블 위에 앉았고, 덕분에 맷에게는 어정쩡한 선택지만 남았다. 테이블에 나란히 앉느냐, 아니면 그 밑의 벤치에 앉느냐.

옆에 앉아, 멍청아.

하지만 그러지 않았다. 대신 벤치에, 그것도 테이블에서 조금 떨어진 자리에 앉아 거리를 두었다. "좋아, 내가 한 작업이 뭐냐면, 네가 준 이름을 몇 군데 데이터베이스에 돌려본 거야." 맷이 프로 탐정의 말투를 흉내 내면서 이렇게 운을 뗐다. "생각보다 켄터키에 챗필드라는 이름을 가진 사람이 많아서 시간이 좀 걸렸지만, 일단 리스트를 뽑아냈어."

헤일리가 자세히 보려고 몸을 숙이자 종이에 그림자가 졌다. 헤일리가 겹친 종이들을 떼려고 검지를 뻗자 헤일리의 손이 맷의 팔에 닿았다. 맷이 그 찰나의 접촉이 남긴 느낌에 멍하니 홀려있는데 헤일리가 불쑥 말했다. "도움이 안 되는 이름들뿐이잖아."

맷은 눈을 깜빡거렸다. "어?"

"이 중에 내가 아는 사람은 한 명도 없어."

"아, 친척일지도 모른다고 생각했어. 다 혈연관계거든."

"우리 아빠랑?"

이때까지 헤일리가 준 이름이 누구의 이름인지 대놓고 말한 적은 없었다. 맷은 묻지 않았고, 헤일리도 먼저 나서서 말해주지 않았다.

"어, 그건 아직 모르겠어." 맷이 대꾸했다. "시간이 별로 없어서. 근데 네가 이 중 몇 명은 알아볼 줄 알았지."

"한 명도 몰라. 그리고 정체를 알아봐달라고 했을 때 내가 원한 건 이런 게 아니었어. 가계도 따위를 원한 게 아니야."

"그걸 원한 것처럼 들렸는데." 지니올로지 닷 컴에 투자한 돈을 생각하니 발끈해져서 맷이 툭 내뱉었다. "그 사람이 누군지 알고 싶다고 했잖아."

"그래, '그 사람'이 누군지 알고 싶다고 했지, 그 사람 친척 중에 누가 1826년에 버지니아에서 켄터키로 왔는지를 알고 싶어 한 게 아니잖아."

1826년에 이주한 친척을 알아낸 게 못내 자랑스러웠던 맷은 이제 너무 민망한 나머지 당황했고 방어적이 되었다. "뭐, 그 사람은 네 아빠였잖아. 그 사람에 대해 네가 모르는 걸 내가 어떻게 알아내란 말이야?" 두 사람 사이에 내려앉은 침묵이 맷의 어깨를 짓누르고 폐를 쥐어짜는 것 같았다. 조금 전 미소 비슷한 것이 헤일리의 얼굴에 스쳤던 게 전생의 일처럼 느껴졌다. 헤일리는 화난 것 같지는 않았다. 대신, 모든 것을 잃은 표정이었다.

"됐어." 헤일리가 조용히 말했다.

"아니야." 맷이 열성적으로 대꾸했다. "뭘 원한 거였어? 뭘 찾아내길 원한 건지 모르겠어. 그걸 알려주면 찾아낼게. 약속해."

헤일리는 고개만 저을 뿐 대답하지 않았고, 몸을 돌리고 앉아 폭포만 물끄러미 바라봤다. 폭포의 하얀 비말이 선글라스에 비쳐 보였다.

"미안해." 아까보다 더 작은 소리로 헤일리가 말했다.

"미안해할 필요 없어. 네가 뭘 찾는 건지 몰라서 그래. 너희 아빠 쪽 친척을 찾는 줄 알았어."

"나도 그런 줄 알았어." 헤일리가 침을 삼켰고, 다시 말을 이었을 땐 거의 속삭이는 목소리였다. "그 리스트의 이름들 중에 몇 개는 알아봐야 정상이잖아, 안 그래? 다들 그런 것처럼 나한테도 할머니 할아버지가 있어야 하잖아. 숙모, 삼촌이랑 사촌 들도. 너는 그런 거 있지 않아?"

"응."

"난 없어. 아빠만 있었어. 그게 다야."

"엄마는 어떻게 되셨는데?"

"내가 아주 어릴 때 돌아가셨어. 동생 태어나고 얼마 안 돼서. 근데 난 엄마가 기억 안 나. 나한테 가족이라곤 아빠밖에 없었어."

"이모도 있잖아."

"이모는 우리 자랄 때 곁에 없었어. 한 번도. 용돈 동봉해서 짧은 편지나 생일카드 같은 건 보냈는데, 답장으로 감사 편지를 부치려고 해도 우리한테는 이모 주소조차 없었어. 이모는 전화를 한다든가 문자나 이메일을 보낸다든가, 하여간 정상적인 방법으로 연락한 적이 없어. 무슨 100살 먹은 노인네처럼 소통했지. 그리고 아빠도 이모 얘기를 거의 안 했어."

"두 분 다 생일을 못 알아냈어." 이 사실을 인정하기는 쉽지 않았다. "웬만한 사람들 생일은 거의 다 알아낼 수 있거든, 아주 옛날 사람도. 근데 너희 아빠나 이모는 못 찾겠더라."

"우리 이모? 이모도 조사해봤어?"

맷은 얼굴이 달아올랐다. "정식으로는 아니고. 그냥 뭣 좀 알아내려고."

"이모한테 생일이 없다고?"

"뭐, 생일이 있긴 있겠지. 내가 알아내지 못했을 뿐. 너희 아빠도. 좀 이상하더라. 검색 결과에 따르면 두 분 다, 비유하자면, 이제 열 살 된 사람들이야."

맷은 웃음을 터뜨렸지만 헤일리는 따라 웃지 않았다. 선글라스 끼고 있는 게 다행스러울 정도로, 그걸 안 끼고 있었으면 눈빛에 타버렸겠다 싶을 정도로 뚫어져라 맷을 바라봤다.

"열 살이라니, 무슨 소리야?"

"농담한 건데. 전혀 기록이 없다가 몇 년 전부터의 흔적만 있더라고."

"'몇 년'이야, '10년'이야?"

이제 헤일리는 몸을 기울이고 언성마저 높이고 있었고, 맷은 그런 헤일리가 약간 무섭기까지 했다.

"10년." 맷이 대답했다. "그게 무슨 상관인데?

"상관없어."

"아니잖아, 별로 놀라지 않은 것 같은데. 애초에 아빠 정보는 왜 캐는 거야? 나는 더글러스라는 사람이 너네 할아버지나 삼촌, 뭐 그런 관계인 줄 알았네."

"나한텐 그런 친척 없어."

"있는 게 당연하잖아."

그러자 헤일리가 이상한 새된 소리로 웃었다. "알아! 근데 없어. 아빠는 할머니 할아버지 다 돌아가셨다고 했어."

"정말로 돌아가셨는지도 모르지."

헤일리는 화난 듯 고개를 세차게 저었다. "그럼 왜 그분들 얘기를 안 한 건데? 왜 친척들 중 '누구'의 얘기도 안 한 건데? 아빠는 어렸을 적 얘기를 할 때마다…… 항상, 뭐랄까, 중간에 뚝 끊어버렸어. 게다가 이모가 하는 얘기는 또 다르고 말이야. 겹치지 않는 구석이 많아. 대략적인 디테일은, 그러니까 마을이나 학교 같은 건 일치하지만, 그냥 뭐랄까…… 아예 다른 얘기를 하는 것 같아. 이모가 기억해내려고 너무 애쓰는 것 같아. 이게 말이 되는 소리로 들리니?"

"아니." 맷이 솔직하게 대답했다. "네가 무슨 얘기를 하는지는 알겠는데, 그 얘기가 말이 되는 것 같지는 않아."

"이제 내가 어떤 세계에 사는지 알겠지. 리아 이모한테 뭔가 굉장히 수상쩍은 구석이 있어. 어떤 건 죽어도 안 알려주려고 들고, 또 어떤 건 우리한테 너무 기를 쓰고 얘기해주려고 든단 말이야."

"너희 이모도 이 상황이 이상하게 느껴지겠지." 맷이 말했다.

"단순히 우리랑 같이 사는 게 익숙하지 않아서 이상한 게 아니야. 이건 꼭……." 헤일리는 질린다는 듯 한숨을 쉬면서 손바닥을 위를 향해 들어 보였다. "'뭔가 잘못됐다'는 것 말고는 달리 표현할 말이 없어. 이모가 우리한테 숨기는 게 있어. 아무래도 우리 아빠랑 관련된 얘기인 것 같아. 그리고 아빠가 무슨 일 생기면 이모한테 연락하라고 가르쳐 준 방법도…… 정상적인 방법이 아니었어. 소름 돋게 이상한 방법이었는데, 아빠가 얼마나 강조를 했는지 몰라. 무슨 일이 일어나면 그 '즉시' 리아 이모한테 연락하라면서. 혹시나 내가 기억 못 할까봐 나한테 연습까지 시켰는걸."

"무슨 일 생기면 네가 연락할 다른 사람이 없어서 그런 것 같은데."

맷이 말했다. "어쨌든 가족 중에는 말이야."

"그건 그렇지. 인정해. 그런데 정상적인 가족이라면 이모의 전화번호를 알고 있지 않았을까? 내가 내 휴대폰으로 건 다음에 이모가 회신하기를 기다려야 하는 별 괴상한 메시지 수신장치 번호가 아니라?" 헤일리는 몸을 바짝 기울이고 두 뺨이 상기된 채 속사포처럼 말을 쏟아내고 있었다. "게다가 이모는 너무 빨리 나타났어. 우리는 그 전까지 이모를 본 적이 정말 단 한 번도 없는데, 갑자기 어디선가 나타나서 우리를 데리고 메인으로 간다? 우리 가족은 어딘가 이상하다니까. 정상인 구석이 하나도 없잖아!"

헤일리가 거의 소리 지르다시피 말했다. 맷은 헤일리를 올려다볼 뿐 아무 대답도 하지 않았다. 뭐라고 하겠는가? 헤일리 말이 맞았다. 방금 들려준 얘기에 정상적인 구석은 하나도 없었다.

"이모는 뭔가 숨기고 있어." 헤일리가 말했다. "아빠도 마찬가지였고."

헤일리가 울기 시작한 걸 알아챈 맷은 놀라움과 두려움을 한꺼번에 느꼈다. "야." 맷이 입을 뗐다. "저기…… 그러지 마."

선글라스 밑으로 눈물이 흘러내렸고, 헤일리가 엄지로 훔쳐냈지만 눈물은 계속 흘렀다. 맷이 벌떡 일어나 헤일리의 등에 손을 얹었고, 그런데도 헤일리는 몸을 뒤로 빼지 않았다.

안아줘, 바보야. 울고 있잖아.

하지만 맷은 겁에 질리고 얼어붙은 채 멀뚱하니 서 있었고, 문득 자신이 헤일리 챗필드에 대해 거의 아무것도 모르고 있음을 깨달았다.

"그냥 이모한테 이런 거 다 물어보면 안 돼?" 맷이 말했다. "지금은 이모랑 같이 살잖아. 그냥 물어봐."

"거짓말할 걸. 아니면 일부만 말해주거나. 두 사람은 비밀이 있었어, 둘이 함께 간직한 비밀이. 뭔지 몰라도 아주 나쁜 일이었던 것 같아. 내 생각에…… 내 생각에 아빠가 아주 나쁜 일을 저지른 것 같아."

헤일리의 목소리가 떨렸고, 뺨을 타고 눈물이 또 한 줄기 흘러내렸다. 이번에 맷은 망설이지 않고 헤일리를 안아주었다.

잠깐 동안 헤일리는 뻣뻣하게 굳어 있더니 곧 맷에게 두 팔을 두르고는, 폭포 위 시원한 솔숲에서 그렇게 맷을 꼭 안고 있었다. 맷이 머릿속에 그려본 장면과 매우 유사했지만 동시에 달라도 너무 달랐고, 이곳에서 벌어지기를 바랐던 장면이 유령의 집 거울에 비친 버전 같았다.

"내 생각엔 우리가 어떤 사람한테서 도망쳐서 숨어 있는 것 같아." 헤일리의 숨결이 맷의 목을 따스하게 간질였다. "아마 그 전에도 계속 숨어 지내온 것 같아, 왜인지는 모르지만."

그러더니 갑자기 몸을 떼고는 맷을 빤히 바라봤다. 선글라스에 비친 폭포가 짙은 색 눈동자를 더욱 철저히 가려주었다.

"이 얘긴 아무한테도 하면 안 돼." 헤일리가 말했다. "부탁이야, 맷. 이건 심각한 일이야. 내가 너한테 한 얘기는 심각한 얘기야."

"말 안 할게." 맷이 대꾸했다. 처음으로 맷은 이렇게 외떨어진 장소를 택하지 않았더라면 하고 후회했다. 누가 엿들을 수 있는 곳에서 이 일이 일어났더라면 했다.

그때 헤일리가 맷을 다시 꽉 안으면서 귀에 대고 "약속하지?"라고 속삭였고, 맷은 그럼, 당연하지, 라고 대답했다. 둘이서 기어코 비밀을 알아낼 것이고, 그걸 아무에게도 말하지 않겠다고 결심했다.

"근데 어디서부터 시작해야 할지 모르겠어." 맷이 털어놓았다. 헤일리가 내보인 감정이 맷의 허세 스위치를 다 꺼버린 것이다. "이런 종류의 정보는 어떻게 알아내는지 나도 모르거든. 엄마가 도와줄 수도 있는데, 먼저 너희 이모랑 얘기해보겠다고 할 거야."

"안 돼!"

"그럼 나도 어디서부터 시작할지 모르는 걸!" 맷이 되풀이했다.

"내가 알아." 헤일리가 조용히 말했다.

"어디?"

"이모는 이메일 확인할 때 스트레스 받는 것 같아. 어쩔 땐 이메일 확인하고 나서 우리를 이상한 눈초리로 봐. 메일에서 무슨 소리를 읽었건 그것 때문에 겁먹은 거야. 근데 항상 로그아웃 해버리고, 몇 중으로 패스워드를 걸어놔. 심지어 휴대폰에서 이메일 앱을 지워버리기까지 한다니까. 이상하지 않아?"

맷이 고개를 끄덕였다.

"근데 노트북에는 앱이 그대로 있어. 패스워드가 걸려있긴 한데, 내가 그걸 알아내면…… 장담하는데, 거기에 뭔가가 있어." 헤일리는 눈가를 훔쳤다. 이제 눈물은 거의 다 말랐고, 전략을 세우다 보니 감정이 한층 가라앉아 목소리도 다시 힘을 얻고 있었다. "그리고 호숫가 산장에 있는 금고에도 뭔가 있을지 몰라."

"금고?"

"차고에 있는데, 안에 든 건 거의 다 총이야." 헤일리가 말했다.

맷은 순간 가시처럼 신경이 곤두서는 걸 느꼈다. 맷의 부모님은 총기 규제법 제정을 약간 광적으로 지지하는 타입이었다. 리아 트렌턴이 금고 한가득 총을 소지하고 있는 걸 부모님이 알면 펄쩍 뛸 게 뻔했다.

"너희 이모는 사냥 가이드시잖아." 맷은 헤일리보다 자기 자신을 설득하려는 듯 말했다.

"나는 총에는 관심 없어." 헤일리가 대꾸했다. "분명 거기 다른 것도 들어있을 거야. 서류라든가 폴더, 그런 것. 그 금고에 뭐가 들어있는지 알아야겠어."

"패스워드는 짐작이 가?"

헤일리가 고개를 저었다. "컴퓨터에 두어 번 쳐 넣어봤는데, 또 틀리면 잠길까봐 겁나서 그만뒀어. 이모에 대해 잘 모르니 패스워드를 짐작할 수가 있나." 헤일리는 선글라스를 이마 위로 밀어 올린 다음 한 번 더 눈가를 훔치고 맷을 빤히 바라봤다. 짙은 색 눈동자가 꼭 숲에서 잔가지 부러지는 소리를 들은 사슴의 눈 같았다.

"좋은 아이디어 없어?" 헤일리가 물었다.

"있어." 맷이 대답했다. 이번에는 사설탐정 뒷조사 작업 가지고 떵떵거렸을 때와 달리 허세가 아니었다. "너희 이모 패스워드 알아낼 방법 말이지? 응. 그건 할 수 있어."

자신이 할 수 있다는 걸 맷은 의심치 않았다. 께름칙한 수법이긴 하지만 전에 한 번 해봤는데 들키지 않고 넘어갔다. 물론 그때는 그냥 장난이었다. 그저 게임에 불과했지, 생일도 없는 이상한 어른과 금고 가득한 총이 개입된 심각한 일이 아니었다.

"진짜?" 이렇게 묻는 헤일리의 표정이 너무나 희망에 가득 차있어서, 아니, 그보다는 '절박'해보여서 맷은 고개를 끄덕일 수밖에 없었다.

"응. 할 수 있어."

28

헤일리는 매일 닉보다 먼저 집에 왔고 보통은 자기 영역으로 찜해 놓은 지하실로 직행하곤 했다. 그런데 하필 리아가 딸의 정확한 행방을 알고 싶어서 발을 동동 구르는 오늘 오후에는 자전거를 타고 어디론가 가버리고 없었다.

리아는 헤일리가 돌아오길 기다리는 내내 닉이 투덜거리는 걸 들어야 했다. 와이파이가 안 잡힌다는 둥, 산의 이쪽 동네에서는 휴대폰 신호가 막대 하나밖에 안 떠서 동영상도 볼 수 없다는 둥, 인터넷에 접속할 수도 없고, 하여간 아무것도 할 수 없다는 둥 끝이 없었다. 말만 들으면 무슨 일생일대의 위기를 겪고 있는 것 같았다.

리아는 스펙트럼사에 연락해 문제가 뭔지 알아봐 주겠다고 약속했다. 진상은, 라우터에 연결된 차단기를 리아가 내려버린 것이었다. 세상에서 완전히 사라질 수는 없지만 적어도 블리크와 랜달이 자신을 찾아내는 걸 도와줄 필요는 없었다. 리아가 인터넷 추적에 대해 아는 거라고는 그것이 가능하다는 것뿐이었다. 그래서 아예 인터넷 자체를 차단해버렸다.

마침내 헤일리가 돌아왔다. 곧장 위층으로 올라가려는 걸 리아가 불러 세웠다. "깜짝 선물이 있어."

"샤워 먼저요." 헤일리가 말했다. "땀범벅이라 찜찜하단 말이에요."

인내심을 가져, 리아, 인내심을 가져야 해. 두려운 티를 내지 마. "그럼 빨리 하고 내려와."

샤워는 평소보다 10분 더 걸렸다. 이런 식의 수동 공격 반응이 나올 걸 예측했어야 했다. 깜짝 선물에 헤일리가 반발할 건 의심의 여지가 없었지만, 그 반발을 리아가 잘 넘길 수는 있을 것이다. 닉은 어쩌면 신나서 응할 것도 같았다.

헤일리가 한참 후 아래층에 내려왔을 때 리아는 가스레인지 불에 올린 리조토를 졸이면서, 혹시 차가 지나가지 않나 보느라 자꾸만 집 앞 도로를 흘끔거리는 걸 들키지 않기 위해 고개를 푹 숙이고 있었다.

지나가는 차보다 더 소름끼치는 건 진입로로 들어오는 차일 것이다.

"벌써 저녁 먹어요?" 헤일리가 물었다. "다섯 시도 안 됐잖아요."

"알아. 근데 오늘 저녁에 모험을 떠날 거라서 일찍 먹어야 해."

"오늘 저녁에 해야 하는 숙제 엄청 많은데요."

"일단 가서 생각해보자." 리아가 고개를 숙인 채 리조토를 저으면서 대꾸했다. "닉, 잠깐 이리 와볼래?"

닉은 여전히 와이파이를 가지고 투덜거리며 아일랜드 식탁으로 어슬렁어슬렁 걸어왔다.

"라우터에 전원이 아예 안 들어와요." 닉이 말했다. "라우터가 아예 맛이 간 것 같아요."

"스펙트럼에 전화해서 와보라고 할게. 있잖아, 얘들아? 우리, 주말에 북부에 가 있기로 했어. 이모네 산장에. 이번엔 지난 번 거기보다 조금 더 북쪽으로 갈 거지만."

"재밌겠다." 닉이 대꾸했다. "낚시해도 돼요?"

"물론이지."

닉은 무심히 테사의 귀 뒤를 긁어주며 말을 이었다. "그럼 토요일 아침에 떠나는 거예요, 아니면 금요일 밤에 떠나요?"

"둘 다 아니야." 리아가 대답했다. "오늘 밤에 떠나."

닉이 테사에게서 눈을 들었다. 창밖을 내다보던 헤일리도 돌아섰다.

"오늘 수요일이잖아요." 헤일리가 말했다.

"그렇지."

"그럼 이틀이나 학교를 빼먹게 되잖아요."

"그건 나도 알아. 그래서 학교에 벌써 연락해뒀어."

"그럴 순 없어요." 헤일리가 대꾸했다. "낚시하러 간다고 학교를 빼먹을 순 없어요."

"낚시하러 가려고 수업 빼먹는 거 아니야." 리아는 아무렇지 않은 표정을 유지하려고 애쓰면서 접시에 리조토를 덜었다. *두려운 티 내지 말고 서두르지도 마. 머리를 차갑게 식혀, 머리를 차갑게 식히라고.* "내가 처리할 일이 좀 있는데 당장 가봐야 해서 이틀 결석하는 거야. 최선의 상황이 아닌 건 알아, 헤일리. 근데 누구든 살다 보면 조금씩은 타협해야 한다는 것도 알잖니. 그동안은 주로 너희들 쪽에서 타협했다는 거, 알아. 이번 일은…… 이번 일은 전적으로 나 때문이야. 미안하다. 그래도 협조를 좀 해줬으면 좋겠어, 알겠니?"

그러자 닉이 말했다. "저는 상관 없어요. 이틀 수업 빠지고 낚시 가는 거? 당연히 아무렇지도 않죠. 어차피 집에 와이파이도 안 잡히는데."

"잘됐구나." 리아가 대꾸했다. "협조해주셔서 감사합니다, 선생님."

닉이 경례를 붙였다.

헤일리는 가만히 서서 빤히 보기만 했다. 리아는 질문과 반발이 터져 나오길 기다렸지만, 그런 반응은 나오지 않았다. 딸아이는 리아가 이해 못 하는 뭔가를 파악하는 중이었다. 아니, 어쩌면 리아도 '잘 아는' 것을 하고 있는지도 몰랐다. 헤일리는 머리를 차갑게 식히고 있었다. 울컥 솟는 화를 가라앉히고, 이길 싸움을 고르고 있었다. 과연 리아의 딸이었다.

"밥 다 먹고 주말 동안 필요한 짐 싸기 시작해." 리아가 말했다. "조금 이따 출발할 거야. 재밌는 여행이 될 것 같은데. 모험이잖아."

살기 위해 도망치기. 굉장한 모험이지!

헤일리가 불쑥 말했다. "덥지 않으세요?"

"뭐라고?"

헤일리가 손가락으로 가리켰다. "두꺼운 플리스 점퍼 입고 있잖아요. 지금 집 안 온도가 20도 정도인데."

젠장. 총이 티가 나나? 그럴 리 없는데. 하지만 플리스 점퍼를 벗으면 총이 보일 것이다. 그건 확실했다.

"호숫가는 20도보다 훨씬 낮을 거야." 리아는 이렇게 둘러댔다. "그러니까 출발하기 전에 두껍게 챙겨 입어, 알았지?"

헤일리가 미간을 잔뜩 구긴 걸 보니 본격적으로 입씨름을 벌일까 재보는 것 같았다. 그럼 두 사람 사이에 첫 충돌이 될 테고, 헤일리가 이때까지 끌어온 냉전에 종식을 고하는 것이 될 터였다. "전 과목 진도가 뒤

처질 텐데요. 개학 첫 주부터 다른 애들보다 뒤처지는 거라고요."

"나한테 이번 학기 수업들 다 문제없을 거라고 했잖니, 기억나? 오히려 앞선 것 같다고 했잖아. 잘 해낼 거야. 그건 그렇지만, 이번 일은 내 잘못이고 어쨌든 너희가 너그럽게 이해하고 맞춰줬으면 해."

헤일리는 한숨을 푹 쉬면서 고개를 끄덕이고는 스툴 하나를 아일랜드 식탁에 바짝 끌어다 놨다. 리아는 참았던 숨을 내뱉었다. 싸움 한 번은 피했군. 하지만 여러 차례의 싸움이 남아 있었다.

리아는 창밖의 도로 저편을 내다봤다. 눈에 띄는 차는 없었다.

아직은.

언제고 그들은 나타날 거야. 추적해올 거야. 결코 멈추지 않을 거야.

손바닥 밑 대리석 아일랜드 식탁 상판의 차가운 감촉에 신경을 집중하면서 마음의 중심을 잡으려고 했다. 경찰에 연락해야 하는 것 아닐까? 그 편이 더 말이 되지 않나? 그러는 게 말이 되는 상황이었으면 했다. 과거의 삶이 아니라 그 삶의 더 옛날 버전, 그러니까 곤경에 처한 선량한 사람이 경찰에 연락하고 나쁜 사람들로부터 보호받는 삶, 모든 것의 경계가 선함과 악함, 영웅과 악당 식으로 뚜렷하며 그 두 세력들이 교차하거나 겹치거나 서로에게 스며들지 않는 삶으로 돌아갈 수 있었으면 했다.

즉, 니나 모건이 자녀들과 함께 살해당할 곳으로 실어다주기 전의 레이 존슨이 되기를 원했다.

리아는 아일랜드 식탁에서 손을 떼고 뒤로 물러났다.

"다 먹고 접시는 식기세척기에 넣어둬." 그리고 자신의 자녀들에게 말했다. "그리고 빨리 짐 싸. 곧 떠날 거야."

29

지프가 리아 트렌턴의 집 진입로에서 빠져나오자 GPS 추적기가 활성화되었다. 리아가 언덕을 내려와 항구를 가로질러가자 아이폰이 알림음을 울렸다.

럼 라인(항정선)이라는 이름의 해안가 레스토랑에 앉아있던 댁스 블랙웰은 20달러 지폐 두 장을 닳고 닳은 나무 테이블에 올려놓고, 지폐가 바람을 타고 항구로 날아가지 않게 물 잔을 그 위에 얹어놓았다. 그런 다음 언덕을 올라가 렌트한 밴을 주차해둔 곳으로 갔다. 리아가 움직이기 시작해서 내심 기뻤다. 그날 낮에 리아가 집 와이파이를 끊어서 댁스가 집 안에 심어둔 눈과 귀를 제거한 걸 발견했기 때문이었다.

그가 1번 도로로 접어들어 북쪽으로 방향을 틀기 전, 링컨빌로 향하는 리아가 옆을 휭 지나갔다. 링컨빌은 그날 이른 오후에 리아가 연락선 티켓을 산 곳이었다. 댁스는 자신이 모는 밴과 리아의 차량 백미러

사이에 시각적 장벽을 만들기 위해 차 두 대를 먼저 보낸 후 리아를 따라갔다. 전부 스케줄에 맞게, 다만 한 가지 딜레마를 향해 움직이고 있었다. 연락선이었다.

댁스가 수집한 정보에 따르면, 그날 마지막 연락선이 두 시간 전에 이미 출발했다. 그 배는 지금쯤 아일스버로에서 돌아와 부두에 정박해 있을 게 분명했다. 리아 트렌턴은 그 연락선을 타고 어디로 갈 수 없었고, 만일 그 마지막 배를 타고 온 누군가를 픽업할 생각이라면 너무 느긋하게 움직이고 있었다.

1번 도로는 곡선을 그리며 북동쪽으로 꺾어졌고, 섬들이 점점이 박혀있는 페놉스콧만의 바닷물이 전방에 드넓게 펼쳐졌다. 정박해 있는 그 연락선도 눈에 들어왔다. 주차장은 텅 비어 있었다. 리아 트렌턴이 그 주차장으로 들어가 차를 댔다. 댁스는 그곳을 천천히 지나쳐 그날 오전에 갔던 웨일스 투스 펍의 주차장으로 들어갔다. 모두 예행을 거친 움직임이었다.

트렌턴의 지프는 그 자리에 정차해 있었지만 아무도 차에서 내리지 않았다. 기다리는 것이었다. 뭘 기다리는 걸까?

댁스는 아이폰을 집어 들고, 혹시 이리로 접근하는 차량이 있나 해서 우버 앱을 열었다. '해당 지역에 우버가 없습니다.' 앱이 알렸다. 놀라서 댁스는 앱을 닫았다가 다시 켜봤다. 똑같은 메시지가 떴다. 근처에 우버는 한 대도 없었다.

메인주. 이상적인 삶이 펼쳐지는 곳.

댁스는 당장이라도 이곳을 떠나고 싶었다.

휴대폰에서 눈을 들었을 때, 좌회전해 주차장으로 들어오려고 대기 중인 하늘색 세단형 자동차 한 대가 눈에 띄었다. 벨패스트에서 남쪽으로 이어진 도로를 타고 온 듯한 그 차량은 출고한 지 30년은 돼 보였다. 북쪽으로 가는 차선이 비기를 기다리며 공회전하는 동안 차량은 배기관으로 잿빛 연기를 캑캑 내뿜었다. 문짝들은 '애니의 중부 해안 이동 서비스, 내 집 앞에서 목적지까지!'라는 홍보 문구가 선명하게 장식하고 있었다.

댁스는 일이 이렇게 흘러가는 것을 어떻게 해석하면 좋을지 혼란스러웠다. 우버 서비스는 불가한데 애니의 과거로부터 온 택시 서비스는 이용 가능하다고? 그걸 리아 트렌턴은 어떻게 알아낸 거지? 식당 테이블 매트에서 알아낸 게 틀림없어, 라고 생각한 순간 댁스는 웃음을 터뜨릴 뻔했다. 웃음이 터지지는 않은 건 지금 일어나는 일이 마냥 즐거워하기엔 너무나 예상치 못한 방향이기 때문이었다. 리아의 가족들이 지프에서 하나둘 내려 낡아빠진 세단 차에 옮겨 타고 있었고, 이는 댁스가 애니의 차량에 추적 장치를 심어놓지 못했으니 직접 따라가야 한다는 뜻이었다. 애니는 백미러에 잡힌 도요타 차량을 못 알아챌지 몰라도, 리아 트렌턴은 반드시 눈치 챌 거라는 느낌이 들었다.

오늘 밤이라면 더더욱.

댁스는 세단 차량의 문이 하나둘 닫히고 트렌턴 가족이 시야에서 사라지는 걸 지켜보고 있다가, 도요타에 시동을 걸고 그들보다 앞서 주차장을 빠져나갔다. 그가 예측할 수 있는 목적지는 단 하나인데, 만일 잘못 짚었다면 문제가 커질 것이다.

잘못 짚지 않았다.

그가 링컨빌의 잡화점에 다다르고 2분 후 애니의 하늘색 낡은 택시가 지나갔다.

그날 낮 오후 리아 트렌턴이 밟은 묘한 우회의 숨은 조각들이 점점 맞아떨어지고 있었다. 리아는, 발견하는 사람을 엉뚱한 데로 유인할 만한 곳에 자기 차를 버려뒀다. 연락선 티켓도 아침 첫 배로 끊었을 거라는 데 댁스는 손가락을 걸 수 있었다. 도보여행자용 티켓이었을 것이다. 누구든 추적해온 사람이 리아가 섬에 있으며 도보로 이동하고 있다고 믿게 할 티켓. 정교한 속임수는 아니었지만, 형편없는 수준도 아니었다.

애니의 중부 해안 이동 서비스는 이제 리아와 리아의 자녀들을 야생보존 구역 트레일 기점에 내려줄 것이다. 퍼날즈 넥. 리아 트렌턴은 운전기사와 아이들 모두에게 그곳에 가는 이유로 댈 배경 스토리를 준비해놓았을 것이다. 애니의 택시는 일행을 내려줄 것이고, 변속기를 망가뜨리거나 차축이 나가지 않고서 타이어 자국 깊게 팬 그 흙길을 달려 돌아간다면, 트렌턴 가족은 점점 깊어지는 땅거미 속에 덩그러니 숲에 남겨질 것이다.

그 다음은?

댁스는 가만히 기다리면서 생각해봤다. 우선 호수 지도를 떠올리고는, 마치 드론 카메라로 내려다보듯 머릿속에서 호숫가를 따라가 봤다. 호수는 강으로 이어지고 강은 다시 바다로 흘렀다. 하지만 배가 다닐만한 수로는 아니었다. 리아 트렌턴이 카약을 타고 댐 몇 군데를 지나고 다리 몇 군데 밑으로 통과한 다음 폭포를 타고 떨어져 항구까지 갈 작정이 아니라면. 그 호수는 섬으로 이동하는 것보다 크게 나을 것이 없었다. 호수 주변에 집들이 있긴 했지만, 그 집들은 수로가 아닌 육로로 더 수월히 닿을 수 있었다.

누군가가 여기 와서 이들을 픽업할 것이다. 말이 되는 선택지는 그것뿐이었다. 그렇게 시시한 최종 보상을 위해 이렇게까지 고생하다니.

커다란 실망감이 밀려왔다. 리아 트렌턴이 멍청하게 구는 건 바라지 않은 바였다. *최고가 돼야지, 리아.*

어둑어둑해지는 사위 속에 하늘색 차가 다시 나타났다. 이제 차는 트레일 기점까지 다녀오느라 흙먼지를 한 겹 뒤집어쓰고 있었다. 운전대를 잡은 여성 외에 다른 승객은 없었다. 트렌턴 가족은 호숫가를 따라 배가 대기하고 있는 곳까지 하이킹을 하고 있거나, 또 다른 차가 픽업하러 올 때까지 주차장에서 기다리고 있을 것이다. 두 가지 모두 영리한 선택지는 아니었다. 댁스는 한숨을 내쉰 뒤 밴에 시동을 걸고 못마땅한 심정으로 호수를 향해 차를 몰기 시작했다.

타이어 자국이 심하게 팬 흙길에 막 들어서서 달리는데 어디선가 낮은 엔진 소음이 들려왔다. 처음에 댁스는 배경 소음만 알아차렸고, 그의 무의식이 여러 가능성을 차례로 검토하고 일축하던 와중에—자동차, 잔디 깎는 기계, 보트, 전동사슬톱. 아니야, 아니야, 아니야, 아니야—차창을 살짝 내리자 소음의 음역대가 한층 깊어졌고, 그가 하늘을 올려다본 순간 빨간색 플로트들이 머리 위를 휙 지나갔다.

수상비행기였다.

댁스는 그 비행기가 하강하는 것을 보며 씩 웃었다. *잘했어, 리아. 욕 나올 만큼 잘했어.*

이제 리아는 댁스를 떼어버릴 것이다. 쫓아오고 있었을지 모를 사람들 전부를 떼어낼 것이다. 일시적인 것에 불과하고 조금 지체시키는 것에 불과한 것도 맞지만, 그래도 절묘한 지체였다. 댁스는 그걸 잘 알았다.

그는 차를 길가의 갈대밭에 대놓고 내려서 호수 쪽으로 달려갔다. 트레일은 들판을 가로질러 숲으로 이어졌다가 다시 물가로 연결되어 있었는데, 댁스는 그 루트를 따라갈 시간이 없다는 걸 알았다. 그래서 대신 덤불과 얼굴을 때리는 잔가지들을 헤치고 나아가 곧장 호수로 갔다.

물가에 이르자 그는 잠깐 멈춰 서서 부츠를 벗고 진바지 단을 무릎까지 말아 올린 다음 곧장 물살을 어기적어기적 헤치며 들어갔다. 호수 바닥의 돌멩이들이 발바닥을 찔러댔고, 물은 햇빛에 데워지지 않아 차가웠다. 바짓단이 젖을 때까지 물살을 헤치고 나가자 수상비행기가 시야에 완전히 들어왔다. 댁스는 물이 무릎 높이까지 오도록 들어가서야 멈춰 섰고, 비행기의 디테일들을 머리에 담았다.

빨간색 선체, 빨간색 플로트, 단독 프로펠러. 오래됐지만 철저히 관리된 기체. 테일 넘버(비행기 등록 부호)의 색과 맞춰 하얗게 칠한 트림 탭(비행 고도 안정을 위해 승강타, 보조 날개, 방향타의 뒤쪽 가장자리에 붙인 작은 날개). 댁스는 두 손으로 눈 위에 차양을 만들고서 어둠을 향해 눈을 가늘게 떴다. 올리브색 야전재킷을 입은 호리호리한 남자가 비행기에 타는 아이들을 붙잡아주고 있었고, 물 얕은 곳에서는 개가 신나게 짖고 펄쩍펄쩍 뛰면서 일행에게 물방울을 뿌려대고 있었다. 댁스는 남자에게는 주의를 기울이지 않았다. 대신 비행기의 테일 넘버를 주시했다. 너무 멀리 있고 사위가 너무 어두워서 또렷이 보이지 않았지만, 눈이 못 읽는 것을 대신 머리가 형태로 인지했고 덕분에 넘버들을 식별하게 해줄 형태와 조합을 짜 맞출 수 있었다.

첫 번째 부호는 쉬웠다. N. 미국에서 등록된 모든 항공기는 N으로 시작한다. 다음 연속 글자에 집중해 보자. 29T? 맞는 것 같다. 하지만 알파벳 알아냈다고 너무 자신하지는 말자. F일 수도 있으니까. 어쩌면 29F? 아니면 29P? 댁스가 보기에 마지막 숫자는 첫 번째 숫자와 동일한 것 같았고, 아무리 봐도 딱 들어맞는 다른 숫자를 떠올릴 수 없었다. 첫 번째 숫자는 2일 가능성이 가장 크고 7일 가능성도 희미하게나마 있었다. 마지막 부호는 T나 F, 아니면 P로 보였다.

이제 승객은 다 탑승했고, 프로펠러가 돌고 있었다. 탑승은 신속하게 진행됐고, 이는 조종사가 상황의 긴박함을 인지하고 있다는 뜻이었다.

놓친 형체들을 무의식이 메워갔다. 활주를 시작한 비행기가 댁스로부터 점점 멀어지다가 수면에서 떨어졌고, 공중에 떠오르는 순간 댁스는 테일 넘버가 NFR292임을 거의 확신했다.

그는 어기적대며 다시 물가로 나와 다리에서 물기를 털어낸 후 부츠를 신었다. 부츠 끈을 묶는데 머리 바로 위로 비행기가 지나갔다. 그새 호수를 빙 돌아, 왔던 방향으로 틀어 북서쪽으로 날아가고 있었다.

댁스는 손을 흔들었다. 짙어지는 어둠 속에 저들이 그를 봤을 리는 없지만, 그러거나 말거나 손을 흔들어주는 게 예의 같았다.

곧 만나자고, 옛 친구들, 곧 만나.

30

문자는 트렌턴 가족이 떠난 후에야 도착했다. 휴대폰이 띠링 띠링 띠링 하고 계속 울려대자 맷 부샤드는 어리둥절해졌다. 쌓인 문자 메시지가 마침내 수신되기 시작한 것이었다.

있잖아, 뭔가 이상한 일이 벌어지고 있어. 주말 동안 어디 가 있을 거라는데? 지금 출발한다는데? 이해가 안 돼. 이모는 여태껏 한마디도 안 하고 있더니 갑자기 엄청 긴장하고 불안해 보여. 이모네 산장 문제로 가는 거래.

젠장, 내 휴대폰 먹통이야. 신호도 거지같이 안 잡히는데, 이제는 와이파이도 없어. 라우터가 맛이 갔어. 이 문자 제대로 가?

?????

망할 휴대폰이 집 안에서 터지질 않네. 우리 지금 떠나. 수상비행기 타고. 내 동생은 멋지다는데 내가 보기엔 추락할 것 같아. 이모 친구, 에드 아저씨 거야. 이모는 우리가 무스헤드호 북쪽에서 사흘간 머물 거래.

근데 너는 우리 집에 들어갈 수 있겠다. 현관 비밀번호는 4540이야. 네가 진짜로 이모 컴퓨터 패스워드를 알아낼 수 있을 것 같다면, 컴퓨터는 작은 서재방 책상에 있어. 이모가 거기다 두고 왔어. 보통은 아이패드를 쓰시거든. 진짜로 알아낸다면 완전 좋을 거야. 고마워!

맙소사 이 비행기 너무 무서워. 멋지긴 개뿔!

맷은 이렇게 잔뜩 온 걸 놓친 것에 경악하면서 미친 듯이 문자 메시지를 스크롤했다. 맷의 휴대폰은 잘 터지는데 헤일리의 휴대폰이 먹통인 건 물론 맷의 잘못이 아니었지만, 그래도…….

짧게 답 메시지를 보냈지만, 전송 상태를 나타내는 파란색 선이 4분의 3쯤 간 상태에서 멈춰버렸다. 이번에는 아이메시지(애플 기기의 디폴트 인스턴스 메시지 서비스)를 끄고 일반 텍스트 메시지로 보내봤다. 반응이 없었다. "제기랄." 맷은 혼잣말을 내뱉었다.

"뭐라고 했니?" 2인용 소파에 다리를 접고 앉아 앨라페어 버크(2003년 〈Judgement Calls〉로 데뷔한 검사 출신 미스터리·범죄 소설가)의 신작을 읽고 있던 엄마가 고개를 이쪽으로 돌리며 물었다. 맷은 바닥에 앉아 있고 맷의 아빠는 소파 반대편 리클라이너에 앉아 넷플릭스에서 톰 행크스가 나오는 옛날 영화 '유령 마을'을 시청하던 중이었다. 아빠는 그 영화를 정말 좋아했다. 맷은 통 이해가 안 갔지만—특수효과가 말도 못하게 촌스럽고 구식이었다—브루스 던(유령 마을의 등장인물 '럼스필즈'를 연기한 배우)이 지붕에서 떨어지는 장면은 좋아했다. 아빠는 같은 영화를 보고 또 보고 하는 걸 보니 그 영화의 모든 것을 좋아하는 모양이었다.

"아무것도 아니에요." 맷이 대꾸했다. "그냥 혼잣말이에요."

"자기 생각을 남한테 안 알려주겠다 이거지." 아빠가 한마디 했다. "신중한 태도야." 그때 브루스 던이 포치 계단을 딛다가 브라우니 접시를 떨어뜨리는 장면이 나왔고, 아빠는 거의 매일 밤 만들어 마시는 올드 패션 칵테일에 침을 튀겨가며 껄껄 웃었다. 올드 패션과 올드 무비, 올드한 의자. 매일 밤 펼쳐지는 광경. 최소한 엄마는 즐길 거리가 다양하기라도 하니 옆에서 보기에도 더 흥미롭지.

엄마는 더 예리하기도 했는데, 지금은 그게 문제가 되었다. 의심의 눈초리로 맷을 바라보고 있었기 때문이다.

"뭐 때문에 그러는데? 그리고 방금 뭐라고 했니?"

"새로 이사 온 옆집을 봐주기로 했거든요." 맷이 둘러댔다. "그게 다예요."

"뭐라고?" 엄마는 책을 내려놓았다. "봐준다니, 그게 무슨 말이야? 그 집 식구들 없어?"

"주말 동안 어디 가 있을 거래요."

"오늘은 수요일인데."

"내가 가자고 한 거 아니에요!" 맷이 발끈해서 대꾸했다. "난 그냥 가서 봐주기만 하기로 했다고요."

엄마가 맷을 빤히 바라보았다. "트렌턴 부인이 그렇게 해달라고 하시던?"

"아뇨, 그 집 애들 중 하나가 그랬어요."

"둘 중 누구? 여자애 아님 남자애?"

"그게 무슨 상관인데요?"

그러자 엄마는 씩 웃었다. "그냥 대답이나 해."

"여자애요! 맙소사." 맷이 나폴레옹 다이너마이트의 주인공 같은 투로 대꾸했다. 아빠가 백 번이고 천 번이고 볼 수 있는 또 한 편의 영화였다. 부샤드가에서는 새로운 영화를 트는 일이 좀처럼 없었다. 가족끼리 영화 보는 날이라 봤자 만날 똑같은 영화의 재탕이었다. 유령 마을, 폭력 탈옥(폴 뉴먼 주연의 1967년작), 나폴레옹 다이너마이트, 쇼생크 탈출, 죠스. 특히 죠스 끝없이 재탕.

"아. 여자애. 헤일리라고 했던가?"

"네."

"걔가 문자 보냈어?"

"그게 무슨 상관인데요?"

"그냥 궁금해서 그러지. 직업병이야."

"맞아요, 걔가 문자했어요. 그러니까 엄마가 궁금해하든 말든, 그 집 가서 봐줘야 해요."

"'뭘' 봐주는 건데?"

맷은 점점 패닉에 빠졌다. 헤일리의 문자는 이모의 컴퓨터를 해킹해달라고 명확하게 요청하고 있었다. 만약 엄마가 문자 좀 보자고 하면……. "걔네 이모가 조명 두 개만 켜놔 달래요." 맷이 떠오르는 대로 말했다. "위층에 하나, 아래층에 하나요. 여기가 무슨 범죄율 높은 동네인 줄 아시나."

이로써 맷은 제 기량을 회복했다. 캠든의 범죄 통계에 빠삭한 덕분이었다. 부모에게 자유를 달라며 벌이는 대부분의 입씨름에 필수적 정보였기 때문이다. 보통은 엄마보다 아빠가 이런 입씨름을 더 재미있어 했다.

"밤새 불을 켜놓고 싶대? 좀 이상한데."

"몰라요." 맷은 하늘에게 도와달라고 빌듯 손바닥을 위로 가게 해서 두 손을 들어 보였다. "여기 처음 와서 그런가 보죠. 그냥 가서 후딱 불 켜주고 오면 안 돼요?"

"그 집에는 어떻게 들어가게? 혹시……."

"아, 거참 말 되게 기네. 그냥 가서 불 켜고 오라 그래. 조용히 영화 좀 보자!" 아빠가 버럭 외쳤다.

"뭐 새로운 장면이라도 나올까봐 그래?" 엄마는 시치미 떼고 받아쳤지만 그 바람에 시선이 아빠에게로 옮겨갔고, 맷은 자신에게 고정돼 있던 신문실의 핀조명이 드디어 꺼진 기분이었다.

"흥, 위대한 영화는 볼 때마다 새로운 걸 배우게 돼 있어." 아빠가 대꾸했다.

"위대한 영화라고?"

"위대한 영화! 쓰레기 수거하는 남자가 맥카시 당 지지하는 배지 달고 있는 것 눈치 챘어? 은근한 사회 비판이라고. 보는 눈 없는 관객이 못 알아챌 뿐이지."

"아닌 것 같은데."

"잘 보라고. 내가 그 장면에서 정지시킬 테니까. 자세히 보면 알아챌 걸."

"그것 때문에 위대한 영화라고?"

"영화가 묻히는 바람에 위대함도 묻힌 거야."

엄마는 눈알을 굴리고는 다시 책을 집어 들었고, 맷이 자리에서 일어나는데도 아무도 눈길을 주지 않았다.

'복 받아요, 브루스 던.' 맷은 속으로 중얼거리며 거실에서 조용히 빠져나와 바깥으로 나갔다. 재빨리 움직이기만 하면 되는 일이었다. 그리고 아까 얘기한 대로 조명 두 개 켜놓는 것만 잊지 말고. 나머지는 어려울 것 없었다.

맷은 아빠가 "홈 시큐리티"를 위해, 즉 새 "장난감"이 탐나서, 구입한 알로 와이어리스 카메라를 들고 있었다. 엄마는 청음 마이크가 항상 켜져 있는 그 장치를 소름끼치는 사생활 침해로 보았다. 그래서 플러그를 뽑아 상자에 처넣고 그 상자를 차고에 처박아놓았다. 알로 카메라는 리아 트렌턴이 패스워드를 칠 때 컴퓨터 화면을 엿보기 딱 좋은 기기였지만, 먼저 베이스 유닛과 연결시켜야 했다. 헤일리는 지하실 선반 중 하나에 베이스 유닛을 갖다놓으면 아무도 못 알아챌 거라고 맷을 극구 안심시켰다.

"어차피 거기에 내려가는 건 나밖에 없으니까." 헤일리는 이렇게 말했다. 그날 훤한 대낮에, 폭포 앞에서 헤일리와 함께 그 이야기를 나눴을 때만 해도 맷은 좋은 생각이라고 맞장구쳤었다.

하지만 어둠속에 혼자 있으면 그런 생각은 금방 변하게 마련이었다.

'이러다 큰 문제에 말려들 것 같은데.'라고 생각하면서도 맷은 알로 카메라가 든 배낭을 메고 서둘러 걸어갔다. 그걸 혼자서 집에 설치할 준비는 안 되어있었다. 원래는 헤일리가 옆에서 지켜보면서 맷의 기발함에 감탄해야 하는데. 이제 점점 서늘해지는 밤공기 속에 그 집을 향해 걸어가면서 맷은 자신이 그렇게 감탄할 만한 사람은 아닌 것 같은 기분이 들었다. 오히려 가책을 느꼈고, 약간 두렵기까지 했다. *옳은 일을 하는 거야. 너는 지금 옳은 일을 하고 있어. 헤일리가 겁에 질려 있어서*

네가 도와주는 것뿐이야.

이웃집 어른의 노트북을 해킹해서 도와준다. 범죄를 저질러 도와준다. 오늘 낮에만 해도 단순하고 깔끔히 해치울 수 있는 일로 느껴졌었다. 리아 트렌턴이 부탁해서 조명을 켜줘야 한다고 거짓말만 안 했어도, 지금쯤 겁먹고 발 빼거나 아니면 최소한 미룰 수 있을 때까지 미뤘을 것이다. 이제 맷은 그 집에 들어갈 수밖에 없게 되었다.

짙어지는 어둠 속에 정문 현관의 키패드 잠금장치가 은은한 초록색 빛을 발했다. 호숫가에는 희미하게 햇빛이 남아있을지 모르나 여기서는 산과 나무 들이 병풍처럼 집을 둘러치고 있었고, 다른 데보다 일찍 찾아오는 것 같은 밤의 어둠은 황혼의 푸르스름한 빛줄기에만 간간이 깨질 뿐이었다.

맷은 패스워드를 꾹꾹 눌렀고, 혹시 다른 번호를 더 눌러야 열리는 건가 해서 초조해졌다. 어쩌면 헤일리가 한 단계를 생략하고 말해줘서 문이 안 열릴지도 모르고, 그러면 맷은 도로 집에 돌아가서 헤일리한테 문자를 보내 해명을…….

데드볼트가 쇠 긁는 소리를 내며 돌아갔다. 잠금장치가 풀렸다. 열린 것이다.

"젠장." 맷은 작게 중얼거리며 문고리를 돌리고 집 안으로 들어갔다. 문 왼쪽 벽을 더듬었지만 전등 스위치를 찾을 수 없었다. 그것만으로도 너무 겁먹어서 하마터면 도로 나갈 뻔했지만 간신히 마음을 다잡았다.

"애처럼 굴지 마." 맷의 목소리가 타일 깐 바닥과 장식 없는 벽에 부딪혀 복도에 커다랗게 고음으로 울려 퍼졌고, 심지어 맷이 느끼는 것보다 더 어린애 목소리처럼 들렸다. "계집애처럼 굴지 마." 좀 낫군. 대니 놀턴이 만날 하는 말이었다. 물론 대니 놀턴은 4학년 꼬마한테 정강이를 걷어차였을 때 어린애처럼 울음을 터뜨렸지만.

전등 스위치는 오른쪽 벽에 있었다. 희미하게 스위치가 보였다. 맷은 숨을 한 번 들이마신 후 등 뒤로 현관문을 닫고 복도를 잰걸음으로 질러가 스위치를 켰다. 집 안이 환해졌고, 그 즉시 안심이 되는 동시에 머쓱해졌다.

"정신 차려, 터프 가이." 이렇게 속삭이며 거실을 향해 세 걸음 옮겼다가 문득 헤일리가 한 말이 생각났다. 이모가 사무실로 쓰는 서재가 왼편에 있다고. 제자리에서 뒤로 돌자 유리문 안의 방이 보였다. 빌트인으로 짜 맞춘 책장이 줄줄이 붙어있고 작은 책상이 하나 놓여있었다. 그리고 그 위에 맥북이 있었다.

서재에 들어간 맷은 돌아서서 한쪽 벽을 채운 책장들을 둘러봤다. 헤일리의 말대로 책장은 책으로 꽉 차있었고, 대부분은 페이퍼백 미스터리 소설 아니면 투어 가이드북이었다. 그동안 이 집을 렌트해 살았던 사람들이 읽은 책이거나 아니면 도서관 구간 처분 세일 때 사 모은 것 같았다. 중요한 건 책이 아주 많다는 것이었고, 덕분에 맷의 작업이 한결 수월해졌다. 정신 산만하게 꽉 들어찬 책장이 없었다면 카메라를 설치할 적당한 곳도 없었을 것이다.

우선 노트북 컴퓨터를 열었고, 그러자 패스워드 잠금 화면이 떴다. 예상했던 바였다. 화면의 위치를 확인하는 동시에 그 화면이 제일 잘 잡힐 위치를 알아내 책장에 카메라를 설치하려고, 노트북을 그대로 열어놓았다.

렌즈가 마이클 코넬리 소설책 두 권 사이에서 삐죽 나오게 카메라를 설치해놓고, 뒤로 물러나 결과물을 살펴봤다.

나쁘지는 않은데, 완벽히 숨긴 것도 아니네. 책장을 마주보고 서면

발각될 수도 있겠어. 하지만 대부분의 사람들이 그러듯 방에 들어와 곧장 컴퓨터 책상으로 간다면, 소형 카메라 렌즈 따위 발견하지 못할 것도 같았다.

이제 베이스 유닛만 설치하면 돼.

맷은 한숨을 푹 쉬었다. 지하실에 한 번 내려갔다 오면 돼. 한 번만이야.

베이스 유닛을 들고 서재에서 나온 맷은 지하실 문을 찾아 집 안을 이리저리 돌아다녔다. 그러다가 대리석으로 상판을 댄 부엌 아일랜드 식탁 옆을 지나게 됐다. 그때 꺼져가는 태양빛을 받아 뭔가가 번쩍였다. 헤일리의 레이벤 금테 선글라스였다. 아빠가 선물로 줬다는, 맷이 망가뜨렸다가 고쳐준 선글라스.

그걸 집어 들었다. 헤일리가 그걸 놓고 간 게 영 마음에 걸렸다. 이렇게 두고 가기에는 몹시 아끼는 물건 아닌가. 하지만 헤일리는 서둘러 떠났다. 이번 여행은 갑작스러운 결정이었고, 그래서 서둘러야 했다. 패닉에 빠진 걸까?

맷은 플리스 점퍼 안주머니에 선글라스를 넣었다. 선글라스가 심장 있는 부위에 닿았다.

헤일리는 도움이 필요해. 너의 도움이.

아일랜드 식탁에서 돌아서자 지하실 입구가 보였다. 그 아래 지하실에는 햇빛이 단 한 줄기도 들지 않았고, 그래서 맷은 계단 맨 위 칸에서 머뭇거렸다.

너 열세 살이잖아. 어둠이 무서운 건 아니겠지. 도대체 뭐가 문제야?

맷에게는 아무 문제가 없었지만, 이 집은 뭔가 문제되는 구석이 있었다. 맷은 등골에 그 이상한 기운을 느낄 수 있었다. 그러자 등 근육이 긴장하면서 살짝 경련했다.

한 번 더 선글라스를 만지면서 그걸 심장에 대고 두드렸다.

"난 어린애 아니야." 그러고는 혼잣말했다. "계집애가 아니야."

이번에도 너무 고음으로 나온 목소리가 사방에 울렸다. 그 소리가 자극한 수치심에 떠밀려, 거실에서 지하실로 한 발 내디뎠다. 계단을 반쯤 내려갔을 때 계단 맨 위 칸 근처에 조명 스위치가 있을 거라는 생각이 퍼뜩 들었다. 하지만 도로 올라가지 않았다. 더 내려갈수록 지하실 창을 통해 들어오는 희미한 한 줄기 은백색 빛 덕분에 지하실 안이 그럭저럭 보여서 움직일 수 있었다.

다 내려가니 시커먼 창문이 늘어서 있고 나무들 우거진 뒷마당으로 이어지는 쌍여닫이문이 있는, 아직 마감이 덜 된 방이 나왔다. 거대한 그림자를 드리운 마당 맞은편 나무들이 무슨 태곳적의 숲인 양 실제보다 훨씬 커보였다. 맷의 오른편에는 까만 페인트로 칠한 바탕에 밝은 색 분필로 그린 그림이 뒤덮은 벽이 있었다.

정신이 팔려 할 일도 잊고 두려움마저 잊은 맷은 아예 벽을 향해 돌아서서 그림을 찬찬히 살펴보았다. 괴물, 웃는 해골, 희번덕거리는 눈과 말려 올라가 이가 드러난 입술 같은, 아름답지만 으스스한 그림들이었다. 맷은 허둥지둥 주머니를 뒤져 휴대폰을 꺼내 손전등 앱을 켰다. 그 조명 빛을 그림들에 비춰 보았다. 그림 솜씨가 감탄이 나올 정도로 수준급이었다.

맷은 작품에 홀린 채 왼쪽으로 걸음을 옮겼다. 빛을 받은 그림들이 더 선명하게 드러나자 맷의 시선이 제일 왼쪽의 인물에 홀린 듯 꽂혔다. 구식 정장 외투를 입고 모자를 깊이 눌러 써 얼굴을 가린, 여윈 남자였다. 모자가 얼굴은 가렸지만 약탈자 같은 미소는 가리지 않았다. 아무래도 소설이나 코믹북에 등장하는 캐릭터 같았고, 텔레비전 쇼로도 제작된 작품이라고 맷은 반쯤 확신했다. AMC 네트워크에서 방영하는, 롤스로이스 타고 다니며 아이들 납치하는 남자에 관한 드라마. 오싹한 내용의 드라마였다. 엄마는 오싹한 텔레비전 쇼를 좋아하고, 아빠는 가벼운 코미디 영화를 좋아하지. 이 드라마를 엄마도 봤다고 맷은 거의 확신했다. 엄마가 원작 소설 얘기를 했던 게 기억났기 때문이다. 하지만 그게 맞는지 확인하고 넘어가고 싶었다. 그래야 나중에 드라마의 나머지 회차를 챙겨 보고 원작도 읽으니까. 거기서 본 내용을 줄줄 읊어서 헤일리를 감탄하게 할 수 있으니까. 맷이 한 발짝 더 다가가 휴대폰 조명을 높이 든 순간 그림자가 눈에 띄었다.

오싹하게 웃고 있는 남자와 겹친 그림자였는데, 벽 바탕이 검은색이라 분간하기 힘들지만 분명 보였다. 보일락 말락 하게 배경과 명도만 약간 다른 검은색 형체. 헤일리는 이런 효과를 어떻게 낸 거지? 그림자는 실제 사람처럼 보이기까지 했다. 아니, 그림자가 두 개였다. 하나는 키가 작고 하나는 크고. 마치 둘 중 하나는 맷이고 다른 하나는…….

뒤에 서 있던 남자가 말했다. "소리 내지 마."

맷은 명령을 거부했다. 일부러 그런 건 아니었다. 휴대폰을 떨어뜨린 것이다. 노출 콘크리트 바닥에 떨어진 휴대폰이 박살이 나면서, 천장에 달려있는 분홍색 단열재에 산란광 줄기를 흩뿌렸다. 배 속에서부터 터져 나오는 비명을 내지르기도 전에 장갑 낀 단단한 손이 맷의 입을 꽉 틀어막았고 한 팔이 흉곽을 가로로 감으면서 맷을 꽉 안았다.

어둠 속 오른편에서 또 다른 목소리가 말했다.

"얘가 집에 혼자 있다는 건 그 여자랑 얘 누나가 멀리 못 갔다는 뜻이야." 두 번째 남자가 보일러실에서 나오면서 낮은 음성으로 말했다.

맷의 입을 막은 손이 입술을 뭉개듯 치아에 꽉 눌렀다. 피 맛이 났다. 정면의 칠판 벽에서 한 쌍의 그림자가 하나로 합쳐졌고 둘 중 더 작은 맷의 형체가, 마치 애초에 존재하지 않은 것처럼, 더 큰 형체에 흡수되었다.

"이리로 들어온 차는 없었어." 맷을 붙잡고 있는 남자가 말했다. "누나를 태워다주는 동안 동생이 어두운 집에 혼자 들어오게 할 리 없는데."

목소리를 듣고도 누군지 짐작이 안 갔다. 목소리는 그냥 그림자 속에서 흘러나왔고, 모자 삐딱하게 쓰고 사악한 미소를 짓고 있는 무시무시한 분필 그림이 마치 이들의 공범인 양 지켜보며 웃는 것 같았다.

맷은 자신의 흉곽을 짓누른 강한 팔과 치아에 입술을 짓뭉개는 손에서 벗어나려고 몸부림쳐 봤자 소용없다는 걸 알았다. 싸우면 고통만 가중될 터였다. 어쩌면 고통보다 더한 걸 맛볼 수도 있었다. 그럼, 정신을 집중해봐. 저들이 하는 말을 새겨들어둬. 나중에 중요해질 테니 잘 기억해둬. 저들이 하는 말이 너에겐 희망이야, 유일한 희망. 엄마 실종. 누나 실종. 차 안 들어옴. 이게 저들이 한 말이었고, 하나도 말이 되지 않았다. 왜냐면 맷의 엄마는 옆집에, 거실에 있고 맷에게는 누나가 없으니까. 그리고 왜 엄마가 맷을 여기까지 태워준다는 거…….

그 순간 두려움과 통증을 뚫고 깨달음이 찾아왔다. 캄캄한 지하실에서 기다리고 있던 이 두 남자는 맷이 닉 챗필드인 줄 알고 있는 것이다.

'아니야, 아니야, 아니야.' 맷은 속으로 되뇌었다. '나는 당신들이 찾는 애가 아니야.'

하지만 좀처럼 터진 입술을 움직여 말을 뱉어낼 수가 없었다.

"제대로 보자." 두 번째 남자가 이렇게 말했고, 맷은 강제로 몸이 홱 돌려세워져 그를 마주하고 섰다. 바닥의 부서진 휴대폰에서 나오는 빛으로 그 남자가 더벅수염 난, 각진 턱의 백인 남자라는 정도는 알 수 있었다. 그는 진바지와 검은색 스웨트셔츠 차림에 검은색 니트모자를 쓰고 있었다. 그가 몸을 가까이 기울이자 그자의 양쪽 눈이 다른 색깔인 게 보였다. 한쪽은 녹색, 한쪽은 갈색이었다. 그는 맷을 한동안 살피더니 내뱉었다. "아, 씨발."

"왜?" 맷을 잡고 있는 남자가 낮은 음성으로 말했다.

"그 애가 아니잖아."

맷은 고개를 끄덕이려고 했다. 꽉 붙들려 있어서 그러기 힘들었지만, 눈 색깔이 짝짝이인 남자가 맷이 동의의 뜻을 표하려는 걸 알아채고 말했다. "말하게 해줘. 비명 안 지를 테니까. 지를 거야?"

맷은 고개를 저으려고 했다. 맷을 붙들고 있던 남자가 잠시 가만히 있더니 마지못해 맷의 입에서 손을 뗐다. 맷의 입술에서 난 피가 그자의 장갑에 한 줄 묻어있었다.

"넌 누구지?" 오드 아이인 남자가 물었다.

"옆집 살아요." 가쁜 숨을 몰아쉬듯 말이 나왔다. "저는 이 집 애들 중 한 명이 아니에요…… 여기 안 살아요."

그자는 뚫어져라 맷을 살폈다. "이 집 애들이 아니라고?"

"여기 안 산다고요." 이렇게 또 말하는데 언성이 올라가자 맷을 붙들고 있는 남자가 맷의 팔을 비틀었다. 무언의 명령 효과가 있었다. 맷이 다시 입을 열었을 때 목소리는 떨리는 속삭임에 지나지 않았다. "옆집에 살아요. 부모님이 기다리고 계세요. 부탁이에요, 그냥 집에 보내주세요. 절대로……."

"여기서 뭘 하는 거지?"

"그냥…… 불을 켜고 있었어요."

"불을 켠다고. 아니. 불을 켜는 게 아니라 이걸 들고 다니고 있잖아." 그는 알로 카메라의 베이스 유닛을 집어 들고 이리저리 살펴봤다. "이 웃집에 카메라를 설치하는 거야? 너 뭐냐? 엿보면서 희열을 느끼는 변태 새끼야? 그런 거냐?"

"아니에요."

"그럼 뭔데?"

맷은 대답하지 않았다.

뒤에 선 중저음 목소리의 남자가 말했다. "결정을 내려야 해."

결정을 내리다. 불길한 뉘앙스를 풍기는 말이었다. 자신을 고이 집에 돌려보내는 건 이 자들의 선택지에 없다는 것쯤 이미 빤했다.

"내릴 거야." 눈 색깔이 다른 남자가 대꾸했다. "얘가 뭘 하고 있는지 털어놓은 다음에."

"얘가 뭘 하고 있는지는 중요하지 않아. 우리가 찾는 망할 그 애가 아니라고."

그 순간 본능이 지배하면서, 머릿속의 음성이 결정을 더 어렵게 만들라고 외쳤다.

"이 집 가족들은 무스헤드 호수 북쪽 어딘가로 갔어요." 맷이 불쑥 말했다. "오늘 저녁에 수상비행기로 갔어요."

잠시 침묵이 뒤따랐다. 눈이 짝짝이인 남자가 씩 웃었다. 언뜻 따뜻한 미소 같아 보였다. 언뜻 보기에는.

"무스헤드 호수 북쪽이라고." 그가 말했다. "수상비행기로 갔다 이거지. 추측이 아닌 것 같은데, 꼬마야."

맷을 붙들고 있는 남자가 이어서 말했다. "너는 우리 친구들에 대해 뭘 좀 알고 있는 것 같구나. 얼마나 알지?”

어떻게 대답해야 할지 감이 안 잡혔다. 다리가 부들부들 떨리기 시작했다. 떨리는 건 다리뿐이었다. 상체는 단단히 붙들려 있으니까. 다리는 떨리지, 눈에 눈물마저 고이는데 남자가 다시 물었다. “얼마나 알지?”

“겁에 질려 있다는 거요.” 맷이 속삭였다. “그 사람들이 겁에 질려 있다는 건 알아요.”

31

리아와 에드가 손님을 들일 준비가 조금이나마 됐다고 판단한 산장은 1번 산장—혹은 에드가 붙인 우스꽝스러운 별명인 '카리부의 용기' 산장—뿐이었지만, 일행은 그 산장을 그대로 지나쳐, 왼쪽으로 지는 해를 끼고 더 북쪽으로 날아갔다.

에드는 비행에 집중하느라, 그리고 리아가 짐작하기로는 그날 오후 리아가 전화로 털어놓은 내용을 속으로 정리하느라 말이 없었다. 별 내용 없었다. 와서 데려가줘야겠다는 것 그리고 닉과 헤일리가 위험에 처했다는 정도였다. 나머지는 만나서 얘기해주겠다고 약속했다.

에드는 1초도 주저하지 않았다. 리아는 그것이 자신이 받을 자격이 없는 신뢰로 느껴졌다.

두 사람 뒤에 앉은 닉과 헤일리도 말이 없었다. 처음에 닉은 비행기에 대해 쉴 새 없이 질문을 퍼부었다. 마을과 집 들이 조그맣게 멀어지면서 끝없이 펼쳐진 숲이 그 자리를 대신하고 짙어지는 어둠 속에 나무가 거의 검은색으로 보일 때쯤에는 늭도 얘기할 거리가 바닥났다. 엔진을 하나 더 켠 듯 긴장감이 기체를 진동시켰다.

주광이 급속도로 사라지고 있었고, 그 때문에 에드의 마음이 무겁다는 걸 리아는 알았다. 메인 노스 우즈(메인주 북부 아루스투크강 동쪽의 세 카운티에 걸친 삼림지)에 수상비행기를 착륙시키는 건 합법이긴 하나 어리석은 짓이었다. 긴급 상황에만 시도해야 할 일이었다. 비행기의 착륙등이 터치다운하기 직전에 수면을 비출 텐데, 물에 떠다니는 나뭇가지 같은 사소한 것으로도 착륙은 큰 재앙이 될 수 있었다.

이제 태양은 서쪽 산맥을 수놓은 가느다란 새빨간 선에 지나지 않았다. 동쪽은 벌써 사위가 완전히 캄캄했다. 가장 안전한 착륙 지점, 그리고 가장 머물 만한 산장은 이미 지나왔다. 리아는 에드에게 가능한 한 더 북쪽으로 가고 싶다고 해두었다. 지프나 차체를 높인 트럭조차 닿을 수 없는 깊숙한 오지로 최대한 들어가고 싶다고.

비행기가 무스헤드 위를 지나는 순간 리아의 머릿속에 떠오른 건 엘리펀트산에 남겨진 B-52호의 잔해뿐이었다. 그 순간 리아는 뒷좌석의 아이들을 돌아보며 안심하라는 듯 미소를 지어보이는 실수를 범했고, 그때부터 두 손이 떨리는 걸 막기 위해 손톱으로 허벅지를 있는 힘껏 찔러야 했다. 조종스틱을 쥐고 싶었고, 상황의 통제권을 쥐고 싶었다. 에드는 훌륭한 조종사였지만 리아가 한 수 위였다.

아니지. 한 수 위였던 건 니나지. 그리고 그런 니나도 여기까지 와서 어둠 속에 수상 착륙한 적은 없었어.

그래도, 통제권을 쥐고 싶었다.

앨라개시가 저 밑에 웅장하게 펼쳐져 있었다. 상공에서 내려다봐도 수많은 강줄기와 수십 개의 호수, 수백 개의 연못과 하천과 개울 들로부터 흘러든 물줄기와 만나는 2,000제곱킬로미터의 나무 빽빽한 야생숲은 범접 불가해 보였다. 연중 이맘때는 다른 계절보다 야생 짐승의 활동도 더 활발할 것이다. 다 차치하고, 무스가 활동할 철이니까. 리아가 작정한 대로 벌목용 도로만 피해 다닌다면 사냥꾼과 마주칠 확률도 적을 것이다. 리아 일행은 마틴 마운틴 폰드라는 그리 크지 않은 못으로 향하고 있었다. 이 못은 이름조차 없는 좁은 하천으로 흘러들어 물살이 센 급류와 합류했고 거기서 다시 로어 마틴 폰드로 흘러갔다. 거기서는 노만 열심히 저으면 앨라개시강으로 갈 수 있었다. 앨라개시강은 북쪽으로 흘러가 세인트존강과 합쳐졌다가 바다로 흘러나갔다. 아름다운 곳이고 몹시 추운 곳이며, 외진 곳이었다.

리아가 시간을 어느 정도 벌 수 있겠다고 판단한 곳이기도 했다.

"자, 이제 착륙합니다." 에드가 말했다. 목소리에 흔들림이 없고 불안한 기색도 전혀 없었지만, 리아는 그의 턱 한쪽이 미세하게 움찔거리는 것을 봤다. 그는 이를 꽉 물고 있었다. "아주 부드러운 착륙이 될 겁니다. 물에 닿았다고 내가 알려줘야 알아챌 정도로요. 이 장관은 놓치면 안 되거든요. 하지만 그 전에 안전벨트부터 확인해 주십쇼. 내 비행기 타면 규정대로 해야 합니다. 아무리 착륙이 부드러워도요."

리아는 몸을 틀어 아이들을 돌아보았다. 닉이 자기 안전벨트를 툭툭 치며 고개를 끄덕여보였다. 헤일리는 안전벨트에 손을 안 댔지만 똑같이 고개를 끄덕였다. 헤일리는 마치 자신이 오래도록 의심해온 게 사실로 드러나고 있다고 생각하는 표정으로 리아를 빤히 쳐다보았다.

"괜찮을 거야." 리아가 아이들에게 말했다.

두 아이 다 대꾸를 안 했다. 선체가 아래로 기울면서, 지는 해의 빛줄기가 갑자기 확 밝아지는 것 같은 순간이 있었다. 다음 순간 빛은 사그라졌고 비행기는 이제 새카만 암흑을 향해 하강하고 있었다. 연못은 아스팔트에 잉크를 쏟은 것처럼 보였다. 착륙등이 수면을 비췄지만 일렁이는 액체만 보일 뿐이었고, 모든 출렁이는 그림자가 다 위협으로 다가왔다. 나뭇가지 하나, 비버 댐 하나, 뒤집어진 카누 한 채. 리아의 눈에는 그런 것들이 다 보였고, 순간적으로 그 상상한 형체들이 너무나 실제 같아서 에드에게 이렇게 소리칠 뻔했다. *올라가, 다시 올라가, 늦기 전에 우리를 도로 데리고 올라가줘*…….

쿵 하는 충격과 기체의 진동이 느껴졌다. 닉이 놀라서 숨을 들이마셨다. 그러더니 긴가민가한 투로 물었다. "내려온 거예요?"

"내려왔어." 에드가 긴장감 어린 목소리로 조용히 말했다. 그는 감속하고 활주하는 동안 전방의 수면에서 시선을 떼지 않았다.

착륙한 지점은 캠든에서 북서쪽으로 320킬로미터 이상 떨어진 곳이었다. 메인주에서 사람의 손이 닿은 그 어떤 흔적으로부터도 멀리 떠나와, 석양을 향해 날아온 셈이었다. 마틴 마운틴 폰드에 가는 방법은 딱 세 가지가 있는데, 수상비행기로 가는 것과 통과가 쉽지 않은 육로가 끼어있는 수로 루트를 따라 카누를 타고 지고 가는 것, 그리고 인적 없는 적막한 길을 몇 킬로미터고 하염없이 걸어서 가는 것이었다.

리아는 숨을 길게 토해낸 뒤 속삭였다. "고마워."

에드는 처음으로 리아를 흘끗 봤다. 그는 대답 없이 고개만 끄덕였다. 어두컴컴한 조종간에서 리아를 유심히 살피는 그의 푸른 눈에 미처 던지지 못한 질문들이 어려 있었다. 이윽고 에드가 시선을 돌렸다.

"산장은 안 보이는데요." 헤일리가 말했다. 비행기에 탄 이후 처음 뱉는 말이었다. "산장에 묵을 거라고 하셨잖아요."

"저 앞에 있어." 리아가 말했다.

과연 있었다. 진녹색 양철 지붕을 올린, 낮은 직사각형의 오래된 통나무집. 지붕은 새로 올린 것이었다. 아직 이 산장에 새로 한 건 그것뿐이었다. 수십 년 동안 이 집은 프레스크 아일에 사는 어느 가족의 소유였는데, 두 세대에 걸쳐서 배 타고 노 저어서 가는 휴가지 별장이었다가 그 다음 세대에 와서 가족들이 그렇게 멀리까지 노 저어 가는 휴가에 마음이 식어버렸다. 그래서 현금 1만 달러에 산장을 팔았고, 그 가격에 팔아치운 것에 꽤나 만족한 듯했다. 리아와 에드는 나중에 그 얘기를 하면서 씁쓸하게 웃었다. 두 사람이 공격적일 정도로 낮게 부른 가격인데도 매도인의 기대치를 상회한 모양이었으니까.

"아름다운 곳이에요." 최초 건축주의 손자는 이렇게 말했다. "거기까지 가기가 죽도록 힘들 뿐이죠. 너무 외지기도 하고요."

그 말이 지금은 마치 약속처럼 리아의 마음속에 환기됐고, 찬송가처럼 마음을 어루만졌다. *가기가 죽도록 힘들 뿐이죠. 너무 외지기도 하고요.* 리아가 원하는 조건은 그 두 가지뿐이었다.

에드가 산장을 막 지나친 지점에 수상비행기를 댔다. 조금 전 착륙이 하도 조용하고 스무스해서 플로트가 자갈을 누르면서 나는 잘그락 소리가, 실상은 전혀 아닌데도, 맹렬한 충격음처럼 들렸다. 프로펠러의 회전이 점점 느려지더니 완전히 멈췄다. 아비새가 구슬픈 울음을 크게 뽑았다.

"좋아." 에드가 말했다. "가서 짐 풉시다."

애써 밝게 말하려고 했지만 목소리가 흔들렸다. 리아는 그 이유를 알 것 같았다. 에드는 리아가 가져와달라고 부탁한 장총들을 떠올리고 있었다.

리아가 제일 먼저 내린 다음 아이들을 차례로 한 명씩 붙잡아주었다. 테사가 사람들 사이를 비집고 튀어나와 고개를 꼿꼿이 들고 꼬리도 한껏 쳐든 채 얕은 물에서 첨벙거렸다. 맡아볼 새 냄새가 백만 가지는 되었으니까. 닉과 헤일리가 충분히 높아서 젖지 않고 안전하게 있을 곳을 찾아 물가의 커다랗고 납작한 바위에 올라가 서자, 리아는 장비를 내리는 에드를 도와주러 돌아갔다. 비행기에 거의 다다랐을 때 헤일리가 불쑥 물었다.

"저거 카누예요?"

한순간 리아는 헤일리가 연못에 있는 다른 사람을 발견한 줄 알았다. 다음 순간 비행기의 플로트에 고정해놓은 5미터 길이의 초경량 웨노나 카누를 보고 그러는 것을 깨달았다.

"맞아." 리아가 대답했다. "카누야." 이튿날 아침에 에드가 비행기를 몰고 돌아가면 카누는 그들의 유일한 이동 수단이 될 것이다. 하지만 카누의 샛노란 측면을 보고 있자니, 얼마 전 여유로웠던 8월의 어느 날 오후 닉이 누나가 카누에 관심이 많다고, 그리고 조종 실력도 대단하다고 했던 것이 기억났다. "내일 타러 나가자."

헤일리는 아무 대꾸도 없었다. 에드가 헤드램프를 쓴 채 플로트의 긴 면을 따라 줄타기하듯 건너와 리아에게도 헤드램프를 건넸다.

"금방 어두워지는데." 분명 오는 내내 걱정했을 문제를 그가 처음으로 입 밖에 내었다.

"흠잡을 데 없는 착륙이었어." 리아가 헤드램프를 쓰며 대꾸했다.

"다시는 나한테 이런 일 부탁하지 말자." 에드가 말했다. 일부러 농담처럼 가볍게 말했지만 말투에서 진심이 묻어났다.

"그래, 그러지 말자." 리아가 맞장구쳤고, 두 사람은 비행기에서 짐을 내리기 시작했다. 둘이 비행기에서 뭍으로 가방을 나르는 동안 헤일리와 닉은 기슭에 서서 지켜봤다. 서로 바짝 붙어 선 두 아이가 내뱉는 숨이 밤공기를 희뿌옇게 물들였다. 아직 9월인데 이곳의 저녁 기온은 벌써 5도 가까이 됐다. 가장 가까운 마을—전통적 의미로는 마을이라고 할 수 없지만—은 캐나다로 넘어가야 있었다. 라크-프론티에르라는 마을로, '국경지대 호수'라는 뜻의 프랑스어였다. 적절한 이름이었다.

그 문제에서 마음을 억지로 돌리자마자 곧바로 피할 수 없는 질문이 떠올랐다. 이제 어떻게 한다? 에드더러 비행기로 그들을 캐나다 노스웨스트 준주(準州)로 데려다달라고 한 다음 아이들을 사향소 떼에 같이 풀어놓고 키워? 안 된다. 도망치는 건 이제 멈춰야 한다. 그런데 도망치는 건 라워리가 죽기 전에는 멈출 수 없었다.

이는 리아가 받아들여야 할 사실이었다. 라워리가 리아가 살아있는 걸 알 경우—이미 알고 있다—리아는 죽어야 한다. 이제 다른 선택지는 없다. 더그가 혼자서 아이들을 안전하게 기르는 미래는 더 이상 존재하지 않는다. 입 다문다고 죄 없는 사람이 되는 미래는 이제 없다.

"벌써 어두워져서 아쉽네." 리아가 아이들에게 말하면서 산장 문 앞에 더플백을 내려놓고 스테인리스 스틸 걸쇠에 걸려있는 번호자물쇠 옆구리를 짜르륵 돌렸다. "환할 때 도착해서 장관을 봤더라면 좋았을 걸. 하지만 아침에 보게 될 거야. 카누 타고 나가보면 이곳이 왜 특별한지 알게 될 거야." 리아는 자물쇠를 철컥 풀고 문을 밀어 열었고, 두 사람의 헤드램프가 산장 내부를 비추었다.

거칠게 깎아 엮은 통나무 벽은 바깥의 벽과 생김새가 거의 똑같았다. 제일 안쪽 벽에 고정돼 있는 침상은 매트리스도 베개도 없는 그냥 나무판자였다. 왼쪽 벽에는 사슴뿔로 만든 고리들이 주르륵 달려 있었다. 오른쪽에는 장작난로가 놓여있고, 산장의 유일한 창이 있었다. 그것들을 제외하면 산장 안은 휑했다. 앨라개시 야생국립공원 수로의 지형도와 3년 전 달력이 벽을 장식하고 있었다.

"이게 다예요?" 헤일리가 물었다. "여기서 묵어야 한다고요? 우리 다요?"

"셋이서만." 에드가 일행의 뒤에서 말했다. "나는 텐트에서 잘 거야. 나야 사정만 허락한다면 일 년 내내 텐트에서 살 사람이니까."

에드는 아이들을 안심시키려고, 달래려고 하는 말이었지만 별로 효과는 없었다.

"난로부터 때자." 리아가 말했다. "침낭 펴고 난롯불 타오를 때쯤엔 포근해져 있을 거야."

그러고는 입을 꾹 다물고 불을 피우기 시작했다. 닉은 침상 끄트머리에 살그머니 앉아 부츠나 재킷을 벗으려고 하지도 않고 배낭을 내려놓을 생각도 하지 않았다. 헤일리는 집에서 그랬던 것처럼 자기만의 공간을 찾으려고, 방 안을 성큼성큼 가로질러갔다. 하지만 이곳에는 지하실도 없고 꽝 닫을 방문도 없었다. 그래서 리아에게 등을 보이고 벽의 지형도를 바라보는 것으로 만족해야 했다. 손가락 끝으로 지형도를 쓸면서—헤일리는 선과 색이 자신에게 말을 거는 듯, 예술 작품이라면 다 만져보고 싶어 하는 것 같았다—지금 그들이 있는 곳에서부터 전에 가본 곳, 메인에서 처음 발을 디딘 곳인 무스헤드 호수까지 강줄기를 따라 조심스럽게 따라갔다. 리아는 헤일리가 산장에 처음 갔던 날처럼, 강줄기를 거꾸로 따라가는 것을 보았다. 헤일리는 강이 켄터키에서처럼 남쪽으로 흐른다고, 기후가 더 포근한 지역을 향해 천천히 흘러간다고 생각하는 것이었다. 이곳에서는 강물이 오히려 북쪽으로 흐른다는 걸, 오히려 더 춥고 더 외진 곳들을 통과해 흐르다가 사나운 얼음장 바다로 쏟아져 나간다는 걸 전혀 모르고 있었다.

리아는 딸에게 그것을 알려주는 게 내키지 않았다. 세상 모든 강물이 남쪽으로 흐른다고, 오하이오강으로 느긋하게 이동해 바로 루이빌로 흘러든다고 믿게 내버려둬. 모든 강과 모든 길이 결국에는 집으로 이어진다고 믿게 내버려둬.

포장을 뜯은 불쏘시개를 오래된 양철난로의 좁은 장작칸 안에 쌓으면서 리아는 너무 오랫동안 의식적으로 외면해온 것, 애초에 자신을 메인으로 이끈 것이 뭐였는지 새삼 깨달았다. 자신은 누구의 엄마도 아니라는 것이었다. 아이들을 세상에 낳은 것은 맞지만, 그게 다였다. 엄마는 자식에게 안전을 제공하는 존재다. 리아는 해악만을 안겨줬다.

수 년 전 떠나기로 한 이유가 바로 이거였다. 자녀에게서 해악을 멀찍이 떼어놓는 대신 오히려 자녀에게 안겨주는 엄마는 추방 말고 다른 어떤 것도 누릴 자격이 없었다. 그것도 '잘 봐줘야' 추방이었다.

리아는 배낭에서 라이터와 웻파이어(캠핑용 고체연료 상표) 한 조각을 꺼냈다. 웻파이어의 포장을 찢고 그 조그맣고 하얀 큐브를 엄지손톱으로 갉아 가루를 냈다. 라이터를 켜서 가루에 갖다 댄 뒤 불씨가 그 부싯가루에 붙었다가 불쏘시개로 옮겨 붙는 걸 지켜봤다. 마침내 온기가 얼굴에 조금씩 퍼지면서, 니나 모건이 아이들을 위해 죽었던 날이 떠올랐다. 그때는 아이들을 위해 옳은 일을 했다고 믿었었다.

실수였다.

아이들을 위해 죽는 걸로 충분하지 않다. 그때 알아야 했던 것을 이제야 알겠다. 자식을 위해 죽는 엄마는 좋은 엄마가 아니다.

좋은 엄마란 자식을 위해 살인도 불사하는 엄마다.

4부

강을 따라

32

아이들은 일찍 잠들었다. 리아에게는 너무 신기한 일이었다. 낯선 곳, 급하게 이루어진 이동, 위안을 주는 익숙한 물건들의 부재, 상황이 이런데도 쌕쌕 잘만 자다니.

하지만 그런 사실에 마냥 마음 놓고 있을 수는 없었다. 아이들은 몹시 지쳐 있었고, 계속되는 일상의 분열에 적응하는 법을 터득해가고 있었다. 더그가 죽은 후로 아이들의 삶은 커브볼과 변화구의 연속이었다. 부모라면 자식에게 가장 닥치지 않았으면 할 상황이었다.

그런데 리아는 아이들에게 또 한 번의 변화구를 먹이고 있었다.

그렇지만 지금은 이미 저지른 실수를 후회하고 있을 때가 아니었다. 계획을 세울 때고, 머리를 차갑게 식히고 손 떨림을 가라앉힐 때였다.

그리고 총을 장전할 때였다.

손전등 아니면 헤드램프의 은은한 조명으로 밝혀진 에드의 텐트 윤

곽이 보였다. 연못가에 텐트를 친 에드는 다시 산장으로 돌아오지 않았다. 자신을 기다리고 있다는 걸 리아도 알았다. 리아가 진실을 말해주기를 기다리고 있는 것이다. 산장에 사람이 꽉 들어차 훈훈해졌는데도 난로에 한차례 더 장작을 넣은 다음, 아이들을 물끄러미 바라보며 들숨날숨으로 가슴이 들썩거리는 모양을 지켜보았다. 느리고 고른 호흡. 잠에 빠져 세상을 잊은 아이들. 닉의 한 손이 파닥거리고 한쪽 다리가 움찔거렸다. 숙면에 빠져서 그런 것이기를, 악몽이 아니기를 기도했다.

산장 문을 열고 캄캄한 바깥으로 조용히 나갔다. 밤하늘에 붓으로 칠해놓은 듯한 은하수가 도심의 모든 광원으로부터 한참 떨어진 곳에서만 볼 수 있는 선명한 빛을 발했다. 지금이야 그 선명한 은하수를 사랑하게 되었지만 한때는 볼 때마다 겁이 났었다. 자신의 아이들이 은하수를 보며 어떤 기분일까 상상하면서 그때의 기억을 떠올려보았다. 잠깐 동안 등 뒤 산장 문을 한 뼘 열어둔 채 가만히 서서 밤공기를 들이마시며 귀를 열었다. 아이들은 아비새가 또 한 번 울부짖는데도, 칠흑 같은 어둠 속에 퍼지는 구슬픈 그 울음에도 잠에서 깨지 않았다.

리아는 등 뒤로 산장 문을 닫고, 누군가에게 처음으로 자신의 정체에 대한 진실을 밝히러 물가로 걸어갔다.

주황색과 회색의 켈티(캠핑용품 상표) 텐트 안에서 헤드램프가 이리저리 움직이더니 스르륵 지퍼 열리는 소리가 났고 에드가 지퍼 사이로 비집고 기어 나왔다. 그는 헤드램프를 끄고 리아를 바라봤다. 리아는 그 행동을 어떻게 받아들여야 할지 갈피를 잡지 못했다. 가혹한 조명으로 리아의 눈을 멀게 하고 싶지 않아서 예의상 꺼준 것일까, 아니면 리아의 얼굴을 보고 싶지 않다는 뜻일까?

텐트 옆 풀밭에 앉은 리아는 시원하고 축축한 바닥을 의식하면서 무릎을 가슴으로 끌어당겼다. 에드도 거의 똑같은 자세로 옆에 앉았다. 한동안 둘은 가만히 앉아 하늘만 보면서 아무 말도 안 했다.

그러다 마침내 리아가 입을 열었다. "고마워."

"뭘." 늘 하는 일을 해준 거라는 듯 에드가 무심히 대꾸했다.

"그리고 미안해." 리아가 말을 이었다. 목이 메어서 침을 삼키고 잠시 기다린 뒤에야 말할 수 있었다. 에드는 말없이 고개를 뒤로 젖히고 별을 보면서 기다려주었다. "미안해, 에드." 리아가 한 번 더 말했다.

"도와달라고 한 걸로 사과하지 마." 그제야 에드가 리아를 바라봤다. "그런데 지금은 그것 때문에 사과하는 게 아니겠지."

"그것 때문만은 아니야." 리아가 시인했다.

에드는 고개를 끄덕이고 다시 하늘을 쳐다봤다.

"상황이 얼마나 나쁜데 그래?" 그가 물었다.

"나빠. 하지만 당신은 끌어들이지 않을게. 내 말은, 더는 안 끌어들이겠다고." 뱉고 보니 너무 바보 같은 말이었다. 끌어들이지 않겠다고? 지구상에서 리아를 찾을 수 있는 곳을 아는 유일한 사람이 에드인데. "당신을 믿고 진실을 털어놔야 할 것 같아. 진즉에 그랬어야 했는데. 지금 와서 보니. 아직도 마음 한구석에서는 이게 잘하는 짓인가 의심이 들지만, 당신이 어떤 사람인지하고는 상관없는 의심이야. 헤일리한테 연락 온 후로 내가 한 모든 행동에 대해 줄곧 마음 한구석에서 의심하고 있었거든." 여기서 리아는 멈추고 말을 고르다가 다시 이어갔다. "헤일리한테 연락 오기 훨씬 전에 내가 벌인 짓들에 대해서도 의문이 들었고."

에드가 말했다. "쟤들, 당신 아이들이지?"

하도 단조로운 투로 말해서 리아는 자기도 모르게 어둠 속에서 고개를 끄덕였다. "맞아. 어떻게 알았어?"

"처음 봤을 때부터 그렇지 않을까 했어. 특히 헤일리를 보고. 당신을 빼닮았거든. 하는 행동도 똑같고. 모든 걸 철저히 숨기고, 웬만해선 속을 드러내지 않잖아."

방금 전 말엔 아무렇지 않더니 이 묘사는 충격을 주었다. "나를 그렇게 생각해? 숨기려고 든다고?"

"당신은…… 사생활을 중시한다는 말로는 부족해. 이 정도로만 말할게. 시간이 지나면 그 벽과 방어막들을 허물 수 있을 거라고 늘 생각했어. 그렇게 되면 감춰진 이야기가 드러날 거라고. 다른 남자에 얽힌 이야기일 줄 알았지. 내 자격지심이었나 봐. 그런데 아이들을 만났고, 그 뒤로는……." 에드는 어깨를 으쓱했다.

"아이들을 만난 후 내가 거짓말하는 걸 알았겠네." 리아가 말했다. 손으로 만져질 듯 뚜렷한 부끄러움이 흉곽 안쪽에 차가운 돌덩이처럼 자리 잡았다.

"'알았다'고는 말 못 하겠고. 긴가민가한 정도였어. 오늘 이전까지는 긴가민가했어."

"그럼 왜 왔어? 왜 도와준 거야?"

"당신 때문에. 애들 때문에."

리아는 눈을 질끈 감아 시야에서 별빛을 차단했다. "달리 어떻게 할지 떠오르지 않았어. 차를 몰고 움직일 수도 있었지만, 차가 어떻게 될까봐 무서웠어. 민간 항공기나 버스나 기차를 탈 수도 있었지만…… 같은 문제로 포기했어. 믿을 건 없고, 겁만 나고."

"그 정도로 심각해?"

"응." 리아는 눈을 떴다.

"무슨 짓을 했기에?"

"잘못된 일을 저지른 다음 옳은 일을 했어." 리아가 대답했다. "어쨌든 그 당시에는 그렇게 느꼈어. 그러다가 어느 날 모든 게 잘못된 일이 되었지. 아주 오랫동안."

에드는 리아가 말이 되게 설명해줄 때까지 기다렸다. 리아는 앉아서 호수 위로 불어오는 바람을 들이마시며 플로리다에서의 삶과 랭킨 박사와 레이를 떠올리려고 했다. 남편과 아이들을, 그때 그들이 어떻게 지냈고 자신이 어떻게 지냈었는지를 기억해내려 했다.

그런 것들을 쉽게 떠올릴 수 있어야 마땅한데 그렇게 되지 않았다.

"나를 죽이려는 사람이 하나 있어." 리아가 입을 열었다. "지금은 여러 명이지. 오랫동안 나를 없애려고 했어."

에드는 몸이 흠칫 흔들렸지만 입을 다물고 있었다.

"내 말 안 믿어?" 리아가 물었다.

"믿어. 나한테 연락해서 여기까지 데려다달라고 하고 총도 가져와 달라면서 이 얘기를 아무한테도 하지 말라고 했잖아. 그러니까 방금 한 말 다 믿어, 리아."

"니나야."

"뭐라고?" 어둠 속에서 에드가 고개를 돌려 리아를 바라봤다.

"내 이름은 니나야." 이렇게 말하고 리아는 고개를 저었다. "아니, 그건 아니지. 그게 내 이름이었지만, 더는 아니야. 이제는 그게 내 이름인 것 같지도 않아. 나는 리아인데 니나였고, 니나는 문젯거리야. 그때 그랬고, 지금도 그래. 니나는 저 아이들에게 위협이 되는 존재야." 눈시울이 달아오르는 게 느껴져서 무릎을 가슴에 더 꼭 끌어안았다. 왜인지 자기 자신을 삼인칭으로 서술하자 더 현실감이 들었다. 더 자신의 일처럼 느껴졌다. 잘못된 결정들의 무게가 점점 더 무겁게 짓눌러왔다. "어떻게 얘기해야 할지 모르겠어." 리아가 속삭이듯 말했다.

"나오는 대로 이야기해." 에드가 말했다. "일단 시작하면 자연스레 나올 거야."

리아는 눈을 감고 이야기를 시작했다.

코슨 라워리의 이야기를 하기 시작하자 자연히 블리크와 랜달 폴라드의 이야기가 따라왔고, 그 다음엔 지금은 사망한, 리아의 인생에서 사라진 지 아주 오래이지만 이제는 '정말'로 죽어버린 남편 이야기를 하고 있었고, 이어서 램킨 박사에 얽힌 사정이, 다음엔 레이 존슨과 그 자녀들의 마지막 비행을 함께했던 이야기가 술술 나왔다. 온갖 형상들이 떠올랐다 사라졌고, 그 형상 하나 하나를 설명하려고 애쓰다 보니 더 많은 형상들이 떠올랐다. 그 형상들은 하늘의 별들처럼 리아의 앞에 흩뿌려졌다. 어떤 것들은 선명하고 어떤 것들은 흐릿했으며, 한 패턴 안에 합체되어 있거나 혹은 따로 떨어져 나가 떠다니는 것들도 있었다.

에드는 리아가 다 쏟아내게 내버려뒀다. 자기 무릎을 팔로 감싼 채 몸을 살며시 앞뒤로 흔들면서 밤하늘을 올려다봤고, 지치고 감정에 압도된 리아가 마침내 잠잠해질 때까지 한 번도 끼어들지 않았다.

그러더니 불쑥 말했다. "정말로 도움을 청할 만큼 믿는 사람이 없는 거야? 기관도, 부서도……."

"한 명도 없어." 리아가 대답했다. "믿어도 될 만한 사람들한테만 연락한 거야. 당신하고 램킨 박사. 램킨 박사님은 지금 전화를 받지 않고 있어."

침묵이 뒤따랐다.

"믿기 힘든 소리로 들리는 거 알아." 리아가 이윽고 말을 이었다. "하지만 라워리의 권력이 '어느 정도인지' 당신이 안다면, 에드……."

"이해해." 말은 그렇게 했지만 에드는 당연히 이해하지 못하는 것 같았다. 이해할 수 있을 리가. 그리고 그건 에드의 잘못이 아니었다.

"그래서 도망쳤어." 리아가 말했다. "또 다시. 당신이 도와준 덕분에 도망쳤어. 다른 점은…… 이번엔 애들을 데리고 도망쳤다는 거야."

"애들한테는 언제 말해줄 거야?" 에드가 이렇게 물었다. 말해줄지 말지는 당연히 문제가 아니고 오직 언제 말해줄지만 문제라는 투였다.

리아는 양손바닥을 맞대고 밤하늘에 애원하듯 고개를 푹 숙였다. "나도 몰라. 무엇보다 아이들이 안전했으면 좋겠어. 그런데 내가 재들을 안전하게 지켜줄 수 있을지 모르겠어."

"그자들이 쫓아오고 있는 건 확실해?" 에드가 물었다. 의심하는 투는 아니지만 완전히 설득되지도 않은 투였다.

"분명 오고 있어" 리아가 대꾸했다. "시간이 좀 걸릴 것 같긴 해. 하지만 내가 바라는 것만큼 오래 걸리진 않을 거야. 그들이 들이닥쳤을 때 나 혼자 있어야 해."

"그건 미친 짓이야."

"아니." 리아는 고개를 저었다. "나 혼자 있어야 해."

"뭘 어쩌게, 리아?"

리아가 고개를 들었다. "죽이게." 그리고 이렇게 말했다. "아니면 죽거나. 둘 중 한 쪽이 될 거야. 어느 쪽일지는 나도 몰라. 내가 순순히 죽어주지는 않을 거라는 것만 알아."

어둠 속에서도 에드가 충격을 받은 기색이 역력했다.

"헤일리하고 닉은 여기 있으면 안 돼." 리아가 말을 계속했다. "애초에 내 곁에 있어서는 안 되는 거였어. 그때도 알았고, 이번에도 알았어야 하는 건데 헤일리가 연락해서 더그가 죽었다면서 자기하고 넉만 남았다고 했을 때 그만…….” 목소리가 갈라져서 나왔다. 리아는 코로 차가운 숨을 들이쉰 다음 입으로 내뱉었다. “그때 내가 실수를 하고 말았어. 애들을…… 오염시키는 위험을 감수해서는 안 되는 거였어.”

“애들이 고아가 됐었잖아. 데려오지 않았다면 그 애들은…… 어디로 보내졌을지 나도 모르겠다. 어쨌든 보호자가 없었잖아.”

‘고아가 됐다.’ 고아라는 단어가 날카로운 칼처럼 마음을 베었다.

리아는 몸을 꼼지락거리며, 얘기하는 동안 잔뜩 굳은 등허리 근육을 풀었다. 고아가 됐다. 맞다, 아이들은 고아가 됐었다.

그건 그렇지만 과연 리아가 아이들을 다른 곳으로 보낼 수 있을까? 도저히 그럴 수 없을 것 같았다. 지난번보다 더 힘들 것이다. 지난번에도 일생에서 가장 어려운 일이었는데. 어쩌면 이번엔 견디지 못할지도 모른다. 지금으로선 알 수 없지만, 어느 쪽이든 그게 중요한가 싶었다.

“너무 섣불리 움직였어.” 리아가 에드에게 말했다. “앞뒤 안 재고 겁먹어서는. 다 멈추고 머리를 차갑게 식혔어야 했는데 그러질 않았어. 섣불리 움직이는 바람에 실수를 했어. 하지만 바로잡을 수 있어. 여기서, 바로잡을 수 있어.”

이어서 리아는 앞으로 뭐가 필요한지 이야기했다. 에드가 두 번 왕복해야 한다. 두 번 다 얼마 안 걸릴 것이다. 일단 위성전화기가 필요하고, 그 다음엔 아이들을 여기에서 다른 곳으로 실어 날라줘야 한다.

‘리아로부터’ 먼 곳으로. 어디로 데려다주느냐는 중요치 않았다.

“비행기에 무전기 있어.” 에드가 말했다. “위성전화기까지 필요 없어. 무전기로 연락하면 되니까.”

“비행기 무전기로 연락할 수는 없어. 비행기는 여기서 멀리 가있어야 하니까." 리아가 반박했다. "나 혼자 있어야 돼. 나랑 위성전화기만."
'그리고 총도.' 속으로 이렇게 생각했지만 입 밖에 내지는 않았다.

"위성전화기로 누구한테 연락하려고?"

다시 눈물이 솟고 목도 메었지만 억지로 말을 이어갔다. "아이들이 잘 알고 좋아하는 여자 분이 루이빌에 계셔. 윌슨 부인이라고. 이름도 완벽하지? 느긋한 중서부 사람 같고, 너무나 믿음직하고. 안전한 사람 같은 인상이고. 나도 만난 적 있어. 한눈에 좋아지더라. 쿠키도 구워주셨거든." 웃으려고 했지만 웃음은 흐느낌으로 터져 나왔다. "전화해서 애들이 어디 있는지 말씀드리면 와서 데려가주실 것 같아." 리아는 잠시 말을 멈췄다가 고개를 저었다. "아니. 그럴 것 같은 게 아니라, 그렇게 해주실 걸 알아. 윌슨 부인은 그 애들을 데려가고 싶어 하고, 애들도 윌슨 부인과 같이 살고 싶어 하니까. 양쪽이 다 원하는 바야. 그걸 빼앗은 내가 잘못한 거지. 하지만 바로잡을 수 있어. 아직은 가능해."

에드가 무슨 말인지 하려고 "리아……." 하고 운을 뗐지만 리아가 한 손을 들어 막았다.

"전화해서 와서 애들을 데려가 달라고 하면 윌슨 부인은 그렇게 해주실 거야. 당신은 애들을 여기서 데리고 가서 윌슨 부인한테 연계해주고, 나는 여기 남아있을 거야." 리아는 턱 근육이 움찔거리는 걸 느꼈다. 미동도 없이 앉아 있으려는 노력에 몸이 반항하는 신호였다. 강한 척하려니 몸이 거부하는 것이었다. "그런 다음 다른 데에 전화할 거야."

"누구한테?" 에드가 속삭이듯 물었다. "램킨? 아니면 다른 사람?"

"다른 사람." 리아는 이렇게만 말해두었다. 사실대로 말하면 에드가 계획에 반대할 것을 알았기 때문이다. 그런데 리아는 반드시 해야만 하는 일을 두고 에드와 싸우기엔 그를 너무 사랑했다. 이미 그에게 너무 많은 것을 부탁했다. 아이들이 자상한 윌슨 부인 손에 무사히 넘겨진 걸 확인하고 나면 리아가 J. 코슨 라워리에게 직접 연락해 자신이 어디에 있는지 알릴 계획이라는 것까지 말해줄 필요는 없었다.

올 테면 오라지.

전부 다 오라고 해.

엄마라면 당연히 맞서 싸우는 거고, 기꺼이 죽일 것이고, 죽어야만 한다면 죽을 것이다. 전부 다, 얼마든지 할 수 있었다. 확실한 건 자신이 가족의 보금자리 앞마당에서, 그러니까 최후의 방어선 앞에서 절박함에 몰려 싸우지는 않겠다는 것이었다. 죽으려면 혼자서 죽을 것이다.

"한 번 더 도와줄 테야?" 리아가 들릴 듯 말 듯한 목소리로 물었다. "또 부탁할 염치는 없지만…… 한 번만 더 도와줄래?"

그러자 에드가 리아의 다리를 살며시 쥐었다. 대답 대신이었다. 그 손에 자신의 손을 포갠 리아는 그때서야, 자신의 손바닥에 닿은 그의 손등의 축축함을 느끼고서야 에드가 언젠가부터 울고 있었음을 깨달았다.

그가 어둠 속에서 소리 없이 훔쳐낸 눈물이 리아의 손바닥에 묻어 말라갔다.

둘이서 한동안 그렇게 앉아 있다가 이윽고 리아가 입을 열었다. "아침 시간을 아이들하고 보내고 싶어. 부탁인데 너무 일찍 돌아오지 말아줘. 천천히 돌아와. 내일 아침만은 애들하고 보내게 해줘."

"애들한테 뭐라고 말하게?" 에드가 조용히 물었다. "전부 다?"

"전부는 아니고." 리아가 대답했다. "그냥…… 말해야 할 만큼만."

에드는 그게 얼마만큼이냐고 묻지 않았고, 리아는 그런 그가 고마웠다. 당연히 리아 자신도 몰랐기 때문이다.

33

맷을 붙들고 있던 중저음 목소리의 남자가 운전을 맡았고 다른 남자가 조수석에 앉아 갔다. 맷은 뒷좌석에 앉았는데, 지나가는 사람이 보면 아무것도 눈치 채지 못할 정도로 멀쩡해 보였다. 발목이 결박돼 있고 오른손도 가느다란 끈으로 문에 매여 있는 게 전혀 안 보였기 때문이다.

하지만 원체 지나가는 차가 별로 없었다. 한밤중이었고, 그들은 뱅고르(메인주 남부 페놉스콧강에 면한 항구 도시) 북쪽 어딘가를 지나고 있었다.

차는 쉐보레 타호 모델이었고, 창마다 짙게 코팅이 되어 있었다. 안락한 차량이었고, 한밤중에 도로를 주행하는 차는 흔들림 없이 부드러웠다. 앞좌석의 두 남자는 별로 말이 없었다. 맷은 잘하면 잠들 수도 있을 것 같았다. 그런데 이 상황에 잠이 드는 건 말도 안 되는 일 같았다.

두 남자는 맷을 일단 차에 태운 뒤에는 별다른 지시를 내리지 않았다. 차는 강 상류 셔트테일 포인트라는 동네의 주차장에 세워져 있었다. 헤일리네 뒷마당이 방해물 없이 바로 보이는 자리였다. 차 있는 데로 속보로 이동하는 동안 그들은 맷에게 달아나거나 비명 지르지 말라는 둥, 만약 비명을 지르면 어떻게 될 거라는 둥 충분히 많이 지시를 내렸다.

차 뒷문에 기대놓은 엽총과 라이플 들을 맷이 본 순간부터 그들은 더 이상 지시를 내릴 필요가 없었다. 군 한 소대와도 맞설 수 있을 정도의 화력이었다.

"우리 가족은 어딘가 이상하다니까." 헤일리가 이렇게 말했었다.

맞아. 분명 뭔가 이상해.

맷은 집에서 뱅고르에 닿을 때까지 울었다. 납치범들이 화낼까봐 숨죽여 울려고 애썼지만, 그들은 우는 소리를 듣고도 아무 말도 하지 않았다. 아예 맷에게 전혀 관심이 없는 것 같았는데, 그건 그거대로 왠지 몇 배 더 무서웠다. 그때만 해도 울음이나 몸의 떨림을 도저히 멈출 수 없을 것 같았는데, 그들은 밤이 깊도록 계속 이동했고 시간이 흐르자 눈물이 마르고 몸의 떨림도 잦아들었다.

그때부터 맷은 주변의 디테일을 의식하려고 노력했다. 경찰에게 증언할 만한 것은 전부 다, 뭐든 눈에 담으려고 했다.

경찰한테 말할 기회도 없을 거야. 저 아저씨들이 너를 죽일 거고, 너는 누구하고도 다시는 얘기하지 못하게 될 거야.

하지만 저들이 아직은 맷을 죽이지 않았다.

작은 마을들도 저만치 뒤로 멀어지고 전방의 도로가 어둠에 파묻혀갈 때쯤, 차라리 저들이 말을 좀 더 했으면 좋겠다는 마음이 들기 시작했다. 말하는 걸 듣고 있으면 마음을 다른 데로 돌릴 수 있었으니까.

침묵 속에서는 앞으로 무슨 일이 일어날지 상상하는 것 말고 할 게 없었다.

그나마 지금 있는 데는 아는 곳 같았다. 그들은 메인주 북쪽 앨라개시를 향해 움직이고 있었다. 헤일리의 목적지에 대해 맷이 아는 거라곤 무스헤드 북쪽 어딘가라는 정도였는데, 납치범들은 그보다 더 많이 알고 있는 것 같았다. 정확히 어디로 가는지 알고 움직이는 듯했다.

맷의 뒤 좌석, 눈에 안 띄게 씌워놓은 방수포 밑에서 총들이 덜그럭거렸다.

둘 중에 주로 말을 하는 건 조수석에 앉은, 눈 색깔이 서로 다른 백인 남자였지만, 이인조 팀을 이끄는 건 운전석의 남자인 것 같았다. 그자는 말도 거의 없는데 어떻게 그 점을 그리 확신하는지 맷 자신도 알 수 없었다. 그자가 입을 열 때는 중요한 말만 했다. 다른 남자는 간간이 의미 없는 말로 침묵을 깼지만, 운전석의 남자는 뭘 하겠다고 알리는 것 아니면 어떤 말도 하지 않았다. "여기서 꺾을 거야." "고속도로를 벗어나야겠어." 이런 말들을, 드문드문 짧게 던질 뿐이었다.

중간에 백인 남자가 누군가의 이름을 말했는데, 그때 맷은 우느라 제대로 듣지 못했다. 뭔가 우스운 농담을 떠올리게 하는 이름이었는데, 꼭 집어 말할 수가 없었다. 두 사람은 '콜을 한다'는 말을 계속했는데, 처음에 맷은 자기를 죽일지 살려둘지 콜 하라는 뜻인 줄 알았다가 얼마 후 그게 말 그대로 콜, 즉 전화를 한다는 뜻임을 깨달았다. 그걸 깨달았을 때쯤에는 이름을 말했다가 이미 다음 얘기로 넘어간 후였기에 맷의 머릿속에는 이제 기억도 안 나는 우스운 농담과의 연관성 말고는 어렴풋한 인상만 남게 되었다. 언뜻 떠올리기에 L로 시작하는 이름이었던 것 같았다. 조만간 다시 말해줬으면 했다.

이제 도로는 아까보다 폭이 좁아졌고 양옆으로 나무가 줄지어 서 있었다. 맷은 앨라개시 야생국립공원 내 캠프장에 부모님과 몇 번 다녀온 적 있었다. 한 번은 급류 타러 갔었고, 또 한 번은 아빠의 표현에 따르면 '경험을 쌓기 위해' 갔었다. 기대했던 경험은 벌목용 도로에서 타이어 두 개가 터지는 양상으로 전개되더니 엄마 아빠가 끝도 없이 침묵 전쟁을 벌이는 귀갓길로 마무리되었다. 그것이 맷이 앨라개시 공원에 가장 깊숙이 들어가 본 여행이었다.

엄마 생각을 하자 문제 상황을 맞았을 때의 규칙이 떠올랐다. 사소한 것들을 알아채라, 그것이 제1번 규칙이었다. 주의 깊게 관찰하라. 디테일을 의식하라.

그러려고 애썼지만 차량에 특이한 점이 별로 없었다. 제조사와 모델, 그리고 검은색이라는 정도는 알았다. 시트는 가죽이었다. 그리고 이상한 냄새가 났다. 새 차 냄새는 아닌데, 소독한 냄새 같았다. 아마 렌트한 차일 것이다. 뒷좌석에는 아무것도 없고 그 뒤 칸에도 총들과 파란색 방수포 말고는 아무것도 없었다. 두 남자는 맷이 똑똑히 총을 보게 했다. 사실 그건 운전석 남자의 결정이었다. 파란 플라스틱 방수포를 젖히고는 맷이 그 번들거리는 라이플의 총신과 방아쇠 곡선, 조준경과 노리쇠와 탄창 따위를 한동안 보게 했다. 그는 맷이 그것들을 살펴보는 걸 옆에서 지켜봤고, 메시지가 분명히 전달됐음을 확신하자 총기류 위에 방수포를 도로 씌우고 한 손으로 펴서 정돈했다. 그가 하는 행동 하나하나가 효율적이고 절도 있었다. 그리고 소리 없었다.

그들은 맷의 휴대폰을 빼앗았지만 손목시계는 내버려두었다. 손목시계 화면을 켜서 그들의 주의를 끌고 싶지 않았지만, 자기 손 모양조차 식별하지 못할 만큼 너무 캄캄했다. 맷은 손목시계 화면을 도로를 향해 비틀고, 마주 오는 차를 기다렸다.

그렇게 하염없이 기다렸다. 한 대도 안 지나가고 말겠다고 포기하려 할 때쯤 드디어 헤드라이트가 비쳤다. 그 조명이 스쳐지나가기 직전에 맷은 손목시계 화면을 확인했다. 10시 48분이었다. 부모님이 적어도 두 시간 전에 맷을 찾으러 갔을 것이다. 지금쯤 경찰에 신고도 했을 것이다. 9시, 늦어도 9시 반에 경찰에 신고가 갔다 치면, 지금쯤 동네는 어떤 꼴일까? 색색의 경광등이 번쩍이고 범행 현장을 알리는 테이프와 노상 바리케이드가 쳐져 있는 장면이 상상됐다. 하지만 실제로는 그렇지 않을 것이다. 아마도 경찰서장 애덤 토마스와 그의 팀원 몇몇이 맷의 친구들에게 연락을 돌리고, 거리를 수색하고, 맷의 부모에게 진정하시라고, 애들은 툭하면 집을 나간다고 달래고 있을 것이다.

왜 그 집 안에 들어갔을까? 왜 날이 밝을 때까지 기다리지 않았을까? 아니면 왜 부모님께 사실대로 말하고 도움을 청하지 않았나? 또 다시 눈물이 왈칵 솟았다. 부모님을 떠올리기가 힘들었다. 부모님은 겁에 질려 있을 것이다. 맷은 눈을 질끈 감고 마음으로 부모님께 메시지를 보냈다. '저 살아있어요. 문젯거리에 휘말렸고 겁나 죽겠지만 어쨌든 살아는 있어요.'

전달될지 모른다고 생각하면 조금이나마 위안이 되었다.

운전석의 남자가 갑자기 말을 하는 바람에 맷은 눈을 번쩍 떴다. 그자의 목소리는 크지 않지만, 철저히 명령조였다.

"그들이 비행계획서를 제출해야 할까?"

다른 남자, 조수석에 앉은 백인 남자도 맷만큼 화들짝 놀란 것 같았다. "으응? 무슨 소릴 하는 거야?"

"플로트형 수상비행기." 운전석의 남자가 말했다. "반드시 공항에 착륙하지 않아도 되지만, 어쨌든 영공에 들어가는 거니까. 관제탑과 교신해야 하지 않아?"

좋은 질문이군, 맷은 속으로 생각했다. 저자는 좋은 질문이 아니면 던지지 않을 것 같았다.

"모르겠는데." 조수석 남자가 대꾸했다. "안 그래도 될 것 같아. 공항에 착륙할 필요는 없으니까. 우리가 헬리콥터 몰았을 때도 아무하고도 교신 안 했잖아. 뭐 그건 조금 다르지만."

그러더니 웃음을 터뜨렸다. 차가운 웃음이었다. 운전석 남자는 따라 웃지 않았다.

"어쩌면 별로 다르지 않을지도 모르지." 운전석 남자가 말했다. "그 여자는 조종사잖아. 그런 일에 빠삭하겠지. 그 남자에게 시계비행규칙(항공기의 계기에 의존하지 않고 조종사가 시각으로 지형지물과 항공기 자세를 확인하면서 비행할 때 따라야 할 규칙)을 따르면서 레이더에 잡히지 않게 비행하라고 지시했을 수도 있지."

"그 남자가 지시를 따를 만큼 비행에 대해 잘 알까?"

"그럴지도. 그럴 가능성을 고려해야지."

"글쎄." 조수석 남자가 대꾸했다. "그자가 거기 있든가 있지 않든가, 둘 중 하나겠지. 만약 가버렸다면, 다른 방식으로 해결하면 돼."

"그래." 운전석 남자가 말했다. "가버렸다면 그렇지. 그래도, 일에 가속도가 붙는 것 같군."

"무슨 일?"

그러자 운전석 남자가 그를 빤히 쳐다봤다.

"아." 조수석 남자가 말했다. "알아들었어. 총질을 하게 될 거라 보는 게로군."

맷은 숨이 멎는 것 같았다. 총질?

“노인네한테 그 연락은 해주는 게 도리지.” 운전석 남자가 말했다. “최후는 직접 장식하게 해달라는 요청을 받았잖아. 그 최후가 빨리 닥쳐오고 있는 것 같다는 거야.”

맷은 자신도 일에 가속도가 붙게 한 원인 중 하나임을 알았다. 두 사람의 인내심을 흔든 요인 중 하나였다. 맷은 두 사람의 대화에 끼어들어서 서두르지 말라고, 나는 전혀 신경 쓰지 말라고, 제발 부탁이니 맷 부샤드는 신경 쓰지 말라고, 걔는 참을성 빼면 시체라고 말하고픈 바보 같은 충동을 느꼈다.

“콜 하기 전에 확실한 장소를 확보하고 싶어.” 조수석 남자가 말했다. “라워리는 장소가 불확실하면 못마땅해 할 거야.”

저거야! 아까 들었던 이름, 라워리, 맷의 아빠가 고기 구울 때 치는 맛소금 상표명이랑 비슷하게 들렸다. 아빠는 그걸 어느 요리에나 넣었다. 왜인지 그 기억에 눈시울이 다시 뜨거워졌다. 얼마나 바보 같은가? 고작 아빠가 스테이크에 맛소금 뿌리는 모습을 떠올리고 울음을 터뜨리다니?

맷은 입술이 바르르 떨려서, 피가 날 정도로 꽉 물었다. 다시는 울지 말아야지. 지금은 집중해야 해.

“조종사 애인은 이 게임에 직접적인 이해관계가 없어.” 운전석 남자가 말했다. “죄 없는 사람을 죽게 내버려둘 정도로 그럴까? 그건 아니라고 봐.”

“그걸 입증하려면 먼저 그자를 찾아내야지.”

“찾는 건 걱정 안 해.”

조수석 남자가 나지막한 웃음을 터뜨리더니 대꾸했다. “이 게임에서는 자네가 최고니까, 블리크."

그때 운전석 남자가 동료를 흘끔 돌아봤다. 흘끔 돌아봤을 뿐이지만 맷은 그의 얼굴이 분명히 보였고, 그 얼굴에 어린 분노를 포착했다. 꾸짖음. 아무래도 조수석 남자가 방금 실수를 저지른 것 같았다.

블리크.

이름인가? 블리크?

그들은 조용히 이동했고, 맷은 방금 들은 말에 대해 생각했다.

'죄 없는 사람을 죽게 내버려두다.'

이 차에 탄 사람 중 죄 없는 사람은 맷밖에 없었다.

34

페놉스콧만에 은은한 장밋빛을 입히며 동이 텄을 때, 댁스는 아울스헤드에 있는 어느 집 현관문을 탕탕 두드리고 있었다. 한 남자가 비척거리며 걸어 나와 문을 열었다. 그는 운동복 반바지 차림에 웃통은 맨몸이고, 눈을 간신히 뜨고 있었고, 머리카락은 정전기가 일어 죄다 삐죽삐죽 선 데다 한쪽 뺨에는 아직도 베개 자국이 나 있었다.

"먼 일이요?" 그가 대뜸 물었다. 무슨이 아니라 '먼' 일이냐고 했다.

"앤디 웨스트 씨입니까?" 댁스가 물었다.

"그렇소만. 먼 일인데요?"

댁스는 식당에서 집어 온 테이블 매트를 들어 보였다. "댁의 수상비행기 투어 광고를 보고 왔습니다."

웨스트는 천천히 눈을 두 번 깜빡였는데, 두 번째 감았다 떴을 때 댁스가 사라져있기를 바라는 듯했다. "머에 취했수?" 그가 말했다. "전화를 해야지, 이 양반아, 집에 쳐들어오지 말고." 그 순간 자신의 집 주소가 테이블 매트에 안 적혀있다는 사실을 퍼뜩 깨닫고, 정신이 더 또렷해진 얼굴로 고개를 옆으로 까딱 기울이며 물었다. "내가 어디 사는지 뉘한테 들었소? 망할 새벽 여섯 시도 안 됐구만, 투어 가이드 해달라고 집에 들이닥쳐? 당장 꺼지쇼. 내 참, 무슨 생각으로 여까지 와서……."

댁스가 다른 손으로 100달러 지폐 뭉치를 들어보였다. 그리고 둘 다 그대로 들고 있었다. 한 손에는 테이블 매트, 다른 손에는 현금 뭉치를.

"투어를 정말로 가고 싶은데." 댁스가 말했다.

그러자 앤디 웨스트가 한참 동안 그를 내다봤다. 방충문이 미풍에 삐걱거렸다. "먼 일인데 그러시오?"

"그 질문을 해야 할 때가 있고," 댁스가 운을 뗐다. "피해야 할 때가 있는데. 선생이 '정말'로 알아야 할 건 내가 수상비행기 투어를 해줄 조종사를 원한다는 겁니다. 그것 말고 다른 걸 '굳이' 알고 싶어요?"

웨스트는 곰곰 생각하더니 고개를 저었다.

"현명한 선택입니다." 댁스가 말했다. "요즘엔 프라이버시가 사라진 동네가 참 많다니까. 메인 토박이들이 남의 프라이버시를 아직 존중할 줄 아는 걸 보니 흐뭇합니다."

"거 전부 합해 얼마 생각해요?" 웨스트가 물었다.

댁스는 상대가 그 질문을 한 것이 마음에 들었다. 실용적인 사람이로군. "1만 달러요. 이 정도면 시세보다 후한 걸로 아는데."

"어리석게 범죄자 실어 날라줄 정도는 안 되지."

"처음 보는 사람한테 말씀이 심하네."

"문젯거리에 휘말린 사람이나 그 정도 액수를 제시하지. 나는 문젯거리 싫습니다. 1만 달러를 준대도."

댁스는 고개를 끄덕인 다음 현금 뭉치를 내리더니 주머니에 도로 넣었다. 테이블 매트도 접어서 뒷주머니에 넣었다. 그러더니 칼을 꺼내 손목 스냅으로 날을 펼쳤다.

"올바른 선택을 내리는가 싶었는데 마지막 순간에 실수하는군." 그가 말했다. "선생은 이제 1만 달러는 물론이고 보너스 받을 기회도 잃었어. 얼마나 멍청한 결정이었는지 알겠어? 협상을 할 수도 있었는데. 이제 못 하게 됐군."

웨스트는 칼을 뚫어져라 보더니 댁스의 얼굴로 다시 시선을 돌렸다. "난 문젯거리에 휘말리기 싫소. 부탁이요, 젊은 양반."

그러자 댁스가 말했다. "선생의 전처 애슐리는 선생하고의 사이에서 낳은 열 살 된 딸과 함께 엑서터(메인주 페놉스콧 카운티의 마을)에 살고 있지. 나를 북쪽에 데려다주고 돌아와 정오쯤이면 손을 털고 싶습니까, 아니면 내가 당신을 이 집 포치에 피 흘리며 죽어가는 채 버려두고 엑서터까지 차 몰고 가서 애슐리와 딸아이를 방문했으면 좋겠습니까?"

앤디 웨스트가 내뱉었다. "이런 시팔."

댁스가 대꾸했다. "바로 그거야."

10분 후 둘은 웨스트의 집에서 5분도 안 걸리는, 아울스 헤드의 어느 사설공항을 향해 차로 이동하고 있었다. 웨스트가 운전대를 잡았고 댁스가 조종석에 앉았다. 이른 아침의 녹스 카운티 지방공항은 고요했다. 아마 온종일 그럴 터였다. 보스턴행 민항기 몇 대, 전용 제트기 몇 대가 오가고 가끔씩 관광용 헬리콥터나 기구가 이착륙하는 게 다였다.

두 사람이 차에서 내려 웨스트의 비행기로 가는 동안 아무도 그들을 제지하지 않았다. 검은색 선을 넣어 장식한 밝은 노란색 수상비행기가 꼭 호박벌이나 말벌 같다고 댁스는 생각했다.

그는 여전히 한 손에 칼을 쥐고 있었지만 눈에 안 띄게 허벅지에 딱 붙이고 있었다. 온갖 장비를 다 넣은 배낭 하나를 메고 앤디 웨스트의 신분증과 현금, 신용카드들, 웨스트 씨의 명의로 소지 허가를 받은 총 두 자루를 전부 넣은 가방 하나도 들고 있었다. 두 자루 중 엽총은 싸구려 12구경 펌프 액션 산탄총이었지만, 권총은 꽤 괜찮은 글록 반자동이었다. 아쉽게도 앤디는 여분의 글록 탄환을 가지고 있지 않았다. '탐구하는 청년들을 위한 블랙웰 학교'에서 그랬다면 엄중한 대가가 따랐을 죄악이었다. 그렇지만, 댁스는 장전이 안 된 총도 훌륭한 설득 무기가 될 수 있음을 오래 전에 터득했기에 글록도 챙겨 온 터였다.

"이런 말하기 좀 민망한데," 비행기에 접근하는데 댁스가 말을 걸었다. "나는 물 위에서 이륙하는 줄 알았지 뭡니까. 그러니까, 수상비행기에도 바퀴가 있는 줄은 몰랐다고요. 바보 같지요?"

한참 만에 입을 연 웨스트는 길게 뻗은 텅 빈 타맥 포장도로에 그들 얘기를 엿들을 사람이 숨어있기라도 할 것처럼, 속삭이며 대답했다. "어디로 데려다주길 원하시오?"

"앨라개시라는 곳인데." 댁스가 대답했다.

웨스트는 걸음을 멈추고 한 손을 노란 비행기 날개에 걸쳤다. "뭐한테서 도망치는 거요?"

"아무한테서도 아닙니다." 댁스가 말했다. "내가 선생한테 원하는 건 나를 거기 데려가서 내려주고 다시 여기로 돌아오는 것뿐입니다. 그런 다음 집에 가서 곱게 잠자리에 들고 아무한테도 댁 인생의 이 짜릿한 반전을 발설하지 않는 것. 얼마 동안 입 다물고 있느냐면, 글쎄요, 한 일주일쯤? 이만하면 괜찮지 않아요? 남들한테 자랑할 모험담 하나 생기는 거고, 일주일만 참으면 온 세상에 떠벌려도 되니까. 그때 가서는 나도 개의치 않을 게요."

"앨라개시가 얼마나 넓은 곳인 줄 아쇼? 거기 아무데나 내려줘도 된다는 거요?"

"아, 물론 구체적인 목적지는 있지." 댁스가 말했다. "하지만 먼저 이륙부터 한 뒤에 얘기합시다."

그러면서 한 번 더 칼날에 햇빛을 반사시켰다.

"알았소." 웨스트가 대꾸했다.

두 사람은 비행기에 탑승했다. 단일프로펠러가 수월히 돌기 시작하더니 곧 부드럽게 회전했다. 댁스는 웨스트가 관제탑과 교신하는 동안 잘 듣고 있다가 웨스트가 아무렇지 않은 목소리를 유지하자 칭찬하듯 고개를 끄덕였다. 비행기는 활주로를 질주하다가 이륙했고, 떠오르는 해를 향해 가다가 이내 반대 방향으로 틀어서 날아갔다. 저 밑에 펼쳐진 물이 롭스터잡이 부표들로 알록달록했다. 벌써 배들이 나와 있었다. 어부의 하루는 일찍 시작되니까. 양심적이고 보람찬 직업이었다.

"딸을 위해 옳은 결정을 내릴 거지요?" 댁스가 물었다.

"내 딸 얘기 그만 하쇼."

"동기 부여를 위해서 그러지. 내가 선생을 믿으려면 선생이 동기 부여가 돼야 하니까. 이해가 됩니까?"

웨스트는 두려움에 얼굴이 잔뜩 굳었지만 조종간을 잡은 손은 전혀 떨림이 없었다. 또 하나의 좋은 신호였다. 댁스는 움찔거리는 조종사라면 질색이었다.

"바퀴를 접어 넣는군." 비행기가 북서쪽으로 날아갈 때쯤 댁스가 관찰한 바를 말했다. "내가 생각지 못한 게 그거였어. 나는 둘 중 하나여야 하는 줄 알았지. 바퀴로 움직이거나 아니면 물에 떠가거나. 그런데 선생은 육로와 수로의 최고 이동수단을 다 가진 셈이군. 이건 수상비행기가 아니야. 이건 수륙 양용 비행기야. 훨씬 정교한 거라고."

웨스트가 불쑥 말했다. "아까 이륙하면 목적지를 말해주겠다고 했잖습니까."

"목적지는 로만 아일랜드 호수라는 곳입니다. 거기 알아요?"

웨스트는 고개를 끄덕였다.

"잘됐군." 댁스는 이렇게 말하며 좌석 등받이에 깊숙이 기대앉았다. "그럼 계속 가봅시다, 웨스트 선생."

로만 아일랜드호는 앨라개시강의 흐름을 마치 혈전처럼 끊어놓는 호수였다. 리아 트렌턴과 에드 레븐셀러가 소유한 산장들보다 북쪽에 있었지만, 댁스는 북쪽에서 출발해 남쪽으로 훑어가기로 했다. 리아라면 생각해낼 수 있는 방어 거점 중 가장 바깥쪽 지점, 즉 어퍼 마틴 폰드로 갔을 거라고 봤지만, 동시에 리아라면 접근하는 항공기 소음을 극도로 민감하게 포착할 것 같았다.

댁스는 그 누구도 겁에 질리게 할 생각은 없었다.

앤디 웨스트의 수상비행기 하단부에는 공기주입식 조디악 구명정이 든 가방과 구명정에 동력을 제공할 9.9마력 머큐리 엔진이 탑재되어 있었다. 뜻밖의 보너스였다. 댁스가 보트를 훔치느라 시간을 낭비하지 않아도 된다는 뜻이었다.

"내 딸 얘기를 안 꺼냈으면 좋았을 걸." 앤디 웨스트가 중얼거렸다.

"그럼 돈을 받지 그러셨어."

북대서양이 저 뒤로 멀어져갔고 캠든 힐스의 나지막한 산들도 시야에서 사라졌다. 마을다운 규모의 마을 하나도 나타났다 멀어져갔다. 뱅고르인가? 어거스타라고 하기엔 너무 동쪽에 있고 포틀랜드라기엔 너무 북쪽에 있는 걸 보니. 메인주에는 뱅고르 외에 마을다운 마을이 없으니까. 이제 저 아래 펼쳐진 세상은 온통 숲으로, 소나무로 변했다. 더불어 I-95번 국도가, 마치 파놓고 보니 경작이 불가능한, 생명이 살기 어려운 곳임이 드러난 한 줄기 고랑처럼, 일렁이며 곧게 뻗어 있었다. 곧 비행기가 북서쪽으로 기수를 돌리자 저 밑의 고속도로가 사라졌고, 호수들과 거품 이는 구불구불한 강줄기로 패인 숲만 남았다.

댁스의 왼팔이 욱신욱신 쑤셔왔다. 위에서 보이는 경관이 별로 마음에 들지 않았다. 그는 팔을 문지르며 조종사를 돌아봤다. 숲이나 강은 볼 필요 없었다. 옆자리의 인간을 감시하면서 이 인간만이 저지를 법한 실수들을 파악하고, 그간 감시했던 다른 인간들이 저지른 다른 실수에서 얻은 교훈들과 융합해야 했다.

눈은 똑똑히 뜨고, 머리는 호기심으로 채우고, 마음은 비우라. 이것이 바로 성공의 레시피였다.

"왜 그러쇼?" 댁스의 시선을 느낀 앤디 웨스트가 물었다.

"조종이나 하시지. 나머지는 알아서 풀릴 테니."

비행기는 계속해서 날아갔다. 북쪽으로 갈수록 숲이 더 울창해지는 것 같았다. 나무들이 서로 물리고 물려, 위에서 내려다보면 숲이 더 촘촘하고 두텁게 겹쳐 있는 것처럼 보일 지경이 되었다. 해가 뜨자 초록색이 점점 더 밝아졌지만 어둠은 결코 완전히 가시지 않았다. 육로로 가면 몹시 캄캄한 숲을 통과해야 하고 그래서 이동이 꽤나 힘들리라는 것을 댁스는 문득 깨달았다.

왼편에 봉우리가 눈으로 살짝 덮인 산이 훌쩍 솟아 있었다.

"카타딘산인가?" 댁스가 물었다.

"그건 또 무슨 상관이유?" 불퉁한 어조였다.

"내가 탐구심이 넘치는 사람이라 새로운 걸 배울 기회를 놓치기 아쉬워서 그럽니다." 댁스가 말했다. "그런 기회가 다시는 안 올지도 모르거든."

웨스트는 고개를 절레절레 흔들 뿐 대꾸가 없었다. 댁스는 한숨을 쉬며 상체를 기울여 칼을 그에게 들이댔다. "테이블 매트에는 투어를 시켜준다고 했잖아요."

웨스트가 입술을 축이고 대꾸했다. "맞소, 저건 카타딘산이오."

댁스가 조수석 등받이에 도로 등을 붙였다. "아주 좋아. 우리가 지금 애팔래치안 트레일(메인주 중부에서 조지아주 북부에 걸쳐 3,300킬로미터 가량 애팔래치아산맥에 뻗어 있는 하이킹용 트레일) 끄트머리의 북쪽에 있는 거로군. 정확한 용어를 쓰고 싶다면, 종점. 어느 쪽이 더 마음에 듭니까, 웨스트 선생? 끝, 아니면 종점?"

대답이 없었다.

"아니면 '결말'이라든가." 댁스가 말을 계속했다. "끝 대신 결말이라고 해도 되겠네, 안 그래요? 아니면 출구. 말단. 만료점. 어느 표현이 마음에 드십니까?"

"중간 기착." 웨스트가 속삭이듯 내뱉었다.

댁스는 웃음을 터뜨렸다. "그거 아주 좋은데. 재치 있는 대답이야."

하지만 웨스트는 웃고 있지 않았다. 말장난을 재밌어하지도 않았다. 이는 댁스가 혼자 이동할 때 싫어하는 것 중 하나였다. 혼자서 다니면 편하기야 하겠지만, 자신을 잘 아는 동반자가 있다면 얼마나 좋을까 싶었다. 아버지와 삼촌과 숙모들이 그랬던 것처럼.

왼쪽 팔이 욱신거렸다. 한참 전에 도로 붙은 뼈들이 보내는 환상 통증이었다. 댁스는 항공기의 쉼 없는 진동에서 벗어나려고 몸을 꿈틀거

려봤다. 환상 통증도 때로는 시끄럽게 존재감을 피력하는 법이었다.

카타딘산이 시야에서 사라지고 대형 호수들도 자취를 감추자 대신 강줄기들의 폭이 넓어졌다. 앤디 웨스트가 기수를 아래로 향했고, 댁스는 회전하는 프로펠러의 번쩍임 너머, 마치 누군가 푸는 걸 잊어버린 매듭처럼, 강줄기들 사이에 길게 펼쳐진 호수를 보았다. "저겁니까?" 댁스가 물었다.

웨스트는 고개를 한 번 끄덕였다. 그는 섬 지형을 살피느라 고개를 댁스에게서 돌려 왼쪽 아래로 꺾고 있었다. 아마도 착륙할 지점을 찾는 것 같았다. 그런데 댁스는 그의 표정이 마뜩잖았다. 뭔가 속이는 게 있는 표정이었다.

"여기 와본 적 있어요?" 댁스가 물었다.

"로만 아일랜드호 말이유?"

"그래요, 거기."

"카누로만 와봤소만. 비행기로 온 적은 없고."

손상 입은 뼈 깊숙한 곳에서 발하는 통증에서, 옐로스톤 칼데라가 찾아와 말을 거는 듯한 목소리가 들려왔다. *저자가 보기만큼 쓸모없지 않다는 걸 잊지 마, 댁스. 여름 휴가철에 하품 나오는 관광객 투어나 하고 있지만, 실제로는 변경지대 조종사야. 기체에 총과 조디악 구명정을 갖추고 있고, 그것들을 사용한 적도 있어. 수완이 보통이 아니야. 저자한테는 네가 미처 눈치 채지 못한 뭔가가 숨어있을지도 몰라.*

그 목소리를 아버지의 음성으로 떠올리는 건 일도 아니었다. 아버지의 음성과 억양 그리고 남기고 간 교훈들이 순식간에 되살아났다.

로만 아일랜드가 그들 앞에 선명히 모습을 드러냈다. 댁스는 강 한복판에 웬 덩어리가 뭉쳐있는 듯 묘한 형태의 호수가 점점 가까워지면서 커지는 것을 지켜봤다. 섬은 그 한가운데 우뚝 박혀있었고, 순간 방금 전 경고의 목소리는 사라지고 대신 '저수지의 개들'에 나오는 노래가 떠올랐다. *뭔가 잘못된 느낌이야.*

"섬에 착륙하지 말아요." 댁스가 말했다.

"뭐요? 아까는 로만 아일랜드에 내리라고……."

"지시 사항이 바뀌었습니다. 대응해요. 적응해. 나를 저 망할 섬에 내려주지 말라고."

웨스트는 심란한 표정을 지었다. 그 표정을 보고 댁스는 자신이 아직 왜인지는 모르지만 하여튼 옳은 결정을 내렸음을 알았다. 웨스트는 섬에 내릴 생각에 너무 들뜬 것 같았고, 댁스는 여기에 딱 한 번만 와봤으며 그것도 카누로만 와봤다는 그의 말이 거짓말이라고 판단했다. 저 아래 웨스트에게 솔깃한 뭔가가, 단순히 골칫거리 승객을 떼어버릴 기회 이상의 뭔가가 있었다. 그게 뭔지 댁스는 모르지만 그 추측이 맞다는 건 알았고, 지금은 튼튼하지만 한때 부러졌던 팔에서 통증을 느끼듯 그것을 뼛속 깊이 느꼈다.

"북쪽으로 가요." 댁스가 말했다. "여기서 먼 호수 끝단. 섬이 안 보일 정도로 멀리."

"저 섬에 착륙하지 못할 이유가 전혀……."

"저 섬에 착륙해본 적이 없는 줄 알았는데."

웨스트는 입을 열었다가 닫았고, 다른 각도로 설득을 시도했다. "나는 수상비행에 대해 잘 압니다. 아까 댁이 원했던 대로 저기에 내려주고, 그런 다음에……."

"내가 선생 의견이 궁금한 사람으로 보여요?"

그들은 대략 150미터 상공에서 섬을 지나쳐갔고 그대로 더 북쪽으로 갔다. 지나가면서 댁스는 그곳을 자세히 살폈다. 야영지가 기껏해야 열두어 군데 있을까 말까 했다. 몇 군데는 현재 사용 중인 티가 났지만 나머지는 야영 시즌이 끝나서 봉쇄된 것으로 보였다.

배도 몇 척 있었다. 조디악보다 빠른 배들이라, 여차하면 한 대 훔쳐도 될 것 같았다.

섬이 저 뒤로 사라지고 호수가 그들을 향해 차가운 잿빛 팔을 벌렸다. 그쯤 해서 앤디 웨스트가 물었다. "착륙할까요, 선회할까요?"

"착륙해요."

"저쪽 물가는 바위투성이잖소. 그럼 활주하다가 정지할 수 없는데. 섬에서는 그럴 수 있었겠지만."

"어떻게 되든 받아들일 테니 걱정 말고."

웨스트는 어깨를 으쓱하더니 착륙 준비를 했다. 기체가 수면 위 약 10미터 상공까지 하강했을 때 웨스트가 기수를 살짝 들어올렸다. 그러자 플로트 부분이 수면에 닿았고, 웨스트는 속도를 감속해 엔진을 저속 구동시켰다. 그들은 이제 호수면에서, 바위투성이의 길고 나지막한 에스커(빙하 밑바닥의 유수에 의해 돌과 모래가 퇴적하여 생긴, 제방 모양의 지형)로부터 60미터쯤 떨어진 지점까지 와 있었다.

"바람이 지금보다 강했어도 그렇게 했을 거예요?" 댁스가 물었다.

웨스트는 댁스를 빤히 쳐다봤다. "그렇게라니? 착륙 말이오?"

"엔진 저속 구동이요. 만약 강풍이 불었다면, 동력이 얼마간이라도 필요하지 않았겠어요?"

웨스트는 신기한 것을—아마도 신기하기보다는 경계심이 들게 하는 것을—보듯 댁스를 가만히 뜯어보다가 대답했다. "아니. 바람이 있었다면 그러지 않았을 거요. 아마 동력에 의한 기체 상승 조작이 필요했겠지. 그런데 또 그러려면 수면을 더 질주해야 하고."

댁스는 웨스트의 설명과 그걸 다 이해하는 자신에게 만족해서 고개를 끄덕였다.

"아주 좋아." 댁스가 말했다. "가르쳐줘서 고맙군. 이제 저기 멀리 보이는 만으로 갑시다." 그는 말굽 모양의 절벽이 물을 감싸고 있는 구역을 가리켰다.

"저기는 빠져나올 공간이 없잖아요. 온통……."

"갑시다."

웨스트는 만을 향해 수면을 활주해갔다. 수중타로 방향을 조종했는데, 사실 호수라기보다 하나의 수계(水系)에서 물이 불어난 구간에 더 가까운 이곳에 물의 유동(流動)이 있어서 일부러 더 크게 곡선을 그리며 도는 것 같았다. 댁스는 그걸 유심히 보면서, 유동이 있는 물에서 측풍까지 불 때 이륙하는 건 꽤나 까다로운 조작이 되겠다고 짐작했다. 그렇다 해도 한번 해보면 좋을 것 같았다. 대비를 해야 하니까. 수면 착륙은 흉내 낼 수 있을 것 같았다. 하지만 이륙은 얘기가 달랐다. 활주로에서 이륙한 경험에서는 수면 이륙에 대해 아무것도 배우지 못했다.

어쩌면 앤디 웨스트를 살려둘 가치가 있을지도 모르겠군.

말굽 모양으로 둘러친 절벽을 지나자마자 길게 굴곡진 자갈수변이 나타났다. 만의 양쪽 끝에 툭 튀어나온 거석들이 있었지만 비행기의 접근을 막을 만한 바위는 없었다.

"저기 뭍에 댈 수 있어요?" 댁스가 물었다.

"잘하면 댈 수 있지, 수면 아래 걸리는 게 없다는 전제 아래."

"이쪽 호수는 잘 아는 줄 알았는데."

"섬 근처를 안다고 했지."

"비행기를 이륙시켜본 적이 없는 그 섬?"

웨스트는 댁스를 흘끔 보며 입술 안쪽을 잘근잘근 씹을 뿐, 대답은 하지 않았다.

"물에 한번 대봐요." 댁스가 말했다.

"기체가 손상될 수도 있는데."

"물론 어떤 형태의 손상을 입든 다 변상해 드릴 겁니다. 우리 계약서에 포함된 사항인 줄 알았는데." 그는 손에 쥔 칼을 내려다보더니 다른 쪽 손으로 이마를 탁 쳤다. "아, 맞다. 명예 제도(구성원들이 서로 믿고 규칙을 따르기로 하는 제도)에 따라 행동하기로 했지."

웨스트는 수중타와 연료조절장치를 조정해가며 비행기를 만 안쪽으로 몰고 갔다. 그러더니 수변에서 30미터쯤 떨어진 지점에서 엔진을 끄고 나머지 거리는 잔여 추진력으로 이동했다. 비행기는 가볍게 수면 위를 미끄러지더니 자갈 바닥에 플로트가 닿아 짤까닥거리는 소리를 냈다. 진입로에 쌓인 눈을 삽으로 미는 정도보다 더 거칠지는 않았다.

"별로 크게 손상되진 않은 것 같은데." 댁스가 말했다.

웨스트는 못 들은 척 이렇게 말했다. "기체 돌리려면 내려야 해요."

"얼마든지 그러세요. 나도 돕죠."

두 사람 다 문을 열고 플로트에 내려섰다. 웨스트는 댁스를 지켜보고 있었다. 그는 댁스가 민첩하게 플로트에 내려와 수변으로 훌쩍 뛰어내리는 걸 보고 실망한 기색이었다. 균형 감각은 댁스에게, 모든 면에서, 최우선이었다.

앤디 웨스트는 얕은 물에서 휘적거리며 걸어가 비행기의 테일 콘(원뿔형 배기통)을 붙잡고 기체를 돌려 꼬리가 수변의 낮은 쪽을 향하게 했다. 그런 다음 다시 빙 돌아 조종석으로 가 문을 열고 좌석 밑으로 손을 뻗었다.

“그 밑에 총이 있는 거라면, 선생은 죽는 거야.” 댁스가 말했다.

웨스트는 순간 얼어붙었다. “밧줄이에요.” 그가 간신히 말했다. “그냥 밧줄이라고. 기체를 고정하려고요.”

“좋아. 그럼 손에 밧줄을 들고 이리로 다시 나와 주시지.”

이제 댁스는 칼을 던지기 쉬운 방향으로 쥐고 있었다. 저것이 밧줄이 아니라 총이라면 앤디 웨스트가 발포하기 전에 자신이 먼저 그의 목에 칼날을 꽂을 수 있다고 확신했다.

그러나 웨스트는 무기 없이 밧줄만 가지고 나왔다. 그 한쪽 끝을 비행기 꼬리 쪽 밧줄걸이에 묶은 다음 뭍 쪽으로 올라가 댁스를 지나쳐 가장 가까운 나무로 갔다. 그러고는 밧줄의 다른 쪽 끝을 나무에 빙 둘러 묶었다.

“아름답군.” 댁스가 감탄을 섞어 말했다. “위엄이 느껴지지 않아요? 숲과 물밖에 없는 곳에서, 바람을 마주하고 당장이라도 날아갈 기세로 서 있다니.”

웨스트는 아무 대꾸도 하지 않았다.

“혹시 이름 붙였어요?” 댁스가 물었다.

“뭔 질문이 그리 많수? 그냥 볼일이나 후딱 보고 나 좀 가게 해주시오, 알겠소?”

“질문은 결정적으로 중요해요, 앤디. 인생을 제대로 살려면 질문만큼 중요한 게 없지.” 댁스가 말했다.

웨스트는 질렸다는 듯 고개를 저었다. 댁스는 천천히 그에게 다가갔고, 웨스트는 위협을 느꼈을지 모르지만 그런 티는 내지 않았다. 댁스의 활발한 겉모습과 앳된 얼굴의 이점이 바로 이것이었다. 시간이 흐르면 상대방은, 심지어 댁스가 무장하고 있는데도, 경계를 풀곤 했다.

"항상 탐구심을 품으면 좋은 게 뭐냐면 말이지," 댁스가 말을 이었다. "우리가 언제 전문가랑 말을 섞게 될지 모른다는 거예요. 때로는 겸손하고 과묵한 사람이 알고 보면 가장 똑똑한 사람일 수 있거든. 그런 사람한테 배울 기회를 놓치면 안 되잖아."

"거, 알았들었수다."

"선생은 나한테 별로 좋은 질문을 던지지 않더군." 댁스가 말했다. "이렇다 저렇다 얘기하고 이거 해달라 저거 해달라—*내 딸은 건드리지 말라*든가—요구는 했지만, 우리가 꽤 긴 시간 동승했는데도 선생은 그 기회를 이용하지 않았어."

그는 웨스트가 한 보 떼려는 것을 저지했다. 웨스트는 별수 없이 제대로 돌아서서 댁스를 똑바로 바라봤다. 댁스가 눈을 치켜뜨고 뭔가 기대하는 표정으로 고개를 끄덕였다.

"미안하게 됐소." 웨스트가 말했다. 이쯤 되니 무슨 말이라도 해야 한다는 걸 깨달았기 때문이다.

"뭘 물어볼 것 같아요?" 댁스가 물었다. "기회가 다시 온다면 나한테 뭘 물어보겠어요?"

잠시 침묵만이 오갔다. 비행기의 기수가 가벼운 바람에 살짝 출렁였다. 꼬리의 밧줄걸이에서 나무까지 연결된 밧줄이 팽팽히 당겨졌지만 그대로 버텼다.

"당신 누굽니까?" 한참 만에 앤디 웨스트필드가 물었다. "뭘 하고 있는 거요?"

댁스는 한숨을 푹 쉬었다. "옳은 질문은 거창한 게 아니야, 앤디. 작은 것부터 시작하라고. 구체적으로 묻고. 내가 예를 들어주지. 나는 왜 아까는 칼을 오른손에 들고 있더니 지금은 왼손에 쥐고 있는가?"

그러자 앤디 웨스트가 칼을 내려다봤다. 동시에 댁스가 오른손으로 웨스트의 목을 가격한 다음 그의 뒤통수를 붙잡고 자기 무릎을 올려 그의 이마를 힘껏 쳤다.

앤디 웨스트는 의식을 잃고 자갈톱에 축 늘어졌다.

댁스가 그를 내려다보며 말했다. "칼을 바꿔 쥔 건 질문할 핑계를 만들려고 그런 거야, 앤디. 그 다음엔 선생이 그래선 안 될 순간에 칼을 내려다볼 걸 알았지. 덕분에 일이 쉬워졌고. 선생이 처음부터 옳은 질문만 했다면 이렇게 할 필요도 없었을 거야. 이제 내 말이 이해가 돼?"

앤디 웨스트는 대꾸할 수가 없었다. 똑바로 말하는 건 고사하고 웅얼거리는 것조차 몇 분은 지나야 가능할 테고, 그때쯤 웨스트는 손목과 발목이 케이블 타이로 묶이고 입에는 테이프가 붙은 채 비좁은 화물 적재칸에 처박혀있을 것이다. 그건 그렇지만, 댁스는 웨스트가 어둠 속에서 자신이 다음 기회에는 어떻게 할지 천천히 생각해보기를 바랐다.

탐구심 강한 사람은 새로운 것을 배울 기회를 놓치지 않는 법. 고통스러운 배움일지라도. 고통스러운 배움이라면 특히 더.

댁스는 조디악 구명정과 선외 모터를 화물칸에서 꺼내는 작업에 착수했다. 물건들을 무사히 뭍에 꺼내놓고 구명정에 공기를 넣어 부풀린 다음, 총기류와 자기 배낭도 꺼냈다. 그리고 배낭에서 케이블 타이와 강력 접착테이프를 꺼냈다. 까만색 절연테이프도 있었다. 꽤나 유용할 것이다. 글록이 까만색인데 선외 모터의 외피도 까만색이니까.

앤디 웨스트가 막 정신이 들기 시작할 때쯤 댁스는 그를 화물칸에 던져 넣고, 해치를 닫고, 잠갔다.

35

에드는 동트자마자 떠나려고 했지만 리아가 아침 식사는 같이 하고 가라고 붙잡았다. 평온한 분위기를—물론 거짓 평온이긴 하지만—느끼고 싶은데 아이들이 에드의 비행기가 떠나는 소리에 깨면 그 분위기가 산산조각 날까 걱정됐기 때문이다.

평온한 분위기 말고도 오늘 리아가 산산조각 낼 것은 많았다. 아이들이 잠만큼은 푹 자길 바랐다.

하지만 아이들은 일찍 일어났다. 동트고 얼마 안 지나서였다. 원시 상태에서의 생명 작용이었다. 감각을 애써 동원하지 않아도 숲과 물과 하늘의 소리가 들릴 정도로 고요한 곳에서는 정신과 몸의 특정 부분들이 자연히 깨어나는 것이다.

동튼 사위가 장관을 뽐냈지만 남서쪽 하늘에는 회색의 선반 같은 층이 생성되고 있었다. 폭풍우 기단의 최전부인 아치구름이었다. 리아는 호숫가에 서서 그 구름을 관찰하면서 구름이 이쪽으로 올지 가늠해보려고 했다.

확신을 가지고 판단하기에는 구름이 너무 멀리 있었다. 바로 위의 하늘은 청명했고 북쪽과 동쪽 하늘은 금빛으로 빛나고 있었다. 그나마 조금 부는 바람은 간헐적으로, 미약하게 불어왔다. 수면은 하도 잠잠해서 물고기 한 마리가 솟구쳐오를 때마다 물결이 한참 동안 일었다.

리아는 산장 안 난로에서 아침 끼니를 준비할 작정이었는데 에드가 밖에서 조그맣게 모닥불을 피웠고, 리아가 호숫가를 따라 테사를 산책시키는 사이 아이들이 산장에서 나와 에드와 합류했다. 닉이 에드에게 이것저것 질문하는데 헤일리는 호수와 떠오르는 해를 바라보고 서 있었다. 키가 훤칠하게 크고 우아하고 예쁜 딸아이의 모습은 앞으로 어떤 여성으로 자랄지 보여주는 예고편 같았다.

'윌슨 부인이 잘 돌봐주실 거야.' 이런 생각이 문득 떠올랐지만 촉촉하게 젖은 눈으로 아이들을 마주할 수는 없으니 생각을 단호히 멈추고 말라 죽어가는 야생화를 들여다보는 척해야 했다.

리아가 모닥불 앞에 닿기도 전에 헤일리가 돌아서서 말을 걸었다.

"안녕히 주무셨어요. 오늘 카누 타도 돼요?"

리아는 잠시 말문이 막혔다. 헤일리가 먼저 말을 거는 일은 극히 드물었고, 뭔가를 요청한 적은 한 번도 없었다.

"그, 그래." 리아가 한 박자 늦게 더듬거리며 대답했다. "그래, 당연히 타도 되지."

"잘됐네요." 헤일리가 대꾸했다. "고맙습니다."

"그래." 리아가 세 번째 똑같은 말을 반복했다. "꽤 좋은 카누야. 초경량이지. 선체가……."

"케블라로 만들어졌다고요." 헤일리가 대신 말을 잇더니 씩 웃었다. "알아요. 윌슨 씨네도 하나 가지고 있거든요."

윌슨 씨네. 리아는 미소가 흔들리는 것을 느끼고 애써 웃는 얼굴을 유지하려고 했다. 에드가 걱정 어린 표정으로 리아를 올려다봤다. 리아는 마음이 평온한 척하며 그에게 고개를 끄덕여보였다. "안녕히 주무셨습니까, 선생님."

"아이구, 안녕히 주무셨어요, 부인."

"밖에서 잘 잤어?"

"거대한 송어를 낚는 꿈을 꿨어." 에드는 모닥불 옆에 무릎 꿇고 앉아 동결 건조된 스크램블드에그와 피망을 기다란 포크로 저어가며 볶고 있었다. 그 옆에서 닉이 무의식적으로—어쩌면 의식적으로?—에드의 행동을 모방했는데, 달걀과 페퍼 대신 생선을 기다란 가지로 찔러대는 통에 연기가 자욱하게 피어올랐다. 그래도 에드는 제지하지 않았다. 오늘 아침에는 웬일인지 다들 참을성 있게 굴고 있었다.

리아는 아치구름을 다시 올려다봤다. 정체해 있는 듯 보이지만, 그건 착각이라는 걸 리아는 알았다. 폭풍우를 머금은 구름이 움직이기 시작했고, 그것도 이쪽으로 오고 있었다.

"초경량 카누를 좋아하니?" 리아가 헤일리에게 물었다.

헤일리는 모닥불로 다가가며 고개를 끄덕였다. "조종에 민감하게 반응해서요. 수로 사이에 육로로 이동해야 한다면 초경량 카누가 제일 좋겠죠. 근데 그렇게 해본 적은 없어요." 헤일리는 모닥불을 내려다보다가 고개를 들어 리아를 보며 물었다. "해보셨어요?"

"응." 대답을 하면서도 리아는 이런 생각뿐이었다. '윌슨 부인한테 전화하지 않을 거야, 너를 보내지 않을 거야, 어떻게든 라워리와 싸워

이겨서 우리가 다 같이 살 수 있게 하겠어, 다 같이 안전하게…….'

"언젠가 한번 해보고 싶어요." 헤일리가 말했다. "카누 지고 육로로 이동하는 거 말이에요."

"언제든 할 수 있지." 이렇게 대꾸하는데, 입 안에 수분이 하나도 안 남아서 목소리가 가늘게 나왔다.

헤일리가 코에 주름을 잡으며 스크램블드에그를 가리켰다. "나한테 저거 먹일 생각 꿈에도 마세요."

그러자 에드가 씩 웃었다. "맛보기 전에 판단하기야?"

"생긴 게 너무 구리잖아요. 냄새도 구리고요"

"오직 한 감각만 만족시키면 되지." 에드가 토티야에 스크램블드에그와 피망을 한 숟갈 떠서 내밀며 말했다. "미각."

헤일리는 머뭇거렸지만 결국엔 토티야를 받아들고 한 번 접더니 냄새를 맡았다.

"우웩."

"맛 봐." 에드가 한 번 더 권했다.

헤일리가 조심스럽게 한 입 베어 물고 우물우물 씹더니 고개를 주억거렸다. "최악은 아니다? 듣고 싶은 평가가 그 정도예요?"

"카누 지고 육로로 이동한 뒤에 먹고도 그렇게 박하게 평가하나 보자." 에드가 웃으며 받아쳤다. "최악은 아니다에서 평생 먹어본 것 중 최고로 당장 바뀔 걸."

"그렇다고 칠게요." 대답은 이렇게 했지만 헤일리는 토티야를 계속 먹었다.

에드가 달걀과 토티야를 나눠주는 동안 리아는 모닥불 근처 넓적한 바위에 앉아 있었다. 모두들 조용히 먹었다. 아비새 한 마리가 물가에서 10미터쯤 떨어져 소리 없이 날면서 인간들을 관찰했다.

"어젯밤에는 그렇게 소란스럽더니." 에드가 새에게 말했다. "그 기세다 어디 갔냐?"

그러자 아비새가 그 말에 응답하듯 다이빙해 수면 아래로 사라졌고, 두 아이 모두 웃음을 터뜨렸다. 테사를 가운데에 두고 둘러앉은 세 사람을 바라보던 리아는 갑자기 음식을 삼키는 게 힘들어졌다.

왜 오늘이야? 왜 헤일리는 오늘 갑자기 태도를 누그러뜨리는 거야?

에드가 손바닥을 바지에 문질러 닦았다. "좋아, 얘들아. 나는 이만 떠야겠어. 지금 갔다가, 글쎄다, 늦어도 서너 시에는 돌아올게." 그는 짐짓 준엄하게 닉을 쏘아보는 척하며 말했다. "그때쯤이면 송어를 허용치까지 잡아놓을 자신 있나, 옴브레?"

"허용치가 정해져 있어요?"

에드가 씩 웃으며 말했다. "밀렵꾼들 때문에 그래. 너희처럼 외지에서 온 밀렵꾼이 도처에 있으니까."

"왜 지금 당장 가야 돼요?" 닉이 캐물었다.

"할 일이 있으니까." 에드가 대답하고는 일어섰다. 리아는 닉이 그 두루뭉술한 대답을 순순히 받아들인 게 다행스러웠다.

헤일리는 에드와 비행기를 번갈아 보며 물었다. "호수에서 이륙하는 거, 닉하고 같이 구경해도 돼요?"

"찬물에 수영하고 싶다면야."

"수영하려는 게 아니고요. 카누에 타고서 보려고요."

에드는 리아를 돌아봤다. 리아가 고개를 끄덕이며 대신 대답했다. "그럼. 대신 멀찍이 떨어져서 봐야 한다."

"코앞에서 노 저을 생각은 없어요." 헤일리가 별 걸 다 걱정한다는 표정으로 말했다. "머리 위로 날아가는 걸 닉이 보면 좋아할 것 같아서 그러죠."

"좋았어!" 닉이 냅다 외치고는 스크램블드에그를 꽉꽉 눌러 담은 토티야를 하나 더 입에 밀어 넣고 우적우적 씹으며 말을 이었다. "그래, 구경하자."

주의를 돌릴 거리가 생긴 게 고마워서 리아는 아이들에게 구명조끼와 패들이 어디에 있는지 알려준 뒤 에드와 함께 저만치 걸어갔다. 모닥불은 이미 에드가 껐고, 꺼진 불씨에서 피어오른 증기가 두 사람을 따라왔다.

"오늘 아침엔 분위기가 좋네." 에드가 운을 뗐다.

"응."

"마음 아파 죽겠지?"

"응."

에드가 측은한 미소를 지었다. "늦어도 한 시까지는 돌아오고 싶어. 당신이 애들하고…… 필요한 얘기 나누는 걸 재촉하고 싶지는 않지만……."

"언제든 일이 잘못될 수 있어서 걱정돼서 그러지." 리아가 대신 말을 끝냈다.

에드가 고개를 끄덕였다.

"그럼 한 시에 오는 걸로." 리아가 이렇게 말하면서 해를 살폈다. 아침 여덟 시가 거의 다 되었다. 루이빌의 윌슨 부인에게 전화해 생각조차 하기 싫은 일을 부탁하기 전 아이들과 오붓하게 보낼 시간이 이제 다섯 시간도 채 안 남아 있었다.

두 사람의 뒤에서 테사가 웡웡 짖으면서 카누 띄우는 걸 자기도 돕겠다고 수심 얕은 데서 첨벙대며 물을 사방에 튀기고 있었다. 헤일리는 테사를 도로 뭍으로 올려 보내려고 낑낑댔다.

"테사도 태워도 돼." 리아가 소리쳤다. "카누 타는 걸 굉장히 좋아하거든. 얌전히 앉아 있을 거야."

헤일리는 못 믿겠다는 표정이었다. "우리끼리만 먼저 타봐도 돼요?"

"어우 진짜!" 닉이 소리 질렀다. "그냥 태워. 얘가 타고 싶……."

"먼저 한번 타 보려고 그래, 닉." 헤일리가 말했다. "내가 먼저 감을 잡고 나서 테사를 태우면 되잖아."

"그러면 되겠다." 리아가 맞장구치고는 휘파람을 불었다. 그러자 테사가 휙 돌아서며 털에서 물기를 흩뿌리고는 비행기를 향해 겅중겅중 달려왔다. 헤일리는 우아하고 자신감 넘치게 움직이고 닉은 팔다리를 주체 못 해 허둥대며 둘이 카누에 올라타는 걸 확인하고 리아는 에드를 향해 다시 고개를 돌렸다.

"내가 도울 수 있다면 좋겠는데." 에드가 조용히 말했다.

"장난해? 이미 많이 도와주고 있어. 내가 부탁해도 되는 선을 훌쩍 넘어서까지."

"여기서 말이야. 애들하고…… 얘기하는 거."

"아." 리아는 고개를 저었다. "그건 아무도 도와줄 수 없어."

"그렇지."

둘은 비행기 옆에 나란히 서서 헤일리가 자신 있게 패들을 물에 꽂아 카누를 물에 띄우는 모습을 지켜봤다. 샛노란 선체의 측면에 검은색으로 '위노나'라는 상표명이 칠해져있었다. 헤일리는 선미에 앉았고, 선수에 앉은 닉은 패들을 지나치게 힘껏 저으면서 카누의 진행 방향을 재빨리 바꾸고 있었다. 그래도 헤일리는 동생에게 소리 지르지 않았다.

노련하게 패들링 하면서 동생의 마구잡이식 추진을 상쇄하고 카누 방향을 유지할 뿐이었다. 리아는 뿌듯함에 가슴이 벅차올랐다. 마치 리아가 받은 훈련이 시간과 공간을 뛰어넘어 딸에게 흡수된 것 같았다. 그렇게 해서 모녀가 카누 타기 기술을 공유하게 된 것 같았다.

"한 시에 봐." 리아가 에드에게 말했다. "그때는 분위기가 확 달라져 있을 거야."

"그렇겠지." 에드가 동의하고 리아의 팔을 살며시 한 번 쥐었다 놓았다. "행운을 빌어."

"고마워."

리아에게서 물러난 에드가 플로트 위를 조심조심 걸어 조종석으로 가 문을 열고 올라탔다. 잠시 후 엔진이 우르릉 소리를 내더니 프로펠러가 회전하기 시작했고, 기체 밑의 수면이 부르르 떨렸다. 리아는 즉시 카누의 위치를 확인했다. 두 아이는 안전한 거리로 물러나 노질을 계속하고 있었다. 헤일리는 리아의 경고를 새겨들었는지, 비행기와 충분히 거리를 두고 있었다. 아니, 안전하고도 남을 정도로 멀찍이 떨어지려는 것 같았다. 착한 녀석.

에드가 상체를 숙이고 리아와 눈을 맞추더니 카누를 한 번 가리키고 엄지를 척 들어보였다. 리아도 따라서 엄지를 들어보였고, 이륙해도 좋다는 뜻으로 오케이 사인을 보냈다.

모터 굉음이 한층 강해지고 프로펠러도 회전 속도를 높이더니, 곧 비행기가 수면을 미끄러져 나가기 시작했다. 수면이 워낙 잔잔해서 비행기가 앞으로 나아가기엔 둔하게 느껴질 것 같았다. 직관에 반대되는 소리 같지만, 어느 정도 물결이 이는 편이 오히려 좋았다. 플로트와 수면 사이에 에어 포켓을 만들어 기체가 더 날렵하게 움직이게 해주기 때문이다. 아까 헤일리가 케블러 카누를 두고 한 말처럼, 조종에 더 민감하게 반응하는 것이다.

긴 활주 끝에 비행기는, 상호 동의하에 이루어지는 평화로운 이별처럼, 아무런 어려움 없이 그저 수면에서 분리되는 것처럼 보였다. 다음 순간 에드는 하늘에 떠 있었다.

헤일리와 닉은 비행기 활주 진로를 피하려고, 어느새 북쪽으로 이동해 있었다. 그 바람에 비행기가 곧장 아이들의 머리 위로 날아가지는 못했다. 그래서 에드가 아이들이 그토록 고대하던 경험을 하게 해주려고, 일부러 기수를 돌려 돌아왔다. 헤일리와 닉이 패들을 쳐들고 에드에게 흔들었고, 패들에서 튄 물방울이 햇빛에 반짝였다. 에드는 기체를 살짝 왼쪽 오른쪽으로 기울여 날개를 손 대신 흔들어주었다. 닉이 좋아서 내지르는 고함이 멀리 떨어진 리아에게까지 들려왔다. 이윽고 에드는 다시 기수를 돌려 남쪽으로 날아갔다. 리아는 테사의 귀를 긁어주면서 에드의 비행기가 환한 하늘의 아득한 한 점이 될 때까지 지켜봤고, 이내 그 점마저 사라지고 더불어 소리도 사라졌다.

이제 카누가 돌아오고 있을 것을 기대하고, 뒤를 돌아봤다. 그런데 카누는 오히려 멀어져 있었다. 헤일리는 닉의 실수를 바로잡으면서 동시에 닉을 지도하고 있었다. 카누를 다루는 솜씨가 아주 노련했다. 리아는 호숫가를 빙 둘러 장벽을 친, 빙하 작용으로 떠밀려온 거석들 중 하나에 자리 잡고 앉아 딸과 아들을 보면서 어떤 말로 해명의 문을 열지, 어느 시점에 '내가 너희들 엄마야.'라는 말을 꺼낼지 고민했다.

몇 년을 꿈꿔온 일이었다. 아이들을 만나고, 끌어안고, 다 말해주는 것. 하지만 그것 외에 털어놓아야 할 이야기들이 남서쪽에서 몰려오는 뇌적운처럼 무겁게 드리우고 있었다. '내가 너희들 엄만데 너희를 안전하게 지켜줄 수가 없어. 나랑 같이 있으면 너희는 위험에 처할 거야. 자연 세계에 반하는 현상이지. 내가 너희에게 해만 안겨주잖니.'

리아는 고개를 숙이고 눈을 감은 채 산들바람과 조용히 헥헥대는 테사의 숨소리에 귀 기울였다. J. 코슨 라워리의 얼굴을 떠올리고, 자신의 라이플 조준경에 잡힌 그 얼굴도 상상해봤다. 리아는 라이플을 싫어하지만 아주 능숙하게 다룰 줄 알았다.

그자가 나한테로 오게 하겠어. 기다리고 있다가 그자를 죽여버리겠어.

떠오르는 해가 리아의 목 뒤를 따스하게 데워주었다. 마지막으로 한 번 길게 숨을 들이쉰 다음 고개를 들고 눈을 떴다.

카누는 아까보다 더 멀어져 있었다. 이제는 물살이 센 지점까지 나가 있었는데, 거기는 연못물이 개천으로 흘러나가는 지점이었다. 선미의 헤일리는 흔들림이 없이 꼿꼿이 앉아 있었다. 역동적이면서도 우아한 자세였다.

개천에 크게 위험이 될 요소는 없었지만 그래도 리아는 아이들이 저렇게 멀리까지 간 것이 못마땅했다. 그래서 일어서서 소리쳤다. "얘들아!" 리아의 목소리가 연못을 가로질러 울려 퍼졌고, 닉이 바로 돌아봤다. 하지만 헤일리는 돌아보지 않았다.

리아는 행동에 나서서, 잰걸음으로 수변을 따라 걸어갔다. 하지만 카누의 속도를 따라잡을 수는 없었다. "얘들아! 전방에 유속이 센 구간이 있어! 헤일리! 돌아와!"

닉이 노질을 멈췄지만 헤일리는 멈추지 않았다. 몸을 숙이고 뭐라고 말하자 닉이 제꺽 다시 노질을 시작했다. 리아는 소리 지르던 걸 멈추고 멍하니 바라봤다. 대체 무슨 일이 벌어지고 있는 거지?

얘들이 도망가고 있는 거야. 그게 지금 벌어지고 있는 일이야. 네가 너

나름대로 계획을 세웠듯 저 애들도 나름의 계획을 세운 거야.

하지만 어디로 도망가려고? 아무것도 없는 숲속으로? 아무리 반항적인 딸이지만 그렇게는 하지 않을 것 같았다.

그때 지형도가 떠올랐다. 헤일리가 지도에 검지를 대고, 이곳과 켄터키의 다른 점을 까맣게 모른 채, 반대 방향으로 강줄기를 따라 훑던 모습. 이제야 완전히 이해가 갔다. 헤일리는 강물을 타고 남쪽으로 흘러가 무스헤드호와 거기 있다고 알고 있는 마을들에 닿을 수 있다고 생각하는 것이었다.

그 다음엔 어쩌려고?

아마 월슨 부인에게 연락하겠지. 리아가 하려고 했던 대로.

그럴 생각이라면 잘못된 방향으로 가고 있었다. 지금 헤일리가 가는 곳에는 전화도 없었다.

리아는 달리기 시작했다. 커다란 바위에서 다른 바위로 훌쩍 뛰면서 높은 지대로 올라갔고, 거기서부터는 솔가지가 살을 긁어대는데도 아랑곳하지 않고 마구 달리면서 외쳤다. *돌아와! 돌아오라고, 제길!*

아이들은 계속 패들을 저어 물살이 더 세서 카누를 끌어당기는, 반짝거리는 개천으로 들어갔다. 비행기는 가버렸고 아이들이 단 한 척 있는 배를 차지했는데 리아는 도보로 이동하고 있는데다 속절없이 뒤처지기까지 했다. 리아는 달리던 걸 멈추고 숨을 고른 다음 두 손을 모아 입에 대고 외쳤다. "강이 북쪽으로 흘러, 헤일리! 여기 북쪽 지대에서는 강이 북쪽으로 흐른다고!"

하지만 아이들은 이미 너무 멀어졌고 리아의 목소리는 턱없이 작았다. 기회가 있을 때 하지 않은 이야기는 이제 해줄 수 없게 되고 말았다.

36

마틴산에서 그린빌까지는 단발 엔진을 장착한 소형 비행기로 가도 한 시간이 채 안 걸리는 아주 짧은 비행이어서, 에드 레븐셀러가 자신의 산장 앞 무스헤드호의 잔잔한 수면에 비행기를 착륙시켰을 때 그 동네는 막 아침잠에서 깨어나고 있었다. 호수는 낚싯배 몇 척과 키네오산으로 가는 여객평저선 한 대를 제외하면 한산했다. 노동절 이후 관광객이 썰물처럼 빠져나가는 모습은 언제 봐도 신기했다.

그런데 그의 선창에서 누군가가 기다리고 있었다. 감속을 하고 활주를 시작할 때까지 그 남자가 있는 걸 알아채지 못했다. 착륙하는 동안 온 신경이 조종에 쏠려 있었기 때문이다. 충분히 접근하고서야 거기 서 있는 남자를 발견했다. 선창 끄트머리에 늘씬한 체격의 흑인 남자가 마치 에드를 기다리고 있었다는 듯 비행기를 똑바로 보며 서 있었다.

'경찰이군.' 에드는 생각했다. 아마 과대망상일 것이다. 사실 리아의 당부와 상관없이, 경찰이 찾아오는 게 그리 나쁜 일 같지 않았다. '아무도 믿지 마'는 에드 같은 사람에게는 받아들이기 힘든 사고방식이었다.

낯선 남자의 차림새는 경찰 같지 않았다. 진바지와 흰 티셔츠를 입고 선글라스를 쓰고 있었다. 보통 정도의 키에, 몸매는 늘씬하지만 단단한 근육질이고, 짧게 바짝 민 머리였다. 선글라스를 쓴 채 양손을 주머니에 찌르고 선 그는 에드의 수상비행기가 선창으로 둥실거리며 접근하는 내내 미동도 하지 않았다. 에드가 문을 열고 나와 비행기를 고정시키는데도, 낯선 남자는 조금도 움직이지 않았다. 빤히 보기만 할 뿐.

"안녕하십니까?" 에드가 말했다.

잠시 동안 남자는 대답을 안 할 것처럼 보였다. 그러다가 입을 열었다. 부드러운 중저음의 목소리였다.

"다시 북쪽으로 갈 준비 됐습니까?"

에드는 그를 향해 눈을 깜빡였다. 과대망상이 다시 덮쳤다. 그 순간 선창이 보이는 곳에 다른 사람이 한 명이라도 있었으면 했다. 평소에 그렇게 좋아하던 고립감이 더 이상 위안으로 느껴지지 않았다.

"뭐라고 하셨죠?"

"우리는 다시 북쪽으로 갈 겁니다. 기름 채우거나 다른 준비가 필요합니까, 아니면 바로 갈 수 있습니까?"

"나는 어디에도 안 갑니다." 에드가 느릿느릿 대꾸했다. "무슨 소린지 설명을 하든가, 아니면 내가 할 일 하게 내버려……."

그자가 몇 발짝 다가와 무릎을 딛고 앉아 휴대폰을 내밀자 에드는 말끝을 흐렸다.

휴대폰 화면이 켜져 있고 페이스타임 앱이 실행 중이었다. 프레임

중앙에 에드가 처음 보는 남자아이의 모습이 떠 있었다. 얼굴이 창백하고 머리색이 짙은 그 아이는 두 손이 결박되어 있었고 프레임 밖의 누군가가 아이의 머리에 라이플을 겨누고 있었다.

"부탁이에요." 아이의 희미한 고음의 목소리가 휴대폰 스피커로 흘러나왔다. "제발 그 사람이 하라는 대로 해주세요."

그때서야 에드 레븐셀러는 겁에 질린 그 아이가 자신의 집 거실, 자신의 소파에 앉아있는 걸 알아챘다. 겨울 해돋이 사진이 라이플 바로 뒤에 보였다. 리아가 찍은 사진이었다. 에드에게 크리스마스 선물로 준 사진.

에드는 휴대폰 화면에 뜬 아이를 보며 아무 말도 하지 않았다. 아이도 에드의 반응을 기다리면서 빤히 보기만 했다. 에드는 자기가 아이에게 대꾸하면 이 모든 게 현실이 될 테지만 대꾸를 안 하면 현실이 되지 않을 거라는, 머리통에 라이플이 겨눠진 채 그의 소파에 앉아있는 아이 따위 존재하지 않을 거라는 말도 안 되는 생각이 들었다. 그렇게 믿고 싶었다.

그런데 아이가 다시 입을 열었다. "제 이름은 맷이에요. 이 사람들이 그러는데 아저씨가 비행기로 어디에 데려다주면 제가……." 여기서 목소리가 떨리기 시작했고, 아이는 침을 삼키고 말을 이어나갔다. "아저씨가 비행기로 어디 데려다주면 제가 안 죽을 수 있대요."

에드가 뭐라고 대답하기도 전에 눈앞에서 휴대폰이 사라졌다. 흑인 남자는 도로 휴대폰을 주머니에 넣었지만 일어서지는 않았고, 평범한 관광객이 그러듯 에드에게 비행기에 관해 이것저것 묻는 것처럼 무심히 무릎을 디딘 채 두 팔을 그 무릎에 괴고 있었다.

"당신이 뭘 잘못한 건 아니야." 그가 말했다. "그걸 기억해둬. 당신이

나 저 아이, 혹은 니나의 아이들은 잘못이 없어. 아니, 리아의 아이들, 뭐라고 부르건 간에. 이건 오직 리아 때문이야."

"저 아이를 보내줘." 에드가 속삭였다. "누군지는 모르지만, 애는 그냥 보내줘."

"그렇지. 죄 없는 사람들 생각부터 하다니. 그래야 너를 고른 보람이 있지." 그는 에드와 비행기를 번갈아 쳐다봤다. 그러더니 아무 인간적 감정이 안 느껴지는 단조로운 음성으로 다시 말했다. "그래서, 기름 넣어야 해 아니면 지금 출발할 수 있어?"

37

흐르는 물은 희망과 위협으로 펄떡펄떡 살아있다. 강은 생명을 살려 둘 수도 익사시킬 수도 있으며, 강에는 온갖 비밀이 숨어 있다. 강이 숨기고 있는 것을 볼 줄 아는 사람은 보상을 받는다. 강의 수면을 읽는 것으로 만족하는 사람은 혹독한 대가를 치른다.

댁스의 아버지가 오래 전에 해준 말이고, 이 교훈은 오래도록 기억에 남았다. 댁스는 물을 좋아하면서 물의 위협을 존중할 줄도 알았다. 그 교훈을 떠올리면서 댁스는 훔친 조디악 구명정을 로어 마틴 폰드의 남쪽으로 조종해 가 물길이 좁아지는 개천으로 들어갔다. 어퍼 마틴 폰드를 향해 물살을 거슬러 가려는 것이었다. 댁스가 숨은 비밀들을 찾아 물에 신경을 집중하고 있는데, 갑자기 노란색 카누 한 대가 짙은 색 소나무들을 배경으로 시야에 들어왔고 저 아래쪽 급류를 향해 떠갔다.

카누에는 두 사람이 타고 있었다. 선미에 앉은 사람은 노련하게 움직였지만 선수에 앉은 사람은 허둥지둥했고, 그것만으로도 문제인데 두 사람은 수면만 믿고서 그 밑에 흐르는 것들을 과소평가하는 치명적인 실수를 범하고 말았다. 그냥 흔한 소용돌이, 수면만 보면 Z 모양의 살여울이었는데 다만 수면의 유수가 급격히 흘러 깊고 잔잔한 구간으로 모이면서 추진력을 정지시키는 것이, 마치 강이 자기 자신과 겨루고 있는 것 같았다.

그렇게 벌어진 겨루기는 소용돌이를 만들어내 카누를 옆으로, 바위들 쪽으로 밀어냈다.

선미의 패들러(노를 젓는 사람)가 먼저 알아챘는데, 그게 문제였다. 선수 쪽이 정찰 시야가 가장 잘 확보되는데, 선수의 패들러는 강물이 카누를 오른쪽으로 떠미는데도 극구 왼쪽으로 돌려고 낑낑대고 있었다. 사태가 점점 심각해지는 걸 깨닫고 선미의 다른 패들러가 고함쳐 지시를 내렸지만 무시되었다. 댁스는 그가 뭐라고 하는지 들을 수 없었지만, 어떤 지시 사항인지는 알았다. 선미의 패들러는 이물에 앉은 파트너의 우왕좌왕 실수를 만회할 필요 없이, 단독으로 조종해 급류를 돌파하고 싶어 하는 것이었다. 충분히 이해가 갔다. 능력 있는 사람이 혼자서 하는 것이 아무것도 모르는 팀원에게 방해받는 것보다 백배 나았다.

카누는 가로로 빙글 돌더니 바위에 쾅 부딪혔고, Z자 형태의 급류 맨 아래에서 거석 세 개 사이에 끼면서 전복되었다.

물에 잠기는 순간 패들러들은 비명을 질렀다. 프로다운 차분한 반응이 아니라 고음의 비명이었다. 보아하니 보호자 없이 이런 험한 강을 타면 안 되는 사람들 같은데, 어쩐 일인지 그러고 있었다.

댁스는 고함소리를 듣고 있다가, 씩 웃었다. 가만히 있으면 뭐가 떠내려올지 모르는 법이라더니. "조숙하군." 댁스는 조디악의 키 손잡이를 틀어 상류로 향하면서 소리 내어 말했다. "조숙한 아이들이야."

리아가 아니라 리아의 아이들이었고, 리아의 아이들이 어른과 떨어져 강 하류에 둘이서만 있다는 건 리아가 더 이상 이 모험을 주도하고 있지 않다는 뜻이었다.

두 아이는 마침 뭘 좀 아는 어른이 탄 멀쩡한 보트가 근처에 있을 때 마침 강의 그 지점에서 카누가 뒤집힌 게 얼마나 운 좋은 일인지 전혀 모르고 있었다. 노란 카누는 마치 실책은 카누가 아니라 패들러들에게 있다는 걸 똑똑히 보여주려는 듯, 뒤집힌 걸 스스로 바로잡더니 그대로 떠내려갔다. 제 주인을 창피해하는 개처럼 황급히 지나갔다.

"네가 뭘 좀 아는구나." 댁스는 텅 빈 카누에게 말했다. "때로는 혼자 가는 게 쉬운 법이지. 안전히 가렴, 위노나."

위노나 카누는 계속해서 강물을 가르며 나아갔고 댁스는 거석들 아래 물에 빠져있는 아이들에게로 눈을 돌렸다. 아이들은 소리를 칠 수 있을 정도로 물 위에 고개를 내밀고 헤엄치고 있었고, 이 말은 즉 익사하지 않고 기슭까지 갈 정도로 헤엄을 잘 친다는 말이었다. 여러 모로 운이 좋았다. 왜냐면 만약 저 아이들이 물살이 아주 센 재순환 급류에 빠져 수면 아래로 끌려들어가 그 힘으로 깊은 곳에 붙잡혀 있거나 바위에 부딪혔다면, 아까 저지른 실수는 치명적인 것이 되었을 터이기 때문이다. 비교적 잔잔한 구간인 이곳에서도 아이들은 제 발로 곤경에 빠지고 말았잖은가. 앨라개시는 차갑고 외떨어진 강이었다. 여기서는 태양이 밝게 내리쬐고 있어도 자칫하면 죽을 수 있었다.

하지만 좋은 소식이 있었다. 저 아이들이 혼자가 아니라는 것이었다.

선수에 앉았던 아이 옆으로 조디악을 몰아 간 댁스는 자신이 통탄할

오류를 저질렀음을 깨달았다. 그는 선미의 패들러, 일이 잘못되기 직전에 뭐가 잘못될지 알아챈 패들러가 남자애라고 넘겨짚었다. 그런데 지금 보니 남자애는 선수에 앉아있던 패들러였다. 성별에 대한 편견이었고, 변명의 여지가 없었다. 게다가 댁스가 결코 저지르면 안 되는 종류의 실수였다. 평생 단 한 번 뼈가 부러진 게 여자 때문이었으니까.

"그만 울고 내 손 잡아." 댁스는 나뭇가지를 붙잡으려고 허우적대며 울고 있는 아이에게 말했다. "서둘러. 그냥 지나치면 돌아와서 두 번 기회 주지 않을 거야."

남자아이가 그의 손을 덥석 잡았다. 댁스는 잡힌 팔이 오른팔인 걸 다행으로 여기며 아이를 끌어올렸고, 아이는 퉁퉁 분 블루길(미국 미시시피강 원산, 개복치류의 담수어)처럼 조디악 바닥에 배를 깔고 철퍼덕 널브러졌다.

"누나 말 잘 들었어야지." 댁스가 아이에게 말했다. "누나가 시키는 대로 했으면 무사히 빠져나갔을지도 모르는데."

댁스는 돌아가서 키 손잡이를 만져 속도를 더 냈고, 여자아이 쪽으로 조종해 갔다. 아이는 벌써 너른 바위 위에 앉아 숨을 고르고 있었다.

"괜찮니?" 댁스가 세찬 강물 소리를 뚫고 들리도록 크게 외치며 조디악을 바위와 나란히 오게 조종했다.

여자아이는 망설이는 표정으로 그를 보더니 고개를 끄덕였다. 쫄딱 젖어 있었고, 뒤엉킨 짙은 색 긴 머리칼에서 물이 뚝뚝 흘렀다.

"큰일 날 뻔했어." 댁스가 말했다. 여자아이가 울고 있는 걸 보고, 내키지 않지만 부드러운 말투로 사실을 말해주었다. "동생이 네 말대로 했으면 무사히 빠져나갈 수 있었을 텐데. 동생이 노질을 멈추고 너를 믿기만 했으면 됐을 걸, 그렇지?"

여자아이는 또 고개를 끄덕였다. 쫄딱 젖어 부들부들 떨고 있는데다 아드레날린과 두려움에 휩싸여 칭찬을 듣고 기뻐할 여유도 없는 것 같았다.

"어서 타." 댁스가 여자아이에게 말했다. "너희들 운 좋은 줄 알아. 평소에 이 구간엔 사람이 없단 말이야. 그런데 오늘은 내가 있잖니."

38

머리를 차갑게 식혀.

리아가 이 세 마디를 스스로에게 던진 적은 손꼽을 수 없이 많았다. 그리고 그 조언을 무사히 따른 적도 수없이 많았다.

하지만 이번은 달랐다. 배낭과 루폴드 조준경을 장착한 30-30 윈체스터 카빈총을 들고 빽빽한 소나무 숲을 아이들을 따라잡을 정도로 빠르게, 그러나 기운을 소진하지는 않도록 일정한 속도로 가볍게 달리면서, 그 차이가 끓어오른 피에서 온 것임을 알았다.

자식이 위협받는데 어미한테 머리를 차갑게 식히라는 조언은 못 하는 법이지. 아니, 최소한 두 번은 그렇게 말하지 못하지.

마음껏 울분을 토해내고 흉포하게 몸부림치고 싶었고, 적들의 피로 솔숲을 흠뻑 적시고 싶었다. 그 적이 자신과 나란히 달리고 있음을, 자신 안에서 달리고 있음을 인정하기는 쉽지 않았다. 적은 바로 리아가 오래도록 묻어뒀던 진실이었다. 좋은 의도로 묻은 것이었지만, 죄 없는 사람들이 해를 입는데 좋은 의도가 다 무슨 소용이란 말인가?

리아의 옆에서, 뒤에서, 또 간간이 앞서서 테사가 샘날 정도로 쉽게 겅중겅중 달렸다. 테사는 기회만 주어지면 하루 종일 달릴 녀석이었고 보통은 신나는 기분을 전혀 숨기지 않고 마음껏 달렸는데, 지금은 귀를 뒤로 바짝 젖히고서 때때로 리아를 올려다봤다. 리아가 긴장한 이유는 몰라도, 긴장감이 도사리고 있는 건 분명히 안 것이다.

리아는 더 빨리 이동하고 싶었지만, 앨라개시에서 쉽게 내디딜 수 있는 한 걸음이란 없었다. 나뭇가지가 얼굴을 때리고 팔을 잡아당겼고, 돌과 나무뿌리 때문에 발을 헛딛거나 무릎이 비틀렸다. 땅은 분명 물 첨벙이는 웅덩이였는데 바로 다음 걸음에선 척추에 충격을 주는 돌덩이로 변해 있곤 했다. 어디를 보든 나무들이 해를 가려 방향 감각과 공간 감각을, 심지어 의지마저 교란했다. 메인의 지형에는 해발 1,200미터의 정상을 거뜬히 오르고 저녁이면 내려와 전통 맥주양조장에서 한잔 하려는 힙스터 등반객들을 서부 콜로라도로 끌어들이는 짜릿한 고도 변화의 매력은 없지만, 그럼에도 메인의 지형은 바로 그 등반객들을 매년 몇 명씩 집어 삼키곤 했고 그러면 가이드가 쫓아올라가 멍청한 그 인간들을 데리고 하산해야 했다. 바로 리아 같은 가이드가.

리아는 두려움을 안고 달렸지만, 자신도 있었다. 진정 위험에 맞설 준비가 된 이들만 이해할 수 있는 모순이었다. 문젯거리가 닥쳐올 것은 의심의 여지가 없지만, 그 사실을 받아들이는 데서 자신감이 생긴다.

리아는 이곳을, 자신에게 주어진 역할보다 더 속속들이 알았다.

내 역할이 보호자인가? 엄마인가? 아니면 공격자? 이모? 먹이? 약탈자? 살아있는 사람? 아니면 이미 죽은 사람?

숨 한번 들이쉬고 내쉴 때마다 온갖 가능성이 딸려왔고, 그렇게 숨에 섞어 내쉰 가능성들은 외딴 숲속에 흩어져버려 아무 대답도 돌아오지 않았다. 아직은. 그러나 시간이 지나면 답이 올 것이다.

리아는 고통을 느끼고 두려움도 느꼈지만, 동시에 평온함을 느꼈다. 실로 오랜만에 느끼는 평온함이었다. 아이들이 또 한 번 구출이 필요한 상황에 처했는데, 이번에는 리아가 구해줄 준비가 되어있었다. 아이들은 야생의 자연에 내던져졌고, 그것은 리아 트렌턴이 아주 잘 아는 환경이었다.

그렇다면 상황을 바로잡아. 이번 한 건을 해결하고, 다음에 뭐가 따라오든 견뎌내.

지도를 떠올려, 리아. 지도를 읽고, 지도가 되고, 지도를 따라가.

어퍼 마틴 폰드에서 흘러내려가는 개천은 짧지만 험한 급류 구간을 이루며 로어 마틴 폰드로 흘러들었다. 그러다 로어 마틴 폰드를 지나면 그 개천은 다시 폭이 넓어져 잔잔하고 깊게 흐르다가 앨라개시로 빠져나갔다. 그러면 다음 번 물이 모여드는 곳은 로만 아일랜드 호수였다. 연말에 가까운 때라 유속이 느렸는데, 그래서 카누가 그렇게 멀리 그리고 그렇게 빠르게 떠내려가지는 않을 것 같았다.

리아는 부츠를 빨아들일 듯 잡아당기는 수렁을 힘겹게 벗어나 자갈비탈을 허우적대며 올라갔고 잔뜩 뒤엉켜있는 나무뿌리를 피해, 걸음을 내디딜 때마다 진흙 섞인 물을 튀겨가며 계속 달렸다. 강줄기를 떠올리자 아이들이 어디쯤 가 있을지 짐작이 갔다. 어느 수심 깊은 구간 바로 위에 Z자 형태의 여울이 있었는데, Z자의 세 번째 각이 역류를 만들어내 카누를 암벽에 내동댕이칠 것 같았다.

카누는 바위에 부딪힌 후 전복되거나 아니면 계속 바위에 부딪혀 튕기며 떠내려갈 텐데, 어느 쪽이건 리아는 헤일리가 여울 구간을 지나 안전한 지점을 찾아갈 거라고 봤다. 동북쪽 강가에 폭이 넓은 자갈톱이 있는데, 아이들이 헤엄을 친다 해도 쉽게 닿을 수 있을 법한 곳이었다. 왜냐하면 아이들은 구명조끼를 입고 있으니까. 구명조끼를 입도록 리아가 확실히 했으니까. 그러니까 물에 잠기지는 않을 테고.

구명조끼는 입혔지만 헬멧은 안 씌웠잖아. 애들이 머리를 바위에 찧으면? 그럼 어떻게 되는 건데?

그럼 아이들은 강가에서 잠시 이동을 멈추고 상황을 파악할 것이다. 리아가 거기에 있는 아이들을 찾아낼 것이다. 거기 있는 애들을 발견해 큰 소리로 이름을 부를 것이고, 이제껏 숨겨온 모든 진실을 털어놓을 것이고 그럼 아이들은…… 아이들은…… 아이들은…….

리아는 쉬지 않고 달렸다.

라이플이 등에 자꾸만 부딪혔다. 그게 없었으면 더 빨리 달렸겠지만, 단단히 대비하는 편이 나았다.

저만치 앞에서, 나무와 산비탈 들에 가렸지만 이제는 소리로 존재를 알리는 급류 구간이 기다리고 있었다. 아니, 리아 자신의 거친 호흡 소리인가? 리아는 자신의 호흡을 급류라고 상상하고, 헐떡임 사이의 공간은 평화로운 풍경처럼 펼쳐진 자갈톱 그리고 거기서 안전하게 쉬고 있는 아이들이라 상상해보았다.

내가 간다. 거의 다 왔어.

엄마가 거의 다 왔어.

39

이 애들은 불 피우는 법을 배운 적이 없군. 댁스는 문득 깨달았지만 그게 못마땅하진 않았다. 야생 생존 수업은 요즘 시대에 실용적인 것으로 간주되는 일이 드무니까.

그는 늘 그렇듯 참을성 있게, 아이들이 몸을 말리고 체온을 올릴 수 있게 불을 지폈다. 아이들은 불을 피워주고 구출해준 것에는 고마워했지만 좀처럼 경계를 풀지 않았고, 댁스는 아이들이 대화에 참여하게 유도하느라 애를 썼다.

안타깝군.

조디악 구명정은 자갈톱에 끌어올려 놓았다. 아이들이 타고 온 노란 카누가 연못 반대편에서 희미하게 번쩍였고, 낚시찌처럼 둥둥 떠 잔잔한 수면을 가로질러 강으로 흘러갔다. 어쩌면 로만 아일랜드로 쓸려갈 수도 있고 아니면 끝까지 떠내려갈지도 모른다. 댁스는 카누가 바다까지 흘러갔으면 좋겠다고 생각했다. 뭐, 그는 늘 낭만적인 사람이었으니까.

댁스는 자갈톱에 쓸려온, 햇볕에 하얗게 바랜 두툼한 나뭇가지에 걸터앉아 불 가까이 웅크린 닉과 헤일리가 영상 10도의 멋진 날씨를 즐기는 대신 자기들이 강에서 나와 곧장 잭 런던[〈야성의 부름(The Call of the Wild)〉을 쓴 미국 소설가. 1876-1916년]의 이야기 속에 내던져진 것처럼 비참하게 구는 모습을 지켜봤다. 그래도 강물이 몹시 차가웠을 거라는 건 인정했다. 아이들에게 줄 여벌 옷이나 담요는 없지만 좀 있으면 해와 불이 말리고 데워줄 것이다.

"뭐, 내가 캐묻기 좋아하는 사람은 아닌데," 아이들이 몸의 떨림이 잦아들고 다소 진정된 기색을 보이자 댁스가 한참 만에 입을 열었다. "너희가 어디에서 왔고 어디로 가는지 물어보지 않으면 내가 어른의 의무를 다하지 못한 게 될 것 같구나."

남자아이와 여자아이가 서로 쳐다봤다. 남자아이는 여자아이가 어떻게든 하기를 기다렸다.

"개인적인 사정이에요." 여자아이가 웅얼거렸다. "죄송해요. 무례하게 굴려는 건 아닌데…… 모르는 사람이잖아요."

"멍청한 애들을 살려준 모르는 사람이지."

그러자 여자아이가 심기 불편한 눈초리를 보냈고, 댁스는 싱긋 웃었다. "농담이야." 그리고 이어서 말했다. "내가 안 구해줬어도 너흰 괜찮았을 거야. 너는 어떻게 할지 알았잖아. 강에 빠졌다고 해서 네가 무능력한 건 아니야. 실패는 모험에서 필수지. 당장은 실패가 달갑지 않겠지만 나중에 돌아보면 기억에 남을 거다. 두고 봐."

"그렇군요." 여자아이가 말했다. "알겠어요."

"어디로 가는 거든," 댁스가 말을 이었다. "내 도움 없이는 가기 힘들겠는데. 너희가 타고 온 카누는 이제 한참 앞서가 버렸잖아. 내가 이 근방에서 하이킹 경험이 많지는 않지만, 딱 보니 다니기 쉬운 코스는 아닌 것 같다. 너희, 얻어 타고 가야 하게 생겼어."

침묵이 뒤따랐다. 댁스는 미소 지었다. 그리고 참을성 있게 기다렸다.

"북쪽으로 가고 있었지. 어디로 가는 거니?"

헤일리가 고개를 저었다. "남쪽이에요. 남쪽으로 가고 있었어요. 무스헤드호로요."

"재미난 방법이네. 강이 북쪽으로 흐르는 걸 감안하면."

그러자 헤일리가 그를 빤히 쳐다봤다. 닉이 모닥불에서 고개를 돌려 걱정 어린 얼굴로 어깨 너머 댁스를 흘끔 봤다.

댁스는 안됐다는 듯 고개를 끄덕였다. "북쪽이야. 방향을 잘못 잡았어."

그 소식에 여자아이가 크게 흔들린 티가 났다.

"보니까 계획은 좋았는데 실행에서 망친 것 같네." 댁스가 말했다. "대단한 사람들도 가끔은 그래. 그러니 너무 상심하지 마."

헤일리는 그에게서 시선을 떼 다시 강을 바라봤다. 여자아이가 강을 유심히 보다가 고개를 들고 해의 위치를 확인하는 걸 본 댁스는 아이의 그런 판단이, 또 동쪽 서쪽을 파악하고 다시 강을 살피며 그의 말이 맞다는 걸 깨달은 순간 아이의 얼굴에 스치는 분함이 대견스러웠다.

"너희가 카누를 타고 남쪽으로 가려고 했는데 대신 북쪽으로 왔고 카누도 놓쳤으니, 일이 더 이상 계획대로 되고 있지 않다는 데 다들 동의하기로 하고…… 이제, 앞으로 어떻게 할 거냐는 아까의 질문으로 돌아가는 게 어떨까? 어쨌든 나는 너희를 어디에라도 데려다줘야 하니까." 여기서 댁스는 어깨를 으쓱하며 말을 이었다. "아니면 여기 내버려두든가. 뭐, 내 알 바 아니지."

닉이 헤일리 쪽으로 몸을 기울이더니 제 누나를 빤히 응시했다. 한 마디도 안 했지만 얼굴이 대신 많은 말을 하고 있었다. 얻어 타고 가고 싶다고. 낯선 사람의 도움을 넙죽 받는 건 위험하지만 아무 도움도 못 받는 것보단 낫다고. 닉은 실용주의자로군, 댁스는 이렇게 판단 내렸다. 헤일리는 훨씬 흥미로웠다. 복잡하고 상충적인 감정들과, 도움을 절대 받지 않으려는 뼛속 깊은 욕구에 지배받는 아이였다.

"나 한가한 사람 아니다." 댁스가 아이들에게 말했다. "너희를 야영지인지 어딘지, 원래 있던 곳으로 데려다줄 수 있어. 다른 사람한테 연락해서 데려가라고 할 수도 있고. 하지만 무스헤드호까지 데려다줄 수는 없어. 여기서 거기까지 가는 게 가능한지도 모르겠고. 내가 이곳 지도를 훤히 꿰고 있지는 않으니까. 그냥 동서남북만 알지."

헤일리가 그를 째려보았다.

댁스가 두 손을 들어보였다. "미안. 아픈 데 찌를 의도는 아니었어. 내 말은, 여기서 배로 무스헤드호까지 갈 수 있을지 모르겠다는 거고, 그렇게 해볼 생각은 추호도 없어. 선택은 네 몫이야."

여자아이는 강을 바라봤다. 그리고 얼굴에 흘러내린 젖은 머리칼 한 가닥을 넘긴 다음 이를 꽉 물었다. 댁스는 박수를 쳐주고 싶었다. 아이는 혼자서 해내겠다고, 도움 받지 않고 실수를 만회하겠다고 단단히 결심한 것 같았다.

"뭐 조금 더 생각해봐도 되겠지." 침묵이 길어지자 댁스가 말했다. "너희 엄마를 기다리는 동안. 아마 많이 따라잡았을 걸. 너희가 카누 타고 떠나는 걸 보지 못했다 해도 지금쯤이면 분명 일이 어떻게 된 건지 알아챘을 거야. 원래 엄마들은 자식들 곁에 맴돌잖아. 안 그래?"

"잘못 알고 계세요." 닉이 말했다.

"아닐 걸."

"잘못 아는 거 맞아요." 헤일리가 말했다. "아저씨가 상관할 일은 아니지만, 어쨌든 틀렸어요."

댁스는 한쪽 눈썹을 치켜 올렸다. "100달러 걸지. 내 말이 맞고 우리가 여기서 계속 기다리면 너희 엄마가 나타날 거라는 데."

"콜이에요." 뱉어내듯 대꾸하는 헤일리의 눈에 눈물이 맺힌 걸 댁스는 알아챘다.

불쌍한 녀석. 쫄딱 젖고, 춥고, 마음도 아프고. 그런데 그게 다 진실로부터 보호받느라 생긴 일이라니. 끔찍한 양육법이다. 블랙웰가는 결코 어리다는 이유로 냉혹한 진실로부터 아이를 가려주지 않았다.

좋은 여자야, 램킨 박사는 댁스에게 죽기 몇 분 전 니나 모건을 두고 이렇게 말했다. 맞는 말인지도 모른다. 댁스는 사람의 가치를 남들 방식대로 따지지 않았다. 하지만 리아는 좋은 여자 치고 인생 교사로서는 형편없었다.

댁스는 주머니에 손을 넣어 축축한 100달러짜리 지폐를 꺼내 두 손가락으로 들어 보였다. 지폐가 산들바람에 팔랑거렸고 바람의 방향이 바뀌면서 모닥불 연기가 지폐를 휘감으며 올라갔다.

"100달러야." 댁스가 말했다.

헤일리 챗필드는 그를 가만히 바라봤다. 눈이 가늘어졌다. 이윽고 헤일리는 몸을 기울여 지폐를 그의 손가락 사이에서 홱 낚아챘다.

"어이!" 댁스가 외쳤다. "결과를 보기 전에 상금부터 가져가는 법이 어디 있어."

"그럴 필요도 없어요. 우리 엄마는 10년 전에 죽었거든요. 나타나지 않을 거예요."

댁스가 연기 너머 헤일리를 보며 씩 웃었다. "네가 틀렸어, 헤일리."

헤일리는 반박하려고 입을 뗐다가 자기가 이름을 알려주지 않았는데 그가 이름을 알고 있다는 것을 알아챘다. 입을 벌린 채 얼어붙은 헤일리는 겁에 질려 댁스를 쳐다봤고, 모닥불을 보고 있던 닉도 몸을 휙 돌렸다. 댁스가 재킷 안주머니에서 총을 꺼내 자신의 허벅지에 올려놓았다.

"좋은 소식이 있어, 얘들아. 내가 너희를 강물에서 구해줬을 뿐 아니라 너희 엄마도 무덤에서 소환해낼 수 있다는 거야. 리아 이모는 너희 이모가 아니거든. 너희 엄마야. 그리고 이리로 오고 있다고 거의 확신해. 또 하나 좋은 소식 알려줄까? 내가 너희 엄마도 구해주려고 왔다는 거야."

그는 웃으며 두 아이를 번갈아 봤다. "어떠냐? 깜빡 속았지? 이런 경우를 두고 바로 운이 트였다고 하는 거야."

40

선창을 떠나기 전, 맷의 손과 발을 결박한 후 블리크라는 자는 다시 비행기에서 내려 차로 가 총기류가 가득 든 가방 몇 개를 들고 왔다. 랜달이 권총의 총구를 에드의 머리통에 바짝 대고 있는 동안 블리크가 그 총들을 화물칸에 넣었다. 블리크는 비행기 구조를 속속들이 아는 사람처럼 움직였다. 주저함이 없고, 질문도 하지 않았다. 총들을 다 넣은 다음, 조그만 상자에 돌돌 말린 가느다란 코드로 연결된 전화기를 들고 도로 내려왔다. 맷이 전에 한번 엄마랑 벼룩시장 갔다가 본 구식 카폰(차량용 무선 전화)처럼 생긴 물건이었다.

착한 아저씨, 그러니까 저 두 남자가 붙잡은 아저씨가 토할 것 같은 표정으로 조종석에 앉아 있었다. 이름은 에드였다. 맷은 블리크가 랜달이라고 부른 사람과 함께 뒷좌석에 앉았다. 블리크와 랜달은 각자 총을 한 자루씩 쥐고 있었다. 그리고 맷은 케이블 타이로 발목과 손목이 결박되어 있었다.

"원한다면 비행기를 추락시켜도 좋아." 케이블 타이를 묶으며 블리크는 조종사에게 이렇게 말했었다. "근데 그럼 저 애는 죽을 거야. 그걸 명심해. 착한 애 같은데. 너 때문에 재가 죽으면 속상할 거 아냐, 안 그래?" 블리크는 "저 애는 죽을 거야."라는 말을 아무 일도 아닌 듯, 무심히 뱉었다.

조종사는 그때부터 두 사람의 질문에 고분고분 대답했다. 리아가 어퍼 마틴 폰드라는 곳에 머물고 있다고 했다. 거기가 여기서 얼마나 멀고 거기에 몇 사람이나 있을지도 얘기했다. 리아 말고 다른 사람은 한 명도 없다고. 블리크가 총신으로 눈 위를 가격해 찢어진 상처에서 피가 흐르는데도 에드 아저씨는 그 대답을 고수했고, 그 피는 이제야 겨우 마르기 시작했다. 리아가 총을 몇 자루나 가지고 있는지도 말했다. 개도 한 마리 있다고 했다. 자신의 비행기가 보이면 리아는 의심하지 않을 것이며, 왜냐면 돌아올 걸로 알고 있기 때문이라고 했다. 두 남자는 그 대답에 만족하는 것 같았다.

맷은 선창에 있는 블리크를 내다보며 침을 꿀꺽 삼켰다. 그러자 아까 우느라 퉁퉁 부은 목에 통증이 느껴졌다.

누군가가 전화를 받은 모양이었다. 블리크가 말하기 시작했다. 조용히 말했지만 워낙 중저음의 목소리라 멀리 퍼졌고, 비행기 안에 있는 맷도 그가 뭐라고 하는지 똑똑히 들을 수 있었다. "라워리 씨. 예. 아직 눈으로 확인은 못 했지만 곧 그럴 겁니다. 그럼 실물도 금방 확보될 겁니다. 어디로 데려다 드릴까요? 부수적 요소들을 고려해야 할 겁니다." 여기서 그는 잠시 멈췄다. "민간인들이요. 위협은 안 됩니다. 협조적인 변경지대 조종사 하나랑, 열 살쯤 된 남자아이 하나요."

'열세 살이라고, 씨.' 맷이 그 상황에 어이없을 정도로 발끈해서 속으로 투덜거렸다.

"알겠습니다." 블리크가 이상하게 생긴 전화기에 대고 말했다. "맞습니다. 제로섬 게임은 니나하고만 성립되는 거죠. 협조적인 조종사도 그렇게 되도록 잘 따라줄 것 같습니다."

'제로섬.' 맷도 아는 용어였다. 그건 적어도 맷에게는 "포로를 살려두지 말라"는 뜻이었다. 아빠는 게임을 할 때 제로섬이라는 용어를 쓰기를 좋아했다. 보통은 아빠가 졌다. 선창에 느긋하게 서 있는 호리호리하고 단단한 몸집의 블리크를 보면서 맷은 저자는 아마 게임에 지는 일이 별로 없을 거라 짐작했다.

헤일리의 이모하고만 벌일 제로섬 게임이라면, 나머지는 살아남을 수 있을지 모른다.

하지만 맷은 블리크를 보며 생각했다. '거짓말이야. 조종사가 협조하게 하려고 거짓말을 하는 거야.'

맷은 자신이 틀렸기를 바랐다.

"저라면 헬기로 이동하는 걸 추천하겠습니다." 블리크가 말했다. "한 시간 내로 확인 전화 드리겠습니다." 그러더니 전화를 끊고, 그 이상하게 생긴 전화기를 총들을 실은 짐칸에 넣고, 짐칸 뚜껑을 닫았다. 조수석 문이 열리더니 블리크가 전혀 힘 들이지 않고 선창을 박차며 훌쩍 올라탔다. 그가 에드를 보며 말했다.

"이륙해도 돼."

에드는 대답하지 않았다. 묵묵히 엔진만 작동시켰다.

41

댁스가 가족의 비밀을 폭로한 순간 닉은 충격을 받아 새하얘진 얼굴로 주먹을 꼭 쥔 채 황급히 일어섰다.

"앉아." 댁스가 말했다.

"아저씨 누구예요?" 닉이 소리쳤다.

댁스는 총을 조금 들어보였다. 헤일리가 말했다. "닉, 당장 앉아."

닉이 앉았다.

댁스가 총을 내리고 말했다. "고맙다. 자, 질문 받는다. 너희가 나를 허황된 주장 던져놓고 근거도 안 대는 미친놈으로 보는 건 싫으니까."

"아저씨는 거짓말쟁이예요." 닉이 냅다 말했다.

"그 여자가 무슨 짓을 저지른 거예요?" 헤일리가 물었다. 나지막한 목소리였다.

"네 엄마?"

"그렇게 부르지 말아요. 이모예요."

댁스는 과장스럽게 한숨을 내쉬고 고개를 굴려 하늘을 봤다. "그것보다 나은 질문을 해." 그는 새파란 하늘을 올려다보며 제발 부탁이라는 듯 말했다. 엄밀히는 거의 파란 하늘이었다. 서쪽 하늘에 시커먼 구름떼가 만들어지고 있었으니까. "특별한 기회야, 얘들아. 다시는 안 올지 모를 기회. 그러니까 날려버리지 말아라."

모닥불 안에서 나뭇가지들이 타닥거리며 부러졌다. 아무도 입을 열지 않았다. 댁스는 하늘을 보며 엄지로 권총 자루를 살살 쓰다듬었다.

"우리가 아저씨 말을 왜 믿어야 하죠?" 마침내 헤일리가 물었다.

"너는 영리한 애니까." 댁스가 헤일리를 마주보며 대답하고는 그대로 시선을 붙들었다. "너는 상황이 이상한 걸 알아챘어. 처음부터 알고 있었어. 네가 그 여자를 빼닮은 것도 알아. 소름끼치도록 닮았지. 어린애도 모를 수 없을 정도로."

헤일리는 그를 빤히 보기만 했다. 아무 대꾸도 없이.

"그렇지만 방금 질문은 꽤 좋았어." 댁스가 말했다. "그런 이유로, 다른 질문이 있다면 너그러이 대답해주마."

닉이 모닥불에서 주춤주춤 물러나 누나에게 바싹 다가갔다. 댁스는 내버려두었다. 헤일리가 손을 뻗어 동생 팔에 얹었지만 정신은 다른 데 팔려 있었다. 온 신경이 댁스에게 쏠려 있었다.

"우리 아빠가 무슨 짓을 했죠?" 헤일리가 물었다.

"그건 나도 몰라. 나는 그 사람이 그냥, 아. 아, 알겠다. 너희 아빠가 무슨 나쁜 짓을 저질렀고 너희 가족한테 비극의 원인을 제공했다고 생각하는 게로구나. 내가 알기로 네 아빠는 현재의 위기를 불러올 만한 어떤 짓도 하지 않았어. 반면에 네 엄마는 굉장히 어려운 선택을 내려야만 하는 상황에 처했었지."

여기서 댁스는 입을 다물었다. 그리고 기다렸다.

"무슨 선택이요?" 헤일리가 묻자 댁스는 씩 웃었다.

"바로 그거야. 그런 게 좋은 질문이지. 가족을 지키기 위해 떠날 것이냐 아니면 그대로 머물러서 가족이 해를 입게 할 것이냐, 두 가지 선택지가 주어졌어. 리아는 떠나는 쪽을 택했지. 쉽지 않았을 걸. 난 개인적으로 그 결정이 선택지를 너무 편협하게 해석한 게 아닌가 싶지만……." 댁스는 어깨를 으쓱했다. "그건 내가 남다른 환경에서 자라서 그렇다는 걸 인정해."

그가 몸을 앞으로 숙이자 두 아이가 몸을 뒤로 뺐다.

"불에 나뭇가지를 더하려는 것뿐이야. 긴장 풀어. 내가 죽이고 싶었으면 너흰 진즉에 죽었어."

댁스는 총을 총집에 도로 넣고 마른 잔가지들을 부러뜨려 불에 더했다. 두 아이 중 누구든 도망칠 마음을 품었더라도 행동으로 옮기지는 않았다. 닉은 공포에 얼어붙은 것 같았고, 반면 헤일리는 충격 때문에 정신이 번쩍 든 것 같았다. 헤일리는 댁스가 하는 말을 믿었다.

불길이 다시 살아나자 댁스는 걸터앉았던 나무줄기로 돌아가 다시금 총을 빼들었다.

"거짓말이에요." 닉이 속삭이듯 말했다.

"아니야." 헤일리가 여전히 한 손을 동생 팔에 얹은 채 말했다. "거짓말 아닌 것 같아."

댁스가 말했다. "내가 얻을 건 없어. 거짓말해서 말이야. 네 엄마를 살려두면 얻을 게 좀 있지만, 내가 원하는 액수에는 못 미치지. 네 엄마는 몸값이 별로 안 비싸거든."

"그 여자가 아저씨를 '고용'했어요?" 닉이 못 믿겠다는 투로 물었다.

댁스는 한 손으로 손사래를 쳤다. "상관없어. 지금은 사업적인 문제를 논할 때가 아니야. 그보다는 그 여자의 행실에 대한 너희의 의견이 궁금하구나. 그 여자를 어떻게 생각하니?"

침묵이 흘렀다. 마른 솔잎에 불이 옮겨 붙어 화르륵 타오르더니 이내 사그라졌고, 연기와 매캐한 냄새만 남았다. 바람이 서쪽에서 동쪽으로 불고 있어서, 누구든 그들을 쫓아왔을 경우 냄새가 위치를 노출시킬 확률은 적었다. 그렇다 해도 댁스는 손에 총을 쥐고 있는 편이 좋았다. 추적자들이 곧 도착할 터였다.

"누군지 몰라도 사람들이 왜 그 여자를 죽이려는 거예요?" 헤일리가 물었다.

"어떤 여자랑 그 여자의 아이들을 비행기로 멕시코에 데려다줘서 살해당하게 했거든. 어쩌다 보니 그렇게 됐어. 와중에 또 어떤 사람들이 앙심을 품었고." 댁스는 하품을 했다. "내가 알기론 경찰에 신고하는 건 고려 사항이 아니었던 모양이야. 나라면 대안을 마련했겠지만……." 그는 어깨를 으쓱했다. "다시 말하지만, 우리는 자라온 환경이 다르니까."

"아빠는 엄마가 죽었댔어요." 가만 보니 헤일리는 댁스가 여태 한 어떤 말보다 아빠가 한 그 말에 더 상처 입은 것 같았다. 이해가 갔다. 아빠가 줄곧 아이들의 안내자이자 보호자였으니까.

"내 말이 이거야." 댁스는 총을 오른손에서 왼손으로 옮겨 쥐면서, 얼굴에 불을 쬐려고 상체를 기울였다. "너희를 보호하는 데만 치중하다가 너희한테 더 큰 해를 초래한 거라고. 신체적 해는 아니라도……." 여기서 그는 자기 이마를 톡톡 치더니, 이어서 심장 부근을 쳤다. "내 말 맞지?"

닉이 제 누나를 흘끗 봤다. 닉은 댁스의 말을 믿지 않고 싶지만 누나가 믿는다는 건 알아챘다. 닉이 계속 쳐다보는데 헤일리가 말했다. "그 여자를 죽이고 싶어 하는 사람이 몇 명이나 돼요?"

아이다운 질문이었지만 그럼에도, 아이들이 던지는 질문이 으레 그렇듯, 어른이라면 입 밖에 내는 건 고사하고 우선순위로 두지도 않았을 가장 핵심적인 사안을 담고 있었다.

"아주 좋아!" 댁스가 말했다. "드디어 실질적인 문제로 넘어가는구나. 일단 세 명이 쫓는 건 알고 있는데, 총 몇 명인지는 나도 몰라."

바람이 일어 연기가 얼굴에 훅 덮쳤지만 댁스는 불에서 눈을 떼지 않았다. 헤일리 챗필드는 댁스를 물끄러미 보고 있었다. 아직 자기 아빠가 이 사기극에 협력자 노릇을 했다는 사실에서 헤어나지 못하고 있다는 걸 댁스는 깨달았다. 신뢰할 수 있는 부모라는 환영을 댁스가 산산조각 낸 것이었다.

"세상에 죄 없는 인간 따위 존재하지 않아, 헤일리." 댁스가 헤일리에게 말했다. "그게 인간의 조건에 관한 슬픈 진실이야. 살다보면 다들 어느 시점에는 타협을 해. 옳지만 잘못된 일을 택한 적도 있고."

"예? 옳지만 잘못된 일이요?"

"응."

"그게 무슨 소린지……."

"너도 다 아는 얘기야. 이모한테서 도망쳤잖아. 이모의 카누도 훔쳤고. 네 동생 목숨도 위험에 빠뜨렸어. 이런 짓들을 왜 한 거지?"

불이 타닥거리며 타올랐고 연기가 피어올랐다. 헤일리는 젖은 앞머리가 만든 그림자 밑에서 그를 빤히 바라봤다.

"그럼 이렇게 물어보지." 댁스가 말했다. "할 수만 있다면 리아 이모를 죽였을 거니?"

"아니요!"

대답이 바로 튀어나왔고 무슨 그런 끔찍한 소리를 하느냐는 투여서 댁스는 속으로부터 웃음이 터져 나왔다.

"마음에 드는데." 댁스가 말했다. "아주 마음에 들어. 거짓말하고, 도둑질도 하고, 남을 위험에 처하게 하는 건 문제없지만 살인은 안 하겠다? 헤일리 챗필드, 너는 인간종의 상징적 표본이로구나."

그러자 헤일리의 표정이 험악해졌고 턱이 바들바들 떨렸다. 비웃음을 당해서 분한 것 같았다.

"너는 리아를 싫어해." 댁스가 말했다. "그건 사실이야, 그렇지? 리아를 싫어하고, 믿지도 않고, 함께 있는 것도 싫어해. 너는 모르는 사람과 메인에서 살기 싫어. 집에 돌아가 친구들과 지내고 싶어. 내 말이 틀려?" 그는 눈썹을 치켜 올리고 헤일리와 닉을 번갈아 보며 대답을 기다렸다. "내 말이 틀려?"

닉이 고개를 저었다.

"아니요." 헤일리가 속삭였다. "맞아요."

"좋아." 댁스가 웃음기가 싹 가신 얼굴로 말했다. 그가 불 가까이 몸을 기울이자, 아래쪽에서 타오르는 불로 얼굴에 명암이 졌다. 그는 곧 던질 질문에 어울리는 진지한 태도로 아이들을 응시했다.

"너희가 원한다면," 댁스가 말했다. "내가 그 여자를 죽여줄 수 있어. 그럼 너희는 집에 돌아갈 수 있어."

침묵이 내려앉았다. 연기가 피어오르고 바람이 불어왔다. 닉은 헤일리를 빤히 쳐다봤다. 헤일리는 댁스에게서 눈을 떼지 않았다. 댁스는 마주 응시하며 고개를 끄덕였다.

“선택권은 너한테 있어, 헤일리. 이 여자가 이미 한 번 너희를 버리고 거짓말도 했고 너희를 위험에 빠뜨렸다는 걸 기억해. 너희가 집에 돌아가서 그 친절한 이웃, 윌슨 부인인가? 그 사람하고 같이 지낸다면, 모든 걸 끝낼 수 있어. 물론 잊히지는 않겠지만, ‘끝낼’ 순 있지. 내가 행동 개시하는 데 필요한 건 너희 지시뿐이야. 말만 해.”

닉이 “누나.” 하고 속삭여 부르면서 헤일리의 축축한 소매를 잡아당겼다. 헤일리는 반응하지 않았다. 그저 불어오는 연기 사이로 댁스를 잠자코 바라볼 뿐이었다.

“대답을 해줘야겠어.” 댁스가 말했다. “왜냐면 리아가 오고 있거든. 아니, 전부 다 오고 있을 걸.”

마치 그 말을 확인해주듯, 남쪽에서 고음의 희미한 웅웅 소리가 들려왔다. 닉이 비행기를 찾아 하늘을 살폈다. 헤일리는 위를 쳐다보지 않았다. 여전히 댁스를 보고 있었다. 아직도 고민 중이었다.

“시간이 얼마 없어.” 댁스가 말했다. “이렇게 중대한 결정을 놓고 재촉하고 싶지는 않지만…….”

헤일리가 닉을 흘끔 봤다. 닉은 하늘을 보고 있었다. 도와줄 사람을 찾는 것이었다. 댁스는 헤일리가 동생의 그런 모습에 실망한 것 같다는 인상을 받았다.

“내 아버지가 이럴 때 잘 쓰는 표현이 있었지.” 댁스가 말했다. “적대적 요소가 쌓여가고 선택을 내려야만 하는 순간에 말이야.”

헤일리의 턱의 떨림은 이제 거의 알아채지 못할 정도로 잦아들었다. 단단한 아이였다.

“어떤 표현인데요?” 헤일리가 물었다.

댁스의 얼굴에 기분 좋은 미소가 번졌다. 아버지가 살아계셨으면 이 애를 퍽 마음에 들어 하셨을 텐데. 일단 깡이 있고, 그보다 더 매력적인 건, 도덕적 호기심도 은근히 있었다. 남들은 다 기피할 의문들을 기꺼이 탐색해볼 기미, 모든 선택지를 고려해볼 기색이 엿보였다.

"'시험대가 다가온다.'" 댁스가 대꾸했다. "내 아버지라면 너한테 그렇게 얘기해줬을 거야. 그게 무슨 뜻인지 아니?"

헤일리는 잠깐 생각하다가 대답했다. "알 것 같아요."

댁스는 웃음을 터뜨렸다. "그래. 아는 것 같구나."

그때 닉이 말했다. "빨간색 비행기가 보여. 누나? 우리가 타고 온 비행기 같아."

댁스는 하늘을 흘끔 쳐다봤다. 남자아이 말이 맞았다. 빨간 비행기가 측풍을 거스르며 북북동의 진로로 날고 있었다. 근처에 마땅히 착륙할 곳이 없었지만, 곧장 북쪽에는 노련한 조종사라면 적당히 착륙할 수 있을 만한 지점들이 있었다.

그때 자칫하면 놓칠 정도로 작게, 이번에는 육지 쪽에서 소리가 들려왔다. 남서쪽의 숲속 어딘가에서 개가 짖었다. 짖는다기보다 낮게 울부짖는 소리로, 사냥개가 사냥꾼에게 목표물 위치를 알리는 소리였다.

아이들은 소리를 들었는지 못 들었는지, 아무 반응이 없었다. 온 신경이 비행기에 쏠려 있었다.

"시험대가 다가온다." 댁스가 또 한 번 말했다. 그 순간 자기 목소리가 아니라 아버지의 목소리로 들렸다고 맹세할 수 있었다. 더 깊고 더 음울하고 더 확신에 찬 목소리. 목소리를 되찾은 유령.

댁스는 눈을 지그시 감고 엄지로 총을 쓰다듬으며 연기와 불기를 깊이 들이마셨다.

42

블리크라는 자가 침묵을 깼다.

"저건 연기인가?"

랜달이 몸을 앞으로 숙이고 앞유리 너머를 내다봤다. "어이, 에드? 소통에 참여해야지. 저게…… 연기인가?"

"어디?" 조종사가 물었다.

"2시 방향. 강 상류. 맞네. 연기야."

모두들 제대로 보려고 몸을 틀었다. 아니, 블리크를 뺀 모두가. 그는 꿈쩍도 안 했다. 맷은 그의 고개가 움직이는 걸 한 번도 못 봤는데, 연기를 포착한 건 그였다. 랜달이라는 자가 맷을 가로질러 몸을 쭉 뻗고 있어서, 쿰쿰한 땀 냄새가 났다. 맷은 속이 뒤집어지는 것 같았다. 랜달이 손에 쥔 총은 확장 탄창이 달린 권총류였다. 저렇게 개조한 총은 불법 아닌가? 실탄이 몇 개나 들어가는 거야?

너무 많이. 그것만은 분명했다.

"응, 연기야." 랜달이 말했다. 맷은 그가 보고 있는 쪽 창을 멍하니 내다봤다. 아무것도 안 보였다. 그냥 숲과 강뿐이었다.

"저기가 그들이 당신을 기다리고 있는 곳인가?" 블리크가 물었고, 조종사는 고개를 저었다.

"아니. 산장 동북쪽 어디야."

"여기서 얼마나 되지?"

"아마 1.5킬로미터 정도. 그리 멀지 않아."

"산장이 나한테 10시 방향인가?"

"맞아. 어퍼 마틴 폰드. 연기는 로어 마틴 폰드 아니면 그 근처에서 피어오르고 있고."

"하지만 저들은 저기 있어선 안 되잖아."

"그렇지."

잠시 프로펠러 소음 말고는 아무 소리도 나지 않았다.

"연기 나는 데 살펴봐, 에드." 랜달이 지시했다. "확인한 다음 기수 돌려서 연못으로 돌아와. 처음 지나갈 때 여자가 발견하지 못하게 고도를 높게 유지해. 최소한 너를 알아보지 못하게."

조종사는 오른쪽으로 기수를 돌렸지만 하강하진 않았다. 맷은 겁에 질렸는데도 호기심은 누르지 못해 창에 바짝 얼굴을 갖다 댔다. 다들 포착한 걸 자기만 못 봐서 답답했다. 온통 초록색 아니면 파란색뿐이었다.

저기 있다. 새파란 하늘을 배경으로 피어오른 한 줄기 흰 연기. 가늘지만 또렷했다. 블리크라는 자가 그렇게 쉽게 포착한 걸 믿을 수가 없었다.

"모닥불이군." 조종사가 말했다. 쉰 목소리였다. "그냥 모닥불이야."

"점심이라 하기엔 이르고, 아침이라기엔 늦군." 블리크가 말했다.

"강을 타고 온 사람들이 종종 불을 피워. 지금이 몇 시든 무슨 상관이야."

"에드, 우리 블리크한테 말할 땐 공손하게 해줬으면 하는데." 랜달이 이렇게 말하며 총으로 조종사의 머리통을 툭툭 쳤다.

조종사는 대꾸하지 않았다. 키가 크고 몸이 단단해 보이는 그는 챙 끝이 닳은 야구 모자를 푹 눌러쓰고 있었는데, 둥그렇게 말린 모자챙이 만든 그늘이 더벅수염 난 얼굴을 가리고 있었다. 조종대를—아니, 조종대가 아니라 조종간이지—잡은 팔의 상완근 근섬유 다발들이 불끈불끈 도드라졌고, 맷은 보통의 경우라면 에드라는 이 조종사가 자신이 곤경에 처했을 때 우연히 만났으면 하는 딱 그런 타입의 아저씨라고 생각했다. 에드는 자신감 넘치고 유능해보였고, 문제 해결 능력이 뛰어난 사람처럼 보였다. 하지만 그런 에드도 지금 이 비행기 안의 문제들은 해결할 수 없을 것 같았다.

그건 아무도 해결하지 못할 거라고 맷은 장담할 수 있었다.

"사람들이 야영을 하는 거라면," 블리크가 입을 열었다. "야영지가 보여야지. 텐트나 카약, 뭐 그런 것 말이야. 하강해, 에드."

조종사가 기수를 아래로 돌렸다. 맷은 잠깐이나마 저 밑의 강을 선명히 볼 수 있었다. 비행기는 파란 강물에 하얀 물보라가 인 굽이를 향해 내려가고 있었다.

조종사는 기체를 조금 더 하강시키더니 다시 수평을 잡았고, 그들은 연기 위를 지나쳐갔다.

"불 옆에 아무도 없군." 블리크가 말했다. "저기 오른쪽 자갈톱에 불을 피워놓고 내버려뒀잖아. 모닥불인데. 장비는 하나도 보이지 않고."

맷은 블리크가 조그만 검정 쌍안경을 눈에 대고 있는 걸 알아챘다. 저걸 언제 꺼낸 거지? 대체 언제 움직인 거야? 트럼프카드 마술처럼 블리크의 얼굴 앞에 쌍안경이 짠 하고 나타난 것 같았다.

쌍안경이 없으니 맷은 한 줄기 연기 말고는 불을 전혀 볼 수 없었다. 연기는 마치 신호처럼, 그러니까 사람들이 조난 메시지를 보낼 때 만들어내는 모양처럼 피어오르고 있었다. 에드가 블리크한테 말했듯 리아 트렌턴이 가족을 숨길 작정으로 여기 데려왔다면, 그들이 대체 왜 불을 피우겠는가?

어쩌면 속임수인지도 모른다. 어쩌면…….

"아이 둘." 블리크가 말했다.

"어디?" 랜달이 고개를 쭉 빼서 비틀며 물었다. 에드마저 몸을 조금 숙이고 두리번거렸다.

"강 중류 모래톱, 강둑에서 15미터쯤 떨어진 지점. 카약은 없고."

"카누." 에드가 나직이 말했다.

"뭐라고 했지?"

"카누를 타고 있었어."

"지금은 아니야." 블리크는 아직도 쌍안경으로 보고 있었고, 맷은 에드의 시선이 흘끔 옆으로 향하는 걸 봤다. 블리크의 무릎에 총이 놓여 있었다. 지금 에드가 손을 뻗는다면 총을 잡을 수도 있겠지만, 그러면 랜달이 에드를 쏠 것이다. 맷은 에드가 그 정도는 간파할 만큼 똑똑한 사람이기를 바랐다.

"그 여자는 어디 있지?" 랜달이 물었다. '그 여자'란 리아 트렌턴을 말하는 것임을 맷은 알아챘다. '그 여자'는 그들이 죽이러 온 사람이었다.

"저기에 없어." 블리크가 음조에 변화도 없이 대꾸했다.

"뭔가 단단히 잘못됐군. 연못에서 1.5킬로미터 떨어진 지점에 자기들끼리만 있는데다 불도 피웠고 배는 없다?"

"배 있어." 블리크가 여전히 동요 없는 어조로 말했다. "그런데 카누는 아니야. 꽤 괜찮은 모터를 외장으로 단 공기주입식 보트야. 조디악 아니면 비슷한 급의 보트. 비상 배치용 구명정이야." 블리크는 쌍안경을 내리고 에드를 보며 말했다. "저들이 어떻게 구명정을 손에 넣은 거지, 에드? 깜빡 잊고 말하지 않은 게 있나?"

"몰라." 에드가 말했다. 지칠 대로 지친 목소리였다. "정말 몰라. 자세히 봐. 저들은 카누를 타고 있었어. 노란색 위노나 카누. 선체 5미터짜리. 안 보일 리 없어, 더군다나 저 강에 있으면."

그러자 블리크가 말했다. "나는 노란색 카누를 놓칠 사람이 아니야, 에드. 그건 분명히 말해두지."

한동안 말이 없다가 에드가 다시 입을 뗐다. "거짓말했어. 미안하군."

맷은 최소한 주먹이 날아오거나 최악의 경우 총성이 울릴 것을 예상하고 잔뜩 긴장했다. 거짓말을 그냥 넘어가줄 사람들이 아니었다.

하지만 아무도 주먹을 휘두르지 않았다. 조종실 안의 모든 것이 미동도 없었다.

'저들은 비행기를 조종할 줄 모르지,' 맷이 퍼뜩 떠올렸다. '하늘에 있을 때 거짓말한 걸 인정해서 다행이야, 심하게 해치지 못할 테니까. 그렇지만 일단 땅에 내려가면…… 그때는 아저씨를 죽일 것 같은데.'

"미안하다고." 랜달이 말했다. "뭐, 그렇다면야."

"네가 구명정을 여기로 날라준 건가?" 블리크가 물었다.

에드는 다시 한번 머뭇거리더니, 고개를 저었다. "산장에 보관해뒀던 거야. 모터도. 나는 기름만 실어 날랐어."

"근데 여태 말 안 하고 있었다 이거지."

"내가 떠났을 때 저들은 카누를 타고 있었어." 에드가 말했다. "그래서 깜빡한 거야."

"조금 전에는 거짓말했다더니. 이제는 깜빡했다?"

"거짓말했어." 에드가 낮은 목소리로 시인했다. "당신이 저들을 해치지 말았으면 해서."

"너의 거짓말 때문에 모두가 위험에 처했어. 우린 그 여자만 노리고 왔는데. 저 애들은 어떻게 되든 관심 없다고. 관심 있었다면 애들은 죽은 지 오래겠지. 저 뒷자리 애한테도, 심지어 거짓말하는 네놈자식한테도 관심 없어. '우린 그 여자하고 볼 일이 있어서 온 거라고.' 이제 옳은 일을 해, 에디. 최대 다수를 위해 옳은 선택을 내려. 그게 네가 원하는 것 아닌가?"

에드는 대답하지 않았다.

"다른 놈들은 죽일 '필요' 없고, 다른 놈들을 죽일 '마음'도 없어. 하지만 내가 죽이는 데 '가책'을 느낄 것 같나?" 블리크가 말했다.

에드는 입을 꾹 다물고 있었다.

"나를 봐." 블리크가 말했다.

에드가 고개를 돌려 그를 봤다.

"내가 저 강에 시체 다섯 구를 가라앉히는 데 조금이라도 가책을 느낄 것 같나?" 블리크가 물었다.

"아니." 들릴락 말락 할 정도로 희미한 대답이었다.

"맞았어. 하지만 살려두는 데는 전략적 이점이 있지. 애들 여러 명

죽이는 것보다 저 여자 하나만 없애는 게 나한테도 화살이 덜 쏠릴 테니까. 내가 그걸 모를 것 같나?"

"씨발, 당연하지, 우리를 뭘로 보고." 랜달이 뒷좌석에서 한마디 얹었다. 맷은 많이도 안 바라고 그저 자신이 없는 인간 취급만 안 당했으면 싶었다.

"그게 내 전략적 입장이야." 블리크가 말을 이었다. "여자를 잡고, 애들은 살려두고. 에드 당신을 살려두는 것도 개의치 않는다고. 아직은. 하지만 한 번 더 거짓말한다?" 그는 작게 혀를 차며 안타깝다는 시늉을 했다. "한 번만 더 거짓말하면 우리 사이에 갚아줄 게 생기는 거야. 알아들었어, 캡틴?"

"알아들었어." 에드가 속삭이듯 말했다.

블리크는 쌍안경을 도로 눈에 갖다 댔다. 그리고 한동안 말없이 그것만 들여다봤다. 이윽고 입을 열었다. "'그 여자'는 뭘 하고 있지, 에드? 숨어있나?"

"아니. 내 말은, 나도 몰라. 하지만 애들을 일부러 내버려두지는 않았을 거야."

"애들이 어떻게 강을 타게 된 거지?"

"몰라."

랜달이 불쑥 몸을 앞으로 내밀었다. 그러자 총이 랜달과 맷 사이에 놓였고, 번들번들한 검은색 총신이 독사만큼 치명적으로 느껴졌다. "나도 좀 보자."

블리크가 쌍안경을 뒤로 넘겼다. "연기 나는 지점에서 서쪽이야. 모닥불은 자갈톱에 있지만 사람은 강 중류의 모래사장인지 뭔지에 나와 있어. 애들 둘뿐이야."

"알았어. 그럼 엄마는 어디에 있는 거지?" 랜달이 쌍안경에 눈을 대고 물었다. "마음에 안 드는데. 뭔가 잘못됐어."

"나도 알아."

"여자가 애들을 이대로 놓칠 리 없어. 그러니까……."

"재들이 도망쳤을 거예요." 맷이 툭 뱉었다. 그 말을 한 것에 맷 자신도 놀랐다. 끼어들 생각은 아니었다. 도망쳤을 거라는 생각이 너무나 선명하게 떠올라서 자기도 모르게 내뱉은 것이었다.

랜달이 쌍안경을 내리고 맷을 쳐다봤다. 이렇게 가까이에 있으니 한쪽 뺨과 이마에 거미줄처럼 퍼져있는 옛 흉터가 잘 보였다. 코도 한 번 부러진 적이 있는 것처럼 비뚤어져 있었다. 어쩌면 여러 번 부러졌는지도 모른다. 서로 색이 다른 그의 눈은 맷이 여태 본 것 중 가장 사악한 눈이었다.

"방금 뭐라고, 꼬마? 도망쳤다고?"

그냥 입 다물고 있을 걸 하는 후회가 밀려왔지만 맷은 잠자코 고개를 끄덕였다. "아마 그럴 걸요. 저 둘은—헤일리는—알고 있었어요. 그 여자가…… 어딘가 이상하다는 걸요. 걔네 이모 말이에요. 뭔가 잘못된 게 있다는 걸요. 헤일리는 이모한테서 벗어나고 싶어 했어요."

에드가 "내 생각도 그래."라고 낮은 목소리로 덧붙였다.

"인질들이 의견 일치를 본 모양이네." 랜달이 말했다. "흥미롭군. 재들이 어떻게 도망쳤을까? 무슨 대단한 구출 계획이라도 있는 줄 알았더니. 난 또 오늘은 니나가 제대로 실력 발휘하는 줄 알았지 뭐야."

에드가 맷을 흘끔 넘어다봤다. 맷은 그 찰나의 눈길이, 거기에 담긴 일말의 연민이 고마웠다.

"방금 맷이 얘기한 것 때문이야. 맷의 말이 맞아. 어젯밤 나도 애들한테서 그런 느낌을 강하게 받았어. 아이들은 겁에 질려 있었고, 그 산장에서 한시라도 빨리 벗어나고 싶어 했어. 근데 오늘 아침엔 다르더군. 특히 헤일리가. 더 친절하고 살갑게 굴었지. 왜냐면…… 강을 타고 달아나고 싶었으니까."

"도망가려고요." 맷이 겁이 나는데도 불구하고 끼어들었다.

"도망가려고." 에드가 따라 말했다. "맞아."

블리크가 말했다. "니나는 어떻게 할 작정인 거지?"

"나도 몰라."

"짐작해봐."

에드는 곰곰이 생각해봤다. "걸어서는 두 아이를 앞지를 수 없어. 그러니 내가 돌아오기를 기다릴 거야. 그러기가 죽도록 싫겠지만 그렇게 할 거야. 그게 영리한 결정이니까. 일단 내가 돌아오면 두 아이를 찾는 건 한결 수월해지겠지. 하늘에서는 쉽게 포착할 테니까." 에드는 잠시 멈추더니 덧붙였다. "방금도 그렇게 했잖아."

"그렇지." 블리크가 말했다. "방금 그렇게 했지."

그러더니 뒤로 손을 뻗어 "그거 이리 내." 하고 랜달에게 말했다. 랜달은 쌍안경을 앞으로 건넸다. 블리크가 그걸 들고 강을 살피더니 말했다. "저들이 있는 데서 상류 쪽에 약간 급류가 이는 구간이 있어. 아이라면 빠져나오기 어려울 정도의 세기로. 조작법이 익숙하지 않으면 배를 놓칠 정도로."

"아니면 겁먹고 물가로 헤엄쳐가게 할 정도로."

"그거지. 하지만 저 불은……."

"그렇지. 재들이 불 피우는 법을 과연 알까?"

"나도 그게 궁금하던 참이야." 블리크는 눈에서 쌍안경을 떼고는 조종사를 보며 말했다. "만약 저 아래 친구 한 명이 더 있다는 걸 깜빡하고 얘기하지 않은 거라면……."

"세 사람뿐이었어." 에드가 다 포기한 듯 힘없이 중얼거렸다. "셋밖에 없었다고. 개하고. 사실이야."

"재들 지금 손 흔드는데." 블리크가 말했다. "구명조끼를 벗어서 그걸 우리한테 흔들고 있다고. 저 꼬맹이들이 우리한테 구조 신호를 보내고 있어."

랜달이 웃음을 터뜨렸다. 그 소리에 맷은 눈을 질끈 감았다. 소름끼치는 웃음이었다. 남에게 고통을 가할 생각에 기뻐서 나오는 웃음.

"비행기를 알아보다니," 랜달이 말했다. "기특한데."

"그렇지 않나?" 블리크가 받아쳤다. "재들한텐 뜻밖의 행운이겠지. 춥고 쫄딱 젖고 자기들끼리만 남겨졌는데 하늘을 올려다봤더니 그 절박한 눈에 공포 체험을 끝내주려고 온, 다름 아닌 우리 에드가 보이다니."

블리크가 한 번에 말을 이렇게 많이 한 것은 처음이었다. 게다가 한마디 더 얹을수록 끔찍함도 더했다. 랜달이 또 웃음을 터뜨렸다. 맷은 그대로 눈을 꽉 감고 있었다. 블리크가 조종사에게 조용히 지시를 내리고 비행기가 하강하기 시작하는데도.

43

리아는 달리는 데 정신이 완전히 쏠려 있어서 비행기 소리를 뒤늦게 알아챘다.

두 다리가 넘어지기 직전의 상태처럼 흐물흐물하면서 욱신거렸고, 호흡은 한계에 다다랐다는 경고 신호를 보내듯 새액새액거리며 거칠게 나왔다. 리아는 달리고, 오르고, 휘청댔지만 단 한 번도 넘어지지는 않았다. 어느 순간 급류 소리가 가까워지자 아이들을 발견할 가능성이 있는 유일한 지점에 가까이 왔음을 알았다. 만약 헤일리가 이 구간을 타고 넘었다면, 아이들은 지금쯤 손 닿지 않는 곳에 가 있을 것이다.

그때 다른 소리가 들려왔다.

처음에는 자신의 가쁜 숨소리에 섞여 들려오는, 귀에서 요동치는 맥박이 보내는 신호인 줄 알았다. 그러다 한 박자 늦게 소리의 정체를 알아챘고, 곧바로 든 생각은 '구조'가 아니고 '위협'이었다.

리아는 달리던 것을 멈추고 바람에 쓰러진 나무 옆에 쭈그리고 앉아 하늘을 살폈다.

작정하고 수색하는 사람에게도 리아는 안 보일 것이다. 만원 지하철 안에서 꼼지락거리는 승객들처럼 빼곡한 소나무들이 움찔거리는 이곳에서는, 더구나 나무줄기의 보색 같은 회색 플리스 점퍼를 입고 있는 리아가 쉽게 눈에 띌 리 없었다. 테사의 적갈색 털은 눈에 조금 더 잘 띌 법했지만, 테사는 공중에서 내려다볼 때는 물론이고 이렇게 가까이서 봐도 반려견이라기보다는 야생여우와 더 비슷해 보였다.

'너를 찾으러 온 사람은 아니야.' 심장 박동이 차차 느려지고 폐가 한껏 산소를 들이마시는 가운데 리아는 애써 자신을 달랬다. *'그냥 북쪽으로 낚시하러 가는 사람이야.'*

그렇게, 하늘을 두리번거리고 극도로 무리한 몸을 겨우 진정시키던 중에 리아는 비로소 연기 냄새를 맡았다.

희미하지만 확실했다. 바람은 서쪽에서부터 불어오는데, 연기는 바람을 타고 오는 것 같지 않았다. 불이 바람이 불어가는 방향에 있는데 리아가 냄새를 맡을 수 있다는 건 곧 불이 멀지 않은 곳에 있다는 뜻이었다.

아이들이 강을 타고 가다가 낯선 사람들을 마주쳤을 가능성을 막 고려하는 순간, 머리 위로 비행기가 지나갔고 선명한 빨간색 기체 밑면이 보였다.

에드.

리아는 일어서서 손을 흔들려고 했다. 그러다가 그래봐야 소용없다는 생각이 들어서 멈췄다. 에드가 리아를 찾고 있다 해도 여기 있는 리아를 발견하지는 못할 것이다. 리아가 강가로, 탁 트인 지형으로 나가야 보일 것이고 그나마도 어떻게든 신호를 보내야 눈에 띌 것이다.

잠시 서 있던 리아는 그제야 시계를 볼 생각이 들었다. 오전 10시 18분.

생각보다 일찍 돌아왔는걸. 너무 일찍. 게다가 에드는 연못의 북쪽에서 오고 있었다.

'아는 거야.' 이런 생각이 퍼뜩 들면서 안도감이 피처럼 혈관을 타고 퍼졌다. '어떻게인지는 모르지만, 아는 거야.'

하지만 어떻게 알았을까?

'카누 때문이야. 카누가 없어진 걸 본 거야. 에드가 그걸 놓쳤을 리가 없어. 그 위를 지나쳐갔다가 카누를 찾으러 날아왔을 테고 그러다가…….'

비행기 엔진의 소리가 달라졌고, 곧 가파른 각도로 하강하는 게 보였다. 그런데 시야에서 비행기가 사라지기 직전에 날개에서 불빛이 반짝거리는 걸 보았다. 항행등이었다. 리아는 맑은 날 에드가 원거리 수상 착륙을 하면서 항행등을 켠 적이 있는지 기억해내려 애썼다. 에드가 그럴 이유가 뭐가 있지?

한 번 더 시간을 확인했다. 그리고 이제는 텅 빈 하늘을 다시 올려다봤다.

에드가 돌아오기에는 너무 이른 시각이다. 그는 연못 위를 지나가 그대로 북쪽으로 날아갔고, 청명한 하늘을 날면서 항행등을 켰다.

지금껏 리아는 최대한 급류 구간과 가까운 지점을 목표 삼아, 강을 향해 45도 각도로 달려가고 있었다. 이제 리아는 오른쪽으로 급격히 틀어, 90도 각도로 달려갔다. 테사를 시야에서 놓칠 정도로 빽빽하게 제멋대로 자란 덤불을 헤치며 오르막을 힘껏 내달렸다. 더 힘든 루트였지만 이대로 가면 강가가 나올 것이다. 모든 걸 한눈에 볼 수 있는 그곳으로 어서 가야 했다.

오르막은 가파르고 어디 한군데 쉽게 발 디딜 곳이 없었다. 리아는 잔가지가 얼굴을 긁어대고 윗입술을 따라 피가 한 줄기 나는데도 꿋꿋이 죽을힘을 다해 올라갔고, 드디어 언덕 꼭대기에 이르자 강이 훤히 내려다보였다. 서쪽에서 밀려오는 구름과 소나무들이 그림자를 드리워 물이 화강암 색이었다. 이쪽에는 강기슭 따위 없고 수면에서 1.5미터쯤 위로 커다란 돌출바위가 툭 튀어나와 있었고, 강둑에는 나무가 빼곡하게 서 있었다. 리아는 그 바위에 배를 깔고 엎드려 윈체스터 라이플을 어깨로 받치고 루폴드 조준경에 한쪽 눈을 댔다.

강물과 숲, 급류 구간 앞 초록빛을 띤 황금색 여울, 오래된 묘비처럼 기우뚱한 거대한 뭉우리돌 두 개.

다른 건 안 보였다. 여전히 너무 멀었다. 낮은 진동음으로 들려오는 엔진 소리로 비행기가 수면에 착륙했으며 어쩌면 활주 중이거나 엔진 공회전 중임을 알 수 있었다. 어느 쪽이건 착륙은 했고, 리아의 위치에서 눈으로 확인은 불가능했다.

리아는 무릎을 딛고 일어나 숲을 살폈고 이어서 강도 훑어봤다. 강변을 따라 조금이라도 이동하려면 여태까지 한 것과 똑같이 허우적대며 달려야 한다. 그러면 속도를 낼 수 없다. 다른 방법으로 강을 타고 갈 수가 있는데, 물은 차겠지만 탁 트인 데서 빠르게 이동할 수 있을 것이다. 물속에 있는 동안에만 노출될 것이다. 저만치 앞 기우뚱한 돌출석 중 하나를 붙잡을 수만 있다면, 급류 구간과 그 너머 자갈톱을 훤히 내다볼 수 있는 안전한 위치를 확보하게 되는 것이다.

테사가 리아의 계획을 감지한 듯 끙끙거렸다. 달리기는 몇 시간이고 하는 녀석이 물은 무서워했다. 리트리버가 아닌 하운드종이라 그런 것이었다.

"가만있어." 리아가 말했다. "가만히 있어, 테사. 괜찮아. 착하지." 속사포처럼 내뱉은 별 뜻 없는 말이 오히려 개를 더 불안하게 만들었지만, 그런 데 마음 쓸 틈도 없이 리아는 배낭을 풀어 내려놓고 윈체스터 라이플을 등에 가로질러 맨 뒤 가슴을 꽉 누를 정도로 끈을 단단히 조였다. 그런 다음 배낭을 도로 집어 들어 충격흡수재 삼아 앞으로 멨다. 아까는 그렇게 가까워 보였던 세찬 강물이 이제는 너무 멀게 느껴졌다.

"괜찮아." 한 번 더 말했지만 이번에는 개를 달래려고 한 말이 아니었다. 테사가 끙끙대며 머리로 리아의 종아리를 밀었고, 자기 좀 봐달라는 신호였지만 리아는 그걸 다음 행동에 착수하기 위한 신호로 삼았다.

그래서 강둑에서 훌쩍 뛰어내려 강물로 입수했다.

얼음장 같은 물이 주는 충격이 처음에는 거의 진정 효과가 있었다. 곧바로 수면 위로 떠올라 고개를 내밀고 배낭을 앞으로 멘 채 떠내려가기 시작하는데 그제야 비로소 추위가 덮쳤다. 리아는 아드레날린을 동력원 삼아 발차기를 시작했다. 물살이 워낙 세서 팔다리를 제대로 놀릴 필요도 없었다. 그저 물 위로 머리만 내놓고 나머지는 물리 현상이 알아서 하게 내버려두었다. 배낭의 무게가 순식간에 몇 배 늘었고 그걸 지탱하느라 어깨가 빠질 듯 아파왔지만, 리아는 자신이 노리는 게 뭔지 정확히 알았고 거친 충돌이 될 것도 알았다.

발길질하고 충격 흡수하고, 그것만 제대로 하면 되는 것이었다.

허벅지가 딴딴해지고 종아리는 푹 젖은 부츠 무게에 자꾸만 가라앉아 쓸모없게 느껴졌다. 등에 멘 라이플의 무게 때문에 어깨가 더 쑤셨고 근육 기억은 두 손에게 배낭을 놓고 신체의 다른 부분과 협력해 어서 헤엄치라고 종용했지만, 리아는 그 외침을 무시하고 고개를 뒤로 젖힌 채 코와 입으로 숨 쉬고 물을 어푸푸 뱉어내면서 계속 떠내려갔다.

물은 소용돌이치고 정체됐다가 다시 흘러갔다. 기우뚱한 돌출석이 저 앞에 보였고, 점점 더 빠른 속도로 다가오면서 크기도 점점 커졌다. 그러나 리아는 물이 자신을 속이고 있다는 것을 알았다. 물살만 믿고 떠내려가다간 저 바위에 곧장 닿지 않고 그 옆을 휙 지나쳐갈 테고, 그러면 리아는 심각한 문제에 봉착하는 것이었다.

이제 발길질 한 번에 이동 거리는 아까보다 훨씬 줄었고, 물이 배낭을 10그램 더 적실 때마다 어깨는 몇 배 더 무겁게 가라앉았다. 리아는 강물에서 절대 하지 말아야 할 짓을 하고 있었다. 바로, 머리를 앞에 둔 채 떠내려가는 것이다. 머리는 뒤에 두고 발부터 내려가야 바위에 부딪히더라도 두개골이 깨지는 참사를 피할 수 있었다. 하지만 지금은 그럴 여유가 없었다. 누워서 내려가면 바위를 붙잡기 전에 물살에 떠밀려 그대로 바위 옆을 지나쳐갈 것 같았고, 그러면 소용돌이치는 여울 구간을 그대로 쏜살같이 지나 연못 상류의 탁 트인 구간에 뱉어져 거기서 기다리고 있을지 모를 이들에게 그대로 노출될 터였다.

커다란 나뭇가지가 부츠를 긁고 지나갔고, 저 위에서는 테사가 보조 맞춰 달리면서 짖고 또 짖었다. 소리 지를 수 있을 정도로 숨을 크게 들이마실 수 있다면 테사에게 조용히 하라고, 제발, 제발 입 다물라고 소리 질렀을 것이다. 하지만 소리 지를 만큼 공기가 폐에 안 들어갔고 다른 데 신경 쓸 겨를도 없었다. 강물은 세차게 흐르고 어느새 돌출석이 불쑥 솟았고, 물살에 몸을 맡기고 가면서 리아는 마지막 발길질을 가장 필요한 타이밍을 위해 남겨두었다.

바위에 닿기 직전, 마치 누군가의 손이 리아를 낚아채려고 오른쪽 아래로 당기는 것처럼 몸 아래의 물살이 갑자기 세지는 것 같았다. 그 순간 리아는 발길질을 했다. 중력을 거스를 기세로 온힘을 다해 몸을 왼쪽 위로, 또 왼쪽 위로 힘껏 차 보냈고…….

쾅.

충격은 예상했던 것보다 훨씬 컸다. 충격을 흡수하도록 간신히 배낭을 쳐들었지만 그런데도 얼굴이 앞으로 확 쏠리면서 젖은 나일론 배낭 끈에 쓸려 한쪽 볼이 긁혔고, 그 와중에 왼손을 배낭에서 떼 바위를 붙잡으려고 허우적댔다. 그런데 몸이 휙 돌면서 물살에 다시 휩쓸렸고, 피투성이 얼굴과 타는 듯한 어깨 통증으로 부족했는지, 결국 붙잡지 못하고 쓸려가 버리나, 이렇게 허무하게 떠내려가나 싶은 순간이 있었다.

그런데 테니스공만큼 도톰한 돌출 부위가 손바닥을 아프게 찔렀다.

리아는 죽을힘을 다해 그걸 붙들었다. 그리고 당겼다. 그러자 물살이, 전투는 이겼지만 전쟁에서 이긴 건 아님을 상기시키듯, 마지막으로 한 번 욱신거리는 발목 주위를 세차게 돌면서 마지못해 놔주는 게 느껴졌고 이윽고 리아는 물살에서 빠져나왔다.

그리고 등에 햇살을 받으며 돌에 얼굴을 대고 엎드려 있었다. 색색거리며 숨을 들이쉬고 내쉬었다. 조금 전 충돌이 남긴 통증이 머리부터 발가락까지 구석구석 느껴졌고, 온 근육과 신경 들이 마치 번개가 사정없이 내리친 후 이웃들끼리 안위를 확인하듯, 그래, 우리도 무사히 여기 도착했어, 라고 서로에게 외쳐댔다.

리아는 물살에 도로 휩쓸리지 않을 만큼 적당히 높은 바위틈에 배낭을 던져놓고, 얼굴에서 머리카락을 쓸어냈다. 손바닥에 물에 희석된 피가 묻어났다. 한쪽 뺨이 찢어진 모양인데, 그나마 배낭이 충격을 거의 대부분 흡수해줘서 그 정도였다. 만약 머리부터 부딪혔다면…….

하지만 그러지 않았으니까.

정확히 원하던 지점에 왔다.

리아 트렌턴은 바위를 타고 올라간 뒤, 조준경을 들여다보려고 등에서 라이플을 풀어 앞으로 가져왔다. 그런데 바위 위로 고개를 내민 순간 굳이 필요 없다는 걸 알았다. 전부 다 육안으로 보일 정도로 가까이 있었다.

리아의 아이들이 강 중류의 모래톱에서, 리아에게 등을 돌린 채 강 하류를 바라보고 서 있었다. 강 하류에서는 로어 마틴 폰드 쪽에서 빨간색 비행기가 아이들을 향해 수면을 활주해오고 있었다. 아이들 오른쪽으로는 자갈톱에서 타오르는 모닥불이 보였다. 진회색 조디악 공기주입식 구명정이 뭍에 끌어올려져 있었다. 대체 누가 조디악에 타고 있었던 걸까? 게다가 그 사람은 지금 '어디에' 있는데?

리아는 시선을 오른쪽으로 돌렸다. 높은 지대에, 지금 리아가 엎드려있는 것과 비슷한 비스듬한 바위들이 있었다. 그리고 나무들이 눈에 들어왔다. 시선을 더 멀리 던져, 혹시 움직이는 게 있나 해서 나무들을 살폈다. 대체 조디악에 누가 타고 있었고, 모닥불은 누가 피운 거지? 캠핑족이 여기까지 나오는 건 언뜻 상상이 안 갔다. 최소한 강줄기에서 이렇게 멀리까지 나올 캠핑족은 없을 것 같았다. 이곳은 지형이 너무 험한데다 딱히 매력도 없었다. 앨라개시의 이 구역에서 야영할 만한 사람이면 모닥불을 감시도 없이 내버려두면 안 된다는 것쯤 잘 알 터였다.

그럼에도 저기 구명정이 있고, 모닥불이 있었다. 그리고 리아의 아이들이 있었다. 다친 데 없이 자갈톱에 서서, 쫄딱 젖었지만 안전하게,

비행기를 향해 손을 흔들고 있었다.

리아는 비행기를 향해 조준경을 겨누고 왼손으로 줌을 조절해 조종석에 초점을 맞췄다. 태양 반사광이 기체 오른편을 비추어 왼편에 그림자가 졌지만, 그럼에도 조종간을 잡은 에드가 보였다. 에드 혼자였다. 아니, 혼자인 것처럼 보였다. 옆자리는 비어 있었다. 뒷좌석에는 누가 있는지 없는지 분간할 수 없었다. 뒷자리에 웅크리고 있는 게 사람인가 아니면 그냥 그림자인가? 리아는 몸을 조금 위로 움직였다. 상완에 닿는 바위가 강철 섬유처럼 거칠었고, 한쪽 뺨이 저릿저릿하고 등은 쿡쿡 쑤셔왔다. 그러나 손에 든 라이플은 흔들리지 않았다. 차분한 기분이었다. 호흡이 고르고 두 손도 전혀 떨리지 않았다. 언제든 쏠 준비가 되어 있었다.

사람은 고사하고 짐승에게도 총을 발사한 적이 없었다. 메인에서 일하기 시작한 초반 몇 해 동안 과녁에 대고는 수천 발 쏴봤고, 제조사와 구경을 가리지 않고 라이플과 엽총, 권총을 다 만져봤다. 자신이 포화 속에서도 평정을 유지할 수 있는 킬링 머신이라고 스스로를 세뇌했다. 때가 오면 쏠 준비가 되어있을 거라고.

하지만 에드를 쏠 필요는 없었다. 에드는 정말 혼자 온 걸까?

너무 일러. 에드한테 시간을 달라고 했잖아. 시간을 넉넉히 줬을 사람인데.

단, 비행기가 일찍 온 게 위협이 아니라 응급 사태를 뜻하는 거라면 얘기가 달랐다. 어쩌면 에드가 머릿속 경고벨을 울리는 어떤 사실을 알게 됐는지도 모른다. 어쩌면 선창에 지켜보는 눈이 있는 걸 발견했거나, 자신의 정체를 들켰거나, 하여간 뭔가 걱정되는 일이 생겨서 온 건지도 모른다. 그런 일이라면 급히 돌아왔을 것이다.

항행등을 깜빡이다니. 조난신호야. 경고라고. 다른 경우라고는 생각할 수 없었다. 에드와 수없이 여러 번 비행했는데 단 한 번도 에드가 이런 식으로 접근한 적은 없었다. 육지에 있는 사람에게 보내는 단순하지만 명확한 시각적 신호였다.

그렇다고 비행기에 탄 사람이 위협받고 있다는 뜻은 아니었다. 리아가 신호를 보긴 봤으나 오해했을 수도 있었다. 어쩌면 연못가 산장으로 돌아가는 길에 카누가 없어진 걸 보고 민첩하게 판단을 내려, 상공에서 카누를 찾아보려고 착륙하지 않고 그대로 선회해 돌아온 걸 수도 있었다. 그렇게 카누를 수색하다가—카누와 아이들을 수색하다가—아이들을 본 것이다. 이제 비행기를 착륙시키고 아이들을 도와주러 올 것이다.

그렇게 생각하자 전부 말이 됐다. 관찰력이 뛰어나고 늘 적극 행동에 나서는 에드 레븐셀러다운 판단이었다. 리아는 더 빨리 그걸 깨닫지 못한 자신이, 멍청하게 급물살을 타고 바위투성이 구간을 떠내려 와 라이플을 들고 여기 엎드려 있는 자신이 바보 같이 느껴졌다. 일어서서 저들에게 소리쳐야 한다. 여기 있다고, 도와주러 왔다고, 도와주고 진실을 말해주려고 이렇게 왔다고 알려야 한다.

하지만 리아는 그러지 않았다. 꼼짝 않고 자세를 낮춘 그대로 눈은 조준경에 대고 손가락을 방아쇠 근처에 두고 있었다.

에드가 비행기를 자갈톱에 닿을락 말락 하게 바짝 몰아갔고, 측풍에 기체가 살짝 도는 바람에 조수석이 아까보다 더 잘 보였다. 비어 있었다. 에드의 양손은 어디에 매이지 않은 채 조종간을 잡고 있었다. 에드가 방향타 장치를 만지면서 긴장한 기색 없이, 아무에게도 방해받지 않고 조종하는 모습이 훤히 보였다. 기체가 자갈톱에서 800미터쯤 떨어진 지점까지 왔을 때 에드가 엔진을 껐다.

리아는 미간을 찌푸렸다. 어째서 기체를 자갈톱에 대지 않은 거지? *애들만 있고, 구명정은 내 것이 아니고, 모닥불도 내가 피운 게 아니야. 에드는 자신이 어떤 상황으로 걸어 들어가는 건지 몰라서 저러는 거야.*

에드가 문을 열더니 조종석에서 나왔다. 리아는 온 신경을 집중해 에드를 눈으로 좇으면서 라이플 조준경을 에드에게 겨눈 사실에 속이 뒤틀리는 건 애써 모른척했다. 기체가 출렁거리며 움직이는데 에드가 플로트로 내려섰고, 이제 그와 아이들 사이에는 폭은 짧지만 수심이 깊은 강물이 가로막고 있었다. 에드가 뭐라고 소리치는 게 들렸다. 목청껏 소리쳤겠지만, 바로 앞에 세차게 흐르는 물을 둔 이 위쪽에서는 잘 알아들을 수가 없었다. 설마 '해칠 생각은 없다'고 한 거야? 농담을 하고 있어? 아마 불안해서 그럴 테지. 저 조디악 구명정하고 모닥불이 뭘 의미하는지 리아만큼 확신이 없어서 그러는 걸 테지.

"해칠 생각은 없어." 에드가 한 번 더 말했다. 이번에는 또렷하게 들렸다. 리아는 그가 두 손을 올리고 평화를 뜻하는 V자 수신호를 만드는 걸 봤다. 아이들을 안심시키는 동시에, 뭔가가 잘못된 건 알지만 아직 그게 뭔지 파악하지 못한 상황이라 그러는 것이리라.

아이들은 자갈톱에 그대로 서 있었다.

"너희 이모 어디 있지?" 에드가 외쳤다. 질문은 바위들에 부딪혀 그에게 돌아왔다.

두 아이 중 하나가 대답했다면 리아에게는 들리지 않았다. 아이들이 리아에게 등을 돌리고 있었고, 아이들 목소리는 어색하게 농담을 던지는 에드의 목소리에 비해 너무 희미했다. 그래도 둘 중 하나가 뭐라고 대꾸한 모양이었다. 에드가 고개를 끄덕이고는 플로트에서 조금 더 걸어 나온 걸 보면.

"너희를 데려가려고 왔어. 안전한 곳으로 데려다줄게." 이번에도 에드는 목청껏 소리쳤다. 저렇게 가까이 있는데 왜 소리치는 걸까? 게다가 여전히 한 손으로 V자를 만들어 들고 있었다. 모닥불이 타오르는 자갈톱 쪽을 흘끔 돌아보면서도 그 손은 계속 들고 있었다.

무서워서 그래. 맞아, 무슨 일이 이미 벌어졌을까봐 무서워서 저러는 거야.

그때 에드가 말했다. "너희들이 보트 타고 가는데도 이모가 내버려뒀어? 너희끼리만?"

보트 타고 가는데 내버려둬? 무슨 소릴 하는 거야? 저게 내 보트가 아닌 건 에드도 아는데. 애들이 카누를 타고 온 것도 알잖아. 근데 왜 저런…….

신호를 보내는 거야. 평화 신호도 아니고, 생뚱맞은 농담도 아니었어. 비행기에 몇 명이 타고 있는지 내게 알리려고 손가락 두 개를 들고 있는 거야. 리아는 에드에게 고정했던 조준경을 위쪽으로 빙글 돌려 비행기 내부에 초점을 맞췄다.

비어 있었다. 어쩌면 리아가 잘못 안 건지도 모른다. 어쩌면 아이들이 리아에게 안 들리는 작은 목소리로, 에드에게 보트에 대해 거짓말을 하고 있는지도 모른다. 충분히 그럴 수 있다. 왜냐면 아이들은 도망을 쳤는데 그걸 인정하지 않으려 들 테고, 그러니 어쩌면…….

비행기 안에서 뭔가가 움직였다. 뭔가가 순간 번쩍했다가 사라졌지만, 분명 움직였다. 리아는 확신했다. 게다가 그 이상으로 확신이 가는 게 있었다.

그들이 에드와 같이 왔다는 것이었다. 블리크와 폴라드. 두 사람이 강제로 에드가 비행기를 몰고 리아에게 오게 한 것이다. 리아는 100퍼센트 확신했다. 온몸의 혈관에서 느꼈고, 방아쇠를 감은 손가락에 뛰는 맥박에서도 느꼈다.

에드는 여전히 큰 소리로 말하면서 아직도 보트에 대해 묻고 있었고, 이제는 일부러 거짓말을 하는 게 더욱 분명해졌다. 모터가 제대로 작동했는지, 비행기에 싣고 오면서 망가지지는 않았는지 묻고 있었기 때문이다. 에드는 시간을 끌면서 숲을 향해 몇 가지 사실을 외쳐대고 있었다. 리아가 어쩌면 여기서 듣고 있기를 바라면서. 쏠 준비가 돼 있기를 바라면서.

리아는 준비가 돼 있었다.

왼손을 뻗어 초점 노브를 살살 돌려 조종석이 조준경의 십자선 안에 들어오게 했다. 에드와 플로트는 이제 완전히 조준경 시야에서 벗어나고, 텅 빈 조종석과 부조종석만 들어와있…….

사람 얼굴. 뒷좌석에 숨어있던 남자가 고개를 들면서 허연 피부가 나타났다.

방아쇠를 당기는 순간 리아는 그것이 성인 남자가 아닌 것을 알아챘다.

아이였다.

44

첫 발은 예상치 못하게 강 상류 어딘가에서 날아왔다. 만일 댁스가 폭발음에 펄쩍 뛰는 타입이었다면, 그를 그림자에 숨겨주고 있던 2.5미터 너비의 거석 뒤에서 당장 튀어나갔을 것이다. 하지만 그는 펄쩍 뛰는 타입이 아니었고, 그래서 그냥 몸을 뒤로 조금 빼고 강 상류가 내다보이는 거석의 V자형 틈에 눈을 갖다 댔다.

그런다고 광시야각이 확보되지는 않아서, 급류와 바위들 너머로 별로 보이는 게 없었다. 댁스는 다시 상체를 숙이고 비행기를 살폈다.

탄환이 기체의 왼쪽 측면을 관통하면서 들쑥날쑥한 도랑을 패놓았고, 누가 수면에 금가루를 한줌 뿌려놓은 듯 섬유유리와 금속 조각을 흩뿌려놓았다.

경고 사격이거나 아니면 형편없는 실력이거나. 둘 중 하나였다. 저렇게 큰 총—아직도 총성이 고요한 숲속에 울려 퍼지고 있었다—을 다루는 사람이 실력이 아주 형편없지 않고서야 에드나 조종석을 맞히지 못할 리 없었다.

하지만 완전히 쓸모없는 한 발은 아니었다. 덕분에 모두가 움직이기 시작했으니까. 아이들은 비명을 질러대며 자갈톱에 웅크리고 앉아 서로 부둥켜안았고, 에드 레븐셀러는 총성에 너무 놀란 나머지 플로트에서 뛰어내려—아니면 떨어진 건가?—강물로 입수했다. 그는 수면 아래로 사라졌다가 떠올랐고, 다시 고개를 내밀었을 때는 고함을 치고 있었다.

"도망쳐!" 그가 아이들을 향해 소리쳤다. "헤일리, 닉, 뛰어!"

그는 소리치면서 아이들 쪽으로 헤엄쳐 갔고, 비행기는 한 번도 돌아보지 않았다.

실수였다. 그가 등을 돌리고 있는데 한 남자가 반자동 권총을 쥐고 몸을 내밀더니 세 발을 발포했다.

에드가 또 한 번 소리를 질렀다. 이번에는 두려움이 아니라 고통 때문이었다. 그리고 다시 수면 아래로 사라졌다. 하지만 계속 헤엄치고 있었다. 여전히 물살을 거슬러 아이들을 향해 가고 있었다. 물에 피가 뜬 걸로 보아 부상을 당했지만, 아직 죽지는 않은 상태였다.

'총을 잘못 골랐어.' 댁스는 속으로 중얼거렸다. 조금 실망스러웠다. 저 둘이 실력이 뛰어나다고 분명히 들었는데. AR-15를 썼더라면 에드를 빨리 해치울 수 있었을 것이다. 권총으로 여러 발 쏘는 건 효율이 떨어졌다.

수면에서 비행기로 눈길을 돌리자 저격수가 비행기 안으로 다시 들어가고 안의 누군가에게서 뭔가를 건네받는 게 보였다. 물 흐르듯 신속한 교환이었다. 곧 저격수는 AR-15와 확장 탄창을 들고 다시 기체 밖으로 몸을 내밀었다.

탁월한 판단이야. 역시 제대로 판 벌일 작정하고 온 거였군.

저격수는—백인이었고, 이는 그가 마빈 "블리크" 샌더스가 아니라 다른 한 명, 랜달 폴라드라는 얘기였다— 민첩하게 조종간에서 플로트로 뛰어내려 자세를 낮게 유지하면서 기체 측면에 바짝 붙어 움직였다. 그는 조금 전 탄환이 어디서 날아왔는지 파악했고 그 충격이 부상 입은 채 헤엄치는 에드 레븐셀러나 자갈톱에서 비명 지르는 애들보다 더 큰 문제라는 것도 알았다. 그는 댁스가 후방을 제외한 삼면에서 오는 어떤 위협에도 완벽히 보호받도록 엄폐물 삼은, C자형으로 몰려있는 바위들 쪽으로는 눈길 한 번 주지 않았다. 어차피 댁스는 후방의 깊은 숲에서는 어떤 위협도 닥치지 않을 거라 예상했다.

그렇지만 최초의 발포를 예상하지 못한 것도 사실이었다.

확인 차 후방을 돌아본 댁스는 약한 바람에 흔들리는 소나무들을 잠시 살피다가 컴컴한 숲을 둘러보았다. 숲에서 나지 않을 법한 소리는 들려오지 않았고, 흔들리는 나무 말고는 어떤 움직임도 포착할 수 없었다.

댁스는 강 상류가 내다보이는 바위틈으로 다시 눈을 돌렸다. 아직도 별다른 건 보이지 않았다. 댁스는 눈을 가늘게 뜨고 기다렸다……. 그렇지, 급류가 하얗게 물거품을 토해내는 지점에 비스듬히 기울어진 커다란 뭉우리돌들 위에서 금속이 번쩍했다. 저격에 탁월한 위치였다. 아마추어가 선택하기엔 너무 좋은 유리한 고지였는데, 말인즉 아까의 발포가 실수가 아닌 경고 사격이었다는 얘기였다. 그런데 무엇을 경고하는 사격이었을까? 그의 짐작대로 저격수가 리아라면, 무효한 한 발로 총격전을 여는 식의 오판은 저지르지 않을 텐데 말이다.

랜달 폴라드가 어깨로 AR 라이플을 받치고 플로트에 쭈그려 앉더니 뭔가를 찾아 강을 스캔했다. 계속 살피다 보면 언젠가는 리아를 발견하지만 해칠 수는 없을 것이다. 저렇게 큰 바위들이 가로막고 있는데 어림없었다. 당황시킬 목적으로 사격할 수는 있었다. 댁스라면 그랬을 것이다.

다시 수면 위로 떠오른 에드 레븐셀러가 도망치라고 헐떡이며 내뱉고 있었고, 랜달 폴라드가 에드가 그러는 걸 알아챘지만 무시하는 것을 댁스는 잠자코 지켜봤다.

이번에도 탁월한 판단이었다. 조종사는 죽은 것보다 산 채로 더 쓸모 있었다. 아이들에게 가지 못하게 한 건 현명한 판단이었지만 죽일 필요까진 없다. 게다가 폴라드가 조종사를 깔끔하게 처치하려면 자신을 노출해야 하는데, 그럼 리아 트렌턴이 기회를 두 번 놓치지는 않았을 것이다.

그렇게들 칭송하던 블리크는 코빼기도 보이지 않았고, 그래서 다소 실망스러웠다. 그가 폴라드 혼자 처리하라고 내보낸 것일까? 아니면 댁스처럼 그저 타이밍을 노리고 있는 걸까?

자갈톱에서 헤일리 챗필드가 벌떡 일어나 동생을 제 몸으로 가리고 서더니 댁스가 숨어있는 바위를 향해 돌아섰다.

"저 사람들 쏴버려요!" 헤일리가 소리쳤다. "도와주세요. 도와줘요!"

댁스는 한숨을 내쉬었다. 아이들이 이런 개판 상황에서 지시를 얌전히 따를 거라 기대하진 않았지만, 그래도 적에게 위치가 드러나지 않은 동안 좋았던 걸로 만족하기로 했다.

랜달 폴라드가 헤일리가 소리치는 쪽을 돌아봤고, 그가 새로운 상황을 재보는 것을 댁스는 지켜봤다. 십중팔구 자신이 여간해선 빠져나가기 힘든 곤경에 처한 걸 알아챘을 것이다. 이쪽에 숨어있는 누군가에게 자신을 노출시킨 데다, 그 누군가를 피하자니 리아의 사정권 안에 들어갈 게 분명했기 때문이다. 망했군!

"그냥 쏘라고." 넌덜머리난 댁스가 중얼거리면서 엄폐물 삼은 화강암 뒤에 더 깊숙이 몸을 숨겼고, 랜달 폴라드가 AR-15를 그에게 난사하기 시작했다.

소리는 아까 리아가 비행기에 발사한 단 한 발의 귀를 찢을 듯한 총성에 비하면 하찮은 수준이었지만, 결과는 충분히 짜증스러웠다. 쪼개진 바위 조각들이 공중에 흩뿌려지면서 파편이 보기보다 훨씬 위험한 바늘이 되어 날아왔고, 댁스는 눈을 질끈 감고 바위에 몸을 찰싹 붙인 채 총격이 멎을 때까지 연인처럼 바위를 꽉 끌어안았다.

총탄이 바닥났나? 그건 아니겠지. 웬만큼 실력 있다면 한두 발은 남겨뒀을 테니까. 누가 고개를 빼꼼 내미나 기다리려는 거야.

멍청한 죽음이 될 것이다. 바위 뒤에서 고개를 내밀었다가 이마에 22구경 탄환을 맞고 죽는다면.

게다가 누구한테 돈 받고 하는 짓도 아니었다.

하지만 재미는 있지. 조금은 재미있지 않아?

분명 재미있었다. 재미있는 것을 넘어, 이제야 좀 사는 것 같았다. 극히 소수만 누릴 수 있는 종류의 진짜 삶.

댁스는 무릎을 꿇고 앤디 웨스트에게서 뺏어온 12구경 산탄총을 집었다. 그리고 옆으로 누워 꿈틀대며 아주 조금씩 앞으로 나아갔다. 누군가의, 아마도 레븐셀러의 목쉰 외침에 적막이 깨졌다. 거의 야생 짐승의 외침 같은, 마치…… 아니, 아니야. 잠깐. 누군가의 외침이 아니었다.

짖는 소리였다.

흠.

댁스는 바위 뒤에서 몸을 일으켜 강 상류가 내다보이는 바위틈에 다시 눈을 갖다 댔다. 리아 트렌턴의 개가 있는 대로 짖고 울어대며 강둑에서 달려 내려오고 있었다.

"완전 개판이구만." 댁스가 속삭였다. "친구들, 이 판은 이제 개판이 되고 말았어. 손쓸 수 없는 개판."

다시 몸을 숨긴 그는 화강암에 어깨가 쓸려도 아랑곳하지 않고 바위에 등을 댄 채로 주르륵 주저앉았고, 총신을 스윽 내밀어 봤다. 발포를 유도할 수 있을지 보려는 것이었다. 그가 있는 곳이 비행기에서 안 보이는 각도라고 생각했지만, 죽느니 미리 확인하는 게 나았다.

아무도 발포하지 않았다. 울부짖음은 잔뜩 성난 짖음으로 바뀌었고, 그 소리에 닉이 외쳤다. "테사!"

댁스는 비행기를 다시 한번 볼 수 있을 정도로만 바위 뒤에서 몸을 내밀었다. 그새 폴라드는 다시 강 상류를 향해 돌아서서 댁스에게 등을 보이고 있었다. 댁스가 원한다면 그를 죽일 수 있지만, 그게 무슨 도움이 될까? 지금 댁스로선 아무 부족할 게 없고, 나머지 사람들이 상황을 해소해가는 걸 구경하는 재미도 있었다. 저 중 한 명이 댁스가 처음 보는 수법을 선보일지 누가 알겠나?

몸을 조금 더 빼자 자갈톱이 보였다. 아이들은 강물로 피신할 생각을 안 하고 자갈톱에서 꼼짝 않고 있었다. 레븐셀러는 자갈톱과, 제일 먼 쪽 기슭 사이에 있었다. 비행기 반대편으로 가려는 것 같았는데, 그러면 폴라드의 현재 사정권에서 벗어날 수 있는데다 아마 타깃을 아이들에게서 다른 데로 유도할 수 있다는 계산에서 그러는 것 같았다.

영웅 납셨네.

랜달 폴라드는 이제 플로트 위에서 한쪽 무릎을 꿇은 채 조금씩 움직이면서 기체 밑에서 바깥쪽으로 조준하고 있었다. 매우 유리하면서 자신도 보호할 수 있는 위치였다. 필요하면 에드를 사살할 수 있고, 아마 리아가 있는 곳으로 엄호 사격을 퍼부어 잘하면 리아가 거기서 나오도록 유도할 수도 있었다.

첨벙 소리를 듣고 댁스가 강 상류를 돌아보니, 테사가 둑에서 강물로 뛰어들어 에드 레븐셀러를 향해 헤엄쳐 가고 있었다. 헤엄을 잘 치는 개는 아니었지만—발을 어정쩡하게 물에 내리꽂을 때마다 녀석이 물이 아니라 육지 활동에 최적화된 종임을 알 수 있었다—강한 뒷다리 발차기만으로 주둥이를 수면 위에 내밀고 있기에 충분했고, 곤경에 처한 친구에게 헤엄쳐가는 동력은 불타는 의지만으로 충분했다.

랜달 폴라드가 몸을 더 낮추더니 각도를 조금 틀어 AR-15를 개에게 겨누었다.

현명한 결정이었다. 개는 비행기를 조종할 수 없지만 문제는 일으킬 수 있으니까. 살려둬 봤자 리스크는 크고 보상은 얻지 못할 대상이었다. 그렇다면 개를 죽이는 수밖에.

누가 봐도 적절한 판단이었지만…… 댁스의 마음에 드는 선택은 아니었다.

댁스는 한숨을 내쉬고 레밍턴을 들어올려—그는 여전히 등을 바닥에 대고 누워 있었고, 그래서 거꾸로 된 자세로 쏴야 했다—자신과 비행기 사이의 물에다 대고 한 방을 쐈다. 탄피가 상쾌한 소리를 내며 총신에서 튕겨나갔고, 물이 사방으로 튀었고, 랜달 폴라드는 위협에 맞서려고 몸을 홱 돌렸다.

그러다가 그만 미끄러졌다. 심하게 미끄러진 건 아니었다. 레븐셀러처럼 아예 물에 빠진 건 아니었으니까. 하지만 앞으로 고꾸라지는 바람에 기체에 플로트를 고정시킨 지주 하나를 붙들고 버텨야 했다.

타-앙.

리아 트렌턴이 또 한 발 라이플을 발포했고, 이번 것은 아까보다 훨씬 정확했다. 눈 한 번 감았다 뜬 사이에 플로트 위는 텅 비고 랜달 폴라드는 물에 빠져 있었다.

끝내주는 샷이었다.

댁스는 몸을 조금 더 내밀고 이 상황을 음미했다. 폴라드가 아주 미미한 실수를 저질렀고, 그 틈을 타 리아는 절묘한 샷을 쏘았다. 이번에 명중시킨 걸 보니 아까 빗나간 게 더욱 의아스러웠지만, 어쨌거나 멋지게 회복한 셈이었다. 폴라드는 허우적대며 플로트 뒤쪽으로 기를 쓰고 헤엄쳐갔고, 그의 주위로 마치 유조선에서 기름이 새나오듯 시뻘건 피가 솟구쳤다. 폴라드는 부상을 입었고 아마 출혈 과다로 죽을 확률이 높았지만, 그래도 그 상황에서 최대한 이성을 유지한 채 어떻게든 엄폐물을 찾아 숨어야 한다는 걸 기억해냈다.

정말이지 흥미진진한 구경거리였다.

댁스는 비행기를 살피며 블리크가 모습을 드러내길 기다렸다. 아무 움직임도 없었다. 비행기는 폴라드가 떨어진 데다 가벼운 바람에 떠밀려 물에서 살짝 출렁거렸다. 그러나 자갈톱에서, 또 아이들과 레븐셀러 그리고 개에게서 조금씩 멀어지고 있었다. 이쯤 되자 비행기는 텅 비고 무해해보였다.

댁스는 그런 겉모습에 단 1초도 속아 넘어가지 않았다.

그러거나 말거나 기체는 바람에 밀려 빙글 돌았고, 댁스는 폴라드가 이 상황을 파악하고 그게 뭘 의미하는지 알아채는 걸 가만히 지켜봤다. 폴라드는 또 다시 고스란히 노출될 위기에 처했고, 이번에는 대응 사격할 여력도 없을 것이다. 그가 영리하며 총 맞은 후에도 체력이 남아 있다면, 최소한 가장 가까운 바위들을 엄폐물 삼기 위해 헤엄쳐 가려고 할 것이다.

현재 댁스 블랙웰이 몸을 숨기고 있는 바위들을 향해.

45

두 번째 발은 낭비되지 않게 확실히 겨누고 쏘았다.

리아는 바위에 기댄 채 주르륵 내려오면서, 탄피를 배출시키고 새 탄환을 장전했다. 손은 전혀 안 떨렸지만 심장은 록밴드 드러머가 광란의 공연을 펼치는 양 미친 듯이 뛰고 있었다. 사실은 아까 방아쇠를 당김과 동시에 아이의 얼굴을 발견한 순간부터 계속 그랬다. 발사하는 순간 총신을 살짝 돌렸고, 그걸로 충분했다. 얼떨결에 영점 몇 초의 차로 움직였고, 그걸로 충분했다.

아이는 살아있고 랜달 폴라드는, 부디 서서히 익사해 지옥에 가기를 바라지만, 총에 맞아 물에 빠져 있었다. 죽어가면서.

첫 살인이었다. 어떤 감정이든 느껴질 줄 알았건만, 아무 감정도 들지 않았다. 한 명 해치웠다는 안도감과 나머지 한 명이 어디 있는지 모른다는 공포뿐이었다. 자신의 아이들이 흐느껴 우는 소리와 자신의 개가 짖는 소리, 자신의 연인이 절박하게 허우적대는 소리가 들려왔다. 애환의 교향곡이자, 리아의 세계가 분열되며 내는 화음이었다.

머리를 차갑게 식히고, 네 손을 믿어. 하나 처치했어. 네가 하나를 처치했고, 이제 다른 하나가 덮쳐올 거야.

하나뿐일까? 다른 누군가가 총을 발사하지 않았나. 저 큰 비행기마저 빗나가고 물만 사방에 튀긴 형편없는 샷이었지만 그래도 또 한 명의 저격수가 게임에 뛰어들었다는 뜻이었고, 그게 블리크는 아니라는 걸 리아는 알았다. 블리크라면 랜달 폴라드를 향해 총을 쏘지 않았을 것이다. 그리고 만약 폴라드를 노렸다면, 빗맞히지 않았을 것이다.

그렇다면 누구일까?

알 수 없었다. 리아가 아는 건 이것이었다. 한 가지 위협은 처치됐고, 다른 하나는 남아있으며, 여기에 아직 밝혀지지 않은 무장한 제삼자가 있다는 것. 아직 블리크를 못 봤지만, 그가 비행기 안에 있는 건 분명했다. 아이와 함께.

저 애는 누구지? 낯이 익은데. 내가 아는 누군가…….

부샤드구나. 옆집에 사는 아이. 그걸 깨달은 순간 리아는 눈을 질끈 감고 총을 쥔 손에 힘을 줬다. 저들이 저 애를 어떻게 잡은 거지? 게다가 왜?

그런 건 전부 중요하지 않았다. 중요한 건 저 아이가 지금 여기에 있고, 저 아이가 죽지 않게 해야 한다는 것이었다.

리아는 쫄딱 젖고 추위에 떨며 피까지 흘리는 채, 발가락에 힘을 줘 그 반동으로 바위를 타고 몸을 밀어 올렸다. 그새 바람의 방향이 바뀌어서, 한 줌의 바람으로 가짜 새 생명을 얻은 다 꺼져가는 모닥불에서 피어오른 연기의 냄새를 맡을 수 있었다. 리아는 조준경에 눈을 갖다 댔다. 그리고 2센티미터 위를 겨누었다. 그러자 한 번 더 강이 시야에 잡혔다.

에드가 강기슭에 닿아 있었다. 그는 부러진 나무줄기에 간신히 매달려 있었다. 다리에서 피가 흐르는 게 보였다. 에드는 총탄 한 발, 어쩌면 한 발 이상을 맞았다. 얼마나 심하게 다쳤는지는 알 길이 없었다. 이만큼 멀리 헤엄쳐올 힘이 있었던 걸로 보아 대동맥을 다친 건 아닌 듯했다. 하지만 응급처치를 받지 않고서 얼마나 더 버틸 수 있을까?

테스가 그의 곁에 꼭 붙어서 얼굴을 핥아주고 있었다. 응급 처치는 아니고 애정 처치였다. 리아는 조준경을 왼쪽 오른쪽으로 휘휘 돌리다가 자갈톱을 발견하고 아이들을 살펴보았다. 아이들은 낮은 자세를 유지하고 있었고—워낙에 노출돼 있어서 그래봤자 별 소용없지만, 그래도 영리한 처사였다—헤일리는 비행기 발포의 사정권으로부터 동생을 몸으로 막고 있었다. 그걸 보면서 리아는 가슴 찢어지는 듯한 뿌듯함을 느꼈다.

잘했어, 얘야. 나머지는 내가 할게.

조준경을 또 한 번 돌렸다. 뜻밖의 총알이 날아온 방향에 있는 바위들이 시야에 들어왔다. 샅샅이 살폈지만 아무것도 발견되지 않았다. 왜 그런지 알 것 같았다. 그곳은 저격수가 숨기에 완벽한 위치였다. 심지어 리아의 위치보다 나을 정도로, 철저히 가려져 있었다. 장거리 사격으로는 거기 숨은 사람을 바깥으로 유도해낼 수 없었다. 잡으려면 바짝 접근해야만 했다.

리아는 조준경을 다시 비행기로 돌렸다. 이번에는 일부러 손가락을 방아쇠에서 떼고서 조종석을 살폈다. 조준경 십자선에 잡힌 그 아이의 얼굴을 보기 전에는 '아군의 오인 사격'이라는 용어의 뜻을 진정으로 이해하지 못했었다.

대체 블리크는 어쩌려는 걸까?

무슨 꿍꿍이인지 몰라도 그가 서두를 필요는 전혀 없다는 걸 리아는 퍼뜩 깨달았다. 그는 전설 속 바로 그 모습대로 굴고 있었다. 집중 포화 속에 냉정을 유지하고 있었다.

고정하지 않은 비행기는 바람에 빙글 돌며 점점 떠내려갔고, 곧 물가에 닿을 것 같았다. 에드가 있는 쪽 물가에.

비행기 안에서는 움직임이 전혀 감지되지 않았다.

리아는 조준경을 한 번 더 오른쪽으로 돌려 랜달 폴라드의 시체를 찾아 강을 살폈다. 무심결에 그를 한 번 지나쳤다가 조준경을 도로 홱 돌려 그에게 초점을 맞춘 순간, 밝은 주황색 밧줄이 공중에 날아오르더니 폴라드 가까이 수면에 떨어졌다. 폴라드가 밧줄을 잡자마자 리아의 사정권을 살짝 벗어난 바위들 쪽으로 즉시 끌어당겨졌다. 리아는 황급히 조준경 초점을 올려 그에게 맞추고 발사했다. 하지만 그가 밧줄을 붙잡고 거석들 뒤로 피신해 시야에서 사라지면서, 그의 정수리 살짝 위로 빗나가고 말았다.

그가 있던 자리의 수면에 붉은 거품이 일었다.

랜달 폴라드는 아직 살아있지만, 목숨이 얼마 안 남았다. 그건 에드도 마찬가지다. 이대로는 오래 못 버틸 것이다. 그런데 지금 폴라드에게 조력을 제공할 누군가가 있고, 에드에게는 그럴 사람이 없다. 양쪽 강기슭에 있는 자들과 강 한복판에 있는 자 모두에게 행동할 시간이 점점 줄어들고 있었고, 한 가닥 실로 만들어진 미동의 삼각형이 만들어졌다. 리아와 리아의 아이들과 비행기 이렇게 셋을 꼭짓점으로 하는 삼각형이었다.

비행기 안에서는 여전히 움직임이 없었다.

'그는 기다릴 거야.' 이를 깨닫는 순간 비통함에 심장이 내려앉았다. '블리크는 여기서 누가 죽고 누가 살든 개의치 않고 그저 기다릴 거야.'

그 순간 머리 위로 그림자가 휙 지나갔고, 리아는 흠칫 놀라 어깨로 딛고 몸을 굴려 윈체스터 라이플을 하늘에 겨눴다.

거대한 날개를 쫙 펼친 대머리수리 한 마리가 맹금의 눈으로 모든 것을 포착하며 미끄러지듯 날아가고 있었다. 충격에 놀라서 날아올랐을 수도 있지만 총성의 반향은 이미 가라앉았고, 대신 강물에 피가 퍼져 있었다. 먹이가 있을지 모른다는 단서였다. 리아는 고개를 쭉 빼고 수리 녀석이 저 밑의 난장판을 살펴볼 더 안전한 고도를 확보하기 위해 솟구쳐 오르는 것을 지켜봤다.

"그 사람이 비행기 안에서 뭘 하고 있는지 알려줘." 리아가 속삭였지만 수리는 이미 시야에서 사라진 후였고, 녀석의 그림자마저 사라지고 없었다.

46

랜달 폴라드의 부상은 정도가 심했다. 댁스가 앤디 웨스트의 장비들 사이에서 발견한 주황색 낙하산용 끈으로 그를 뭍으로 끌어올리면서 보니, 리아 트렌턴이 쏜 탄환이 폴라드의 오른 무릎 바로 위를 뚫고 다리 뒷면으로 나오면서 왼쪽 허벅지 상부에도 깊은 자상을 남긴 것이 확인되었다.

그런 부상을 입고도 여기까지 헤엄쳐온 것이 대단했다.

"이봐." 방금 전 리아 트렌턴의 빗나간 저격이 남긴 총성이 잦아드는 가운데 댁스가 폴라드를 더 마른 땅으로 끌어다 눕히며 말을 걸었다. "좀 어때?"

랜달 폴라드의 입이 벌어졌다 닫혔지만 소리는 나오지 않았다. 물 밖에 내던져진 물고기 같았다. 댁스는 안됐다는 듯 고개를 끄덕였다.

"부상이 심해." 그가 폴라드에게 말했다. "하지만 나한테 응급처치

도구가 있지." 그러면서 구급상자가 들어있는 조종사 가방을 가리켜 보였다.

폴라드의 시선이 구급상자에 꽂혔다가 다시 댁스에게 돌아왔다. "누구?" 한마디 묻는 데에도 온 힘을 끌어모아야 했다. 그래서 댁스는 더 말하지 말라는 뜻으로 폴라드의 축축한 입에 손가락을 갖다 댔다. 더 말할 필요도 없었다. 댁스가 질문을 알아들었으니까.

"괜히 애쓰지 말라고. 필요한 말 외에는 한마디도 하지 마. 나는 저기 있는 저 애들하고 한 편이야."

그런데 가만 보니 랜달 폴라드의 두 눈동자 색이 서로 달랐다. 신기하군. 댁스는 몸을 바짝 기울이고 더 자세히 들여다봤다. 랜달 폴라드의 광대뼈를 타고 강물 섞인 눈물이 흘러내렸다. 댁스가 눈물을 닦아주었다.

"원래는 리아를—아니, 니나인가—하여간 저 사냥용 라이플 쏘는 여자 있지? 저 여자를 지키라고 고용됐었지. 근데 저 여자애가 나를 고용했어. 그래서 지금은 그 애, 헤일리가 시키는 일을 해."

폴라드가 그를 빤히 바라봤다. 정신이 차차 또렷해지고 있지만 이 소식을 감당할 준비는 안 된 듯했다.

"한 번에 받아들이기 힘들겠지." 댁스가 말했다. "중요한 건, 이제 우리가 같은 편이 될 수 있다는 거야. 당신은 저 여자를 잡으러 온 거 맞지? 오직 저 여자만. 니나. 리아. 뭐라고 부르든 간에."폴라드가 간신히 고개를 살짝 끄덕였다. 한 편이 되어 움직인다는 생각에 조금은 고무된 것 같았다. 잘됐군. 누구도 홀로 이 세상을 떠나선 안 되지.

"출혈 멈춰줘." 폴라드가 헐떡이며 내뱉었다.

"그렇지." 댁스가 말했다. "출혈이 문제이긴 해. 그런데 댁의 파트너는 어쩌려는 거지?"

색이 각기 다른 폴라드의 두 눈이 댁스가 어떤 사람인지 파악하려고 그의 움직임을 좇아 좌우로 빠르게 움직였다. 애는 쓰지만 파악이 잘 안 되는 모양이었다.

"소문처럼 대단한 양반인가?" 댁스가 물었다.

또 한 번 고개를 까딱하며 폴라드가 간신히 내뱉었다. "응."

"댁을 위해 목숨 바칠 사람이야?" 댁스가 물었다.

폴라드는 댁스를 보더니 자기 다리를 내려다봤다. 뜨거운 선홍색 피가 흐르고 있었다. 댁스는 구급상자를 가져올 시늉도 하지 않고 있었다.

"저자는 댁의 위치를 알고 있고, 다친 것도 알아." 댁스가 말을 이었다. "나에 대해서는, 내 위치와 내가 총을 잘 다룬다는 것 말고는 아무것도 모르지. 그러니 어때, 자기 목숨을 걸고 당신 목숨을 살려주려고 할 것 같아?"

랜달 폴라드는 여전히 한때 자신의 오른다리였던 핏덩이를 내려다보고 있었다. 그러다가 입술을 축였다. 그리고 천천히 대꾸했다. "회의적이야."

댁스가 고개를 끄덕였다. "고맙군. 인정하기 어려운 진실을 말해줘서."

"저 사람한테 알려줘." 폴라드가 속삭였다.

"뭘 알려주라는 거야?"

"당신이…… 당신이 그러니까……."

"응?" 댁스가 서두를 것 하나 없는 태도로 물었다. 바위에 피를 콸콸 쏟아내고 있는 건 댁스의 다리가 아니니까.

"같은 편이라고."

"아, 그거. 흠." 댁스는 미간을 찌푸리며 야구 포수 자세로 쭈그려 앉더니 앞에 두 손을 깍지 끼고 총구를 땅으로 향하게 했다. "곤란하게 됐는데."

랜달 폴라드가 그를 쳐다보다가 느닷없이 씩 웃었다. 고통에 일그러져 흉측한, 죽음의 가면이었다. 댁스가 여태껏 한 번도 본 적 없지만 그럼에도 아주 잘 아는 표정이었다. 폴라드는 댁스가 여기서 정확히 어떤 역할을 맡았는지는 모르지만 친구는 아니라는 것은 간파한 것이다.

"핵심을 놓치고 있군." 폴라드가 숨을 색색 몰아쉬며 말했다.

"어째서 그렇지?"

폴라드는 웃음기를 거두지 않았다. 이제 입가로도 피가 흘러나왔다. 하지만 고통이 가시는 듯, 아까보다 정신이 또렷해진 기색이었다.

"저 사람이 목숨 걸 일은 없을 거야." 폴라드가 말했다. "여자는 승산이 없어. 당신도 마찬가지고."

"파트너의 실력을 진심으로 존경하나보군." 댁스가 말했다. "허세가 전혀 안 섞인 걸 보니. 그건 그렇다 쳐도……." 댁스는 어깨를 으쓱했다. "내 의견은 달라. 어느 쪽으로든 우리는 끝장을 볼 거거든. 댁이 여기 남아서 일이 어떻게 흘러갈지 보지 못하는 게 안타깝군."

고통으로 일그러진 폴라드의 표정이 살짝 흔들리는 순간 댁스가 그의 한쪽 눈을 쏘아버렸다. 초록색 눈 말고, 갈색 눈을. 댁스는 초록색 눈이 더 마음에 들었다. 참 고운 색이었다. 높은 산 속 시원한 계곡을 떠올리게 하는.

"헤일리!" 댁스가 외쳤다. "헤일리, 내 말 들려?"

대답이 없었다.

"소통을 해야지." 댁스가 또 소리쳤다. "팀워크를 발휘해봐."

"들려요." 헤일리의 울음이 묻어난, 떨리는 음성이 들려왔다.

"중요한 걸 배울 기회야." 댁스는 이렇게 외치며 양손으로 랜달 폴라드의 부츠 신은 발을 잡고 그의 시체를 강물로 밀었다. "이 악당이 어느 방향으로 떠내려갈까?"

강은 랜달을 낚아채가 바위들로부터 멀리 데려갔고, 거의 즉시 리아 트렌턴의 큼지막한 라이플이 또 한 번 굉음을 내면서 탄환이 시체를 명중했다. 타깃의 정중앙을 맞힌 완벽한 샷이었다. 그 힘에 랜달의 시체가 떠내려갔고, 시체 위로 붉게 물든 물이 솟구쳤다.

"네 엄마한테 탄환 아끼라고 전해!" 댁스가 소리쳤다. "그리고 질문에 대답해봐. 시체가 어느 방향으로 떠내려갈까?"

헤일리의 목소리가 다소 높지만 또렷하게 들려왔다. "북쪽이요! 북쪽으로 떠내려가요! 그만 쏴요! 다들 그만 쏘라고요!"

마지막 외침은 고통에 찬 흐느낌에 가까웠다. 댁스는 한숨을 쉬며 고개를 저었다. 남다른 총기 때문에 헤일리가 꽤 마음에 들었지만, 아직 배울 게 많은 아이였다.

총질은 누가 부탁한다고 멈추는 게 아니었다.

아직 한 방도 쏘지 않은 블리크라는 자도 왠지 그 점은 누구보다 잘 알 것 같았다.

47

"네 엄마한테 탄환 아끼라고 전해!"

리아는 라이플을 들고 조준경에 눈을 대고서 바위에 엎드린 채 새빨간 물감이 수면에 퍼지는 광경을 바라봤다. 세상에서 리아가 가장 두려워하는 세 남자 중 한 명이 배에 리아가 쏜 총탄을 맞고 죽었음을 뜻하는 핏물이었다. 머릿속에는 내내 저 말이 울려 퍼지면서 속을 발칵 뒤집어놓고 있었다. 귀를 의심하게 하는 말이었지만, 리아는 똑똑히 들었다. 그렇다는 걸 리아는 잘 알았다.

네 엄마한테 전해.

네 엄마.

헤일리는 반박하지 않았다. 대신 누구인지 모르는 그자에게 대답했다. 겁에 질렸지만 혼란에 빠지지는 않은 목소리였고, 심지어 시체가 어느 방향으로 흘러가느냐는 질문에도 잘만 대답했다. 그는—그리고 헤일리도—오늘 아침 헤일리가 연못에서 카누를 타고 빠져나오면서 어떤 실수를 저질렀는지 알았다.

저 둘이 대화를 나눈 게로군, 리아는 퍼뜩 깨달았다. 리아의 아이들은 아이들의 정체를 알고 리아의 정체도 아는 누군가를 맞닥뜨린 것이다.

도대체 '저자'가 누구기에?

당최 말이 안 되는 행동을 하고 있는 사람이었다. 랜달 폴라드는 기껏 구조해놓고 곧바로 죽이질 않나. 아이들은 위험에 그대로 버려두고 자신은 숨더니, 개를 구하려고 총을 쏘아서 자기 위치를 노출시키질 않나.

대체 누가 그런 짓을 한단 말인가?

저자에게 소리쳐 말을 걸고 악을 써서 질문을 해볼까 잠시 고민했다. 왜냐면 에드가 심한 부상을 입고 강둑에서 피를 흘리고 있고 아이들은 강 중류에 옴짝달싹 못 하게 고립되어 있는데 만약 저 바위 뒤에 숨은 자가 리아의 편이라면 그의 정체를 알아야겠으니까. 그렇게 생각한 순간 비행기 안에서 실로 한참 만에 첫 움직임이 포착됐다.

그 아이였다. 리아가 지켜보는 가운데 맷 부샤드가 조심조심 기어서 조종석 열린 문으로 어정쩡하게 나와 플로트에 내려섰다.

저 애를 보내주는 건가? 그럴 리가 없었다. 리아가 생각한 것보다 더 폴라드의 죽음에 충격을 받은 블리크가 이곳을 살아서 벗어나기 위해 어떤 거래든 할 의지가 있다면 모를까.

맷 부샤드가 플로트에서 조금씩 더 앞으로 나왔고, 곧 리아는 맷이 그렇게 어정쩡하게 움직이는 이유를 알았다.

맷의 양손이 케이블 타이로 결박되어 있고, 목에도 가느다란 밧줄이 걸려 있는데 그 끝이 비행기 안으로 이어져 한 번만 잡아당겨도 아이를 강물에 빠뜨릴 수 있는 남자의 손에 들려 있었다. 양손이 묶여 있으니 맷은 그자에게서 풀려나려고 어찌 해볼 수도 없고, 물에 떠 있기 위해 헤엄칠 수도 없었다.

블리크가 드디어 행동을 개시한 것이다.

48

맷은 자신이 얼마나 오랫동안 주변에서 울리는 총성을 들으면서—그리고 때로는 그 충격파를 느끼면서—비행기 바닥에 웅크리고 있었는지 감각을 잃었다. 시간이라는 것이 이질적으로 느껴졌다. 느껴지는 것이라고는 총성과, 탄환 한 발이 기체를 관통한 후 조종석에 매캐하게 퍼진 기름 냄새, 그리고 총격전이 거세지면서 블리크라는 자가 맷을 짓누르느라 가한 강한 힘 정도였다. 그러더니 어느 순간, 너무 순식간이라 무슨 일인지 파악하는 데 몇 초가 걸릴 정도로 빠르게, 밧줄이 맷의 머리 위로 드리우는가 싶더니 풀매듭 올가미가 목을 확 조였다.

"자," 블리크가 속삭였다. "이제 네가 여러 사람 목숨을 구할 차례야. 아니면 다 죽게 만들든가. 준비됐어?"

맷은 대꾸할 수 없었다. 그저 눈물을 참느라 바빴다. 맷은 흐느껴 울고 싶었다. 나이 먹고 오랫동안 해본 적 없었던 식으로, 애처럼 숨을 몰아쉬며 목 놓아 엉엉 울고 싶었다. 하지만 울음이 나오지 않았다. 나이를 먹다보면 어느 시점에 그래봤자 소용없다는 걸 깨닫는 건지도 모른다. 울음으로 위로받을 수 있는 자기 안의 작은 존재가 더는 자신의 울음소리를 듣지 못하는 때가 온다는 것을 알아버리는 것이다.

"어쩔래, 꼬마야?" 블리크가 물으면서 밧줄을 당겼다. 그러자 까슬까슬한 가는 섬유가 맷의 목 피부를 긁어댔다.

"네." 맷이 속삭이는 소리로 대답했다. "준비됐어요."

"저 문으로 나가. 발은 풀어줬지만 손은 단단히 묶었어. 그러니 강물에 빠지지 마, 알겠니? 빠지면 순식간에 가라앉을 거야."

맷은 말없이 고개를 끄덕였다.

"조심조심 내려가. 헛딛지 말고. 저 플로트에 내려선 다음 말해. 큰 소리로."

"뭐라고 말해요?" 맷이 속삭여 말했다. 기름 냄새가 아까보다 더 진동했고, 어디선가 액체가 똑똑 흐르는 소리가 들려오는 것도 같았다. 탄환이 주유관을 맞힌 것이다. 한 번 더 맞으면 비행기가 폭발할까?

"여자가 내려오면 나머지는 다 살아남을 거라고 말해."

그렇게 쏟아내고 싶었던 눈물이 마침내 왈칵 솟구쳤다. 맷이 말했다. "안 믿을 걸요. 아무도 안 믿을 거예요. 거짓말인 게 빤하잖아요."

또 한 번 밧줄이 당겨졌다. 매듭이 목을 더 꽉 조였다.

"나는 거짓말 안 해." 블리크가 속삭였다. 맷은 새는 기름내와 뒤섞인 그의 체취를 맡을 수 있었다. 어쩐지 상큼하고 깔끔한 냄새가 났다. 데오도런트 냄새라는 걸 맷은 문득 깨달았다. 그 순간 걷잡을 수 없는 비이성적 공포가 덮쳤다. *땀을 안 흘리고 있잖아! 땀을 전혀 안 흘리고 있어!*

"내가 원하는 건 저 여자야." 블리크가 말을 이었다. "네가 할 일은 말이다, 죽기 싫고 저 두 아이도 죽지 않기를 바란다면, 여자가 그 말을 믿게 만드는 거야."

억센 손이 등을 떠밀었다. 맷의 등 전체를 덮을 만큼 큰 손이었다.

"어서 나가."

맷은 후들거리는 다리에 힘을 주고 가까스로 일어섰다. 휘청거리며 비행기 뒷좌석에서 열린 문으로 시원한 바람이 깔때기처럼 밀려들어오는 앞좌석으로 넘어가자, 바람에 묻어 온 연기에서 희미하게 구리 냄새 났다.

피.

피와 연기.

저 바깥에 죽음이 기다리고 있는 것이 확실했다. 하지만 죽음은 뒤에도 도사리고 있었다. 차라리 밖으로 나가는 게 나았다. 강은 비행기만큼 끔찍하지 않으니까.

맷은 조심조심 조종석에서 플로트를 연결한 지주로 발을 디뎠고, 그러는 동안 블리크는 버튼 누르면 도로 잡아당겨지는 목줄을 채운 개 산책시키듯 밧줄을 조금씩 조금씩 풀어주었다.

"이봐, 꼬마." 블리크가 불렀다.

맷이 조종석 바닥 문간 위로 머리를 조금 내민 채 멈췄다. 그리고 그를 올려다봤다.

"바위 뒤에 있는 스파이한테도 나오라고 해. 안 들으려고 할 수도 있지만, 그래도 너는 말을 전해야 해."

맷은 그 말에 어떻게 대답해야 할지 알 수 없었다. 그 말이 무슨 소린지 이해하지도 못했다. 그래도 고개를 주억거렸다.

블리크가 또 다시 맷이 겨우 내려갈 수 있을 만큼만 여유를 주면서 양손으로 번갈아 잡아가며 밧줄을 조금씩 풀었다.

맷은 내려갔다. 많이 내려갈 필요도 없었다. 하지만 일단 물을 보자 더럭 겁이 났고 다리가 너무 심하게 떨려서 한 발 디딜 때마다 도저히 다음 한 발은 내디딜 수 없을 것 같은 기분이 들었다.

그래도 무사히 플로트까지 내려갔다. 지주를 꽉 붙들고 손바닥에 닿는 시린 쇠의 감촉을 느끼며 겨우 뒤로 돌아 강 상류를 바라보고 섰다. 첫 번째 총탄이 기체를 맞히기 직전 헤일리와 닉이 있는 것을 본 바로 그 지점이었다.

둘은 여전히 거기에 있었다. 아니, 헤일리는 거기 있었다. 잠깐 동안 맷은 닉이 어디로 가버린 줄 알았다. 그러다 다음 순간 헤일리가 아주 신중하게 자리 잡아 동생 앞에 서 있다는 걸, 제 몸으로 동생의 몸을 철저하게 가린 채 혼자서 괴물들을 마주하고 있다는 걸 깨달았다. 그 순간 맷은 헤일리네 집 지하의 분필 그림이 생각났다.

'나보다 용감하네.' 맷은 속으로 생각했다. 그때 블리크가 말했다.

"꼬마야, 말해."

맷은 튼 입술 사이로 외쳤다. "헤일리, 이 아저씨가 원하는 건 너네 이모뿐이래! 너희 이모만 나오면 아저씨가 나머지는…… 나머지는……."

말을 이을 수가 없었다. 헤일리가 인간 방패처럼 제 몸으로 동생을 보호하고 있는 걸 보면서 차마 그럴 수 없었다. 헤일리는 블리크가 닉을 해치려면 자기부터 죽이고 가라는 기세였다. 맷도 그런 각오여야 마땅했다. 마지막 방패가 하나 더 있는 것이 아무것도 없는 것보다 나으니까. 맷은 블리크가 뭐라고 약속했건 자신을 죽일 것을 알고 있었다.

어차피 죽을 거라면 거짓말은 왜 하나?

"이 아저씨가 모두 다 해칠 거야!" 맷이 외쳤다. "전부 죽여버릴……."

지주를 꽉 붙잡고 있지 않았더라면 블리크가 밧줄을 확 당긴 순간 맷은 강물에 빠졌을 것이다. 하지만 빠지는 대신 밧줄이 목을 더 꽉 조이기만 했다.

"여자 이름만 대. 니나한테 블리크가 왔다고 말해. 그 말만 하면 너는 살려주겠다."

발밑으로 세차게 흐르는 강물을 내려다보니 눈앞이 아찔해졌다. 행여 지주를 놓치면 그대로 떨어져 물에 빠지는 것이었다. 얼마나 더 오래 지주를 붙잡고 버틸 수 있을지 알 수 없었다. 무릎이 자꾸 꺾이고 종아리 근육이 풀려갔다. 최악은 물이 출렁대는 것이었다. 그것 때문에 속이 울렁거렸다. 고개를 들어 블리크를 찾았지만 그가 보이지 않았다.

"아저씨를 증오해요." 맷은 비행기 안의 어둠을 향해 내뱉었다.

"알아." 어둠이 대꾸했다. "이제 그 여자의 이름을 말해."

맷은 발밑에 흐르는 강물 때문에 정신이 혼미해지지 않도록 애써 시선을 높이 둔 채, 어둠으로부터 고개를 돌렸다. 살며시 흔들리는 플로트 위에서 단단히 균형을 잡고서, 헤일리와 바람을 향해 몸을 돌려 정면을 바라봤다. 아직도 연기 냄새가 났지만, 조종석에서 물 가까이로 내려와 보니 피는 사라져있었다. 깨끗하게 쓸려 내려갔다.

맷은 숨을 크게 들이쉬었다가 힘껏 소리 질렀다.

"니나한테 블리크가 왔다고 전하래요!"

너무 힘껏 소리쳐서 몸이 앞으로 꺾였고, 그 바람에 비행기마저 또 다시 출렁여 한순간 맷은 그대로 물에 빠지는 줄 알았다. 다음 순간 몸을 세우고 있는 힘을 다해 지주를 붙들었고, 이내 다시 균형이 잡혔다.

"잘했어, 꼬마야." 어둠이 낮게 쿡쿡 웃으며 말했다.

맷은 대꾸하지 않았다. 총격이 재개될 순간을 기다리고 있었다.

"내가 가서 아이들을 데려오게 해줘!" 맷의 왼편에서 외침이 들려왔고, 맷은 그쪽으로 몸을 틀다가 또 한 번 균형을 잃을 뻔했다. 아무도 안 보였다.

"저건 누구죠?" 이렇게 물었지만 물론 블리크는 대답하지 않았다. 랜달이 아닌 것은 확실했다. 처음 듣는 목소리였다.

"내가 저 보트를 타고 가서 애들을 데려가겠다." 바위 뒤 목소리가 외쳤다. "그리고 개도." 여기서 잠시 멈추더니, 뒤늦게 생각난 듯 덧붙였다. "조종사는 관심 없어. 그건 댁이 원하는 대로 처리해. 내가 애들하고 개를 데리고 가면 댁도 할 일을 끝낼 수 있잖아."

그때 느닷없이 강 상류 쪽에서 누군가의, 헤일리 말고 다른 여자의 목소리가 외쳤다. "당신 누구야?"

리아 트렌턴이라는 것을 맷은 깨달았다. 보이지는 않았다. 사실 시커먼 나무들과 커다란 바위들, 그리고 엄마가 추수감사절마다 내놓는 레이스 식탁보 같은 허연 거품이 일면서 깔때기 모양으로 좁아지는 세찬 급류 구간 외에는 아무것도 보이지 않았다. 잠시 사위가 조용하더니, 이내 바위 뒤 남자가 리아 트렌턴에게 대답했다.

"랭킨 박사가 연락한 사람!"

바람과 물 소리만 들려왔다. 누구의 목소리도 들리지 않았다. 뭍에서 개가 끙끙대는 소리, 자갈톱에서 누나 뒤에 숨은 닉이 조용히 흐느끼는 소리. 비행기 안 어둠 속에서는 아무 소리도 나지 않았다.

그러더니 어느 순간 라이플 총성처럼 갑작스레 음성이 들려왔다.

"저 사람이 내 아이들 데려가게 해줘, 블리크! 데려가게 해주면 내가 내려가겠다!"

블리크는 곧바로 대답하지 않았다. 맷은 그것이 별로 놀랍지 않았다. 그가 가능하면—심지어 가능하지 않을 때에도—상황을 충분히 따져보는 사람임을 알아채고도 남을 만큼 오랫동안 인질로 잡혀있었기 때문이다.

바위 뒤 남자가 리아에게는 안 들리기를 바라는 듯 아까보다 작은 소리로 말했다. "비행기가 한 대 더 있어, 블리크. 로만 아일랜드 북쪽에. 조종사는 짐칸에 있고. 비행기로 여기를 뜨고 싶다면 그자를 데려가면 돼. 애들을 데려가게 해주면 여자를 대령하지."

"조건이 지나치게 좋은 것 같은데, 브라더."

"난 말한 대로 할 거야. 저 여자도 그럴 걸. 안 그러면 애들이 죽을 걸 아니까." 그러더니 그는 모두가 들으라는 듯 언성을 높였다. "여자가 계속 총을 쏘는 한 나는 저기로 안 나갈 거야. 그러니 댁은 어떤 의견인지 모르겠지만, 나는 여자가 라이플을 바위 너머로 던지는 걸 봐야겠어."

블리크에게서 나지막한 웃음이 터져 나왔다. "당신 도대체 누구야?" 맷이 이제껏 블리크에게서 들은 것 중 감정이 가장 많이 드러난 말이었고, 순수한 즐거움과 호기심이 묻어났다.

바위 뒤에서는 아무 대답도 들려오지 않았다.

"알았어!" 리아 트렌턴이 소리쳤다. "총을 포기하지. 애들만 다른 데로 데려가게 해줘! 원하는 건 나잖아! 그건 당신도 잘 알겠지. 지금까지 줄곧 원한 건 나였잖아!"

비행기 동체가 끼익거리고 강물이 조용히 흘렀다. 블리크는 잠시 생각에 잠겼다. 그러더니 낮은 목소리로 맷에게 말했다. "거래 성사라고 전해, 꼬마야. 그리고 그쪽이 거짓말하는 거면 제일 먼저 죽는 건 네가 될 거라고 말해."

맷은 시키는 대로 큰소리로 전했다. 무슨 뜻인지 이해할 정신도 없었다. 리아가 거짓말하는 거면 자신이 죽을 거라고 소리쳤다. 한마디 뱉을 때마다 밧줄이 목 살갗을 긁어댔다.

"라이플 넘긴다!" 리아가 외쳤다.

맷의 뒤에서 움직임이 일면서 비행기가 출렁거렸다. 블리크가 아마도 지켜볼 수 있는 위치로 이동하느라, 안에서 움직인 것이었다.

제일 커다란 거석들 중 하나의 위로 라이플 한 자루가 공중에 반원을 그리며 넘어왔다. 최소 3미터 높이로 떠오르더니 번쩍 빛을 반사하며 떨어져 거석에 덜그럭 부딪힌 다음 튕겨 나와 강물에 첨벙 빠졌다.

그게 신호인 양, 거석들 반대편에서 한 남자가 모습을 드러내더니 두 손으로 쥔 엽총을 비행기에 겨눈 채 뒷걸음으로 강 상류로 갔다.

발포는 하지 않았다.

블리크도 발포하지 않았다.

그자는 자갈톱에 끌어올려놓은 진회색 보트에 다다랐다. 그는 우선 총을 안에 던져 넣은 다음 보트를 힘껏 밀어 물에 띄웠고 선외 모터를 작동시켰다. 그는 이제 노출되어 있었지만 블리크는 랜달이 그런 것처럼 위험을 무릅쓰고 플로트로 나가지 않는 한 사정권을 확보할 수 없었고, 그렇게 했던 랜달은 죽었다. 블리크는 일이 어떻게 흘러갈지 지켜보거나 아니면 비행기 밖으로 나와 탁 트인 곳에서 정정당당하게 싸우거나 둘 중 하나를 택할 수밖에 없었다.

맷은 바위 뒤에서 나온 남자도 그 점을 내내 인지하고 있었을 거라고 봤다.

49

리아는 바위에 납작하게 붙은 채 도구 없이 암벽을 타는 프리클라이밍 선수처럼 손과 발만 써서 바위 면을 타고 오른쪽으로 이동해, 선외 모터가 작동하는 순간 조디악 보트를 제대로 볼 수 있는 곳으로 갔다. 평균 키에 호리호리한 남자가 키 손잡이를 잡고 있었다.

랭킨 박사가 연락한 사람. 리아가 5,000킬로미터 떨어진 섬의 옛 친구에게 보낸 절박한 도움 요청이 어떻게 해선지 통한 것이었다.

리아는 조디악을 자갈톱 가까이에 대는 그자를 지켜봤다. 그는 자세를 낮추고 비행기를 뒤돌아봤고, 입 끝만 움직여 아이들에게 조용히 뭐라고 말했다. 그러자 헤일리가 움직였고, 그러면서도 동생 손은 놓지 않았다. 두 아이는 재빨리 보트에 탄 뒤 바닥에 엎드렸다.

지켜보는 리아의 가슴이 조여들었다. 저 낯선 남자는 아이들에게 필요한 지시를 척척 내리고 있었다. 그는 블리크와 협상도 잘해냈고, 할 만한 약속만 했으며, 자신이 취약해지는 위치와 그렇지 않은 위치를 정확히 파악하고서 철저히 사정권 밖에서만 움직였다. 저자라면 아이들을 안전한 곳에 데려다줄 것이고, 그런 다음…….

그런 다음 나머지를 해결하면 된다.

에드는 먼 강둑에 있었고, 부상이 얼마나 심한지 리아가 파악하기는 아직 어려웠지만, 다행히 솔숲 쪽으로 기어가 더 확실한 엄폐물 뒤에 피신해 있었다. 테사도 에드를 따라갔는지, 덤불 속에서 때때로 구슬픈 끙끙 소리가 들려왔다. 이제 모두가 안전한 곳으로 이동하고 있었다.

또 한 명의 어린아이, 또 한 명의 죄 없는 사람, 맷 부샤드만 빼고.

조디악이 모터의 동력으로 강 상류를 향해 움직이자, 리아는 다시 프리클라이밍으로 바위 표면을 타고 움직였다. 배낭에 손을 뻗어 지퍼를 열고 그 안에서 총신이 짧은 스미스 앤드 웨슨 38구경 리볼버를 꺼냈다. 예비로 챙겨온 총이었다. 명중시킬 기회는 근거리에서 단 여섯 번. 총신이 짧은 이 리볼버는 장거리용으로는 적합하지 않았지만 리아는 능숙하게 다룰 줄 알았고, 게다가 플리스 점퍼 주머니에 넣으면 거의 티가 안 났다. 기회가 온다면 블리크를 처치할 수 있었다.

블리크를 처치하고 말 것이다.

리아는 스미스 앤드 웨슨 리볼버를 주머니에 찔러 넣고, 조디악이 접근하는 것을 볼 수 있는 바위 반대편으로 갔다. 리아의 구원자는 급류 구간에서도 보트를 아주 능숙하게 조종했다.

맷 부샤드가 진짜 문제였고, 그에 따라 블리크에게 자신감을 주는 원천이었다. 맷을 버리고 갈 수는 없었다. 맷이라는 인질 말고 블리크에게는 유리한 패가 하나도 없었다. 그건 인질에게는 좋은 소식이었지만, 리아는 맷을 어떻게 구해낼지 감도 안 잡혔다. 랭킨 박사가 영입한 자에게 무슨 좋은 아이디어가 있기를 바랄 뿐이었다.

조디악 보트가 첨벙대며 급류 구간을 지나갔다. 선미가 높이 쳐들리고, 나선추진기가 물 대신 공기와 만나 요란한 소음을 냈다. 검은색 야구 모자를 눌러쓴 남자는 강을 아주 잘 아는 사람의 눈으로 물의 흐름을 읽으면서 노련하게 소용돌이치는 급류를 뚫고 보트를 운전해 갔고, 마침내 리아가 기다리고 있는 바위 뒤에 다다랐다. 남자는 벌써 한 손에 끈을 쥐고 있었다. 그걸 곧바로 리아에게 던졌다. 흠 잡을 데 없는 던지기였고, 덕분에 리아는 수월하게 줄을 받았다. 남자가 모터를 끄더니, 리아가 보트를 끌어당겨 줄 끝을 돌출 화강암에 빙 두른 후 재빨리 매듭지어 고정할 때까지 잠자코 기다렸다.

리아는 바위를 주르륵 타고 내려와 아들을 향해 두 팔을 뻗었다.

"미안하다." 리아가 말했다. "정말 미안해."

닉은 울고 있었다. "우리가 떠나지 말았어야 했어요. 도망쳐버렸는데, 그러지 말았어야 했어요."

닉이 리아의 손을 붙잡았고 리아는 닉이 낮은 바위로 내려서도록 잡아주었다. 그리고, 부들부들 떠는 아이를 꼭 안고 달래주었다. 마지막으로 이렇게 안았을 때 아이가 몇 킬로그램이었더라? 11킬로그램? 리아는 눈을 감고 닉의 냄새를 한껏 들이마신 다음, 눈을 뜨고 헤일리를 보았다. 헤일리는 조디악에서 바위로 기어내리고 있었다. 리아를 쳐다보면서. 겁먹은 눈빛이었지만 뭔가 다른 감정도 엿보였다.

"엄마예요?" 헤일리가 속삭였다. "우리 엄마라는 게 사실이에요?"

리아는 닉의 머리 너머 헤일리를 바라보며 고개를 끄덕였다. "맞아. 내가 떠난 건 그렇게 하는 게 너희를 보호하는 길이라고 생각해서였어. 평생 한 일 중에 제일 어려웠어. 너희를 너무 사랑해서 힘들었어, 지금도 사랑하고. 말로 표현 못 할 정도로 많이. 네가 이해하지 못할 걸 알지만, 너희의 안전만을 위해 내린 결정이었다고 맹세……."

"가족 상봉은 그쯤 하지." 보트에 탄 남자가 불쑥 말했다.

마침내 램킨이 영입한 사람을 제대로 본 순간 리아는 충격에 빠졌다. 입주자협회에서 나왔다며 찾아온 그 대학생쯤 돼 보이던 이웃 청년, 리아는 '코슨'으로 들었지만 자기 이름이 '카슨'이라고 말했던 그였다.

그는 리아가 기억해낸 것을 알아채고 씩 웃었다. "결국 문제를 불러온 건 유수지가 아니었네." 그가 말했다. "하지만 내가 거의 맞혔지? 유수지나 강이나. 그건 그렇고, 나는 댁스 블랙웰이고 만나서 반갑고 어쩌고저쩌고. 이제 움직입시다."

"램킨 박사가 연락한 게 당신이었다니." 리아는 그 첫 만남에서 진즉에 눈치 챘어야 했던 사실을 뒤늦게 깨달은 충격에 중얼거렸다. 이자가 낯익어 보인 건 실제로 낯익은 사람이어서였다. 다음 세대이긴 하지만, 그래도…….

"언젠가 두 남자가 찾아온 적이 있는데……." 이렇게 운을 뗐지만, 자신의 죽음을 위장한 자들에 대해 본격적으로 설명을 시작하기 전에 남자가 끼어들었다.

"내 아버지랑 삼촌 맞아. 청부업의 세계가 참 좁지? 근데 옛날을 회상하고 있을 시간이 없어서. 비행기에 있는 저 남자, 애 목에 밧줄 걸고 붙잡고 있는 놈 있지요? 별로 참을성 많은 타입 같지 않아서 말이야."

리아가 고개를 끄덕였다. 그의 말이 맞았다. 당면한 위협부터 해결해야 했다.

리아는 닉의 머리카락에 맺힌 강물 맛을 느끼며 아이의 정수리에 입을 맞추고 옆으로 물러났다. 헤일리의 어깨에 손을 올리고 살며시 손에 힘을 주면서 말했다. "내가 해결할게."

헤일리가 대꾸하기도 전에 댁스가 말했다. "이제 보트에 타시지."

댁스는 그새 엽총을 챙겨 들고 있었다. 리아는 고개를 끄덕이고 주머니에 손을 넣어 스미스 앤드 웨슨을 꺼냈다.

"이게 있어. 게다가 제법 잘 다뤄. 어떤 식으로 접근하는 게 좋을까? 저자가 맷을—저 아이를—먼저 보내주게 유도해야 해. 우리가 양 측방에서 접근하면 가능할지도 몰라. 당신이 사정권은 더 확보할 수 있겠지만, 나도……."

"당신이 보트를 타고 비행기 있는 데까지 가면 돼." 댁스 블랙웰이 감정 없는 어조로 말했다. 리아는 그가 쥔 엽총의 총구가 자신에게 겨눠진 것을 깨달았다. "그게 거래 조건이었잖아."

리아가 고개를 까딱 기울인 채 그를 찬찬히 살펴봤다. 그러다가 말했다. "내가 가까이 접근해서 쏘는 게 나을 거라는 얘기야?"

"아니." 댁스가 대꾸했다. 잠깐 동안 리아는 안도했다. 하지만 곧 댁스가 말을 이었다. "아예 총을 강물에 버려. 지금 당장."

리아가 쥔 총은 총구가 바닥의 바위를 향하고 있었고, 댁스는 엽총을 리아의 가슴팍에 겨누고 있었다.

"당장." 댁스가 다시 말했다.

"하지만…… 도와주러 온 거잖아."

"그렇지." 여전히 날씨 얘기를 하듯 차분한 어조였다. "그런데 상황이 변했어. 이제 헤일리가 내 고용주야."

리아는 댁스에게서 헤일리에게로 시선을 옮겼다. 딸아이는 소리 없이 눈물을 뚝뚝 흘리고 있었다. 부끄러움과 절박함이 섞인 표정으로 리아를 바라보고 있었다.

"그런 뜻이 아니었어요." 헤일리가 흐느끼며 말했다. "말이 잘못 나온 거예요." 그러더니 댁스 블랙웰을 향해 획 돌아서서 외쳤다. "그런 뜻이 아니었다고요!"

댁스는 리아에게 시선을 고정하고 있었다. 그러다가 검지를 엽총 방아쇠로 가져갔다. "댁의 시체를 보는 걸로 저자는 만족할 거고, 그러는 게 나도 편해. 결정해."

리아는 자신을 도와줄지도 모르는 남자에 대해 램킨 박사가 했던 말이 떠올랐다. 선량한 사람은 아닐 수도 있다고 했지.

소년 같은 얼굴이지만 눈빛에는 가식이 없었다. 댁스는 진심이었다.

리아가 손가락을 펼치자 리볼버의 묵직함이 사라졌다. 바위에 맞아 튕긴 권총은 물에 빠져 가라앉았다.

"보트에 타." 댁스가 말했다.

"안 돼요!" 헤일리가 소리쳤다. "그런 뜻으로 한 말이 아니었어요. 취소할래요. 해치지 말아요! 안 돼요!"

"내가 선택권을 줬잖니, 헤일리. 저 아줌마가 너한테 거짓말하고, 너를 버리고, 너에게 해를 끼쳤다는 데 우리는 동의했잖아. 그 사실을 토대로 너는 선택을 내렸고."

이제 헤일리는 무릎을 꿇은 채 흐느껴 울고 있었다. "취소할래요! 아저씨가 정말로 내 말대로 할 줄은……."

"미안하지만 그런 식으로 될 일이 아니야." 댁스가 진심으로 애석해하는 투로 말했다. "아까 중요한 걸 배울 기회에 대해 얘기했지, 헤일리. 이번 교훈은 마음 아프지만 오래 남을 거야. 중요한 포인트야. 오래도록 남는 교훈이 제일 아픈 법이라는 것. 너는 선택하고 진로를 정했어. 나는 네가 그 진로대로 나아가도록 도와주려는 것뿐이야."

“아니에요! 그런 뜻이 아니었어요.” 헤일리가 돌아서서 리아를 향해 절박하게 내뱉었다. “그런 뜻으로 한 말이 아니었다고요!”

“아닌 거 알아.” 리아가 조용히 대꾸했다. “헤일리. 그런 뜻으로 말한 게 아닌 거 알아.” 바람이 일어 얼굴에 시원한 공기가 닿았다. 리아는 딸과 아들을 가만히 바라보다가 말했다. “하지만 저 사람 말이 맞아.”

잠시 모두들 말이 없었다. 다들 놀란 기색이었다. 댁스 블랙웰만 빼고. 그는 기분이 좋아보였다. 그가 리아를 향해 잘 생각했다는 듯 고개를 끄덕여보였다. 그 순간 리아는 다시 총을 쥐고 댁스의 머리통에 한 방 갈기고 싶었다. 그렇지만…….

“저 사람 말이 맞아.” 리아가 다시 한번 말했다. “나는 위협을 막을 수 없어. 그럴 수 있을 줄 알았지. 이제는 너희를 보내줘야 해. 저 사람들이 너희를 쫓지는 않을 거야. 그건 내가 장담해.” 닉을 흘끔 보니 눈이 공포로 휘둥그레져 있었다. 리아는 닉의 팔을 살며시 붙잡았다. “저 사람들이 너희는 안 쫓아갈 거야. 이제 집에 가도 돼. 진짜 집으로 돌아가는 거야. 거기서는 안전할 거야. 정말 미안해. 내가 정말…….”

“이거야 원, 시간이 남아도는 줄 아나.” 댁스 블랙웰이 끼어들었다. “움직이자고.”

“안 돼요!” 헤일리가 또 댁스에게 소리치자 그가 한숨을 내쉬었다. “내가 너 대신 일해주는 거잖아, 꼬마야! 고맙다는 인사는 할 생각도 없는 것 같은데, 최소한 상황을…….”

“닥쳐!” 리아가 버럭 소리 지르고는 바위를 타고 보트 있는 데로 내려갔다. “저 애를 그딴 소리로 물들이지 마. 가라는 대로 갈 테니까 내 딸한테 못된 소리 하지 말라고! 저 애가 선택한 일이 아니야. 내가 저들을 여기로 데려온 거야. 내가 모두를 데려왔다고.”

리아는 마지막 말을 하면서 헤일리를 똑바로 바라봤고, 한순간 시간이 멈추는 것 같았다. 두 사람의 시선이 만났고, 리아는 방금 자신이 처음으로 뭐라고 내뱉었는지 깨달았다.

내 딸.

리아는 보트에 올라탔다. "내 잘못 가지고 내 딸을 탓하지 마." 이어서 닉을 보며 말했다. "내 아들이 그딴 소리 듣게 하지도 말고. 다 내가 내린 선택이었어. 전부 다." 이제는 말을 잇는 것조차 힘들었다. 아이들에게 해주고 싶은 말이 너무 많았다. "미안하다." 힘겹게 말을 이었다. "미안하다. 너희를 말로 다할 수 없을 정도로 사랑해. 언제나 사랑해왔고, 정말 미안하다."

댁스 블랙웰이 선외 모터를 작동시킨 다음 몸을 숙여 보트를 바위에 고정한 줄을 끊었다. 보트가 멀어지기 시작하자 헤일리가 그에게 멈추라고, 가지 말라고 소리 질렀다. 그런 뜻으로 한 말이 아니었다고 목이 터져라 외쳤다.

"애들이란 참," 댁스가 입을 열었다. "다루기 힘들다니까. 안 그래?"

리아는 아무 대꾸도 하지 않았다. 대신 헤일리에게 외쳤다. "에드한테 그 배낭 갖다 줘! 갖다 주고 구급상자 꺼내주면 에드가 알아서 할 거야. 헤일리, 내 말 잘 들어, 아가!"

물살이 보트를 잡아챘고, 옆으로 바위들이 빠르게 지나가면서 아이들은 또 다시 시야에서 사라졌다.

내 딸. 내 아들.

"사랑한다." 리아가 외친 순간 댁스가 연료조절판을 최대치로 열고 속력을 냈다. "사랑한다!"

5부

차가운 별들

50

댁스는 리아가 빌거나 애원하는 타입이 아닌 게 다행스러웠다. 자신이 짊어진 짐을 정확히 이해하는 여자 같았다. 댁스가 조디악의 방향을 돌리고 비행기를 살피는 동안에도 리아는 한 번도 고개를 돌려 그를 쳐다보지 않았다.

바람이 한결 세지고 있었고, 수상비행기가 물풀이 잔뜩 나 있는 얕은 곳으로 떠밀려가 기체가 빙글 돌아가 있었다. 기체가 회전한 건 댁스에게 유리하고 블리크에게는 불리했다. 조디악이 비행기에 바짝 접근하기 전에는 블리크가 사정권을 확보할 수 없기 때문이었다. 댁스는 자신이 리아 트렌턴을 데려다줄 때까지 블리크가 사격을 얼마나 오래 유예할지 궁금했지만, 죽음을 무릅쓰면서 알아낼 정도로 궁금하진 않았다. 아까의 그 남자아이는 마치 멈춰버린 대관람열차 꼭대기에 옴짝달싹 못하게 갇힌 것처럼 지주를 꽉 붙든 채 플로트 위에 매달려있었다.

“저 비행기 조종할 수 있어?” 댁스가 리아에게 물었다.

잠시 동안, 대답이 없을 것 같았다. 한참 만에 리아가 대꾸했다. “조종할 수 있지만, 저치가 나한테 조종간을 안 맡길 걸.”

“왜? 당신이 조종사인 걸 저자도 알잖아.”

대답하는 리아의 목소리는 거의 무감정했다. “맞아. 하지만 우리만 탄다면 내가 비행기를 추락시켜서 둘 다 죽여버릴 것도 알아.”

댁스가 한쪽 눈썹을 치켜 올렸다. “좋은 지적이군. 그럴 가능성은 미처 생각 못 했네.”

리아는 꼿꼿이 댁스에게 눈길을 안 주고, 선수 쪽 좌석에 경직된 채 앉아있었다. 꽤 터프한 여자라고 댁스는 생각했다. 가만 보니 두 모녀가, 시간이 충분치 않아서 별로 알아채지 못한 것에 비해 서로를 아주 많이 닮아 있었다. 안 된 일이긴 하지만, 댁스가 보기에 헤일리라면 결국 그 사실을 알아챘을 것도 같았다. 제 엄마랑 함께했던 나날을 제대로 돌아볼 기회가 있다면, 헤일리는 지금 당장은 상상도 못 할 교훈들을 얻을지 모른다.

댁스는 조디악을 열려있는 조종석 문으로 곧장 몰아갔다. 그냥 뒀으면 바람에 닫혔어야 정상인데, 블리크가 문이 안 닫히게 뭔가를 괴어놓은 게 틀림없었다. 현명한 결정이야. 비행기에 점점 가까워지자 공기에서 기름 냄새가 났다.

“내가 다른 비행기를 준비해뒀으니 망정이지.” 댁스가 말했다. “이 비행기는 댁이 아주 제대로 망가뜨렸어.”

리아는 말이 없었다. 등을 꼿꼿이 편 도전적인 자세가 딸과 꼭 닮아 보였다.

댁스는 인질 아이가 기다리고 있는 플로트에 나란히 보트를 댔다. 아이는 사력을 다해 지주를 붙들고서 두려움과 희망이 섞인 표정으로 그들을 지켜보고 있었다. 댁스는 물살을 거스르며 보트를 그 자리에 잡아두기 위해, 감속만 하고 모터를 완전히 끄지는 않았다. 이제 그들은 열린 문 바로 앞에 있었고, 겨눠진 라이플의 검은색 총신도 들여다보였다. 그 너머로 총을 겨눈 사람도 보였다. 그 유명한 블리크였다.

"배달이요." 댁스가 외쳤다. "약속한 대로. 게다가 당일 배송이랍니다."

블리크가 입을 열었다. "보트를 고정해."

댁스가 고개를 저었다. "그건 내 입장에선 어리석은 짓이지. 그리고 당신이 지금 나를 쏘면 보트는 강 하류로 떠내려갈 텐데 그럼 당신은 보트를 되찾아오려고 물에 뛰어들어야 할 테고, 그렇게까지 하고도 다른 비행기 한 대를 찾아내야 할 거란 말이지. 문제는 당신이 여기서 어떻게 빠져나가느냐야."

"출구 전략은 내가 알아서 마련하지."

"아무렴. 나는 그저 가장 빠른 출구 전략을 궁리해본 거였어. 재미난 수수께끼라서."

그러자 블리크가 웃음을 터뜨렸다. 낮지만 분명히 전달되었다. 댁스는 그 소리가 마음에 들었다.

"내 생각은 이래." 댁스가 말했다. "당신이 보트에 타. 그럼 내가 다른 비행기까지 데려다줄게. 가다가 언제든 리아를 죽이고 싶다면 그렇게 해도 돼. 그렇지만 리아가 비행기를 조종할 수 있으니 나는 살려두는 게 낫다고 봐." 그러더니 검지를 들어올렸다. "여기서, 전면 폭로할 게 있어. 리아가 이미 비행기를 추락시킬 작정이라고 밝혔다는 것. 당신은 어떤지 모르겠지만 나는 탑승구 닫힌 뒤 조종사에게 듣고 싶은 말이 아니라서."

"당신 대체 뭐하는 인간이야?"

"그건 여기서 벗어난 후 얘기하기로 해." 댁스가 말했다. "내 계획에 불만 있어?"

"있지. 네가 얻으려는 게 뭐지? 지금 네 녀석이 벌이는 짓은 미친 짓이야. 바위 뒤에 숨어있었을 때 다 버리고 달아났어야지. 그런데 총 맞으려고 여기까지 오다니."

"틀렸어." 댁스가 받아쳤다. "보수를 받으려고 온 거야."

"보수?" 처음으로 블리크의 언성이 올라갔다. "내가 너한테 보수를 줄 것 같아? 지금 여차하면 네 녀석이 눈도 깜빡하기 전에 총탄 여섯 발 박아서 강바닥에 가라앉힐 수도 있는데."

"충분히 그럴 수 있지." 댁스가 수긍했다. "하지만 그렇게 해도 여전히 비행기랑 조종사는 없을 거 아냐. 당신은 그걸 원하잖아. 게다가 내가 라워리의 돈 조금 떼어간다고 해도 당신은 별로 개의치 않을 것 같은데. 어차피 라워리는 당신들 두 명에게 보수를 지급할 계획이었잖아? 당신하고 지금 저 강바닥에 가라앉은 당신 파트너."

댁스는 그 말을 하면서 블리크를 아주 신중히 살폈다.

"정신 나간 놈이로군." 블리크가 말했다. "괜히 끼어들었다가 살해당할 타입이야."

"당신 파트너가 원래 보수를 받을 거였잖아." 댁스가 말을 이었다. "내가 요구하는 건 딱 그자가 받을 몫이야. 이 정도면 합리적인 요구지. 내 레버리지는 계산에 넣지도 않았다고. 그냥 합리적으로 굴 뿐이지."

"레버리지라고? 이런 망할!" 블리크가 내뱉더니 못 믿겠다는 듯 고개를 저었다. 여태껏 그가 보인 가장 강한 감정 표현이었다. 댁스는 자신이 그런 반응을 이끌어낸 것이 자못 기뻤다.

"합리적인 요구인 건 부인하지 못하겠지."

"레버리지라." 블리크가 또 한 번 말하며 고개를 절레절레 흔들었다. "지금 여기서 레버리지를 논한다 이거지."

댁스는 어깨를 으쓱했다. "협상을 하자는 게 아니야. 내가 라워리한테 직접 요구할 거야. 당신이 해결해줄 일은 아니니까."

"네놈이 이렇게 젊은 것도 당연하지. 너처럼 굴면 오래 살지 못하니까."

"지금 당신이 여기서 처한 상황을 내가 짐작해봐도 될까?" 댁스가 물었다.

"입을 다물고 있을 때가 있긴 있나?"

"내 짐작은 이래. 라워리는 '당신'이 저 여자를 죽이는 걸 원치 않아. 그러길 원했다면 여자는 진즉에 죽었겠지. 그리고 애들이랑 조종사랑 개도. 댁한테 그 선택지가 주어졌더라면 오늘 오후는 제로섬으로 깔끔하게 마무리됐을 거야. 당신과 나 빼고 다 죽는 결말."

또 한 번 나지막한 웃음이 들려왔다. "너도 빼고?"

댁스가 고개를 끄덕였다. "그렇지. 아마 우리 둘이 재미 삼아 막판 결전을, 이를테면 누가 더 잘났나 겨루는 쇼 정도는 벌였을 테지만, 결국 상황을 재본 뒤 그럴 가치가 없다는 결론을 내렸을 거야. 나머지는 다 죽었을 테고. 지금 라워리는 여자를 대령하길 기다리고 있고, 산 채로 대령하기를 원해. 내 말이 틀려?"

긴 공백이 이어졌다. "총 내려놔."

댁스는 총을 내려놨다. 탐구심을 동력으로 여기까지 왔으니 이대로 조금 더 가봐도 괜찮을 것 같았다. 상대는 실용주의자이며 남다른 자신감을 지닌 남자였고, 이는 곧 보통 사람보다 훨씬 오래 상황의 흐름을 지켜볼 확률이 높다는 의미였다. 블리크는 우위를 잃는 것을 걱정하지 않았다. 아니, 아예 자신이 질 가능성을 염두에 두지 않았다.

아버지가 돌아가신 후 이런 수준의 자신감은 실로 오랜만에 보는 것이었다.

하지만 자신감이라면 댁스도 지지 않았다. 블리크는 만약 선택권이 있었다면 강을 시체로 채우고 애저녁에 숲으로 사라졌을 것이다. 그는 리아를 산 채로 대령해야만 한다. 그런 경우만이 말이 되었다.

블리크가 비행기 끄트머리로 미끄러져 나와 헬기에서 뛰어내리려는 공수 부대원처럼 두 다리를 늘어뜨리고 앉았다. 부츠를 신었고 진바지에 흰 티셔츠 차림이었다. 그 셔츠에 땀자국이 전혀 안 난 것을 댁스는 알아챘다. 대단한데. 머리는 바짝 민 스타일이었고, 새카만 눈은 놓치는 게 없어보였으며, 몸은 마치 탄수화물을 섭취하는 족족 벤치프레스로 소모해버리는 듯 지방이 전혀 없이 순 근육으로만 이루어져 호리호리했다.

그는 댁스를 보더니 비슷한 눈초리로 뜯어보았다. 어떤 평가를 내렸을지 댁스는 무척 궁금했다. 블리크는 댁스에 대한 평가를 마친 뒤 리아 트렌턴을 돌아보았다.

"니나." 아무 감정이 안 실린 목소리였다.

"마빈." 리아가 대꾸했다. 댁스는 블리크가 자신의 본명을 썩 좋아하지 않는 듯, 그의 얼굴에 아주 미세한 경련이 이는 것을 보았다. 전혀 마빈이라는 이름을 가진 사람처럼 생기지 않았으니, 그럴 만도 했다. 블리크라는 이름을 가진 사람처럼 생겼다. 평범한 이름을 지어주려고 한 엄마를 비난할 순 없지만, 엄마의 실수를 세상이 가장 적절하게 바로잡아준 셈이었다.

블리크가 확장 탄창과 적외선 조준기를 달아 개조한 AR-15를 들어올려 리아 트렌턴의 이마에 빨간 점을 맞추더니 "빵" 하고 말했다.

리아가 말했다. "기분이 좀 나아?"

"곧 나아질 거야."

리아는 어깨를 으쓱해보였다.

"망할, 10년이 흘렀어." 블리크가 말했다. "너는 밖에 있고 나는 안에서 썩어가는 채로. 하지만 그런 시절도 끝이야."

리아가 또 어깨를 으쓱했다. 블리크에게 한 조각의 만족감도 안겨주지 않을 작정이었다. 댁스는 인정하기 싫지만 그런 리아가 마음에 들었다.

"비행기와 조종사가 정말 있는 거야?" 블리크가 다시 댁스를 돌아보고 빨간 점을 리아의 이마에서 댁스의 이마로 옮긴 채 물었다. 댁스는 반응하지 않았다.

"있어. 조종사는 상태가 좀 별로겠지만 조종은 할 수 있어."

"여기서 얼마나 떨어져 있지?"

"20분 거리."

블리크는 고개를 끄덕이더니, 리아 바로 옆 보트 바닥으로 훌쩍 뛰어내렸다. 너무 갑작스럽고 유려한 움직임이어서 마치 원래부터 거기 있었던 사람 같았다. 리아는 흠칫하면서 황급히 가운데 자리로 물러났다. 블리크가 비행기 안으로 손을 뻗어 위장전투복 무늬의 배낭을 끌어내 보트 바닥에 던졌다.

"엽총." 그가 댁스에게 말했다. "이리 내. 어떻게 하는지 알지."

어떻게 해야 하는지 댁스도 알았다. 그는 두 손이 다 잘 보이게 하되 방아쇠 근처에는 가져가지 않으면서 엽총의 총신을 잡아 내밀었다. 블리크가 그걸 받아 강물에 던졌다.

"셔츠." 블리크가 말했다.

리아는 어리둥절한 표정이었지만 댁스는 바로 이해했다. 그는 자기 허리춤을 블리크가 볼 수 있게 셔츠 자락을 들어 올렸다. 그리고 시키지도 않았는데 몸을 틀어, 등에도 권총이 든 총집을 차고 있지 않은 걸 보여주었다.

"깨끗해." 댁스가 말했다.

"발목." 블리크가 말했다.

댁스는 씩 웃으며 고개를 끄덕였다. 허리를 숙여 먼저 왼쪽 발목의 바짓단을 걷어 올렸다. 아무것도 없었다. 바짓단을 도로 내리면서 그가 말했다. "다음 건 마음에 안 들 거야. 천천히 할게."

블리크는 말이 없었다. 댁스가 오른쪽 부츠를 덮은 바짓단을 조심스럽게 말아 올리자 발목 권총집이 드러났다. 총신이 짧은 리볼버가 꽂혀 있었다.

"강물에." 블리크가 대뜸 말했다. "총구를 내 쪽으로 하면 넌 죽을 줄 알아."

"알아들었어." 댁스는 손가락 두 개로 발목 권총집에서 예비 화기를 뽑아 보트 옆구리 너머로 내던졌다.

"주머니에 접는 칼도 있는데." 댁스가 말했다. "괜찮다면 그건 갖고 있을게. 나한테는 의미 있는……."

"닥치고 그것도 버려."

댁스는 한숨을 내쉬며 그동안 언제 어디서든 자신과 함께해온 벤치

메이드 상표 나이프를 꺼내 강물에 던졌다.

"그게 다야." 댁스가 말했다. 사실이었다. 이제 그는 비무장 상태였다. 솔직히 별로 좋은 기분은 아니었지만, 블랙웰가 사람이 진정으로 비무장일 때는 결코 없다는 사실에 위안을 받았다. 정신은 여전히 명료하게 깨어있고 몸도 여전히 튼튼하며 창의력은 견줄 데 없이 뛰어나니까 걱정 없었다.

그래도 나이프를 잃은 건 좀 아쉬웠다.

"네 비행기로 안내해." 블리크가 말했다. 댁스는 당장 출발하려고 했지만 리아가 갑자기 끼어들었다. "맷을 풀어줘."

"응?"

"저 애." 리아가 수상비행기의 플로트에서 부들부들 떨고 있는 소년을 가리켰다. "당신이 안 하면 내가 풀어주겠어."

"아무도 재를 풀어주지 않을 거야."

"아니, 내가 할 거야. 왜냐면 이 사람이 방금 한 말이 사실이니까. 코슨은 나를 직접 보고 싶어 해. 그때까지 당신은 나를 못 죽여. 그러니 저 애를 풀어줘."

블리크가 댁스에게 명령했다. "움직여."

리아 트렌턴이 일어서서 선수 쪽을 향해 걸음을 뗐다. 그러자 블리크가 벌떡 일어나 리아의 뺨을 한 대 후려쳤다. 별로 힘이 안 들어간 것 같았지만 리아는 엉덩방아를 쿵 찧으며 넘어졌고 그 바람에 보트가 출렁거렸다. 리아의 코에서 피가 왈칵 쏟아졌다. 리아는 입술 위로 흐른 피를 핥고는 말없이 일어나 다시 한 발 앞으로 갔다.

"그냥 풀어줘." 댁스가 말했다. "이러고 있어봤자 얻을 게 뭐야? 아무것도 없잖아. 시간만 지체하지."

블리크와 리아는 마주보고 서 있었다. 한 명은 총 한 자루 없이 피를 흘리면서, 또 한 명은 상처 하나 없고 손에 라이플을 쥔 채였지만 어쩐지 사납기로는 둘이 막상막하인 걸로 보였다.

블리크가 휙 돌아서서 번개처럼 손을 뻗었고, 그러자 맷 부샤드의 목을 조종석의 무언가에 매어두고 있던 끈이 풀려 국수 가락처럼 후드득 떨어졌다. 블리크가 한 손에 나이프를, 다른 손에는 총을 쥐고 보트에서 플로트로 건너갔다. 와중에 댁스에게 절대 등을 보이지 않으려고 옆걸음으로 갔는데, 어차피 댁스는 그를 죽일 생각이 없었지만 그래도 현명한 판단이었다.

블리크가 칼을 한 번 더 휘두르자 소년의 손목을 묶었던 플라스틱 케이블 타이도 떨어져나갔다. 한마디 말도 없이 블리크는 인질을 내버려두고 다시 조디악으로 훌쩍 뛰어내렸다.

"가." 그러고는 명령했다.

댁스는 시키는 대로 했다. 추진기가 돌기 시작하자 리아가 보트 바닥에 무겁게 주저앉았고, 댁스는 보트를 한 바퀴 돌려 강 하류로 몰아갔다. 리아가 뒤를 돌아보는 걸 보고 그 시선을 쫓아가봤다. 플로트에 소년이 매달려있는 비행기 너머, 강둑을 따라 줄지어선 나무들 틈에서 움직임이 포착됐다. 헤일리와 닉이 에드 레븐셀러가 개와 함께 기다리고 있는 곳으로 살금살금 다가가고 있었다. 아이들은 눈에 안 띄려고 나름 조심스럽게 움직였지만, 여전히 사정권에 노출되어 있었다.

블리크도 그들을 지켜보고 있었다. 하지만 라이플을 들지는 않았다. 댁스는 그가 저들 중 누구도, 심지어 에드마저 위협으로 보지 않는다는 걸 깨달았다. 저들 모두가 블리크를 보았다. 저들 모두가 블리크에게 불리한 증언을 할 수 있었다. 그런데도 블리크는 자신이 처한 상황, 즉 도망자의 처지에도 법정에 설 일을 전혀 걱정하지 않았다. 자취를 감출 작정인 것이다.

자원이 충분하면 그러기 쉬웠다. 블리크가 자원을 확보하려면 라워리를 만족시키는 것이 필수였다. 그에 따라 리아 트렌턴은 한 시간 더 살 수 있게 되었다. 잘하면 두 시간 더.

댁스가 로만 아일랜드에서 기다리고 있을 비행기를 향해 보트를 운전해 가던 중 일행은 랜달 폴라드의 사체를 지나쳤다. 사체는 셔츠를 낚아챈, 뼈처럼 새하얀 나뭇가지에 걸려 있었다. 배에 리아가 쏜 탄환으로 커다란 구멍이 나 있고, 한쪽 안와에도 댁스의 총에 맞아 구멍이 뻥 뚫려 있었다. 시체는 나뭇가지를 떨치고 떠내려가고 싶은 듯, 흐르는 물 속에서 움찔거렸다. 아니면 가라앉고 싶어 하는 것처럼. 이미 환부에 파리 떼가 꼬여 있었다.

댁스는 보트가 시체 옆을 지나갈 때 블리크의 얼굴을 유심히 살폈다.

아무 감정도 안 드러나 있었다.

일행은 죽은 자를 지나쳐 계속 강을 따라 이동했다.

51

리아는 두 살인마 사이에 낀 채, 감각이 마비된 듯한 침묵 속에 이동했다. 하나는 오래전부터 알던 살인마이고 다른 하나는 알고 보니 자신이 고용한 살인마였다. 누가 더하다고 할 것 없이 둘 다 텅 빈 사람들이었다. 댁스라는 자가 블리크와 협상하는 것을 들으면서도 리아는 그다지 놀라지 않았다. 구원을 찾아 어둠 속 깊이 손을 뻗었다가 또 다른 어둠을 건져 올린 것에 누가 놀라겠는가?

헤일리와 닉이 살아있었다. 에드는…… 적어도 살아는 있었다. 이웃집 아이 맷도 마찬가지였다. 테사도.

'죄 없는 사람들은 살아남았어.' 보트의 출렁임을 따라 흔들리면서 리아는 생각했다. 소나무들이 휙휙 지나갔고, 모여드는 구름 아래 수면이 잿빛을 띤 검은색이 되었다. 죄 없는 사람들이 오늘을 무사히 살아서 넘긴다면, 그걸로 족했다. 리아는 아직 죽을 준비는 안 되어있었지만 자신이 내린 선택에 만족했다.

아이들이 자신을 이런 사람으로 기억해줬으면 했다. 자식들을 위해 살인을 해야 할 때는 살인하고, 자식들을 위해 목숨을 내놓아야 할 때는 기꺼이 내놓는 사람으로 기억하기를 바랐다.

엄마라면 응당 그러는 것처럼.

리아는 눈을 감았다. 너무 많은 고통, 너무 많은 괴로움이 있었고, 늘 그렇듯 그런 걸 당해도 싼 짓을 전혀 저지르지 않은 사람들이 감내해야 했다. 대체 어떤 세상이 그렇게 되도록 내버려둔단 말인가?

세상은 대답하지 않았지만 대신 바람이 답해 상쾌하고 차가운 바람을 얼굴에 쐬어주었다. 이제 보트가 돌출 부위를 끼고 돌아 드넓게 펼쳐진 로만 아일랜드호로 나왔음을, 눈을 뜨지 않고도 알 수 있었다.

죽기 전에 라워리를 보고 싶었다. 마지막 바람이었다. 라워리를 똑바로 마주볼 기회를 갖는 것. 그런 기회가 오면 어떻게 할지, 그건 아직 몰랐다. 눈에 침을 뱉고, 손톱으로 할퀴고, 쌍욕을 퍼부어? 그중 무얼 해도 달라질 건 없었다. 그런데도 리아는 그러고 싶었다. 마지막으로 그것만이라도 누리고 싶었다. 잠깐이라도, 그의 일부만이라도 해칠 수 있는 기회.

눈을 뜨자 블리크가 무표정한 얼굴로 빤히 쳐다보고 있었다. 그의 몸은 보트의 가벼운 움직임을 따라 자연스레 흔들렸다. 바람이 센데다 티셔츠 차림으로 물 위에 있어서 추울 법도 한데, 플로리다의 태양 아래 선탠하는 양 아무렇지 않아보였다.

리아는 그의 얼굴을 안 봐도 되도록 고개를 돌렸다.

조디악 보트는 로만 아일랜드의 서쪽 기슭으로 접근하고 있었다. 리아는 그곳 외진 캠프장 중 한 곳의 난로 연통에서 연기가 피어오르는 것을 발견했다. 소리쳐서 도움을 청할까 했지만 그래 봤자라는 걸 알았다. 소리를 지르면 누군가가 도와주려고 달려올지 모른다. 그러면 죄없이 피 흘릴 사람만 하나 느는 꼴이었다.

섬을 지나쳐 그 북쪽에 펼쳐진 광활한 호수로 나갔다. 기운을 돋우는 상쾌한 바람이 일으킨 하얀 물결이 잿빛 수면 위에서 출렁거렸다. 저만치 앞에 어떤 물체가, 작은 만을 빙 둘러친 절벽의 바로 앞 수면에 둥실둥실 떠 있었다. 리아는 눈을 가늘게 떴다.

비행기였다. 댁스 블랙웰이 거짓말을 한 게 아니었다. 애초에 그가 거짓말을 할 거라고 생각하지도 않았다. 그는 보수를 정산 받으려고 여기까지 온 것이고, 그러기 위해 리아를 얼마가 됐든 가장 높은 값에 팔아넘길 것이다. 리아 스스로 마련한 방어 수단, 리아가 고용한 청부업자인데. 문득, 램킨 박사가 죽었을지 궁금했다. 수십 번을 걸어도 받지 않던 전화. 그래, 아마 죽었을 것이다. 애초에 리아의 전화를 받았기 때문에 죽은 것이다. 리아는 전국에 퍼지면서 시체만 수두룩하게 남기는 역병이었다.

원흉을 없애서 이 모든 걸 끝내야 한다.

라워리만 함께 데려가게 해줘. 그자가 궁극의 원흉이니까.

그들은 만을 향해 불어오는 북서풍과 싸우며 꿋꿋이 나아갔다. 아무도 말을 하지 않는 가운데 조디악 보트가 만 입구를 빠르게 지나갔고, 곧 댁스 블랙웰이 보트를 완만한 곡선을 그리며 빙 돌려 비행기 옆에 공회전 상태로 정지시켰다.

"보트 고정시켜줄래요?" 댁스가 말했다. "나는 가서 조종사를 풀어줘야 해서. 직접 풀어주겠다면야."

블리크가 라이플로 리아에게 신호했다. 그리고는 딱 한 마디 했다.

"너."

리아는 그를 지나쳐 수상비행기 플로트에 올라선 다음 조디악의 선수 쪽에 달린 끈을 잡아 플로트 지주에 엮어 매듭지었다. 그리고 다시 보트로 내려오는 사이 댁스 블랙웰이 선외 모터를 껐다. 그러자 사위가 고요해졌다.

"등에 총 맞을 걱정 없이 조종사 데려올 수 있을까?" 댁스가 물었다. "그런다면 참 좋겠는데."

블리크의 대답은 그저 라이플을 10센티미터쯤 내리는 것이었다. 댁스 블랙웰은 그게 무슨 대단한 협조의 표시라도 되는 양 고개를 끄덕인 다음, 보트에서 플로트로 올라서서 민첩하게 화물칸으로 가 뚜껑을 열어 젖혔다.

테이프 조각이 붙은 입 위로 겁에 질린 눈을 휘둥그레 뜬 마르고 창백한 남자가 산발을 한 채 어두운 화물칸 안에서 리아를 똑바로 바라봤다.

"앤디잖아!" 댁스가 오랜 친구를 반기듯 말했다. "앤디, 당신이 비행기 좀 몰아줘야겠어. 그럴 생각 있나, 옛 친구?"

댁스가 그의 입에서 테이프를 쫙 잡아뗐다. 조종사의 입술에 가늘게 피가 몇 줄 맺혔다. 그는 피를 핥아내고는 댁스를 보며 물었다.

"어디로?"

"좋은 질문이야." 댁스가 받아쳤다. "질문하는 기술이 많이 늘었군." 그러더니 블리크를 돌아봤다. "어디로?"

블리크는 아까 비행기에서 챙겨온 위장복 무늬 배낭을 열었다. 한 손에 라이플을 쥔 채, 다른 한 손만 사용했다. 그가 가방에서 꺼낸 건 위성전화기였다. 그걸 보면서 리아는 불과 몇 시간 전만 해도 꽤나 실현

가능해 보였던 계획을 망연자실하게 떠올렸다. 아이들의 대탈출을 위한 사전 작업으로 루이빌의 윌슨 부인에게 전화하고, 그 다음엔 리아가 원하는 시간과 장소에 라워리를 불러내 한판 승부를 벌여 그를 죽인다. 그 계획이 얼마나 순식간에 물거품이 됐는지. 이번에도 라워리가 원하는 시간과 장소에 리아가 가게 되었다.

언제나 상황은 그가 원하는 대로 돌아갔다.

"그 질문에 대답을 들으려면 좀 기다려야겠는데." 댁스가 조종사에게 말한 후 다시 보트로 뛰어내렸고, 출렁이는 보트 때문에 휘청거리며 블리크 쪽으로 몇 발짝 움직였다. 그러자 블리크가 라이플을 들어 댁스 블랙웰의 이마에 총부리를 어찌나 세게 찔렀는지 댁스의 윗니와 아랫니가 딱 다물리는 소리가 리아에게까지 들릴 정도였다.

"미안하군." 댁스가 말했다. "댁처럼 흔들리는 배에서도 가만히 서 있지 못해서."

블리크의 검지가 방아쇠를 슥 쓸어내렸다. 리아는 그가 이제 비행기와 조종사를 다 손에 넣어서 더는 댁스를 데리고 있을 필요가 없다는 것을 문득 깨닫고, 총성이 울리기를 기다렸다.

블리크가 방아쇠에서 검지를 뗐다.

"선미로 가." 그가 댁스에게 이렇게 말하자 리아가 웃음을 터뜨렸다.

"재밌나?" 블리크가 댁스가 기다시피 해서 선미로 가는 걸 감시하며 리아를 흘끔 봤다.

"그럼." 리아가 입 안 가득 자신의 피 맛을 느끼며 대꾸했다. "재밌고말고. 당신도 허락을 받아야만 할 수 있는 거야, 안 그래? 누구를 죽여도 되는지 확신하지 못하는 거라고."

"허락 따위 필요 없어." 블리크가 말했다. "지금도, 내일도, 어제도 그랬던 적 없어. 얼마든지 웃어."

"그러지." 리아가 대꾸했다. 약에 취한 듯 붕 뜬 기분이었다. 못 웃을 건 뭔가? '네 무덤까지 휘파람 불며 가라.' 이런 말도 있지 않나. 이제 좀 있으면 마지막 숨을 뱉을 텐데. 지금 못 즐길 이유가 뭔가?

하지만 블리크는 이미 리아에게 관심을 잃은 뒤였다. 그는 일부러 리아와 댁스를 마주보고 섰지만 신경은 위성전화기에 쏠려 있었다. 그가 버튼을 몇 개 누르더니 전화기를 귀에 갖다 댔다. 그리고 잠시 기다렸다. 이윽고 한마디 뱉었다. "데려왔습니다." 서론도 인사도 없이.

리아는 수화기 저편에 있을 라워리를 상상해보았다. 눈처럼 하얀 머리칼과 짙게 탄 피부, 빳빳하게 다린 옷과 흠잡을 데 없는 자세가 눈앞에 선했다. 뱀 같은 그의 눈도 보일 듯했다. 블리크에게서 이 소식을 들으면서도 그 눈빛에는 아무 변화가 없을 것이다. 미소를 지을 수도 있고 미간을 찡그릴 수도 있지만, 어떤 표정을 짓든 눈만은 변하지 않을 것이다.

"메인주 북부의 앨라개시강입니다." 블리크가 말했다. "사상자가 발생했고 목격자도 있습니다. 시간이 많지 않습니다. 하지만 비행기와 조종사가 준비돼 있습니다. 승객 한 명도요."

그는 잠시 말이 없었다.

"여자가 고용한 사람이요. 폴라드의 몫을 달랍니다."

또 다시 말을 멈췄다.

"죽었습니다."

다시 침묵.

"이름이 댁스 블랙웰이랍니다."

댁스의 입 꼬리가 희미한 미소로 슬쩍 올라갔다. 선외 모터에 기대

선 그는 미지근한 즐거움 외에 대화에 어떤 식으로도 반응하지 않을 것처럼 보였다. 리아는 댁스가 죽을 때도 미소 짓고 있을 것 같았다.

"내가 몬태나에 송장 하나 갖다 뒀다고 전해줘." 댁스 블랙웰이 말했다.

블리크는 그를 무시하고 말을 이었다. "랭킨이 여자를 보호하라고 고용했답니다. 그런데 지금은 더 큰 보수를 원하고요. 폴라드의 몫이요."

"더 큰 보수가 아니지." 댁스가 혼잣말하듯 중얼거렸다. "받아야 할 이자가 있을 뿐이야. 이 정도는 당연히 지불해야지."

블리크가 말했다. "여기 있습니다. 지금이요."

'쏴버릴 거야,' 리아는 속으로 생각했다. '지금 바로 여기서, 블리크가 댁스를 쏴버릴…….'

그때 테이프를 찍 뜯는 소리가 났고, 리아와 블리크가 동시에 선미 쪽을 돌아봤다. 댁스 블랙웰의 손에 총이 들려 있었다. 9밀리 구경 글록이었다. 블리크의 라이플에 비하면 애들 장난 수준이었지만, 블리크의 이마에 겨눠져 있었다. 검은색 절연테이프 조각이 글록의 개머리판에 붙은 채 펄럭거렸다. 리아는 댁스가 첫 번째 총성이 울리기 한참 전에 그 총을 고물 늑판에 붙여놓았다는 것을 깨달았다. 누가 과연 발포할지조차 알기 한참 전에.

블리크가 든 AR-15의 총구는 그가 전화 통화를 하고 물 위에서 균형도 잡는 동시에 통제하려던 세쌍둥이 위협 요소인 리아와 댁스와 조종사 사이에서 정착할 곳 없이 방황했다. 얼마든지 발포할 수도 있었다. 방아쇠를 당기면 영점 몇 초 만에 사출되는 유의 화기였지만, 그래서는 안 될 걸 알 정도로 블리크는 영리했다. 자신이 질 것을 아니까.

모두가 숨죽인 순간이 지나고 이윽고 댁스가 조용히 말했다.

"총 내려놓고 우리는 괜찮다고 전해. 왜냐면 사실이니까."

블리크는 꿈쩍도 하지 않았다. 계속 승산을 따져보고 있었다. 총을 쥔 댁스의 손이 얼마나 흔들림 없는지 가늠하면서. 자신이 쥔 라이플의 총구는 댁스의 이마에서 단 몇 센티미터 비껴나 있었다.

수면이 출렁이며 배를 흔들어댔지만 그래도 총을 쥔 댁스의 손은 흔들리지 않았다.

블리크가 라이플을 내렸다. 그리고 그대로 보트 바닥, 자기 발 근처에 내려놓았다. 두 눈은 한순간도 댁스의 눈을 떠나지 않았다.

"통화를 끝내." 댁스가 말했다. "이곳을 떠야 하니까."

"아니요." 블리크가 전화기에 대고 말했다. "아무 문제 없습니다. 그냥…… 이자를 직접 보시는 게 좋을 것 같아서요. 제가 충분히 다룰 수 있습니다."

이제는 명령을 받더라도 실행할 수 없는 살인을 피하기 위해 핑계를 지어내고 있었다.

리아는 다시 댁스를 흘끔 돌아봤다. 온 신경이 블리크에게 집중되어 있고 얼굴에 웃음기가 싹 가셔 있었다. 방패처럼 휘둘러 온 입담도 뚝 끊겼다.

"쏴버려." 리아가 속삭였다. "제발. 날 믿어. 저자는 절대로……."

"입 다물어." 댁스 블랙웰이 조용히 말했다.

돈 때문에. 이 모든 게 돈 때문이라니.

블리크는 아직도 통화 중이었다.

"그럼 직접 보고 나서 처리하십쇼." 그가 수화기에 대고 말했다. "좋습니다." 잠시 입을 다물더니, "헬리콥터요. 좌표 보내겠습니다. 도착

예정 시각을 알려주십시오."

다시 말을 멈췄다.

"알겠습니다." 그러고는 전화를 끊었다. 댁스를 보더니 말했다. "귀여운 수법이군."

"어리석은 수법이 될 뻔했어. 댁이 조종사가 살아있는 걸 확인한 뒤에도 나를 계속 살려둘지 보장할 수 없었으니까."

블리크가 고개를 끄덕이더니 대꾸했다. "안에 10년이나 있었더니 녹슬었어. 그러지 않았으면 이런 실수는 안 했을 거야."

"아무렴. 근육 기억 같은 거니까. 금세 돌아와. 억지로 하면 안 돼."

리아가 끼어들었다. "죽여. 부탁이야. 그냥……."

"라이플은 내가 가져가지." 댁스 블랙웰이 말했다. "어떻게 하는지 알지."

블리크는 총부리를 집어든 채 내밀었다. 댁스는 글록을 리아의 뒤통수에 갖다 댄 후 리아 너머로 자기 몸을 뻗어 AR-15를 건네받았다.

"원한 같은 것 품지 말자고." 댁스가 블리크에게 말했다. "그냥 일일 뿐이니까. 돈하고. 그냥 그거고, 그게 다야. 자존심 상해할 필요 없어."

블리크는 대꾸하지 않았다.

"어디로 가지?" 댁스가 물었다.

한참 동안 리아는 블리크가 대답하지 않을 줄 알았다. 그러다 마침내 그가 입을 열었다. "스리 크로스 호수라고, 아나?"

그러자 댁스가 외쳤다. "어이, 앤디! 당신이 활약할 차례야. 스리 크로스호가 어디에 있지?"

자기 비행기의 비좁은 화물칸에 손발이 묶인 채 갇혀있던, 눈빛이 불안정한 조종사는 완전히 공포에 질린 것 같았다. 그는 아무 대답도 하지 않았다.

"캐나다." 리아가 대신 대답했다. "뉴 브런스윅이야. 허허벌판이지."

모두가 리아를 빤히 쳐다봤다.

"딱 적당한 곳 같은데." 댁스가 말했다. "얼마나 걸리지?"

"아마 한 시간쯤."

"잘됐군. 짧게 이동했으면 했거든. 오늘 하루가 너무 길었어." 댁스는 리아에게 겨누고 있던 총을 치우고 명령했다. "가서 앤디를 풀어줘. 앤디가 조종하고 당신은 내비게이션 역할을 할 거야. 당신하고 내가 뒤에 타고, 나머지는 앞에 앉고. 블리크를 내 앞에 둬야겠어."

블리크는 자기 집 앞마당 포치에 앉아있는 노인네처럼 무심한 태도로 구름만 올려다봤다.

리아가 일어서서 블리크를 지나쳐갔다. 순간 코밑에 마른 핏자국을 남긴 따귀 한 대를 두 배로 갚아주고픈 충동을 억눌러야 했다. 그럴 기운을 아껴서, 그 분노를 다른 데 쏟아. 라워리가 기다리고 있으니까.

리아는 잠자코 화물칸 있는 데로 올라가 조종사를 풀어주었다.

52

맷 부샤드는 블리크가 가버린 뒤에도 비행기에 오래도록 남아있었다. 지주도 그대로 꽉 붙들고 있었다. 여태껏 물이 무서웠던 적은 없는데, 이 강은 달랐다. 강물이 피로 빨갛게 물드는 걸 봤기 때문이다.

마침내 맷을 움직인 건 개가 요란하게 짖는 소리였다. 비행기가 시야를 가려서 개가 보이지는 않았다. 지주에서 손을 뗀 순간 곧바로 현기증을 느꼈지만, 저릿한 두 손을 기어코 그대로 늘어뜨리고 있었다. 균형 감각이 좋으니, 떨어지지 않고 버틸 수 있다. 만약 강물에 빠지면 헤엄치면 된다. 별로 어렵지 않다. 이제 맷은 혼자 있고, 놓여났으니까.

그렇다는 사실이 갑자기 의식되면서 크나큰 안도감이 몰려왔다. 맷은 부들부들 떨면서 플로트에 양손과 무릎을 딛고 엎드려 숨을 몰아쉬었다. 나는 살아있고, 그 끔찍한 놈들은 가버렸어. 그중 한 명은 죽었고. 다른 한 명, 블리크라는 자는…….

그는 끝까지 살아남을 거야.

하지만 맷 부샤드도 끝까지 살아남지 않았는가. 나도 살아남았다고, 제기랄.

개가 짖고 또 짖었다. 맷은 한 손으로 얼굴을 훔친 다음, 비행기의 이쪽 편에서 반대편으로 천천히 기어가기 시작했다. 욱신거리는 손으로 지주를 꽉 붙들 수만 있다면 물에 빠지지 않고 이동할 수 있을 것 같았다. 그러다가 맷은 우뚝 멈췄다. 그리고 나직이 내뱉었다. "뇌야, 일 좀 해라." 아빠가 스스로 멍청한 행동을 했을 때 내뱉던 말이었다. 굳이 플로트를 엉금엉금 기어서 갈 필요가 없었다.

통과해서 가면 될 일이었다.

맷은 텅 빈 조종석으로 올라가 안으로 들어섰다. 뒷좌석을 흘끔 봤다. 블리크가 작은 배낭만 가져가고 총 몇 자루는 남겨둔 게 보였다. 맷은 몸을 뻗어 권총 한 자루를 집었다. 총이 닿자 찌릿하는 두려움이 온몸을 관통하는 것 같았지만, 돌아서서 총을 강물에 던진 순간 두려움은 자기 효능감으로 변했다. 권총은 순식간에 가라앉았다. 살해 도구 하나가 처치됐다.

이어서 맷은 라이플 한 자루를 강물에 던졌다. 또 한 자루를 던졌다. 엽총도 던져 넣었다. 빠르게 움직였다. 마지막 한 자루까지 던지고서야 블리크가 돌아오면 자신도 총 한 자루 가지고 있는 게 좋지 않을까 하는 생각이 들었다.

그렇지만 블리크는 돌아오지 않을 것 같았다.

개 짖는 소리가 살짝 달라졌다. 더 고음에, 들뜬 반가움이 어려 있었다. 맷은 조종석을 기어서 가로질러 조수석 문을 열고 반대편 플로트에 내려섰다.

기체가 기슭 가까이로 떠내려가 바닥에 닿아 있었다. 강바닥이 훤히 내려다보였다. 수심이 무릎 높이, 잘해야 허벅지 높이 정도 돼 보였다. 충분히 걸어 나갈 수 있을 것 같았다.

고개를 들어 강둑을 보니 조종사 에드 레븐셀러가 보였다. 나무에 등을 기댄 채 앉아 있었다. 그리고 개가 그의 뒤에서 짖고 있었다. 가만 보니 에드는 나무들 뒤에 있는 누군가와 대화를 하려는 것 같았다.

맷은 플로트에 앉아 다리를 늘어뜨린 다음 플로트를 밀면서 내려섰다. 물이 무릎 위까지 올라왔지만 다행히 발이 바닥에 닿았다. 물이 차가운 건 신경도 안 쓰였다. 그저 비행기에서 멀어지고 싶었다.

허우적대며 강둑을 향해 걷는데, 물살의 힘이 의외로 제법 강했다. 마치 물이 맷을 당장 블리크의 품으로 돌려보내려는 것 같았다. 그래도 맷은 휘청대며 꿋꿋이 나아갔고, 수심이 얕아질수록 물살의 힘도 약해졌다. 물에서 거의 나왔을 때 누군가가 그의 이름을 불렀다.

"맷! 맷!"

고개를 들어보니 헤일리가 에드 옆에 서 있었다. 닉도 함께였고, 개 테사는 그 셋 사이를 미친 듯이 돌고 있었다.

갑자기 다리에 힘이 솟은 맷은 거의 달리다시피 하며 그리로 갔다. 아는 사람을 향해서는 고사하고 어디를 향해서든 다시는 달려가지 못할 줄 알았는데.

숨을 밭게 쉬어가며 강둑에 다다른 맷은 에드 레븐셀러가 앉은 곳 주변의 모래가 피로 물들어 있고 솔잎들에도 피가 엉겨 붙어있는 걸 발견했다. 에드가 벌써 허리띠를 풀어 무릎 위 허벅지에 감아 단단하게 조여놓았다. 에드가 말했다. "별로 심각하진 않아. 진짜로. 난 괜찮아. '우리' 다 괜찮아."

맷은 솔잎 깔린 바닥에 철퍽 주저앉았다. 다들 서로를 황망히 바라봤다. 그러다가 헤일리가 제일 먼저 침묵을 깼다.

"저들이 어디로 데려가는 거야?"

"다른 비행기 있는 데로. 거기서 또 누군가를 만나러 갈 거래. 리아 아줌마를 죽이고 싶어 하는 사람을." 말하면서 이상한 기분이 들었다. 살면서 내뱉을 거라고 결코 상상하지 못했던 말이었다. "라워리라는 사람이야. 누군지 다들 아는 것 같더라고."

한동안 테사의 끙끙대는 소리 외에 아무 소리도 들리지 않았다. 이윽고 헤일리가 말했다. "아저씨한테 배낭 갖다 주랬어요." 에드에게 한 말이었다.

에드는 배낭의 뒤 칸 지퍼를 열고 안을 휘저었다. 숨을 몰아쉬는 걸 보니 조금만 움직여도 아픈 것 같았고, 눈썹 위에 송골송골 땀까지 맺혔다. 잠시 후 그는 응급처치용품 세트를 꺼냈다.

바람이 거세져서 맷은 덜덜 떨면서 팔로 제 가슴팍을 끌어안았다. 그러다가 가슴께 지퍼주머니에 넣어둔 물건이 만져졌다. 주머니의 지퍼를 열고 선글라스를 꺼내 헤일리에게 내밀었다. "이거 가져왔어." 그날 일어난 일들에 비춰보면, 세상에서 가장 어이없는 행동처럼 느껴졌다.

헤일리는 황급히 달려와 떨리는 손으로 선글라스를 받아들더니 무릎을 꿇고 주저앉아 울기 시작했다.

"고마워." 헤일리가 속삭였다. 그렇지만 더 격하게 울었다. 맷은 옆에 무릎 꿇고 앉아 헤일리의 팔을 살며시 잡았다. 그러자 헤일리가 흐느낌으로 몸을 떨며 맷에게 기댔고, 맷은 헤일리를 안아주었다. 닉도 허겁지겁 누나 옆으로 왔고, 맷이 닉도 끼어들 수 있게 팔을 넓게 벌렸다. 세 아이는 한동안 그렇게 서로를 부둥켜안고 있었다. 에드 레븐셀러가 말했다. "우리 괜찮아, 얘들아. 우리 이제 괜찮아."

그는 응급처치 세트에서 꺼낸 플라스틱 튜브를 이로 문 채 말하고 있었다. 맷은 그것이 주사기 캡인 것을 알아챘다. 에드는 주삿바늘을 부상 부위 바로 옆에 댄 채 눈을 감고 있었다.

"우리 엄마야." 헤일리가 맷의 어깨에 얼굴을 묻은 채 속삭였다. "우리 '엄마.'"

"알아." 맷이 대꾸했다.

"너희 중 한 명이 저 비행기에 다시 가야겠다." 에드 레븐셀러가 힘없는 목소리로 말했다. "가서 무전기를 써야 하거든."

"제가 할게요." 맷과 헤일리가 동시에 말했다. 헤일리가 맷을 쳐다봤다. 그러더니 고쳐 말했다. "우리가 할게요."

"좋아. 내가 차근차근 설명해줄게." 에드는 한마디 한마디를 힘겹게 뱉고 있었지만 호흡은 안정되었고 목소리에 걱정하는 기색도 없었다. "누군가 도와주러 올 거야. 다 괜찮아. 다 괜찮을 거야."

그 순간 하늘에서 무슨 소리가 들렸다. 엔진 소리였다. 일행은 그리로 시선을 돌렸다. 한동안 아무것도 안 보이더니 갑자기 나무들 위로 비행기 한 대가 나타났다. '도와주러 빨리도 오셨네.' 맷은 생각했다.

다음 순간 깨달았다.

비행기는 그들을 향해 다가오는 대신 그들에게서 멀어지고 있었다.

비행기가 멀어지는 것을 지켜보는 모두가 그것이 어디로 가는지는 모르지만 거기에 정확히 누가 탔는지는 알고 있었다.

다들 한마디도 하지 않았다.

53

그들은 침묵 속에, 점점 빽빽해지는 구름 장막을 뚫고 날아갔다. 댁스는 간만에 찾아온 조용함이 반가웠다. 블리크를 감시하고 싶었고 오직 블리크에게만 집중하고 싶었지만 다른 두 명도 주시해야 했다. 리아 트렌턴은 한 목숨 바쳐 싸울 태세였고, 이는 곧 리아가 어떤 결정을 내릴지 예측하기가 몹시 힘들다는 뜻이었다. 앤디 웨스트는 겉보기엔 동요 없이 비행기를 조종하고 있었지만, 자기 비행기의 화물칸에 하루 종일 결박된 채 갇혀있었던 터였다.

저 아래 펼쳐진 땅은 그렇게 황량할 수가 없었다. 마을도 없고 도로도 없었다. 그저 숲과 강과 호수 들만 보였고, 구불구불한 낮은 구릉들 때문에 그 모든 풍광이 흐트러진 침대 위에 아무렇게나 던져놓은 짙은 색 퀼트 이불처럼 보였다.

앤디 웨스트가 침묵을 깨고, 이제 국경을 넘을 테니 무전기를 사용

해야 한다고 알렸다. 댁스가 뭐라고 하기도 전에 블리크가 대꾸했다.
"무전기는 안 돼."

그렇게 간단히 묵살되었다.

그들은 소형 비행기로 외진 삼림 지대 위를 날고 있었다. 댁스는 황급히 그들을 추격해올 캐나다 공군 제트기 따위는 두렵지 않았다. 국경수비대가 무선 침묵 상태로 영공을 지나는 소형 비행기들을 주시할 것은 확신했지만, 오늘은 운에 맡겨보기로 했다.

리아 트렌턴은 비행기 내부를 살피면서 조종간을 눈으로 익히는 것 같았다. 댁스는 그 모습을 흥미롭게 관찰했다. 리아가 아직 살아서 탈출할 희망을 놓지 않은 건지도 몰랐다. 잘못 짚었지만, 그래도 숭고한 마음가짐이었다.

블리크는 간파하기가 더 어려웠다. 미동도 없고 표정도 없이 앉아 있었는데, 들숨날숨에 가슴팍이 오르락내리락하는 것만 아니면—그는 다음 번 반응할 때를 대비해 피와 조직에 산소를 충분히 공급하기 위해 깊은 호흡을 하는 타입이었다—시체나 다름없었다.

그건 둘째 치고, 블리크가 좋은 기분일 리 없었다. 총을 빼앗기고 통제권도 빼앗겼으니 말이다. 그는 둘 다 되찾을 작정인 것 같았다.

댁스는 블리크를 지켜보면서 자신의 호흡 박자를 그의 호흡에 맞췄다. 직업적 신중함이자—신경을 진정시키는 테크닉이니까—적과 친밀해지기 위한 한 수였다. 불가피한 충돌의 순간에 대비해 최대한 블리크와 친밀한 감각을 느끼고 싶었다. 블리크가 호흡했다. 댁스도 호흡했다. 그렇게 두 사람은 같이 숨 쉬며 가만히 기다렸다.

벌써 비행이 한 시간 넘게 계속돼서 댁스는 메인주 교도소 간부 협회나 캐나다 기마경찰대 아니면 누구든 캐나다에서 해당 임무를 맡은 이들이 과연 비행기 한 소대를 이끌고 출동할 건지 말 건지 궁금해지기 시작했다. 설마 지금쯤이면 아이들이 도움을 청할 방법을 알아내지 않았겠나. 막 그런 걱정이 드는 순간 비행기의 기수가 지상을 향했다.

"스리 크로스 호수로 접근 중." 앤디 웨스트가 조종사 특유의 어조로 읊조렸다. 마지막 단어에서 목소리가 갈라져 나왔다.

"어디에 착륙할까, 블리크?" 댁스가 물었다.

블리크는 숨만 쉬면서 가만히 있었다. 댁스는 한숨을 푹 쉬고 몸을 앞으로 기울여 글록을 블리크의 귀 뒤에 바짝 댔다.

"어디?" 댁스가 다시 물었다.

"북쪽 호안. 그 근처에 헬기가 착륙할 만한 곳이 있어."

"왜지?"

"목재 회사 소유지니까." 리아 트렌턴이 피곤한 음성으로 대꾸했다. "2년 전 낚시를 완전히 금지했어. 이제 사유지야."

"그 사람의 소유지." 블리크가 덧붙였다.

리아의 몸이 굳었다. "라워리?"

블리크는 한 번 고개를 끄덕였다. 댁스는 리아가 이 정보를 흡수하는 것을 지켜봤다. 갑자기 리아가 나오다 막힌 듯한 짤막한 웃음을 터뜨렸다.

"가본 적 있는 데야. 그 미친놈 소유의 망할 호수에서 낚시한 적 있어."

비행기가 구름에서 벗어나자 전방에, 보기보다 단단하다고 경고하듯 수면에 금속 같은 반들반들한 광을 입은 호수가 쫙 펼쳐졌다. 댁스는 호숫가 근처 공터를 발견했다. 잘해봐야 4,000제곱미터쯤 돼 보였는데 반경 몇 킬로미터를 뒤덮은 숲에서 유일한 공터였고, 그 한복판에 검은색 헬리콥터가 착륙해 있었다. 의식적으로 찾지 않으면 깜빡 놓칠 만했다.

"벌써 와 있군." 댁스가 말했다. "헬기 속력으로는 금방이니까. 그래, 그자는 어디 있지?"

블리크는 대답하지 않았다.

"뭐, 몰라도 되겠지." 댁스는 순순히 받아들였고, 좌석 등받이에 등을 기댔다. 리아 트렌턴이 그를 빤히 바라보고 있었다. 두 사람의 눈이 마주친 순간 댁스는 간청하는 눈빛을 알아챘다. 리아는 그가 도와주기를 바라고 있었다.

'세상을 너무 모르는 여자군.' 댁스는 생각했다. 애석한 일이었다. 그는 눈을 돌려 수면을 살폈다. "물이 빠져나가는 곳이 있군. 저게 뭐지?"

리아가 대답했다. "강줄기야."

댁스는 고개를 끄덕였다. "이 지역에서는 모든 게 서로 연결돼 있군, 그렇지? 하나의 거대한 체계야."

리아는 못 들은 척했다.

앤디 웨스트가 그날 두 번째로 비행기를 부드럽고 안전하게 하강시켰다. 너무 부드러워서 불평할 거리가 없었다. 긴 활주도 전혀 신경 쓰이지 않았다. 그만큼 생각할 시간이 더 생기는 거니까.

라워리가 혼자 올 것 같지는 않았다. 당연히 조종사가 있을 테고, 경호원 한 명 또는 여러 명을 대동했을 것이다. 몇 명이나 왔을까? 시간이 지나면 알게 되겠지만, 유일하게 확실한 건 댁스가 또 한 번 사람 수와 총기 수에서 밀릴 거라는 사실이었다.

그러는 것도 슬슬 지겨웠다.

"리아는 나랑 같이 갈 거야." 댁스가 말했다. "블리크는 열 보 앞서 걸어. 더도 덜도 말고 딱 열 보야. 앤디, 비행기에 남아 있는 데 불만 없기를 바라."

아무도 대꾸하지 않았다.

"경호원들이 있을 거야." 댁스가 이어서 말했다. "그들을 자극해서 성급하게 총 쏘게 만들지 마. 기억해, 라워리 씨가 다른 사람 손에 리아가 죽는 걸 보게 하려고 우리가 이 고생을 한 게 아니라는 걸."

블리크가 입을 열었을 때 모두가 놀랐다.

"경호원은 없어. 조종사뿐이야. 무장하고 있을 거야."

"내가 그걸 왜 믿어야 하지?" 댁스가 말했다.

"왜냐면 여자를 데려오는 게 나니까." 블리크가 대답했다.

말이 되는 얘기였다. 블리크가 책임지고 데려올 걸 라워리가 믿는다면, 추가 병력이 필요 없다고 판단할 것이다. 여기에 더해 댁스는 라워리가, 자신이 누군가를 죽이게 된다면 가능한 한 사적인 방식으로 처리하기를 원할 거라고 짐작했다.

앤디 웨스트가 비행기를 북쪽 호안에 비스듬히 대고 엔진을 껐다. 프로펠러가 지친 시계처럼 회전속도를 늦추다가 완전히 멈췄다.

댁스가 총구로 리아를 쿡 찔렀다. "바닥에 끈하고 테이프 있어. 우리 앤디를 결박해줘. 입을 확실히 막도록 해. 앤디가 반항하면, 화물칸보다 조종석에 있는 게 훨씬 편하다는 걸 상기시켜줘."

앤디 웨스트는 한마디 반박도 없이 조종석 등받이에 등을 대고 앉았다. 화물칸에 갇혀있던 시간이 꽤나 길게 느껴졌을 터였다.

리아 트렌턴이 테이프를 한 조각 찢어내 그에게 건넸다. "직접 해요."

"고맙수다." 앤디가 말하고는 테이프 조각을 자기 입에 붙였다. 리아는 재빨리 끈으로 그의 몸통을 빙 둘러 양팔을 옆구리에 착 붙인 채로 좌석에 묶었다. 움직일 공간을 조금 남겨두면서 겉보기엔 꽉 조인 것처럼 하려고 했으나 댁스가 한숨을 쉬더니 끈을 더 꽉 조이고는 끈의 늘어진 한쪽 끝을 앞으로 툭 던졌다.

"이자의 손 좀 묶어주시지." 그가 블리크에게 말했다.

블리크가 앤디의 두 손을 조종간에 잡아맸다. 블리크가 만든 매듭은 한 번 더 조일 필요 없이 단단했다.

"좋아." 댁스가 말했다. "리아는 나랑 걷고, 블리크는 열 보 앞에서. 총 빼들 필요 없을 거야. 라워리는 원하던 걸 얻고, 나도 내가 원하는 걸 얻으면 되니까."

그는 리아가 두렵거나 절박한 티를 낼까 궁금해서 그녀를 흘끔 쳐다봤다. 그러나 리아는 그냥 비행기 문을 열고 플로트로 내려서더니 댁스가 내리기를 기다렸다.

끝까지 갈 준비가 된 거로군, 댁스는 속으로 판단했다.

블리크가 일행을 호숫가로 데려갔다. 그는 파수꾼을 찾아 오른쪽 왼쪽으로 휙휙 돌아봤지만 아무도 발견하지 못한 것 같았다. 댁스도 발견하지 못했다. 아는 사람들끼리의 모임이 될 모양이었다.

리아와 나란히 물가에 다다르자 댁스는 AR-15를 오른손으로 옮겨 쥐고 왼손에 글록을 쥔 다음 그걸 리아의 등에 갖다 댔다. 리아는 별로 신경 쓰지 않는 것 같았다. 리아의 신경은 오로지 전방에 집중되어 있었다.

라워리를 보려고 그러는 것이었다. 그런 기운을 온몸으로 발산하고 있었다.

물가에서 공터까지 좁은 오솔길이 나 있었다. 160미터쯤 될까 싶었다. 블리크는 열 보 앞서서 일정한 보폭으로 걸었다. 리아는 댁스에게서 달아나려고 하지도 않았다. 모든 게 순조로웠다.

그들이 나무들을 헤치고 공터로 나오자 저 앞에 J. 코슨 라워리가 서 있었다.

댁스가 생각했던 것보다 키가 커서 183센티미터는 훌쩍 넘어보였고, 방금 내린 눈처럼 새하얀 머리카락에 피부는 꼭 카우보이의 안장 같았다. 진바지에 흰 셔츠를 입고 그 위에 검은색 재킷을 걸쳤고, 검은색 카우보이 부츠를 신고 있었다. 어디를 뜯어보나 부유한 농장주 하면 떠오르는 이미지 그대로였다. 평생 수백억 달러, 어쩌면 훨씬 많은 재산을 모았을 테고 수십 명, 어쩌면 훨씬 많은 수의 사람을 청부살해한 자였다. 그런 인간이 지금 그들 앞에 부티 흐르고 한 올 흐트러진 데 없는 모습으로 서 있었다.

이건 그냥 일이야. 그냥 일이라고.

일행은 공터를 가로질러 라워리에게 다가갔다. 라워리는 자기 쪽에서 간극을 좁히려고 하지 않았다. 상대방이 자신에게 다가오는 데 익숙한 사람이었다. 댁스는 리아의 몸이 긴장하는 걸 알아챘다. 리아가 저자를 본 지 10년이 지났다. 가족을 남겨두고 새 신분을 얻어 도망친 지 10년이 지났건만 저자는 기어코 리아를 찾아냈다. 그런데도 저자는 자신의 헬기 앞에서 가만히 기다리며 서 있었다.

그 정도의 영향력은 인정하지 않을 수 없었다. 그 정도의 파워.

그 정도의 무자비함.

그 모든 것을, 리아가 발사하지도 않은 한 발의 탄환 때문에 동원하다니.

댁스는 헬기 안에 있는 라워리의 조종사를 보았다. 코팅한 전면창 때문에 가시도가 떨어졌지만, 조종사가 무장하고 있음은 가시도에 의존하지 않고도 알 수 있었다.

"걸음을 늦춰." 라워리에게서 30보쯤 떨어진 지점에 이르렀을 때 댁스가 명령했다. 블리크가 걷는 속도를 늦추더니 아예 멈춰 섰다. 댁스도 그렇게 했다. 이제 양측은 서로의 말이 들릴 정도의 거리에 서 있었다.

라워리는 허리께에 찬 총집에 권총을 한 자루 지니고 있었다. 그 총으로 손을 뻗지는 않았지만, 블리크를 본 순간 어리둥절한 표정이 되었다.

"자네 총은 어디 있나?" 그가 대뜸 물었다. 처음으로 뱉은 말이었다. 그 한 문장에서 댁스는 훈련으로 갈고닦은 세련된 말투와, 세상 모든 돈을 동원해도 J. 코슨 라워리의 입에서 씻어낼 수 없었던 플로리다 출신 백인 무지렁이의 희미한 억양을 둘 다 포착할 수 있었다.

"여기 있습니다요." 댁스가 말하면서 AR 라이플을 리아의 어깨 위로 들어 라워리에게 겨누었다.

리워리의 손이 권총집을 향해 움직였다. 댁스가 말했다. "그럼 안 되지."

손이 멈췄다. 그리고 되돌아갔다.

"무슨 빌어먹을 짓을 벌이는 겐가?" 라워리가 말했다. 나지막한 음성이었다. 겁먹은 투는 아니었다.

"내가 제공한 서비스에 최고가를 받아낼 방법을 찾고 있지요." 댁스가 대꾸했다. "이 여자를 원했잖아요. 근데 내가 데려왔어요. 블리크가 좀 도왔을 수도 있지만, 힘든 일은 내가 다 했다고요. 그 점엔 블리크도 동의할 걸."

블리크는 입을 열지 않았다.

라워리가 말했다. "자네 대체 누군가?"

"댁스 블랙웰." 자부심 그리고 그보다 한층 어두운 뭔가가 남긴 쓴맛을 느끼며 풀 네임을 말했다.

"자네가 내 고용인 둘 중 한 명을 죽였군." 라워리가 말했다. "대체 왜 그런 짓을 했지?"

"하여간 너도나도 빚 수금자의 작업 방식을 가지고 한마디씩 한다니까." 댁스가 투덜거렸다. "항상 그게 이해가 안 갔어."

"죽여버리다니." 라워리가 다시 한번 말했고, 그 말에 묻어난 분노는 마치 댁스가 손으로 쫓아버릴 파리 정도의 귀찮은 존재라는 듯, 냉담한 분노에 가까웠다. "멍청한 새끼."

"원하는 건 보수뿐이랍니다." 블리크가 끼어들었다. 댁스는 블리크가 '그 말'을 했다는 건 둘째 치고 입을 연 것 자체가 놀라웠다. 그래서 그 즉시 의심을 품었고, AR의 총구를 라워리 대신 블리크에게 겨눴다. 그러느라 자세를 바꾸는데 헬기 안에서 조종사의 움직임이 포착됐다.

첫 문젯거리는 거기에서부터 올 것 같았다. 댁스는 거의 확신했다.

"보수만 원한다." 라워리가 따라서 읊조렸다.

"옛 청구서는 없던 걸로 해줄 수도 있어요." 댁스가 말했다. "과거에 매달려서 주저앉지 말자고요. 댁은 여자를 원하고, 내가 여자를 데려왔고. 그러니까 보수 지불하시죠."

라워리가 웃어젖혔다. 기이할 정도로 고음이고, 자못 즐거운 듯한 소리였다. "좋아. 그래, 지급하지. 왜 안 하겠나?" 그러더니 또 한 번 껄껄 웃으면서 믿지 못하겠다는 듯 고개까지 젓더니, 잘 손질한 흰머리를 한 손으로 앞뒤로 한 번 쓸었다.

조종사가 움직인 순간 댁스는 준비가 돼 있었다. 그는 리아의 다리를 탁 쳐서 리아를 주저앉혀 사정권에서 벗어나게 하고, 왼손에서 글록을 떨어뜨렸다. 조종사가 헬리콥터 문을 박차고 나와 헬기 기체를 엄폐물 삼아 조준경 장착한 라이플을 겨눈 순간 양손으로 AR 라이플을 쥐고 쏘기 위해서였다. 헬기 위로 빼꼼 나온 라이플과 조종사 얼굴 외에는 아무것도 보이지 않았다.

댁스는 그 얼굴에 탄환으로 고랑을 한 줄 파주었다.

조준경 장착한 라이플은 한 발도 발포하지 못한 채, 조종사가 쓰러지기 0.5초 전에 떨어졌다. 댁스는 옆으로 비껴나 라워리의 손이 또 한 번 권총으로 가는 순간 노인네를 겨눴다. 댁스가 고개를 젓자 라워리가 총에서 손을 떼면서 몸을 곧게 펴고 섰다.

"저격수에게 보내는 신호치고 너무 구린데." 댁스가 말했다. "참나, 그렇잖아. 머리카락을 그렇게 깔끔히 다듬는 사람이 설마 일부러 헝클어뜨리겠어?"

댁스는 한 발 물러나 공간을 만들었다. 이제 댁스의 앞에는 삼각형의 세 꼭짓점이 있었다. 서 있는 블리크와 라워리 그리고 바닥에 쓰러져있는 리아, 이렇게 셋이었다. 댁스는 뒤에 다른 사람이 없기를 바라면서 AR 라이플의 총구를 이리저리 옮기며 주위를 살폈다. 만약 그의 추측이 틀려서—그리고 블리크가 틀렸거나 아니면 거짓말을 해서—다른 경호원들이 대기하고 있다면 댁스는 죽은 목숨이었다.

어디에서도 총탄은 날아오지 않았다. 소나무들을 흔들며 미풍이 잔잔하게 불었고, 모두들 꼼짝없이 서 있었다. 다시금 바람에 피 냄새가 섞여왔다. 오늘 두 번째, 아니, 세 번째인가? 기억하기도 힘들군.

"보수를 지불해." 댁스가 J. 코슨 라워리에게 말했다.

라워리가 댁스에게서 블리크에게로 시선을 옮겼다. 그리고 잔뜩 못마땅한 투로 말했다. "어쩌다가 일을 이 지경으로 만든 겐가?"

블리크는 대답하지 않았다.

"그러지." 잠시 가만히 있다가 라워리가 말했다. "그렇게 원한다면 주지. 일단 여자나 넘기게." 그는 다른 사람들은 다 의미 없다는 듯한 태도로 리아 트렌턴을 바라봤다. 죽은 헬기 조종사를 조금이나마 불쌍히 여겼는지 모르지만, 어쨌든 겉으로는 전혀 드러나지 않았다. 리아는 댁스가 주저앉힌 풀밭 그 자리에 두 손과 무릎을 딛고 쭈그려 앉아 라워리를 올려다보고 있었다. 댁스는 리아가 오른편, 풀밭에 떨어진 글록을 흘끔 보는 걸 보았다. 그는 리아가 무슨 생각을 하는지 알아챘고, 마음속에서 누군가의 음성이 '이건 그냥 일이야, 그냥 일일 뿐이야.'라는 블랙웰가의 주문을 속삭이는 소리를 들었다. 그래서 그는 입 다물고 있었다.

그 주문이 옳았다. 댁스는 앤디 웨스트의 글록에 탄환이 없으며 한 번도 탄환이 들어있었던 적이 없다는 걸 인정했다면 아마 진즉에 죽었을 것이다. 하지만 실탄이 장전되지 않은 총으로 인질을 붙잡고 있기는 힘드니, 거짓을 믿도록 감쪽같이 속여야만 했다.

보아하니 리아는 믿은 모양이었다.

54

리아가 유일하게 궁금한 건 댁스 블랙웰이 자신을 쏠 것인가 말 것인가였다. 그가 조종사를 해치운 것처럼 잽싸게 그녀를 향해 발포한다면 리아는 죽은 목숨이었다.

하지만 리아를 보내준다면…….

풀밭에 떨어진 글록을 흘끔 봤다. 그리고 라워리를 봤다. 라워리는 5미터 앞에 있었다. 첫 발로 치명상을 입히기만 하면 되는 거였다. 만약 리아가 첫 발을 쏜 후 댁스가 그녀를 죽인다면, 그건 어쩔 수 없었다. 그 첫 발로 라워리를 해치운다면, 이제 아이들은 안전하고 악당은 죽었다는 사실에 마음 놓고 눈감을 수 있었다. 그거면 됐다.

"얼마를 원해?" 라워리가 댁스에게 물었다.

"폴라드에게 줄 액수가 얼마였지?"

"자유. 그리고 그자는 그걸 얻었어."

"그자는 그걸 허비했어." 댁스가 받아쳤다.

라워리는 이 짜증나는 꼽사리꾼이 어쩌다 여기까지 딸려왔는지 모르겠다는 듯 고개를 절레절레 저었다. "어서 여자나 넘겨."

"리아가 당신한테 꽤 가치 있는 물건인가 보군. 그럼 내가 여자를 데리고 있으면서 더 높은 가격을 불러도 되겠네."

"그 여자 이름은 니나야." 라워리가 몇 발짝 다가왔고, 그의 시선이 댁스에게서 리아에게로 옮겨갔다. "이제 네 자식들도 죽일 거야. 너도 알지? 지금까진 그 애들한텐 관심 없었어. 근데 네가 관심 갖게 만들었어. 그러니 걔들도 죽일 거야."

리아는 발가락을 꼼지락거려봤다. 지칠 대로 지친 다리가 아려왔다. 이미 온종일 숲속을 질주하고, 강을 타고, 사람을 쏘아 죽였다. 지금쯤이면 기운이 소진됐어야 마땅했다. 빌어먹을, 방전됐어야 마땅했다.

하지만 저 인간이 살아 숨 쉬는 한 그럴 일은 없었다.

라워리가 리아에게서 눈을 떼지 않은 채 댁스에게 말했다. "내가 이것부터 끝내도 되겠나? 나는 일이 마무리되면 더 관대해지는 사람이거든. 이런 건 자네 부친과 숙부가 자네에게 진즉에 알려줬어야 하는데. 그 둘이 약속을 지켰다면 지금쯤 부자가 됐을 걸세."

리아는 다시 글록을 흘끔 보려다가 애써 멈췄다. 글록의 위치는 이미 안다. 어떻게 해야 할지도 안다. 이제 적당한 순간만 기다리면 된다. 라워리의 신경이 댁스에게 완전히 집중됐을 때가 그 순간이다. 리아는 설명할 수는 없지만, 댁스가 최소 한 번은 더 라워리의 주의를 완전히 끌 것을 직감했다. 그때 재빨리 움직여야 했다.

"자 그럼," 라워리가 말했다. "우리 둘 다 일이 끝났을 때 돈이 지불될 것을 믿는다는 전제로, 자네는 라이플을 그대로 내게 겨누고 있고 내가 총을 빼도 되겠나?"

침묵이 뒤따랐다. 블리크는 리아와 라워리 사이에 미동도 없이 서 있었다. 리아는 그자가 뭘 보고 있는지 짐작할 수 없었다. 그들 모두의 너머에 있는 어딘가를 보고 있는지도 몰랐다.

"총을 빼도 좋아." 댁스가 말했다. 리아의 처형 명령에 결재가 떨어졌다. "근데 누구의 총일까?"

라워리의 손이 권총 개머리의 3센티미터 위에서 멈췄다. "뭐라고?"

"브래드가 자살할 때 쓴 총이야?"

리아는 하마터면 라워리에게서 눈을 떼 댁스 블랙웰을 볼 뻔했다. 그 정도로 충격적인 질문이었다.

"자네 방금 뭐라고 했지?" 라워리가 느릿느릿 되물었다. 시선은 여전히 리아에게 꽂혀 있었다.

"시적 정의가 될 것 같아서 그래." 댁스 블랙웰이 말했다. "10년이나 지나서 마침내 그 총으로 이 여자 머리에 총탄을 박는다……. 뭐, 질문이 좀 그래도 봐줘. 궁금해서 그러니."

라워리가 침을 꿀꺽 삼켰다. "그 애의 총이 아니야." 오른쪽 눈 바로 밑이 미세하게 떨렸다. 마치 지난 세월 동안 자기 몸 안에서 계속 오그라들면서 굳어간 것처럼, 살갗이 팽팽하게 당겨져 있었다.

"현명한 선택이야." 댁스가 말했다. "감상에 젖는 건 언제나 리스크 요소지. 낭만 찾는 사람들은 천성이 무모하잖아. 실용적인 사람은 두 눈 똑바로 뜨고 마음은 비운 채 일에 임하고 말이야. 브래드는 아마 실용적인 사람이었을 거야. 자신의 문젯거리들에 대한 해결책이, 다소 극단적이긴 하지만, 아주 효과적이었잖아."

댁스가 쏟아낸 말에 온몸의 피가 빠져나간 듯, 라워리의 얼굴이 분노로 새하얗게 질렸다. "어디서 감히……." 이렇게 말을 하면서 그가 댁스를 향해 돌아섰고, 그 순간 리아가 풀밭에서 글록을 집어 들었다.

놓치면 안 되었기에 한 번에 확실히 집어 들었고, 손에 총을 쥔 채 휙 돌아 올바른 사수의 자세대로 왼손으로 오른손을 감싸면서 총구를 오른쪽 왼쪽으로 돌리며 타깃을 찾았다. 라워리가 도로 리아를 돌아봤고, 충격 어린 그의 얼굴이 리아의 사정권 한가운데 들어왔다. 그가 허리춤에 찬 권총에 손을 뻗기도 전에 리아가 방아쇠를 당겼다.

장전되지 않은 총의 둔탁하고 텅 빈 찰칵 소리가 났다.

공포에 질렸던 라워리의 얼굴에 미소가 번졌다.

리아가 또 한 번, 그리고 한 번 더 방아쇠를 당겼다.

찰칵, 찰칵.

이번엔 라워리가 웃음을 터뜨렸다. 고개를 뒤로 젖히고 웃으면서 허리춤의 총에 손을 가져갔고, "니나, 니나, 니나" 하고 조롱하듯 불러댔다. 참다못해 리아가 글록을 라워리에게 냅다 집어던지고 달려드는 순간 라워리가 총을 뽑아 리아의 얼굴에 겨누고 발사했다. 총성을 듣는 순간 리아는 이렇게 가까이 접근했는데 상대의 피를 보지 못한 현실에 오장육부가 뒤틀리도록 괴로움을 느꼈다. 너무도 절실히 피를 보고 싶었으니까.

그런데 어쩐 일인지 리아는 충격에 쓰러지지 않았고, 아직 움직이고 있었다. 라워리의 얼굴에 떠오른 충격을, 그의 얼굴에 드러난 공포를 볼 수 있었고, 다음 순간 그가 털썩 쓰러졌다. 리아는 곧바로 그의 몸에 올라타 왼손으로 목을 누르고 오른 주먹으로 입술이 치아에 짓뭉개지도록 마구 내리쳤다.

피가 났다.

드디어 피를 봤군.

정신없이 주먹을 내리꽂는데, 어느 순간 누군가에게 번쩍 들려 뒤로 물러났다. 여전히 통증은 안 느껴졌다. 블리크가 자신을 멀찍이 떼어낸 뒤에야 리아는 좀 전에 들은 총성이 라워리의 발포에서 나온 것이 아님을 깨달았다.

댁스 블랙웰이 라워리의 허벅지를 쏜 것이었다.

라워리는 자신의 총을 잡으려고 허우적댔지만 자기 피에 젖은 손가락이 미끄러워서 풀밭에 떨어진 총을 주울 수가 없었다. 블리크가 리아를 계속 붙들고 있었지만, 리아는 몸부림치지 않고 그저 숨을 헐떡이면서 댁스 블랙웰이 AR-15를 들고 라워리에게 다가가는 모습을 지켜보았다. 댁스는 소년 같던 얼굴이 애환으로 시들어, 어쩐지 더 나이 들어 보였다.

"그러지 말았어야 한다는 거, 나도 알아." 댁스가 말했다. 리아는 그게 무슨 소리인지 영 이해가 안 갔다.

그는 라워리 옆에 지친 듯 털썩 쭈그려 앉아 라이플로 제 몸을 지탱했다. 그러고는 리아와 블리크를 올려다봤다. 던지지 않은 질문에 답을 기대하는 표정으로 두 사람을 물끄러미 쳐다봤다.

"이자는 그 두 사람을 평가해선 안 되는 거였어." 댁스가 입을 열었다. "그게 문제겠지, 아마도. 그 전까지는…… 그 전까지는 내가 이성을 유지했거든."

블리크가 리아를 놔주고 뒤로 물러섰다. 리아는 그를 봤다가 다시 댁스를 봤고, 이제 어떻게 할지 생각해내려고 애썼다.

그때 라워리가 상체를 벌떡 일으켜 댁스의 라이플을 움켜쥐었다.

댁스는 힘도 안 들이고 그를 떼어냈고, 한숨을 쉬더니 일어나서 물러섰다. 이제 손에 총을 쥔 자는 댁스뿐이었다. 탄환 없는 글록은 풀밭에 버려져 있고 라워리의 권총도 풀밭에 나뒹굴었다. 블리크와 리아는 멀뚱히 서서 라워리가 피 흘리며 고통에 숨을 몰아쉬는 걸 지켜봤다. 라워리가 뭐라고 말하려고 했다. 무슨 말인지 겨우 알아들을 수 있었다.

"보수를 지불," 그가 내뱉었다. "지불했을 텐데."

"그랬을 거라는 거 알아." 댁스 블랙웰이 대꾸했다. "내 결정이 성급했어." 그는 나무를 올려다보며 씩 웃었다. 호수도 내다봤다. "호수 반대편에 강이 하나 흐르고 있어. 그 강은 바다로 흘러가. 지구의 물 전체 양은 유한하다는 것, 다들 잘 알겠지. 한 방울 떨어뜨리면 다른 한 방울과 만나는 거야. 그 물이 증발했다가 다시 내리고, 또 모이고. 시간이 충분히 흐르면 몬태나주에 내린 비가 결국엔 바다로 흘러들어."

그는 라워리를 내려다봤다.

"결국 우리 모두 타버린 별들인 거야, 먼지에 불과한 존재. 그렇다는 걸 알면서도……." 차가운 미소가 그의 얼굴에 번졌다. "알면서도 댁의 푹 쉰, 타고 남은 먼지가 남들의 먼지와 섞일 생각을 하니 참 기분 좋은걸. 댁이 강 하류 어디에선가 기다리고 있을 먼지들과 합류하는 상상을 하면 얼마나 즐거운지 몰라."

댁스가 뒤로 물러섰고, 리아는 그가 결정의 한 발을 쏠 거라고 믿어 의심치 않았다. 대신에 댁스는 풀밭에서 라워리의 총을 집어 들었다. 그는 총의 슬라이드를 끝까지 당겨 약실에 탄환이 있는 것을 확인한 후 탄창을 뺐다. 그리고 리아를 보았다. 주름 없이 매끈한 그의 얼굴이 딱딱하게 굳었고 눈빛은 아득했다.

"한 발뿐이야." 그가 입을 열었다. "어떤 식으로든 원하는 대로 써. 난 지쳤으니까."

그러더니 권총을 툭 던졌다. 리아는 그걸 받아 총신을 뒤집어 들어 올리고는…… 댁스가 풀밭에 한쪽 무릎을 딛고 앉아 총구가 하늘로 가게 세운 라이플에 체중을 싣는 것을 보았다.

이어서 블리크를 돌아봤다. 그는 팔짱을 낀 채 서 있었다. 기다리는 것이었다.

리아는 숨을 한 번 들이마신 다음 피에 젖은 풀밭을 가로질러 가 J. 코슨 라워리를 내려다보고 섰다. 라워리가 입을 벌렸고, 리아는 그의 제안을 기다렸다. 내가 돈 얼마를 요구할 거라고 생각할까? 보호해주겠다고 얼마나 침 바른 소리를 해댈까?

"협상을 하지." 리아가 말하자 라워리의 눈빛이 밝아졌다. 은연중에 그는 자신의 좋은 운을 실제로 믿을 '여지가 있었던' 것이다. 돈과 권력이 있는 남자에게는 언제나 또 한 번의 기회가 주어지는 법이니까.

리아는 그의 이마 정 가운데에 총알을 박아 넣었다.

그리고 총을 그의 가슴팍에 툭 던졌다.

침묵이 내려앉았다.

잠시 후 댁스 블랙웰이 블리크를 쳐다봤다. "헬기 조종할 줄 알아?"

블리크는 고개를 저었다.

"젠장." 댁스가 내뱉었다. "나도 모르는데. 보기에는 쉬운데 아마 안 쉽겠지." 그러더니 한숨을 쉬었다. "저 비행기도 오래 못 갈 거야. 우리가 연료를 다 써버려서."

블리크가 고개를 끄덕였다.

"뭔가 수를 생각해내야겠군." 댁스가 말했다. "인생이 그렇지 뭐." 그는 몸을 일으키고 리아를 바라보았다. "우리가 한발 앞서 출발한다면 좋겠는데 말이지. 조금 시간 여유를 두고. 그러는 게 당신한테도 유리할 걸. 시체가 나온 걸 해명해야 할 텐데 우리 둘을 범인으로 지목하면 한결 수월할 거 아냐. 여기 이 친구가 자백하는 타입은 아닌 거 같고, 나도 물론 아니지만."

"걸어서는 여기서 못 벗어나." 리아가 말했다. "수십 킬로미터를 걷고 또 걸어도……." 말하다가 소나무들이 햇빛을 받으려고 서로를 밀어내고 있는 빽빽한 숲을 한 손으로 가리켰다. "저게 나오니까."

"우리가 수를 찾아낼게." 댁스가 말했다. 그는 라이플을 왼손으로 옮기고 오른손을 등 뒤로 가져갔다. 요전까지만 해도 리아는 그 움직임에 움찔했을 것이다. 지금은 그냥 기다렸다.

도로 앞으로 내민 손에는 두 손가락에 100달러짜리 지폐 한 장이 들려있었다.

"딸한테 전해줘." 그가 말했다. "환불을 원했거든. 그런데 충동구매 자제하라고 충고해줘야겠더라고. 감정만 컨트롤한다면 꽤 예리한 판단을 내리겠던데. 그런 아이를 상대해야 하다니, 쉽지 않겠어."

리아는 100달러 지폐를 받아들면서 무슨 말을 할지, 어떻게 받아들여야 할지 몰라 그를 멍하니 쳐다봤다.

댁스가 블리크를 향해 돌아섰다.

"당신은 전에도 파트너와 일했었지."

블리크가 한 번 고개를 끄덕였다.

"내가 죽여버려서 미안하게 됐어." 댁스가 말했다.

블리크는 대꾸하지 않았다.

"당신이 내가 생각하는 것만큼 실력이 출중하다면, 아까 그 상황에서 댁의 파트너를 죽인 게 다른 상황에서 내 충성심이 흔들릴 가능성을 반영한 건 아니라는 걸 잘 알겠지."

여전히 대꾸는 없었다.

"나도 조력자가 있으면 더 좋겠더라고." 댁스가 말했다. "늘 협력자가 있었으면 했어. 어떤 경우 처음부터 좋은 파트너를 만나던데. 또 어떤 경우에는 긴 여정을 거친 후에야 만나고."

블리크가 입을 열었다. "보아하니 말은 네가 도맡아하겠군."

댁스가 싱긋 웃었다. "아무래도 그럴 것 같지?" 그러더니 리아를 가리켰다. "당신이 이 여자를 죽이러 온 건 알아. 선의를 증명하는 뜻으로 죽이게 내버려둘 수도 있지만, 마케팅 관점에서 우리 둘 다 고용주를 죽이면 시장에 잘못된 인상을 심어줄 것 같은데 말이지."

그 순간 블리크가 희미하게 웃은 것도 같았다.

"이런 조건으로 협상하도록 하지." 댁스가 리아를 돌아보며 말을 계속했다. "당신이 비행기로 돌아가게 해줄 테니, 당신은……."

"한발 먼저 뜨게 해달라고. 알았어."

"그리고 저자는 강물에 넣어." 댁스가 라워리를 가리키며 말을 맺었다.

리아는 미간을 접으며 헬리콥터 쪽을 바라봤다. 라워리의 시체를 숨기는 건 헬리콥터가 저기 그대로 있는 한 쓸데없는 짓이었다.

"시체를 숨기려는 게 아니야." 댁스 블랙웰이 리아의 생각을 읽고 덧붙였다. "그냥 저 사람을 물에 넣고 싶어."

"알았어."

"근처에 강이 흐른다고 했지? 호수는 강으로 흘러들고 그 다음엔 다시……." 그러면서 그는 한 손을 공중에 휘둘렀다.

리아가 고개를 끄덕였다.

댁스 블랙웰이 미소 지었다. "그 생각이 마음에 들어. 그럼 그들이 떠내려간 시체를 발견하게 되겠지. 분명 발견할 거야. 나는 확신해. 이건 가업이거든."

리아는 댁스가 무슨 소리를 하는지 전혀 알아들을 수 없었지만 따지고 들 생각은 없었다.

"그럼 여기서 작별이군." 댁스가 이렇게 말하더니, 다른 말 없이 숲을 향해 걷기 시작했다. 다 계획이 있는 것처럼 북동쪽으로 가고 있었지만, 북동쪽에는 수 킬로미터 내에 시커먼 숲밖에 없었다. 두 사람이 거기에 숨을 수는 없을 것이다. 어쨌든 충분히 오래 숨어있을 수는 없었다.

그래도 댁스는 한 번도 뒤돌아보지 않고, 단호한 걸음걸이로 계속 걸어갔다. 마침내 블리크가 따라가기 시작했고, 그 역시 리아에게 눈길 한번 안 줬다.

리아는 두 사람이 시야에서 사라질 때까지 지켜보다가, 이윽고 라워리의 시체를 물가로 끌고 가기 시작했다.

비행기는 꺼져가는 황혼 속에 조용히 기다리고 있었다.

뒤엉킨 덤불을 헤치고 물가로 시체를 질질 끌고 가면서 단 한 번도 그를 내려다보지 않았다. 차가운 물로 첨벙첨벙 들어가면서 그도 끌고 들어갔다. 물에 띄울 수 있을 정도로 수심 깊은 데에 이르렀을 때 마침내 리아는 그의 얼굴을 보았다. 피가 광대뼈 밑 움푹 팬 부위를 적시고 죽은 살갗을 어루만졌다. 두 눈을 뜬 채였고, 그 사이에 총알 구멍이 뚫려 있었다.

리아는 한동안 그를 들여다보면서, 몇 년 전 진즉에 이렇게 했으면 상황이 얼마나 달랐을지 생각해봤다. 하지만 그랬을 경우가 상상되지 않았다. 과거는 이미 지나갔고, 그래서 리아는 이제 미래만 볼 참이었다. 몇몇 순간이 살짝 떠올랐다가 사그라졌다. 캠든의 집, 각자 자기 방에 있는 아이들. 참나무 그늘이 드리운 루이빌의 집, 포치에 나와 있는 윌슨 부인. 무스헤드의 산장, 진입로에 주차된 에드의 트럭, 공중에 퍼지는 닉의 웃음소리.

아직 내다보기엔 너무 일렀지만, 한 노인네의 미간에 박아 넣은 총알 덕분에 이제 그 모든 것이 가능해졌다.

세상이 그런 곳이라 믿기 싫었지만, 현실이 그랬다.

리아는 시체를 호수 한가운데로 더 멀리 떠밀었다. 시체는 둥둥 떠가다가 아래에서 잡아당기는 힘에 가라앉았고, 리아가 예상했던 것보다 더 빠르게 사라졌다. 호수에 물의 유동이 거의 없는데도 물이 그를 원하는 것 같았다.

리아는 가라앉는 시체에 등을 돌리고 스리 크로스호의 차디찬 물에서 도로 첨벙첨벙 걸어 나와 수상비행기의 플로트에 올라갔다. 열이 심하게 났다가 떨어진 후 찾아오는 몸살처럼, 근육이란 근육, 신경 말단이란 말단이 죄다 피곤하다고 아우성을 쳤다. 문도 두 번 시도한 끝에 겨우 열었다. 잎에 테이프가 붙어있고 가슴팍과 손목을 끈으로 결박당한 조종사가 리아를 쳐다보았다. 그는 공터에서 벌어지는 일을 볼 수 없었을 텐데도, 일이 이렇게 흘러간 것에 꽤 놀라고 기뻐하는 것 같았다.

리아가 몸을 뻗어 그의 입에서 테이프를 떼어냈다. 천천히 떼려고 했지만 그가 고통에 찬 신음 소리를 냈다. 한 번 더 그 소리를 내기에 리아는 아래를 내려다봤고, 그가 어떻게 해선지 헤드세트를 작동해 무전기를 켜놓은 것을 발견했다. 입에 테이프가 붙어 있어서 한마디도 할 수 없으니 기운만 빠지고 쓸모는 없었을 텐데도 그렇게 한 것이었다.

리아가 말했다. “그 매듭은 푸는 데 시간이 좀 걸리겠는데요.”

조종사가 대꾸했다. “댁의 아이들이 교신을 해오고 있어요.”

“뭐라고요?”

“다들 지금 우리를 찾고 있어요.” 그가 설명했다. “수색 타깃이 내 비행기인 건 아직 모르지만, 어쨌든 수색 중이에요. 그런데 댁의 아이들은 무사합니다. 내가 들었어요. 댁의 딸 목소리를 들었어요. 지금 그 아이가 교신 중이에요. 자기들 위치를 알려주고 있어요.”

“이것 좀 잠깐 빌려도 될까요?” 리아가 헤드세트를 집어 들면서 말했다. “매듭은 이따가 풀어드릴게요.”

그러고는 헤드세트를 쓰고 거기에 달린 마이크를 입으로 가져간 뒤 이렇게 말했다.

“헤일리, 닉? 엄마야. 너희 이제 안전해.”

감사의 말

리틀, 브라운 앤드 컴퍼니의 훌륭한 편집 팀에게 감사한다. 그들과 함께한 시간은 역시나 즐겁고 여전히 큰 영광이었다. 늘 앞장서서 팀을 이끌어주는 조시 켄들에게 감사한다. 사브리나 캘러핸, 크레이그 영, 테리, 애덤스, 브루스 니콜스, 마이클 피시도 더할 나위 없이 훌륭한, 열정 넘치는 동료들이다. 사리나 카마스, 벤 앨런, 캐런 랜드리, 캐런, 토레스, 이외 수많은 관계자들 덕분에 노력의 산물을 얻을 수 있었다. 세계 최고의 카피에디터 트레이시 로에게도, 감사의 표현을 전하지 않을 수 없다. (더불어 트레이시를 놀려주려고 저 마지막 쉼표 하나를 집어넣지 않는다면 나는 내가 아닐 것이다.)

리처드 파인과 잉크 웰 매니지먼트 팀은 더 이상 바랄 게 없을 정도로 잘해주었으며, 영화 및 TV 쪽 일과 관련해 앤절라 청 카플란과 함께 일하게 된 것은 내게 크나큰 행운이었다. 에린 미첼에게도 감사의 마음을 전한다. 특히 나의 작업 기억을 아웃소싱해준 것에 대해. 참신

한 경험이었다. 기디언 파인은 필요한 자료를 완벽하게 관리해주었다. 톰 버나도는 꼭 필요한 질문을 적시에 던져주었다. 고맙기 그지없는 두 사람이다. 시종일관 격려해준 가족과 친구들, 다정하고 열정적으로 나의 활동을 도와준 서점 운영자들과 도서관 사서들에게도 고마운 마음을 전한다. 마지막으로 크리스틴에게, 언제나, 모든 면에서 당신에게 고마워.

마이클 코리타

죽어 마땅한 자

지은이 마이클 코리타
옮긴이 허형은
펴낸이 정규도
펴낸곳 황금시간

초판 1쇄 발행 2022년 5월 30일

편집총괄 권명희
편집 채수영
디자인 정은경디자인

황금시간
Golden Time
주소 경기도 파주시 문발로 211
전화 (02)736-2031(내선 360)
팩스 (02)738-1713
인스타그램 @goldentimebook

출판등록 제406-2007-00002호
공급처 (주)다락원
구입 문의 전화 (02)736-2031(내선 250~252)
팩스 (02)732-2037

값 16,000원
ISBN 979-11-91602-22-7 03840